蔡东藩中华史

【清史】现代白话版

蔡东藩◎著　郑志勇◎译释

北京联合出版公司

Beijing United Publishing Co.,Ltd.

一批年轻的文化人，为了让更多读者体会蔡东藩《中国历朝通俗演义》的魅力，经过艰苦努力，以专业的精神和严谨的态度，将蔡著的"旧白话"——这种"白话"今天已经不大读得懂了——重新译为今人能够轻松理解的当代白话。毫无疑问，这是让蔡著得到传承的最好方式。他们的工作"活化"了蔡著，既是对于原著的一次致敬，也是一种新的可能性的展开。翻译整理后的作品，为普通读者提供了方便，无论任何人，都可以轻松地进入中国历史的深处。

蔡东藩的《中国历朝通俗演义》是一部让我印象深刻的书，少年时代曾经激起过我的强烈兴趣。那是二十世纪七十年代中期，可以读的书少得可怜，但一个少年求知的兴致是极高的，阅读的兴趣极强，加上当时的课业没有什么压力，因此可以读现在的青少年未必有时间去读的"杂书"。当时中华书局出版的蔡东藩的《民国通俗演义》就是让我爱不释手的"杂书"，它把民国时期纷乱的历史讲得有条有理，还饶有兴味。虽然一些大段引用当时文件的部分比较枯燥，看的时候跳过了，但这部书还是深深吸引了我。后来就要求母亲将《中国历朝通俗演义》都借来看。通过这部书，我对历史产生了兴趣。历史的复杂、深刻，实在超出一个少年人的想象，看到那些征战杀伐、宫闱纷争之中人性的难测，确实感到真正的历史与那种黑白分明的历史观大不相同。当时，我们的历史知识都是从"儒法斗争"的框架里来的，历史在那个框架里是那么单纯、苍白；而蔡东藩所给予我的，却是一个丰富和芜杂得多的历史。在这部书里，王朝的治乱兴衰，人生的枯荣沉浮，都让人感慨万千，不得不去思考在渺远的时间深处的人的命运。可以说，我对于中国历史的真正了解，就是从这部历史演义开始的。

三十多年前的印象一直延续到今天。不得不承认，这部从秦朝一直叙述到民国的煌煌巨著，确实是了解中国历史的最佳读本。这是一部难得的线索清楚、故事完整、细节生动的作品。它以通俗小说"演义"历史，以历史知识"丰富"通俗小说，既可信又可读。

蔡东藩一生穷愁潦倒，他的经历是一个普通中国人的经历，他对于历史的描述是从普通人的视角出发的。他不是一个鲁迅式的启蒙者，但他无疑具有一种另类的现代性，一种与五四新文学不同的表达策略。蔡东藩并不高调激越，他的现代性不是启蒙性的，不是高高在上的"我启你蒙"，而是讲述历史，延续传统。他的作品具有现代的想象力，表现了现代市民文化的价值观。

在《清史通俗演义》结尾，蔡东藩对于自己做了一番评价，足以表现一个落寞文人的自信："录一代之兴亡，作后人之借鉴，是固可与列代史策，并传不朽云。"他自信自己的这部著作，足以与司马迁以来的史学名著"并传不朽"。

蔡著的不可替代之处，不仅在于他准确地挑出了历史的大线索，更重要之处在于，他关注了历史深处的人的命运。有些历史叙述者，过于追求所谓"历史理性"，结果常常忘记历史是鲜活生命的延展。在这些人笔下，历史变成了一种刻板和单调的表达。而蔡著不同，他的历史有血液、有温度，是可以触摸的。他的历史是关于人性的故事。

从蔡著中，我们可以感受到活的历史，体验到个人命运与国家、文化之间密不可分的关联。冯友兰先生在《西南联大纪念碑》的碑文中这样阐释中国文明的命运："我国家以世界之古国，居东亚之天府，本应绍汉唐之遗烈，作并世之先进。将来建国完成，必于世界历史，居独特之地位。盖并世列强，虽新而不古；希腊罗马，有古而无今。惟我国家，亘古亘今，亦新亦旧，斯所谓'周虽旧邦，其命维新'者也。"今天，中国文化所具有的历史连续性和不断更新的魅力正在焕发光芒，冯先生对于中国未来的期许正在成为现实。

在这样的时机，蔡著《中国历朝通俗演义》的新译，就更显其价值。我们期望读者能够从中获得阅读的乐趣，并从历史中得到启示，走向更好的未来。

让我们和读者一起进入这个丰富的世界。

是为序。

张颐武

张颐武：著名评论家、学者，北京大学中文系教授，博士生导师。

目 录

天降奇婴

清朝开基的地方，在山海关外沈阳东边。起初，只是一个小小村落，村民聚群而居，垒土为城，地名鄂多哩，生活在那里的人种叫做通古斯族。它的远祖，相传很久以前便已居住此地，称为肃慎国。传到后代，人口渐多，各分支派，几乎每个部落都有一个剽悍的首领，他们不仅体格健壮，而且善于骑射，百步穿杨。宋朝时的金太祖阿骨打，是族内第一个出色的人物，他开疆拓土直到黄河两岸，宋朝被他搅扰得寝食难安。后来蒙古兴起，与南宋联合，灭掉了通古斯族，幸存者逃亡东北。又过了二百多年，出现了一个大人物，听说此人是天女所生。

天女生在东北长白山下，有同胞姐妹三人，大姐叫恩古伦，二姐叫正古伦，三妹叫佛库伦。一个春光灿烂的日子，姊妹三人来到长白山东边的布库里山游玩，那里洞壑清幽，别有一种可人的景致。三人兴致勃勃地爬上山，看见一泓清水，澄碧如镜，两岸芳草成茵。佛库伦天真烂漫，叫上两个姐姐脱衣沐浴。正洗着，忽然传来几声鸟叫，三人抬头一看，见有两三只灵鹊。其中一只灵鹊吐下一个东西，不偏不倚，正好坠在佛库伦的衣服上。佛库伦眼疾手快，捡起一看是可口的食物，也没仔细分辨就塞进嘴里。当两个姐姐询问她时，她已囫囵咽下，含糊地答道："是一颗红色的果子。"两个姐姐也没细问，就上岸穿好衣服回家去了。谁知佛库伦吃了这颗果子后，肚子竟膨胀起来。她自己也不知道是怎么回事。十个月后，竟生下一个男婴。这男婴一出生就会说话，而且相貌奇特，长得结实。佛库伦不忍心抛弃他，就在家中抚养。

光阴荏苒，襁褓里的婴儿转眼长大。只是佛库伦无夫而孕，未免惹人议论。幸亏她住的地方人烟稀少，才得以将孩子抚养成人。佛库伦给孩子起名叫布库里雍顺，因为是自己在布库里山下吃了朱果才怀孕的，所以特地将"布库里"三字作为孩子的名字。布库里雍顺非常聪明，长到十几岁时发现自己有母无父，便问母亲自己姓什么，是哪一族的。佛库伦告诉他"爱新觉罗"四个字。爱新觉罗，是长白山下居民的土音，其中"爱新"的发音与汉文中的"金"字一样，"觉罗"则表示姓氏。布库里雍顺终于明白自己到底是哪一族的了。

　　布库里雍顺渐渐长大，学会了骑马射箭，闲暇时还会在河边折柳编筏。他想将柳条编成筏，以便有一天可以驾筏出游，做一番事业。竹筏越编越大，居然成了一叶扁舟。布库里雍顺喜不自禁，就轻轻地坐在筏中，顺着河流而去。冥冥之中，风伯河神竟把布库里雍顺送到了一个安乐之地。

　　长白山东南有一片大草原，名叫鄂谟辉。草原中有一个村落，居住了大约几百户人家，这几百户人家只分三姓，个性强悍，喜欢械斗，因此经常自相残杀，争斗连年不休。一天，村里一女子在河边打水，见一柳筏漂了过来，筏上端坐着一个青年男子，顿时非常惊骇，急忙回家告诉父兄。父兄跑来一看，果然岸边有一少年，仪表堂堂，不觉失声道："真是天生神人。"随即问少年从哪里来。布库里雍顺从容地说，自己是天女所生，从长白山而来。霎时轰动乡间，男女老幼都跑来看他，说他是个难得的好儿郎。众乡亲都争着邀请布库里雍顺去自己家做客，互不相让，最后竟大动干戈。还是布库里雍顺从旁劝解说："我初到此地，承蒙厚爱，自当一一拜访。"又指着打水女子的父兄，对众人说："我与他们相见最早，理应先拜访他们家。"众人见他举止谦恭，谈吐不俗，便个个叹服，没有异议。布库里雍顺在打水女子家受到盛情款待。吃到中途，座上的老人详细地询问他的氏族，布库里雍顺一一作出回答。老人又问他有没有结婚，布库里雍顺回答说还没有。老人马上起身，走进里屋，过了一会儿带出一位少女。仔细端详，原来就是刚才打水的女子。虽是乡村质朴，倒也体态端正。老人让女子对答行礼，布库里雍顺也离座作答。礼毕，女子转身进屋。老人对布库里雍顺说："我女儿也该嫁人了，如果你不嫌弃，我为你俩做主。"布库里雍顺谦逊地推辞，但在老人的坚持下还是同意了，并与老人行翁婿礼。老人打算挑个好日子让两个新人完婚，于是布库里雍顺就在他家住了下来。闲暇时布库里雍顺会去拜访村中各家，村人见他彬彬有礼，都非常欢迎。

　　到了那一天，一对小夫妻拜堂成亲，大家都到老人家里贺喜。顿时高朋满座，宾客盈门，其中有一个鹤发童颜的老人，对主人说："好一个小郎君，被你家夺去做女婿。"又对众人说："他是圣人出世，来到我们村，也算是我们村的福气。我们村连年争斗，弄得家家不安，人心惶惶，现在不如奉这小郎君为主，一切听他指挥，倒可解怨息争，安居乐业。大家觉得怎么样？"众人听这一席话，个个鼓掌赞成，欢声如雷。也不管布库里雍顺愿不愿意，竟一起请他坐上座，叫他做村长，称他为贝勒。布库里雍顺得此机缘，用智谋来团结居民，使大家安居乐业，创建了鄂多哩城，成立了一个爱新觉罗部，成为满洲开基的始祖。

一代雄主努尔哈赤

布库里雍顺所建的鄂多哩城，在今辽宁省勒福善河的西岸，宁古塔西南三百多里。此地背山面水，地势极佳，但因居住在这里的是个小小部落，所以没什么威名。当时明朝统一中原，定都燕京，只在山海关附近设防，没将这片塞外荒地当回事儿，就算比鄂多哩城大几倍的地方，也懒得去理睬，何况这一个小小的土堡呢？谁知这深山老林卧虎藏龙，自布库里雍顺开基后，子子孙孙繁衍不绝；到了明朝中期，出了一个智略过人的孟特穆，他将祖先的基业发展扩大到赫图阿喇。赫图阿喇在长白山脉北麓，后改名为兴京。

孟特穆的第四世子孙叫福满，福满有六个孩子。第四个孩子觉昌安继承了祖业，居住在赫图阿喇城，其余五个孩子在赫图阿拉周围各筑城堡，都称为宁古塔贝勒。觉昌安有许多孩子，第四个孩子塔克世娶了喜塔喇氏为妻，并生下一个智勇双全、出类拔萃的儿子。这孩子长大以后就是大清国第一代皇帝，清朝子孙称他为太祖。他就是努尔哈赤。努尔哈赤出世时，祖父和父亲还都健在。他有一个堂姐，嫁给了古埒城阿太章京。不料，明朝总兵李成梁在驻守辽西时，暗地里打着觉昌安的主意。他勾结图伦城主尼堪外兰，联合围攻古埒城。古埒城地小人少，挡不住大军，连忙派人到觉罗部求救。觉昌安知道后，唯恐孙女被捉，便与儿子塔克世带领全部兵士纵马驰骋，解救古埒城。城主阿太章京急忙打开城门迎入救兵，城中因得一援军，人心也安定不少。

觉昌安不分昼夜上城楼巡视，每天指挥部众极力防御。一天，城下有人骑马过来，大叫开门。觉昌安从楼上俯视，发现此人正是自己的老部下——图伦城主尼堪外兰，便问："你来干什么？"尼堪外兰回答说："听说主子来了，特来拜见。"觉昌安见他没带一兵一卒，便打开城门让他进来。尼堪外兰入城后，径直来到觉昌安面前，抱膝请安。觉昌安让他坐下，问道："你为什么和明朝联合起来攻打古埒城？"尼堪外兰婉言谢罪，说："之前我并不知道古埒城主是主子的孙女婿，所以贸然侵犯。

现在听说主子远道驰救，才知道主子和城主的关系。我已经在明朝李总兵面前极力劝说，主子你声威震天，我们不该与你为敌。李总兵已经答应退兵。如果主子再让古埒城主向明朝皇帝进贡，李总兵必将奏请朝廷给主子封爵，让你管理建州①。"觉昌安说："你说的都是真的吗？"尼堪外兰急得发誓："如有半点虚假，我愿意死在乱刀之下！"觉昌安非常高兴，让阿太章京设宴款待。

吃饭时继续闲谈，尼堪外兰将明朝说得天花乱坠，什么龙虎将军印，什么建州卫都督任书，让觉昌安不得不信。吃完饭，尼堪外兰就回去了。第二天城下果然退兵。阿太章京见敌军都退了，拜谢觉昌安父子救援之恩，一面备办盛筵款待觉昌安父子，一面烹羊宰猪犒飨军士。大家都喝得酩酊大醉，到了晚上各自回去鼾睡。谁知突然炮声大震，喊杀声连天，众人从睡梦中惊醒，不知哪里的兵士从天而降。身不及披衣，而头已断；手不及持刀，而臂已离。纷纷扰扰了一夜，城中的兵民多半去鬼门关报到了。觉昌安父子及阿太章京也一起去了阴曹地府。

当时，努尔哈赤二十五岁，因祖父和父亲两人去援助古埒城，所以常派人探听消息。先前接到明军撤退的消息，还挺安心，随后当他听说爷爷和父亲已惨遭毒手时，大叫一声，晕倒在地，被众人救醒后放声大哭。他的伯父和兄弟也都悲痛欲绝。努尔哈赤马上检查军库，将剩下的十五副铠甲都搬出来，恳请伯父和兄弟一起为祖父和父亲报仇。众人穿上铠甲，一拥出城，向东而去。

尼堪外兰用阴谋攻破古埒城，抢了些金银财宝，回到图伦，终日耽于酒色，纵情取乐。忽然听说努尔哈赤兵到，顿时仓皇失措地召集手下迎战。努尔哈赤不等图伦兵摆好阵势，就一马当先闯入敌阵，部众乘势跟上，逢人便杀，见头就砍。图伦兵从未见过这么厉害的军队，都丢兵弃甲，纷纷逃窜。尼堪外兰见大事不妙，忙掉转马头，落荒而逃。努尔哈赤见追赶不上，就收兵进入图伦城，并下令投降者免死。城内外的兵民听到这个号令，都纷纷投降。

休息一天，努尔哈赤发兵追寻尼堪外兰，但最终也有没查到他的下落。后来才得知尼堪外兰已窜入明朝境内，努尔哈赤写信给明朝官吏，请求明廷交出尼堪外兰。明廷只是任命努尔哈赤为建州卫都督和龙虎将军，想就此将他打发了。

---

① 建州：明朝称长白山部为建州卫。

努尔哈赤复仇心切，每天都招兵买马，大修战具，并分出黄红蓝白四旗，编成队伍，摆阵练兵。一天，他令各部首领，列队向明朝边境进发。众首领说："这次去攻打明朝，必须经过某某部落，得先向他们借路才行。"努尔哈赤说："不用！有我在前面开路，你们跟着走就行了。"众首领无话可说，便跟着努尔哈赤出城。努尔哈赤火速行军，所过各部落毫无防备，任由他穿行；稍强横的部民拦阻马头，结果不是被刀砍死，便是被箭射死。走了几天，距明境只有三十里时，努尔哈赤命令部众停下来安营扎寨，并令队长齐萨率领十几个有胆识的人前往明朝边境，索要尼堪外兰。当时明朝总兵李成梁已被朝廷革职查办，换了一个懦弱的新总兵。新总兵一听说觉罗部带兵压境，惊慌得很，赶紧派部将率一百多名士卒出城与齐萨议和。齐萨说，只要交出尼堪外兰，一切都好说，不然只有兵戎相见。部将无言以对，只好回去了。

也是尼堪外兰恶贯满盈，命数该绝。他在城中探听消息，踯躅前行时，与议和的明将相遇。明将马上将他骗入军中，并禀明总兵，总兵一声令下，将尼堪外兰反绑起来关进囚车，令两个士卒把他带到郊外，送到努尔哈赤的军营。几个兵役从囚车内把他拖入帐中时，尼堪外兰已魂飞天外，突然听到惊堂木一声响，紧接着"你这骗贼，也有今天"两句话，还来不及抬头张望，乱刀齐下，霎时间一道魂灵归入地府，正应了他自己之前的誓言。

自此努尔哈赤与明朝和好，每年都给明朝进供，明朝也每年给他八百两银子和十五匹绸缎，并允诺在塞外友好通商。

爱新觉罗部渐渐富强，表面上是明朝藩属，实际上是明朝敌国。那时，雄心勃勃的努尔哈赤将远近部落并吞不少，并想乘着这如日方升的大好时机统一满洲，奠定国基。于是他命令工匠修建一所祭神的堂子。工匠们热火朝天地干着，忽然挖出一块大碑，上面有六个大字，忙报告努尔哈赤。努尔哈赤见了碑文暗觉惊诧，却又故作镇定，仔细摩挲了一番，突然向工匠说："这妖言不值得相信，快给我击碎此碑！"这碑文究竟写的是什么？竟是"灭建州者叶赫"六字。石碑被工匠击碎了，努尔哈赤闷闷不乐地回到帐中。

第二天，来了一个使者，说是奉叶赫贝勒之命前来送信，努尔哈赤暗想："那么大一个叶赫部，是要与我作对吗？"踯躅了一会儿，才让来使入帐。来使呈上书信，努尔哈赤展开一看，见信上写着："叶赫国大贝勒纳林布禄致信满洲都督努尔哈赤将军，你部在满洲，我部在扈伦，我们言语相通，就像一个国家，现在所有的国土，你多我少，能否割些给我？"努尔哈赤看到这话，不由得怒发冲冠，将信撕得粉碎，扔还来使说："我满洲国寸土寸金，就算拿你家主人的头来换，也不给！"说完，命侍从将来使逐了出去。第二天，努尔哈赤出城阅兵，严整部队，详申军律，并命军士日夜操练，专等叶赫大军。

叶赫国在满洲北方，与哈达、辉发、乌拉三部联合，统称扈伦四部，明朝称它为海西卫。其中哈达居南，叫做南关，叶赫居北，叫做北关。叶赫最强，与明朝互派使节，明朝经常给他一些财物，让他防卫塞外。叶赫主子纳林布禄听说努尔哈赤统一了满洲，料到他胸怀大志，想趁他羽翼未丰时灭了他，免得有后顾之忧。只是不能无故发兵，便想出写信挑衅的计策，好找个发兵的借口。派出去的使者回国后，将努尔哈赤的话一一传达，纳林布禄勃然大怒："敢说这样的大话，我明天就去灭了他！"使者说："主子不要小看满洲，努尔哈赤的部下大多都是勇猛之士，可不好对付呢！"纳林布禄道："你不要长他人志气，灭自己威风！看我明天踏平满洲。"第二天，他便派手下四处送信，纠合远近各部落攻打满洲，并承诺事成之后平分满洲土地。没过几天，哈达、辉发、乌拉、长白山下的珠舍哩、讷殷二部，蒙古的科尔沁、锡伯、卦勒察三部都调兵到叶赫境内。这下可把纳林布禄高兴坏了，忙率部下的兵卒去会合各部联军，共三万多人，浩浩荡荡，杀向满洲。

众部联合来攻打满洲的消息，很快传到了努尔哈赤耳中，他马上派兵士驻守札喀城，阻住叶赫各部兵马。纳林布禄到了札喀城，望见城上旗帜鲜明，刀枪森立，料知努尔哈赤有所防备，令军士退后三里，安营扎寨。第二天，探子回来报告说，满洲主子努尔哈赤率领全部人马，驻扎在古埒山中，纳林布禄听后一点儿也不在意。原来，札喀城在赫图阿喇西北六十里的地方，城右面的古埒山蜿蜿蜒蜒，包围了大城。兵法说："倚山为寨。"所以努尔哈赤在山下立营。又过了一天，纳林布禄正准备出击，忽然听说敌军已到，立即出帐上马，率军迎敌。但眼前只有一百多个老少不一的士兵，而且带兵的将领也没有一个骁勇善战的。纳林布禄在马上大笑道："这样的部队也想同我打仗，满洲的气数真是尽了。"话还没说完，旁边闪出一员大将对他说："人人说满洲强盛，看看这样的老弱残兵，干脆就让我的一队兵士杀他个片甲不留，各部将都可以休息了，主子更不用劳心。"纳林布禄一看，原来是叶赫西城的统领布塞，马上高兴地说："好吧，你去吧！"布塞便率队上前，一声令下，直扑满洲军。

满洲军不和他们交战，只是往后撤。布塞一马当先，乘势追赶。满洲军退入山谷中，布塞不管三七二十一就追入山谷。忽然喊杀声大起，一支大军从谷内拥出，截住布塞，一阵厮杀。正打得难分胜负，科尔沁部的统领明安也率手下的士兵追过来，他唯恐布塞得了首功，便急急赶来。满洲军见布塞得了援军，便纷纷撤退。布塞策马追击，明安率兵紧随其后。转了一坡又一坡，路越来越险窄了。突然喊杀声四起，又出现一支大军，将布塞、明安的军队截作两段。前面的满洲军也转过身来，夹攻布塞。布塞军顿时大乱。就在这时，一员大将持刀闯到布塞马前，将他一刀砍死了。布塞的部下无处可逃，都做了刀下鬼。明安看到前面的军队被截住了，急忙往回撤，没想到满洲军已经漫山遍野地杀过来。顾不得山路颠簸，明安骑着马拼命奔窜。忽然"扑通"一声，马陷入泥淖之中，明安只好弃马而逃。

当时，纳林布禄听了布塞的话，就回到帐中等着捷报。忽然听到帐外喊声震天，急忙出去巡视，却遇着一支剽勇大军。为首的大将，眉间杀气腾腾，眼露威光，手持大刀，旋风般地杀了过来。此人正是满洲主努尔哈赤。纳林布禄慌忙拔刀对敌，战了三五个回合，发现自己不是努尔哈赤的对手。正惊惶时，乌拉部贝勒的兄弟布占泰见纳林布禄刀法散乱，忙上前助他一臂之力。纳林布禄才刚歇手，猛听一声大喝，布占泰已被努尔哈赤活捉。纳林布禄吓得魂不附体，转身向寨后逃去。各部兵马见主帅的营寨已被攻破，哪还有心思再抗敌，早已人人丧胆，个个逃生。

背着明朝做皇帝

纳林布禄骑着马一口气逃了几十里，见没有满洲军追过来，这才停下。过了一会儿，各部兵马聚集到一块儿，他大概地清点了一下人数，发现竟少了三分之一，自己的部下少了一半。正垂头丧气，忽然看见有人跟跄地跑过来，正是科尔沁部的统领明安。礼还没行完，明安就大哭起来："全部军士都没了，您的统领布塞也战死了。"纳林布禄听后，忍不住悲恸道："可恨，可恨！没想到努尔哈赤这么厉害！"当即与各部统领商量，众统领一朝被蛇咬，十年怕井绳，纷纷赞成议和。纳林布禄无计可施，只得派使者去求和，最后决定将叶赫主的侄女嫁给努尔哈赤的长子代善，将西城统领布塞的女儿献给努尔哈赤做妃子。

努尔哈赤胜利后班师回营，仍对叶赫等部族的行为怀恨在心。之前擒住的布占泰，因他降顺，努尔哈赤便赐给他一个宗女，并放他回国。后来，布占泰又被叶赫主的煽动迷惑，跟随了叶赫。叶赫主故意攻打哈达，让哈达向满洲借兵，唆使布占泰半路埋伏，以歼灭满军。谁知努尔哈赤已瞧破他们的诡计，偷偷率领部队，绕道到哈达城，混入城中，活捉了哈达部长孟格布禄。叶赫主听说阴谋被挫败，便派使者到明朝，想让明朝替自己说说情，让努尔哈赤归还哈达部长。努尔哈赤因为明朝的使者前来说情，便将孟格布禄的儿子武尔古岱放了回去。武尔古岱从此归顺了满洲。努尔哈赤又收服了辉发部，然后乘势讨伐布占泰，攻入乌拉城。布占泰逃到叶赫，努尔哈赤接回之前赐给布占泰的宗女，并派人向叶赫索要布占泰。叶赫主不但不答应，还把原来许给满洲的侄女，嫁到蒙古。努尔哈赤忍无可忍，几次想攻打叶赫，明朝却一再出面袒护。于是努尔哈赤就背着明朝，自己做起了满洲的皇帝，筑造宫殿，建立年号，叫做天命元年，此时正是明朝万历四十四年。自此以后，努尔哈赤就成了清国太祖高皇帝。

太祖有十几个儿子，第八个儿子皇太极最为聪颖，太祖便立他为太子。还有两个儿子也非常骁勇，一个叫多尔衮，一个叫多铎。满洲太祖自建国改元后，招兵买马，每日勤加训练，除黄、红、蓝、白四旗外，另加了镶黄、镶红、镶白、镶蓝四旗，共成八旗，分成左右两翼。准备了两年多，蓄势待发。他想，要灭叶赫，就得先攻打明朝。于是在天命三年四月，太祖让太子皇太极监国，自己率两万精锐人马，到天坛祭天。他沉痛地向天地申诉七大国恨，行过礼之后，努尔哈赤骑上骏马，皮鞭一挥，部队浩浩荡荡向西开进。

大军走了几天，前面的队伍报告说，离明朝边境的抚顺城，只有二三十里了。太祖扎好营帐，正准备商定攻城的策略。忽然有一个自称是明朝秀才的书生求见。太祖让他进来，见他体貌奇杰，对他很是欣赏。和他交谈时，此人竟句句说到自己的心坎里，太祖不由得拍手赐座，让他坐在自己身旁。问到他的姓名以及是哪里人时，秀才回答："草民叫范文程，是沈阳人。"太祖说："中原的宋朝有个范仲淹，他是不是你的远祖？"范文程答："是。"太祖又说："我想知道抚顺的守将是谁。"范文程答："李永芳。""那李永芳有什么本事？""没什么本事。""能一举拿下他吗？"范文程回答："以力服人不如以德服人。要不我先给他写一封书信，劝他投降，他如果肯顺从，您就不用大开杀戒了。"太祖高兴地说："有劳先生了。"范文程应命作书，一挥而就。太祖非常高兴，请他留下参赞军机。范文程答应下来，并叩首谢恩。第二天，太祖派人到抚顺城下，将书信射入城中。抚顺守将李永芳听说满洲军入境攻城，已经吓得没了主意，看了此信，便马上召集文武各官，讨论了一夜，竟商量出"唯命是从"四字。第二天早上，李永芳开城迎进太祖，并带头跪在城下，恭递降书。太祖命侍卫接了降册，策马入城，大军一齐进入。多亏范先生提议，才避免动用武力，城中的百姓也不必惨遭杀戮，太祖便记范文程为首功，令诸贝勒都要尊敬他。

满洲兵休息了三天，忽然得到消息，广宁总兵张承荫带兵来夺抚顺。太祖问李永芳，张承荫是什么人。李永芳回答说是一员勇将。太祖道："既是勇将，想必不肯投顺，我们不如先发制人。"便一面派兵守城，一面发兵迎敌。在离城约十里的地方，两军交战，太祖大胜张承荫。

战败的消息传到明朝京城，神宗大惊，急忙任命杨镐为兵部尚书，赐他上方宝剑，派他前往辽东御敌。杨镐是河南商邱县人，倭寇侵犯朝鲜时，曾奉命援助朝鲜，却多次假传捷报。后来被调回了辽东，因乱杀边民，被革去官职。

杨镐到了辽东，听说沈阳南面的清河堡失陷，守将邹储贤、张旆两人都已战死。副将陈大道、高炫逃回辽东，来见杨镐，杨镐仗着声威，用上方宝剑将逃将斩首示众。杨镐每日催促附近将士，赶紧援辽，自己却按兵不动。大学士方从哲听说他逗留不进，便发红旗催他出战。杨镐没办法，只得领兵出塞。好在四处已召集了许多兵马，叶赫兵来了两万名，朝鲜兵又来了两万名，杨镐便将军队分成四路，分头前进。中路分左右两翼，左翼兵分派给山海关总兵杜松，让他率军从浑河到抚顺关；右翼兵分派给辽东总兵李如柏，让他率军从清河到鸦鹘关；又令开原总兵马林率领叶赫兵，从开原出三岔口，叫做左翼北路军；辽阳总兵刘铤率领朝鲜兵，从辽阳出宽甸口，叫做右翼南路军。四路军共二十多万人，杨镐却虚张声势，号称四十七万，想先声夺人，满心期望靠着人多势众攻入满洲。他预先与四路将军约定，在满洲国东边二道关会合，进攻赫图阿喇。此时正是明万历四十七年二月。

一月初，天空中出现一颗长星，光芒四射。天文学家称其为蚩尤星，说是主兵，又说是不祥之兆。到了二月，塞外一带降了大雪，明军在途中吃了不少苦，缓缓前行。山海关总兵杜松，却仗着自己体力过人，想立首功，令军士冒雪向西开进。到了浑河，冰冻未开。杜松驱兵渡河，河水突然解冻，溺死了许多军士。渡到对岸，满洲军几支小部队上前拦截。满洲军怎么敌得过杜军的一股锐气，顿时纷纷退了回去。杜军争先追赶，追到一座高山时，满洲军都向山谷中退去。杜松生怕山内有埋伏，便停了下来，让军士堵住谷口。得到满洲兵聚集界藩城的情报后，杜松把部队分成两支，一支仍守住谷口，另一支由自己率领直攻界藩城。

原来杜军留守的山谷叫萨尔浒山，距界藩城有几里。位于铁背山上的界藩城，是满洲的要塞。满洲太祖正命令一万五千名士兵运石修城，听到杜军进攻的消息，急忙派长子代善带二旗兵去保护界藩城，自己则率六旗兵四万五千人，直攻萨尔浒的明朝兵营。到了萨尔浒，两军相遇，马上开战。突然间，天昏地暗，咫尺间不辨人影。明军点起火把与满洲军作战，谁知明军从明击暗，箭弹只射中树木；满洲军由暗击明，箭弹都射向了明军，明军不知不觉间损失了很多人。满洲军乘势驱杀，刀斩斧劈，好像削瓜切菜一般，将明军打得七零八落。

这时候，杜松领兵来到吉林崖，与铁背山相近。忽然后面喊声大起，满洲大贝勒代善带二旗兵从后面杀了过来。杜松急忙命后军做前军，前军做后军，与满洲军混战。胜负难分之时，突然听到后军纷纷大乱，满洲界藩城的士兵也杀了过来，杜松忙命后军又做前军，迎战界藩城兵。正杀得难分难解，不料深林中又冲出一支人马，把杜军冲断了。杜军已是腹背受敌，哪里禁得住三面夹攻？杜松慌忙舍命突围，"嗖"地来了一箭，正中心窝，杜松当即坠马而死。众军见无主帅，立即溃散了。深林中杀出的人马，正是满洲太祖扫平萨尔浒明营后，派来夹攻杜松的。

开原总兵马林刚到三岔口，听说杜军全军覆灭，一面给杨镐报信，一面停止前进，倚山立营。黄昏的时候，山上突然冲下满洲军，将马军杀了个措手不及，监军潘宗颜想整军抵敌，没想到才走了几步，脑袋就被削去了半个。马林急忙奔窜，总算保住了一条性命。

辽东总兵李如柏慢慢地出了清河，到了虎栏关，猛听到关外山上吹起号角，霎时响彻整个山谷，木叶震动，仿佛有千军万马杀了过来。李如柏慌忙下令撤军，士兵们争相逃生，一时间互相践踏，踩死了一千多人。其实山上只有二十名满洲军，见明军出关就赶紧吹响号角吓唬吓唬明兵，偏偏这没用的李如柏就上了他们的当。

辽阳总兵刘铤绰号刘大刀。他已接连攻下三个营寨，直入栋鄂路。刘大刀远远望见前面一座山上有军队驻扎，而且龙旌凤旗，护着銮驾，心想这不正是满洲太祖的护卫军吗？当即杀上冈来，直扑满洲太祖。满洲太祖正从萨尔浒移兵到这里，猛然看到刘铤上冈了，便命令军士冲下山去迎战。两军从山上打到山下，从白天打到黑夜，杀得难解难分，都有些疲倦了，只有刘铤越战越勇，毫无倦意。忽然又有一支大军杀出，刘铤看见来军大旗上写了一个杜字，高兴地说："杜总兵前来帮我了，这真是天助我也！"话还没说完，一个明朝将军打扮的将领已来到马前，头戴金盔，身穿铁甲，只是看不清相貌。刘铤刚要开口相问，那来将先问道："你就是刘大刀？"刘铤还没来得及回答，来将手起刀落，将他劈死马下。众军来不及救刘铤，只见杀来的杜军，随手乱砍，弄得明军手足无措，一时间全军覆灭。

四 易蓟辽主帅

刘铤全军覆灭，众将士进了枉死城中，还是莫名其妙。其实，半路杀入的杜军是满洲军假冒的。满洲大贝勒代善杀尽杜军，便装扮成杜军的模样赶来呼应太祖，恰巧碰着两军恶战，他便竖起杜字旗帜，混入刘铤军中。刘铤还不知道杜军惨败的消息，以为来的是杜军，因此中计被杀。

那时，元帅杨镐接到马林情报后，急召刘铤、李如柏两军，过了几天，只有李如柏领军回来。马林逃回开原后，在满洲军的追击下，开原失守，铁岭也没保住。明廷御史弹劾杨镐，朝廷派人将他捉拿回京，令兵部侍郎熊廷弼代任元帅。

熊廷弼是湖北江夏人，身材高大，素有胆略，奉命出京任职时，听说开原失守，便叹道："朝中大臣不知边疆形势，一味主战，才导致今天这种结局。"便立即写奏折，恳请皇上在粮草、器械、兵力等方面全力支持。神宗皇帝准奏。

熊廷弼刚出山海关，就看到百姓纷纷逃难而来，停车仔细询问，才知铁岭已经失守，沈阳也快沦陷了，想要逃命就只有西奔。熊廷弼耐心地劝服百姓跟自己回辽阳。入城后，他又将百姓安抚了一番。然后斩杀逃将，严整军纪，勤修战备，渐渐巩固了辽沈的边防。接着又奏请皇帝拨给他十八万大军，分守要地。这时，就算是智勇双全的满洲太祖，也拿他毫无办法。

满洲太祖见辽沈无机可乘，便转而去攻打叶赫。这时叶赫主纳林布禄已死，其弟金台石袭位，听说满洲军要来侵犯，忙集兵戍守东城，并通知西城贝勒布扬古赶紧守御，互相援应。没几天满洲军直逼东城，击败西城来的叶赫援兵，攻陷东城。金台石冒死突围，因身负重伤，被满洲军活捉。全城已破，满洲太祖入城升旗，让军士带进金台石。金台石出言不逊，惹得太祖勃然大怒，下令将他斩首。只听金台石厉声说道："我生前敌不过你满洲，死后泉下有知，一定不会让叶赫绝种，将来就算只传下一子一女，也要报仇雪恨。"话还没说完，头就落地了。太祖马上令多尔衮捡起来，挑在竿上，前往西城招降。

西城贝勒布扬古是布塞的儿子。他听说东城已破，急得不得了。多尔衮在城下一招降，布扬古就投降了。西城一降，叶赫便彻底灭亡了，满洲太祖的心里大感快慰，把之前的碑文撇在脑后，哪里想到二百年后竟又生出一场大祸呢。

熊廷弼驻守辽沈三年，百姓安居乐业。偏偏神宗、光宗相继驾崩，新即位的熹宗不理朝政，任凭宦官魏忠贤专权，小人姚宗文当道。熊廷弼最终只好辞官回乡。朝廷换了袁应泰接替熊廷弼。

袁应泰为人聪敏，却不善用兵。到了辽东，他见熊廷弼对部下管教甚严，就把规矩放宽。满洲太祖灭了叶赫，正愁没法攻占辽沈，得了这个消息，喜不自禁，立即发兵进攻沈阳。袁应泰忙率领总兵侯世禄、姜弼、梁仲善等人赶到沈阳，出城五里迎战。结果不敌满洲大军，袁应泰只得退回城中固守，军士已丧失三分之一，侯、姜二将身负重伤，梁仲善下落不明，想必是阵亡了。

袁应泰仗着城壕深广，便分段固守。谁知到了第二天，满洲军将城西大闸掘开，把壕中的水放得一干二净，军士渡壕攻城，奋勇直上。这时天已经黑了，袁应泰举着火把守城，从天黑杀到天亮，守城兵士多半伤亡，将领牛维曜、高出等人不知去向，城中大乱。第二天早晨，满洲军陆续登城。袁应泰躲到城北镇远楼，把巡按御史张铨叫过来，哭着说："我是统兵的元帅，城亡了我就得跟着死。您是文官没有守城的责任，应该离开，退保河西，以后再图大事。"张铨回答说："您都知道效忠国家，我怎么能不效忠国家？"袁应泰听了，也不再说什么，随即悬梁自尽。张铨见袁应泰已死，也解带自缢。满洲军上镇远楼，见两人高悬梁上，就将他们解下，抬到满洲太祖面前。太祖惊叹："真是两个忠臣！"话还没说完，看到张铨两眼转动，还有一丝生气，急忙让军士用姜汤灌救。张铨徐徐醒来，看到上面坐着一位大人物，料想他是满洲主子，便问道："你为什么不杀了我？"太祖劝他归降，张铨道："我生是大明的臣子，死是大明的鬼。"太祖说："我怎么能忍心杀掉忠臣呢？"便下令放他回去。张铨回到官邸后，向北拜了拜朝廷，向西拜了拜父母，再次自缢。太祖命军士好好将他埋葬。

辽阳既被拿下，辽东附近五十寨及河东大小七十余城也都纷纷投降。这消息传到明廷，明朝的众位大臣便想起熊廷弼了，熹宗也有悔意，将姚宗文贬职，仍让熊廷弼出任辽东元帅。

熊廷弼出山海关，到了广宁，文武各官都出城迎接。辽东巡抚王化贞也来拜见他，寒暄过后，共商战事。王化贞打算分兵防河，熊廷弼想固守广宁，两人意见不合，便争执起来。熊廷弼慨叹道："到了今天这个地步，只有固守广宁这一个办法。广宁能守住，关内外自然就没什么可担忧的，如果分兵防河，势单力薄，一支营队抵挡不住敌军，整个营队都将溃散，分兵防河怎么可行？"王化贞始终不以为然，怏怏不乐地走了。熊廷弼上奏朝廷，奏请实行固守广宁、天津、登莱三个关口的策略，王化贞也奏请皇上批准自己沿河分守的提议。明廷实行了熊廷弼策略，把王化贞的奏议放到一边，王化贞更加不高兴了。熊廷弼写信给王化贞，再次给他分析沿河分守的利弊关系，王化贞并不理会。

过了几天，辽阳都司毛文龙传捷报到广宁，说已经攻下镇江堡。王化贞大喜，提议乘胜进军，熊廷弼说不妥。王化贞径自上奏，说："东江有毛文龙做前锋，叛徒李永芳现在悔恨不已，愿意做内应，蒙古国也答应借我四十万人马，此时不夺回辽沈，还等什么时候？望皇上给我六万精兵，让我一举荡平辽沈，只请朝廷让熊廷弼不要再阻拦我。"此奏一上，熊廷弼已得知消息，立即从广宁回山海关。王化贞就等朝旨一下，立马进军。没过几天朝使来到，让王化贞全力以赴，不必受熊廷弼的制约。熊廷弼也接到朝命，让他进驻广宁，做王化贞的后援。王化贞带着广宁十四万兵士渡河西进，熊廷弼不得已，也前往右屯驻守。此时熊廷弼只有五千兵马，徒有元帅的虚名，心中愤懑不已，便向朝廷呈上抗议奏章，要求朝廷让他全力抵敌。奏折呈上去后，明廷置之不理。熊廷弼又上了几次奏折，感叹朝政失和，国家大事无人做主。言辞激烈，触怒了皇帝。明廷就想罢免熊廷弼，任王化贞为帅，没想到王化贞却在这时大败而回。

原来，王化贞率领大兵渡河，满心想着凯旋而归。第一次出兵，走了几十里，并不见敌兵，只得打道回府，第二、三次也是这样，直到第五次，依旧不见一人。李永芳毫无消息，蒙古兵也没有来支援，王化贞安安稳稳地过了一年。熹宗二年正月，满洲军西渡辽河，进攻西平堡。守堡副将罗一贯飞报王化贞，王化贞马上派游击孙得功、参将祖大寿、总兵祁秉忠带兵前往支援。走到半路，遇到总兵刘渠，他奉熊廷弼之命也赶来支援西平堡，四将会师前进。到了平阳桥，听说西平堡失守，副将罗一贯阵亡，孙得功便想退回广宁，刘渠、祁秉忠二人是热血男儿，不肯就这样回去，还想夺回西平堡，孙得功勉强相随。没走几里，见前面尘埃满天，满洲军已整队杀来。刘渠、祁秉忠等人忙率兵抵敌，只有孙得功按兵不动。刘、祁二将，正与满洲军厮杀，忽然听到梆子声响，敌军万箭齐发，伤了明军几百人。明军刚准备拿盾挡箭，忽然听到后面大声叫道："我们已经战败了，弟兄们为什么不逃？难道都不要命了吗？"这一嗓子喊得人人惊慌，明军霎时间逃跑了一半。刘渠、祁秉忠全力拦截逃兵，已是截留不住，眼看着兵残力竭，只有以死报国。那一嗓子出自何人之口？一猜就知道是那狼心狗肺的孙得功。孙得功本是王化贞的心腹，王化贞万分地信赖他，没想到他见了满兵，却吓得失魂丧胆，又恨刘、祁二人硬要争先杀敌，因此未败叫败，扰乱军心。他自己早早逃了回去，还谣传敌兵将要杀过来。百姓听说后十分惊惶，互相搀扶着逃出城。孙得功暗想，一不做二不休，干脆捉了王化贞，将他作为礼物献给满洲，自己做个满洲的大官倒也威风。于是就在城内扎兵，专等满洲兵到了好做内应。

王化贞对这一切全然不知。忽然有人闯进屋来说："情况危急，请您速速离开！"王化贞仓皇失措，也不知是怎么回事，只是抖个不停。那人也来不及细讲，竟拉王化贞上马，策鞭出城。走了几里，王化贞回头一看，紧跟着的是总兵江朝栋和他的一个仆役。王化贞莫名其妙，摸不着头脑。直到到了大凌河，才有一支人马疾驱而来，为首的一员大帅，威风凛凛，正是辽东元帅熊廷弼。王化贞这时才明白到底是怎么一回事，仔细一想，惭愧得不得了，顿时下马大哭。熊廷弼笑道："六万大军全军覆灭，现在你感觉怎么样？"王化贞听了这话，越发号啕不止。熊廷弼又说："哭有什么用？我现在只有五千人马，都给你，请你抵挡追兵，护民入关。"王化贞此时进退两难，想与熊廷弼回去解救广宁。熊廷弼说："迟了，迟了。"话还没说完，探马来报，孙得功已将广宁献给满洲，锦州、大小凌河、松山、杏山等城都已失陷。熊廷弼忙让王化贞尽快烧了关外囤积的粮草，护送十万难民进入山海关。广宁失陷的消息传到北京，给事中侯震旸等人奏请皇上，将熊廷弼、王化贞拿下。熹宗不辨是非，马上下令将王化贞、熊廷弼打入监狱。

熹宗任命东阁大学士孙承宗为兵部尚书。孙承宗是高阳人，善于用兵。接受兵部一职后，立即上奏，分析军队的利弊，并恳请皇上放心，自己必定全力以赴。熹宗读完奏章后很是赞赏，令他率军前往蓟辽，照例赐他一把上方宝剑。

孙承宗到了宁远，立即制订军制，明确各人的职责。任命马世龙为总兵官，让游击祖大寿守觉华岛，副将赵率教守前屯。接着就在宁远附近筑堡修城，勤练十一万士兵，造铠甲、兵器数百万件，开屯田五十顷，兵精粮足，壁垒森严。孙承宗在辽地坐镇四年，关内外固若金汤，不失一草一木。偏偏妒贤嫉能的魏忠贤，又在皇帝面前说三道四。魏忠贤起初想巴结孙承宗，没想到孙承宗不仅疏远他，还弹劾他。这魏忠贤怎肯善罢甘休？第一步，进谗言，杀了熊廷弼，将他的首级传遍边疆；第二步，诬陷孙承宗，说他兵权太重，将来有可能谋反。从此，孙承宗写的很多奏章大半被束之高阁。

袁蛮子气死了清太祖

孙承宗因朝中宦官专权，刑赏倒置，心中懊恼异常。恰逢熹宗过寿，他便想以祝贺为名，入朝当面弹劾阉官。皇帝寿辰的前一天，孙承宗和御史鹿善继一起走到通州，忽然兵部派来飞骑三道，阻止他们入朝。孙承宗知道此计不成，急忙回关。没想到朝中阉党诬陷他擅离职守，让他交出官印并接受惩处。孙承宗又气又恨，悲愤地请求辞官回乡。熹宗糊里糊涂地准许了，改任高第为元帅。高第一到山海关，就把关外守备都撤了。守备一松懈下来，满洲太祖又闻风而至。

满洲太祖自从听说孙承宗镇守辽东，多年不敢侵犯，只派兵丁到沈阳营造城池，招募良匠，修建宫殿。在沈阳城开设了四道门，中置大殿，名笃恭殿，前殿名崇政殿，后殿名清宁宫，东有翔凤楼，西有飞龙阁。楼台掩映，金碧辉煌，虽是塞外都城，但丝毫不亚于大明的京城。随即太祖率六宫后妃、满朝文武移居沈阳，宴饮了三天。后来的盛京便是此地。将都城移到沈阳后，太祖就差人探听明朝边境的消息。一听说孙承宗被免职，高第继任，明朝边疆的守备全部撤除，太祖顿时挥袖而起，号令大小将领向宁远进发。途中没有遇到任何阻挡，渡过辽河，直达锦州。四望并没有营垒城堡，太祖私下庆幸可以在关外横行，便命令军士一字排开前进。到了宁远城，远远地看见城上旗帜鲜明，戈矛森列，中间架着的一具大炮更是罕见之物，太祖不觉惊异起来，命军士后退五里扎寨。

第二天，太祖率部众攻城。刚到城下，只听城楼上一声鼓角，竖起一面大旗，旗上绣着一个大大的"袁"字，旗下立着一员大将，金盔耀目，铁甲生光，面目间隐隐露着杀气。太祖见了此人，心中暗暗称赞。旁边一贝勒喊道："你是守城的主将吗？"城上大将答道："我是东莞人袁崇焕，现任殿前参政，为国守城，不畏强敌。"贝勒说："关外各城已成平地，小小一个宁远能挡得住我的大军吗？我劝你不如献了城池投靠我满洲，还可以得到高官厚禄，不然大军齐上，立刻踏平宁远城。请你三思！"袁崇焕厉声道："你满洲屡次兴兵，犯我边界，一点道理都不讲，我奉天子之命誓死守城，怎么可能向你蛮族投降？"说完，梆声一响，箭矢、石块如雨而下。太祖急率军队一齐回寨。众贝勒请求立即进攻，太祖不同意："我看这袁蛮子不是好惹的，我们就休养一天，明日誓拔此城。"

到了傍晚，袁崇焕与总兵满桂会集军士，饮血立誓。军士见主将如此忠诚，莫不感慨。袁崇焕随后与满桂分段固守广宁城，坐等天明。鸡声初唱，东方渐白，袁崇焕远远听到敌营中吹起号角，料到敌军将来攻城，他越发精神抖擞，热血沸腾。没多久，敌军汹涌杀来。刚要接近城壕，城上的石块如飞蝗般射去，满军前队伤亡惨重。后军一拥而上，又是一阵矢石，满洲兵伤亡无数，但宁死不退。

正僵持不下，忽然满军中拥出一队盾牌兵，用盾牌护住头部，跃过城濠，城上射下的矢石都被盾牌挡住。这盾牌兵聚集城脚，架起云梯，攀缘而上。袁崇焕急忙命令军士往下扔巨石，将云梯拆毁殆尽。盾牌兵不能登城，便在城脚用兵器凿穴。袁崇焕命人开炮。这大炮是西洋人所造，刚传入中国。当时袁崇焕手下只有一个福建兵罗立会开炮，听到袁崇焕命后马上点炮，"轰"的一声，炮弹立发，把满洲前队的兵士炸向空中。可怜这满洲军，不曾遇见过这样厉害的武器，霎时间血肉遍地，惨不忍睹。太祖急忙带众兵逃走，跑得快的才捡回了一条命。众贝勒经过这一仗都不愿再攻，劝太祖回去从长计议。太祖没有办法只得打道回府。到了沈阳，检点军士，丧失了几千人马，太祖不禁叹息说："我从二十五岁起开始打仗，战无不胜，攻无不克，想不到今天攻一小小宁远城，遇着这袁蛮子，吃了这么大的亏，可恨！可恼！"众贝勒虽然百般劝慰，无奈这满洲太祖好胜，始终苦闷。古语说："忧劳成疾。"满洲太祖又是六十多岁的老人，越发禁不起忧劳，从此便恹恹成病。天命十一年八月，一代雄主竟然长逝，传位给太子皇太极。

皇太极是太祖的第八个儿子，相貌奇伟，智勇双全。七岁时，他已能治理家政，深受父亲器重和疼爱。满族风俗立储不论嫡庶长幼，因此皇太极被立为太子。大贝勒代善等遵照父亲遗命，奉皇太极即位，改元天聪，清史上称他为太宗文皇帝。太宗即位后，遵照太祖遗愿，将八旗兵精简，伺机出发。一天，他正与诸贝勒商议军务，忽然听说宁远巡抚袁崇焕派李喇嘛等人前来吊丧，并祝贺新帝即位。

这明、清本是敌国，袁崇焕又是忠烈之士，为什么会派使节来呢？原来，自从袁崇焕击退满军后，朝廷因高第自撤守备且拥兵不救，将他革职。另任王之臣为元帅，升袁崇焕为辽东巡抚，驻守宁远，又令总兵赵率教镇守关门。袁崇焕效仿孙承宗先前的做法，与赵率教巡视辽西，修城筑垒，屯兵垦田，忙个不停。突然听说满洲太祖已逝，他便想借吊贺之名打探满洲虚实。又因满族信喇嘛教，便叫李喇嘛和他的亲信一起前往。

李喇嘛等人见到满洲太宗后，递上两封书信和礼单。太宗大略看了一下，见信中有释怨修和的意思，便对李喇嘛说："我国并不是不愿修好，只因七恨未忘，失和至今。袁抚虽想收兵息怨，却未必真心诚意，请喇嘛回去后，劝他以诚相见。"李喇嘛则从教义出发请太宗慈悲为怀，避免杀戮。太宗让范文程写好回信，交给部下方吉纳，让他率同温塔石等和李喇嘛共赴宁远。

袁崇焕接过回信便看了起来，看到'若要两国修好，必先以诚相待'一语时，将书信一扔，面带怒容，斥责方吉纳："你们国家派你们来送书信，到底是来挑战，还是来讲和？"方吉纳见他翻脸，只得回答请和。袁承焕说："既来请和，为何出言不逊？先不说别的，单是书信的格式已是对我朝不敬。回去告诉你的主子，要想修和，就得行藩属礼；要想打仗，就放马过来。我还怕你们不成？"说完，起身入内。

方吉纳等人怏怏退出，马上回去报告太宗。太宗一听，立即要发兵。众贝勒上前劝谏说："太祖刚刚驾崩，此时不宜兴兵。不如表面修和，暗中备战，等到他们的守兵懈怠了，我们再一举攻下。"太宗于是亲自写国书，详申七大国恨，并要求修和后，两国每年互赠礼品。写完后再次方吉纳、温塔石等人去送信。方、温二人只得硬着头皮再去宁远，并请李喇嘛陪同去见袁崇焕。

袁崇焕展开信一看，心中更为愤恨，但转念一想，辽西一带守备尚未完固，不如将计就计，婉言答复，等两年后，守备无懈可击时再决一雌雄。于是马上写回信，说太宗如果能酌情让步，自己会向明帝转达两国修好之意。写完，见李喇嘛在旁边，便让他也写信劝满洲息兵。两封信写好后，袁崇焕派杜明忠陪同方吉纳回沈阳。

过了几天，去使还没回来，警报却纷纷而至：一是平辽总兵毛文龙来报，说满洲入犯东江；一是朝鲜国王李倧，因满军入境，向明求援。袁崇焕看完，马上派赵率教等人率精兵驻守三岔河，又派水军前去支援东江。正调遣人马，杜明忠入帐呈上满洲回信。袁崇焕大略看了一下，信上有三个要求：第一，划定国界。山海关以内属明，辽河以东属满洲。第二，修正国书。满洲国主让明帝一步，明诸臣也应让满洲主一步。第三，每年互赠礼品。袁崇焕气愤地说："满洲侵犯我东江，并出兵朝鲜，一味蛮横，哪儿还用得着议和？"便置之不理，令水陆各军迅速出发。无奈朝鲜路远，一时来不及驰救，袁崇焕也觉焦急，眼睁睁地看着朝鲜将被满洲侵占了。

满洲入攻朝鲜

朝鲜国地滨东海，以前是殷箕儿子的封地。到了明朝，朝鲜国王李成桂受明太祖册封，每年进贡，世代为明朝藩属。当年杨镐四路出兵攻打满洲的时候，朝鲜曾出兵相助。杨镐战败，朝鲜兵也有很多被满洲擒获，满洲太祖释放朝鲜部将十多人，让他们带信给朝鲜国王，劝他好自为之。太祖逝世，朝鲜国不曾派人前来凭吊。太宗即位半年，正想出兵报复。正好朝鲜人韩润、郑梅因得罪国王，逃入满洲，愿充当向导。太宗马上任命二贝勒阿敏为征韩大元帅，当天整军出发。临行时，阿敏来拜辞太宗。太宗说："朝鲜得罪我国，出师声讨名正言顺。只是明朝总兵毛文龙盘踞东江，和朝鲜遥相呼应，不可不防！"阿敏说："依我看，得兵分两路。"太宗说："这倒不必。"说着，就在阿敏耳边悄授密计，阿敏领命而去。

探子来报，说是满洲兵入犯东江。东江是登莱海中的大岛，也叫做皮岛，岛阔几百里，是个军事要塞。明都司毛文龙召集辽东逃民，随时训练，建寨设防，东江逐渐成了一个重镇。明朝封毛文龙为平辽总兵，他心中也很得意。这次听说满兵入犯，急忙派兵抵御，一面向宁远告急。其实满兵这次出击并不是想夺东江，而是声东击西。毛文龙只知道固守东江，严防海口，却没料到满洲军已经悄悄渡过鸭绿江，直攻朝鲜的义州。等到袁崇焕调水兵到东江，满洲太宗担心明兵识破计谋，就亲自出巡，到辽河左岸安营扎寨，其实也是想牵制宁远的援兵。

那时，满洲军入攻朝鲜，势如破竹。刚开始攻陷义州，随后又攻破定州，占据汉山城，任意杀戮，到处抢劫，吓得朝鲜兵民四处逃窜。朝鲜国王李倧一向靠着明朝的威势安享荣华。此次听说满军入犯，边疆尽失，正惊慌得不得了，忽然有一个大臣来报安州失守，满军已经到了国都。他听了吓得目瞪口呆，如死人一般。还是这位大臣有点主见，一请国王派使臣去求和，二请国王速奔江华岛。原来这江华岛在朝鲜内海中，四面环水，号称天险。李倧听了这话，忙召集妃嫔，跟跄离开，并命大臣写好国书，派使臣去满洲求和。朝鲜使臣到了满洲军营，阿敏将他训斥一顿，拒绝议和。随后贝勒济尔哈朗与阿敏密商，说："明朝与蒙古联合，瞅着机会想进犯我国，我军不应久在国外，造成国内兵力空虚。朝鲜既然乞和，不如就此修好，收兵回国。"阿敏迫于众议，只得让朝鲜使臣谢罪订约。朝鲜使臣这才应命回去。

阿敏又下令进攻都城，诸贝勒入帐劝谏，阿敏不听。李永芳也入帐进谏，却被阿敏拍案大骂为降臣走狗，不配和他说话。骂得李永芳面红耳赤，哑口无言。军令如山，军中没人敢违拗，便拔寨前进，直指平山。这阿敏执意进军究竟是为了什么？原来，他自从领兵攻入朝鲜，战无不胜，沿途掳掠，得了许多金银财宝。他想朝鲜都内总是要繁华一些，趁此攻入，大抢一番，不正捡了一个大大的便宜吗？

满军到了平山，离朝鲜国都不远。阿敏打算趁夜入城，忽然听说朝鲜国王派他的族弟李觉求见。阿敏让他进来，只见李觉献上的礼单内写着：一百匹马、一百张虎豹皮、四百匹棉绸、五千匹布。阿敏不由得喜上眉梢，令军士检收。便派副将刘兴祚陪李觉回朝鲜，并叮嘱刘兴祚说："如果要议和，也得等我入都。"刘兴祚告辞出帐，帐外贝勒济尔哈朗又与他密谈了很久。刘兴祚点头会意，便跟着李觉到江华岛去了。

阿敏派走刘兴祚后，仍率军士攻城。军士虽不敢不去，却只在城下鼓噪，并没有什么大举动。接连好几天都没攻入，急得阿敏异常暴躁，一天到晚骂个不停。济尔哈朗等人婉言劝他宽心，却丝毫不起作用。一天，阿敏正想亲自督战，恰好刘兴祚回来了。刘兴祚先去见了济尔哈朗，说朝鲜已答应纳贡，因此带了李觉一块儿来订约。济尔哈朗点头说道："这样就好订立盟约了。"刘兴祚说："还得过元帅那一关。"济尔哈朗说不用。刘兴祚又说："如果元帅责骂怎么办？"济尔哈朗微笑着说："别怕，有我在。"便让李觉进来，与他订定草约，随后去见阿敏，说已订盟约。阿敏大怒："我是统帅，为什么对这件事全然不知？"济尔哈朗说："朝鲜已答应纳贡，我们也应议和，何苦让士兵这么劳累？"阿敏说："你答应议和，我可不答应。"济尔哈朗仍是微笑。忽然帐下来报："圣旨到，请大帅接旨！"阿敏急忙让军士摆好香案，率大小官员出帐跪迎。差官下马读诏："朝鲜有意求和，你们应立即与其订立盟约，然后班师回朝，不要任意妄为。"阿敏无奈，起来接了圣旨。送走差官后，阿敏才在盟约上签字，并暗中埋怨济尔哈朗，猜到是他秘密上奏的。心想，济尔哈朗硬要靠圣旨钳制自己，那自己就偏要掳掠一回。阿敏于是暗地里嘱咐亲信部队四处掠夺，又得了无数金银财宝，才满载而归。

太宗征服朝鲜后，便一心想攻打明朝。传令御驾亲征，让贝勒杜度、阿巴泰据守都城，自己带领贝勒德格类、济尔哈朗、阿济格、岳托、萨哈廉、豪格等人出征。军队渡过辽河，向大小凌河进军。

当时，辽东元帅王之臣与袁崇焕不和，明廷召回王之臣，并让袁崇焕统领关内外各军。袁崇焕听说满兵又来侵犯边界，急忙让赵率教带军前去御敌。赵率教到了锦州，听探马说大凌河已经失陷，便急忙命令军士将护城壕沟疏通、挖深，又往城上运了很多石块，并派人向宁远求救。

第二天，城下忽然来了许多明兵，大叫开门。赵率教上城侦察，问他们来自哪里。城下兵士回答，是从大凌河逃过来的。赵率教见他们没一点狼狈的样子，大喝道："养兵千日，用兵一时，难道是叫你们临阵脱逃的吗？你们辜负朝廷的豢养之恩，还有什么脸面入城见我？"城下的兵士还在喧哗。赵率教拉弓上箭射倒一人，并厉声说："你们再如此喧嚷，我叫你们人人都是这个下场。"于是城下兵士一哄而散。原来这些兵士有一半是被满兵捉住的明军，有一半是满兵穿汉装，冒充明军来骗取锦州的，幸亏赵率教窥破，没有中计。赵率教下城暗想："满主诡计虽已识破，但是满军明天肯定要来猛攻。现在守兵不足，援军还没到，这可怎么办？"踌躇良久，猛然大叫，"有了！"于是他马上命令贴身侍卫请钦差纪用过来商议。

纪用本是明廷太监，因为是魏忠贤的党人，便得了巡视锦州的差使。不料满兵前来，一时不能出城，他正着急，听说赵率教有请，便勉强出来应酬。赵率教在他耳边悄悄说了一番话，纪用本来也没什么办法，只好答应下来。赵率教大喜，马上写好信，让纪用署名，派人带去满营。满洲太宗看完后问："你是纪钦差派来的吗？"明使回答说是。太宗说："纪钦差既然有意求和，可亲自出城面谈。你们将军平日欺人太甚，我正想跟纪钦差讲明，请他转告明朝皇帝，以后如果攻破你们的城池，我也不会滥杀无辜的。纪钦差可别居他所，以免误伤。"说完，让差官回去了。赵率教听说后，让差官又前往满营传话："明天出城议和。"

第二天，纪用没出城。第三天，满营送信诘问是怎么回事，赵率教让纪用款待来使，设法延约。接连三天纪用都没有出城议和，太宗不免怀疑，晚上睡觉辗转不寐，猛然醒悟，披衣坐起说："错了，错了！我中计了！"原来赵率教让纪用求和，分明是缓兵之计。他要纪用出头，一方面是表面上推崇纪用，让他欢心；另一方面太监署名求和，容易使敌人相信，等到满洲太宗识破计谋，援兵早就到城下了。

当天傍晚，满洲太宗召集军士连夜夺城。不想已经来不及了，两边酣战没多久，援兵已经赶到锦州城。满军前后受敌，只得突围而去，边战边撤。明军趁势会合，追杀了五里，才鸣金收兵回去。

太宗见明军已退，便就地安营扎寨，派人到沈阳调发军队。没几天，沈阳兵到，太宗令新军做前锋，乘夜绕过锦州，偷袭宁远。此时正是仲夏天气，草木荫浓，虫声嘈杂，满军急进，直达宁远城北冈。太宗上冈瞭望，见城上旌旗不整，安静无声，便让军士倚冈下寨。众贝勒请求速战，太宗说："这是袁蛮子驻守的城池，难道会没有防备吗？这里面肯定有鬼。"还没安定下来，忽然西北一支人马，挂着袁字旗号，疾驱而来。太宗慌忙命军士迎敌。

不一会儿，明军向后撤退，太宗乘势追赶。将到城下，忽然从旁杀出一员大帅，手执令旗，指挥杀敌。这人不是别人，正是统辖关内外的袁崇焕。他自从锦州开战以来，便防着满军分兵偷袭宁远。当天，得知满军将到，便令城内偃旗息鼓，引诱满兵攻城，他却兵分两路，埋伏左右，等满军一到，就出来夹击。偏偏太宗倚冈立寨，不再前进。袁崇焕见此计不行，就暗令左翼兵上前挑战，自己仍然埋伏在城右。这次太宗上了他的当，前来追赶，他从右侧杀出，横截满军。被追的明军也转身奋战。太宗忙分兵抵御，无奈明军越战越勇，满军有些支撑不住。猛然看到袁崇焕带领诸将冲入军中，太宗急忙让阿济格、萨哈廉等人上前抗敌。阿、萨二人奉命出战。冷不防一箭射来，阿济格右肩中箭，险些落下马来。幸亏萨哈廉奋力救护，阿济格才逃回军中。

太宗见阿济格受伤，一面令部将瓦克达率精兵接应萨哈廉，一面令军士向后撤退。袁崇焕被萨、瓦二人牵制，来不及追赶。太宗撤退几里后，检点军士，已丧失不少，且萨、瓦二人还没回来。过了好久，才看到二人身负重创，带着残兵，踉跄奔回。太宗咬牙切齿道："这个袁蛮子，还真是厉害！怪不得我父亲在世时，也吃了大亏。此人不除，哪里能夺得明朝江山？"当下让济尔哈朗断后，自己则退回锦州。袁崇焕听说满军退去，料想太宗定有准备，便也收兵不追。

太宗过了锦州，命令后队猛攻一番，自己则率部众退回沈阳。袁崇焕击退满军，派手下向明廷告捷，满心期望能够得到赏赐，不料朝廷反而斥责他没有援救锦州。袁崇焕接旨后非常愤怒，请求辞官。皇上准奏，然后让王之臣代替袁崇焕。满洲太宗探得这一消息后拍手叫好，意图再举，只因兵士刚刚劳累一番，不得不休养一年，只好等第二年再出兵。到了冬天，探知明熹宗驾崩，五弟信王嗣位，魏忠贤被诛杀，太宗还不是很在意。等到明崇祯元年四月，探知明廷又起用了袁崇焕，太宗顿足道："我刚想发兵攻明，怎么这袁蛮子又来了？"这袁崇焕是怎么复出的呢？原来袁崇焕被罢免，都是魏忠贤暗中作梗，等到崇祯帝即位，一上来便杀了魏忠贤，升任袁崇焕为兵部尚书，赐他上方宝剑，令他即日起程。

袁崇焕到任后，立即将关内外重要的地方加固一番，置器械、屯良田。不到一年工夫已有成效，正是"一夫当关，万夫莫入"。满洲太宗听了这个消息，不敢轻举妄动，只是嗟叹不已。

光阴易过，转眼间便是明崇祯二年，满洲国天聪三年。太宗无所事事，又担心军心懈怠，便时常出猎校阅，既是消遣，又能探察军情。初秋的一天，太宗刚出猎回来，贴身小卒就向他报告说："明朝来了两员将领，说是到我国投降，这是他们的名单。"太宗接过来一看，上面写着孔有德、耿仲明两个名字。太宗迟疑了一下，便召贝勒多尔衮及内阁学士范文程入帐，将名单递给他们。多尔衮说："恐怕是明朝的奸细。"范文程说："听说他们没带兵马，而且是只身前来，我们干吗要怕他？不如召他进来，问了便知道。"太宗点头称是，马上召二人进来。二人进来后，一看到太宗就伏地大哭。

反间计

孔有德、耿仲明二人一见到满洲太宗便伏地大哭。太宗问他们为什么哭，二人说："我们都是东江总兵毛文龙的部将，袁崇焕督师蓟辽后，无故将我毛帅杀死。我们只好来请求您发兵攻明，替毛帅报仇，我们愿为前锋，虽死无恨。"原来毛文龙盘踞东江，固执倔强，袁崇焕见他跋扈难制，借口请他阅兵，然后用上方宝剑将他斩首。孔、耿二人都认毛文龙为义父，毛文龙被杀后，二人立即逃往满洲，甘愿做奸细。

太宗问道："你们是真心投降吗？"二人马上立誓："如有异心，神人共诛！"太宗说："你们二人想报仇，我可以代为出力，但山海关内外，有袁崇焕把守，不易攻克，你们可有什么好主意？"二人沉吟许久，耿仲明先开口说："关内外不易得手，为什么不绕道西北，从龙井关攻入？"太宗问："龙井关在哪里？"孔有德接口说："龙井关是明都东北的长城口，从这里走需要经过蒙古，才可以沿长城入关。过了龙井关，就可以从洪山、大安二口分道直捣遵化，遵化一拿下，北京就不保了。"太宗喜形于色，问道："你们俩愿意做向导吗？"二人齐声答应。多尔衮从旁边闪出来说："二位明将弃逆归顺，正是识时务者为俊杰。但不知二将前来，是否被明廷察觉？"二人齐声回答："我们俩是偷偷跑来的，不但明廷不知道，连关上的袁崇焕也未必晓得。"多尔衮说："既然如此，请你们速回登州。"太宗奇怪地问："我要他俩做攻明的向导，你为什么让他们速回登州？"多尔衮回答："我军此次攻明，肯定不是一两个月就可以攻下的。如果被袁崇焕知道，他从登莱调水兵潜入我境，那岂不是顾此失彼？好在二将前来，明廷还不知道，现在仍然让他们回登州，表面上归顺明朝，暗地里帮助我国。假如袁崇焕派他们来攻打我国，他们可以从中周旋；如果派了别的将领，他们可以预先通报我们，这不是很好吗？"太宗说："好是好，但没人带我们去龙井关了，怎么办？"多尔衮说："蒙古喀尔沁部已归顺我国，等我军到了蒙古，然后挑一个熟路的人做向导，便可进龙井关。以前蒙古从那里进献贡品给明廷，怎么会没有人认得路？"太宗大喜，便指着多尔衮，对孔、耿二人说："这是我皇弟多尔衮，足智多谋，计出万全，现在请你们依他的计策仍回登州，秘密行事，将来为我立功，一定重重有赏。"孔、耿二人领命而去。

这年十月，太宗亲自率八旗劲旅大举攻明。刚要起程，听说蒙古喀尔沁部派布尔噶图来进献贡品。太宗问他知不知道去龙井关的路，布尔噶图说："我几年前曾去过一次，还认得路。"太宗马上让他做向导，率大军出发。

没几天，太宗抵达龙井关，关上不过几百名守卒，见满洲军蜂拥而来，都吓得魂飞天外，四散逃去。满军整队而入，接着分两路进攻，一路进攻大安口，由济尔哈朗、岳托统领四旗；一路进攻洪山口，太宗亲率四旗兵队，连夜进发。当时明军只知道防守山海关，在大安、洪山二口没有设防，任凭满军浩浩荡荡地杀奔遵化。

明廷得到警报，急忙向山海关调兵支援。总兵赵率教率兵连夜前进，到了遵化东边的三屯营，望见前面密密麻麻的都是满军，将三屯营围得跟铁桶似的。赵率教一看自己的部众，不及满军的四分之一，虽然不是满军对手，但仍是冒死冲杀过去。眼看着孤军越战越少，赵率教满心期望城中出兵援应，谁知城内静寂无声。又拼死相战好久，见天色已晚，不由得又气又急，索性一马当先，杀开一条血路，直奔城下，大喊开城。城上乱丢矢石，赵率教大叫："我是山海关总兵，来援此城，快点放我们进去！"只听到城上守兵回答："主将有令，不论敌兵援兵，一概不准放入。"赵率教此时已经身负重伤，进退无路，看看部下残兵，也多半受伤不能再战，便下马向西拜了拜说："我已经尽力了。"随后拔剑，自刎而亡。

那时，满兵已到城下，把残兵扫得精光，随后乘胜登城。城中守将朱国彦一味闭关自守，不迎纳援军，害得赵率教自刎身亡。等到满军登城，他已无力抵御，忙回官邸穿好官服，朝着明都的方向叩完头，然后与妻子张氏一起悬梁自尽。

不到一个月，满军便浩浩荡荡杀到北京城下。明廷大为震惊，幸亏关外满桂带兵及时赶到，暂时挫伤清军的锋头。

太宗收了兵马，就在城北土城关的东面安营扎寨，下令明天奋力攻城。忽然豪格及额驸恩格德尔两人匆匆走进帐中说："袁崇焕又来了。"太宗大惊道："这袁蛮子真的又来了？"原来明廷自满军深入，传诏令各处人马迅速回京护驾，袁崇焕奉旨，立马派赵率教、满桂等人率军支援，自己也带领祖大寿、何可纲两总兵随后赶到。各路的援军在北京渐渐云集。崇祯帝将袁崇焕慰劳一番，令他统率诸路援军，扎营沙河门外，与满军对垒。满洲太宗听说袁崇焕又来了，不禁惊叹失声。豪格及恩格德尔见太宗不高兴，便大胆提议："袁蛮子又没有三头六臂，为什么要怕他？他现在刚到京城，肯定还很劳累，不如趁这机会，劫他的营寨，还怕不会胜利吗？"太宗说："说得有理，但袁蛮子骁勇多谋，怎么会不提前防备？你们既然去劫营，一定要处处提防他。左右分军，互相照应，才是万全之策。"豪格等领命出兵。

当时满营在北，袁营在南，由北往南，须经过两道隘口。恩格德尔自恃勇猛，一到右隘，就带了自己的人马从隘口进去。豪格一想，你从右入，我应从左进，但如果两边都有埋伏，左右都被困住就来不及救应，不是两路尽失吗？不如随前军进入右隘，好接应他。豪格便命军士也进右隘，起初还看得到恩格德尔的后队，等到转了几个弯，前军都不见了。正惊疑，猛然听到一声号炮，木石齐下，把去路截断了。豪格料到前军遭遇埋伏，忙令军士搬开木石，整队急进。幸好山上没有伏兵下来。没走几里，见前面聚着无数明军，把恩格德尔团团围住，恩格德尔左冲右突出不来。豪格当即率军拼命杀入，才将明军渐渐杀退，协助恩格德尔突围。并让恩格德尔前行，自己断后，慢慢回营。明军见满军有支援，也就不再追赶。

恩格德尔回去见太宗，狼狈万分，禀报太宗说："袁蛮子真是厉害，我中了他的计，如果不是豪格贝勒相救，我定然陷入阵中，不能活着回来。"太宗说："我叫你格外小心，你怎么这么莽撞？本应治你的罪，但念你一片忠心，饶你一次。"恩格德尔叩首谢恩，又谢过了豪格。太宗又说："袁蛮子在一天，我们忧愁一天，总得设法除掉他才好。"说着，令军士分头出去放哨，严防袭击。

第二天满洲探马来报，明营竖立棚木，开壕掘沟，比昨天防守得更严密了。太宗说："他是要和我打持久仗。我军远道而来，粮饷不能持续供给，怎么可能和他相持下去？"当即令群臣议事，文武毕集，太宗令他们各抒己见。诸将纷纷献策，有的说一举拿下，有的说慢慢磨，有的甚至提出退兵。太宗都不满意。旁边站着的一位文质彬彬的大臣一言不发，只是微笑。太宗一看，正是范文程，便问："先生您有什么高见？"范文程说："正有一计，此时不可泄露，待会儿我再秘密奏明。"太宗马上命文武各官都退出去，然后与范文程秘密商议。文武各官在帐外听到太宗的笑声，都摸不着头脑，疑惑不已。好一会儿，范文程才出帐而去。过了一天，传说北京德胜门外及永定门外有两封议和书，是满洲太宗写给袁崇焕的。又过一天，满军捉住明朝两名太监，太宗没审问他们，只是令汉人高鸿中监守。又过一天，满军退兵五里下寨。又过一天，高鸿中报告说明太监脱逃，太宗也不怪罪他。又过一天，高鸿中面带喜色，入帐报告说明督师袁崇焕被关进监狱，总兵祖大寿、何可纲奔出关外去了。太宗道："范先生好似一个智多星，这次除掉袁蛮子，真是我国一桩大幸事。"

这位神出鬼没的范先生，究竟献上的是什么妙计？正是兵书上所说的反间计。原来京城两门外的议和书都是由范文程捏造，然后派人偷偷放下的。守门的兵卒得了此书，飞报崇祯帝，崇祯帝便令亲信太监出城调查。不料途中遇到满兵，被他们捉去两名。这两名太监被捉进满营后，由高鸿中监守。高鸿中是汉人，与明太监语言相通，渐渐说得投机，不但不给他们用刑，还用好酒好肉款待他们。当天下午，高鸿中与二太监畅饮，有一个兵官模样的人进来见高鸿中，发现二太监也在那里后慌忙退出。高鸿中假装醉酒，忙起座追出门外，与兵官密谈。这两个太监见无人在座，便躲到门后窃听，模模糊糊地听到有人说："袁崇焕已经同意议和，明天早晨我兵退后五里下寨。"最后一句是"不要让明太监得知"说完，匆匆离去。二太监对视一眼，忙回座上，高鸿中也进来又喝了几巡，说是要准备行李，恕不陪饮。高鸿中离开后，两个太监趁这个空当走出帐外，见帐外无人把守，便一溜烟地跑了回去，详禀崇祯帝。崇祯帝因为袁崇焕擅自杀了毛文龙，已是很不高兴，听了袁崇焕私自议和的消息，便召见袁崇焕，斥责他擅自妄为，马上命令锦衣卫将他投入监狱。总兵祖大寿、何可纲听说主帅无故下狱，顿时很愤怒，率兵回到山海关。满洲太宗得知袁崇焕下狱，能不格外欢喜吗?

明军失了主帅，惊惶得不得了。偏这满洲太宗计中有计，并不趁势攻打北京，反而去固安、良乡一带游弋了一回。明廷还以为满军撤退，稍微放松防备，不料满兵又转回北京，直逼卢沟桥。此时，守城大将只有满桂一人还靠得住，其他的都是酒囊饭袋，全不中用。崇祯帝封满桂为大元帅，屯兵西直、安定二门，统辖全军，一面让各官保荐人才。经大臣金声的保荐，当即任用了一个游僧申甫。崇祯帝召见申甫时问他有什么才能，申甫回答："会造战车。"当场试验，颇觉可信，便升他为副总兵，令他招募新军，赴敌作战。

申甫奉命之后，在京城开局招兵，来的无非是些市井游手，或是申甫认识的僧徒，全然不知怎么临阵打仗。申甫冒冒失失地带着他们出城，战车在前，步兵在后，向满营冲了过去。满军守住营寨，全然不动。蓦地听到满营中一声战鼓，寨门一开，千军万马拥杀过来。申甫还准备让战车冲上去迎战，没想到推车的人早已不知去向。满军将战车推倒，提起大刀阔斧，杀入明军，好像削瓜切菜一般。这些乌合之众只恨爹娘少生两脚，没命地夺路乱跑。申甫见势不妙，准备转身逃走，没走几步，就被一满洲士兵起刀落砍死在地上。

崇祯帝听说申甫战死，越发仓皇着急，令满桂出城退敌。满桂上奏说两方兵力悬殊，不可轻易挑起战争。偏这明廷的太监天天怂恿崇祯帝，催促满桂速战速决。满桂只得率领孙祖寿等众人，出城三里，与满军展开肉搏战。这场厮杀与申甫出战全然不同，兵对兵、将对将，赌个你死我活，杀得天昏地暗。满洲太宗见两军相持不下，想了一计，令侍卫改穿明兵的衣服，趁天黑时混入明军队伍。满桂不防，误以为是城内援兵，不料这伪明军专杀真明军，引发明军大乱。可怜这骁勇善战的满桂死于乱军之中。满军大获全胜，个个想踊跃登城，不料太宗竟下令退军，这让众贝勒都疑惑起来。

国号大清

满洲太宗下令退军，众贝勒都来劝谏阻拦。太宗把缘由详述一番，说得众贝勒个个叹服。原来，太宗是担心将士作战已久，个个劳累不堪，而且又没有后援，再不退兵就犯了兵家大忌；就算攻下了城，也是守不住的，一旦明廷的援军四集，反而进退两难，所以决意离京。如果先把京城搅扰得民穷财尽，激起内乱，然后再乘隙而入，那明室江山也就唾手可得了。

太宗当下率领全军退到通州，那时是天聪四年。到通州后，又渡河东行，攻克香河、永平、遵化、迁安、滦州，径直进军昌黎。左应选率兵民固守，太祖连番进攻，都被击退。听说明廷又起用孙承宗代袁崇焕守山海关，太宗怕他率兵前来截断归路，便匆匆地收兵回国。回到国都后，文武各官都上奏庆贺，但太宗仍然面有忧色。众贝勒都进来问他怎么了，太宗说："袁蛮子虽然已进监狱，终究还没死，假如他被释放出来，又要与我作对，所以我放心不下。等他死了，你们再向我庆贺吧。"

过了几天，探子偷偷地送信说："袁崇焕已被处死，而且还被抄家。"太宗才松了一口气说："这人总算死了，咱们可以长驱直入明境了。"当时范文程在旁边，太宗便对他说："这次范先生立了首功。"范文程回答说："袁崇焕虽然已经死了，但孙承宗还在，山海关还是不容易拿下。"太宗说："等明年再说。只是明兵喜欢用大炮，我国刚好没有这种武器，必须赶紧制造，才好攻打明朝。"范文程说："这正是最要紧的事情。"随即招募工匠铸起红衣大炮，令军士练习射击。

转瞬间又是一年，众贝勒请求攻明，太宗和他们约定秋高马肥时进兵。当时孙承宗督师关上，收复滦州、迁安、永平、遵化四城，然后又整缮关外旧地，威名大震。没想到来了一个辽东巡抚邱禾嘉，与孙承宗意见不合。孙承宗决议先修筑大凌河城，邱禾嘉偏要同时修筑右屯城。工程日久，两城都还未完工，满军已进军城下，当时是天聪五年八月。

太宗带领精骑到了大凌河，掘壕竖栅，四面合围，让贝勒阿济格等人率兵前往锦州，阻击山海关的援兵。邱禾嘉听说满军已到，急忙率总兵吴襄、宋伟从宁远赶赴锦州。当时阿济格军还在途中，锦州城下，不见满军踪迹。邱禾嘉令吴襄、宋伟率兵进发到长山口，遇着满军，彼此交战，不分胜负。两边鸣金收军，扎好营寨，准备第二天继续拼杀。当天傍晚，太宗到阿济格营内亲自督战。

第二天，天色微明，满兵已张开两翼向明营扑来。不到一个时辰，就杀得宋伟和吴襄大败，两路残军，抱头奔窜。逃了几里，忽然前面来了一支人马，都身着满洲军的衣服，挡住明军去路，眼看着后面的追兵也到了，吴襄、宋伟只得拼命杀出重围，奔回锦州。邱禾嘉见了残军，惊惶万状，却又束手无策。此时，大凌河城虽连章告急，邱禾嘉却装聋作哑全不理睬。

大凌河城的守将是祖大寿和何可纲。他们本是怨恨明帝，但看在孙承宗的面上，才坚守此城。听说援兵已经败回，格外沮丧。祖大寿有一个兄弟叫祖大弼，曾是副总兵，有万夫不敌之勇，军中称他为万人敌；又因他向来粗莽，不管死活，别号"祖二疯子"。他仗着勇力，一意主战，趁夜率一百二十多名士兵装成满军，来到城下偷袭满营。正好太宗还没睡下，在帐中审阅文书，祖大弼拿着大刀率先入帐，用大刀左右乱劈，砍倒两名侍卫。太宗见祖大弼入帐行凶，忙拔出腰下佩剑，挡住祖大弼的大刀。当下交战几个回合，太宗不敌祖大弼，渐渐退后。祖大弼手下的士兵也陆续入帐，太宗正有些慌忙，幸亏阿济格带领十几个侍卫及时赶到。酣战一场，满洲侍卫有不少人受伤。等到满军越来越多，祖大弼才呼啸一声突围而去，此时祖大寿才知祖大弼出城劫营，忙率兵接应他回城。祖大弼检点部下，不少一人，只有几名士兵负伤。

第二天早晨，太宗下令急攻大凌河城，被祖大寿、何可纲抵死击退。又过了几天，满军的红衣大炮到了，击坏城外好几个堡垒。接着轰城，城墙被毁了一半，城中仍然固守。直到冬天，城里的粮食已经吃光了，然后开始吃牛马；牛马也吃光了，就开始吃人。祖大寿天天盼着援军，可援军就是不来，只有满主的招降书多次被射入城中，祖大寿不免动摇，便与何可纲密议。何可纲反对投降。祖大寿也顾不得何可纲了，夜里令部下亲兵到满营城下献上投降书，并决定第二天傍晚献城。何可纲得知，急忙来拦截，被祖大寿一箭射倒，由满军捉去。城内的士兵走的走，降的降。何可纲见了太宗，始终不肯投降，从容就刑。祖大弼不服兄意，一早就率将士出城去了。

祖大寿叩见太宗，太宗格外优待他，赐他一樽御酒。当天傍晚，祖大寿仍在大凌河城休息，梦见何可纲来索命。惊醒之后，想到自己卖友求荣，心里很过意不去。踌躇了好久，又忏悔了好久。第二天，去见太宗，太宗正在商议进取锦州。祖大寿献计说："拿下锦州不难。我的家小都在锦州，锦州的守将还不知道我降顺天朝，如果我假装逃回到锦州，作为内应，陛下发兵外合，取锦州易如反掌。我的家小，也可趁此接来。"太宗说："你不要食言！"祖大寿发誓以后，太宗让他出发。到了锦州，祖大寿听说邱禾嘉已经被弹劾，调往南京。关上督师孙承宗也被诬陷，请求辞官回家。祖大寿又把锦州巩固一番，诡报满洲太宗，说："这里我的心腹很少，各处客兵很多，巡抚巡按防守很严，请您先别急着发兵。"太宗于是班师而去。

　　这年冬天，孔有德大闹登州，赶走登莱巡抚孙元化，杀了总兵张可大。第二年，四万明兵攻打登莱，孔有德等人打不过，向满洲告急。太宗认为朝鲜已归服于他，登莱也没什么用，于是让孔有德等人返回满洲。孔有德便和耿仲明将金银珠宝装了几船，来到沈阳见了太宗说："辽东旅顺是要塞，现在守备空虚，可以去偷袭。"太宗于是发兵千名，让孔、耿二人去袭击旅顺。过了几天，军中报捷说旅顺已攻下，杀死明总兵黄龙，招降副将尚可喜。太宗大悦，让孔、耿二人回国，留尚可喜据守旅顺。孔、耿奉命回国，孔有德受封为都元帅，耿仲明受封为总兵官，之后，尚可喜也被封总兵。从此耿、尚、孔三将，居然成了满洲的开国功臣了。

　　满洲太宗从大凌河城班师回国后，养精蓄锐。一年后的一天，满洲太宗校阅完军队，下令随征察哈尔部，并征集各部蒙古兵向辽河进发。察哈尔部在满洲西北，源出蒙古，是元朝末代顺帝的子孙。当年满洲太祖起兵的时候，察哈尔的势力非常强大，曾做内蒙古各部的盟长。察哈尔部的首领是林丹汗。天命四年，林丹汗以狂妄的口气致信满洲。随后又掠夺蒙古诸部，诸部苦不堪言，多来归服满洲，请满洲出兵讨伐察哈尔部。太宗趁兵马强壮，便发兵渡了辽河，绕过兴安岭，攻入察哈尔背后。林丹汗猝不及防，只得徒步逃跑。满军乘势追杀，一直追到归化城，捉不到林丹汗，却拿明朝边境的百姓出气，将归化城劫掠一空。

　　满洲太宗两次入明，所得财帛不计其数，再加上内蒙古各部落都被收服，正是府库日丰、版图日阔的时候。一天，察哈尔部遗族来投降。太宗问明缘由，才知林丹汗逃奔青海，因病身亡，他的儿子额哲势孤力竭，只得率领家属向满洲乞降。太宗当下开城纳入额哲并接受他的降礼。额哲献上了一个无价的宝物。

　　这宝物正是元朝历代皇帝的传国玺。太宗得玺后，焚香告天，非常得意，于是开朝庆贺。诸贝勒联名上疏，请太宗进尊号。边外诸国派遣使者献书，愿做臣属。蒙古各部也将几个有姿色的女子献给满洲太宗。太宗随即创设三院：内国史院，内秘书院，内弘文院。国史院负责编制实录，记录国主起居情况；秘书院负责草拟敕书，收发奏章；弘文院负责讨论古今政事得失。太宗让范文程召集三院文官，策划称尊典礼。又修建天庙天坛，添造宫室殿陛。不到几个月，称尊大礼已经策划好，建筑也告成，随即尊太宗为宽温仁圣皇帝，改国号为大清，改天聪十年为崇德元年。选了吉日，祭告天地。当下下令在天坛东首另筑一坛，排齐全副仪仗，簇拥御驾，登坛即位。这天，天气晴和，晓风和煦，满洲文武百官，都随太宗来到天坛，司礼各官已敬候两旁，焚起香烛。

太宗下了御驾，龙行虎步地走近香案对天行礼。拜跪完，司礼官读过祝文后，诸贝勒拥着太宗走上高坛。太宗走到绣着金团龙的大坐椅前，徐徐坐下，只觉得万人屏息，八面威风。诸贝勒大臣以及外藩各使都恭恭敬敬地向皇上行三跪九叩礼。孔有德、耿仲明等降将格外严肃谨慎，遵礼趋跪，不敢稍错分毫。宣诏大臣捧着满、汉、蒙三种文书，站在坛东，布告众人，坛下的军民黑压压地跪了一地。等到宣诏官读完谕旨，众人一齐高呼"万岁万岁"，声音远驰百里。礼毕，太宗慢慢下坛，由众贝勒大臣护驾回宫。

第二天，供上列代帝祖尊号，追尊努尔哈赤为承天广运圣德神功肇纪立极仁孝睿武端毅钦安弘文定业高皇帝，庙号太祖，追封功臣，配享太庙。称宫殿正门为大清门，东门为东翊门，西门为西翊门，大殿正殿仍遵太祖时所定名号，只有后殿改名中宫，是皇后居住的地方。中宫两旁添置四宫：东为关雎宫，西为麟趾宫，次东为衍庆宫，次西为永福宫，作为藏娇的金屋。册封大贝勒代善为礼亲王、贝勒济尔哈朗为郑亲王、多尔衮为睿亲王、多铎为豫亲王、豪格为肃亲王、岳托为成亲王、阿济格为武英郡王。此外文武百官，都有封赏。任命范文程为大学士，作为宰相。孔有德、耿仲明、尚可喜三降也因劝进有功，得了恭顺王、怀顺王、智顺王的称号。整个满洲国喜气洋洋，只有太宗一人不怎么惬意。这是为什么呢？原来当天称尊登极时，外藩各使都行跪拜礼，只有一国使臣不肯照行，因此违逆了太宗。太宗便想出一条以力服人的计策来。

朝鲜投降

清太宗登极之日，不愿跪拜的外使，正是天聪元年征服的朝鲜国派来的使者。朝鲜国王李倧本与满洲约为兄弟，此次派遣使者来贺喜，因不肯行跪拜礼，被太宗当日遣回，并派差官送信诘责朝鲜国王。过了一月，差官回国，说朝鲜国王拿到信后没有看，仍然让他把信带回。太宗立即召群臣商议，睿亲王多尔衮、豫亲王多铎请求发兵出征。太宗说："朝鲜贫弱，谅他也不敢与我为敌。他敢如此无礼，必定是最近又勾结明廷，乞了护符。我国要想东征朝鲜，应先出兵攻明，挫了明朝的锐气，免得明朝出来阻挠。"多尔衮说："主上考虑得是，我们请求马上攻打明朝。"太宗又说："你们二人是东征的统帅，现在攻明，只搅扰他一番便回，剩下的让阿济格等人去办就好了。"当即召阿济格入殿，封他为征明先锋，带兵二万驰入明境，并叫他得手便回。阿济格领命而去。不到一个月，阿济格派人报捷。太宗于是让阿济格班师回国。

清廷自从阿济格班师后，立即发大军讨伐朝鲜。当时已是隆冬，太宗祭告天地太庙，冒寒亲征，留郑亲王济尔哈朗据守都城，命武英郡王阿济格屯兵牛庄以防御明军。睿亲王多尔衮、豫亲王多铎率领精骑做前锋，太宗亲率礼亲王代善等人，以及蒙旗、汉军为后应。这次东征是改国号为清后的第一次出师，出征队伍自然比以前威武许多。

到了沙河堡，太宗让多尔衮及豪格分别率领左翼满军、蒙古各兵，从宽甸入长山口；让多铎及岳托统率先锋军一千五百名，直捣朝鲜国都城。朝鲜兵向来都是宽袍大袖，不善打仗，一听说清兵杀来，早已失魂丧胆，逃的逃，降的降。义州、定州、安州等地都是朝鲜要塞，清兵一路杀来，势如破竹，一直杀到朝鲜都城。朝鲜国王李倧急忙派遣使者前去慰劳清兵，奉书请罪，暗地里将妻子、孩子迁往江华岛。朝鲜使臣迎拜太宗，呈上国书。太宗怒责一番，把来书掷还，喝左右逐出来使。李倧听了这个消息吓得魂不附体，马上率亲兵出城，渡过汉江，留守南汉山。清兵拥入朝鲜国都，都内居民都来不及逃跑，只得献上子女和珠宝。太宗下令禁止奸淫掳掠。入城三天后，已是腊月末，太宗就在朝鲜国都设宴庆祝新年。

过了几天，满洲太守又率大兵渡过汉江，打算攻下南汉山。这时朝鲜国内的全罗、忠清二人各带援兵赶到南汉城，太宗便让军士停驻在江东，背水立寨。先锋多铎率兵迎击朝鲜援兵，几个回合后，朝鲜兵阵势已乱。多铎舞着大刀，左右扫荡，好像秋风扫落叶，嗖嗖几声，对面的敌营成了一片平地。李倧听说援兵溃败，又派人到满营乞和。太宗让英俄尔岱、马福塔二人带信，要求李倧章亲自出城觐见，并将损毁两国盟约的罪魁献上。李倧回信称臣，乞求不要出城觐见和献上罪魁。太宗不答应，令部队围攻汉城。

　　当时多尔衮、豪格二人领左翼军进军朝鲜，由长山口攻克昌州，打败安黄、宁远等地来的援兵，来会太宗。太宗一面让多尔衮督造小船，袭击江华岛；一面让杜度将红色大炮运送过来，准备攻城。多尔衮马上造好船只，率兵渡河。岛口虽有三十艘朝鲜兵船，听说清兵到来，勉强出来拦阻。哪里禁得住清兵一股锐气，没过多久，朝鲜兵船内已都挂上大清旗帜，舟中原有的兵役都不知去向。

　　清兵夺了朝鲜兵船，飞快渡河登岸。岸上又有几千名士兵，被清兵一阵乱扫，逃得精光。清兵乘势前进，走了几里，见前面有几间房屋，外面只有一圈矮墙。清兵一跃而入，大刀阔斧地劈了进去，只见屋内空空洞洞，寂无人影。多尔衮令军士仔细搜寻，顿时搜出二百多人，大半是青年妇女、黄口幼儿，被清兵抓出后，个个乱抖。多尔衮也觉不忍，便婉言盘问，有王妃、王子、宗室、群臣家属，还有几十名仆役。多尔衮立即下令将他们软禁，派士兵好好看守，并派人回去报捷。

　　这时杜度已将大炮运到，向南汉城猛烈轰击。危急万分之时，李倧又接到清太宗送来的谕书，说："江华已经攻下，你的全家安然无恙，请速带罪魁祸首出城相见。"李倧别无他法，只得献上乞降书，一一照办。清太宗又令他改奉大清为正主，将朝鲜二世子做人质。李倧这时，除了俯首听命外，没有半点异议。当下就在汉江东岸筑坛张幄，约定第二天前去朝见。第二天，李倧率几个部下出城，快到南汉山时，下马步行。

　　走到坛前，只见旌旗鲜明，阵仗森严，坛上坐着一位雄主，威芒毕露。李倧又惊又惭，呆立不动。只听坛前一声喝道："至尊在上，为何不跪拜？"慌得李倧连忙跪下，接连叩了九个响头。两边奏起乐来，鼓板声同磕头声恰巧合拍。奏乐完毕，坛上又宣诏说："你既然归顺，此后不得随意建造城墙，不得擅自收留逃兵，每年朝贡一次。你国三百年的社稷，几千里的疆域，我自会保它无恙。"李倧连声称是。太宗离开座位下坛，让李倧跟着来到营帐，令他坐在自己左侧，并赐宴。

　　此时多尔衮已知李倧投降，便带领朝鲜王妃王子及宗室、大臣家眷来到御营。太宗让人送他们回汉城，留下李倧的长子和次子做人质。第二天，太宗下令班师回朝。

　　太宗大获全胜，回去后又将在朝鲜获得的牲畜分赐诸将。过了几天，朝鲜派人押解三人到沈阳。这三人便是倡议毁盟的罪魁祸首，一个叫洪翼溪，原任朝鲜台谏，一个叫尹集，原任朝鲜宏文馆校理，一个叫吴达济，原任朝鲜修撰。这三人曾劝国王与明修好，不承认满洲国王，此次被押到满洲，还有什么可说，自然是身首异处。清太宗斩了这三个人，然后全力攻明。正遇上明朝流寇四起，李闯王、张献忠分别搅扰陕西、河南、四川等省，最为猖獗。明朝的将官多次调兵围剿流贼，无暇顾及边疆。太宗马上命令孔有德、耿仲明、尚可喜三降将攻入东边，明总兵金日观战死。崇德三年，太宗授多尔衮为奉命大将军，统率右翼兵，岳托为扬武大将军，统率左翼兵，令他们分道攻打明廷。

明朝的蓟辽总督吴阿衡终日饮酒，不理政事，清兵直逼城下，他仍是酒醉不醒。等到兵士通报，吴阿衡迷迷糊糊地起来召集兵将，冲杀出去，正遇上清将豪格。吴阿衡冒冒失失地战了两三个回合，就被豪格一刀劈在马下，旗下士兵霎时四散逃跑。清兵也不停留，从卢沟桥良乡，连拔四十八城，高阳县也在其内。原督师孙承宗此时正住在家中，听说清兵入城，手无兵马，如何拒敌？竟服毒自尽。子孙十几人各执器械，愤愤赴敌，清兵一个不留神，被他们杀了几十名。最后因寡不敌众，孙承宗的子孙陆续身亡。此外四十多座城的官民，逃的逃，殉节的殉节。

清兵又从德州渡河，南下山东。山东州县飞书告急，兵部尚书杨嗣昌仓促调兵遣将，一面派山东巡抚颜继祖速往德州阻截，一面派山西总督卢象昇入京护驾。颜继祖接到命令后，忙率济南防兵，连夜向北行军，到了德州，只剩一座空城。颜继祖忙又率兵回济南，到了济南，又是只剩一座空城，而清兵早已渡河北行。颜继祖叫苦不迭，只得据实禀报。杨嗣昌到这时，非常惶恐着急，密奏皇帝，说敌兵深入，胜负难料，不如讲和。

崇祯帝不好明允，暗地里令高起潜主持和议。正巧卢象昇奉命入京，一意主战，崇祯帝让他与杨嗣昌、高起潜商议。卢象昇奉命与二人商议了好几次，始终与二人意见不合。卢象昇愤恨不已，便说："你们主和，为世人所耻。长安口舌如锋，你们难道不怕重蹈袁崇焕的覆辙吗？"杨嗣昌一听不禁脸红，勉强回答："你不要用长安的流言飞语来吓唬我。"卢象昇说："我从山西入京，途中几次听到这个传闻，到京后又听说高公已派周元忠与敌讲和。我可以被欺骗，难道国人都能容忍被欺骗吗？"随即怏怏告别，奏请与杨、高二人各分兵权，互不牵制。奏折呈上后，兵部决议，将宣大、山西兵力归属卢象昇，山海关、宁远兵力归属高起潜。崇祯帝批准，并升卢象昇为尚书，让他即日出师。

卢象昇旗下的士兵不到两万，只因奉命前驱，也不管好歹，竟向涿州进发。途中听说清兵三路入犯，也派部下分路防堵。不料清兵风驰雨骤，明军驰防不及，各城多望风失守。杨嗣昌立即奏请削了卢象昇的尚书头衔，又把军饷扣住不发。卢象昇从涿州到保定，与清兵相持几天，还没分出胜负，军饷已经供应不上。卢象昇催促运粮食，毫无结果，转眼间军中就没了粮食，军士个个面带菜色。卢象昇猜到是杨嗣昌从中作梗，自知必有一死。清晨出帐对着将士四面拜道："我与将士同受国恩，不怕没有来生，只怕不能为国捐躯。"众将士被他感动得哭作一团。他们随即擦干眼泪，表示愿随卢象昇出城杀敌。卢象昇到了巨鹿，环顾手下兵士，只剩五千人。参赞主事杨廷麟禀告卢象昇说："这里离高总监大营只有五十里，为什么不前去请求支援？"卢象昇回答："他只怕我不死，怎么肯援助我！"杨廷麟说："先试试再说？"卢象昇不得已，只好派杨廷麟前去。临别时拉着杨廷麟的手，流泪说："我以死报国，不负国家所托。"杨廷麟去后，卢象昇等了一天，望眼欲穿，救兵终究没来。卢象昇说："杨君没有负我，负我的是高太监，我死又有什么？只要死在战场上面，杀几个敌人，偿还我的命，才不算白死。"于是进军到嵩水桥，正好遇到清兵蜂拥前来，一声呼哨，把卢象昇的五千人围住。卢象昇将五千人分作三队，命总兵虎大威领左军，杨国柱领右军，自己领中军，与清兵决一死战。清兵围合几次，卢象昇杀开几次。清兵也怕他，便渐渐退去。卢象昇收兵扎营。

当夜三更，营外喊杀连天，炮声震地。卢象昇知是清兵围攻，忙率虎大威、杨国柱等人奋力抵御，无奈清兵越来越多，把明营围得铁桶似的。两军相持到天明，明营内已是弹尽粮绝，虎大威劝卢象昇突围逃走。卢象昇说："我受命出师，早知必死。这里正是我死的地方。请你们突围而走，让我以死报国！我内不能除奸，外不能平敌，死了算了！从此与你们长别。"说着，单枪匹马冲入敌阵，乱砍乱劈，杀死几百名清兵，自己也身中四箭三刀，大叫一声，吐血而亡。

卢象昇死后，杨廷麟才空手而回，到了战场，已空无一人，只见愁云如墨，尸骨成堆。杨廷麟不禁泪下，检点尸体，已是模糊难辨，忽然看到一具尸首露出麻衣，仔细辨认，正是卢象昇。原来卢象昇遭逢父丧，请求为父守节，皇帝不许，卢象昇无奈挥泪从戎。杨廷麟得到遗尸，痛哭下拜，亲自将他殓埋，然后与顺德知府于颖联名上奏。杨嗣昌却说卢象昇轻敌以致身亡，死不足惜。崇祯帝听信了谗言。等到高起潜连夜逃回，朝廷众臣才知是高起潜拥兵不救，于是纷纷谴责他。高起潜被打入刑部大狱，审问属实后，崇祯帝将他正法。杨嗣昌却没受到任何惩处，后来督师讨贼，接连战败，畏惧自杀。

美人计

清兵屡次得胜，正打算继续进军，忽然接到太宗的谕旨，令他们回国。多尔衮、多铎等人不敢违命，只得率领兵士，仍从青山口回去。归国后，问太宗为什么班师回国。太宗说："要想夺取中原，必须先夺山海关，要想夺取山海关，必须先夺宁、锦诸城。不然我兵深入中原，而关内外的明兵把我后路截断，兵饷无法供给，进退两难，那不是自讨苦吃吗？"多尔衮、多铎等人立即奏请出兵进攻宁、锦。太宗准奏，下令即日发兵，直抵锦州。锦州守将祖大寿，多次抵敌，屡屡击退清兵，相持两年，仍然屹然不动，并杀死了清将岳托。崇德五年，太宗亲征，没有拿下锦州，写信诘责祖大寿欺君，祖大寿并不理会。太宗把锦州城外所有的庄稼，全部割下，捆载而归。

崇德六年，太宗发兵攻打锦州。祖大寿知道后，急忙向蓟辽总督乞援。蓟辽总督洪承畴、巡抚邱民仰带着王朴、唐通、曹变蛟、吴三桂、白广恩、马科、王廷臣、杨国柱八个总兵，十三万士兵，四万匹马，从蓟州东直指宁远。所带粮草，足以支撑一年。探马飞报清太宗，太宗立即令拔营，向松山进发。松山在锦州城南十八里，西南一座杏山，两峰相对，成为锦州城的掎角，向来有明兵屯扎，保卫锦州。太宗率范文程等人上山瞭望，见冈峦起伏，曲折盘旋，杏山的地势与松山也差不多，只是杏山后面还隐隐有一层峰峦。太宗问范文程："杏山外面的峰峦是什么山？"范文程答："是塔山。"太宗望了许久，又俯瞰山麓，见旗帜飘扬，料想是明军大营。便下山回帐，令全军摆成长蛇阵，从松山到杏山，接连扎寨，横截大道。明军见清营挡住去路，连忙赶来阻拦，被清兵一阵炮箭击退。第二天，清兵也去袭击明营，明军一阵炮箭将清兵射回。

当夜，太宗又与范文程等人商议军务。太宗说："我军依山据险，立住营寨，大可无虑，只是彼此相持，旷日持久，怎么办才好？"范文程说："为什么不去偷袭明军的粮库？"这一番话把太宗提醒了，便说："他们的粮草，我想一定在杏山后面，难道就在塔山那边？"范文程说："据我所知，的确如此。"太宗问："从这里到塔山，有没有小路？"范文程把辽西地图仔细审视了一遍，寻出一条僻径，正是从杏山左边，曲折绕出，通到塔山，忙将地图呈上。太宗看过地图，见有小路，心中大喜。随后召多尔衮、阿济格入帐，令其率领步兵，趁夜去偷袭明军粮库，并将地图给他们，嘱咐他们按图寻路，不得有误。

二人领命，急选矫健步兵几千名，静悄悄地出营，靠着杏山左侧疾速行军。正巧星月双辉，如同白昼。疾跑了几十里，到了塔山，正是四更，抬头四望，并没有什么粮草。阿济格说："这都是老范搞的鬼，叫咱们白跑了许多路。"多尔衮说："先上山看一看，再决定怎么行事。"二人便令军士留在山下，只带几十名亲兵，上山探察。见前面又有一个山冈，冈上林木翁翳，辨不出有没有粮库，只是冈下有七个营盘，寂静无声。多尔衮对阿济格说："我看前面七营，一定是护着粮草的人马，正好乘他不备，我们杀过去。"随即下山把部队分作两翼，阿济格率左翼军，多尔衮率右翼军，向明营扑去。这明营内的军士因有松山大营挡住敌兵，毫不防备。睡得正香的时候，猛被清兵捣入，人来不及披甲，马来不及架鞍，连逃走都没时间，哪里还能抵敌？霎时间七座营盘，纷纷散溃。清兵跑到冈上，见有数百车粮草，立即搬运下山，按原路返回。洪承畴得到消息后，率兵追赶，已是来不及了。

洪承畴用兵，颇为小心谨慎，不肯鲁莽。到了宁远，又因祖大寿派兵偷偷出城传话：切勿恋战，只宜步步立营。谁知兵部尚书已换成陈新甲，屡次派人催促洪承畴出战。洪承畴只得出师松山，把粮草运到笔架冈，留下七个营寨的兵士守护。此次听说被劫，哪能不恼？他无可奈何，只得进逼清营，想与清兵大战一场，分个胜负。清太宗料知明军前来必定舍命冲杀，因此令部下坚守不动。洪承畴率将士冲杀几次，毫不见效，想出一个偷营的法子，故意退兵十里下寨。随即令军士饱餐一顿，准备停当，静待中军号令。晚上天色微黑，淡月无光，到了三更，洪承畴下令王朴、唐通为第一队，白广恩、王廷臣为第二队，马科、杨国柱为第三队，曹变蛟、吴三桂为第四队，依次进发，先后照应，自己与巡抚邱民仰守住大营。

王朴、唐通率兵到清营附近，只见清营中裹着一股杀气，阴森逼人。王朴向来胆怯，对唐通说："我看清营有所准备，我们不如回去。"唐通说："奉命前来，有进无退，怎么能中途返回？"于是唐通在前，王朴在后，向清营扑入。猛听到一声令下，骨碌碌的弹子、哗啦啦的箭杆，从清营齐射出来，把前队冲锋的明军打倒一半。王朴、唐通急忙令军士退回，还没走几步，两边突然杀出两支清兵，左边是多尔衮，右边是多铎，将明军冲成两截。唐通、王朴夺路而逃，清兵随后追来。正在这危急关头，白广恩、王廷臣赶来，把清军截住。两边酣斗起来，互有伤亡。忽然从旁边又杀出一支人马，为首的有三员大将都戴着红顶花翎，正是孔有德、耿仲明、尚可喜。白广恩、王廷臣见清兵有人接应，无心恋战，便边战边撤。清兵不停地追赶，幸亏马科、杨国柱兵到，白广恩他们得了援应，才得以走脱。

那时，曹变蛟、吴三桂一军本是明营内的后应兵，等三队兵马都出发后，才率兵出营。走了几里，见唐通、王朴率领残兵回来，两队相见，才知清营有备。第一队军已经战败而回，二将急忙策马前进，接应第二、三队人马。忽然听到后面鼓角声喧天，炮声迭发，吴三桂回头一望，对曹变蛟说："难道清兵来攻击我大本营。"曹变蛟说："为什么我们一路走来，并不见有清兵？"话还没说完，忽然有一个兵卒从背后赶到，气喘吁吁地说大帅有令，请二位将军速回。吴三桂问他怎么回事儿，兵卒说清兵已闯入大营，请两位速去救援！吴、曹二人，忙令军士退回。到了大营附近，见有无数清兵在与明军混战，洪承畴亲自督战，唐通、王朴等人也竭力抵御，左阻右拦，还是招架不住。曹变蛟一马当先，杀入清兵阵中，吴三桂率兵跟上，与清兵混战多时，清兵仍然不肯退回。等白、王、马、杨四将到齐，才合力将清兵杀退。这一场恶战，明军损伤无数，才知道清兵的厉害。

原来清太宗料到明营未败而退，必有阴谋，一面令豪格、阿济格等人从小路绕到明军背后，袭击明营；一面令多尔衮、多铎埋伏在寨外，孔有德、耿仲明、尚可喜接应两边，所以明军不能得手，反被清兵前后夹击，受了损失。太宗又料明军经此一挫，势必退走，当下命令诸将，于第二天夜间抄小路，出杏山、塔山，分路埋伏，并一一授以密计。自己亲督大军，严阵以待。大约到了一更天的时候，探子回报明营已动，太宗立即率军杀向明营。明将洪承畴、邱民仰率领曹变蛟、王廷臣两总兵，马上迎战。那时唐通、白广恩、马科、杨国柱、王朴、吴三桂六位总兵，因营中粮绝，奉命退回宁远。六总兵互相援助，陆续退去。快到杏山时，忽然从山边冲出一支清军，截住去路。明军因前次被劫营，受了惊吓，此时又见清兵杀来，都吓得两腿发软，勉强上前抵敌。正交战，胆小如鼠的王朴已率部队爬过山头，逃入杏山城。剩下的五个总兵与清兵相持。见清兵刀削剑剁，勇悍异常，明军不由得心惊胆战，争先逃走。蓦然听到山腰里鼓声如雷，驰出一支人马，高举明军旗帜。五位总兵各自惊讶，还以为是宁远救兵前来接应。谁知到了面前，这支人马不杀清兵，专杀明军。弄得五位总兵摸不着头绪，叫苦不迭，霎时间七零八落，眼见得不能驰回宁远，只得像王朴一般奔入杏山城内。清兵见他们奔入杏山城，也不追赶，只将明兵丢弃的甲胄炮械搬运了回去。

洪承畴、邱民仰等人和清兵混战许久，清兵有增无减，明军有减无增。他们刚想往西撤退，谁知清兵云集西面，无法杀出；营盘又保不住了，无奈只有退入松山城。清兵将松山城围住。过了一天，从杏山回来的清兵到御营报功，说："杏山兵想逃往宁远，被我军杀得四散逃窜，从杏山到塔山，积尸无数，跳海的也不计其数。只剩下吴三桂、王朴等人带了几个残兵，落荒而逃。"太宗大喜，让范文程一一记功，说："这次洪承畴已中我计，就算插翅也难飞走，现在请先生写一封招降信，逼他投降。"范文程说："招降洪承畴不太容易。不如多写几封招降书给他的部下，扰乱他的军心，再对洪承畴下手。"太宗点头同意了。第二天将写好的招降书射进城去。城中只是坚守，毫无反应。太宗令军士猛攻也不见效果。这天，李永芳入帐献计说："城内副将夏承德与我是故交，不如让我写一封招降书过去，以高官厚禄引诱他，令他献城。"太宗说："如果真有这人，那就辛苦你了。"李永芳写好书信，呈给太宗。太宗正想派人将书信射入城中，李永芳说："这样不行，要秘密行事才好。"太宗说："那就不好办了。"范文程在旁说："这也不难。"太宗问他有什么好办法，范文程回答："我猜松山城里现在已没什么吃的了，他们应该很想突围，但因我军四面围住，无隙可击，所以闭城固守。如果这时暂开一面，诱他出来突围，我们暗地埋伏，让他一个都逃不出去，他定然又跑回城中。趁他们开城，我们派兵假扮汉人，混入城内，便可将信暗中送给夏承德。"太宗拍着手说："好！好！就照你说的办！"于是立即让豪格带领城西将士依计行事。

当夜，松山城西面围兵撤去。果然曹变蛟开城出来，后来又被伏兵截住，仍然回城，这时信使就乘隙混入城中。第二天夜里信使回营，报告说是与夏承德的儿子一同回来的，并且夏承德答应在明天夜里献城。太宗非常高兴，将夏承德的儿子留住在营内，就等明天破城。此时松山城内粮食已尽，洪承畴等人束手无策，只等一死。这天洪承畴上城巡阅一圈，因清兵围攻稍微松懈，到了傍晚便下城吃晚饭。黄昏的时候，守城士兵忽然报告说，清兵已经登城，洪承畴急忙命令曹变蛟、王廷臣率兵抵敌。洪承畴正想上马督战，蓦然见军士来报说："王总兵阵亡了。"洪承畴大惊。过了一会儿，邱民仰也踉跄奔过来说："曹变蛟也战死了，请您设法自保，我只有以死谢恩。"刚说完，就拔刀自刎。洪承畴此时也想拔刀自刎，转念一想，就算是死也要保全尸首，不如投缳自尽好了。于是解下腰带，挂在梁上。冷不丁背后来了一个人，将他一把抱住，旁边又有几个人，将他捆绑带走。这抱住洪承畴的人，正是夏承德，捆绑洪承畴的人，正是李永芳等人。洪承畴知道自己被擒，闭目无语，被夏承德等人牵到清太宗面前。太宗忙让范文程为洪承畴松绑，并劝他投降。洪承畴坚决不投降。范文程又说："您都到这里了，死又有什么好处？不如归顺清朝，打拼后半生的事业。"洪承畴说："我只求一死，拒绝投降。"这话惹恼了旁边的多铎、豪格等人："他既然想死，就赏他一刀好了，不必同他啰嗦。"范文程频频暗示，多铎、豪格等人全然不睬，只想拔刀杀了洪承畴。太宗喝令他们出帐。然后将洪承畴交给范文程，让他慢慢劝降。

原来洪承畴颇有威望，一直被孔、耿等人推崇。此次太宗费尽心机，才将洪承畴擒住，想让他转而效忠自己。范文程带洪承畴回到自己营中，将什么时务不时务，俊杰不俊杰的足足谈了半夜。偏这洪老先生垂着头、屏着息，像死人一般，任你口吐莲花，他始终一言不发。第二天，仍然闭目端坐，饭也不吃，水也不喝。范文程又变了一套话语，和他谈了许久，他仍是缄默不语。范文程也不由得懊恼起来。太宗的军帐里接连报捷，锦州拿下了，祖大寿投降了，杏山、塔山攻克了。太宗下令拔营回国，范文程带着洪承畴回到国都，并且又劝了他一回，结果洪承畴仍是不理。

凯旋后，文武百官照例上朝祝贺，宫里各妃嫔也打扮得花枝招展，迎接太宗，一起贺喜请安。太宗最爱的是永福宫庄妃。庄妃生得轻盈妖媚，聪明伶俐，她本是科尔沁部贝勒寨桑的女儿，姓博尔济吉特氏，献给清太宗后，被列为西宫，生下一子，就是以后入关定鼎的世祖章皇帝福临。这晚，太宗在永福宫歇息。第二天一早，太宗出宫理政，问范文程："洪承畴那边怎么样了？"范文程回答："这老顽固简直不可理喻。"太宗说："你要慢慢来。"忽然士卒来报说，明朝派职方司郎中马绍愉等人来乞和，此刻正在都城二十里外等候。太宗说："明朝既然来乞和，理应迎接。"便让李永芳、孔有德、祖大寿三人出城迎接明使。李永芳等人走后，太宗也退入便殿。才过晌午，永福宫的太监入见，跪报洪承畴已被娘娘劝服了。太宗惊喜地问："真有此事吗？"

原来洪承畴人本刚正，只是非常好色。这天被幽禁在侧室，他是决意等死，毫无他念。早上，红日满窗，只听到门外"咣当"一声，门渐渐打开，一个青年美妇袅袅婷婷地走上前来，顿觉一股异香扑入鼻中。

洪承畴不由得抬头一看，只见这美妇真是绝色，鬓云高盘，面如出水芙蓉，腰似迎风杨柳，一双纤纤玉手，丰盈有余，柔若无骨，捧着一把玉壶。洪承畴惊讶不已，正在胡思乱想，那美妇樱口半开，朱唇微启，轻轻地呼出"将军"二字。洪承畴想回应，怕不好；不回应，又不忍，便轻轻地应了一声。这一声呼应，引得那美妇问长问短。先将洪承畴被掳的情形问了一遍，洪承畴大略相告；随后美妇又问起洪承畴的家眷，得知他上有老母，下有妻妾子女，于是佯装凄惶的样子，一双俏眼垂泪两行。顿时惹得洪承畴心动不已，不由得酸楚起来。那美妇又好言劝慰，随即提起玉壶，让洪承畴饮茶。洪承畴此时已觉口渴，又被她美色所迷，便张开嘴喝了几口，将味儿一辨，竟是参汤。美妇知他已经中计，索性跟他明说："我是清朝皇帝的妃子，因怜悯将军特来相劝。如果将军一心求死，只会于国无益，于家有害。"洪承畴说："除死以外，我还有什么办法？难道真的降清不成？"美妇说："实告将军，我家皇帝并不是要夺取明室江山，他曾多次写信想与明朝议和。无奈明帝偏听谗言，多次反对议和。今天想请将军暂时降顺，为我家皇帝主持和议，使得两国不再征战。另一方面也请将军秘密写一封信，报知明帝说身在满洲心在明廷。现在明朝内乱不断，明朝皇帝听说将军为国调停，绝不会为难将军家属。那时家也保住了，国也保住了。将来两国议和以后，将军想留在这里也好，想回国也行，不正是两全其美吗？"一席话说得洪承畴心悦诚服，不由得叹息："话是这么说，但不知你家皇帝肯让我这样做吗？"美妇回答："这事儿包在我身上。"然后又提起玉壶，让洪承畴喝了几口，然后嫣然一笑，抚花拂柳地出去了。这美妇不是别人，正是太宗最宠爱的庄妃。因听说洪承畴不肯投降，她便在太宗面前毛遂自荐，没想到她竟劝降洪承畴，立了一个大功。

从此清太宗更加宠爱庄妃，竟立她所生的儿子福临为太子，在清史上留下一段佳话。

多尔衮的痴念

洪承畴降清后，太宗任命他为参赞军机，又赐给十几名美女。洪承畴不由得感激万分。因为担心家眷遭到杀害，他就依照吉特氏的提议写信给明廷。当时，明朝的崇祯帝还以为洪承畴已经为国捐躯，大为痛心，亲自写下祭文，正要亲奠，谁知洪承畴的密信来到，说自己暂时降清，以屈求伸。崇祯帝长叹一声，下令停止祭奠。因看到信中说以屈求伸，便不去为难洪承畴的家眷，且因马绍愉等人赴清议和，对松山失策的将官也一概不去追究。

马绍愉等人到清都后，见到太宗，双方均赞成和议。回国后，马绍愉先将和议情形密报兵部尚书陈新甲，陈新甲看完后，放在桌上，被家童误当做紧急情报发往各地，闹得国人皆知。朝上主战的人都弹劾陈新甲主和卖国，崇祯帝严斥陈新甲，陈新甲倔犟不服，竟被崇祯帝下令投入监狱。没几天，便将陈新甲正法。这究竟是怎么一回事呢？原来陈新甲因洪承畴兵败，与崇祯帝密商和议，崇祯帝听信陈新甲的提议，只是要顾着面子，嘱咐他死守秘密，不可声张。所以马绍愉等人出使和议，廷臣还不知道。后来和议的消息泄露，崇祯帝恨陈新甲不遵谕旨，又因他出言顶撞，激得恼羞成怒，将他斩首。从此明清两国的和议永远不可能了。

太宗得知消息，便令贝勒阿巴泰等人率兵攻明，毁长城、入蓟州，转到山东，攻破八十八座城池，俘获三十七万民众，掠得牲畜、金银珠宝各五十多万。

等到阿巴泰凯旋而归，清太宗照例论功行赏，摆酒接风。宴饮完毕，太宗回到永福宫，这位聪明伶俐的吉特氏又陪着太宗，饮酒几巡。当晚，太宗竟发起寒热，头晕目眩。第二天，宣召太医入宫诊视，一切朝政，交由郑亲王济尔哈朗、睿亲王多尔衮暂时代理。又过了几天，太宗病势更加严重。多尔衮手足情深，每天入宫问候几次。一天傍晚，太宗自知病入膏肓，握住吉特氏手，气喘吁吁地说："我今年已经五十二岁了，也到大限的年龄了。但不能亲自统一中原，与爱妃共享晚年，未免遗恨。现在福临已立为太子，我死后他应即位。可惜福临年幼无知，不能让他单独理政，看来只好委托亲王了。"吉特氏听后，呜咽不已。太宗下令宣召济尔哈朗、多尔衮入宫。二人入内，来到御榻前，太宗让他们在旁边坐下。二人请过了安，坐在一旁。太宗说："我已病入膏肓，将与二王长别，只是考虑到太子才刚六岁，不能治理朝政，他即位后，还靠二王顾念我们是亲兄弟，同心辅政。"二人齐声说："我们一定尽力。"太宗又让吉特氏牵了福临，走近前，指着他们对济尔哈朗说："他们母子两人都托付给二王了，二王不要食言！"二人回答："如背圣谕，皇天不佑。"多尔衮说到"皇天"二字，已抬头偷瞧庄妃，只见她泪容满面，宛若一枝带雨梨花，不由得怜惜起来。可巧吉特氏一双泪眼也正往多尔衮的脸上偷瞄了两眼。多尔衮正在出神，忽然听到一声娇喘："福哥儿过来，给王爷请安!"多尔衮这时才转视太子，直起身子，只看到济尔哈朗早站立在旁，与小太子行礼了，自觉迟慢，急忙向前答礼。礼毕，与济尔哈朗同到御榻前告别，走出内寝。多尔衮回到府邸后，胡思乱想了一夜，不能安睡。

第二天一早，内宫太监就来宣召多尔衮入宫。多尔衮奉命前去，只见太宗已奄奄一息，旁边坐着济尔哈朗，已握笔代写遗诏了。他走到济尔哈朗旁，等遗诏写完，济尔哈朗递给他瞧了一眼，就立即转呈太宗。太宗略略一看，竟气喘痰涌，掷纸而逝。一阵痛哭之后，多尔衮和济尔哈朗出宫传令，大学士范文程等人，先写红诏，后写哀诏。红诏是皇太子即皇帝位，郑亲王济尔哈朗、睿亲王多尔衮摄政。哀诏是大行皇帝于某日晏驾字样。左边是满文，右边是汉文，颁发出去，顿时万人披麻戴孝，全国哀号。济尔哈朗、多尔衮一边率各亲王、郡王、贝勒、贝子，以及格格、福晋、命妇等人齐集太宗梓宫前哭灵，一边让大学士范文程率大小文武百官，齐集大清门外，依序站立哭灵。接连好几天，用一百零八人将太宗灵柩请出梓宫，奉安崇政殿，由部院诸臣轮流看守。

太子福临奉遗诏即位，行登极礼。六岁的幼主，面南为君，倒也气度雍容，毫不胆怯。登极这一天，由摄政两亲王率内外诸王、贝勒、贝子及文武群臣朝贺，行三跪九叩礼。由阁臣宣诏：尊皇考为太宗文皇帝，嫡母、生母并为皇太后；以明年为顺治元年；王公大臣以下的各官，各加一级。王公大臣叩首谢恩。新皇帝退殿回宫，王公大臣都退朝回家。皇太后吉特氏，母凭子贵，居然尊荣无比；但她是聪明绝顶的人，寻思着自己孤儿寡妇，终究不安定，不得不另外计划一下。幸亏多尔衮与她心心相印，无论大小事情一律禀报，办理国事比郑亲王还勤劳。过了几天，多尔衮检举阿达礼、硕托诸人悖逆不道，暗劝摄政王自立为君，经刑部审讯属实，立即正法，并罪及妻儿。吉特太后听说后，格外感激，竟传懿旨，让摄政王多尔衮见机行事，不必避嫌。多尔衮出入内宫，从此无所顾忌，有时就在大内住宿。宫内外办事的人不体谅皇太后、摄政王两人苦衷，就造出一种不尴不尬的传言来，连郑亲王济尔哈朗也有闲话。多尔衮奏明太后，让济尔哈朗出军攻明，圣旨一发，济尔哈朗只得奉旨前去。当时明朝大将吴三桂为宁远守将，严密抵御，清兵一时难以拿下。济尔哈朗也不去猛攻，越过了宁远城，把前屯卫、中前所、中后所这些地方，骚扰一番，匆匆地班师回国。

过了一年，便是大清国顺治元年，明崇祯帝十七年。元旦这天天气晴朗，清顺治帝御殿，受朝贺礼，外藩各国也派使臣前来觐见。整个国都别有一番兴旺景象。一个月后，太宗下葬于安昭陵，丧仗庄严，吊丧使节随行。皇太后、皇帝、各亲王、郡王、贝子、贝勒、文武百官，以及公主、格格、福晋、命妇都依次恭送。摄政王多尔衮格外小心服侍吉特太后，又见太后后面，有一位福晋，生得如花似玉，与太后芳容不相上下。多尔衮暗想："我只知太后是个绝代佳人，不料无独有偶。满洲的秀气都集中在两人身上，又都是咱们自家人，如果能得到这个两美人，正是人生极乐的境遇，还要什么荣华富贵？可笑去年阿达礼、硕托等人还劝我做皇帝。咳！做了皇帝，还好胡作非为吗？"这位福晋是谁的眷属？正是肃亲王豪格的妻子，摄政王多尔衮的弟媳妇。

奉安礼结束后，清廷没什么大事。郑亲王济尔哈朗，仍令军士修整器械，储备粮食，然后厉兵秣马，等塞外草木繁盛，再大举攻明。时光易逝，又是暮春，济尔哈朗打算出兵，多尔衮不是很愿意，因此出征的日期还没决定。这天，多尔衮在书斋中批阅奏章，忽然来了大学士范文程，向多尔衮请过了安，一旁坐下，接着禀报多尔衮说："北京已被李闯攻破，听说崇祯帝已自尽了。"多尔衮吃了一惊："有这种事？"范文程说："李闯已在北京称帝，国号大顺，改元永昌了。"多尔衮说："这个李闯，忽然做了中原皇帝，猜想他是有点本领的。"范文程回答说："李闯是个流寇首领，听说他也没什么本领，只因明崇祯帝不善用人，把事情弄得一团糟，所以李闯得以长驱入京。现在听说李闯非常暴虐，把城中的金银珠宝抢劫一空，又将明朝大臣个个绑起来，勒令献出金银，甚至施用酷刑，金银抢尽后将他们一一杀掉。明朝臣民没有不切齿痛恨李闯的。如果我国乘此出军，打着讨伐贼子的旗号布告中原，那时明朝臣民必望风归附，驱流贼定中原，就在此一举。"多尔衮听完，沉吟半晌才回答："这件事要慢慢商量！"范文程又竭力怂恿，说机不可失。无奈多尔衮另有隐情，只是踌躇不决。范文程快快告退，第二天，又派人到睿亲王府第，呈上一封信，多尔衮拆了一看，只见上面提出发兵的种种理由和一些意见。多尔衮看完后，叹道："这范老头儿说得的确不错，但我恰巧有一桩心事，不能与范老头儿说明，我还是夜间入宫，与太后商量后再说吧。"

这晚，多尔衮入宫去见太后，便把范文程的话叙述一遍。太后吉特氏说："范老先生的才识，先皇在时也很佩服。他既然主张出军，就请王爷照他所说的行事。"多尔衮说："人生如朝露，我只想与太后长享快乐，就已知足。为什么要出兵打仗，争这中原？"太后说："话不能这么说，我国虽是统一满洲，但总不及中原繁华，如果能趁此机会，得了中原，我跟你的快乐还要翻倍。而且你才三十几岁的人，来日方长，此时出去立场大功，将来有多荣耀啊。将来您以下，人人畏服，还有谁敢来饶舌？"多尔衮仍是沉吟，太后见他不愿出兵，便竖起柳眉，故作怒容："王爷要什么，我就给你什么。今天要你出军攻明，你却不去，这是什么意思？"慌得多尔衮连忙赔罪："太后不要生气，我马上就去！"太后便对多尔衮似笑非笑地瞅了一眼。多尔衮说："我出军以后，只有一事不放心。"太后问他什么事。多尔衮说："豪格老和我作对，屡造谣言，我怕他对新君不利。"太后说："这件事随你处置。"

多尔衮领命出宫，便召固山额真何洛会，秘密商议了一夜。第二天早上，何洛会立即联络数人，一起弹劾肃亲王豪格言辞悖妄，扰乱朝政。多尔衮马上和郑亲王等人一块儿审讯豪格。豪格不服，仍出言顶撞。多尔衮立即说他悖妄属实，将他废为庶人。

之后，多尔衮奏请南征，没多久就起行了。起程这一天，范文程恭敬地将征战诏书和大将军印颁给多尔衮。多尔衮叩首受印，随同豫亲王多铎、武英郡王阿济格、恭顺王孔有德、怀顺王耿仲明、智顺王尚可喜、贝子尼堪博洛、辅国公满达海等人，率领八旗劲旅、蒙汉健儿进军中原。

冲冠一怒为红颜

山海关内外的守将是明总兵吴三桂。当时吴三桂已被封为平西伯，驻守宁远，因朝廷降旨催促他入京支援，他便率众西行。到山海关，听说京都已陷，明帝殉国，便令军士扎住营寨，徘徊不进。忽然探马来报说："爵帅全家都被李闯捉走了。"吴三桂大怒，率兵入关。正逢李闯派降将唐通带着白银五万两，以及吴三桂父亲吴襄的书信来招降吴三桂。唐通途中遇到吴三桂的大军，便入帐求见。吴三桂问明来意，唐通取出吴襄的书信交给吴三桂。吴三桂拆开，大略一看："君逝父存，你如果早点投降，不仅能得到通侯的赏赐，还能保全孝子的名声。"吴三桂迟疑不决，唐通又说："崇祯已死，明朝已没有国君了，您无法使国君复活，难道还要看着你父亲也去死吗？不如归降吧。"吴三桂说："既然如此，我为了父亲，只能投降，请您先行回话，我马上入京来见新主。"唐通又索要回信，吴三桂便潦潦草草写了几句，交给唐通带回。接着召集众将，把降顺李闯的原因大概说了一下。部将冯鹏阻拦，吴三桂不听。没几天，李闯派来的守关将吏已率兵赶到，吴三桂把关上事务交给来将，便带了几千精兵向燕京进发。

到了滦州，有家人求见。吴三桂唤他进来，详细询问家中近况。家人便将吴襄被掳，家产被抄的情形详细禀告。吴三桂说："这倒没事。我现在已到京城，我父亲自然会被释放，家产也自然会归还。"家人说："现在京内是闹得不像样子，闯王入京后，拷逼大臣，苛索财物，这先不说。宫内的皇后妃嫔多半随崇祯帝殉节，而没死的宫娥采女都被闯王收为妃妾。昨天听说咱家的姨太太也被闯王选入后宫，现在还不知道她的死活呢。"吴三桂急忙问："哪个姨太太？"家人回答："就是陈……"吴三桂接口问："是陈圆圆吗？"家人说："不是陈圆圆，还能是谁？"吴三桂不听还好，听了这话，大叫一声"爱姬"，便晕倒了。

陈圆圆是太原人氏，原名陈沅，能诗会画，又善弹琴，因遭乱流落，沦为玉峰歌伎，艳名远扬。吴三桂在京师时，曾与她有一面之缘，彼此仰慕。随后沅娘的艳名被藩府田畹知晓，千金购艳，并改名圆圆。田畹是崇祯帝一个宠妃的父亲，仗着皇亲势力，蓄有数百万家私，自从得了陈圆圆，百般宠爱，无奈老夫少妇终不匹配。

适逢李闯攻陷西安，秦王存枢被捉；李闯转而攻陷太原，晋王求枢被杀。秦、晋二府邸累代积蓄都扫得干干净净。田畹暗暗着急，终日愁眉不展，陈圆圆便乘机建议说："宁远总兵吴三桂部下都是精锐，国丈为什么不和他结交，也好有个靠山？"田畹大喜，正巧吴三桂入京觐见，便设宴相请。吴三桂正惦记着陈圆圆，听说她身入田邸，正苦于难得会面，一听田畹相邀，便立即赴席。席间说起清兵强悍和流寇猖獗的事情，田畹便托他保护家人财产。吴三桂谦让一番，田畹生怕他不答应，格外殷勤，叫出后房的众歌姬，奏曲陪酒。吴三桂仔细一瞧，虽是个个妖艳，但不见那可人儿陈圆圆，便问田畹："前些日子我听说玉峰歌伎陈沅娘已进入贵邸，为什么众歌姬中，单单没有她？"田畹听吴三桂提起陈圆圆，呆了半晌，只因有事相求，不得不召陈圆圆出来。过了一会儿，陈圆圆应召而出，田畹让她向吴三桂行礼。吴三桂一边举手相让，一边瞧那陈圆圆，只见她宛似宝月祥云，别具神采，比起当年初见时，虽稍有些消瘦，却更显得玉质娉婷。陈圆圆见吴三桂瞧她，便报以嫣然一笑，低垂粉颈，另有一种娇羞态度。吴三桂再转眼看众歌姬，觉得蠢俗异常，便对田畹说："西施在这里，难为众艳了，请国丈让她们都进去吧。我只想请沅姬鼓琴一曲，静心领悟，便感激国丈厚谊。"田畹于是命众姬退出，让陈圆圆坐在旁边鼓琴。侍女抱琴给陈圆圆，陈圆圆便轻舒皓腕，默运慧心，弹了一曲《湘妃怨》。吴三桂是将门之子，颇识琴心，知道陈圆圆自怨嫁错，不由得喃喃自语："可惜，可惜。"

田畹刚想询问，忽然家人送来战报，接过一瞧，不禁魂驰魄落。吴三桂在旁边遥望，战报上写着："代州失守，周遇吉阵亡"九个大字，便说："代州一失，京城就危险了。"田畹说："我已风烛残年，却要遭此一劫，无奈啊！"吴三桂趁此机会，竟借着酒意，慷慨回答："我蒙国丈雅爱，愿意全力保护您的府第，但有一事相求，请国丈见谅！"田畹问他什么事。吴三桂说："就是这位沅姬，如果国丈肯将她赐给我，我誓为国丈效死。"田畹一听这话，又怒又悔，勉强回答："我也不吝啬一个歌伎，但不知圆圆愿不愿意？"此时陈圆圆已弹完琴，就禀告田畹说："我随国丈几年，怎么会忍心离开国丈？但贱妾事小，国丈事大，国丈有令，我不敢不从！"吴三桂大笑道："沅姬愿意，沅姬愿意。"忙起身向田畹谢赐，接着让仆役抬进暖轿，让陈圆圆拜别皇亲，然后押着陈圆圆上轿，出了田府，自己上了马，扬鞭而去。田国丈被弄得目瞪口呆，既不忍割舍，又不好拦阻，只得眼睁睁地由他劫去。

吴三桂劫娶陈圆圆后，将她看得像活宝贝似的。陈圆圆又向来仰慕他是当世英雄，三生有幸，两人情投意合，真个是你侬我侬，有说不尽的情话。不料明廷降旨，令吴三桂迅速出关。军中不能随带姬妾，吴三桂硬着头皮，别了爱姬，率兵赶到关上，心中却时时刻刻思念这位陈姑娘。这次通过家人得知陈姑娘已被李闯劫去，顿时魂灵飞到了九霄云外，立即晕倒。幸亏家人及时施救，吴三桂这才醒过来。他咬牙切齿，誓报此恨。当下率诸将驰回山海关，赶走关上李闯的部下，令军士为崇祯帝服丧，设座遥祭，歃血为盟，立志扫灭李闯，为明复仇。这消息传到燕京时，李闯正在宫中取乐。得知消息后，不觉大惊失色，立即率二十万大军亲征。又令降将唐通、白广恩率两万骑兵绕出关外，夹攻吴三桂。

吴三桂正准备抵御，忽然兵卒来报，清国摄政王多尔衮带领十万雄兵就要到宁远了。吴三桂急了："内有闯贼，外有清兵，叫我怎么对付？"转念又想："与其把明室江山送给闯贼，不如送给满洲人。闯贼，闯贼！你夺了我的爱姬，我也顾不了那么多了。"便写好信，令副将杨坤、游击郭云龙向清军乞援。此时，清摄政王多尔衮领兵到了翁后，距宁远城只有几里，听到平西伯吴三桂派使者求见，当即传令入帐。杨坤呈上书信，多尔衮一看竟是乞援信。

看完信后，多尔衮便将书信递给旁边的范文程、洪承畴。两人看完后，范文程先开口："王爷大喜，中原可轻易到手了。"多尔衮说："这全靠您费心了。"洪承畴说："这次去中原，不怕灭不了李闯了。但这次我们是为明讨贼的义军，和前次入塞不同，还请王爷告诫将士，经过各府州县时不得乱杀人民、焚烧房舍和抢劫财物。敢违令者，军法处置。如此施行，中原人民定会望风投诚，万里江山，唾手可得。还望王爷明鉴！"多尔衮点点头，接着说："吴三桂的来信，怎么答复？"范文程说："请先招降吴三桂，让他与李闯交战，等两边困乏，我军率领精锐援应吴三桂，驱逐李闯，那时一定大获全胜。"多尔衮说："好！那就麻烦您了。"这位才学深通的范老先生，就濡墨拈毫，马上将回信写好，呈给多尔衮。多尔衮看后，将封好的书信交给来使。然后就拔营进发，到了连山，又有明使来催清兵入关。多尔衮应允，并遣回来使。

那时，吴三桂日夜盼望清兵到来。不料清兵还没到，李闯先到，吴三桂急忙将关内的百姓驱入营中，又挑选精锐登关固守。正筹备时，猛听到一声大炮，如雷震耳，吴三桂向西瞭望，只见尘土飞扬，千军万马向东杀来，后面隐隐有一黄盖，簇拥着一个须眉如戟、鹰目鹄鼻的主帅。吴三桂料想是李闯，恨不得一手抓来，将他碎尸万段，当下激励将士，开关出战。李闯见吴三桂出来，率兵直冲，把吴三桂困在垓心。吴三桂毫不畏惧，率着铁骑左冲右突，顿时喊杀声连天，山摇地动。从早晨杀到日落，闯军还是没被杀退，吴三桂担心兵士疲乏，忙冲开敌阵，率兵入关。李闯不敢紧逼，令部下一齐下寨。

吴三桂入关后一检点军士，发现伤亡惨重，不禁号啕大哭。众将士也都跟着哭了起来。忽然士兵来报，闯将唐通、白广恩已带两万人马从关外杀来，吴三桂大惊，立即登楼遥望，果然看到东南角有一支大军打着大顺的旗号，旋风般地奔驰而来。吴三桂喃喃地说："真的是贼将又来了，内外受敌，我该怎么办？"话还没说完，只听到东北角炮声震天，一支军队疾驰而来，旗帜飞扬，隐隐有红、黄、蓝、白四色，吴三桂又自语道："难道是清兵来了吗？"正在踌躇，探子已上城飞报，说清豫王多铎、英王阿济格已率兵来援。吴三桂不禁转悲为喜，对众将士说："清军已到，可以无虑。今夜请诸位好好守关，明天我们出关迎接清军。"

这晚，将士们都睡了个好觉。第二天早晨，唐通、白广恩进兵攻关，吴三桂选了五百名精兵，携着大炮，开关向东出发。吴三桂率兵冲开一条血路，直奔清营，当即下马求见。多尔衮立刻派人迎入。吴三桂一入帐，见上面坐着威风凛凛的多尔衮，于是急忙下拜。多尔衮离座相扶，请吴三桂入座。吴三桂立即哭诉李闯不仁、残毁宫阙、故主自尽及全家被掳的情形。多尔衮说："这李闯的确可恨。我定为你报仇雪恨。"吴三桂忙接着说："王爷仗义兴师，为我报仇雪恨，我非木石，怎么敢辜负您的恩泽？"多尔衮说："承蒙天佑，夺取中原后，定以王爵来回报你。"吴三桂称谢，并请速速发兵相救。多尔衮点头，让多铎、阿济格入帐与吴三桂相见，随即对二人说："你二人带五千人马，去杀退关外贼军！"二人奉命前去。多尔衮召进洪承畴、祖大寿等人，与吴三桂共叙寒暄。洪承畴是吴三桂的故帅，祖大寿是吴三桂的舅舅。三人谈到明室情形，各自叹息。

　　不多时，多铎、阿济格二人入帐报捷，说贼将唐通、白广恩已经被赶走了。原来唐通、白广恩自松山一战，已经知道了清兵的厉害，见清兵来支援山海关，早已望风生畏，鼠窜而去。吴三桂便请多尔衮入关，又祭告天地，歃血为盟。当下多尔衮让众人分别坐下，商议军事。洪承畴说："现在闯贼率众向东进军，都城必然空虚，如果我们派兵从关外绕道，越过居庸关，袭破京师。等贼军回来支援，在关上的军队堵其后路，在京城里的军队扼其前路，就算他李闯再怎么凶悍，也会被一举擒住。这才是万全之策。"吴三桂听到这席话，暗暗着急，忙说："关内百姓盼望大军如望云霓，如果派兵潜入并偷袭京城，多费时日，而且又让百姓失望，现在不如趁着锐气驱逐逆闯，况且王爷顺应民意讨伐逆贼，更应堂堂正正，义军所到之处，无人不服，何必用此计谋？"多尔衮问："闯贼的兵力怎么样？"吴三桂答："贼兵虽多，但都是些乌合之众，我只有七千人马，就能与他杀个平手，更何况王爷带来的大军个个是英雄，哪有杀不过闯贼的道理？我愿意打头阵。"多尔衮说："既然如此，明天先与他决一胜负，再作打算。"

　　第二天早晨，多尔衮升帐指挥作战，令吴三桂率领本部人马攻贼右面，自己的兵马攻贼左面，一声鼓号，开关出战。两边排着阵势，相较之下李闯的兵力比清军多了一倍。多尔衮对吴三桂说："贵爵愿冲头阵，那就请您先攻！"吴三桂得令后，领着本部人马向闯兵最多的地方杀了过去。多尔衮则领着英、豫二王驰上东山，立马观战，洪承畴、祖大寿、孔有德、尚可喜等人也随着多尔衮上山。只见对面山上，李闯也挟着明太子、诸王等人，指挥旗下贼众，贼众张开两翼将三桂军围了四五重。吴三桂的人马冲杀几十回，喊杀声震动海峤。多尔衮惊叹："好厉害！好厉害！打从我带兵以来，入塞也好几次，从没有经过这样的恶斗。"说时迟，那时快，海滨忽然刮起了一阵怪风，把尘沙卷入空中，顿觉天昏地暗，不辨彼此。多尔衮惊道："不好了！吴三桂快支撑不住了，赶紧去救他！"多铎、阿济格应声而出，跃马下山，洪承畴、祖大寿、孔有德、尚可喜等人也跟着下山，一声号召，万马奔腾，一齐向敌阵冲入。

李闯正在山上督战，见大风过处，飞尘四散。等到尘开日出时，见有无数辫发兵横跃入阵，带兵的都是红顶花翎，不觉失声叫道："这满洲兵怎么来了？"急忙向山下撤退。贼军不见主子，纷纷大乱，满汉各军追赶四十里，杀了几万人，才收兵回关。

多尔衮令关内的士兵和百姓全部剃发，吴三桂首先遵令。剃完头发后，立即请求做前锋，多尔衮令他率两万人马当天起程。吴三桂连夜赶路。李闯奔一城，吴三桂捣一城。李闯派遣使者求和，吴三桂理都不理。一个逃，一个追，直到燕京城下。李闯逃入京中，令部下驻扎城外，抵挡吴三桂。但哪儿禁得住吴三桂当先端营，不到半天，城外的营寨已不复存在。李闯又派兵出城迎战，结果被吴三桂杀退，真是：一夫拼命，万夫莫当。李闯怕了，忙派使者求和，愿与吴三桂平分中原。吴三桂见了来使，不等他开口，便将他斩首，当下率军士猛攻京城。

忽然听到城上一片哭声，吴三桂抬头一看，竟是自己的父母妻儿，两手被捆，背着刑具，向城下哀求："全家人的性命都在你手上，你还是投降吧！"吴三桂到了这时，只觉异常悲愤，大叫道："我决不会投降！"城上问道："你难道连你爹娘都不要了吗？别忘了你是他们生养大的。今天你爹娘为了你，要下黄泉，你忍心吗？"吴三桂颤声说："父母的大恩大德，孩儿不是不知。但我与闯贼势不两立，今天有他没我，有我没他。如果闯贼敢动父母，我发誓将他生擒活剥，为父母报仇！"话还没说完，就听到城上"嗵"的一声，扔下一颗血淋淋的头，接着又是二三十颗。吴三桂让军士拾起一瞧，不由得从马上坠下。

入关定鼎

从城上扔下来的正是吴三桂父母妻儿的首级，吴三桂顿时惊得面色如土，坠下马来。被军士扶起后，不禁捶胸大哭。刚好清兵也赶到城下，听说吴三桂家属被杀，多尔衮立即下马劝慰吴三桂。吴三桂谢过多尔衮后，趁着锐气攻打了一回都城。城内的李闯王听说满洲兵也已到城下，急得不知所措，忙与部下商议了一夜，除逃走外却没商议出别的办法，便立即收拾行装带着妻妾从西门逃走。临走时，还不忘放一把火将明室宫殿及九门城楼都烧了，并把明太子一起带走。

到了黎明，清兵才出寨攻城，忽然看到城内火光冲天，烈焰飞腾，城上的守兵已不知去向；清兵随即攀墙而上，进入城内，把城门打开。吴三桂一马当先，军士也涌进城内。外城已拔，内城很快就被拿下。吴三桂率兵来到皇宫前，只见颓垣败瓦已变成一个火堆。吴三桂忙令军士扑灭余焰，自己却急急忙忙地到了宫内。偌大一个宫殿，已经没有几个人，转过身，到各处搜寻一遍，只有鸠形鹄面的蠢夫愚妇，并没有自己的心上人。吴三桂无心去恭迎多尔衮，竟领兵出了西门，风驰电掣般地追赶李闯去了。到了庆都，见李闯军就在前面，便愤愤地追杀过去。李闯急忙令部将回马迎战，没几个回合，李闯赶紧勒马逃走，一路上丢弃了许多兵器铠甲。吴三桂的士兵搬又搬不动，移又移不走。等到拨开兵器时，闯军早已逃远了。

吴三桂还想去追，祖大寿、孔有德已从京城赶到，命令他班师回去。吴三桂说："我正在追杀贼军，为什么要半途而废？"祖大寿说："这是范老先生的意思，说是穷寇莫追，先回都再说吧。"吴三桂仍是迟疑，祖大寿说："军令如山，不应违拗。"吴三桂没有办法，只得和祖大寿等人回去见多尔衮。多尔衮把他慰劳一番。吴三桂说："闯贼害死我之前的国君，杀了我父母，我恨不得马上杀了他。只因军命难违，所以回来，现在我请求继续追杀贼军！"多尔衮说："将军不怕劳累，但军士已经疲乏，总得休养几天，才好再次出兵。"吴三桂无言以答，只得告辞回家，仍秘密地派心腹探听陈圆圆的消息。接连两天，杳无音讯，吴三桂长吁短叹，闷闷不乐。忽然有一个平民求见，吴三桂将他召入。那人叩见完，呈上一封信，吴三桂展开一看，正是心上人的书信。

陈圆圆已被李闯掳去，为什么李闯逃跑时，偏把陈圆圆撇下呢？原来陈圆圆秉性聪明，她听说吴三桂追来，李闯想要逃走，便想破镜重圆，于是故意到李闯面前说明吴三桂的心思。李闯便留下陈圆圆，让她来阻止追军，再加上李闯的妻妾大多嫉妒陈圆圆，拒绝与她同行，所以陈圆圆才得以留京，住在平民的家里。

吴三桂得到陈圆圆的信后，喜不自禁，赏了这平民二百两银子，立即派兵将陈圆圆接回来。不一会儿，陈圆圆已到，款步而入，吴三桂忙起身相迎。文姬归来，风姿如旧。陈圆圆刚要行礼，吴三桂已经一把将她搂住，深情地望着她说："没想到我还能再见到你。"陈圆圆说："我见到将军，也恍如隔世，虽然我守住了自己的节操，但周围的人无不怀疑，就让我今天死在将军面前，表明我的真心。"说完，垂下几行泪，把吴三桂双手一推，意图自尽。吴三桂将她紧紧抱住，说："我为了你，不远万里杀敌而来，今天有幸重逢，你怎么能忍心离我而去？你要是死了，我也不想活了。"陈圆圆呜咽着说："将军知道我的心意，但不是人人都明白我。"吴三桂急忙截住话头说："我不怀疑你，谁还敢怀疑你！"陈圆圆又说："将军如此爱怜我，我不死，无以明志，我死的话，又辜负将军，真是生死两难。"吴三桂着急说："往事不要再提，今天是我们破镜重圆的日子，应该开樽畅饮，细诉离情。"于是令侍者安排好酒肴，两人到上房对酌，共叙这几个月的相思。过了几天，少不得遵从风俗习气，为吴襄办丧事。白马素车，往来不绝。随后听说多尔衮保奏他为王，于是又改吊为贺。

清摄政王多尔衮入京后，一切事情都由范文程、洪承畴酌定。范、洪二人写好两道告示，四处张贴。一道是"除暴救民"四字，迷惑百姓，一道是为崇祯帝发丧，依礼改葬，笼络百姓。那时，百姓因李闯入京，纵兵为虐，饱受他奸淫掳掠的苦楚，愤恨得不得了。等到清兵入城，赶走闯贼，已是转悲为喜。又因清兵不加杀戮，而且为已逝的明帝发丧，百姓真是感激到了极点，哪还会不服？多尔衮见人心已定，急忙召集民夫修筑宫殿。武英殿先告竣工，多尔衮升殿入座，召见百官。原明朝大学士冯铨、承袭的恭顺侯吴维华，也率文武群臣上疏称贺。当天，就写好奏折，让辅国公屯齐喀和托、固山额真何洛会到沈阳迎接两宫。

两大臣去后，多尔衮退了殿，忽然部将呈上密报。多尔衮一瞧，立即召入范文程、洪承畴将密报递给他们。二人看完后，范文程先说："福王朱由崧在南京监国，将来定会与我国争夺天下，这事还挺棘手。"洪承畴说："朱由崧是个酒色之徒，不足深虑。只是南京兵部尚书史可法向来忠诚，不知他是否曾身居要职。"多尔衮问："洪先生认识他？"洪承畴说："史可法是祥符县人，一直就职南京，所以不是很熟。他有一个弟弟在京城，前些日子刚见过。"多尔衮说："最好让他弟弟去招降他。"洪承畴说："他可能不会投降。但事在人为，我跟他弟弟说说。"多尔衮点头，二人随即退出。

过了几天，迎銮大臣派人报告，两宫准奏，定在九月内起銮。多尔衮忙又是令人修筑从京城到山海关的大路，又是令人加紧筑造宫殿，又是令人召集侍女、太监，又是令人采办宫中需要的物件。政务余闲的时候，也亲自去监察。一天，探马来报，明朝的福王在南京称帝，令史可法统辖淮、扬、凤、庐四镇，江淮一带都已驻扎重兵。多尔衮一听，赶紧让洪老先生来府密议。此时，洪老先生已托史可法的弟弟送去招降信，又为多尔衮代写一封，寄给史公。信中将讨贼的义举说得委婉动人，并说希望史公归顺清朝。

此后，多尔衮照常办事。除了处理国务外，仍是监工，足足忙了两个多月，所有工程才告竣工。这天，多尔衮接到沈阳谕旨，得知两宫已经起銮，便派阿济格、多铎等人率兵出城巡察。多尔衮下令在通州城外先设行殿，令司设监去安排帷幄御座，尚衣监去递呈冠服，锦衣卫去监看仪仗，旗手卫去更换金鼓旗帜，教坊司去准备各种乐曲。大致准备好了，听说御驾已入山海关，马上就到永平。多尔衮立即召集满、汉王公大臣，统一穿着吉服，前往行殿接驾。这天，銮驾已到通州，两旁侍卫拥着一位七岁的天子，那小天子生得眉清目秀，气宇非凡，后面正是两宫皇太后。吉特氏华服雍容，端严之中露出一种妩媚。多尔衮忙率王大臣等跪接。遵旨平身后，随銮驾进了行殿。七岁天子升了御座，各王公大臣依次报上名，一起行五拜三叩首之礼。礼毕，退殿稍微歇息。大约过了两三个小时，又下令起銮，从永定门入大清门，王大臣等人依然照仪送迎。此时城内的居民早已接到命令，家家门前，摆设香案，烟云缭绕，气象升平。銮驾徐徐经过，入了紫禁城，王公大臣才起身而退，只有多尔衮随驾入内。猛然看到已被革职的肃亲王豪格，仍然翎顶辉煌，昂首进去，多尔衮满腹狐疑，当时不便明问，只好随驾入宫。

接连忙了几天，都是安顿行装。到了十月，顺治帝亲自前往南郊，祭告天地社稷，并将历代神主奉安太庙，随即升武英殿，成为中原皇帝。满汉文武各官，拜跪臣服，高呼万岁，真是说不尽的热闹。礼毕，接着诏告天下"国号大清，定都燕京①，纪元顺治"等话。当天，就加封多尔衮为叔父摄政王。又加封济尔哈朗为信义辅政叔王，阿济格为武英亲王，肃亲王豪格复爵，赐吴三桂平西王册印。谕旨一下，多尔衮因豪格复爵，心中虽然不高兴，但又不便拦阻，只好慢慢再想办法。这天，亲王及家属也都到了京都。京都已定，多尔衮又令直隶巡抚卫国允等人去平定京外。听说李闯逃入陕西，便授命阿济格为靖远大将军，令他率同吴三桂、尚可喜由大同边外进入榆林、延安，攻打陕西的背后；多铎为定国大将军，率同孔有德等人由河南趋往潼关，攻打陕西的前面。两将军率兵去后，

① 燕京：北京的别称。

052

多尔衮又派豪格出军山东，豪格不敢违慢，也立即奉令而去。

那时，朝政稍稍闲暇，多尔衮经常入宫与吉特太后共叙离情。一天，刚从大内回到府邸，忽然洪承畴入见，说江南派使者来此犒赏军队。多尔衮说："犒赏谁的军队？"洪承畴说："说来可笑。他说是犒赏我朝军士呢！还有一封史可法的信。"说到这里，就立即从袖中拿出一封信，多尔衮拆开一看，不禁惊叹起来。

"我就是史督师"

清摄政王多尔衮看到史可法的回信，不禁十分惊叹。这史可法的来信，洋洋洒洒写了两大篇。看完信后，洪承畴随口说："看来史可法是不肯降顺我朝，但照陈洪范所说，现在明福王任用马士英、阮大铖等人入阁办事，恐怕南朝很快就要灭亡了。"多尔衮问他是怎么回事。洪承畴说："马士英向来贪婪卑鄙，阮大铖是魏忠贤的干儿子。这种人执掌朝纲，还有什么好说的？"多尔衮说："有史可法在啊。"洪承畴又说："单靠这史老头儿也不管用。"多尔衮问："来使还有没有别的事？"洪承畴回答说："来使左懋第却是有四个要求：第一，厚葬崇祯帝；第二件，索回北京；第三件，只许称可汗，不能称帝；第四件，来使不用屈膝。"多尔衮勃然大怒："左懋第是什么人？敢说这样的话！"洪承畴说："听说他是兵部右侍郎，兼右佥都御史。"多尔衮想了一下，说："先把他们三人安排在鸿胪寺。"

歇了几天，洪承畴因患病请假，没去上朝。忽然听说朝廷已让南使回去了，不禁大吃一惊，急忙去见多尔衮，问道："王爷让南使都回去了吗？"多尔衮说："两国相争，不斩来使，当然放他们回去。"洪承畴说："我想招降江南的将士。陈洪范愿意回去招降，可以放他回去，但不该放左懋第、马士英二人回去。"多尔衮说："你不早说，我已经放走他们了，怎么办？"洪承畴提议："请速派得力人员追回左、马二人，只放陈洪范回南朝。"多尔衮点头，立即派人追回左、马二人。

多尔衮正想派军南下，忽然接到西征的捷报，说西安已被攻下了，不禁大喜。原来李闯率众进入陕西，攻陷长安，又令部众分别侵犯四川、河南等省。听说清豫王多铎已经到了黄河南岸，他连忙调兵遣将，惊慌得不得了。没想到清英王阿济格又率兵直逼西安。两军前后夹攻，李闯

053

急上加急，率着几百个残卒仍像在京城时一样放火而逃。

赶走李闯后，阿济格与多铎立即联名报捷。多尔衮大喜过望，马上奏请顺治帝御殿受贺。此时已是顺治二年春天了。庆贺完，多尔衮主持军机会议，令阿济格仍然追剿李闯，多铎移师下江南。

南朝的福王是明神宗的孙子，福恭王常洵的长子，崇祯十六年袭封。因流寇四扰，便跟着叔叔潞王常淓，跑到淮安避难。崇祯帝殉国后，凤阳总督马士英想奉福王为明帝，南京兵部尚书史可法却说福王不是帝王之才，不能立为皇帝，应该立潞王常淓为帝。马士英硬要坚持己见，勾结四名总兵备齐甲杖，护送福王来到仪真。史可法无奈，只得与百官将福王迎入南京，继承帝位，改第二年为弘光元年。马士英带兵进入南京，与史可法同为东阁大学士，两人见解不同，屡次冲突。史可法恳请亲自镇守淮、扬，率总兵刘肇基、于永绥一同到江北，并建议让四位总兵分别驻守徐泗、淮海、滁和、凤寿四镇。四位总兵表面上归史可法管制，其实都是马士英的羽翼，哪个肯听史可法的号令？史可法驻守扬州时，多次上疏请求统率军士夺取中原，奏章却都被马士英私下扣留。弘光皇帝信任马士英，将一切政务交给他，自己则沉迷于酒色。谁知春宵苦短，好事多磨，霓裳之曲未终，鼙鼓之声已起，北朝的豫亲王多铎已分军南下了。

多铎自从奉了移军南下的圣谕，便别了阿济格，把军士分成三支，向河南进发。一支出虎牢关，一支出龙门关，一支出南阳，约定在归德府会师。那时，河南还是南朝属地，巡按御史陈潜夫向福王推荐汝宁宿将刘洪起，希望让他做统领，号召两河义军阻截清兵。马士英却不肯答应，反而召回陈潜夫。清兵长驱河上，如入无人之境。史可法听到警讯后，马上令总兵高杰出兵徐州，全力防御。想到清兵已拿下河南府，忙去催促高杰前往归德。高杰正想与睢州总兵许定国联络，希望能互相照应，不料许定国已被清军贿赂。高杰还被蒙在鼓中，带着几个人马从归德赶往睢州，许定国接他入城，设宴接风，召妓饮酒。高杰喝得烂醉如泥，连随从也都醉得不省人事，搂着美人正在酣睡。突然一声鼓号，伏兵齐起，高杰从醉梦中惊醒，被四名歌伎用手按住，手脚动弹不得，刀锋一下，身首两分。他的随从也都被杀死。一班风流鬼都到森罗殿去了。

许定国向多铎报功，多铎接着进取归德，三路兵陆续会集。正逢清都统准塔随豪格到山东，因山东已平，奉命接应多铎，也到归德与多铎军会合。多铎令准塔率本部军出淮北，自己率部队出淮南。准塔军连战连胜，一举拿下徐州、宿迁、淮安，淮北一带的明朝守将纷纷望风降清。

多铎又由归德进攻泗州，明淮河守将李际遇焚毁桥梁后逃走。清兵安安稳稳地渡了淮河。

那时，赤胆忠心的史可法听说高杰被杀，不禁流泪叹息，忙令高杰外甥李本身前去召回高杰的部下，又立高杰的儿子元爵为世子，以安定军心。忽然听说清兵已渡淮河，史可法急忙出军抵御，走到半路上，又听说泗州紧急，于是又移师泗州；还没走几里，南京又召他回去，说是左良玉谋反，让他赶紧回京护卫。风声鹤唳，四面楚歌，史可法因勤王的事情迫在眉睫，只好放弃泗州，回到江南。

左良玉为什么谋反呢？左良玉曾有战功，福王封他为宁南侯，驻守武昌，统辖长江上游，作为南都屏障。马士英嫉贤妒能，不秉公处理公务，恼得左良玉性起，索性带兵来清君侧。左良玉引兵东下，从汉口到蕲州，三百多里的河道全是他的水兵。马士英大惊，一面令阮大铖人联合总兵黄得功防堵，一面急召大学士史可法、总兵刘良佐前来支援。史可法刚刚渡江抵达燕子矶，就接到南京谕旨，说总兵黄得功已攻破左良玉，让史可法速回淮扬。史可法忙赶回泗州，探知泗州已失，于是急忙回到扬州。谁知清兵已从天长、六合长驱而来，距扬州城只有三十里。扬州守兵多半逃窜，等史可法入城时，城中已经没有人再守。史可法马上写信给各镇，要求他们前来支援。只有一个刘肇基总兵从白洋河赶来报告，说："军心大变，刘泽清已向清军投降。"史可法只得决计死守。

当时，清室降将李世春奉多铎之命入城劝降。你想这位宁愿效死也不事二主的史督师，肯心甘情愿地投降吗？李世春还没详说，已被史可法叱逐出城。李世春离开后，史可法急忙令总兵李栖凤监军、副使高岐凤在城外扎营，作为援应，自己则率刘肇基登城巡阅。看到清兵如江潮海浪一样奔涌前来，史可法倒也不慌不忙，等清兵临进城下时，一声号令，炮弹矢石都向清兵飞去。两军相持了两天两夜，史可法望见城外前来援应的两营毫无动静，只有虚晃晃两座营帐；过了一晚，却连营帐都没有了。史可法无奈地叹道："文官三只手，武官四只脚，无奈！无奈啊！"刘肇基献计说："城内地高，城外地低，我们不如引进淮河水淹死敌军！"史可法回答："民为贵，社稷次之。敌军未必丧亡，淮扬先成汪洋，我于心不忍啊。"便没有使用刘肇基的计策，只是一味固守。

清兵攻打了好多天，城池依然没有被拿下，兵士也死伤无数。多铎怒不可遏，亲自督兵猛扑几次，结果都被守兵击退。史可法检点守兵，也有一多半的人受了伤，料想城孤援绝，终难持久，便咬破手指，写血书劝弘光皇帝远离小人和女色，勉力图存。又写信给母亲和妻子，不说别的，只说："我死后，将我葬在高皇帝陵旁。"写完后，请副将史得威出城送信。到了第七天，城内的炮弹矢石所剩无几，史可法正在着急，猛地听到一声炮响，城墙随崩塌。史督师已是无计可施，只好与清兵展开肉搏。两军激战许久，城内外尸体堆积如山。清兵踩着尸首入城，刘肇基率兵民巷战，最后殉难。史可法见清兵已经入城，刘肇基阵亡，便要拔剑自刎。忽然，参将张友福一把夺去宝剑，拥着史可法逃出小东门。史可法大呼："我就是史督师！"此时，城内外都是清兵，一听到史可法的呼声，不问真伪，一阵乱刽。可怜一代忠臣已成碧血，从此精诚浩气直上青云。第二年，家人用袍笏招魂，把他葬在扬州城外的梅花岭。

阎应元死守孤城

扬州被清兵攻入后，警报跟雪片似的传到南京。马士英急忙派总兵郑鸿逵、副使杨文骢率军堵截江上。郑、杨两人都是马士英的党羽，只会阿谀奉承，哪懂得兵法，他们隔江乱放炮弹，而且谎传捷报。清兵故意避开锋芒，等到炮弹声落下去后，乘着黑夜渡江而来。等明营反应过来，清兵已经杀入营中，郑、杨二人不知所措，只得率兵逃走。清兵接着攻陷镇江。那时，弘光皇帝正在饮酒作乐，镇江失守的消息报入宫中后，他还拥着美人，不停地饮酒。第二天，太监进来报告，清兵从丹阳、句容，迤逦前来，弘光帝这才有些着急，连连说着"怎么办"。太监说："听说黄得功此时驻守芜湖，请皇上赶紧传他保驾。"弘光帝忙收拾行装，带了爱妃，从通济门悄悄溜走。第二天早晨，马士英入朝，听说弘光帝已经逃去，忙入宫中，只看到太后、皇后哭得跟泪人儿似的。马士英令侍卫备驾出宫，与阮大铖率几千名亲兵，带着太后、皇后匆匆逃去。

南京城内，人心惶惶，总督京营圻城伯赵之龙束手无策，只好向清军投降。多铎受降后入城安民。休息一天之后，多铎马上派贝勒尼堪、贝子屯齐进兵芜湖，捉拿弘光帝。正巧赶上明将刘良佐奉旨前来支援南京，途中遇着清兵，他却并不抵御，只是投降。尼堪令刘良佐做前锋，直达芜湖江口。

那时，江南四镇总兵中，高杰被杀，二刘降清，单剩下一个黄得功。前些日子黄得功奉命去攻打左良玉，得胜后回到芜湖。忽然见弘光帝狼狈奔来，大吃一惊，问："陛下为什么突然到此？"弘光帝流泪回答：

"南京无人可依，只有你秉性忠诚，所以朕冒死前来，请你保护。"黄得功说："我刚和敌军打完仗，元气大伤，并没什么能力保护皇上。"弘光帝不禁大哭。黄得功没有办法，只得留住弘光帝。

没几天，清兵已到江口，黄得功戎装披挂，拿了佩刀，坐上小舟，率部下渡江迎战。远远听见对岸有人大声说："黄将军不如早点投降！"黄得功定睛一看，正是刘良佐，不禁怒叱道："你甘心投降吗？"话还没说完，忽然飞来一箭，正中咽喉，顿时鲜血直喷，黄得功疼痛难忍，将佩刀扔掉，拔去箭镞，大叫一声，死在舟中。总兵田雄见黄得功已死，起了坏心，竟将弘光帝以及弘光帝的爱妃送到对岸的清营。尼堪令人将弘光帝及爱妃推入囚车，押到南京，然后多铎立即派使者将囚犯押往燕京。可怜这位风流天子只享了一年的艳福，最后与爱妃一同毙命。

江南安定后，范文程、洪承畴忙着撰写颂词和贺章。过了几天，又传来两个捷报：一则是英亲王阿济格，称已经消灭李闯及其残军；一则是豫亲王多铎，称安庆、宁国、常州、苏州、松江各府都已降顺，已经派贝勒博洛、新授援浙闽总督张存仁南下杭州去了。此时佳音迭至，喜气盈廷，皇太后吉特氏和摄政王多尔衮都高兴得不得了。两人私下商议，南征西讨的各位将帅，在外劳累多时，应将他们召回来休养，再作打算，便令英、豫两亲王班师回朝。

当时，英亲王阿济格正从武昌顺流东下，到江西后，降服左良玉的儿子左梦庚。随后听说圣旨召他回朝，便从江西回到湖北，处理好全省的事务后，马上挥军回京。豫亲王多铎接到谕旨后，收拾金银财宝，并选了些江南美人，班师回朝。

英、豫两位亲王回朝后，都受到摄政王多尔衮的盛情款待；只有肃亲王豪格从山东回京后，见了摄政王，却碰了许多钉子，他自己也不知到底是怎么回事儿。摄政王欢喜中总带着三分愁闷，一群攀龙附凤的功臣从旁窥测，无从捉摸。这时贝勒博洛的捷报传到北京。原来马士英带着弘光帝的母亲和妃子离开南京，前往杭州，竟遇到流落在杭州的潞王常涝，马士英就劝他监国。潞王还没答应，清贝勒博洛已率兵抵达余杭，马士英与总兵方国安忙上前迎敌，连战连败，便向西窜逃。清兵渡过钱塘江继续攻城，潞王无兵无饷，哪儿还能守得住？只好与巡抚张秉贞等人开门乞降。没想到摄政王看了捷报也不怎么高兴，只是将捷报淡淡地搁到一边。他的心思，无非是苦于无法除去豪格。忽然有人来报：明朝兵部尚书张国维等人追奉鲁王朱以海在绍兴监国；明朝礼部尚书黄道周等人追捧唐王朱聿键在福建称帝。多尔衮皱了一下眉，召来范文程、洪承畴商议，问道："鲁、唐二王是不是明朝的嫡系子孙？"洪承畴回答："鲁王是明太祖十世孙，世封山东；唐王是明太祖九世孙，世封南阳。"多尔衮说："明朝的子孙怎么这么多呢？刚除掉一个弘光，怎么又来了两个？"

话还没说完，又有警报传到，多尔衮看过警报后，愤然而起说："这些起兵的人，东边几支，南边几支。看来，东南一带还不容易到手。"范文程说："星星之火还不足以遮蔽日月，我们可以派兵将它一概荡平。"多尔衮说："英、豫二王刚回朝，不好让他们出战。现在派谁去好呢？"范文程说："不如让洪老先生去吧，他能文能武，请他督管南方军务，定能奏效。"洪承畴一听，推让了一番。多尔衮不答应，洪承畴只好听令。多尔衮又并令贝勒博洛仍驻守杭州，贝勒勒克德浑、都统叶臣驻守江南。

过了一晚，朝廷降下一道谕旨，令百姓剃发易服，违者立斩。原来清帝入关时，政策放宽，是否剃发，悉听民便。这次谕旨一下，怕死的人，哪个敢用脑袋来换头发？自然奉旨遵行。

这时勒克德浑率兵南下，沿途所过之处，南方各地多望风迎降。苏州巡抚王国宝、松江提督吴兆胜、吴淞总兵李成栋都派人送来投降信，愿效旗下。勒克德浑用以汉攻汉的计策，令降臣做前锋，出兵略地。到了常州，击败黄蜚、吴志葵率领的松江水军，进略昆山，战胜王佐才，攻陷崇明，又破了荆本彻，乘胜进军嘉定。到了嘉定城下，清军久攻不下。这时，为虎作伥的李成栋运来几尊大炮，轰破城墙，引着清兵，一拥入城。击败城中的明朝将士后，李成栋又下令屠杀城中的兵民，接连三天，共杀死了几万人。幸好勒克德浑派李成栋转攻松江，他才罢手，率兵离城。

李成栋离开嘉定后，便与清将马喇希恩格图会合，攻陷松江。紧接着李成栋又出军攻打江阴，正准备发兵，忽然有清兵来报，已抓获松江水军统领黄蜚、吴志葵二人。原来吴、黄二人从常州退到松江，被马喇希恩格图分兵追袭，连战连败，最后在金山被擒。李成栋看他们是人才，便带着二人来到江阴。江阴典史阎应元深谙兵法，被城中士绅推举，率领众人抗清。勒克德浑已派降将刘良佐前往进攻。那城上的防守武器有三种：一是毒箭，一是火砖，一是木铳。毒箭射人即死，火砖着人即燃，木铳中储火药，投下时，机发木裂，火药猛爆，无往不及，这些都是阎应元监工造成，用来抵御敌军的。刘良佐的部队围攻几天，清兵们大多烧得体无完肤。刘良佐便想到一个攻城方法，用牛皮帐遮着兵士，让他们在城墙上挖洞，没想到城上掷下巨石，将牛皮洞穿。良佐又将牛皮帐做成三层，用九梁八柱，支撑起来，挡住巨石。这时城上又将烧得滚烫的桐油泼下去，帐篷又破了。左良佐正急得不得了，李成栋赶到，率生力军猛扑一顿，也被守兵击退。李成栋大怒，将黄蜚、吴志葵推到城下，让他们劝降。黄蜚缄口不语，吴志葵只是说了几句。阎应元回敬道："大明有降将军，没有降典史。"左良佐也拍马向前，远远地回应阎应元说："小小的江阴，能守多久，如果转为降清，爵位不在我之下，请您三思！"阎应元说："大明养兵三百年，没想到竟出了你这种败类，贪生怕死、毫无廉耻。我宁愿为义而死，也不为利苟活。"说完，一声梆响，万箭齐发，慌得左良佐连忙倒退，拍马而逃。黄蜚、吴志葵已被箭射伤，由军士抬回清营，没过多久就死了。李成栋从江宁运到几十尊大炮，马喇希恩格图也率兵赶到，四面夹攻，城上守兵死伤无数，仍然拼死守城。无奈老天连日淫雨，把城墙冲坏几处，守兵防不胜防，竟被清兵攻入后门。阎应元血战一场，身中数箭，便下马跳入水中。清兵追来，将阎应元搜出，牵到刘良佐、李成栋面前，阎应元骂不绝口，最后被杀死了。满城男女，没有一个投降的人。李成栋又提议屠城，将城内外居民全部杀掉，尸积如山，城内杀了九万七千多人，城外死了七万五千多人。后来江阴遗民只剩下五十三人，躲到寺观塔上，才得以保全性命。清兵南下以来，杀戮最惨的地方，扬州、嘉定除外，就算江阴了。

唐王绝食自尽

江阴被攻陷后，明遗臣已亡了一半，只有宜兴、太湖、吴江、徽州等地方还有抗清的明臣。洪承畴正好到江南，又灭掉宜兴的瑞昌王盛沥和通城王盛澄。至此，江南士兵已被消灭干净，洪承畴派都统叶臣与总兵张天璜进攻徽州。明朝金都御史金声招募义勇之士，分驻要塞。随后联络巡抚邱祖德、职方郎中尹民兴、推官温璜等人互为援应，并派人将奏章送到福州。那时唐王在福州称帝，年号隆武，看过金声的奏章后，喜不自禁，任命金声为右都御史，兼兵部右侍郎，总管各部兵马。金声也感恩图报，取旌德、拔宁国，声威颇震。不料清兵从小路进丛山关，直扑绩溪，绕到金声背后，金声急忙派兵回援，与清兵相持。这时候，来了贼心贼肝的黄澍。他口口声声说要恢复大明，金声便以为他是明朝忠臣，可以共患难，没想到他竟暗通清将，乘夜开城，放入清兵。一群遗老只有一个尹民兴脱逃。城内有个江天一，是金声的弟子，也被清兵擒住。他见到洪承畴后，说大明的洪承畴已经死了，然后将崇祯帝祭奠洪承畴的文章背诵起来。洪承畴听得面红耳赤，不禁恼羞成怒，将擒住的人全部斩首。

此时，建昌、抚州已被清降将金声桓率兵攻克，益王朱由本、永宁王朱慈炎都已经死了。长江上下游略微安定，捷报纷纷传到京城，提心吊胆的摄政王稍稍有些高兴起来。只是鲁、唐二王还据守浙闽，不得不再次进攻，多尔衮正想派豪格前去。没想到流贼张献忠盘踞四川，任意屠掠，难民流徙他处，纷纷哭诉清廷。多尔衮趁机任命豪格为靖远大将军，令他和平西王吴三桂等人进军四川。浙闽的军事，仍令博洛前往，封他为征南大将军，与都统图赖、贝子屯齐一起南下杭州。

博洛奉命南下，到了杭州，听说鲁、唐二王水火不容，不禁大喜。原来唐王是叔，鲁王是侄，唐王想让鲁王做他的藩属，曾派人送犒银十万两犒劳浙东军士，鲁王不收。这犒银却被方国安劫走，浙、闽从此成了仇敌。博洛得到这个消息后，正好乘隙进攻，率兵渡过钱塘江。正渡了一半，东南风起，来了一只乘风破浪的大舰，舰首站着一位盔甲鲜明的主将，正是明朝兵部尚书张国维。当下两军开战，不一会儿，博洛的坐船被明军击出一个大窟窿。博洛大惊，连忙驶回岸边，清兵也跟着跑回来，登岸回城。张国维乘胜追到城下，竭力攻打，忽然士兵来报，方国安陪着鲁王已到东岸，张国维只得退回去迎驾，暂时休兵。正巧马士英、阮大铖二人也投奔到方国安的大营，方国安与他们臭味相投，便在鲁王面前全力推荐他们，又请求调遣张国维去守义乌。张国维一去，清兵便运舟载炮，大举渡江。方国安不敢全力抗拒，便带着鲁王逃回绍兴。清兵渡江后继续进军，方国安深为恐慌，马、阮二人劝他降清，并让他将鲁王献给清军。幸亏鲁王察觉，自己逃跑了。跑到石浦后，遇着原定西侯张名振，就坐船航海东去。方国安率同马士英、阮大铖等人去清营投降。

阮大铖又引着清兵进攻金华，很快金华失陷。清兵转攻义乌，张国维抵死守御，无奈势孤力弱，最后投水而死。义乌、衢州相继沦陷。浙东已定，博洛接着下令移师福建，眼看着唐王也保不住了。

唐王据守福建，颇思振作，不像弘光帝那么昏庸。宫内也没有什么嬖宠，只有王妃曾氏，知书达理，是一位贤内助。当时长江下游的民兵都已沦亡，只有杨廷麟还固守赣州，被唐王封为兵部尚书，而湖广总督何腾蛟收降李闯的部众，与湖南巡抚堵胤锡联名上奏，力谋复明大计。唐王封何腾蛟为定兴，堵胤锡为兵部右侍郎。

何腾蛟请唐王移都湖南，被郑芝龙阻止。郑芝龙是海盗出身，崇祯初年投降明朝，代朝廷平定海寇，明朝封他为南安伯。他仗着自己曾立大功，不久便手握重权，挟制唐王。唐王看局势日益穷蹙，决定冒险赴湘，从福州出发，直抵延平。此时杨廷麟派部下迎驾，没想到郑芝龙唆使军民，强行把唐王留在福建，还说自愿出关拒敌。不料，郑芝龙一出关就遇到洪承畴派来招降他的使者，利诱之下，郑芝龙立即撤军。守关将士几乎都随他去了，仙霞岭二百余里空无一人。清朝贝勒博洛从衢州出发，率兵过岭，长驱入关。方国立、马士英、阮大铖三人将清军带入金衢后，因未得褒赏，快快不快，不愿随行。清兵迫令他们速行，阮大铖稍有些迟慢，就被清兵推到悬崖下了。方国安、马士英刚到建宁，还和福建有书信来往，结果博洛搜出他们的私信，将二人双双斩首。

博洛攻陷建宁后，直指延平。唐王听到消息后急忙召亲信商议，延平知府王士和请唐王速速逃往汀州。唐王想要王士和一同前往，王士和说："我有守城的责任，应该与城共存亡。只要您安然无恙，我死也瞑目了。"唐王急忙带着曾妃仓皇逃走。王士和听说清兵将到，便指挥百姓出去避难，自己退入府邸自缢。清兵入城后，向西追拿唐王。唐王奔到汀州，总兵姜正希率兵将他迎入城中。清军前锋统领努山七天后抵达汀州城下，姜正希初战不利，退回城中。忽然士兵来报，说城西面有支军队打着明朝的旗帜前来。姜正希还以为是遗老赶来支援，忙开城迎接，没想到来的都是敌兵，他急忙挥众抗敌，但已经来不及了。清兵蜂拥入城，霎时将唐王、曾妃掳去。姜正希还想截夺，无奈箭如飞蝗，不能上前，部兵多被射伤。清兵掳了唐王等人，东渡九泷江，刚渡到一半，忽然听到一声呜咽："陛下就要殉国，臣妾先去了。"清兵急忙阻止，无奈曾妃已跃入水中，来不及捞救，只落得汪汪碧水，渺渺贞魂。曾妃已死，清兵监守愈严，唐王屡思自尽，苦于没有寻死的地方，便想绝食。到了福州，城内外已都是清兵，贝勒博洛早袭占了福州。努山押着唐王去见博洛，博洛也不细问，下令将唐王幽禁在别室。这唐王已经绝食了好几天，奄奄一息，傍晚时滴下几行血泪，长叹一声，合目而逝。博洛分兵攻占漳泉诸郡，转眼间，福建全境便成了满清的国土。郑芝龙马上向清军投降，郑芝龙的儿子郑成功蒙受唐王的恩遇，不肯侍奉二主，竟约同郑鸿逵、郑彩逃往海岛去了。博洛在福建休养几天，还想发兵南下，突然接到洪承畴的消息，说已派降将金声攻打吉安和赣州，明守将杨廷麟投水自尽，江西郡县已纷纷效命大清了。博洛便上疏告捷，静待后命。

与此同时，肃亲王豪格和平西王吴三桂发兵西行，到了陕西，正碰上明朝旧将孙守法起兵兴安、汉中，进据西安。豪格令总督孟乔芳和洛辉率兵攻破西安，接连攻下兴安、汉中。孙守法逃走后，豪格留下贝子满达等人继续搜寻陕西余孽，自己与吴三桂进军四川。

此时，四川百姓已被张献忠杀死大半。张献忠自从得到四川后，便称自己为大西国王，天天屠杀百姓，将卒也以杀人的多少论功。小孩多被蒸着吃了，妇女被掳后，令部众轮流奸淫，并割下她们的脚，聚成一堆，号称莲峰。伪府中养了几千条大狗，部下来朝会时，便放狗嗅闻他们，被嗅的人立刻处斩，叫做天杀；又发明一种剥皮刑，如果皮还没剥尽，犯人先死，就将行刑的人剥皮抵罪。伪都督张君用、王明等几十人因杀人最少，被施以剥皮刑，全家被屠杀。因此兵民交愤，常想暗杀张献忠。张献忠知道后，也不问是谁的主意，一律屠戮。他又毁掉成都宫室，拆了城墙，率部众前往川北，想杀尽川北守兵。伪将刘进忠逃入陕西，在汉中遇着清兵，下马乞降，愿为向导。豪格就让刘进忠在前面带路，部兵尾随其后，日夜赶路，直达四川西边的充县。安营扎寨后，派前哨去探察敌情。士兵回来报告说，张献忠正在西充屠城，豪格立刻下令拔营。到了凤凰山，正是大雾漫天，晓色迷蒙，随即翻山前进。刚好张献忠屠尽西充，率众出城，两军相遇，被清兵冲杀过去，一阵乱劈。张献忠不知清兵有多少人，还拿着刚刚杀人的手段左抵右挡。霎时间日光微漏，大雾渐开，张献忠左右四顾，手下所剩无几，连义子孙可望、刘文秀、李定国等人都不知去向，这才着急起来，大吼一声，杀开血路，向西逃去。清朝章京雅布兰见张献忠逃跑，忙抽弓搭箭，瞄住张献忠头颅，射了过去，张献忠随即翻身落马。雅布兰立即纵马上前，拔刀去杀张献忠，清兵踊跃随上，刀斩枪戳，把这穷凶极恶的乱贼剁成肉酱。豪格马上分兵四剿，共计破了一百三十多座贼营，四川平定。

吴三桂忙向豪格贺喜，没想到豪格却闷闷不乐。吴三桂问怎么回事。豪格只是不答，反滴下几点泪来。吴三桂越发奇怪，呆看着豪格。过了半晌，才听豪格说："兔死狗烹，也是常事，但我又不在此例。"吴三桂惊奇地问："难道功高招忌吗？"豪格叹道："并不是功高招忌，而是色上有刀。"说到此，便又停住了。吴三桂猛然间醒悟，不敢再提此事，只谈论上奏报捷的事。豪格说："那就有劳你嘱咐文稿员写一份奏折了。"

吴三桂应声退出，与豪格联衔报捷。

过了一个月，谕旨已下，令豪格回朝，吴三桂留下镇守汉中，特派总兵李国英为四川巡抚。豪格把一切政务交给李国英后，和吴三桂回到汉中，与吴三桂话别。临别时握着吴三桂的手说："你要好好保重！咱们恐怕不能再见面了。"吴三桂劝慰一番，并托豪格捎口信给家人，择日迁移家眷。豪格答应后，带了本旗人马，回京复命。

顺治帝御殿慰劳，并赐酒宴。宴席结束后，豪格回到府中，还没睡稳，缇骑忽然来府将他牵入宗人府，捆入监狱，说他克扣军饷，谎报兵费。豪格想要上奏申辩，偏偏奏章被人扣留，好似哑巴吃黄连，说不尽的苦恼。又听说福晋博尔济锦氏竟日夜留住摄政王府中，豪格顿时羞愤交加，免不得怏怏成病。不到一个月，生龙活虎的英雄就变成了骨瘦形枯的病鬼。

当时，郑亲王济尔哈朗与英亲王阿济格都在议论摄政王的过失，连他兄弟多铎也有意见。没想到贝子屯齐竟诬告郑亲王，朝廷随后降旨革去济尔哈朗的亲王爵，将他降为郡王。英亲王还没出午门，便坐轿回府，犯下大不敬的罪名，也被降为郡王。豫亲王把一袭黄纱衣赠给吴三桂的儿子吴应熊，朝廷又说他私馈礼物，罚交两千银两。这几个豪贵勋戚为了一点儿小的事，不是被贬就是被罚，这时还有什么人敢忤逆摄政王？自然人人吹牛，个个拍马，今天上一本奏章说，摄政王有什么大功，应免去对皇帝的跪拜礼；明天又上一本奏章，说摄政王视帝如子，帝也当视王如父。此时顺治帝不过是一个十岁的孩童，外事都由摄政王主持，内事都由太后吉特氏处理，这几本奏折呈入，太后不由得欢喜满怀，当即降下两道懿旨，免去摄政王的跪拜礼，又让皇上尊摄政王为皇父。从此摄政王多尔衮做事毫无拘忌，随意挪用府库财帛。白天在宫中与太后叙旧，夜间在府邸与肃亲王的福晋取乐，真算是满清皇亲内的第一个福星了。

为桂王效命

明朝唐王去世后，众人在肇庆拥立桂王朱由榔为帝。桂王是明神宗的孙子，世封梧州。明朝兵部尚书丁魁楚、兵部侍郎瞿式耜奉桂王为帝，改年永历，颁诏湖南、云贵等省。湖广总督何腾蛟与湖南巡抚堵胤锡，奉诏称臣，愿意拥护。

此时，清降将李成栋奉贝勒博洛的命令，从福建赶到广东，一连攻下潮州、惠州，灭掉唐王的弟弟，得到广州后，分兵攻高、雷各州，并亲自率军进攻肇庆。在峡口的瞿式耜立即奏请增兵，要与清军决一死战。偏偏桂王的亲近的大臣中，有个司礼监王坤，屡次劝桂王向西逃走。丁魁楚也附和王坤，于是桂王连夜出逃。瞿式耜听到消息后，急忙回军护驾。到了肇庆，才知道桂王已走了几天，瞿式耜赶到梧州，又听说桂王已奔到平乐，等到了平乐见到桂王，那时肇庆、梧州都已失陷。王坤又提议去桂林。瞿式耜想出言劝阻，转念一想桂林道通湖广，可与何腾蛟相倚，也不是不行，于是护驾前行。

只有丁魁楚迟迟不走，秘密派人向李成栋求降。几天后没有得到回音，只得收拾财帛，带着妻妾子女出城。到城外雇了四十艘船，装载眷属及行李，直达岑溪，恰巧与李成栋相遇，丁魁楚便求见李成栋。上船之后，李成栋端坐不动，忽然拍案大叫一声："快给我把他拿下！"丁魁楚还想进言，无奈两手已被反绑。又见有几十人被绑过来，仔细一望，不是别人，正是自己的娇妻美妾，宠子爱女，不由得心如刀割，连忙跪下，哀求饶命。李成栋问："你的主子到哪儿去了？"丁魁楚说："已去了桂林。"李成栋又问："你为什么不跟着他去？"丁魁楚回答："我听说将军到此，所以特来投诚。"李成栋说："我这里不想收留你这贪婪狡诈的贼子。"丁魁楚忙说："我并没有贪诈什么！"李成栋笑着说："你不贪诈，哪里会有这么多的金帛？你今天不用狡辩，吃我一刀好了。"丁魁楚哭诉："我愿献出船中所有的东西来赎我老命！"李成栋说："你的金帛已在我这里了，还劳烦你献什么？"丁魁楚大哭："请留我儿子一条性命！"李成栋不由分说，喝令随从，将丁魁楚的儿子斩了，接连又将他妻女斩首，四名小妾斩了两个，留了两个。丁魁楚吓得魂飞天外，跌倒在船中，随后凄然一声，被砍为两段。

李成栋立即入据平乐，过了一夜又进攻桂林。桂王听到消息大为惊恐，正好武冈镇将刘承胤奉何腾蛟之命率兵到全州。王坤又请桂王前去投靠，瞿式耜留不住桂王，便自愿留守桂林。桂王于是任命焦琏为总兵，令他协助瞿式耜守城，当下带着王坤等人前往全州。不到两天，清兵已到桂林城下，瞿式耜仗着一片忠心，击退清兵，并乘势收复平乐、梧州，然后派人向桂王报捷。

那时，桂王已到全州，镇将刘承胤开城迎进他，起初还毕恭毕敬，后来渐渐跋扈起来，强迫桂王迁到武冈州。到武冈后，刘承胤愈加恣意妄为，桂王不堪忍受胁迫，秘密派人向何腾蛟求救。此时，清廷已任命孔有德为平南大将军，令他与耿仲明、尚可喜等人进兵湖南，所到之处都被攻克。何腾蛟从长沙逃到衡州，又被清兵追逼，逃到白牙市，得知桂王受胁迫的消息后，忙去向瞿式耜求救。此时，瞿式耜正计划收复广西全省。见面后，两人意见一致，稍稍安心。又听说刘承胤已投降清兵，武冈被陷，免不了一番惊惶，瞿式耜更加着急。随后探知桂王已偷偷地去了象州，于是联名奏请桂王回驾。桂王一回到桂林，就立即令湖南诸将分路出守，互相接应，诸将领命离开。

清将军孔有德攻陷武冈后，进军梧州，正打算向桂林进攻，忽然听说金声桓、李成栋都已归附明朝，江西、广东两省又成为明朝所有，不禁大惊，忙引兵回湖南。途中孔有德接到朝廷催促他回京的谕旨，另派尚可喜、耿仲明移军救江西，他乐得半途歇息，匆匆北上去了。

金声桓原是左良玉的部将，清师南下时，他从九江前来投降，清廷任他为总兵，令他攻取江西全省。江西被拿下后，金声桓自恃功高，想做巡抚。没想到清廷却任命章于天为抚赣，一场大功化作流水，金声桓免不了怏怏失望，随即绑了章于天，号召全省为桂王效命，又做回明朝臣子。

此事传到广东，广东提督李成栋的境遇与金声桓大略相似。李成栋原是高杰部将，在徐州降清后，成为清朝的走狗；桂林败退后，他又杀掉许多明朝遗老，驻扎广州，结果不但没得到重赏，后来还被清廷压制，愤恨得不得了。一天，李成栋接到金声桓密函，约他反清复明，他踌躇不定。当晚，到爱妾珠圆那里，却一直闷闷不乐。珠圆是民间歌伎，被李成栋掳掠而来，一双慧眼很是厉害，窥破李成栋的心思，便喁喁细问。李成栋将金声桓的密函，递给她看。珠圆看完，问道："据将军看来，反清复明的事情，应该不应该？"李成栋沉吟不语。珠圆说："清朝是满族，我们是汉人，为什么为了满清，我们同种自相残杀？我看反清复明是对的。况且将军曾是明臣，为什么甘心投降异族？我实在难以理解。"李成栋不觉站起来说："看不出来你竟有这样的见识，我不是不想反清复明，只是怕这一举之后，清兵到来，胜负难料，万一战败，像你这样玉质娉婷的美人，恐怕也会被殃及。"珠圆也起来站在一旁，柳眉微蹙说："将军为了我，甘心遗臭万年，这样反而是我连累将军了，我就用一死来成全将军之志。"说完，将李成栋身上的佩剑拔出，刺入颈中。李成栋连忙拦阻，已是鲜血四溅，遗躯委地。李成栋只能抱着尸体大哭一场，喊着："我听你的！我听你的！"随即拿出前明的冠服，对着珠圆的尸首拜了四拜。

第二天早晨，李成栋令部兵齐集教场，说要光复明朝，为桂王效命。

此报一传，四方骚动，中原各地的明朝遗老纷纷响应，顿时风云变色，弄得清廷遣将调兵，忙个不停。

当下摄政王多尔衮召开军事会议，因汉将大多不可靠，就派亲贵重臣，分地征剿。便命都统谭泰为征南大将军，与都统和洛辉从江宁奔赴九江，会合耿仲明、尚可喜，专攻江西、广东；又恢复济尔哈朗亲王原爵，封勒克德浑为顺承郡王，会合孔有德，专攻湖南、广西；升博洛为端重郡王，尼堪为敬谨郡王，令两人攻打大同；令吴三桂、李国翰出征川陕，洪承畴仍留镇江宁，统率沿海各地。大兵四出，昼夜兼行。

谭泰等人到了江西，接连拿下九江、南康、饶州诸府，直达南昌。金声桓刚进攻赣州，听到消息后急忙返回。谭泰令精兵四伏，另率羸弱的兵卒将敌兵引入埋伏圈，霎时伏兵尽起，四面放箭，将金声桓射下马来。清兵刚想拥上前去砍杀金声桓，忽然闪出一员丑将，面目漆黑，发有五色，手执一柄大刀，盘旋左右，把清兵吓得个个倒退。眼睁睁地看着金声桓被救下，跑入城中。这丑将又与清兵酣斗一场，从容回城。清兵打听这丑将姓名，叫做王得仁，因此呼他为"王杂毛"。谭泰令军士遍筑土垒，打算久攻，金声桓大为窘迫。王得仁请求袭击九江，斩断敌军的饷道，金声桓不依，只派人溜出城向李成栋求救。谁知等了一个多月，杳无音信，城中粮食又将告尽，不由得焦急万分。

王杂毛日夜巡城，始终不懈，清兵知道他的厉害，不敢猛攻。可巧城东武都司署内，有一年轻女子，身容窈窕，楚楚动人，被王杂毛窥见，立即到都司署内求为继室，不管武都司肯不肯，马上成婚，大开筵宴。金声桓的部下都去贺喜，尽欢而散。三更将尽的时候，城外炮声大震，金声桓立即登城探视，见清兵群集德胜门，忙率众抵御。不料有一队清兵，偷偷从进贤门攀梯而上，城池很快被攻陷。金声桓率众巷战，身中两箭，旧时的箭疮也发作，转身投水而死。清兵立即搜剿余众，到了王杂毛署内，见他还是闭门高卧。当即破门而入，王杂毛光着身子跑出来，清兵晓得他的厉害，一阵乱箭，把王杂毛射成了刺猬，可惜武都司的女儿也死于乱军之中。原来清兵侦察得知王杂毛要在这一晚娶亲，于是在这之前故意缓攻，到了王杂毛娶亲这一晚，才猛攻城池，却又假装进攻德胜门，暗地里令精兵从进攻贤门攻入，于是得了南昌城。

南昌被拿下后，清军继续进取赣州。李成栋之前因攻打赣州失败，只得逃往信丰，不料清兵又从赣州追过来。众人建议拔营回广州，李成栋不愿意，部下大半战死。那时李成栋进退两难，只是举杯痛饮，喝得醺然大醉，随从扶他上马。到了河边，李成栋不辨水陆，策马渡河，渡到河中间，人马俱沉，部兵四散，清兵于是攻陷广州。

这时，郑亲王济尔哈朗率兵来到湖南，湖南诸镇将望风而逃。何腾蛟得到警讯后，立即从衡州赶往长沙，到了湘潭，探悉清兵将到，便入湘潭城据守。城内空无一人，正想招集兵马，忽然旧部将徐勇求见，何腾蛟开城迎入，徐勇带几个从骑入城，见了何腾蛟，低头便拜。拜完之后，劝何腾蛟降清。何腾蛟说："你已降清了吗？"徐勇刚刚吐出一个"是"字。何腾蛟已拔剑出鞘，欲杀徐勇，徐勇一跃而起，夺去何腾蛟手中的剑，招呼从骑，押何腾蛟出城，直达清营。何腾蛟不说话，也不吃饭，七天后便死去了。湘、粤诸将听到何腾蛟的死讯，多半逃入桂林。桂王又想南奔，瞿式耜一再劝阻，他都不肯听，然后逃往南宁。

此时，清恭顺王孔有德已转战南下，攻克衡、永各州，进逼桂林。瞿式耜下令诸将出战，结果没有人回应；再下令催促时，他们竟都逃跑了。桂林城中，只有明朝兵部张同敞从灵州前来。瞿式耜说："我有留守城池的责任，理应战死。你没有守城责任，为什么不离开？"张同敞正色道："先人以苟且偷生为耻辱，您却不许我同您一起为国效忠吗？"瞿式耜于是叫来酒菜与他共饮。到天明时，清兵已经入城。清将冲进瞿式耜的房间，瞿式耜从容说："我俩等死已久，你们来了，就正好跟你们走。"到了清营，两人端坐地上。孔有德对他们拱手说："哪位是瞿阁部先生？"瞿式耜回答说："我就是，要杀就杀吧。"孔有德说："崇祯殉难，阁下不要再固执。我掌管兵马，阁下掌管粮饷，与前朝一样，怎么样？"瞿式耜说："我是明朝大臣，怎么会与你共事？"孔有德说："我原是先圣后裔，时势所迫，以至于此。"张同敞接口大骂："你不过是毛文龙家的走狗，递手本、倒夜壶，也配假冒先圣后裔？"孔有德大怒，给了张同敞几个耳光，并喝令随从杖责。瞿式耜斥责道："这位是张司马，也是明朝大臣，死则同死，为什么这样无礼？"孔有德这才下令停下，又说："我知道你们孤忠，实在不忍心杀你们。你们这是何苦，今天降清，明天马上封王拜爵，跟我一样。还请你们好好想想。"瞿式耜大声说："你身为男子汉，既不能尽忠本朝，又不能自起逐鹿，只知道做人家的鹰犬，你还敢自夸荣耀吗？"孔有德知道不能降服他们，于是顺从两人求死的心意，令人牵出两人就刑，瞿式耜说："不必牵缚，我们自己走过去。"走到独秀岩，两人一起英勇赴死。张同敞直立不仆，首级坠地后，猛跃三下。当时正是隆冬时节，空中竟有三声霹雳。瞿式耜的长孙瞿昌文，逃入山中，被清降将王陈策搜获，魏元翼劝孔有德杀瞿昌文，话还没说完，魏元翼忽然倒在地上说："你不忠不孝，还想害我长孙吗？"不一会儿，便七窍流血而死，只听到一片铁索声。孔有德大惊，忙伏地请罪，答应保全瞿昌文。一天，孔有德到城隍庙上香，忽然见到张同敞朝南而坐，凛凛可畏，孔有德奔回，下令在独秀岩下建立双忠庙。

自古英雄多风流

郑亲王济尔哈朗及都统谭泰两军都已向清廷报捷，郑亲王奉旨还朝。博洛、尼堪出征大同，与姜瓖相持不下。随后四处接到警报，死灰复燃的明朝遗臣召集几百人，或几千人，东驰西突，响应姜瓖。博洛不得不分兵堵御，并且派人飞报朝廷，请求速添兵马。摄政王多尔衮竟率英王阿济格等人亲自出居庸关，拿下浑源州，直奔大同，与博洛会合。攻扑几天，城池坚固，难以攻下。就在这时京中传来急报，豫王多铎得了天花，病势甚重，催促多尔衮班师回朝。多尔衮得了此信，忙留下阿济格协助博洛，自己率军回朝。到了居庸关，听说多铎已病逝，忙入京临丧。过了一天，肃亲王豪格也死在狱中，多尔衮允许豪格福晋去狱中殓葬。又过了几天，孝端皇太后驾崩。孝端太后是顺治帝的嫡母，她生平不干预政治，所以宫内大权，都由吉特氏把持。此次崩逝，宫廷内又有一番忙碌。吉特太后之前虽握大权，但总不免有些顾忌，现在才毫无阻碍，可以随心所欲了。

多尔衮因太后崩逝，召回阿济格，令贝子吴达海前去统军。过了一个多月，才接到大同的军报，称已平定各处叛兵，只大同仍然没有拿下。多尔衮不免焦急，再次派阿济格西行。阿济格刚到大同，大同城内因没有粮食而发生内乱。守将杨振威将姜瓖的首级献给清军，以示投降的诚意。阿济格入城，恨城内兵民固守，便下令随意杀戮，并铲去城墙五尺，当即上疏奏捷。朝廷降旨令阿济格杀了杨振威，马上班师回朝。阿济格奉旨照办，然后将政务交给地方官，凯旋回朝。

摄政王多尔衮接到山、陕捷音，心中自然舒畅，在府邸与肃亲王福晋朝欢暮乐。偏摄政王元妃多次与摄政王反目。摄政王将她看成眼中钉，后来把元妃活活气死了。

丧事办完之后，摄政王正打算挑吉日与肃亲王福晋成婚，结为正式夫妻。忽然来了两名太监，说是奉太后之命，召王爷入宫。摄政王不敢怠慢，立即随着宫监入宫见太后。太后让众宫女退下，与摄政王密谈了半天。摄政王出宫一回府第，马上派人去请范老先生，又下令邀内院大学士刚林及礼部尚书金之俊议事。三人应召而至，摄政王格外谦恭，将三人邀入内厅，令随从进酒共饮。饮到半酣，摄政王令随从到外厢伺候，自己与范老先生耳语良久。说话时，摄政王面带难色，范老先生也是皱眉。说完后，范老先生才转告刚林、金之俊。毕竟金之俊执掌礼部，对一切礼仪了如指掌，说是："这么办，这么办，便好成功。"摄政王听后大喜，向三人拱手说："全靠诸位费心！"三人齐声说："不敢！"第二天，就由金之俊主稿，推范老先生为首，递上那从古未有的奏议。

这道奏折到底说的是什么？只见里面写着：皇父摄政王的元配悼亡，皇太后又独居寡偶，秋宫寂寂，不符合我皇以孝治天下的原则。依臣等愚见，还请皇父、皇母合宫同居，以尽皇上孝思。这道奏折一上，郑亲王济尔哈朗等人向来知道多尔衮的厉害，自然不敢不随声附和。摄政王又令礼部查明典礼，金之俊单独上奏一本，说得尽善尽美。于是顺治六年冬天，内阁颁发了一道圣旨。

接下来，太后宫内及礼部衙门忙碌了好几天。到了皇父母大婚这一天，文武百官一律朝贺，内阁又特颁恩诏，大赦天下，京城内外各官加级。

太后与摄政王倍加恩爱，不必细说，只是摄政王仍不时想念弟媳，不免会偷寒送暖。后来经太后盘诘，摄政王和盘托出，也不知摄政王怎么恳求的，太后竟同意让博尔济锦臣为侧福晋。顺治七年春天，摄政王多尔衮又立肃亲王的福晋博尔济锦氏为妃，百官仍相率趋贺。后人曾有几句俚语说，"汉经学、晋清谈、唐乌龟、宋鼻涕、清邋遢"指的就是此事。然而自古英雄多风流，多尔衮当然也不例外。

一天，朝鲜国王李淏派使者进贡，并呈一奏折，内称："倭人犯境，欲筑城墙，因怕负崇德二年之约，故特来请示"。多尔衮看了一遍，猛地想起一件事儿来，便让朝鲜来使暂住使馆，候旨定夺。又宣召内大臣何洛会入府，授了密语，让他到使馆与朝鲜使臣相见。两人商议多时，朝使唯唯听命，便和清朝随员回去禀报国王。国王李淏以前曾在清朝做人质，因其父李倧殁后，得以归国即位，深感多尔衮厚恩，此时不得不唯命是从，马上派人前去复命。何洛会禀报多尔衮后，朝鲜国的请示第二天就被批准了。使臣立即奉命而回。

过了一个多月，摄政王竟下令，出山海关打猎。王公大臣奉命齐集，等候出发。过了一夜，摄政王出府，装束异常华丽，由仆从拥上坐骑，一鞭上路，万马相随，没几天，已到关外。此时正是暮春天气，风和日丽，草青水绿，一路都是鸟语花香，四面蜂蝶翩翩，好像欢迎使者一般。翻过了无数高山，无数森林，并没有听到驻扎的命令，到了宁远，才入城休息。一住就是三天，也没有围猎的命令。诸位王大臣纷纷议论，都莫名其妙。只有何洛会出入禀报，与摄政王很是投机。王公大臣向他诘问，也探不出什么消息。第二天，摄政王又下令前往连山驿站，王公大臣一齐随行。到了连山，何洛会已经先到，带着驿丞，恭迎摄政王进入驿馆。只见驿馆内铺设一新，五光十色，把王公大臣弄得越发惊疑。摄政王直接进入内室，何洛会也随了进去。歇了片刻，才见何洛会出来，招呼王公大臣们略谈原委。王公大臣们听了都相视而笑，随即与何洛会一同前往河口。淡光映目，只见岸旁有一只大船，岸上有两辆彩车，车旁站着朝鲜大臣，见各位大臣到来，请了安，便请舱中两女子登陆上车。两女子都穿着宫装，高绾髻云，低垂鬓凤，年纪都才十八九岁，仿佛一对姊妹花。当下由何洛会及诸王大臣带着她们进入驿馆，下了车，与摄政王交拜，完成婚礼。诸王大臣照例恭贺，便在驿中开起高宴。

原来这两名女子是朝鲜公主。崇德年间，多尔衮随太宗征朝鲜，攻克江华岛，抓获朝鲜国王的家眷，当面检验时，曾见到两个小女孩，那时她们才八九岁，如今却生得风姿楚楚。等到朝鲜乞盟，才放回国王家属。多尔衮本来也想不起这件事情了。此次朝鲜国奏请筑城，多尔衮猛然想起十年前的往事，便派何洛会索娶二女，作为允许筑城的条件。朝鲜国王无可奈何，只得派遣使臣送两人前来。多尔衮怕太后知道，所以秘密行事，借口出猎，成就了一箭双雕的乐事。在驿馆住了一个多月，多尔衮才带着两位朝鲜公主回京。回京后，对肃亲王的福晋不免薄幸，多尔衮也管不了许多，任由她怨骂一番便了事。只是太后那边，不便让她知道，于是暗地里嘱咐宫监等人替他瞒住。

从此，多尔衮时常出猎，每次定要朝鲜两公主相随。青春易逝，暑往寒来，多尔衮堂堂仪容渐渐清减，只是出猎的兴趣还是不减。那年十一月，前往喀喇城围猎时，忽然得了一种咯血症。起初还能勉强跟两位公主研究箭法，后来精神恍惚，甚至一闭上眼睛，就看见元妃忽喇氏，睁开眼睛一看，还是两位朝鲜公主。多尔衮自知快不行了，但面对两个如花似玉的公主，他怎么忍心说出"死"字？无奈冥王不肯容情，厉鬼竟来索命，临危时，只对着两位公主垂泪，模模糊糊地说了"误你误你"四个字，然后一命呜呼。

多尔衮病逝后，哀号传到北京，顺治帝辍朝哀悼。过了几天，摄政王的枢车发回京城，皇上亲自带领王公大臣出去迎接。举国哀痛，下令依照帝制丧葬。顺治帝回宫后令诸王议政，商议睿亲王承袭之事。此时春节已快到了，王公大臣依例封印，暂将此事搁置。到了顺治八年正月，才议定由多尔衮的长子多尔博承袭睿亲王的爵位。只是人在势在，人亡势亡，多尔衮生前一手遮天，免不了有含恨的大臣正想趁机报复。正巧顺治帝亲政，广纳意见。大臣们便上疏试探，隐隐提及摄政王生前的事。只是皇太后还念及摄政王的旧情，从中调护，奏折多扣留不发。大臣们探悉此情，就暗地里贿通宫监，令他抖出多尔衮私纳朝鲜公主的事。太后这才反应过来多尔衮为什么时常出京打猎，竟恨恨说道："如此说来，他死得算迟了。"王公大臣听到这句话，便放胆去做，先弹劾何洛会党附睿亲王，其弟胡锡知情不报，应加极刑。不久，何洛会及弟弟何胡锡被凌迟处死。

这时顺治帝已十五岁了，窥破宫中的暧昧，心中暗自怀恨。正想亲政后好好泄愤，却巧遇王公大臣弹劾何洛会，便降旨严惩何洛会。王公大臣自此已知顺治帝的意思，于是开始大胆地追劾睿亲王多尔衮的罪状。说他怎么骄奢，怎么悖逆，并将他逼死豪格，诱纳弟媳等事也一一上奏；然后又检举多尔衮私制帝服，藏匿御用珠宝等事。顺治帝不见还好，见了这样的奏章，大发雷霆，降旨将多尔衮全家所得封典一一追回。然后，又昭雪肃亲王豪格的冤屈，封豪格的儿子富寿为显亲王。郑亲王富尔敦也被封为世子。又将刚林、祁充裕二人打下刑部大牢，问明罪状，立即正法。大学士范文程也有应得之罪，顺治便命令郑亲王等人审议。吓得这位范老头儿坐立不安，幸亏他素来圆滑，与郑亲王不曾结怨，才只定了一个革职留任的罪名。范老头儿免不了向各处道谢，总算是万分侥幸。

顺治帝还没有立皇后，睿亲王在时曾指定科尔沁卓礼克图亲王吴克善的女儿为皇后。这年二月，卓礼亲王吴克善将女儿送到京城，暂住行馆，巽亲王满达海等人马上请皇帝举行大婚典礼。顺治帝不肯答应。拖到秋季，仍没有大婚的消息。这位科尔沁亲王已在京待了有六七个月了，不免烦躁起来，只得到各亲王的府第走动，托他们禀明太后。不久，太后降下懿旨，令皇帝大婚。顺治帝不好违抗母亲的命令，只得令礼部尚书准备大典，并在八月内钦派满汉大学士、尚书各两名，将博尔济锦氏迎入宫，册封她为皇后，并尊皇太后为昭圣慈寿恭简皇太后。只是顺治帝始终不高兴，隔了两年，竟将皇后降为静妃，改居侧宫，不理会群臣的抗议，改立科尔沁镇国公绰尔济女为皇后。从前的正宫博尔济锦氏从此不见天日，最后抑郁而死。

郑成功仗义兴师

明朝桂王自从窜奔南宁后，湖广各省已归清所有，清廷封孔有德为定南王，镇守广西；耿仲明为靖南王，尚可喜为平南王，镇守广东。不久，耿仲明逝世，他的儿子耿继茂承袭爵位，镇守如旧。桂王势力日见穷蹙，只好求救于孙可望。孙可望原是张献忠的党羽，认张献忠为义父，也是个杀人不眨眼的魔星。张献忠被杀后，他立即窜入云南，盘踞云南全境。党羽李定国、刘文秀、艾能奇、白文选、冯双礼等人推孙可望为首，孙可望于是称王，国号后明，以干支纪年，铸兴国通宝钱，居然称孤道寡起来。

只是李定国与孙可望同为张献忠的义子，孙可望称尊，李定国不乐意。孙可望以阅武为名，在教练场专找李定国的麻烦，打了他五十杖，李定国愤恨不已。孙可望怕人心离散，想弄个名正言顺的爵位来服众，于是准备了很多礼物向桂王求封。桂王封孙可望为景国公，封李定国、刘文秀等为侯。孙可望不接受，自称秦王，竟派兵袭击黔东，攻陷川南，把明朝的镇将杀得干干净净。桂王穷窜南宁，只得封孙可望为冀王，孙可望仍不接受；桂王又加封他为真秦王，孙可望这才令部将到南宁迎驾。一面派李定国、冯双礼率八万步骑从全州进攻桂林，一面派刘文秀、王复臣、张光璧等人率六万步骑分道出叙州、重庆，直攻成都。

李定国的兵马勇往进前，所到之处无人敢挡。沅靖、武冈、全州都被他攻破，孔有德忙派部将沈永忠出兵抵御，结果不值李定国的兵马轻轻一扫。沈永忠退到桂林，李定国也接踵追至。桂林的守兵很少，有几个守城将士一瞧见李定国的兵马杀来，都悄悄逃跑了。孔有德见大势已去，奔入府中，和妻子痛哭一场，双双自缢。百姓献了城，李定国派人告捷。使者回来后，称永历帝已移驾安隆，封主帅为西宁郡王，李定国倒也心喜。忽然探子来报，清亲王尼堪率军来到湖南，清统帅洪承畴又从江宁到长沙，湖南危急。李定国立即率步骑前去援救，到了辰州，斩杀清降将徐勇。进军到衡州，遇着清朝的尼堪大军。两边对仗，李定国假装打败，引诱清兵追到丛林，然后一声号炮，出来无数巨象，向清兵乱扑。清兵从来没有见过大象，顿时吓得魂胆飞扬，逃命都来不及，还管什么主帅？尼堪正想拍马而回，突然一只大象冲到面前，将马推翻，把尼堪掀倒地下，然后从他身上腾过，尼堪霎时皮破血流，死于非命。

李定国得了胜仗，暂时驻扎武冈。正想着进攻衡州，忽然兵卒来报，秦王请王爷前往沅州议事。李定国正要去，右军都督王之邦出帐谏阻。李定国问他缘由，王之邦说："最近听说秦王将永历帝劫持到安隆，表面上是尊奉，实际上是软禁。秦王早已有心篡逆，他这次独请王爷一人前去沅州，一定不怀好意！王爷如果前去，必遭毒手。"李定国说："如果我不去，孙可望必定追来，衡州还有清兵，两面夹击，我们怎么办？"王之邦建议说："不如退回广西，再作打算。"李定国点头，谢绝来使，竟带着本部人马向广西退去，让冯双礼自己回去。

孙可望得到消息后，不由得十分愤怒，亲自率人追赶。途中遇到刘文秀的败军，才知入川的各军已被吴三桂杀败。惊愕之余，越加懊恼，于是带着刘文秀向宝庆进发，途中又会合冯双礼。到了宝庆，正巧与清兵相遇。这清兵就是尼堪的部下，由贝勒屯齐接领，南征衡水。屯齐远远看到孙可望军中随风飘舞的龙旗，立即拔箭在手，搭在弓上，"嗖"的一箭，射倒龙旗，又率精骑冲入敌阵。孙可望部下突然不见帅旗，已经慌张，又见清兵锐不可当，便拥着孙可望逃走。刘文秀、冯双礼原是不得已相随，这时也一齐逃走。孙可望吃了一场大亏，逃到贵州搜捕明朝的宗室，然后将他们一律杀死。又亲自率内阁六部等官，立太庙、定朝仪，尽改旧制。

桂王在安隆得到消息后，料知孙可望叛变，便派人召李定国前来护驾。不料消息走漏，孙可望立即派白文选到安隆劫驾。桂王听说白文选到来，吓得魂不附体，只是呜呜哭泣。白文选见桂王神色惨沮，也觉黯然，跪下说："孙可望派我来迎驾，原本不怀好意。我听说西宁王将到，让他来护驾，还可无虑。"桂王扶起白文选说："你不愧是忠臣。但孙可望势力强大，我可怎么办？"白文选说："孙可望蓄谋不轨，部下都对他有意见，刘文秀已和西宁互通款曲。他逆我顺，何必怕他？"桂王这才放心。

过了数天，果然听说李定国兵到，立即开城迎入。李定国恭恭敬敬地行了臣礼，桂王喜出望外，封李定国为晋王。李定国马上请桂王驾幸云南，并让刘文秀在云南待驾。桂王恨不得立刻脱险，忙令李定国、白文选等人护驾出发，安安稳稳地到了云南。进了城，桂王封刘文秀为蜀王、白文选为巩昌王。刚部署好，就有警报传来，孙可望兴兵进军，桂王让白文选前去与他议和，孙可望将白文选软禁，假意议和，上奏请求释放自己的家人。桂王马上派人送还孙可望的妻儿。孙可望见妻儿被送回来，便大举兴兵，入犯云南。孙可望的部将马进忠等人都对孙可望有意见，便与白文选定了密计，劝说孙可望："白文选威名服众，要想攻滇，非让他做将军不可。"孙可望说："他与李定国是一路的，怎么能让他带兵？"马进忠说："听说他现在已悔过，愿为大王效力。"孙可望便让马进忠带白文选进来，白文选装出一副恭顺模样，一味趋承。孙可望乐得手舞足蹈，立即任命他为大元帅，马进忠为先锋，先率十四万大军做前队。留冯双礼驻守贵州，自己率精兵做后应。

警报飞达滇中，桂王降旨革掉孙可望的爵位，令晋王李定国、蜀王刘文秀发兵讨贼。两军在三岔河交战不久，孙可望军中突然倒戈相向，弄得孙可望神志昏乱，忙拍马而逃。奔回贵州，遥望城门紧闭，城上竖着的旗帜，大大地写着"明庆阳王冯"字样。孙可望不觉惊讶起来，正想呼城上的人答话，猛然看到冯双礼上城俯视说："我已归顺永历帝了，永历帝封我为庆阳王，让我驻守此城，与你无关了。"这几句话气得孙可望发昏，回头一看手下残骑，所剩无多，不能再战；而且妻儿都还在城中，若与他争闹起来，定是性命难保，不得已忍气吞声，求冯双礼还他妻儿。冯双礼开了半扇门，从门隙中放出几人，孙可望一瞧，妻儿如故，财物却荡然无存，禁不住垂下泪来。在城门前痴立了好一会儿，才带着妻儿直奔长沙，投降清军统帅洪承畴去了。

这一时期还出了一位海外英雄。这位海外英雄就是郑芝龙的儿子郑成功。原来，郑芝龙降清后，郑成功独自航海赴厦门，募兵兴义，仍奉隆武为帝；等到隆武帝殉国，永历帝正位，又派使者向永历帝求封，被封为延平郡公。郑成功大举攻闽，接连拿下漳浦、海澄、长泰、平和、诏安、南靖等地。清朝闽、浙总督陈锦惶急万状，急忙向清廷求援，清廷封郑芝龙为同安侯，令他写信劝郑成功投降。郑成功接到来信，一看"父既归清，儿也应剃发投诚"，不禁愤愤地说："今天来一剃发国，便马上剃发，如果明天来一穿心国，我也要遵命穿心吗？"于是遣回来使，下令进攻漳州，并悬赏购买陈锦的首级。

过了几天，忽然来了两个闽人，献上陈锦的首级。郑成功问两人的姓名和来历，一个是陈锦的书记员李进忠，一个是陈锦的仆人库成栋。郑成功又问是谁杀的陈锦，库成栋应声"是我"，还没说完，两手已被郑成功的亲卒反绑。紧接着，郑成功喝令处斩，吓得库成栋跪求饶命，李进忠也跪倒叩头。郑成功指着库成栋说："你与陈锦有主仆之谊，怎么忍心取他的性命？我的确悬赏购取陈锦首级，但你不应杀他，所以我要怪罪你。"又问李进忠："这罪奴有妻儿吗？"李进忠忙回答："有，她们也跟着来了。"郑成功说："好好。把赏钱发给他妻儿，叫他也死个瞑目。"便令左右将库成栋推出去斩首。随即将赏银付给李进忠，令他转交库成栋的妻儿。李进忠领了赏银，不敢多说，就退出帐外。忽然厦门又来人，报称鲁王以海从舟山逃到厦门，问郑成功要不要接待。郑成功说："鲁、唐叔侄自相残杀，太可恨了。"来人说："鲁王已归服永历，削去监国名号了。"郑成功说："既然如此，就应该优待他。"

郑成功驻扎厦门，改厦门为思明州，将厦门治理得井井有条。鲁王的臣下张煌言带兵入吴淞口，郑成功正想着出兵援应，突然听到鲁王过世的消息，只得按兵不动。张煌言退回金门，叹息一番，派人前去悼念，也暂时休兵不动。

一天，清廷派两位钦差去厦门招降郑成功，封他为海澄公。郑成功说："我只认明帝，不知道清帝。"将来使遣回。隔了一个月，郑成功的弟弟郑渡跟着两个清使来到厦门。郑成功与清使在报恩寺中会面，清使令郑成功跪受诏书，郑成功说："我是大明臣子，不接受清诏。"清使阿山说："今天奉皇上圣旨，赐你福、兴、泉、漳四府之地，皇恩不能说不重，你应该受诏，剃发投诚。"郑成功正色回答："四府本来就是大明的疆土，哪儿需要你们国家来赏赐？你们国家原来只有建州一小块地方，如今占据我中原，已经很无理了。我为不能复明而羞愧不已，你们还要我剃发降敌吗？海不枯，石不烂，郑成功不降清。"说完，就拱手而回。当晚，郑渡来见郑成功，递上父亲郑芝龙的信件，说："兄若不降，父命难保。"郑成功看完信后，慨然道："忠孝不能两全，你回去禀报老父，乞谅愚忠。"郑渡再三相劝，郑成功只是不从，郑渡只好痛哭着离开。第二天，清使带着郑渡回朝，郑成功忙写了回信，让郑渡把信带回去。郑渡随清使回去报告郑芝龙，呈上回信。

郑芝龙看完后，蹙着眉说："看来我的老命要断送在他手里了。"忙将原信呈奏顺治帝。顺治帝本封郑芝龙为同安侯，这次将他削职监禁。一面令沿海督抚固守泛界，一面派郑亲王世子济度为定远大将，率军防闽。济度出京，听说郑成功已连扰闽、浙海滨，进据舟山，便兼程南下。到闽后，与郑成功连战几次，不仅没得到便宜，反倒损失了几艘战舰，丧了几员战将。郑成功连获胜仗，于是加紧训练兵马，锐意复明。他挑选了十五万随他亲征的甲士，五万练习水战，五万练习骑射，五万练习步击；另外挑选一万人作为援应。正好桂王派人封郑成功为延平郡王、招讨大将军，金门张煌言也率兵前来会合。郑成功大喜，于是竖起奉旨招讨的大旗，任命中军提督甘辉为先锋，总兵马信、万礼为第二队，自己亲统大军做后援，请张煌言做前导。扬旗鼓桌，陆续前进。走到羊山，忽然遇到飓风，撞沉几十艘巨舰，几千名士卒葬身大海，郑成功只好停泊舟山，修整舟楫。

忽然又接到几处警报，海澄守将黄梧、旧部将施琅都背着郑成功降清了。清兵分三路攻滇，郑成功不禁大怒，忙将舟楫修好，扬帆再出。张煌言统领的前队由崇明入江，到金、焦二山时，江中横截着铁索，舟楫不能前行。张煌言令人泅水，把铁索斩断，于是乘着风潮前进。到了瓜洲，与清提督管效忠相遇。两军酣斗，郑军奋勇齐上，管效忠寡不敌众，凫水而逃，后来被郑水军擒获斩首。当下扫清瓜洲敌舰，直逼镇江，炮声隆隆，震惊天地。城外北固山上的清兵下山来支援，被郑军一阵乱斩，杀得马仰人翻，尸横遍野。败兵逃入城中，门还没来得及关，郑军一拥而入，城池随即被攻陷。镇江各县望风迎降。郑成功乘胜进取，下令直捣南京，帐下有人大叫："不可，不可！"

顺治帝出家

郑成功正要进攻南京，中军提督甘辉谏阻说："我军深入南京，清廷必定发兵来救，到时前有守兵，后有援兵，我军孤处中间，不就陷入重围了吗？现在不如将我军分作两路，一路进取扬州，堵住山东来军；一路进据京口，截断两浙漕运，严扼咽喉，南京不战自困，那时便唾手可得了。"郑成功说："此计未免太迂腐。南京的清兵基本上已经调到云、贵去了，现在不乘胜攻取，更待何时？况且清提督马进宝已从松江派人来支援南京，此时南京城虚援绝，还有多大能耐？所以我军杀过去自然是马到成功了。"便不理会甘辉的建议，挥军直上，直逼南京。并让张煌言率部由芜湖进取徽、宁各路。

两江总督郎廷佐听说郑军已到，急忙派各将分守要害。郑成功围攻许久都没有攻陷南京城，但接连得到张煌言的捷报，说是太平、宁国、徽州、池州等府都已被攻克，郑成功不胜欣喜，料想不用多久就可以拿下南京了。忽然听说郎廷佐派人送信给他，郑成功将来信一看，上面写着：愿献城池。只是城内人心不一，请给半月个时间慢慢劝导城内百姓，到时一定献上南京城。郑成功非常欢喜，立即同意。其实郎廷佐用的是缓兵之计，他已得知云、贵获胜，桂王远逃，清兵可以由西向东前来支援南京，因此借口献城，拖延时日。郑成功不知有诈，竟中了他的计，于是按兵不动。

云、贵获胜的事情还要从头说起。那天，孙可望向洪承畴投降后，仔细描述桂王庸弱的情形，洪承畴便上奏清廷，请求乘机大举。清政府本无心西掠，正想放弃云、贵两省，等到看了洪承畴的奏章，又决定西征。任命贝子洛托为宁南靖寇大将军，令他会合统帅洪承畴，从湖南进发；任命平西王吴三桂为平西大将军，令他与都统墨尔根、李国翰从汉中、四川进发；任命都统卓布泰为征南大将军，令他率提督钱国安向广西进发。三路兵马约定在贵州会合，一同进攻云南。洛托、洪承畴一军出靖沅、镇远，到贵阳赶走守将马李进忠，接着入据贵阳城。吴三桂一军由重庆到遵义，击退守将刘镇国，接着占据遵义城。卓布泰一军也接连攻陷南丹、那地、独山诸州，赶到贵阳。三路告捷，清廷又授豫亲王子信、郡王铎尼为安远大将军，令他们率劲旅到贵州统领三路兵马。铎尼令洛托、洪承畴屯兵贵阳，筹办粮饷，自己亲督诸军兵分三路入滇。每路大军有五万人马，各自带足半月的粮草，浩荡前进。

此时，桂王的部下刘文秀已死，军政都归李定国执掌。李定国听说贵州已被攻陷，马上派白文选到七星关，抵挡西路的清军；冯双礼到鸡公背，抵挡中路的清军；张光璧到黄草坝，抵挡东路的清军；自己则守在北盘江铁索桥，居中援应。七星关是滇、蜀交界的险要之地，峭岸阻江，山同壁立。吴三桂到了关外，见关内已有人把守，料想难以攻入，他便假装进攻，另外派部将绕出苗疆，攻打白文选背后。白文选只防着前面，不料清兵在背后出现，顿时惊溃，窜入沾益州。黄草坝在南盘江右岸，由张光璧率军扼守，将江中的船只全部击沉，拦阻清军渡江。卓布泰到了左岸，无船可渡，便在岸上扎营。先是隔江发炮，而后趁夜行军，在下游潜渡，直指北盘江。李定国听说清兵过河，急忙率三万兵士堵住双河口。清兵杀奔前来，李定国挥军死战，击退清兵。到了第二天，清兵又来了，乘风纵火，火随风卷，野燎烛天，李定国抵挡不住，只得退走。到了北盘江见冯双礼也狼狈奔回，报称："清兵势大，抵挡不住，鸡公背已被夺去。"李定国大为惊惧，烧断江内的铁索桥，与冯双礼赶回云南，清兵追到北盘江，见对岸已无明军，便搭造浮桥，逾江而进。

明朝桂王听说李定国大败而回，便打算连夜出逃。任国玺请求死守，桂王还在犹豫，只见李定国进来，哭着奏明一切，桂王忙与他商量。李定国说："任国玺说得是，但皇上不如先暂时离开，来日我们可以卷土重来。"桂王听了这话，马上前往永昌，令李定国断后。还没走多远，白文选从沾益追来，李定国把断后的军队交给白文选，自己则率精骑护驾而去。清兵三路会齐，直入云南城，洪承畴也从贵阳赶到云南。铎尼令诸军追击桂王，在玉龙关遇着白文选军，乘势猛扑。白文选的几千人马，哪里禁得住三路大军的进攻？一场苦战后，忙拍转马头，率领残卒逃到右甸去了。

警报传到永昌，桂王再次匆匆逃走。李定国令总兵靳统武带四千兵士护驾，自己率六千精兵守住磨盘山。磨盘山在永昌城东，又名高黎贡山，是西南第一岭，山路崎岖，仅通一骑。李定国料知清兵穷追猛打时必从此山经过，便令部将窦名望率两千兵士埋伏在山口，高文贵率二千兵士埋伏在山腰，王玺率二千兵士埋伏在山后。自己高坐山巅，管着号炮。远远地望见清兵迤逦而来，漫山遍野，数不清有多少，李定国自言自语："就算你有无数人马，到了此地恐怕是虎落槛阱，无能为力了。"

歇了半晌，见清兵已从山口进来，因山口狭隘，将横队变作直队，鱼贯而进，李定国不禁大喜。大约过了一个多小时，清兵才不过一万多人入山，猛听到一声炮响，清兵个个下马，停止前进。接连又是无数炮声，霎时烟雾迷蒙，只觉得鼓角声、喊杀声、兵器碰撞声，和着天上的风声、山谷的回声闹成一片。李定国正惊疑不定，突然来了一颗飞弹，不偏不倚在他头上落了下来，吓得李定国心惊肉跳，急忙把头一偏，那飞弹刚刚好在从他身边擦过，坠落脚边。前面的尘土被这飞炮一激，扬起空中，就算李定国再怎么智勇，此时也镇定不住，忙转身逃下山，向西奔逃。到了半路，才看到高文贵踉跄奔来，身后只跟着一千多名残兵，报称："清兵接连放巨炮，烟火满山，我军没办法埋伏，不得已只好出来迎战，无奈清兵势力强大，窦、王二将已经阵亡，六千人已损失了四千，我只得杀出重围，前来向您汇报。"李定国说："可恨可恨，不知是谁泄露了消息。"随即合兵而去。

原来是明朝大理寺卿卢桂生因贪图富贵，跑到铎尼军面前说山上有埋伏。铎尼预先做好准备，清兵才转败为胜。

那时桂王已在从官李国泰、马吉翔的怂恿下，逃往缅甸。到了缅甸，缅人令从官丢下所有兵器，才可以放他们前行。桂王无奈，令从官扔下兵械，雇了车马，进入缅甸境内。缅人用四只小舟来把他们接走。走了三天，到达缅甸首都，却不准桂王登岸。又走了五天，到达赭硾才带桂王一行人登陆，将他们带到草屋中。屋外编竹为城，附近都是缅甸妇女在做生意。缅人大多短衣赤足，桂王入乡随俗穿戴缅人的服饰，不久便忘了自己是谁，混入缅甸妇女中，坐在地上和她们调笑。真是孱君无志，徒成失国之寓公；从吏贪生，甘做穷途之丐卒。

清朝的信郡王铎尼因桂王已逃到缅甸，向北京报捷，朝廷降旨："令大军回朝，留吴三桂镇守云南，封吴三桂的妻子为福晋，令其子吴应熊在京供职，并娶太宗第十四女和硕公主为妻。"顺治帝正想赐宴赏赐荡平云、贵的功臣，没想到江南警报纷纷传来。顺治帝大惊，忙召满朝文武大臣商讨退敌之策，说："朕即位十几年，南征北讨，没有过过一天安定的日子，现在中原大致统一，朕以为可以安享太平盛世，不料这个郑成功又出来作祟，看来朕还是不能安枕。朕以为做皇帝也没什么趣味，倒不如做个和尚，像西藏的达赖、班禅一样，安闲也安闲，尊荣也尊荣，又快活又自在！"当时文武百官都跪奏道："天子英武圣明，古今无二，区区一个小丑，不久就可以抚平，皇上不用多虑。"顺治帝又说："朕打算率六师亲征，把那群逆贼铲除干净，然后挑个安静的地方享享清福。明天请各位王公大臣随朕前往南苑阅师，不得有误！"文武百官齐声遵旨。第二天，各官陪在皇帝身边，令满汉健儿、八旗劲旅整整操练了一天。第三天早上，顺治帝上朝时，说打算择日出军。正好兵部尚书呈递江南总督郎廷佐的奏折，说崇明总兵梁化凤击退郑逆，阵斩贼将甘辉等人，镇江、瓜州都已收复。顺治帝大喜，将梁化凤升为江南提督，并授内大臣达素为安南将军，让他与闽、浙总督李率泰进击厦门，务必斩草除根。此后，顺治帝不再提出征之事。

原来郑成功进军南京时，中了郎廷佐的缓兵计，按兵不攻。郎廷佐正好四处调兵，梁化凤立即奉命支援。两边相持几天，梁化凤登高望敌，远远望见敌营不整，军纪不严明，便打算趁夜偷袭。当晚；梁化凤带了五百名劲骑，出其不意地冲入前锋余新的寨内。郑成功得到消息后，来不及救援，余新被掳入城中。第二天早晨，郑成功因郎廷佐失信，令甘辉守营，自己去江上调发水军，夹攻南京。不料郑成功离开后，清兵倾城出动，大胜郑军，甘辉阵亡。

此时，郑成功正在江上，见败军陆续奔来，才知大营已破，长叹一声，令残兵依次下船，自己也匆匆下船。还没坐定，梁化凤已率水军追到，将火箭、火球抛掷过来。郑成功无心恋战，急忙出海逃回厦门。张煌言还在徽宁，得知郑军撤退，还在惊疑。忽然长江上游，来了一支清兵，从贵州凯旋，赶来支援江南。张煌言挥兵奋击，击退清舰。没想到夜间炮声震天，张煌言登舟四望，前后左右都是敌舰，连忙换坐小船偷偷逃出重围。回头一瞧，自己的舰队都被火烧了，也无暇顾及慌忙逃到了海上。后来听说郑成功丢了厦门去夺台湾，张煌言顿足长叹，写信给郑成功，惋惜明朝最后一片土地也荡然无存。

原来闽海中有一大岛，名叫台湾，长两千五百里，横阔五百里，倒是一个海外桃源。郑成功的父亲郑芝龙当海盗时，曾以此岛为根据地，郑芝龙投靠清廷后，此岛被荷兰人占据。荷兰人向来被称为红毛夷，在岛，筑有几十处土城，屯住侨民。郑成功自江南大败，因进退两难就想夺下台湾作为自己的安身之所。正在这时，清靖南王耿继茂从广东移镇闽地，与将军达素、总督李率泰分别自漳州、同安，联合攻打厦门，却被郑成功一鼓击退。郑成功随即移师台湾。巧逢潮涨风顺，麾舰进入鹿耳门，荷兰人仓促之下招架不住，只得与郑成功议和，愿意立即迁出。荷兰人走后，郑成功入居台湾，将金、厦作为犄角。只是张煌言怕他元心重整旗鼓，便写信相劝；等了几天，不见回音，便赶往台州，在南田岛停泊，入居岛中。

这边，吴三桂留守云南，本可以安稳度日，他偏想灭了明宗，便上了一本奏章，叫做"三患二难疏"。奏章中说："应当及时进剿，斩草除根，才可以一劳永逸。"顺治帝因中原混乱，已存厌世之心，不想再劳师动众。但朝上一群大臣都赞成吴三桂的看法，顺治帝便任命内大臣爱星阿为定西将军，赴滇会剿。爱星阿到滇后，与吴三桂进兵木邦，捉住白文选，直入缅境。一面要求缅甸酋长献上桂王，一面向京都汇报战绩。

顺治帝得到捷报后，料知大功即将告成，便有心皈依佛门，不闻世事。只是宫中有位董鄂妃，是南中汉人，被掳入皇宫，顺治帝见她身材窈窕，秀外慧中，格外宠幸她，将她封为贵妃。"回头一笑百媚生，六宫粉黛无颜色。"少年天子未免多情，为了这一缕情丝，不忍远辞红尘。偏这老天定要成全顺治帝最初的心愿，竟降下二煞，陪在董妃左右，从此董妃日渐瘦弱，一病不起，不久就病入膏肓。可怜一朵娇花，竟与流水同逝。顺治帝十分悲痛，辍朝五日，追封董妃为皇后。这一年是顺治十七年。

梧桐叶落，翡翠衾寒，顺治帝从此看破红尘，在第二年的正月脱离尘世，只留下一纸遗诏。遗诏一传，王公大臣们非常惊疑，都说昨天早朝皇上还康健如恒，怎么今天就晏驾了呢？且遗诏上面也没有说起病源，真是奇怪得很。当下照例哭灵，辅政四大臣及信郡王铎尼、洪承畴等人辅佐八岁的新主即帝位于太和殿，这便是三皇子玄烨。定年号为康熙，第二年改元，尊为清圣祖仁皇帝。

康熙帝智除鳌拜

康熙帝即位后，四位辅政大臣尽心辅佐。首先肃清宫禁，将由太监监管的十三衙门全部除去，以防止太监干预朝政。元年三月，平西王吴三桂、定西将军爱星阿上疏报捷："永历帝朱由榔已被正法，云南也已平定。"康熙封吴三桂为亲王，令他依旧镇守云南，令爱星阿班师回朝。

原来，桂王寄居缅甸，万分困窘。李定国屡次想将桂王迎回国内，但都以失败告终。适逢缅酋巴哇喇达姆摩杀兄自立，想借清朝的势力压服缅人，便将桂王献给清军。桂王当时精神恍惚，由着缅人将他带到缅甸都城外。等了好一会儿，才见一位雄赳赳气昂昂的大将带着几名护卫，踱步而来，对着桂王长揖。桂王见他头戴宝石顶，身穿黄马褂，早料到他是平西大将军，却故意问他是谁。那人答称："大清朝平西王吴……"说到"吴"字便停住了。桂王又问："你就是大明平西伯吴三桂吗？"吴三桂听到"大明"二字，好像遭到天打雷劈一样，顿时毛骨俱悚，不由得双膝跪下，颤声回答："是。"桂王说道："好一个平西伯，果然能干！可惜负义忘本。但事到如今，也不必多说什么，朕正想去拜一拜祖宗十二陵寝，你能替朕办到，朕死也瞑目了。"吴三桂仍颤声回道："是。"桂王让他起来。吴三桂立即辞归营内，对众将说："我从军以来，经过几百次大小战阵，从来没有恐惧过，不料今天见到这末代皇帝，竟惶恐难安，真是不明白，不明白！"于是令部将护着桂王及桂王家眷回国，自己和爱星阿随后拔营归滇。

没几天，就到了云南省城。吴三桂将桂王拘禁起来，与爱星阿商议怎么处置桂王。爱星阿想将俘虏献到北京，由朝廷发落。吴三桂说："如果中途被劫，怎么办？依我看，不如奏请就地处决！"爱星阿不便反对，便依计而行。四月十四日，传来了清圣祖的谕旨："前明桂王朱由榔，就地赐死。"吴三桂立即升帐，传齐各军将桂王及眷属二十多人拥到篦子坡法场，下令绞决。桂王并不多说，桂王十二岁的儿子却大骂吴三桂道："吴三桂，你这逆贼！我大明朝有没有负你？我父子和你有什么仇？竟置我于死地。天若有知，一定不会让你善终！"这天，天昏地暗，风霾交作，滇人无不悲悼，改称篦子坡为迫死坡。

李定国因来不及救回桂王，望北大哭，呕血数升，最后三呼永历帝，悠然而逝。李定国死后，西部边陲没有遗患，只东南还有张煌言、郑成功。张煌言隐居南田岛，只有几名随从，明知大势已去，无能为力，只是忠心未泯，还与台湾常通音讯，多次催促郑成功进军。不料郑成功一病身亡，张煌言闻讯后大哭道："郑成功一死，还有什么希望？"从此深居岛内，谢绝与外界的一切交往，闲暇时看书遣闷，借酒消愁。后来，张煌言被清巡抚赵廷臣骗到杭州。赵廷臣百般劝他投降，张煌言坚决不从。赵廷臣见无法说服，便依了张煌言的心愿，将他送出清波门，令他就义，随后把他的遗骸葬入凤凰山中。凤凰山的张苍水先生墓，就是张煌言的遗冢。

这时候，镇守闽地的耿继茂与水军提督施琅攻克金、厦二岛。郑成功的儿子郑经率郑军退守台湾。清廷将郑芝龙正法，并将其子郑成恩、郑世恩、郑世荫等人一律斩首。郑芝龙临刑时，长叹道："早知如此，何必投降。"郑经听到郑芝龙受刑的消息，痛祖父之被杀，悲父之无成，抢地呼天，无奈孤苦一人，只得韬光养晦再作打算。

那时，八岁的天子坐享承平，归马放牛，修文偃武，举国求贤。光阴荏苒，已过四年。天子大婚，册内大臣噶布喇女何舍里氏为皇后，龙凤双辉，满廷庆贺。太皇太后与皇太后各上徽号，虽是照例应有的事情，免不了锦上添花，热闹一番。只是范文程、洪承畴等一群勋臣先后逝世，朝纲国计都归四位辅政大臣处理。这四大臣中，索尼是四朝元老，资格最老，人品也颇公正；遏必隆、苏克萨哈勋望较低，凡事都听索尼主裁；只有这鳌拜随征四方，自恃功高，横行无忌，连索尼都不放在眼里。他想把索尼等人一一除掉，趁着皇帝年幼，独揽大权，因此暗中先向苏克萨哈下手。苏克萨哈是正白旗人，鳌拜是镶黄旗人。顺治初年，睿亲王多尔衮曾把镶黄旗应得的地盘给了正白旗，另给镶黄旗右翼地，旗民安居乐业已二十多年。不料鳌拜提议将原地各归原旗，宗人府商议后批准鳌拜的提议，令直隶总督朱昌祚、巡抚王登联、国史馆大学士苏纳海三人处理易地事宜。

俗语说："多一事不如少一事。"无缘无故要这安居乐业的旗民迁徙，不免要多费财力；况且原地易还，屯庄也须互换，彼此各有损失，各有为难之处，自然互相怨恨起来。苏纳海、朱昌祚、王登联等人据实上奏，请皇上中止易地。康熙帝召见四大臣，将原奏交给他们看。鳌拜怒斥道："苏纳海拨地迟误，朱昌祚阻挠国事，都是目无君上，照例应一律处斩。"康熙帝问索尼等人说："你们觉得呢？"遏必隆连忙回答："辅臣鳌拜说得不错。"索尼也随即接口说："臣也是这么想的。"只有苏克萨哈俯首无言。鳌拜怒目而视，恨不得将苏克萨哈吞入肚中，转而对康熙帝说："臣等所见皆同，请皇上发落！"康熙帝仍是迟疑，鳌拜立即走到御座前，拿出纸，提起御用的朱笔，写道："苏纳海、朱昌祚、王登联不遵上命，立即处斩！"十七个大字，径直而出。索尼等人也跟着出去。鳌拜将矫旨交给刑部，刑部哪里敢怠慢，立即将苏纳海、朱昌祚、王登联三人处斩。

　　康熙帝见鳌拜这么放肆，便想亲政，暗中令给事中张维赤等人联名奏请。贝勒大臣们同声赞成，只有鳌拜不发一词。康熙帝又拖延了些时间，直到康熙六年秋天，才亲临乾清门听政。隔了几天，索尼病逝，鳌拜越发恣意妄为，苏克萨哈担心自己不能幸免，便呈上奏折，请求康熙帝调他去守护皇陵。

　　康熙帝看完苏克萨哈的奏请后，写下谕旨，令议政王大臣商讨苏克萨哈请命守护皇陵一事，然后据实复奏。鳌拜一得到消息，马上到议政王处走动。这些议政王中要算康亲王杰书威望最高，然而见了鳌拜，也是十分畏惧。鳌拜便授意杰书，教他如此如此，杰书只能唯唯听命，按鳌拜的意思复奏。康熙帝见了奏章，不觉惊异起来。杰书在复奏中竟然说："苏克萨哈是辅政大臣，不知竭尽忠诚，反而欺君罔上，心存不轨，本朝从来没有人犯此等罪状，应将苏克哈萨革职，凌迟处死，所有子孙也应被正法。"查清朝律例，凌迟处死是犯了大逆不道之罪才有的处分，苏克哈萨请命守护陵墓，不过言辞激烈一点，怎么可以将他凌迟，并且灭族呢？

　　于是康熙帝召康亲王杰书以及遏必隆、鳌拜二人入内，说他复奏谬误。鳌拜立即上前辩驳，康熙帝说："朕不知你与苏克哈萨有什么仇恨，定要将他斩草除根，朕却是不准。"鳌拜说："臣与苏克哈萨并无仇恨，只是秉公处理。"康熙帝说："恐怕未必。"鳌拜又说："若不这样做，只怕将来大臣都会欺君罔上了。"康熙回答道："欺君罔上的人，眼前未必没有？朕看苏克哈萨倒还挺规矩的。"鳌拜仍是力请，康熙帝坚决不允。鳌拜不禁大怒，冲到皇帝面前，欲以老拳相逼。康熙帝终究是少年，吓得惶恐失色，便支吾道："就算要办他，也不应凌迟处死。"鳌拜抗旨嚷道："即使不被凌迟，也应处斩。"康熙帝战栗不答，杰书和遏必隆最终议定施以绞刑，鳌拜才扬长而去。可怜苏克萨哈，竟被奸臣迫害，惨死法场。

康熙帝经此一激，到慈宁宫向太后哭诉鳌拜大不敬的情形。太后终究是个女流，无计可施，只能好言抚慰。究竟是圣明天子，别有心思，康熙帝从各王府中选了一百名亲王子弟。这些人年纪基本上与康熙帝相近，一块儿练习武艺，研究拳术。将门之子，骨种不同，不到一年，个个拳术精通，武艺高强。康熙帝不动声色，先封鳌拜为一等公。过了几天，单独召鳌拜入宫议事。鳌拜欣然前往，到了内廷，见康熙帝端坐上面，两旁站着一帮少年贵戚。鳌拜昂着头走到康熙帝面前说："皇上召臣何事？"康熙帝竖起龙目，怒斥鳌拜道："你可知罪？"鳌拜毫不畏惧，粗声说："臣有何罪？"康熙帝说："你结党营私，陷害忠臣，罪不胜举，还说无罪！"鳌拜听了这话，顿时火冒三丈，握紧双拳，又要向皇上发威。康熙帝索性激他一激，便道："左右给我拿下！"鳌拜厉声道："哪个敢来拿我！"话还没说完，一个少年应声而出，走近鳌拜。鳌拜马上劈面一掌，那少年不慌不忙，接住鳌拜的拳头，呵斥一声："去！"鳌拜重心不稳，倒退几步。众少年趁这机会，拥住鳌拜，你一拳我一脚打去。鳌拜没想到这童子军竟这么强悍，刚想招架，却被众少年掀翻，打得头破血流，奄奄一息。康熙帝随即召杰书、遏必隆入内，把他们痛骂一顿。二人连忙下跪，磕头如捣蒜。康熙帝便令两人将鳌拜拖出去，并令他们据实审讯，不得徇私。这二人早已吓得魂不附体，自然奉命行事，奏复了鳌拜的三十条罪状。

吴三桂叛变

康亲王杰书等人审讯完后，写好奏章。没几天，皇上降下谕旨，重惩鳌拜一干人等。刑部奉到谕旨，立即照办。文武百官这才晓得康熙帝英明，再不敢肆无忌惮了。这事传到外省，别人倒还不怎么介意，只有那两朝柱石、功高望重的吴三桂却觉得十分不安。事有凑巧，镇守广东的平南王尚可喜，因儿子尚之信酗酒暴虐、不服训诫，怕儿子闯出大祸拖累自己，于是奏请回辽东养老，留下儿子镇守广东。尚可喜的意思，无非是希望皇上召他回朝，得以面陈一切，免致拖累。恰逢这时康熙帝除了鳌拜，正痛恨权臣，见到这样的奏章后，马上令吏部商议。吏部堂官早已窥透康熙的意思，议定藩王仍在，儿子不得承袭，尚可喜既然请求归老，不如让他撤藩回籍。康熙帝随即照吏部的决议降旨。

吴三桂在云南天天打探朝廷的消息。他的儿子吴应熊曾被招为驸马，在京供职，随时随刻向他汇报国事。尚可喜还未接到谕旨，吴三桂早已得知，当即写了密函，寄到福建。此时，靖南王耿继茂已死，其子耿精忠袭封，仍镇守福建。耿精忠收到吴三桂的密函后，就按信中的意思行事，向皇上奏请求撤兵。折奏刚到北京，吴三桂的奏折也到了，意思大致与耿精忠的相同。康熙帝召集廷臣讨论，大臣大多胆小如鼠，主张不能撤兵。康熙帝又令议政王及各贝勒议决，得到的也是模棱两可的回答。康熙帝说："朕观看前史，藩镇久握重兵，免不了会闯出祸来，朕以为还是早些撤掉的好。况且吴三桂之子吴应熊与耿精忠的弟弟耿昭忠、耿聚忠三人都在京师供职，趁此撤藩，三藩投鼠忌器，还不致有什么变乱。"兵部尚书明珠、户部尚书米思翰、刑部尚书莫洛听到这话，连忙随声附和起来，不是说圣意高深，就是说圣明烛照。康熙帝于是准奏撤藩，并派侍郎哲尔旨、学士博达礼前往云南，户部尚书梁清标前往广东，吏部左侍郎陈一炳前往福建，处理各藩撤兵事宜。

　　吴三桂得到消息后，大吃一惊，暗想道："我上奏请示撤藩，是说客气话，不料他竟当真了。"当即秘密与部下夏国相、马宝商议。马宝说："这是调虎离山之计，王爷如果不愿弃甲归田的话，就应当速谋自立，不要再迟疑了。"夏国相说："马公说得是。但现在练兵要紧，等朝使一到，煽动军心，便好行事。"吴三桂便于第二天升帐，传藩标各将去校场操演。各部将遵着号令，不敢懈怠。后来天天如此，除夏国相、马宝及吴三桂的两个女婿郭壮图、胡国柱外，其他人都感到莫名其妙。

　　不久，朝廷派来的钦使到了。吴三桂照常接诏，一面让心腹款待来使，一面部署士卒，检点库款，宛如办理交卸的样子。整顿好后，吴三桂便令众将士在府堂集合，令家人抬出许多箱笼，开了箱盖，搬出金银珠宝、绸缎衣服、摆列桌前。随后对众将士说道："诸位跟着本藩南征北战几十年，经历了无数的艰辛才有今天的局面。本藩刚想与诸位同亨安乐，没想到朝廷来了两使，叫本藩移镇山海关。此去未知凶吉，看来是要与诸位长别了。"众将士问道："我们随王爷出生入死多年，才换来今天的局面，朝廷为什么降旨撤藩？"吴三桂答道："也不便揣测朝廷的意图，总是'鸟尽弓藏，兔死狗烹'。本藩深悔当年失策，辅助满清灭掉明朝。今日奉旨守卫边疆，不知将来会死在哪儿，这也是本藩自作自受。只是可惜了我的许多老弟兄，汗马功劳都将一笔勾销。"说到此处，还装出一副凄惶的样子，并指着桌上的东西说："这是本藩多年的积蓄，今天与诸位长别，请诸位分取一点儿，留个纪念。他日本藩如有不测，诸位见到这些东西就如同见到本藩！"众将士都哭着说："我们受王爷的厚恩，愿生死相随，不敢再接受赏赐。"吴三桂见众将士已被煽动，随即说："钦使已限定行期，不久就要起程，诸位还要这样推辞，反而让本藩更加不安。"众将士刚想再推辞，忽然从人群中闪出两人，大声叫嚷："什么钦使不钦使？我们只知道王爷，不知道什么钦使。王爷如果不愿移镇，难道钦使硬要强逼吗？"吴三桂一看，是马宝、夏国相，假装十分生气，怒喝道："钦使奉圣旨前来，我们都应该格外恭敬，你们两人怎么能说出这样的话，真是瞎闹！"马宝、夏国相齐声说："清朝的天下，还不是王爷帮忙一手打出来的？他们倒好，享受着现成的快活，却让王爷跋涉千里，再尝尽苦味，这明明是不知报德。王爷愿听满清的命令，我们却是不服！"吴三桂忙说："休得胡言乱语！俗话说：'君要臣死，臣不得不死。'前半生我是明朝的臣子，因闯贼作乱，才向满清借兵为君父报仇。本藩因满清颇有义气，所以归服满清。当初本藩也有意保全永历帝，无奈清廷硬要他死，本藩不能违拗，只得令他全尸而亡，将他好好安葬。现在远徙关外，本藩应到永历帝陵前祭奠一回，算作告别。诸位可愿随本藩前去吗？"众将士个个答应。

吴三桂入内换了一身明朝打扮，众将士都惊异起来。吴三桂令家人备齐祭品，带着将士前往永历帝陵寝，一到坟前就伏地大哭。众将士也被感动得一塌糊涂，正在悲切时，不料两钦差又派人前来催促起程。胡国柱从吴三桂背后跃出来，拔了佩刀，将来人砍翻。吴三桂大哭着说："你怎么这么鲁莽？叫我怎么去见钦使？军士们快给我捆了他，到钦使面前请罪去！"众将士呆立不动，吴三桂又假意催促。马宝上前说："王爷如果要捆国柱，不如将我们一齐捆了去。"吴三桂骂道："你们这么刁难，难道就不怕钦使生气吗？"马宝说："两个京差，怕他什么！"吴三桂又说："你不怕钦使，难道连抚台你也不怕吗？"胡国柱回答："不怕，我这就去杀了他！"众将士齐声说："我们也去！"吴三桂连忙拦阻，只拦住了一半，另一半随着胡国柱愤愤而去。没多少工夫，胡国柱就提着血淋淋的人头回来了，往地下一扔。吴三桂拾起一看，正是巡抚朱国治的首级，又恸哭说："朱中丞！朱中丞！本藩并不想害你，九泉之下，不要怪本藩！"然后又对众将士说："你们简直无法无天了，叫我怎么办？"众将士齐声回答："请王爷做主子，杀回北京。"吴三桂收住眼泪说："当真？我们真能这样做吗？"众将士又说："王爷是明朝旧臣，反清复明是名正言顺的事，有什么不能？"吴三桂又问："如果北京发兵来，怎么办？"众将士回答："火来水淹，将来兵挡，有什么好害怕的？"吴三桂再次问道："你们害我走到这个地步，肯为我尽力吗？"大家一起大呼道："愿为王爷效命！"这一声仿佛雷声一样，震响百里。吴三桂率兵回府，急忙令手下将哲、博两钦差监禁起来。然后在府前竖起一面大旗，写着"天下都招讨兵马大元帅吴"十一字。并让人撰写征讨的文书。文书中说什么推奉三太子，这全是他凭空捏造的，说是崇祯帝三太子留在周皇亲家，应当迎奉三太子为主，自己权称元帅以便号召。接着以甲寅年为周元年，甲寅年是康熙十三年。然后令军民蓄发易服，改举白旗，择日祭旗出兵。

　　吴三桂处理完事情，已是深夜，刚想退入内寝休息，忽然一妇人号啕前来，扯住吴三桂的袍袖叫嚷道："你要杀我儿子了！"吴三桂一看，是继室张氏。原来，吴三桂的元配被李闯杀掉以后，便娶张氏为妻，吴应熊正是张氏生下的孩子。后来重得陈圆圆，就不怎么宠爱继室。吴三桂怒目圆睁，说道："死一个儿子有什么关系，只要我不死就好了。"吴三桂把袖袍一扯，甩开张氏。张氏禁不住放声大哭。这时陈圆圆正在内室，听到门外的吵闹声，忙出来劝解。她一面扶起张氏，劝慰一番，令侍女送她回正寝，一面将吴三桂迎入卧室，问明原委。吴三桂将当天的情形叙述一遍，陈圆圆俯首长叹。吴三桂问道："爱妃也认为此举不妥吗？"陈圆圆回答："世事难料，妾已享尽荣华。愿王爷赐一净室，容妾吃素修斋，得终天年！"吴三桂说："我正想创立帝业，册你为后，你却想净室修斋，我不明白。"陈圆圆说："从古到今，为了一个帝位，扰得民不聊生。就算是做了皇帝，日理万机，也没什么趣味。妾从前自以为姿容不丑，常有非分之想，而今身为王妃，安享荣华，反觉尘俗难耐。为王爷着想，不如自卸兵权，和我退隐山林，做个范大夫泛舟五湖，难道不是很快乐吗？何苦争城夺地，再费心力，再扰生灵？"吴三桂默然不答。陈圆圆再三相劝，无奈吴三桂已是骑虎难下，长叹道："不能流芳百世，就要遗臭万年。"陈圆圆知无可挽回，随即在城外辟一净室，斋戒终生。陈圆圆毕竟有福，在吴三桂兵败之前病逝。吴三桂令人将她葬在商山寺旁。绝代尤物，倒安安稳稳地与世长辞了。

　　吴三桂背叛清朝后，号召远近各军，贵州巡抚曹申吉、提督李本深、云南提督张国柱纷纷起兵相应。兵部郎中党务礼、户部员外郎萨穆哈正在贵州办差，准备将吴三桂眷属接到京城，一听到警讯，吓得魂不附体。

他们慌忙骑上快马，加鞭疾驰，一口气跑到北京。到了午门，守门侍卫拦阻不住，二人一直闯到殿下，大声说道："不好了！不好了！吴三桂反……"说到"反"字，已经神昏气厥，仆倒在阶前。正好早朝未罢，殿上的百官下阶察看，原来是党务礼、萨穆哈二人。康熙帝立即令侍卫将二人扶入。二人还是神志不清，歇了半晌，才渐渐醒转，睁开眼睛一瞧，竟在殿上。这二人官微职卑，从没有上殿启奏的经历，到了此时，悚惶万状，急忙跪伏丹墀，口称："奴才该死，奴才该死。"康熙帝传旨，叫他们据实奏来！二人将吴三桂造反，抚臣朱国治被杀之事详奏一遍；又为擅闯大内之事，慌忙向皇帝请罪。康熙帝开恩赦免二人，两人忙谢恩退出。

康熙帝转而问大臣："这事应如何办理？"大学士索额图说："奴才之前曾担心撤藩太快的话，会引发急变。现在事已至此，只好安抚吴三桂，令他世守云南。"康熙帝问道："吴三桂已反，难道还肯听命吗？"索额图说："吴三桂如果不肯听命，就将主张撤藩的人治罪，这也是釜底抽薪的办法。"米思翰、明珠、莫洛三人也在殿上，一听到治罪这句话，不禁面如土色。康熙帝道："胡说！撤藩是朕的意思，难道要先治朕的罪，来平定这叛贼？"索额图连忙跪伏，自称不知忌讳，该死该死。康熙帝斥退索额图，让兵部尚书明珠在殿前恭录谕旨，令都统巴尔布率三千满洲精骑由荆州驰守常德，都统珠满率三千名士兵由武昌驰守岳州，都督尼雅翰、赫叶席布根、特穆占、修国瑶等人，分别驰守西安、汉中、安庆、兖州、郧阳、汝宁、南昌等要地，听候调遣。正写到这里，外面又递上湖广总督蔡毓荣的加紧急报，也是说云南事变。康熙帝看了看旁边的顺承郡王勒尔锦，说："有劳你一次，就封你为宁南靖寇大将军，统率大军抗敌！"勒尔锦遵旨谢恩。康熙帝又对莫洛说："令你为统率大臣，督管陕西军务！"莫洛也遵旨谢恩。康熙帝又令明珠，录写吴三桂的罪状，削除官爵，颁布内外；并令锦衣卫将额驸吴应熊逮入监狱。明珠录完圣旨后，立即上奏道："闽、粤两藩，如何处置，请圣上明示！"康熙帝问道："他们就先不要撤了。"明珠奉命续录，随即退朝。

警报频传

吴三桂占据云、贵后，派部将王屏藩攻打四川，马宝等人自贵州出湖南，攻陷沅州。吴三桂得知湖南取胜，又令夏国相、胡国柱等人引兵

088

继续前进。湖南守将已十多年没有打过仗，对战阵都已十分生疏，这次遇到吴军，个个望风逃窜，吴军一路进逼长沙。清都统巴尔布、珠满等人奉命出师，走到中途，探知长沙已被攻陷，惊慌得不得了，连忙扎住营寨，逗留不前。于是常德、岳州、衡州、沣州一带先后失陷，四川巡抚罗森暗想吴军势大，清兵不能救湖南，哪里还能救四川？于是背叛清朝，向吴军投降。眼看着四川全省为吴三桂所有了。

耿精忠镇守福建，与吴三桂心往一处想，等到听说吴三桂已得到湘、蜀，便想起兵遥应。当时福建总督范承谟，是三朝元老范文程之子，与耿精忠是亲戚。耿精忠顾不得许多，把范承谟拘禁起来，然后改穿汉服，三路出兵。派总兵曾养性出东路，攻打浙江省内的温州、台州；白显忠出西路，攻打江西省内的广信、建昌、饶州；又令都统马九玉出中路，攻打浙江省内的金华、衢州。滇、闽、粤三藩中已有两路叛变，只有尚可喜始终事清，毫无叛志。吴三桂写信招诱尚可喜，尚可喜将来使扣留，把来信呈奏清廷。吴三桂听说使者被拘，急忙秘密致信耿精忠，令他攻击广东。耿精忠便勾结潮州总兵刘进忠，让他进兵广东，又约台湾郑经夹攻粤海。中原大震，各地告急的奏章像雪片一样传达清廷。康熙帝封贝勒尚善为安远靖寇大将军，援助顺承郡王勒尔锦，由鄂攻湘；贝勒洞鄂为定西大将军，援助统帅大臣莫洛，由陕攻蜀；又任命安亲王岳乐为定远平寇大将军，出师江西；康亲王杰书为奉命大将军，贝子傅喇塔为宁海将军，出师浙江；另外授简亲王喇布为扬威大将军，镇守江南。

圣旨刚颁布，忽然传来广西将军孙延龄降顺吴三桂的消息。康熙帝叹气道："不料孙延龄也是这样。"孙延龄是已故定南王孔有德的女婿，孔有德全家在广西殉难，只剩一个女儿，名四贞，留养宫中，长大后，嫁与孙延龄为妻。夫以妻贵，朝廷令孙延龄镇守广西，管辖南藩，禄位与滇、闽、粤三王相差无几。只是这位孔郡主仗着自己的势力经常挟制孙延龄，孙延龄多次与她反目。吴三桂谋反后，密派使者招降孙延龄。孙延龄想背叛清朝，以摆脱闺房的压制，因此降顺了吴三桂。康熙帝还以为待孙延龄厚恩，他不会背义，谁知他正是被厚恩所逼，生了异心。

康熙帝听说孙延龄附逆后，急忙封尚可喜为亲王，授尚可喜之子尚之孝为平南大将军，尚之信为讨寇将军，连同广西总督金光祖讨伐孙延龄。派遣停当，康熙帝满心期望旗开得胜，马到成功。不料湖南、四川、江西、浙江、广西各省还没传来捷报，陕西的警报却纷纷送达北京了。

原来，清统帅大臣莫洛到陕西后，自以为身为统帅，管理全省，要摆点威风出来。他的所作所为激怒了提督王辅臣。王辅臣随即在保宁煽动兵士造反，赶走将军瓦尔喀，诱杀莫洛。

贝子洞鄂刚到西安，恰逢瓦尔喀逃回，知道了保宁兵变的事情。随后又听说莫洛被杀，哪里还敢出城，忙向京城告警。

王辅臣与洛阳的王屏藩会合后，乘势攻陷各郡。吴三桂听说陕南得手，将王辅臣的部下犒赏一番，令他与王屏藩分别侵扰秦、陇。并亲自率大军向云南进发，赴常澧督战。临行时，妻子张氏又让吴三桂索回儿子，吴三桂才放出哲、博二钦使，让他们俩回京复奏，说愿与清廷议和。并表示清廷如果肯裂土分封，不杀吴应熊，他会立即罢兵。哲、博二使唯唯连声，回京复命。吴三桂又派使者去西藏，请达赖喇嘛代为奏陈，不外乎是息事罢兵的话。康熙帝连接警报，也焦灼万分；又因哲、博二使的复奏及达赖喇嘛的疏陈，越加忐忑不定，再次召群臣商议。

此时，明珠已升任协办大学士，上前奏道："吴三桂不除，朝廷永无宁日，还望皇上不要动摇。"康熙帝说："朕也这么想，可惜各路将士都不肯卖力。"明珠说："各路将士受了国恩，未必个个不肯卖力，将士固然应当效劳，军械也应当精利。奴才听说西洋人南怀仁善造火炮，比我国的红衣大炮厉害得多，并且非常轻便，可以越山渡水。如果有了此炮，不怕吴三桂不败。"康熙帝问道："南怀仁呢？他是否现任钦天监副官？"明珠应了声是。康熙帝忙让兵部传旨，户部发银两，叫南怀仁立即招募西洋人制炮。明珠又说："吴三桂之子吴应熊现已被监禁，应立即处死，让各路将帅知道天威震赫，不敢观望。就是西藏达赖，也应严办才好。"康熙帝便下令将吴应熊及吴应熊之子吴世霖绞死，同时传旨严斥达赖，又对明珠说："陕西兵变，辅臣附逆，听说莫洛已被杀，恐怕洞鄂也靠不住。"明珠回答："王辅臣之前曾让儿子王继贞来京检举逆贼，怎么现在会甘心依附逆贼？"康熙帝说："莫非他与莫洛不和？"明珠说："王继贞还在北京，召他一问便知。"康熙帝马上令侍卫召入王继贞，王继贞还以为是代父受罪，跪在阶下，身子乱抖。康熙帝看到他恐惧的模样，反而怜恤起来，问道："你父亲是不是与莫洛不和？"王继贞颤声说："是。"康熙帝说："你父亲如果真与莫洛不和，朕可以饶恕他。"王继贞连连磕头："是，是。"康熙帝又说："朕现在令你去劝你父亲马上投降。"王继贞不说别的话，只接连说了好几个"是"字。明珠对王继贞说："还不谢恩？"王继贞被提醒，才磕头道："谢万万岁隆恩！"康熙帝令他立刻动身，王继贞还是俯伏谢恩。外面呈进肃提督张勇的捷报，康熙帝立即任命张勇为靖逆将军，然后退朝。大臣散朝后，只有王继贞在阶下还像狗一般趴着，幸亏太监从旁提醒，他才起身退出。

吴三桂到湖南后，夏国相等人一直请命渡江北犯，吴三桂不从，一心希望清廷答应他的要求，划江为国。后来听到吴应熊被杀的消息，勃然大怒，留下七万兵士守住岳澧诸水口，另派七万士兵分别守住长沙及湘、赣交界，然后亲自率精骑赴湖北松滋县，遥应西北，想从陕西绕攻京都。此时王辅臣已由陕入陇，攻陷平凉、巩昌、秦州一带，烽火四起。甘肃提督张勇与总兵王进宝急忙赶到巩昌，阻遏敌军，两边相持不下。忽然听说宁夏提督陈福被杀，张勇急忙向清廷告急。清廷派天津总兵赵良栋驰赴宁夏，并任命都统图海为抚远大将军，前往西部，调度洞鄂以下各军。图海深谙兵法，是满清大臣中的首屈一指的人物。听到王辅臣占据平凉的消息，当即向平凉进发，还约张勇夹攻。到了平凉，张勇率王进宝前来会合，图海说：“王辅臣在平凉，王屏藩在汉中，两人暗中互为掎角。我军围攻平凉，王屏藩必来相救。想请两位将军轻骑入陕，截住王屏藩。此处让老夫来督兵围攻，不怕不胜。”张勇、王进宝奉命而去。

图海扎住营寨，亲自去侦测地势，然后回帐召集部将，各授密计。这夜严阵以待，到了二更，听到城内隐隐有号炮声，图海随即率部将出营。没多久，王辅臣开城悄悄出来，率兵到清营前，一声令下，士兵们冲入清寨。不料寨中毫无人影，只有几点灯光。王辅臣料知中计，急忙率军退出，见寨外已布满清兵，好似天罗地网一样。王辅臣一马当先，提起大刀，左斩右劈，杀出一条血路，率军逃走。奔到城下，见有一军前来接应，定睛一看，竟是虎山墩的守兵。王辅臣忙问：“谁让你们来的？”守兵答道：“刚刚有一兵卒来报，说主帅劫营被困，所以我们特来援应。”王辅臣顿足道：“我中了图海的诡计，看来此城保不住了。”部将问明情由，王辅臣说：“这城池全靠虎山墩的天险，我专门派精兵扼守。不料清兵冒充我军，调兵离山，他却不费气力，占住此墩，居高临下，城内虚实都被他们瞧见，这城还守得住吗？”部将忙说：“让我们去夺回好了。”王辅臣说：“他费尽心思占住此墩，还能让我们轻易夺回来吗？”部将执意要去，王辅臣就让他率五千士兵去夺山墩，自己率兵入城防守。不一会儿，果然五千名士兵只剩一半，跟跄逃回。辅臣赶忙派人去汉中乞援，却几天不见回音，又派兵出城突围几次，也都被清兵杀退。图海还分兵断绝敌军的粮道，城中越发惶恐。又听到炮声隆隆，炮弹飞入城中，守兵多被打伤。王辅臣怕兵心溃变，只得昼夜不懈地拼死防守。

这天正在巡城，城下来了一名清将，大叫开城门，王辅臣开城放他进来。原来是参议道周昌奉抚远大将军之命前来招抚他。王辅臣踌躇不决，周昌说："将军困守孤城，身处绝境，此时不赶紧降顺，还等什么时候？何况皇上曾让令郎前来招抚，将军应当趁此机会及早回头，朝廷绝不加罪，不是很好吗？"王辅臣回答："犬子王继贞曾前来劝我回头，我也想就此谢罪，但至今未收到免罪赦诏，就怕一旦归降，仍遭不测。"周昌答道："将军尽可放心。前日一战，将军能够杀出重围，抚远大将军对将军格外欣赏，曾嘱我致意将军，他愿力为担保，誓不相负。"王辅臣这才说："既然如此，请阁下先回！我马上派部将前去订约。"

周昌出城回营后，禀报图海。图海说："现在已接得固原捷报，张勇等人已将王屏藩击退。王辅臣内乏粮草，外无救兵，不怕他不降。"到了第二天，果然王辅臣派人前来订约，答应立即开城迎入清兵。图海入城后，立即向清廷报捷，并请皇上赦免王辅臣，康熙帝当即应允。

此时，吴三桂已到松滋，刚派降将杨来嘉进攻陨阳，令他与王辅臣、王屏藩联合进兵。忽然传来王屏藩的失败的消息，接连又听说平凉失守，王辅臣降清，吴三桂面色骤变。正惊疑时，有一部将匆匆奔入，递上急报。吴三桂连忙拆开一看，原来是留守长沙的夏国相求援，马上问道："常沣并没有警信，长沙怎么会被围困？"来将回答："因江西大军到来，还运来几十尊西洋大炮，我军抵挡不住，所以前来告急。"吴三桂问道："江西的耿军，已被清兵杀退了吗？"来将回答："耿军还没有什么确切的消息，可能总是吃败仗。最近听说江西的清兵是由什么安亲王岳乐统领，来攻打湖南。"吴三桂说："既然如此，看来只好回援湖南，再作打算。"于是拔营回湘，先令胡国柱、马宝火速回去守长沙，自己率水兵顺流而下。途中，听说勒尔锦出虎渡口，尚善入洞庭湖，清兵已经占据许多江、湖的险要之地，吴三桂不觉大惊。忙令船夫扬帆飞驶，到了虎渡口，见岸上没有清兵，稍稍放心。转入洞庭湖，也没有什么意外发生，越加宽慰。原来勒尔锦、尚善等人一听说吴三桂回军援湘，早已逃去，因此吴三桂由江入湖，毫无阻挡。到了长沙，马宝已在城外扎营，长沙城四围已经挖掘了不少壕沟。吴三桂见马宝治军严谨，大加奖励。入城见胡国柱，才知道夏国相已前往醴陵御敌，便令部将高大节率领四千名精骑前去支援夏国相。高大节骁勇善战，是吴三桂部下最得力的大将，此次赶赴醴陵，又有一场恶战。

韩大任进谗

高大节赶到醴陵，夏国相一见到他便说："前不久我军已入江西，夺了萍乡县，正想与耿军会合，攻打南昌。不料清朝的安亲王岳乐杀败耿军，并占据广信、建昌、饶州等地方，然后又从袁州来攻占长沙。我到江西去阻击他时，因他有几十尊西洋大炮，很为厉害，所以只能退回醴陵。"高大节说："岳乐来这里，江西必定空虚，就让我带本部四千士兵绕到岳乐背后，然后我们前后夹击，必获全胜。"夏国相说："这主意不错！但将军只有四千士兵，恐怕不够，需要的话就从我这里拨添兵马好了。"高大节谢道："兵在精不在多，从前岳飞只有五百亲兵，却能攻破几万金兵。况且我手下士兵不止五百，哪会不够用？"夏国相大喜，立即让高大节去了。

清朝安亲王岳乐奉命南征，仗着大炮赶走建昌的白显忠，乘胜收复广信、饶州。之后清廷令他进攻湖南，他便从袁州进发，击退夏国相的前锋，在袁州休息三天后，进攻湖南。他还奏请简亲王喇布率镇江兵到南昌，在后面策应，然后才放心大胆地督兵前进。将到醴陵，岳乐忽然听说，敌将高大节已率几万士兵，走小路去攻打袁州了。岳乐惊道："袁州是我的后路，如果被敌军占领，非常不便，这该怎么办？"部将伊坦布说："看来只好催简王爷驻守袁州，我军才可前进。否则，我军恐怕要腹背受敌。"岳乐依议而行，扎住营寨，派人飞报简亲王。没想到又有探子前来，报称夏国相从醴陵来了。岳乐急忙传令回军，霎时大营齐拔，卷旌还辕。走了约一百多里，天色已晚，见前面有一座大山，岳乐便下令倚山扎营，明天再走。

这时候，军心已懈，巴不得扎营留宿。岳乐部署完毕，下令埋锅造饭，令将士们饱餐一顿。正想就寝，突然听到山下炮声响亮，全营大惊。岳乐急忙派侦骑探望，侦骑回来报告说，这山名螺子山，山形如螺，树木蓊翳，看不出敌兵有多少，只见四处插着伪周旗号。岳乐说："山势既然如此险峻，我军不宜上山，速发炮轰击山上。"营兵得令，就扛着西洋大炮出营。岳乐亲自指挥，对着山上，"扑通、扑通"地射出无数炮弹。等到烟雾飞散，遥望过去，大周旗帜仍然如旧。岳乐再次下令开炮，又是"扑通、扑通"的一阵，山上旗帜，虽打倒了几十面，还有多半依旧竖着。岳乐惊叫："不好了，我中计了。"伊坦布惊问缘由。岳乐回答："打了半天并没有什么反应，倒是我军损失了无数炮弹。"连忙停止轰炮，让人将大炮抬回营内。刚入营，忽然山上鼓声乱鸣，矢石齐发。岳乐又出营观望，见有一队敌兵驰下山来，当先的一人大叫道："岳乐休走！"此时岳乐魂飞魄散，急忙上马逃走。营兵见统帅已逃，还有哪个敢去阻击，自然没命地乱跑。一阵乱窜，自相践踏，死了无数人马，连伊坦布都下落不明，西洋大炮更不必说。

岳乐逃到螺子山后，天已放亮，惊魂渐定，才收拾残兵，奔回袁州。满心期望简亲王喇布在袁州接应他，不料袁州城已插上了大周的旗帜。岳乐正惊疑不定，又听到城东北角有一片喊杀声。岳乐连忙登高眺望，正是周兵在追杀清兵。岳乐捏了一把汗，暗想："此时不上前救应，我军也不保了。"于是下山部署队伍，绕城驰救。周兵见后面有清军杀到，只得回马抵挡岳乐。岳乐驱兵掩护前面的清兵，没想到周兵队里的一员大将，一杆枪神出鬼没，竟将清兵刺倒无数。岳乐料定不能取胜，领兵杀出，向东北逃去。那大将也不追赶，收兵进了袁州城。那员大将正是高大节。他从小路绕到袁州，夺下袁州城后，马上派了一百骑兵，埋伏在螺子山。高大节料到岳乐回军，必经过螺子山，见到旗帜，定要开炮。炮弹将尽时清兵回到袁州，自己可以率军截击。清朝的简亲王喇布刚好来援应岳乐，到了大觉寺，高大节立即出兵迎敌，杀得喇布大败而逃。总算岳乐去挡了一阵，高大节这才退回。只是高大节的部兵仅有四千名，为什么探马却报称有几万人？这叫做兵不厌诈。

岳乐尾随奔回，喇布等人还以为是敌军追赶，等到见了旗帜，才停下来与岳乐会合。两军仔细一聊，岳乐才知道高大节的厉害，叹道："此人如果在江西，那还真不是朝廷的福气。"话还没说完，传来吉安失守的消息。岳乐对喇布说："看来我们只好暂回南昌，再谋进取。"喇布已经丧胆，自然依了岳乐，一同到南昌去了。

高大节那边得了全胜，分兵占据吉安，马上派人到醴陵、长沙告捷。此时吴三桂已移驻衡州，只留胡国柱据守。胡国柱收到捷报，欢喜不已。没想到，胡国柱的副将韩大任向来与高大节不和，他对胡国柱说："高大节的确是一员勇将，但恐怕不会一直为王爷效命。"胡国柱问道："何以见得？"韩大任说："平凉的王辅臣不也是一员勇将吗？他为什么转而投降清朝？"胡国柱说："他之前本是清臣，所以仍旧降清。"韩大任说："清臣尚且不怕再降，何况高大节？不是我挑拨离间，以前我听说高大节背着王爷，常自夸智勇无敌，才力在王爷之上。假如清廷派人招降，给他高官厚禄，他哪有不叛变的道理？"胡国柱问道："那你说该怎么办？"韩大任献将高大节调回，胡国柱又问："调回高大节，谁去代替？"韩大任马上毛遂自荐。胡国柱于是令韩大任去代高大节。高大节不服，韩大任也不与他争论，派人飞报胡国柱，说高大节拥兵抗命。胡国柱大怒，飞檄召回高大节，高大节无奈，只得把军事交给韩大任。出城后他叹道："周家的前途看来是要断送在他们手中了。"随即快快不快地回去了。到长沙后，又被胡国柱痛斥一番。高大节一腔愤怒无处发泄，不久就生了重病。临危时，写信给夏国相，请他注意袁州，末署尾"高大节绝笔"五个字。

夏国相接到来信，大为叹息，急忙向长沙添兵，打算再次向江西进军。忽然接到江西的消息，说袁州已失，韩大任退守吉安，夏国相不禁顿足道："如果高大节在，何至于此？"正想发兵赴援，恰好长沙派马宝、王绪带九千人马来援，夏国相便让两人去救吉安。两人走了几天，已经抵达洋溪下游，隔溪便是吉安城。远远地看见城下驻扎着许多清营，城上虽有守兵，却不十分严整。马宝对王绪说："我看清兵很多，城中应危急万分，为什么城上守兵却提不起劲儿？"王绪说："我们还是先开炮，通知城中。如果城中有炮相应，我军再渡河。"马宝点了点头，便命令兵士开炮，接连几响，城中却寂然无声。马宝疑惑地说："真是奇怪！难道韩大任已经投降了？"王绪回答："韩大任害死大节，此人非常狡猾，难保今天没有投降？"马宝说："他如果已经降清，我们不宜深入，应当想个妥善的法子。"话还没说完，只见清营已有动静，忙叫："不好了！清兵要过河来了。"赶忙令后军做前军，前军做后军。马宝与王绪亲自断后，徐徐撤退。还没走几里，后面喊声大起，清兵已经追到。马宝令军士用弓箭射退敌军，不料没过多久，清兵又几次追杀过来，马宝气恼，大喝一声，领兵回马厮杀。这边的清兵正是简亲王喇布统领的军队。喇布本是个没用的人，因见敌军退走，想趁此占些便宜，立点功劳。没想到马宝回身酣斗，眼看着打不过他，便立即拍马驰回，军士都跟着退去。马宝杀了一阵，夺了许多甲仗，从容归去。

喇布一直退到吉安城下，也不敢急攻。城内的韩大任并没有投降，只因隔河鸣炮，还以为是清兵诱他出来，所以寂然不动。等到听说清兵追击马宝，已是十分懊悔，于是趁晚上开城逃去。喇布还以为是韩大任出来劫营，只令部兵守住营寨，由着他渡过河去。康熙帝用了这等庸将，反能逐去敌军，可见吴三桂恶贯满盈，天道不容。

江西平定后，浙江也不停地报捷。康亲王杰书到了浙江，听从贝子傅喇塔的建议，与总督李之芳并力合攻衢州，将马九玉逼回福建。而后，杰书令李之芳回军攻击温州的曾养性，自己带着傅喇塔南下，向西转攻仙霞关。

这时候，耿精忠正联络了郑经，去攻打广东。他们攻陷了潮州、惠州二郡。平南亲王尚可喜急忙让儿子尚之孝奔赴惠州，拦截耿军。没想到广西提督马雄与孙延龄串通一气，来攻高、雷二州，总兵祖泽清望风迎降。尚可喜东西受敌，一面向江西乞援，一面催促儿子尚之信拒敌。尚之信本来就不服父训，早已偷偷和吴三桂互通信函，此时急忙把尚可喜幽禁起来，自己也易帜改服，背叛清朝。尚可喜气愤至极，呕血身亡。

尚可喜死后，尚之信越发猖獗，江西将军舒恕及都统莽依图率兵支援广州，反被尚之信用炮击退。总督金光祖也归顺了吴三桂。吴三桂封尚之信为辅德亲王，命他交钱充饷，又派董重民来代替金光祖。这消息传到尚之信耳中，他暗想吴三桂索饷遣款，分明是钳制自己，忙与金光祖商议，仍旧背周降清。他们扣留董重民等人，然后率军民剃发反正，向西出兵抵抗马雄，向东出兵抵御耿精忠。

耿精忠正打算去抗敌，得知清兵已击败马九玉，攻入仙霞关，急忙回军福建。途中，听说曾养性、白显忠二将都已降清，不禁吓得魂飞天外。原来李之芳回军浙东，正巧遇到白显忠自江西败回，李之芳便趁机招降白显忠。回到温州后，让白显忠入城劝降。曾养性势孤力蹙，哪有不愿投降的道理。耿精忠的三路兵马至此尽归乌有，能不进退维谷吗？耿精忠赶到福州，听说清兵将到，忙下令各处总兵严守。没过多久，传来警报说建宁、延平、漳州、泉州、汀州等郡都已经投降，郑经也被献给了清军。耿精忠经此一吓，晕倒在地。随从用姜汤将他灌醒，他哭着说："这下完了！"

坐定后，府外递进文书，耿精忠拆开一看，竟是清康亲王前来劝降。耿精忠一想，如果不投降，那该如何抵御清军？如果降清，总督范承谟还在，定要向皇上陈诉他的逆迹，将来自己仍是难免一死。左思右想，忽然想到一条两头烧通的计策。他一面派儿子耿显祚赴延平迎接清兵，一面将范承谟绞死，省得自己的逆迹被他泄露出去。康亲王杰书随后进据福州，耿精忠率文武员官出城迎降，并说自己愿随大军立功赎罪。杰书当即将实况上奏。同时尚之信也派人赴江西，向清简亲王喇布乞降，喇布也据实上奏。康熙帝因吴三桂未除，不便声讨他们的罪刑，仍留着二人的爵位，命令他们立功抵罪。

于是，浙江、福建、广东三省纷纷平定，只有广西还没安定下来。孙延龄降周叛清之举，曾瞒住郡主孔四贞。后来被孔四贞知道，劝他反正，他却不依。正赶上以前被吴三桂上奏揭发，被清廷发配到苍梧的上原庆阳知府傅宏烈，此时也正召集民众，力图卷土重来。莽依图又出师广东，去会合傅宏烈。孙延龄听了这消息，未免悔恨，又因耿忠精、尚可喜两人都已降清，越加着急。踌躇再三，只有求助娘子这一个办法，当下去求孔四贞。孔四贞却满脸怒容，不理睬他。孙延龄挨到孔四贞面前，轻轻地叫了几声郡主。孔四贞说："你叫我做什么？"孙延龄说："我从前不听你的话，才落到今天这种地步。眼下危急万分，求郡主看在夫妻的情分上，为我解围。"孔四贞生气地说道："像你这样负恩忘义的人，还谈什么夫妻情分？我从前再三劝阻，叫你不要叛清，你不但不听，反而离开了我，去做什么王爷。好！你去做你的王爷！我是没福的人，不要再来惹我！"说完，将身子扭转向一边。孙延龄到了这时，也顾不上什么气节，只得在郡主的脚边跪了下去，一面扯着郡主衣衫，千姐姐万姐姐地哀告。

女子的性情从来都是容易发恼，也容易心软，何况孙延龄风姿俊美，与孔四贞本是一对璧人，只因意见不一，渐渐不和。此时，孙延龄如此温柔，孔四贞自然回转心意，便说："迟了，你现在叫我怎么为你解围？"孙延龄回答："我还是愿意降清，但担心皇上怪罪我。求郡主入京去见太后，暗中周旋，免去我的死罪，我死也感激你。"孔四贞听孙延龄说到一"死"字，顿时泪如雨下，说："你好好儿活着，为什么咒自己死？你既然要我赴京，事不宜迟，我明天就动身。"孙延龄高兴极了，忙给郡主整理行装。第二天，就送孔郡主北上。

世上没有不透风的墙，孙延龄叛周降清的消息很快就传到了湖南。吴三桂急忙令胡国柱、马宝二将速去广东，又让从孙吴世琮驰赴广西杀掉孙延龄。吴世琮到桂林后，让孙延龄前去领饷。孙延龄正缺银子，还以为吴三桂不知道自己叛变的消息，乐得取些饷银，以解燃眉之急。当即出城前往吴世琮的军营，没想到一入营帐，伏兵四起，还来不及逃跑，已被伏兵一阵乱剁，砍为肉泥。吴世琮入据桂林，随后又占据平乐。

此时清将莽依图正由广东赶赴广西，听说胡国柱、马宝奉吴三桂之命前来争夺广东，马上回军赴援广东。两军在韶州城下相遇，清军招架不住，退入韶州固守。胡国柱等人极力攻扑，莽依图正焦灼万分，突然听到城东鼓角喧天，回头一望，远远地看见清兵从天而降，前面的大旗，绣着"江宁将军"四个大字。莽依图趁这机会，领兵杀出，内外互应，将胡国柱等人杀退，追斩无数，随后将江宁兵迎入城中。江宁将军叫做额楚，奉朝廷之命前来支援广东，正巧与莽依图相遇，合力杀退胡、马二人，随即额楚留守韶州，莽依图又赶赴广西去了。

胡国柱、马宝两人奔回湖南，吴三桂大惊，又听说清廷令将军穆占援助岳乐，连拔永兴、茶陵、攸县、鄮县、安仁、兴宁、郴州、宜章、临武、蓝山、嘉禾、桂东、桂阳十三城，越发震惊恐惧。他却在恐惧中，产生一个痴念——想过过皇帝瘾。

吴三桂称帝

吴三桂起事以来，已历时五年。于康熙十三年立国号，假称迎立明裔，其实称周不称明，早就有了自己做皇帝的想法。所以争战五年，并不见有什么三太子。到了康熙十七年，吴三桂竟在衡州筑坛，祭告天地，自称皇帝，改元昭武。这天正是三月初，本是艳阳天气，风景宜人。不料突然狂风骤起，怒雨疾淋，把新建的朝房吹倒一半，瓦上的黄漆也被大雨淋坏。吴三桂不免懊恼，只得潦草成礼，算是做了大周皇帝。当下调夏国相回衡州，任命他为丞相，任命胡国柱、马宝为元帅，令他们出兵抵御清兵。

吴三桂即位的时候，受了一点风寒，此后从夏天一直到秋天，身体没有一天是舒适的。好汉只怕病来磨，何况吴三桂年近古稀，生了几个月的病，怎么熬得住？到了八月初，已经是痰喘交作，咯血频频，有时神志不清，整夜说胡话。夏国相领着文武百官，天天入内请安。

这天，夏国相又入内请安，到卧榻前，见吴三桂双眼紧闭，不断地呻吟。夏国相对诸将说："永兴还没有拿下，军事紧急，皇上的病反而越来越重，这该怎么办啊？"诸将还没有回答，忽然见吴三桂睁开双眼，瞪着夏国相许久，失声说："哎哟，不好了！永历皇帝到了！"然后又闭上眼睛大叫："皇上饶命！皇上饶命！"夏国相等人听到这惨叫声，都吓得毛骨悚然，只得到吴三桂耳边，轻轻叫道："陛下醒醒！"连叫几声，吴三桂才醒了过来。他睁开眼睛环顾四周，见了夏国相等人，忍不住流泪说："卿等都是患难之交，朕还没有什么酬劳，偏这……"说到"这"字，又喘作一团。夏国相忙说："陛下福寿还长，不会有事，还请保重龙体。"吴三桂把头略微点一点。夏国相请太医进来诊了一回脉，太医退到夏国相身边，悄悄说："皇上脉象欠佳，看来快不行了。"夏国相眉头一跛，也不说话。吴三桂气喘略平，又对夏国相说："朕并不想离开卿等，但这冤鬼都集在眼前，恐怕要与诸卿长别了。不知现在是什么情况？"夏国相忙说："永兴已屡报胜仗，不久就可以攻下，请陛下宽心！"吴三桂又问："陕西、广西有消息吗？"夏国相等人回答："没有。"吴三桂说："卿等先退下吧！容朕仔细想想，晚上再来商议。"

夏国相等人奉命退出。将到二更，他们又一同入宫，只觉得宫门里面阴风惨惨，鬼气森森。刚入宫门，就看见众侍妾缩在一旁不停地打颤。猛然听到吴三桂做哀鸣状，一声是"皇上恕罪！"一声是"父亲救我！"又模模糊糊地说了几句话，仿佛是"不忠不孝不仁不义"八字。夏国相等人听了半晌，心头都怦怦乱跳。众臣站了一会儿，吴三桂似乎清醒了些，咳嗽了好几声。侍者撩起御帐，捧过痰盂，接了好几口血痰。吴三桂见帐外有许多官员，令侍者将御帐半悬起来。夏国相等人上前请安。吴三桂说："卿等稍坐一下，听朕细细嘱咐。"夏国相等人坐下后，吴三桂气若游丝地说："朕精神恍惚，时常昏晕。自思生平做了许多错事，现在后悔已来不及。人之将死，其言也善。长子吴应熊也是被朕害死的，眼下只有一个孙子吴世璠，留居云南，可惜年幼。朕死后，劳烦卿等同心辅助！"夏国相等人齐声遵命。吴三桂歇了一歇，又说："湘、滇离这儿较远，朕自会亲自写遗嘱。"便令侍者取笔墨过来，想让侍者扶自己起来，无奈浑身疼痛，片刻难支，不得不躺下呻吟。夏国相便请示说："陛下不必过劳，臣可恭录圣谕。"吴三桂点头，夏国相便展笺执笔，等了许久，吴三桂一言不发，仔细一看，已经晕了过去。

夏国相立即让众侍妾上前照料，自己则率百官出了宫门。好一会儿，又带着太医同入宫中，只听宫内已是一片哭声。夏国相忙对众人摇手，众人这才止住哭声。夏国相赶忙让太医临榻诊视。诊完后，太医说："皇上只是有些痰没有咳出来，还未晏驾，大家切勿再哭！"说完，立即匆匆退出。夏国相令侍者放下御帐，朝夕看护照顾，只是忌讳哭声。众侍妾莫名其妙，只得唯命是从。

夏国相退出宫外，忙令人召回胡国柱、马宝。胡、马二人自永兴赶回来后，夏国相支开随从，悄悄对二人说："主上已经晏驾了。"胡、马二人大吃一惊，问道："什么时候晏驾的？"夏国相说："就在昨晚。主上让太孙吴世璠即位，我已连夜令人去迎接新主，并令宫中秘不发丧。主上弥留时，要我们同心辅助，还请两位遵旨。"胡、马二人自然答应。夏国相又说："我之前劝先帝迅速渡江，向北进军，先帝不听，现在敌兵四合，我们的处境比以前更难了。依我看，只好仍按之前的计划行事，越是拼命，越不会死；越是退守，越不得生还。不但云南、贵州可以舍弃，连湖南也可以不管，目前只有向北进军以争天下。陆军应出荆襄，会合四川兵马，直趋河南；水军顺江夺下武昌，掠夺敌舰，占据上游。那时冒险攻进去，或许可以侥幸成功，二公觉得怎么样？"马宝说："这不行！先帝经过百战，患难余生，尚且不肯轻弃滇、黔。眼下先帝又崩，哪里还能冒险轻举？何况滇、黔山路崎岖，进可战退可守，万一被清兵击败，还可退据一方。"夏国相不等马宝说完，便叹道："我军能到的地方，清军也能到，只怕清兵云集，就算是重谷深岩，也是守不住的。"马宝还想争辩。胡国柱说："现在还是守住此地，以后再伺机进取。"

过了几天，吴世璠到了衡州，在衡州即位，夏国相率百官叩贺，议定明年为洪化元年，接着颁发哀诏，颁布国丧。胡国柱等人因新帝年幼，不宜久居衡州，仍令随员郭壮图、谭延祚等人，迎丧护驾，回到云南。郭壮图等人带着吴世璠，向云南去了。

清兵听说吴三桂已死，人人振奋，个个图功。安亲王岳乐与简亲王喇布统率大兵入湖南，收复岳州、常德。顺承郡王勒尔锦驻扎荆州已经好几年，此时也胆大起来，渡过长江，攻取长沙。千军万马直逼衡州，任凭夏国相多么足智多谋，胡国柱、马宝如何冲锋敢战，也只得弃城逃走。广西巡抚傅宏烈与将军莽依图，又攻破平乐，进军桂林，吴世琮战死陕西。大将军图海带领提督王进宝、赵良栋等人攻破汉中，连拔保宁，王屏藩走投无路，只好自杀。王进宝、赵良栋又乘胜入川，势如破竹。于是吴世璠的地盘只剩下云、贵两省了。

康熙帝连接捷报。因康亲王杰书、安亲王岳乐在外久劳，于是康熙把他们召回京师。又召回顺承郡王勒尔锦、简亲王喇布、贝子洞鄂、贝勒尚善、都统巴尔布与珠满、将军舒恕等人，说他们劳师耗饷，误国误民，一律治罪。另任命贝子彰泰为定远平寇大将军，代替岳乐率领满骑自湖南赶赴云、贵；特授湖广总督蔡毓荣为绥远将军，率汉兵先行进军。另授赵良栋为云、贵总督，统帅川军；贝子赖塔为平南将军，统率闽、粤兵。三路大军浩浩荡荡杀向云、贵。彰泰到湖南后，与蔡毓荣会合，率军进攻枫木岭，杀掉守将吴国贵，进攻辰龙关。几个月后，胡国柱败退贵阳。这枫木岭与辰龙关，都是由湘通黔的要隘。这两个关隘被攻破之后，清兵就可以一马平川，勇往直前了。

清军从平越奔赴贵阳，用西洋巨炮轰陷城池。胡国柱弃城逃去，蔡毓荣率兵径直进军。彰泰屯兵贵阳后，收复遵义、安顺、石阡、都匀、思南等府，又令提督桑格进攻盘江。盘江守将李本深毁去铁索桥，向后撤退。桑格以重金作为酬劳令土司速搭浮桥，随即率兵渡河，追击李本深。被清军追上后，李本深慌忙下马，匍匐乞降。

这时候，蔡毓荣进兵黔西，直指平远。夏国相自云南调集劲旅，练成象阵，来到平远城抵御清军。平远西南多山，夏国相令部兵依山扎营，掩藏象阵，专等蔡毓荣到来。蔡毓荣仗着锐气进军到平远后，见山下敌营林立，便上前杀敌，夏国相令营兵坚守不动。等清兵消耗了不少锐气，才暗发密令，让营兵分开两边，让出中间，推出象阵。蔡毓荣急忙令兵士发炮，无奈兵士已心慌意骇，脚忙手乱，炮还没点燃，象已冲上来，那时只顾保全性命，哪儿还有心思放炮？逃得越快，象追赶得越快，顷刻间倒毙无数，尸积如山。蔡毓荣也没命地逃去，一直退了三十里，才聚集残兵，扎住营寨。

隔了两天，蔡毓荣下令进军十里立营。又过了一天，再次下令进军十里。兵士都畏惧象阵，不敢前进，只因军令如山，不得不硬着头皮勉强前进。当晚，蔡毓荣召集诸将听令。将士还以为又要出战，个个胆战心惊。到了帐中，却听蔡毓荣说：“云南是个出产野象的地方。从前敬谨亲王尼堪被象阵所迫，身殁阵中。我上次忘记这件事，中了敌计，被敌军打败，部下多遭惨死。现在我已想出破象阵的方法，只请众将同心敌忾为弟兄们复仇！”诸将听到有破敌的方法，又都鼓舞起来，一齐欢呼呐喊。蔡毓荣又说：“野象非人力可敌，应该用火攻。今夜先在营外密布火种，明天去诱敌，将敌兵引到这里，纵火烧他，象必返奔，转而被我所用，乘此追杀，必得全胜。”诸将遵令回去，分头布置。

第二天早晨，蔡毓荣手执红旗，督兵作战。夏国相开营迎战。几个回合后，夏相国又摆出上一次的阵势，蔡毓荣立即掉转红旗，向后撤退。夏国相驱出象阵，猛力追赶。蔡毓荣装成十分惊慌的样子，令兵士四散奔窜。敌军仗着有大象，只管向前追去。追了约十里，不料火种突然全都燃了起来，成燎原之势。那些野象已有好几只跌入火坑，剩下的大象掉头往回跑，反冲进敌军的队伍里。夏国相知道中计，忙令军士分列两旁，等各象奔过去后，整兵再战，无奈军心已经恐慌，队伍不免错乱。这边蔡毓荣又合兵杀来，顿时全军溃窜，夏国相只得边战边退。蔡毓荣趁势将夏国相逐出贵州境界。吴世璠失去贵州了。

贝子赖塔自广西进攻云南，令傅宏烈在后面援应。此时马雄已死，其子马承荫降清，留守南宁，部下多桀骜不驯，仍有叛变的心思。傅宏烈奏请马军随征，想借此免除内地忧患。还未接到圣旨，马承荫已得知消息，邀傅宏烈亲自前去谈判。傅宏烈马上准备前往，部将大多都说马承荫为人狡诈，不如不去。傅宏烈说："马承荫已经投降，还怀疑他做什么？"于是带着几十骑亲兵前往南宁。马承荫率众部下出城迎接，格外恭顺。然而一入城，城门突然关上，伏兵齐起，竟将傅宏烈拿下囚送云南。吴世璠劝傅宏烈投降，傅宏烈大骂道："你祖父还没有背叛时，我就已经劾奏过他。早知你家必要造反，我真后悔当初没有灭了你家，我是绝对不会投降的！"吴世璠令侍卫将傅宏烈处斩。傅宏烈死前仍然骂不绝口。消息传到赖塔军中，赖塔急忙请莽依图攻打南宁，马承荫也率象阵迎战。多亏莽依图已经获知蔡军破象阵的方法，依计而行大破象阵。马承荫入城固守，莽依图联合总督金光祖攻破南宁，并活擒马承荫，随后将他押解京城处死。

广西已定，赖塔便与蔡毓荣会合，直趋云南。贝子彰泰继续前进，沿途各城纷纷迎降。各军到归化寺后，距云南城只有三十里。吴世璠惶急万分，正想派夏国相等人出击抗敌，忽然探子来报说赵良栋从四川赶到云南。于是吴世璠忙令夏国相、胡国柱、马宝移军阻击赵军，另外派郭壮图领几万名士兵在三十里外迎战蔡毓荣。郭壮图仍将几百头野象作为前军。结果蔡毓荣纵火焚林，大胜郭壮图。

清兵接着进逼云南省城，吴世璠又调夏国相等人回来援救，赵良栋尾随而来。孤城片影，四面楚歌，吴世璠坚守五华山，派健卒去西藏请求支援，又被赵良栋查获。眼见得围城援绝，不久就要灭亡。夏国相、马宝、胡国柱、郭壮图等人明知灭亡不远，只因身受遗命，不得不拼死抵抗。两军再次血肉相搏，持续了好几个月。到康熙二十年十月中旬时，城中粮尽，军心大变。城中守将私放清军入城，胡国柱急忙拦阻，被炮弹击中，当场毙命。夏国相、马宝督兵巷战，被清兵围困，只听到一声大叫："降者免死。"部众便倒戈相向，把夏国相、马宝擒住，献给清军。

五华山上，守将郭壮图自杀，吴世璠悬梁自尽。捷报传到清廷，朝廷降旨将吴三桂的骸骨劈开，颁示内外。吴世璠的首级及夏国相等人被押解到北京。后来夏国相、马宝等人都被凌迟处死。

尼布楚条约

各清将歼灭滇藩后，陆续班师回朝。到了北京，听说尚之信、耿精忠已被捕治罪。原来尚之信归顺后，清廷屡次催促出师，他却一味逗留不进。等到吴三桂死后，才向广西进军，然后在宣武驻扎下来。尚之信的弟弟尚之孝想谋袭藩位，便派手下张士选赴京告密。康熙于是派侍郎宜昌阿前去审查，都统王国栋证实了尚之信的罪状。尚之信得知后从广西赶回，杀掉王国栋。宜昌阿随即令粤军将尚之信抓回北京，清廷降旨将尚之信赐死。尚之孝也受到连累被革职。耿精忠也被弟弟弹劾，被召回京师处死。只有孙延龄的妻子孔四贞是太后义女，且劝夫侍奉满清，并替夫认罪，康熙帝下旨仍封孔四贞为郡主，赡养其终生。

三藩平定后，中原本部十八省及关东三省都属大清版图，真成了浩荡乾坤，升平世界。唯独台湾郑经偏不听清朝的号令。耿精忠叛清时，曾与郑经一同攻打广东。耿精忠降清后，又与清康亲王杰书联合攻打郑经。郑经退守厦门。随后巡抚吴兴祚与将军赖塔出兵泉州，总督姚启圣与提督杨捷出兵漳州，逼郑经退回台湾。将军赖塔本想招抚郑经，但因总督姚启圣从中阻挠，便没能议和。

不久郑经抑郁而终，侍卫冯锡范拥立郑经次子郑克塽为王。郑克塽年幼，不能处理政事，诸事都由冯锡范决断。冯锡范骄横不法，大失人心。情报传入内地，闽督姚启圣非常高兴，立即向清廷上奏，请示趁着内乱，一举攻下台湾。康熙帝便召入王公大臣商议此事。内阁学士李光地恳请立即照准，康熙帝于是降旨准奏。姚启圣又力保降将施琅，说他是文武双全之才。清廷便授施琅为福建水军提督，加太子太保的头衔。

施琅原是郑氏旧将，深知海上地形险要。到任后，每天督操，练成两万水军，准备将他们分载在三百艘战船上，指日攻打台湾。康熙二十二年，施琅奉命攻打台湾。台湾在福建东北，姚启圣想乘北风进取台湾，施琅却请求乘南风先取澎湖，并说："澎湖不破，台湾就不容易拿下；澎湖一失，台湾不战自溃。"随后上奏恳请让自己全力讨贼，留督臣在厦门供应粮饷，康熙帝准奏。郑经的旧部将刘国轩四面筑垣，环列火器，把澎湖守得格外严密。施琅派游击蓝理为先锋，亲自率大军乘潮进攻。刘国轩令守兵连放火炮，夹杂着矢石向清军射去。两军从白天打到晚上，不分胜负。忽然飓风大起，波如山立，战船随流簸荡，支撑不住。刘国轩驾船而出，直追施琅乘坐的楼船。施琅急忙督兵迎敌，猛地一箭射来，正中施琅的眼睛，施琅不禁失声大叫，差点儿跌倒。总兵吴英见主帅受伤，一面令亲卒保护施琅，一面率军士力战，炮矢齐发，击退了刘国轩。大风也渐渐平息，两边于是鸣金收兵。

第二天早晨，施琅决定分头进攻，挽回局面。他令总兵陈蟒率五十艘战舰进攻鸡笼屿，总兵魏明率五十艘战舰进攻牛心湾，自己则督五十六艘战舰分作八队，直捣敌阵中坚，仍让蓝理为先锋，另外安排八十艘战舰为后应。刘国轩见清军又来进攻，正想坚守，抬头一看，只见东南角上微云渐合，便立即发兵。部下曾遂说："施琅这次来，必蹈前辙，我军不如固守。"刘国轩说："今天必有大风，正可一举歼敌，为什么不出击呢？"曾遂问道："主帅怎么知道有大风？"刘国轩指着东南角，对曾遂说："你在海上多年，难道不知海上气候，云合风生，雷鸣风止吗？"曾遂听后，心悦诚服地率领战舰出去迎战了。刚刚出去，迎面一艘清舰驶来。船上大大写"蓝理"二字，曾遂知道是清军前锋，马上喝令水兵接仗。此时正是盛暑，蓝理裸着上身站在船头，挥舞着手中的两把大刀先将敌兵劈下了几十个。敌兵见蓝理凶猛，各执长枪刺来，蓝理用双刀一阵乱削，削断无数枪杆，又砍伤了好几个敌兵，自己也身中十几枪。谁知突然飞来一弹，掠过蓝理的肚腹，蓝理向后倒去。曾遂趁机大呼："蓝理死了！"忽然蓝理一跃而起，持刀大吼道："蓝理还在，曾遂死了！"又连喊："杀贼，杀贼！"声震如雷。施琅听说蓝理受伤，急忙率军舰追上前来。见蓝理腹破肠出，鲜血淋漓，连忙令蓝理的弟弟蓝瑷、蓝珠小心地扶蓝理下了小舟，裹好伤口，将他载回营中。

说时迟，那时快，刘国轩已联檣来接应曾遂。施琅命各队分列迎敌，各自为战，枪戟并举。箭弹互施，杀得暗无天日，风云变色。突然天空中一声霹雳，响彻海滨，刘国轩不胜骇愕。曾遂的各将士也相顾失色，军心一乱，哪里还愿抗敌？郑军顿时四处乱逃。清军乘势追杀，刘国轩慌慌张张地退到牛心湾，却遇到清将魏明杀来，只好转向逃往鸡笼屿，却又遇着清将陈蟒。刘国轩前后左右都是清兵，没办法只得逃回台湾。

施琅乘胜追到台湾，将舟泊在鹿耳门，船因滩浅停搁，敌舰又来攻击。施琅连忙上前迎战。火箭、火弹互掷一阵，没想到敌兵蜂拥而至，施琅的船不能动，被敌兵四面围住。正紧急时，蓝理摇舟来救。敌军大惊，纷纷杀了过去。蓝理左手执盾，右手执刀，跃上敌船，连斩十几个主将，敌兵潜水逃去。蓝理请施琅上船，施琅拉着蓝理的手，担心他旧伤复发。蓝理笑着说："主帅有难，就算创裂致死，也顾不了那么多了。"然后又与施琅轰击郑军，郑军退去。

第二天早晨，海上大雾弥漫，潮高一丈多。施琅、蓝理等人扬帆而入。刘国轩正在岛上督守，见清军随潮进来，立即推案而起，叹道："听说先王得到台湾时，鹿耳门潮涨，今天又是这种天气，难道真是天意吗？"于是派使者迎降，献出台湾版图。自顺治十八年，郑成功据守台湾，历经二十三年而亡。

施琅派人由海道前去告捷，七天后到京都。康熙帝大喜，封施琅为靖海侯，令郑克塽等人入都，封郑克塽为海澄公，刘国轩、冯锡范也被封为伯爵。随即在台湾辟地垦荒，设立一府三县，隶属福建省。从此清朝威力远达海外，琉球、暹罗、安南诸国都派使者前业朝贡，连欧洲的意大利、荷兰等国也通使修好，恳请开海禁，增加贸易往来。清廷允准海滨通商，开设粤海、闽海、浙海、江海四关，设置官吏收税，这就是沿海通商的雏形。

中国北方有个俄罗斯国，元朝时，已被蒙古兵灭掉大半。后来元朝衰落，俄罗斯渐渐强盛起来，把蒙古人全部驱逐出境，独霸一方。满清初兴时，曾派兵攻夺黑龙江。俄罗斯也派远征军，越过外兴安岭，到达黑龙江北岸。当时清兵入关，无暇远掠，俄将喀巴罗领了几百个俄兵，将黑龙江北岸的雅克萨城抢占了去，用土筑城，屯兵把守。随后又分兵攻入黑龙江，结果被清都统明安达礼及沙尔呼达先后击退，只是雅克萨城依然被俄罗斯占据。

康熙二十一年，三藩削平，海内无事。康熙帝想驱除俄国人，平定东北。于是派副都统郎坦假借出猎，渡过黑龙江，侦察雅克萨城的形势。郎坦回来报告说俄兵稀少，容易扫除。康熙帝便决意征俄，让户部尚书伊桑阿赴宁古塔督造大船，并筑造墨尔根、齐齐哈尔两城，添置十个驿站，以便水陆通饷。又派萨布素为黑龙江将军，筹划战备，令蒙古车臣汗断绝与俄国人的贸易。二十二年，俄将模里尼克率六十名哥萨克兵从雅克萨城出发，直达黑龙江下流。此时清船正在巡弋，一鼓而起，将六十多个哥萨克兵全部擒获。模里尼克也被捉住了，随后被送到齐齐哈尔。

康熙二十三年，清兵到雅克萨城劝降，俄兵不答应。二十四年，清都统彭春率水陆两军北征。陆军大约一万多人，随带二百门巨炮，水军五千人，一百多艘战舰，从松花江出黑龙江，齐集雅克萨城下。俄将托尔布津拒降坚守，部下士兵只有四百多名。彭春令他退让归国，托尔布津仗着骁勇，不肯听从，清兵便用巨炮轰城，托尔布津招架不住，退到尼布楚。彭春令军士将土城毁去，率兵凯旋。谁知到了第二年，托尔布津带着陆军大佐伯伊顿，又到雅克萨，筑起土垒，驻兵守御。彭春带领八千名士兵，用四百门大炮进攻，托尔布津中弹倒毙，伯伊顿仍死守不去。清兵放炮轰垒，他却掘了地洞，令部兵穴居避弹，弹来躲入，弹止钻出，垒有残缺，随时修补，弄得清兵毫无办法。

恰好荷兰贡使在京都，自称与俄罗斯毗邻，愿做中间调解人。康熙帝便让荷兰使臣送信给俄罗斯，谴责俄罗斯无故侵犯边境。不久俄皇大彼道回信，说："中俄文字，两不相通，因致冲突。现已知边人构衅，将马上派使臣堪定国界，请先释放雅克萨卫兵。"康熙帝因远征境外，未免过度劳累，便答应议和，让彭春暂时退兵。于是俄派全权公使费耀多罗到外蒙古土谢图汗边境等候，同时派人到北京请求清廷派官员前来议和。康熙帝让内大臣索额图等人前去议和，途中索额图听说土谢图与准噶尔交战，交通被阻隔，便又折回京都。康熙帝想了想，又派了个小官绕道出境，带信给俄使，议定在尼布楚议和。索额图奉命到尼布楚，西洋教士张诚、徐日升为译官，另备一万多名精兵，水陆并进，直达尼布楚城外。俄使费耀多罗也率一千多人到尼布楚，见清使兵卫盛气凌人，颇有惧色。

第二天，双方在城外搭帐议和。两国公使及仆从全部出席，护兵各有二百多人，手执兵刃，侍立两旁。俄使先讲话，要求以黑龙江为界，南岸归清，北岸归俄。索额图说："哪有这个道理？今天俄罗斯如果想要议和，东起雅克萨，西到尼布楚，凡是俄罗斯所占领的黑龙江及贝加尔湖必须一律归还我国才可以。"俄使只是摇头。索额图见双方意见不统一，径自回营去了。第二天继续讨论，索额图稍稍退让，打算将尼布楚作为两国的分界。俄使也不答应，索额图又生气地转身回营。张诚等人从中调停，再让索额图稍微退让，北以格尔必齐河及外兴安岭为界，南以额尔古纳河为界，俄罗斯在额尔古纳河南岸的堡寨应全部移往河的北岸。俄使还是坚决不从，索额图便令水陆两军，会齐城下，打算马上攻城。俄使不得已只好照允。

于是在康熙二十八年两国订立条约，总共六条，大致如下：

一、自黑龙江支流格尔必齐河，沿外兴安岭以至于海，所有外兴安岭以南、注入黑龙江的河流属中国，在外兴安岭以北者属俄。

二、西以额尔古纳河为界，额尔古纳河以南属中国，额尔古纳河以北属俄。

三、拆毁雅克萨城，雅克萨居民及物用，都迁往俄境。

四、两国的猎人，不得擅越国界，违者送官府惩办。

五、两国彼此不得容留逃犯。

六、行旅有官给文票，可以自由贸易。

条约订立后，在格尔必齐河东及额尔古纳河南立碑，作为界标，并在上面用满、汉、蒙古、拉丁及俄罗斯五种文字刻写中俄《尼布楚条约》。自此中俄修好，百年不兴兵革。

亲征噶尔丹

之前索额图去签订和约时，本想借道蒙古，但因土谢图部与准噶尔部交战，道路被阻，中途只得折回。准噶尔交战一事还有一段历史。

中国长城外，就是蒙古，分为三部：一部与长城相近，叫做漠南蒙古，也称内蒙古；内蒙古的北境，又有一部，叫做漠北喀尔喀蒙古，也称外蒙古；还有一部在西边，叫做厄鲁特蒙古。其中，内蒙古和外蒙古都是元太祖成吉思汗的后裔。漠南蒙古内部分为六盟，清太宗时已先后归附清朝，只有喀尔喀、厄鲁特两大部，还未归服。喀尔喀遣使乞盟，厄鲁特从未通使，清朝也没把它当一回事儿，从不过问。厄鲁特又分为四部，一个叫和硕特部，一个叫准噶尔部，一个叫杜尔伯特部，一个叫土尔扈特部。其中准噶尔部最强。顺治年间，准噶尔部部长巴图尔浑台吉吞并附近部落，势力渐盛。康熙初年，浑台吉死，其子僧格即位。僧格死后，其子索诺木阿拉布坦即位。僧格的弟弟噶尔丹将侄儿杀死，篡夺了汗位，并将和硕特部、杜尔伯特部、土尔扈特部等部全部霸占，随后向东略地，想要夺取喀尔喀蒙古。

喀尔喀蒙古很早以前分为土谢图、札萨克图、车臣三部，土谢图部与札萨克图部相连。札萨克图汗娶了个小妾，人人都说她是西施转世，天女化身。她的艳名传到土谢图部，土谢图汗竟患上了相思病。于是他对外声称要到札萨克图部贺喜，令部下将军械包裹好，假称是贺礼，然后带了几百名部下向札萨克图部进发。蒙古这地方本没有什么宫室城郭，即使是头目的住所，也不过立个木栅，叠些土垒了事。土谢图汗到札萨克图后，札萨克图汗立即出去将他迎入，席地而坐。一坐定，土谢图汗便说："听说贵汗新娶宠姬,特来道贺!"札萨克图汗答道:"不敢当,不敢当!小妾已娶回多日了。"土谢图汗说:"敝处与贵部虽是近邻,有时也不通消息,直到近日才知,特备薄礼相赠,还望笑纳。"札萨克图汗忙谢道:"这就更不敢当了。"土谢图汗说:"何必客气!只是贵姬艳名远传,看在邻谊的面上,可否让我见一面?"札萨克图汗笑道:"这有何妨。"说完,便召爱姬出室,与土谢图汗行相见礼。土谢图汗见她颀长白皙,楚楚可人,不禁心旌摇曳,魂魄飞扬,当即定一定神,召部下将礼物送入帐内,随后一声大喝:"还不动手?"札萨克图愣住了,只见土谢图汗的部下从礼箱中取出的,竟然是一把把亮晃晃的腰刀。札萨克图汗顾不上爱姬,转身就逃。那位爱姬正想跟着逃走,无奈两脚好像被钉子钉住一样,随后被土谢图汗拦腰抱住,往外飞奔。部下一声吆喝,都赶着骆驼回去了。

札萨克图汗失去爱姬后,顿时大怒,召齐部下,要来攻打土谢图部。土谢图汗知道札萨克图汗不会善罢甘休,急忙派人前去联络车臣汗。两部联合打败札萨克图汗。三部内讧,准噶尔部大头目噶尔丹乘虚而入,派人到札萨克图部,表示愿意为他调停。札萨克汗大喜,便叫这名使者去土谢图部帮他索回爱妾。使者于是前往土谢图部,一坐下便索要札萨克汗的爱姬。

土谢图汗费了好些心机,才把这个美人儿抱回来取乐,哪儿肯完璧归赵?偏这名使者恶言辱骂,土谢图汗恼怒之下,令人将使者杀掉。噶尔丹借机报复,扬言要借俄罗斯兵攻打土谢图。土谢图汗大为惊惧,忙修整战备。结果等了几个月,毫无动静,到边界窥探,也没有什么俄兵入境,只有几个外来的喇嘛在四处游牧。蒙古人向来以游牧为生,邻境往来,也是常事,土谢图汗毫不在意,整天与抢来的美人调情饮酒。没想到噶尔丹竟率领三万劲骑穿过札萨克图部,越过杭爱山,直入土谢图境内,与游牧喇嘛会合。喇嘛将他们引到土谢图汗的住所。夜静虫鸣,土谢图汗正拥着美人酣卧帐中。忽然火光四起,呼声震天,宛如千军万马排山倒海而来,他也不辨是哪里的人马,忙从帐后蹿去。噶尔丹杀入帐中,不见一人,到处搜寻,只剩一个美人儿在床上缩作一团。噶尔丹不去惊扰她,令部骑在帐外驻扎,自己则回到内室,做了札萨克图汗第三,慢慢抱住娇娃,享受个中滋味。到了第二天,又兵分两路,一路向东进发,袭破车臣部,一路向西进发,袭破札萨克部,自己则盘踞着喀尔喀王廷,募集几十万兵士,声势大张。

喀尔喀三部民众走投无路,只得投奔漠南,向中国乞降。康熙帝让尚书阿尔尼发粟赈赡，且把科尔沁水草地借给他们。噶尔丹派使者入贡，康熙帝便令阿尔尼劝噶尔丹率众西归，退还喀尔喀的属地。噶尔丹拒绝清廷，反而日日练兵，竟于康熙二十九年，打着追击喀尔喀部众的名号，挑选锐骑向东入犯，侵入内蒙古。尚书阿尔尼急忙率蒙古兵截击。噶尔丹假装战败，沿途丢弃牲畜。蒙古兵纷纷争夺战利品，队伍错乱，噶尔丹反身来攻，阿尔尼来不及整队，被他一阵追击，杀得大败，鼠窜而逃。

康熙帝得知战败的消息后，便打算亲征。他先任命裕亲王福全为抚远大将军，率同皇子胤禔出长城古北口；恭亲王常宁为安北大将军，率同简亲王雅布出长城喜峰口；令阿尔尼率旧部与裕亲王军会合，听从裕亲王的调遣。又另调盛京、吉林及科尔沁兵助战。这年七月，康熙帝御驾亲征。刚出长城，忽然得到探报，恭亲王军在喜峰口九百里外，被噶尔丹杀败而回，康熙帝命令诸军急进。途中，又听说噶尔丹前锋已到乌兰布通，距京都只有七百里。康熙帝惊愕起来，飞诏调裕亲王军到乌兰布通，截击敌兵。没过多久收到裕亲王的军报，说他已到乌兰布通驻扎，康熙帝才稍稍放心。

噶尔丹乘胜向南进军，到乌兰布通时，被清营阻住，便派使者去见裕亲王，说是为追击喀尔喀仇人而进入内地，不敢占有寸土，只要抓住土谢图汗，立即班师回去。裕亲王福全将来使斥回。第二天，两军交战，噶尔丹战败。第三天，噶尔丹派喇嘛到清营乞和。福全立即向康熙帝奏捷，康熙帝降旨"立即进兵，不要中了敌人的缓兵之计"。福全急忙发兵追赶，已是来不及了。噶尔丹早已奔回厄鲁特。而后又派人送信谢罪，发誓不再进犯边境。康熙帝刚巧身体不适，便让来使回去告诫噶尔丹，让他此后不得侵犯喀尔喀一人一畜。来使唯唯而去，于是康熙宣昭诸王班师回朝。

三十年，康熙帝编外蒙古为三十七旗，令这三十七旗与内蒙古四十九旗同等位列，自此外蒙古归顺了清朝。隔了两年，康熙帝正想让三汗各回属地。谁知噶尔丹又来寻衅，屡次要求索拿土谢图汗，并暗地里诱使内蒙古叛清归己，科尔沁亲王据实上奏。康熙帝令科尔沁亲王装作内应，诱使噶尔丹深入。噶尔丹率三万名精骑沿克鲁伦河南下，克鲁伦河在外蒙古东境，他到了河边，竟停住不前。康熙帝派人致信催促，去使回来报告说，噶尔丹声言要借俄罗斯六万枪兵，等借到后，立刻进兵。康熙帝说："这都是谣言，他以为上一次失败是火器不敌我军的缘故，所以故意扬言借兵，恐吓我朝，朕岂能由他恐吓？"便召大臣们商议，再次决定亲征。

康熙三十五年，令将军萨布素率东三省军出东路，遏制敌兵前锋；大将军费扬古与振武将军孙思克率陕、甘兵出宁夏西路，断敌归路；自己则亲率劲旅出中路，由独石口进军外蒙古。约定在克鲁伦河会师，三路夹攻噶尔丹。这年三月，中路军已入外蒙古境，与敌军相近，东西两军因道路不畅而没有及时赶来，康熙帝援兵以待。谣传俄兵将到，大学士伊桑阿非常恐惧，极力请求回銮。康熙帝大怒："朕祭告天地宗庙，出师北征，如果不杀一贼便回去，怎么对得住天下？何况大军一退，贼必尽攻西路，西路军不就有危险了吗？"于是斥退伊桑阿，命令军士急行军到克鲁伦河。康熙手绘阵图，指示进军方案。随行的大臣还是议论纷纷，各执己见，康熙帝却派使臣催促噶尔丹出兵。噶尔丹登高遥望，只见河的南岸驻扎御营，黄帐龙旗，内环军幔，外布网城，护卫兵个个勇猛异常，不由得心惊胆寒，连夜拔营潜逃。第二天，清朝大军到达河边时，北岸已无人迹，急忙渡河前追，到拖诺山仍不见有敌踪，才下令回军。然后让内大臣明珠把中路军的粮草运去西路，接济费扬古军。

噶尔丹奔驰五天五夜，逃到昭莫多。那里地势平旷，树木丛杂，噶尔丹怕有伏兵，格外仔细，步步留心。忽然林中炮声突发，拥出一支兵来，都是步行，大约不过四百多名。而噶尔丹手下还有一万多人，且个个都是身经百战，遇着这种小小埋伏，全不在意。众人骑马争先突围，清兵不敢抵抗，边战边撤。大约走了五六里，两旁小山夹道，清兵钻进右侧的小山。噶尔丹勒住马，远远地望见小山顶上，露出一角旗帜，上面大大地写着"大将军费"字样，便率众人上山争抢。清兵据险俯击，不停开炮，敌兵毫不惧怯，奋勇作战。从早上战到中午，也没有分出胜负。忽然山左绕出一千名清兵，袭击噶尔丹的后队。后队都是驼畜妇女，有一员女将，身披铜甲，腰佩弓矢，手中握着双刀，骑着一只似驼非驼的异兽。见清兵杀过来，她竟柳眉直竖，杀气腾腾，领着好几百悍贼截杀清兵。清兵从来没有与女将打过仗，此时，也觉惊异，与女将战了几十回个合，只杀得一个平手。没想到噶尔丹竟败下山来，冲乱后队。山上的清兵居高临下，接连开炮。顿时山脚下烟雾弥漫，只见尘沙陡起，血肉纷飞，敌骑抱头乱窜。大约过了两三个时辰，山上、山下就只剩下清兵，看不到一个敌骑。清兵暂停开炮，尘雾渐散，准部士兵倒地无数，连穿铜甲的女将也死在地上。这员女将是谁？她就是噶尔丹的妃子阿奴娘子，准部士兵呼她为可敦。可敦善战，本来可以抵住清兵，只因噶尔丹听说后队被袭，便退回去支援，清兵乘势杀下，敌兵大乱，自相践踏，导致可敦战死，只有噶尔丹逃去。

费扬古收兵回营，当即置酒高会，奖励众将士，然后向皇帝飞报捷音。康熙帝大悦，慰劳有加，令费扬古留守漠北，令陕甘军回朝，然后率劲旅回京。

噶尔丹再次奔回厄鲁特，途中得知僧格之子策妄阿布坦为兄报仇，占据准噶尔旧疆。噶尔丹被拒在门外，欲归无所，只好窜居阿尔泰山东麓。康熙帝听说噶尔丹走投无路，让他前来投降，噶尔丹倔强不去。过了一年，康熙帝亲征，渡过黄河，到了宁夏，令大臣马思哈、将军萨布素会合费扬古大军深入，并让策妄阿布坦助剿。噶尔丹得知，急忙派儿子塞卜腾巴珠向回部借粮。回部在天山南麓，噶尔丹强盛之时，也曾归服噶尔丹。谁知回人见风使舵，不但不肯借粮，反而将他的儿子捆住献给了清军。噶尔丹等了好久，粮食仍无着落，左右亲信又相率逃去。噶尔丹连接收到警信，有的说："清兵将到。"有的说："策妄阿布坦领部众前来进攻。"有的说："回部也助清进兵。"一晚上几次受惊。噶尔丹自言自语说："中国皇帝真是神圣。我自己不知利害，冒昧入犯，弄得精锐丧亡，国破家亡，如今进退无路，看来只有一死。"于是服毒身亡。

噶尔丹帐中只留下一个女儿，他的族人丹吉喇打算带着他的女儿以及他的骸骨，去清营乞降。不料策妄阿布坦中途截住丹吉喇等人，并把他们送交清营。康熙帝颁诏特赦，任命丹吉喇为散秩大臣，噶尔丹之子塞卜腾巴珠为一等侍卫，都安插在张家口外，编入察哈尔旗。土谢图、车臣、札萨克三汗也被遣归属地。此次亲征开辟喀尔喀西境一千多里，增编部属为五十五旗。朔漠安定后，康熙帝在狼居胥山上刻下功勋，然后回朝。

康熙帝的憾事

康熙帝英明神武，可谓是古今少有。即位以后，灭明裔，扫叛王，降台湾，和俄罗斯，服喀尔喀，平准噶尔。他还五次巡幸五台山，六次南巡。巡幸五台被后人说成是省亲。原来，顺治皇帝即位十八年后，看破红尘，到五台山削发为僧。康熙帝多次去探望，每到五台山，必令随从在寺外停住，独自一人进谒，直到顺治帝死后，才不再巡幸五台山。而巡幸东南，不单是为了治河，也是为了昭示威德，笼络人心。所以康熙帝禅山谒陵，去租免税，凡是经过的地方，都威德并用。东南的老百姓畏惧他的威严，感激他的德惠，把前明撇在脑后，个个拥戴清朝。清朝二百多年的基业，从此造就。

只是康熙帝恰有一大失误，弄得晚年异常懊丧，一直到去世，都不能释怀。原来康熙帝有二十多个儿子，长子名叫胤禔，就是初征噶尔丹时，裕亲王福全的副手。古语说："立嫡以长。"论起年纪来，允禔应做太子，但他是妃嫔生的皇子。皇后何舍里氏只生一子胤礽，胤礽一生下，皇后便逝世了。康熙帝夫妇情深，未免心伤。且因胤礽是嫡长，宜为皇储，康熙帝就在胤礽两岁时，先立他为皇太子。后来重立皇后，妃嫔也逐渐增加，一年一年地生出许多儿子。其中四皇子胤禛，秉性阴沉，八皇子胤禩、九皇子胤禟生得异常乖巧，康熙帝格外宠爱。不过，康熙帝既然已经立了胤礽，也就没有换掉的心思。等到胤礽稍微大些，康熙就任命大学士张英为太子师傅，让他教太子诗书礼乐，又令儒臣陪讲性理。南巡北幸时，也曾带胤礽出去游历，尽量多方教导。亲征噶尔丹的时候，还让太子监国，宫廷中也没有生出事来。

噶尔丹平定后，万民乐业，四海澄清。康熙帝年事渐高，也想享受点太平弘福，有时读书，有时习算，有时把酒吟诗。白天与儒臣研究书理，晚上与后妃共叙欢情。枕边衾里，免不得有阴谋夺嫡、诋毁胤礽的言语。起初康熙帝拿定主意，不听妇言。后来诸皇子也私结党羽，制造流言飞语，吹入康熙帝耳中，他渐渐有了疑心。宫中后妃等人越发摇唇鼓舌，搬弄是非，甚至说胤礽蓄谋不轨，伺机夺位。可笑这个英武绝伦的圣祖仁皇帝竟被这些人蛊惑，渐渐冷落了胤礽。康熙四十七年七月，竟降了一道谕旨，废了皇太子胤礽，并将他幽禁在咸安宫，令皇长子胤禔及皇四子胤禛看守。于是这个储君的位置，哪个皇子都想补入。皇八子胤禩长得最英俊，性情也格外刁钻，在父皇面前殷勤讨好，暗中却想害死胤礽，以绝后患。

事有凑巧，有一个叫张明德的相面先生，在都中卖艺骗钱，轰动一时。贝子贝勒等人都去请教，张明德满口奉承，说他们是什么富，什么贵。世人谁不喜欢奉承？因此人人都说这张明德相面极准，仿佛神仙一般。胤禩怀着鬼胎，想知道自己究竟配不配做皇帝，便换了衣装，去见张明德。谁知张明德这边，早已有人通风报信，等到胤禩进去后，张明德立即向地跪伏，口称万岁。胤禩连忙摇手，张明德见风使舵，请胤禩入内室，细谈一番，一面说胤禩定当大贵，一面又俯伏称臣。胤禩非常欢喜，不但表露真实身份，还与张明德密定逆谋。张明德骗胤禩说他有十几个好友都能飞檐走壁，如果皇子需要，他们都愿意前来效命。胤禩便与他定了密约，辞别回宫。刚入禁门，遇着大阿哥胤禔，被他一把扯住，邀入邸中。原来胤禔曾被封为直郡王，另立府邸。他支开随从，问胤禩："八阿哥从哪里回来的？"胤禩说："我不过在外边闲逛了一会儿，又没到什么地方去。"胤禔笑说："你不要瞒我！张明德叫你万岁呢！"胤禩惊问："大阿哥怎么晓得？"胤禔回答："我是个顺风耳，自然能听见。"胤禩说："你既然已经晓得，应当帮我瞒过父皇。"胤禔说："这个自然。可是我昨天听到消息，说是父皇仍想立胤礽为太子。"胤禩顿足道："这该怎么办？"胤禔却回答："我刚巧有个好主意，但不知你做皇帝后，拿什么谢我？"胤禩说："我得了帝位，就封大阿哥为并肩皇帝。"胤禔忙说："不好不好，世上没有并肩皇帝。何况我仍要受你的封，不如不做。"急得胤禩连忙打恭，恳求妙策。胤禔这才说："牧马厂中有个蒙古喇嘛，他精通巫蛊术，能咒人生死。如果叫他害死胤礽，不是很好吗？"胤禩非常高兴，便托胤禔马上照行，然后作揖告别而去。

胤禔立即去与蒙古喇嘛商议。这蒙古喇嘛与胤禔是莫逆之交，胤禔与他商议过后，他马上取出十多件镇压物，交给胤禔。胤禔带着它们回来，想去通知胤禩，转念又想："我明明是皇长子，太子既然被废，应当由我代替，为什么去帮助胤禩？"当下踌躇好一会儿，忽然跳起来说："就这么做，最好是一网打尽。"于是匆匆入宫，见了康熙帝，把胤禩与张明德见面的事全部抖了出来。康熙帝立即令侍卫捉拿张明德。不一会儿，张明德被拿到，问过口供后，马上被押出宫门，凌迟处死。并让宗人府将胤禩拘禁起来。胤禩一想，这事只有大阿哥知道，我叫他瞒住父皇，难道他去告密了吗？他要我死，我也要他死，便对宗人府正色说道："想见父皇一面！"宗人府便将他带入宫内。

康熙帝见了胤禩，勃然大怒，扇了他两巴掌。胤禩哭着说："儿臣不敢妄为，都是大阿哥教儿臣做的。"康熙帝怒道："胡说！他教你做的，他还肯告诉我吗？"胤禩说："父皇如果不信，可去拿问牧马厂内的蒙古喇嘛。"康熙帝又令侍卫将蒙古喇嘛拿到，严刑拷讯，得供属实。随即派侍卫到直郡王府，不由分说，入内搜查，连地板都全部掘起，果然有好几个木头人被埋在土内。侍卫取出，回宫奏复，康熙帝震怒不已，拔出佩刀，叫侍卫去杀了胤禔。侍卫跪在康熙帝面前替胤禔求情。

此时早有太监报知惠妃。惠妃是胤禔的生母，得知消息后，三步并作两步地跑进来，跪在地上，连磕了几个响头："求皇上开恩，求皇上开恩。"康熙帝见此情状，不由得心软起来，便说："爱妃请起！"惠妃谢过了恩，起来站在一旁，粉面中珠泪莹莹，额角上已突起两块青肿。美人几乎急死，天子不免有情，便将佩刀收入，令侍卫起来，将胤禔带出去拘禁，又对惠妃说："看在你的情面上，饶了胤禔，但我看他总不是个好人，须派人看管才好。"惠妃不敢再多言，谢恩回宫。康熙帝立即亲写朱谕，将胤禔革去王爵，即刻将他幽禁在他自己的府邸。领班侍卫奉旨而去。

康熙帝经此一怒，便气出病来，当晚不吃夜膳。第二天，微发寒热，令御医诊治。诸皇子亲自侍奉汤药，皇四子胤禛早晚请安，且委婉叙说废皇太子的冤屈，深惬帝意。康熙帝于是释放太子，令太子入宫在旁服侍。过了几天，康熙帝的病渐渐好了，便召集诸位皇子和王大臣，说："朕暇时批览史册，古来太子被废掉后，往往不得生存，过后人君又莫不追悔。朕自拘禁胤礽后，日日挂念。近日有病，只有皇四子默默体察朕心，屡次保奏胤礽，劝朕召见。朕召见胤礽一次，愉快一次。随后令他在朕前侍奉汤药，举止颇有规矩，不像从前疏狂，想来从前是被胤禔镇魇，所以糊涂。现在既然已经改过，需要从此洗心革面。今天召集诸臣，有的是内大臣，有的是部院大臣，都是朕所重用的，胤礽应亲近你们，随时受教。四皇子胤禛，幼年时微觉喜怒不定，现在能虚体朕意，殷勤恳切，可谓诚孝。五皇子胤祺、七皇子胤祐为人淳厚，蔼然可亲，胤礽也应格外亲近他们。自此以后，朕不再记恨之前的过错，只要胤礽日日进取，朕就没有什么遗憾了！诸位大臣须为我教导胤礽，千万不要再蹈覆辙！"

诸位大臣还没答复，只见皇四子跪奏道："儿臣奉皇父谕旨。皇父说儿臣屡次保奏废皇太子，儿臣其实没有这样做过。蒙皇父褒嘉，儿臣不敢承受。"康熙帝微笑着说："你在朕前屡次为胤礽保奏，你以为没有证据，所以当众强辩。你如果真是不想居功，那你的初衷还可以谅解；你如果是畏惧胤禔、胤祀，故意图赖，便是不正直，反而让朕大为失望。"皇四子叩首称谢，又奏道："十年前侍奉皇父，因儿臣喜怒不定，时蒙训诫。近十来年，皇父不曾斥责，儿臣已醒悟悔改，并得到皇父的洞察明鉴。现在儿臣年逾三十，品行大概已定，而'喜怒不定'四字还记在儿臣身上，恳请皇父在谕旨内，恩免记载，儿臣深感鸿慈。"康熙帝便对王公大臣说："近十年来，四阿哥的确已改过，不见有忽喜忽怒的情状，朕今天不过偶然提及，以勉励他，不必全部记载。"

王公大臣遵旨退出，私下里却议论纷纷，都料想废太子又要被重立。

果然到了第二年，康熙帝又立胤礽为皇太子，颁诏天下，祭告天地宗庙社稷，并封皇三子胤祉为诚亲王，皇四子胤禛为雍亲王，皇五子胤祺为恒亲王，皇七子胤祐为淳郡王，皇十子胤䄉为敦郡王，皇九子胤禟、皇十二子胤祹、皇十四子胤禵都为固山贝子。储位一事算是暂时了结了。不料因翰林院的编修戴名世，写了一部《南山集》，又兴起文字狱来。

先是康熙初年，浙江湖州府庄廷鑨向来喜欢《诗经》，平时颇留意史籍。一天，庄廷鑨到市集上闲逛，见有一家旧书坊，就走了进去。随手翻阅，旧书中夹有一手抄本，一看，竟是明朝已故丞相朱国桢的稿本，稿中记录着明朝自洪武到天启的史事，他立即将此稿买回。招了几个好朋友，互相传阅一番，友人都不曾见过此书，个个说是秘本。文人常态，专喜续貂，就各自搜集崇祯年间的事情，补入卷末，并将自己姓名及友人姓名一一附记，算是生平得意之作。庄廷鑨死后，家人将此书刊发。恰好原归安县的县令吴之荣，闲居在家，翻看此书，读到崇祯时，发现有毁谤满人的话，当即上奏告发。清廷立即令浙江大吏按书中的姓名一一搜捕。已死的开棺戮尸，未死的下狱正法。庄廷鑨因是首犯，开棺戮尸不用说，清廷还把他兄弟也杀掉，家产全部没收。吴之荣因此又得以任职升官。因为此事，士人多钳口结舌，不敢妄谈。自康熙五十年以后体制愈严，蒙蔽愈重。康熙帝年已六旬，精神也渐渐衰退，不像壮年的时候事事明察。到了康熙五十一年，皇太子胤礽又不知因为什么事触怒了康熙帝，这位渐渐糊涂的皇帝又将胤礽废黜。

胤礽再次被废后，康熙帝打定主意，不再说有关立太子的事情。诸皇子个个窥测，探不出什么消息，便联合王公大臣上疏奏请。谁知上一次疏，受一次训责，甚至还要治罪。诸位大臣正在疑虑，忽然西域来了警信，报称策妄阿布坦杀进西藏了。西藏是清朝的藩属，清朝自然不能坐视不理。

鸭贩子做皇帝

中国西部边陲，有世界上最高的一座山脉，名叫喜马拉雅山。喜马拉雅山北，住着图伯特人，他们聚族而居，号为西藏，古时与中国并不相通，唐朝时部众渐盛，入侵中华，唐史上称它为吐蕃国。唐太宗李世民因它屡次寇边，没有安宁的日子，不得已将宗女文成公主嫁给吐蕃国王葛木布，算是两国和亲，两国这才修好。文成公主向来信仰佛教，便在西藏设立佛寺，供奉释迦牟尼佛像。从此，西藏臣民个个皈依佛教，吐蕃变成了一个佛教国。传到元朝时候，元世祖南下吐蕃，请吐蕃的拔思巴做帝师，并册封他为大宝法王，令他治理藏地，总握政教两大权。他的子孙称为萨迦胡土克图。萨迦就是释迦的转音，胡土克图是再世的意思。他们的衣服为红色，可以娶妻生子，世人称为红教。传到明朝，红教徒渐渐不规矩，红教渐渐衰落。

甘肃西宁卫中出了一个宗喀巴，入大雪山修行得道，另立门户，独成一派，禁止娶妻生子，衣服为黄色，称做黄教。番众大为敬信，因此宗喀巴势力不亚于法王。宗喀巴死后，他的两大弟子，一个名叫达赖，一个名叫班禅，都居住在前藏拉萨地。因教中严禁娶妻，不得生子，两人便另创了一套传续的方法，说是达赖、班禅两喇嘛①世世转生，达赖死后，第一世转生，是敦根珠巴。第二世转生，是敦根坚错。传到第三世转生，是锁南坚错，有比较高的修行，蒙古诸部都欢迎他入藏，邀他到漠南说教，黄教于是流传到蒙古。第四世转生，是云丹坚错，黄教势力渐渐扩张。漠北蒙古因居地荒僻，没有得到云丹坚错亲传教旨，便另奉宗喀巴第三个弟子哲卜尊丹巴后身为大胡土克图，管理外蒙古教务，居住在库伦。第五世达赖转生，叫做罗卜藏坚错，他让自己的近亲桑结作为第巴。第巴是管理政务的官员。达赖喇嘛只管理教务，不管政事，自第二世达赖起，另让第巴等官员代理国政。

此时，红教还没消亡，后藏地方的护法教主叫做藏巴汗，藏巴汗反对黄教。桑结便想除掉他，省得他出来作梗，于是联络厄鲁特蒙古，令和硕特部长固始汗引兵入后藏，袭杀藏巴汗，另奉班禅喇嘛移驻后藏。从此藏地分为前后两部，前藏属于达赖的管辖范围，后藏属于班禅管辖的范围。

固始汗原本居住在青海，曾受清太宗册封。康熙三十七年，固始汗第十个儿子达什巴图尔进京朝贡，康熙帝又封他为亲王。固始汗得到清廷的援助，声势颇强。为黄教立功后，又得到前藏东部的喀木地，便让儿子达赖镇守，并渐渐干涉前藏的事务。桑结一想，杀了一个藏巴汗，又来了一个达延汗，未免引狼入室，自取祸殃。正逢噶尔丹威震西域，桑结就暗地里和他勾结，叫他出兵青海，袭破和硕特部。达赖势力也因此受挫。没过多久，达赖五世逝世，桑结秘不发丧，又想去毒杀拉藏汗，因消息走漏，最终没有成功。拉藏汗就是和硕部达赖的侄儿。达赖死后，

①喇嘛：即高僧之意。

116

拉藏汗即位，因听说桑结想杀他，便召集部众潜入拉萨，将桑结捉来，一刀砍为两段。又把桑结所立的达赖指为伪达赖，擒献清廷，另立新达赖伊西坚错为第六世。

康熙帝称赞他的恭顺，封拉藏为翼法恭顺汗。偏这青海诸蒙古不信伊西坚错为真达赖，另立一个噶尔藏坚错坐镇青海，并请清廷速赐册印。于是出现两个达赖，谁真谁假，一时无法辨别，两下争论，便引出策妄阿布坦的兵祸来。策妄截献噶尔丹骸骨，上奏清廷，态度非常逊顺，康熙帝便将阿尔泰山西麓至天山北路一带给他，让他的民众在那里游牧。策妄得此广土，竟想做第二个噶尔丹，吞并诸部。第一步，娶土尔扈特部阿玉奇汗的女儿做妻子，然后诱使他的妻子联合她弟弟，将父亲阿玉奇汗逐到俄罗斯。策妄假称发兵援助，竟占据土尔扈特部。土尔扈特部势力本来就衰弱，自然也归服他了。第二步，依样画葫芦，娶回拉藏汗的姐姐。策妄娶了拉藏的姐姐后，把元配所生的女儿，许给拉藏汗的儿子丹衷，令他入赘伊犁。亲上加亲，表面上是非常亲热，谁知他满怀鬼胎，诡计多端。丹衷离家日久，想带着媳妇回家探亲，策妄便发兵护送。走了好几个月，才到西藏边境。拉藏汗得到儿子和媳妇回来的消息，忙率领二儿子苏尔札到穆阿附近迎接。两队人马相遇，丹衷夫妇也谒见完毕，拉藏汗便下令在行帐开筵，犒赏护送军。拉藏汗向来嗜酒，这次因儿子儿媳回国，他格外高兴，便一杯又一杯地畅饮，接连几十杯，喝得酩酊大醉，酣卧床上。这边的护送军饮完出去后，就在拉藏汗的行帐外扎好了营。

当夜，准部将官大策零率领部下六千兵马，前来会合护送军，一同杀入拉藏帐内。拉藏汗手下的卫兵本就不多，何况众人又都喝得烂醉，还有谁能抵挡？准部兵一拥而入，杀死了拉藏汗，把他的次子苏尔札捆起来，剩下的不是被杀，便是被捆。只留下一对新夫妇，一个是策妄娇的婿，一个是策妄的娇女儿，总算留点情面，不去捆他们。部队随即又潜到拉萨，骗入拉萨城，把那半真半假的新达赖拘入暗室，让他做了个闭关和尚。

这消息传到清廷，康熙帝本已派靖逆将军富宁安率兵驻扎巴里坤，防备西域。这时又急忙任命傅尔丹为振武将军、祁里德为协理将军，令他们率大军出阿尔泰山，会合富宁安军，严加防备准噶尔入寇。另派西安将军额鲁特率军入藏，侍卫色稜为后应。康熙五十七年，两军陆续渡过木鲁乌苏河，分道深入。大策零分军迎战，计诱清军，将清军的军饷全部劫夺而去。清军不战自乱，一阵攻击之后，清兵全营覆没，都做了沙场之鬼。

康熙帝接到兵败的消息，令皇十四子胤禵为抚远大将军，驻守西宁，并升任四川总督年羹尧，令他在成都做好出征准备。又敕封噶尔藏坚错为达赖六世，下令蒙古兵随侍达赖，随大军直入西藏。于是蒙古各汗王贝勒纷纷率部兵到青海，恭候清兵出塞。康熙五十九年春，下诏让胤禵移师驻扎木鲁乌苏河，处理粮饷供应问题，令西宁军付都统延信出青海，年羹尧仍坐镇四川，令川军副护军统领噶尔弼攻打箭炉，分路趋入藏境。

大策零听到清兵分路出击的消息后，亲自率军抵御青海清军，另派三千多名部兵抵挡噶尔弼军。噶尔弼副将岳钟琪很有胆略，率领六百名亲兵，首先杀到三巴桥。三巴桥是入藏时需经过的第一个险要之地。岳钟琪招募番众，以重赏作为酬谢，令番众骗降守桥的士兵，里应外合，竟占据三巴桥。噶尔弼率军前来会合，忽然听说准部兵前来夺取三巴桥，头目叫做黑喇玛，有万夫不当之勇。噶尔弼颇为惊慌，岳钟琪安慰他说："有钟琪在，就算来了红喇玛，也不怕他，等我明天将他擒来。"当晚，岳钟琪率兵出营，偷偷地挖好陷阱，上面再用青草盖住，令兵士带了钩索，伏在陷坑里面。部署已定，然后回营。第二天早晨，黑喇玛仗着勇力，飞奔前来，岳钟琪出兵对敌，把黑喇玛诱到陷坑旁。黑喇玛有勇无谋，只知上前追杀，没想到脚下会有坑，一脚踩空，坠入坑内，任你黑喇玛膂力过人，此时被伏兵钩住，不能一展身手。伏兵将他紧紧捆绑后，扛入清寨。黑喇玛被擒，余众不战自降。

噶尔弼正打算一鼓作气攻入西藏，忽然接到大将军的檄文，令他等青海军到了之后一同进藏。噶尔弼踌躇不决，岳钟琪说："我军只准备了两个月的粮饷，从川西到这里，已过了四十多天，如果再等青海军，我们的粮饷吃完后，怎么入藏？现在不如趁机赶紧入藏，沿途招抚番众，以番攻番，大约十天就可以抵达拉萨，出其不意，容易荡平。"噶尔弼想召集部众一起商议，岳钟琪说："势在必行，何需多议！钟琪不才，愿洒此一腔热血，报效朝廷，请于明天早晨立即行军。"噶尔弼也不多说什么了。

第二天早晨，岳钟琪立即用皮船渡河，直趋西藏。途中遇到土司公布，钟琪好言抚慰他。公布大为感动，于是代为召集七千番兵，并引钟琪入拉萨。钟琪看番兵可靠，于是分出三千名部兵，去截大策零的饷道，自己则亲领番众直奔拉萨城。拉萨城内只有几个准兵，见岳军到来，纷纷逃散。岳钟琪长驱入城，号召大小第巴，宣示清朝威德，赦免了很多僧俗，那些僧俗都感恩万分。

这时候，青海军统领延信正与大策零相持，连胜大策零儿。大策零正想退回拉萨，又被岳军截住，进退两难，便翻山越岭，逃往伊犁。沿途道路崎岖，士兵饥寒交迫，死了大半。延信随后送新达赖入藏登座，令拉藏汗的旧臣康济鼐管理前藏政务，颇罗鼐管理后藏政务，并留下两千名蒙古兵驻守。然后大军奉诏班师，各回原地镇守，西藏暂时平定。康熙帝亲自写了一篇平定西藏的碑文，令人将它刻在大昭寺的石头上。

只是康熙帝安乐一次，总有一次忧愁接踵而至。入藏军刚刚凯旋，台湾忽报大乱。说来可笑，台湾大乱的罪魁祸首，竟是一个贩鸭的小百姓，名叫朱一贵，他的姓恰与大明太祖皇帝相同。自施琅收服台湾后，台民虽有些蠢蠢欲动，但一乱即平。康熙晚年，任用了一个贪淫暴虐的王珍做台湾知府。这人没有税的东西要加税，没有粮的时候要征粮，百姓如果不服，不是被打板子，就是被关押，一切诉讼案件，有钱就赢，没钱就输，因此台民异常怨愤。

朱一贵虽是贩鸭为生，却有几个酒肉朋友，一个叫黄殿，一个叫李勇，一个叫吴外，这三人向来不安分。一天，四人一面在酒楼里喝酒，一面谈论平日的事情。黄殿问朱一贵："最近，朱大哥生意好吗？"朱一贵摇头说："不好！现在这个混账知府，棺材里伸手——死要铜钱。我贩卖几只鸭子，也要加税。这次我贩卖一千只鸭子，反而亏了好几千本钱，看来是干不下去了！"李勇、吴外齐声说："这狗官，总要杀掉他才好。"朱一贵笑说："只有我们几个百姓，哪里能杀知府啊？"黄殿回答："要杀这个混账知府也不难，只是此处不是说话的地方，兄弟们不要多嘴。"说完，用眼神暗示众人。四人喝完酒，等朱一贵付了酒钱，便一同前往朱一贵家。坐定后，黄殿问："朱大哥你说贩鸭好，还是做皇帝好？"朱一贵醉醺醺地笑着说："黄二弟真是喝醉了，贩鸭的人怎么能跟皇帝比？"黄殿又问："朱大哥想做皇帝吗？"朱一贵大笑道："像我这样的人只能贩鸭，哪里能做皇帝？"黄殿却说："明太祖朱元璋曾做过和尚，后来一统江山做了皇帝。大哥也是姓朱，贩鸭虽贱，但比和尚要好很多。海水不可斗量，人不可貌相。要做皇帝，这有什么难？"朱一贵听了这话，不禁手舞足蹈起来，便说："那我就做皇帝，黄二弟你们可要帮我。"黄殿说："大哥不要着急，明天就请大哥称王。"朱一贵借着醉意说："我如果真有一天能够称王，就算千刀万剐，也是甘心。"黄殿说："一言为定，不要反悔。"朱一贵说："绝不反悔。"黄殿便与李勇、吴外一起告别而去。

　　第二天，黄殿和李勇、吴外带着一两百个流氓，抬着箱笼，匆匆来到朱一贵家。朱一贵不明缘由，慌忙问黄殿："黄二弟！你带这么多人到我家来，有什么事？"黄殿回答："请你做皇帝。"朱一贵此时已把昨天喝醉时说的胡话，都忘得干干净净，现在才恍惚记起来，便笑道："昨天的酒后狂言，怎么能当真呢？"黄殿急忙说："你这就不对了！昨天你已说绝不反悔。就算现在不想做，也容不得你不做。"说完，就令手下开了箱子，取出黄冠黄袍，便往朱一贵身上套。朱一贵说："你们真会戏弄我。"黄殿说："哪个来戏弄你？"顿时七手八脚地将朱一贵的旧衣服扯去，给他套上黄冠黄服。一个贩鸭的小民，居然做起强盗大王来了。这套黄冠黄袍是哪里来的？原来是黄殿从戏子那里借来的。还有一套蟒袍宫裙，也被取来。黄殿走进内室，扶出一个黄脸婆子，叫她也换上宫裙。可怜这黄脸婆子，吓得簌簌发抖，哪里敢穿这衣服。黄殿也顾不得什么避嫌，竟将蟒袍披在黄脸婆子身上，引她到朱一贵左侧坐下。于是众人取出衣服，一律改扮，穿红着绿地挤作一堆，向朱一贵夫妇叩起头来。弄得朱一贵夫妇受也不是，不受也不是，索性像木偶一般呆坐在那里。众人拜完，竟去外边劫掠，掳些金银财帛，做起旗帜，造了军器，占了几十间民房，就揭竿起事。

　　一夫揭竿，万人响应。不到十天，竟召集了几千人。台湾总兵欧阳凯急忙请示发兵剿匪。游击刘得紫善于用兵，此次自然请求前往。欧阳凯不许，偏派一个无能的周应龙领兵前去。敌寨距府城只有三十里。周应龙却边走边停，三十里路却走了三天。敌众依山抵御，周应龙也不去攻击，反而纵兵焚掠附近的村子。村民被激怒，索性投靠朱一贵。从南边来的奸民杜君英也乘此作乱，与朱一贵联合袭杀凤山参将苗景龙，府城大为震惊。欧阳凯带着刘得紫、副将许云率及一千五百名士兵亲自剿杀朱一贵，黄殿、李勇、吴外等人出寨迎战。许云跃马陷阵，贼人纷纷逃窜，黄殿等人也逃入山中。水军游击游崇功从鹿耳门入援，欧阳凯大喜，自以为敌众丧魂失胆，便不加防备。过了两天，朱一贵、杜君英合军而来。遥见尘头起处，约有几万人马，迤逦前来。清兵先已胆寒，面面相觑。欧阳凯急忙出兵抵御，正交战时，把总杨泰忽然跃起，将欧阳凯刺落马下。刘得紫急忙来救，没想到杨泰又一枪刺来，刘得紫急忙闪过。坐骑却已中枪，负痛蹬地，把刘得紫掀落地上，刘得紫便也被叛兵擒住。霎时官军大乱，许云、游崇功拦阻不住，无奈贼军又围来，只得拼命血战。到了中午，箭、炮都没有了，两人分别手刃几十人，然后自刎而亡。

水军游击张贤、王鼎等人率一千多名水兵，乘坐几十艘战舰逃出澎湖。台湾道台梁文暄、知府王珍等人乘坐港内的商舶渔艇，逃出鹿耳门。周应龙逃得更快，竟窜入内地。朱一贵进陷台湾府，大掠仓库，又得到郑氏之前贮藏的炮械、硝磺、铅铁等物，非常欢喜。北边的奸民赖池、张岳也在同一天攻陷诸罗县，击杀参将罗万仓，七天之后，全台沦陷。朱一贵嘉奖部众，大宴三天，自称中兴王，国号永和。封黄殿为辅国公，兼太师。封李勇、吴外等人为侯，还封了很多将军总兵。袍服来不及裁制，就戴了一顶明朝皇冠，便算了事，顺便劫掳了无数妇女，充作妃嫔。

令人怀疑的遗诏

朱一贵攻陷台湾后，逃官、难民全部拥向澎湖。澎湖的守将还没弄明白是怎么一回事，便吓得带着全家登舟，想要渡海去厦门，百姓更是惊惶得不得了。只有林亮决意固守，驰赴海滨，拦住官民家眷，不准渡海，人心才稍稍镇定。水军提督施世骠从厦门赶到澎湖，南澳总兵蓝廷珍奉闽督之令，也赶来澎湖会合。林亮和董芳被任命为先锋，率领八千人的舰队直捣鹿耳门。适逢朱一贵与杜君英争夺王位，自相残杀。乡民愤恨朱一贵的抢掠，纷纷组织民团，保护村落。清兵听说朱一贵内乱，不得民心，勇气顿增百倍。到了鹿耳门，岸上大炮连发，林亮、董芳冒死直进。遥望岸上炮台，火药累积，林亮指挥水兵用炮还击，岸上的守兵都被吓得逃命去了。林亮、董芳立即舍舟登岸，率兵直入。施世骠、蓝廷珍也带领大军跟上来。他们节节进攻，一边剿灭敌匪，一边安抚百姓。

朱一贵、杜君英这些小丑哪是几员虎将的对手？连战连败，连败连逃，清兵乘势追杀，直杀到台湾城下，东西南北各个方向都布满了兵队，大炮整日不息。朱一贵束手无策，只得躲在伪宫内，对着一群妃妾哭泣不止。还是外面的军师黄殿想到一个劫营的计策，他趁夜偷偷地打开城门，率兵偷袭清营。谁知早被蓝廷珍料到，摆了一个空营计等着他们自投罗网，等李勇、吴外等人杀入清兵营帐，伏兵一齐出击，像砍瓜切菜一般斩杀敌兵。林亮斩了李勇，董芳刺死吴外，只剩下后队的黄殿，急忙往回逃，转身一看，城门已被关上，城上站着一员大将，不是别人，正是清朝游击刘得紫。原来刘得紫被杨泰擒去后，献给朱一贵，朱一贵颇敬重刘得紫，并不杀他，将他关在宫里。刘得紫三天不吃不喝，情愿饿死。林皋、刘化鲤偷偷地劝刘得紫吃饭，期望将来平定台湾，刘得紫这才肯吃饭。此次黄殿出城劫营，把城中的部众全部带走了。林、刘二人便邀集良民，簇拥刘得紫逃出宫，关闭了城门，请刘得紫守城。黄殿进退无路，投壕自尽。施世骠下令，降者免死，叛众于是全部投降。刘得紫开城将清军迎入，把自己的遭遇说了一遍，施世骠立即令他带路。进入伪宫后，擒出朱一贵，审问属实，将朱一贵推入囚笼。至于室内的伪妃、伪嫔，都让民间百姓前来认领。这次清兵攻入鹿耳门，进而收复台湾府城总共用了七天。施世骠又分兵搜剿南北两路，擒获杜君英等人，将他与朱一贵一起囚送到北京，随后凌迟处死。然后康熙帝将弃台逃走的道府厅县所有官员全部治罪。王珍已惧罪自尽，康熙帝下令剖棺，将他砍头示众。施世骠等人各受嘉奖。

康熙帝因台湾再次平定，国内无事，自己又年近七旬，便索性开了一个宴会。所有满、汉在职官员以及告老还乡或者得罪被谴的旧吏，年纪在六十五岁以上的人都被召入乾清宫赐宴。这时候，正是康熙六十一年春天，天气晴朗，不冷不暖，一群老头儿围坐两旁，差不多有一千个，围着这个老皇帝，喝酒吟诗，这场盛宴叫做千叟宴。康熙帝倒也非常得意。

转眼间已是冬天，大学士九卿等人正想安排康熙帝第二年的七旬圣寿，预备大庆典礼。没想到天有不测风云，人有旦夕祸福，康熙帝竟生起病来。这场病非同小可，竟是浑身火热，异常气喘，太医院内几个医官轮流入内诊脉，忙个不停。服下几剂药后，康熙帝的症状才稍稍有所缓解，身子渐觉清爽，气喘也稍微平顺，只是精神更加衰弱，一时不能处理朝政，所以一直卧榻不起。各皇子朝夕问安，殷勤备至，只有皇四子胤禛除外。每天晚上，胤禛总要到理藩院尚书府内密谈一回，理藩院尚书名叫隆科多，是胤禛的亲舅舅。过了几天，康熙帝病体稍好一些，因卧床多日，心情不免烦躁，想要出去闲逛一番。胤禛建议说："父皇要出去散心，不如去畅春园，那里不仅地方宽敞，而且离这儿很近，是个静养的好去处。"康熙帝说："这也好，只是冬至已近，快要祭天了。朕不能亲自前往，你去代朕祭天吧，记得要预先斋戒。"胤禛听了这道命令，不免踌躇起来。康熙帝见他这样，便问道："你是不是不想去？"胤禛立即跪下说："儿臣怎么敢违旨，但圣体未安，理应侍奉在父皇左右，所以有些迟疑。"康熙帝说："你的兄弟很多，哪个不能侍奉？你只管去祭天，要虔诚一些。"胤禛无奈，遵旨退出。当晚，又与舅舅隆科多会面，密议了一宿。

第二天，康熙帝到畅春园，诸皇子随驾前往。隆科多是皇亲，也随同前往。只有皇四子胤禛已去斋所，不在随行的队伍里。又过了几天，康熙帝的病症突然加重，御医忙轮流诊治，但服下的药全然无效，反而越加气喘痰涌，甚至有时不省人事。诸皇子都十分着急，只有隆科多说不要紧。当晚，康熙帝召隆科多入内，令他传旨，召回皇十四子，只是舌头僵涩，说到"十"字，停下好一会儿，半天才又说出"四子"二字。隆科多出来，立即派太监去请皇四子胤禛。第二天早晨，胤禛到畅春园先见隆科多，与隆科多略谈几句，便立即入内请安。康熙帝见他回来，痰又往上涌，格外气喘。诸皇子急忙上前侍奉，却见康熙帝指着胤禛说道："好！好！"只此两字，别无他嘱，竟两眼一翻，归天去了。诸皇子齐声号哭，皇四子胤禛更加哀恸，比诸皇子哭得都要凄惨。

隆科多对诸皇子说："诸阿哥先别哭，听读遗诏！"此时，诸皇子中只有胤禵远出未归，胤禔仍被拘禁，不能出来奔丧，胤禩已先被释放，和诸皇兄在一起，一听到"遗诏"二字，先嚷起来："皇父已写下遗诏吗？"隆科多说："当然有遗诏，请诸位阿哥恭听！"便展开读道："皇四子人品稳重，得朕亲自教导，必能仰承大统，在朕之后登基，即皇帝位。"胤禩、胤禟齐声问："遗诏是真的吗？"隆科多正色道："谁多长了一个脑袋，敢捏造遗诏？"于是嗣位已定，皇四子奔到御榻前，大哭一场，亲自为皇帝更衣，随即恭奉皇帝回到大内，安居在乾清宫。丧事大典悉遵旧章。

康熙帝在位六十一年中，朝政清廉，国事安定。康熙帝好学不倦，上自天文、地理、音乐、法律、兵事，下至骑射、医药，蒙古、西域、拉丁文，无一不晓。且自奉勤俭，待民宽惠，全国百姓都很畏服他，在满族皇帝中算是一个出类拔萃的人物。

可惜晚年来储位未定，以致晏驾后，出了一桩疑案。这位秉性阴沉的四阿哥竟登上皇位，定年号为"雍正"两字，以第二年为雍正元年，称为世宗宪皇帝。第一道谕旨，便封八阿哥胤禩、十三阿哥胤祥为亲王，令他俩与大学士马齐、舅舅隆科多总管内外事务。第二道谕旨，令抚远大将军十四阿哥胤禵回京奔丧，一切军务由四川总督年羹尧接任办理。这两道谕旨都极有深意。

过了残冬，就是雍正元年元日。雍正皇帝升殿，受朝贺礼毕，连下十一道谕旨，训诫督抚提镇以下的所有文武官员，大致意思是："各大小官员都应奉公守法，鞠躬尽瘁。如有不法事情，绝不轻饶！"第二天又视察朝政，百官全部到齐。雍正帝问道："昨天元旦，卿等在家，怎么消遣的？"众官员依次回答，有的说喝酒，有的说下围棋，有的说闲着无事。只有一个侍郎，脸色微赧，看众人都已回答完毕，不能再推，只得老老实实地说："微臣知罪，昨晚与妻妾们玩了一会儿牌。"雍正帝笑道："玩牌原是被禁止的，但昨天是元旦，你又只与家人消遣，朕不怪罪你。朕念你秉性诚实，毫无欺言，特赏你一物，拿回去与你妻妾一块儿看吧！"说完，扔下一个小纸包。侍郎拾在手中，谢恩而退。回到家中，慌忙取出御赐的物件，叫妻妾一起来看。当即拆开纸包，众人一瞧，个个吓得伸舌，又将昨天玩过的纸牌，仔细检查一番，恰恰少这一张。

原来这纸包中的东西，不是别的，正是昨天丢失的一张纸牌。其中一位姨太太说："昨天的纸牌是我收的，当时也没有仔细检查，不知怎么会被皇帝拿去一张？难道当今的圣上，是长手佛转世吗？"侍郎说："不要多嘴，大家以后多留意些。"这位姨太太偏要细问，侍郎走出屋外，将四周围瞧了一遍，这才进屋关门，对妻妾说："我今天还算走运，圣上问我昨天的事，我晓得这个圣上跟那大行皇帝不一样，连忙老实说了，圣上才饶恕我，赐我这张纸牌。如果有一点儿欺骗，不是杀头，便是革职呢！"众妻妾又都伸舌说："有这么厉害！"侍郎回答："当今皇上做皇子时，曾结交无数好汉，替他当差办事，这群人藏有一种杀人的利器，名叫血滴子。"正说到这里，忽然听到屋檐上一声微响，侍郎大惊失色，连忙把头抱住。众妻妾不知怎么回事儿，有几个胆小的也忙躲入桌下。过了好一会儿，一个东西从窗子上跳进屋内，侍郎更加胆怯，勉强一看，竟是一只狸斑猫。侍郎此时，不禁失笑，于是让众妻妾各归内室。众妻妾经这么一吓，也不敢再问这血滴子的事情。

这血滴子是什么东西？原来它的外面是皮革制成的囊，里面却藏着好几把小刀，遇着仇人，便把这囊罩在他头上，将机关一拨，头便断入囊中，再将化骨药水弹出，头颅立即变成一汪血水，因此叫做血滴子。这正是雍正皇帝和几位绿林豪客用尽心机想出来的杀人工具。

这班绿林豪客的首领便是四川总督年羹尧。年羹尧是富家之子，小时候脾气乖张，喜欢要枪弄棍，他的父亲年遐龄请来好几个教书先生，教他读书，结果都被年羹尧赶走。后来遇到一位名师，能文能武，这才将年羹尧治服，年羹尧也跟着他学到一身的本领。这位名师临别时，只赠给年羹尧四个字："就才敛范。"年羹尧起初倒也谨遵师训，后来与皇四子胤禛结交，受胤禛重托，招罗几个好汉，结拜为异姓兄弟，帮助这位皇四子。皇四子就向康熙帝保荐年羹尧，说他材可大用。康熙帝召来一看，果然是一个虎头燕颔，威风凛凛的人物，于是接连提拔，从百总、千总起，一直升到四川总督。皇四子外仗年羹尧，内仗隆科多，竟得到帝位。他怕人心不服，有人会加害他，便用了这群豪客，飞檐走壁，刺探众人的内情。抚远大将军胤禵督管西部边陲军务，是雍正帝的第一个对头，雍正不但怕他带兵，还要防他探悉隐情。因此借奔丧的名义，立即把他调回来，另让年羹尧继任。胤禵回京后，免不了知道些风声，而且胤祀和众兄弟又同他细叙前情，言谈之间，总带着三分埋怨。谁知早已有人将此密奏，雍正帝立即将胤禵调往盛京，令他督造皇陵。胤禵去后，雍正帝又降下一道谕旨给总理大臣。

这道圣旨真是离奇古怪，既要封胤禵为郡王，却又说他无知狂悖，心高气傲。这是什么意思？古人说得好："将欲取之，必先予之。"雍正帝登位，先封允胤为亲王，也是这个用意。不过胤祀本已触怒先帝，人人知晓他的罪孽，所以将他封爵，并不奇怪。只是这十四阿哥胤禵是先帝宠爱的骄子，之前也没有什么过错，雍正帝将莫须有的罪名加在他身上，再一面假装慈悲，封他为郡王，令臣民无从揣测。

过了几个月，雍正又想出一个新奇法子，在乾清宫召集总理大臣及满汉文武官员。众大臣不知有什么大事，都捏着一把汗。到了宫中后，只见雍正面南高坐，对众官说："先皇在世时，曾立二阿哥为太子，后来废而又立，立而又废。先皇晚年常闷闷不乐。在朕看来，立储关系国家大计，不立不可，公开立也不可。你们可有什么妙策？"王大臣齐声说："臣等愚昧，全凭圣上定夺！"雍正帝说："据朕看来，立太子一事与其他政事不同。朝中一切政事，需要劳烦众人参与商酌，而立太子一事，做主子的理应独断。譬如朕有几个皇子，如果要经众位大臣商议后，才能立储的话，恐怕这个大臣说这个阿哥好，那个大臣说那个阿哥好，那不是三年都立不成吗？只是公开立太子，又难免兄弟争夺，惹出祸端来。朕筹划再三，想出一个变通的法子，将拟定皇储的谕旨，亲自写好密封后，藏在匣子内。"说到这里，雍正抬头往上面一望，手向上面一指，随即说："就将匣子安放在这块正大光明匾额后面。大家觉得这个主意怎么样？"诸位大臣自然异口同声说："皇上考虑得很是周详，臣下没有异议。"雍正帝于是让诸臣退出，只留下总理事务大臣，自己秘密写下太子的名字，封藏在匣内，令侍卫爬上梯子，将这锦匣安放在匾额后面。这下储位已定。这方匾额，悬在乾清宫正中，"正大光明"四字，正是雍正帝御笔亲书。

总理事务大臣只看见这匣子，却不知晓里面写的究竟是哪一位阿哥的名字。雍正帝晏驾后，众人才将此匣取下，开了匣子，看到密旨中写着"皇四子弘历"。弘历的母亲是皇后钮祜禄氏。相传钮祜禄氏起初是雍亲王妃，她本来生的是一个女孩，与海宁陈阁老的儿子是同年同月同日生的。钮祜禄氏怕生了女孩，不能得到雍亲王的欢心，便假称生下一男孩，并秘密嘱咐家人，将陈氏的男孩儿抱入宫中，把自己生的女孩儿换出去。陈氏不敢违拗，也不敢声张，只得将错就错。

立储的事刚完，忽然接到川督年羹尧八百里加急紧报："青海造反。"为这四个字，雍正帝又要大动兵戈了。

雍正帝惨诛同胞

青海在西藏东北，原是和硕特部固始汗的居住地。固始汗受清朝册封，第十子达什巴图尔又受封为和硕亲王。达什巴图尔死后，其子罗卜藏丹津袭爵。

罗卜藏丹津想要摆脱清廷的束缚，独立出来。于是雍正元年，罗卜藏丹津在察罕罗陀海召集附近各部落，让他们各自恢复汗号，命他们不得再遵清廷封册，又自称达赖浑台吉，并统率各部落。罗卜藏丹津暗地里又让策妄阿布坦为后援，想大举入侵中原。偏偏罗卜藏丹津的同族额尔德尼及察罕丹津两人不愿叛清，被罗卜藏丹津用兵胁迫，两人竟带着部下投奔清营。

此时清兵部侍郎常寿正驻守西宁，管理青海事务，因额尔德尼投奔，便将此事上奏清廷。雍正帝还以为只是青海内讧，便派常寿前往青海调停。常寿到青海后，丹津不由分说竟将他拘禁起来。

川督年羹尧飞书奏报，雍正立即任命年羹尧为抚远大将军，进驻西宁，任命四川提督岳钟琪为奋威将军，参赞军务。年羹尧分兵两路，北路固守疏勒河，防丹津内犯；南路固守巴塘里塘，阻止丹津入藏；又让巴里坤镇守将军富宁安屯兵吐鲁番，截住策妄的援兵。丹津的三路援军全被断绝，只得号召远近二十万喇嘛，专门侵犯西宁。

岳钟琪自四川出发，沿途剿灭敌军，安抚百姓。西部边境一带都已肃清后，他又乘势奔赴西宁，将西北郭隆寺旁的无数番僧驱回青海。丹津听到战败，大吃一惊，派人将常寿送回，并向清军投降。清廷没理会，仍督促年羹尧进兵。钟琪率四千名精兵，直扑丹津的帐营，丹津溃逃西北。二十天不到，青海全境被荡平。

雍正帝封年羹尧为一等公、岳钟琪为三等公。先后将一千多里的青海地，分赐给各蒙古，将青海分为二十九旗，在西宁设办事大臣，改西宁卫为府城。青海正式成为清朝封地。

雍正帝平定外寇后，又一心防着内讧。这天，雍正召舅舅隆科多入内议事。商议许久，隆科多才从大内退出。众大臣听到这个消息，料知雍正帝必有什么举动。第二天，雍正帝降旨派固山贝子胤祹前往西宁犒师。两天后，雍正帝又令郡王胤祯巡阅张家口。只是廉亲王胤禩却有些闷闷不乐。

十几天后，兵部参奏："胤祯没有遵照圣旨前去巡视，竟在张家口逗留。"雍正降旨："此事交由廉亲王胤禩议奏。"胤禩于是上奏，说："应由兵部立即催促胤祯前往巡视，并将没有劝谏郡王的长史额尔金交刑部处理。"雍正又降旨："胤祯既然不肯奉差，何必再令他前往？这又不是额尔金的过错，何必治罪？此事交由胤禩再议奏。"胤禩没有办法，只得再次上奏，说："胤祯不肯遵照圣旨，应革去郡王，将他逮回交宗人府监禁。"于是雍正帝将胤禩的奏章交给诸贝勒贝子及议政大臣，令他们速议。诸王公大臣都已察觉皇上的意思，不得不火上添油，落井下石，提议把胤祯逮回来关在宗人府里。

胤祯罪状已定，不料宗人府又接到一封奏折："贝子胤祹奉旨在西宁犒师，竟擅自派人去河州购买草地、牧地，抗违军法，横行边域，请将胤祹革去贝子，以示惩戒。"雍正帝当即降旨"将胤祹革去贝子，安置在西宁"。

这年冬天，废太子胤礽忽然在咸安宫中患上感冒，雍正帝连忙派太医去诊治，又派舅舅隆科多前去探问。废太子见到隆科多后更加气恼，病势越来越严重。雍正帝又让隆科多入内侍奉，不到十天，废太子竟死了。雍正帝立即降旨，追封胤礽为和硕理密亲王，又封弘晳的母亲为理亲王侧妃，让弘晳尽心孝养。雍正帝亲自去祭奠，大哭一场，并封弘晳为郡王。一群拍马屁的大臣都说圣上仁至义尽，连雍正帝也说："二阿哥得罪先皇，并非得罪朕。兄弟至情，不能自已，并非为了沽名钓誉。"郡王弘晳听父亲的遗训，在京西郑家庄买下一所私人宅第，过着安宁的生活，不过问朝事，成了一个明哲保身的贵胄。

人非木石，哪有不知恩怨的道理？这雍正帝对待兄弟这样寡恩，他的兄弟们自然满怀愤恨，也想报复。偏这雍正帝时刻防备着，只要胤祀、胤禟、胤禩、胤禵一有什么秘密的行为，便令随身带着血滴子的豪客格外留心侦察。一天到晚，这个探客离去，那个探客又来。雍正帝对众皇兄密谋叛逆的事情了如指掌。一天，一个探客又来，说："八阿哥胤祀日夜诅咒皇上速死。"雍正帝勃然大怒，削去胤祀的王爵，将他幽禁在宗人府，将允禩移禁保定，将胤禵逮回治罪。又暗地里令廷臣上本参奏，不到几天，参劾胤祀四人的奏章差不多有几十本。隆科多等人尤为尽力地陈诉罪状，拟出胤祀四十条大罪，胤禟二十八条大罪，胤禵十四条大罪，诸位大臣恳请论罪定刑。雍正帝却令诸位大臣再三复议，诸位大臣又再三力请降旨处置。雍正帝这才降旨，将胤祀、胤禟削去宗籍，将胤禵拘禁；改胤祀名为阿其那，胤禟名为塞思黑。并昭告天下。其中"阿其那"、"塞思黑"等语是满洲俗话，"阿其那"三字译成汉文，就是猪的意思。"塞思黑"三字，则是狗的意思。

不到几天，顺承郡王锡保进宫奏报："阿其那死了。"雍正帝故作惊讶状说："阿其那有什么重病，竟突然过世？看守官也太不小心了，见到阿其那生病，为何不来报告我？"锡保说："据看守官说，昨天晚餐的时候，阿其那还好好儿吃饭，不料晚上却突然死了。"雍正帝顿足道："朕希望他改过思善，所以才将他拘禁起来，谁知他竟病死了。"正嗟叹时，宗人府又来报告："塞思黑在保定禁所里，也突然死了。"雍正帝叹道："想是先皇有灵，将二人召去。不然的话，他们二人才这么年轻，怎么就一同去世了呢？"第二天，诸位大臣联合奏请："阿其那、塞思黑逆天大罪，应戮尸示众，其妻子和儿女也应一律被正法。同党胤禵、胤禟也应处斩。"雍正帝降旨："阿其那、塞思黑已去世，不用再议！他们的妻儿从宽免诛，逐回母家，严加监禁。胤禵、胤禟并非罪魁祸首，暂缓正法，以后再定夺。"大臣们这才作罢。

胤祀、胤禟死后，内患已除。雍正帝又想出一个狠毒的手段，连年羹尧、隆科多等一群人也不放过，真是心狠手辣。

年羹尧之死

抚远大将军年羹尧本是雍正帝的心腹臣子。青海一役，处羹尧受封为一等公，他的父亲年遐龄也被封为一等公爵，全家都受到重赏。

128

年羹尧得此宠遇，不免骄奢起来。何况他又是雍正帝少年时的朋友，并有拥戴大功，自以为有雍正帝这个靠山，就什么都不用怕了，因此愈加骄纵。平时待兵役如仆隶一样，非常残暴。他请来一个西席先生，叫王涵春，让他教儿子念书，并让厨子、馆童谨慎侍奉先生。一天，年羹尧察觉饭中有几粒稻谷，便立即将馆童处斩。有一个馆童捧水入书房，一个不小心，将水倒翻，偏巧泼在先生的衣服上，又被年羹尧知道了，马上拔出佩刀，砍去馆童的双臂。吓得这位王先生日夜不安，一心只想辞馆回家，但总在见到年羹尧的时候把话儿咽下去，生怕触怒东翁。

就这样，这位王先生战战兢兢地过了三年，才听到东翁下令，叫儿子送老师回家。这位王先生离开这阎罗王，好像得到恩赦一样，匆匆回家。到了家门前，却发现民屋变成巨厦，陋室成了华堂，他的妻儿出来迎接他时，竟都是珠围翠绕，玉软香温，弄得这位王先生茫无头绪，如在梦中。后经妻子解释，才知道这场繁华都是东家年大将军背地里替他办好的，王先生真是感激不尽。那位年少公子奉父命将老师送回家，王先生知道他家法森严，不敢叫他中途就回去。到家后，年公子呈上父亲的书信，王先生一看，竟是年大将军将儿子托付给他，让儿子住在他家，不必回去。王先生越发奇怪，转念一想年大将军既然怕有不测，那为什么不提前辞官，归隐山林？这真让人不明白！王先生当时也不便多嘴，便将书信交给年公子，让他也看一遍。年公子看完后，自然遵从父命，留在老师家。王先生也格外优待他。

年将军喜怒无常、异常残忍。士兵既然那么畏惧他，为什么还愿意跟着他？原来，他杀人虽然厉害，但他赏赐也和别人不一样，毫不吝惜，所以兵士绝不谋变。只是这赏钱从哪里来的？当然是纳贿营私，虚报军饷。雍正帝还没除去胤禩等人时，虽然听说他的种种不法，但还是隐忍涵容。等到胤禩等人已被拘禁，雍正帝便想干脆把曾经与他密谋的人也一律处罪，免得日后泄漏消息。一天，雍正帝突然调年羹尧为杭州将军，大臣们马上料知雍正帝要收拾年羹尧，便合起伙来弹劾他。雍正帝大怒，罚年羹尧看守城门。结果年羹尧看守城门时，因把守得格外严格，对谁都不肯容情，反而招来更多怨恨。大臣们索性落井下石，栽赃陷害，奏请将年羹尧立即凌迟处死。雍正帝念在他之前的功劳，只令他自尽，然后革掉他父亲和兄弟的职位。

年羹尧已经伏法，还有隆科多未死，雍正帝又要处治他了。都察院先上奏弹劾隆科多，说他庇护年羹尧，也应革职。雍正帝降旨，削去太保衔，照旧职任。没多久，刑部又上奏弹劾，说隆科多挟势贪赃，私下收受年羹尧等人的贿赂，应立即处斩。雍正帝降旨，免掉隆科多的死罪，革去尚书职衔，令他去管理阿尔泰边界事务。隆科多去后，议政大臣等人又上奏，说隆科多私自抄写玉牒，存贮家中，应将他逮回治罪。雍正帝准奏，马上派缇骑逮回隆科多，令顺承郡王锡保密审。锡保遵旨审讯，提出罪案，质问隆科多。隆科多说："这样的罪案，只是小菜一碟，我的罪状其实还不止这些。但我只是从犯，不是首犯。"锡保问道："首犯是谁？"隆科多回答："就是当今皇上。"锡保大喝："胡说！"隆科多说："你去问他，哪一件不是他叫我做的。他已做了皇帝，我就自然该死。"锡保不敢再问，便下令将隆科多逮住，打入大狱，说他五项大不敬罪，四项欺君罪，三项紊乱朝政罪，六项奸党罪，七项不法罪，十七项贪婪罪，理应斩首，妻子和儿女充作奴役，财产全部没收。雍正帝特别开恩，只是将隆科多监禁，对他的家人则从宽处置。

雍正帝本是个刻薄寡恩的主子，喜怒无常，刑赏不测。他对年羹尧、隆科多二人，一个令其自尽，一个将其永禁，只有家眷没有被株连，分明是念着两人之前的功劳，保全他们的家人。年大将军本是血滴子的首领，此次年将军获罪，难道这些侠客不会替他报仇吗？据说，雍正帝灭掉胤祀一群兄弟，又除掉年羹尧、隆科多一班功臣后，他认为内外无事，血滴子也已没用，便索性将这群豪客诱入密室，表面上说饮酒慰劳，暗中却下了毒药，一股脑儿把他们全部毒死，断绝后患，所以血滴子从此失传。

只是年羹尧的案中，还牵连着两宗文字狱：浙人汪景祺作《西征随笔》，语调有些讥讪朝政，年羹尧没有上奏此事。于是清廷将此视为年羹尧的大逆罪，并将汪景祺斩首，汪景祺的妻儿也被发往黑龙江充作奴役。还有侍讲钱名世，因作诗投赠年羹尧，颂扬其平藏功德，清廷责其谄媚奸恶，罪不可赦，于是革去钱名世的职衔，发回原籍。

此外还有几宗文字狱：江西考官查嗣庭出了一个试题，是大学内"维民所止"一语，却被廷臣参奏，说他有意影射，应以大逆不道之罪论处。奏折中说"维"字、"止"字分别是"雍"字、"正"字的下身，即是将"雍正"二字截去首领，显然悖逆。可怜这位正考官查嗣庭还没监考完，就被雍正帝下令押解进京，将他下狱，他有冤没处诉，最后气愤而亡。雍正帝还将他砍头示众，长子连坐而死，家属充军。原御史谢济世在家无事，注释《大学》，不料被言官得知，便指责他毁谤程、朱，对朝廷不满。顺承郡王锡保参他一本，雍正帝便立即将谢济世发往军台。

这个谢济世竟病死在军台，没能活着回来。相传雍正年间，文武官员只要一天平安无事，便相互庆贺，官场都如此，百姓更可知了！

大小策零作乱

罗卜藏丹津远逃后，投奔了准噶尔部的策妄阿布坦。清廷派使者要求策妄献出丹津，策妄抗命。此时，西北两路清军都已经撤回，只有巴里坤的屯兵仍旧驻扎着。

雍正五年，策妄死后，他的儿子噶尔丹策零即位。雍正帝打算兴师追讨，任命傅尔丹为靖远大将军，屯扎阿尔泰山，从北路进军；岳钟琪为宁远大将军，屯扎巴里坤，从西路进军；两军约定明年一起进攻伊犁。

傅尔丹容貌奇伟，气宇轩昂，但有勇无谋，外强中干。他与岳钟琪同时出兵，沿途扎营时，两旁必列兵器。钟琪问他做什么用，傅尔丹回答："这些兵器都是我的家伙，摆立在两旁，用来激励众人。"岳钟琪微笑着出营后，对自己的将佐说："将在谋不在勇，只靠兵器，恐怕不中用。这位傅大将军，不免要临阵失误呢！"

此次奉命出兵，清军走到科尔多时，大策零派小策零敦多布率三万士兵，进军到科尔多西边博克托岭。傅尔丹得到消息后，令部将前往侦察，捉回几名番兵，由傅尔丹亲自讯问。番兵回答："我军前队有一千多人，已到博克托岭，共带有两万只骆驼和马匹，后队现在还没到。"傅尔丹又问："你们愿意投降吗？"番兵说："既然已被捉住，为什么不投降呢？"傅尔丹大喜，令他们在前面带路，准备率兵攻袭敌营。忽然有几人入帐进谏说："降兵的话不可信，大帅宜慎重！"傅尔丹一看，正是副都统定寿、永国、海寿等人，便说："你们为什么要阻挠？"定寿说："行军之道，精锐在先，辎重在后，绝对没有先后倒置的道理。据降兵报称，敌兵前队只有一千多名士兵，骆驼和马匹却有二万头，这样的话显然是前后矛盾。请大帅拷问降卒，自然可以得到真实的供词。"傅尔丹斥道："他既然已经投降，为什么还要拷问？就算他言语不实，他总有兵马驻扎在岭上，我去驱杀一阵，击退贼兵，也是好的。"便令副将军巴赛率一万名士兵先行前进，自己则亲率大兵在后接应。

巴赛挑选四千名精骑，跟着降卒前行，作为先锋，另外的三千名士兵作为中军，剩下的三千名士兵为后劲，全军悄无声息向博克托岭飞驰

131

而去。到岭下后，望见岭上果然只有几十头骆驼、马匹，还有几十名番兵，巴赛忙驱兵登岭，番兵立刻逃尽，剩下骆驼和马匹全部被清兵捕获。部队又向岭中杀入，山谷中只有几头骆驼和马匹四散吃草。前锋不愿劫夺，只管急行。后队见有骆驼和马匹，争相上前抢夺，猛然听到从远处传来胡笳声，然后就看见漫山遍野的番兵。巴赛想整队迎敌，可惜兵马已经乱成一团。霎时间，番兵四面围合，将清兵前后隔断。前锋到和通泊后陷入重围，还指望后队赶来支援；而后队的巴赛又指望前队回来援救，两队无法互相照应，只好溃逃。番兵趁这机会，万箭齐发，清兵四千名前锋全部陷没，巴赛也身中数箭死在谷中。六千人不值番兵一扫，立即被荡得干干净净。

这时候，傅尔丹已到岭下，暂且把大军停住，正想窥探前军情形，再决定进止。忽然见番兵乘高而下，呼声震天，傅尔丹急忙令索伦蒙古兵抵御。科尔沁蒙古兵悬着红旗，土默特蒙古兵悬着白旗，白旗兵争先冲锋陷阵，红旗兵则纷纷望后而逃。索伦兵惊呼："白旗兵陷没，红旗兵退走了。"各军听了这话，吓得心惊胆战，只恨爹娘少生两条腿，拼命乱跑。傅尔丹惊慌失措，只得边战边退。番兵长驱追杀过来，杀死无数清兵，十几员清将伤亡，只有傅尔丹手下两千名亲兵，护着傅尔丹逃回科尔多。番兵俘获清兵后，用绳子的一端绑住他们的小腿，另一端系在马后，高唱胡歌而去。战败的消息传到北京，雍正帝急忙令顺承郡王锡保代任大将军，降了傅尔丹的职。另外派大学士马尔赛率兵赶往归化城，扼守后路。

大小策零击败傅尔丹后，随即乘胜进军喀尔喀。绕道到外蒙古鄂登楚勒河时，惹出一个大对头来。这个大对头名叫策凌，他是元朝十八世孙图蒙肯的后裔，小时候曾住在北京，后来带着家眷回到家乡，居住在外蒙古塔米尔河。他的祖宗蒙肯尊奉黄教，达赖喇嘛给他一个三音诺颜的美号。藏语叫善人为三音，蒙古语叫官长为诺颜，蒙藏合词，译成汉文，就是好官长的意思。策凌承袭祖宗的徽号，归服土谢图汗。他因喀尔喀与准部毗连，便预先练兵，以防备准寇。适逢小策零绕道进攻，策凌先派六百骑兵，诱他追来，自己则亲率精骑，跃马冲入。敌将喀喇巴图鲁勇悍善战，持刀来迎，被策凌大喝一声，劈死马下。小策零的部众见喀喇被杀，无不胆战心惊，当即撤退。策凌追出境外，俘获几千名敌兵，这才下令退兵。清廷得到捷报后，晋封策凌为亲王，令他独立，不再隶属土谢图。从此喀尔喀蒙古内，特别增加三音诺颜部，策凌与土谢图、札萨克、车臣三汗比肩而立了。

小策零战败而回后，屯兵喀喇沙尔城。雍正十年六月，他又纠集三万部众，偷偷绕过科尔多大营，准备北犯。顺承郡王锡保急忙调策凌截击，策凌兼程前进。将到本博图山时，忽然接到来自塔米尔河的警信，准兵从小路突然杀入策凌本部，掠走子女和牲畜。策凌悲愤至极，对天断发，誓歼敌军。他一面返回援救，一面向锡保告急，请求出师夹攻。

　　策凌的部下，有一个脱克浑，绰号飞毛腿，一昼夜能走千里。他浑身穿着黑衣，外罩黑氅，每登高峰，探敌虚实时，用两手张开黑氅，好像老鹰一般。敌兵就算望见他也以为是塞外巨鹰，不去防备，他却把敌兵情势看得明明白白，报告策凌。策凌到杭爱山西麓，得到脱克浑的情报，说敌兵就在山后，便令将士略略休息，到半夜越山而下，径直杀入敌营。这些番兵得胜而归，正在熟睡。等到敌军来袭，他们摸刀的找不到刀，摸枪的找不到枪；钻出头而头已落，伸出脚而脚已断；有人掣出刀，却杀掉了自己的头目，有人点起铳炮，却打伤了自己的部兵；只有脚生得比别人长的人、耳生得比别人灵的人，先行逃跑，才得以捡回一条命。策凌奋力追赶，杀到天明，追到鄂尔昆河，左边有山相阻，右边有水相逼，中间横着一座大喇嘛庙，叫做额尔德尼寺。逃兵一看，已经没有去路，只得冒死回头扑杀。策凌跃到阵前，也不顾死活，恶狠狠地与敌兵展开肉搏。到底敌兵已败，未免胆怯，蒙兵刚取胜，盛气凌人。这一场恶战，敌兵一半被杀死，一半被挤落水中。不但掠去的子女、牲畜全部被策凌夺回来，就是小策零带来的辎重甲杖也都被策凌抢了回来。小策零率领残骑爬山逃去。

　　策凌满心期望锡保出兵夹击，谁知锡保派出的丹津多尔济一味观望回避，竟让小策零生还。马尔赛已奉命移军驻守拜达里克城，也约束诸将，闭门不出。小策零沿城往西逃，城内将士请马尔赛发令追袭，马尔赛仍不答应。将士大为激愤，擅自出城追敌，无奈敌兵已逃光了，只得到少许敌械，带回城中。策凌将战事一一上奏，雍正帝立即降旨斩杀马尔赛，革掉锡保郡王爵，封策凌为超勇亲王，授平郡王福彭为定边大将军，代任锡保职务，令策凌做副手，守住北路。

　　此时，西路将军岳钟琪驻守巴里坤，按兵不动，只调将军石云倬等人赴南山口截住准兵归路。石云倬拖延不进，岳钟琪马上弹劾他，奏请治罪。大学士鄂尔泰将岳钟琪一块儿弹劾，说他拥兵数万，让投网送死之贼来去自如，坐失良机，罪不可赦。于是雍正帝下诏削去岳钟琪大将军号，降为三等侯，随后召他回京。另外任命鄂尔泰督巡陕甘，统帅军务，并令副将军张广泗保管宁远大将军印。张广泗上奏说准夷专靠骑兵，岳钟琪独用车营，不能制敌，反被敌制，因此日久无功。雍正帝又夺去岳钟琪职位，将他交兵部拘禁。

张广泗受任后，巩固边防，无懈可击。准酋噶尔丹策零派使者前来请和。雍正帝召大臣商议，有的主张剿灭，有的主张安抚。雍正帝朝纲独断，对大臣说："朕从前奉先皇密谕，准夷遥远，不便深入进剿，只有诱他入关侵犯，然后前后截击，这样才能大获全胜。经过去年大创，准夷已经远徙，不敢深入。我两路大军在关外作战已久，将士个个疲乏不堪，不如暂时招抚准夷，再作长远打算。"诸王大臣同声赞成，于是雍正帝降旨罢征，派侍郎傅萧及学士阿克敦前往准部表达清廷招抚之意。准酋想得到阿尔泰山的旧地，超勇亲王策凌坚持不答应，互相争论不休。直到乾隆二年，才议定以阿尔泰山为界，准部游牧不得过界东，蒙人游牧不得过界西。从此，边境稍得安宁。

中国的西南有一种苗民，很是野蛮。相传轩辕黄帝以前，中原本是苗民居住，后来，轩辕黄帝与苗族头目蚩尤大战一场，蚩尤战败被杀，余众窜入南方，后来又逐渐退避，居住在南岭，逐渐分为几支：在四川的叫做獏，在两广的叫做獞，在湖南、贵州的叫做瑶，在云南的叫做猓。这几个省中的苗民，要算云、贵最多。地方官管不了这么多事，向来令他们自治。族中的几个首领归地方官约束，号为土司。吴三桂叛乱时，云、贵土司都为他效命。叛乱之事扫平后，清廷也无暇追究。

苗民不服清廷，专喜劫掠，边境良民被他们骚扰得受不了。雍正皇帝便任用镶黄旗人鄂尔泰为云、贵总督，他见苗民横行无忌，竟独出心裁，呈上一本奏折，说："苗民冒着砍头的危险不服王令，隐为边患，要想一劳永逸，应当改土归流，应勒令所有土司献土纳贡，违者立剿。"这奏章一上，满朝王大臣都吓得瞠目结舌。只有雍正帝欣赏他的远见，极力称赞道："奇臣，奇臣！这是天赐给朕的呢！"因此将铸滇、黔、桂三省总督印颁给鄂尔泰，令他见机行事。鄂尔泰剿抚并用，擒了乌蒙土司禄万钟及威远土司札铁匠、镇远叛首刁如珍，招降了镇雄土司陇庆侯及广西土司岑映震、新平土司李百叠。于是云、贵的两千多寨苗民一律归命，愿遵约束。自雍正四年到雍正九年，这五年内，鄂尔泰费尽苦心，开辟两三千里苗疆。麾下的文武人才，如张广泗、哈元生、元展成、韩勋、董芳等人都因平苗有功而升官，鄂尔泰也被封为伯爵。

雍正十年，鄂尔泰回朝，雍正授他为保和殿大学士。不久因准部内侵，令他督巡陕、甘、处理军务。张广泗也早已调任西北，代理宁远大将军事务。苗疆于是又生变端。

雍正十三年春，贵州台拱的九股苗叛变，接连攻陷贵州各个州县。雍正帝降旨调发滇、蜀、楚、六省兵联合进剿，特授提督哈元生为扬威将军，湖广提督董芳为副手，随后又任刑部尚书张照为抚苗大臣，筹划剿抚事宜。

哈元生沿途剿苗，接连收复多城。不料副将冯茂诱杀投降的苗人六百多名及三十多名头目，剩下的苗人逃跑后相互转告，又聚集在一起诅咒发誓，先把老婆孩子杀死，然后和官兵抵抗到底。一时间，星星之火遍地蔓延，一发不可收拾。张照到镇远后，便迂腐气十足地密奏，说改流非常长远之计，不如议抚。哈元生、董芳两人也因政见不同，互相龃龉。商议分地分兵，滇黔兵隶属哈元生，楚粤兵隶属董芳，彼此互不顾应。他们一任苗民东冲西突，没法平定。在朝上大臣争相说鄂尔泰无端改流，酿成大祸。鄂尔泰此时已回朝，迫于时论，也上奏请罪，力辞伯爵。雍正帝就依他所请，只是仍然令鄂尔泰住在紫禁城中，商议平苗的政策。张广泗听说鄂尔泰被贬，心中自是不安，奏请立即革职，效力军前，雍正帝拿不定主意。

一天，雍正帝正与庄亲王胤禄、果亲王胤礼、大学士鄂尔泰和张廷玉在大内议事。差不多商议了两个时辰，几位大臣才出来。鄂尔泰因心中格外惦念苗族的事情，回到家中，胡乱吃了一顿晚餐。忽然见太监奔入，气喘吁吁地报称："皇上驾崩，请大人立刻进宫！"鄂尔泰连忙起身，骑马驰入宫中。一路跑到后宫，见御榻旁只站着几人，皇后已经提前赶到，泪容满面。鄂尔泰揭开御帐，不瞧还好，略略一瞧，不觉"哎哟"一声，脱口而出。正惊讶时，庄亲王、果亲王也已赶到，上前看了御容，都吓了一大跳。庄亲王说："快把御帐放下，处理后事。"一面和果亲王一起向皇后请安。皇后呜咽着说："好端端的一个人，怎么会突然暴亡？应当将宫中侍女、内监先行拷问，追究原因。"还是鄂尔泰顾全大局，说："侍女、太监未必这么大胆，此事先慢慢审查，现在最要紧的是续立嗣君。"庄亲王接口说："这话有理，乾清宫正大光明匾额后的锦匣，内藏密谕，应立即取出宣昭。"随即督率总管太监到乾清宫取下秘匣，当即展开宣昭，只有"皇四子弘历为皇太子，继朕即皇帝位"两句话。

这时，皇子弘历等人都已入宫奔丧，随即奉了遗诏，令庄亲王胤禄、果亲王胤礼、大学士鄂尔泰与张廷玉辅政。经四大臣商酌，议定明年改

135

元乾隆。乾隆即位，就是清高宗纯皇帝。

雍正帝暴毙的原因在当时讳莫如深，不能详细考究。只是雍正帝以后，妃嫔侍寝都必须脱去外衣，只罩一件长袍，由太监背到后宫，然后将长袍除去，裸体入御。据清朝宫人传说，这不是专图肉欲，而是防备妃嫔行刺。

宫闱情事

乾隆帝即位后，朝政颇为宽大。从前被监禁的所有宗室人，一律被释放。乾隆帝还封胤祯、胤禵为公爵，并将自己的亲兄弟都封为亲王，已故的弟兄，各追封赐谥。同时，尊母亲钮祜禄氏为皇太后，册立元妃富察氏为皇后。母亲一族的人和皇后一族的人都对乾隆帝另眼相看。乾隆帝又将岳钟琪、陈泰等人释放出狱，并赦免汪景祺、查嗣庭的家属，令他们回籍。因此，皇亲贵戚、知交故旧、元老功勋、官吏百姓，没一个不颂扬乾隆帝的仁德。

只是云、贵叛苗，还没平定。乾隆帝初次用兵，不得不稍显威严，特意将张照、哈元生、董芳等人逮回治罪。另外任命张广泗为七省统帅，调度各路人马。张广泗本是治苗的熟手，到贵州后，全盘统筹，想出一个暂抚熟苗①、力剿生苗②的计策，随即上奏请示。乾隆帝准奏。

乾隆元年春，张广泗调遣各省援兵，分作八路，一齐发动，如潮前进。苗民虽然拼命抗拒，终究是一群草寇，敌不过七省大军，没过多久便土崩瓦解。余下死的逆苗都逃入老巢去了。张广泗会集大军，继续进攻。行军几天后，远远看见一座大山，挡住去路，危崖如削，峻岭横空，四围又都是小山将它攒住，蜿蜿蜒蜒的约有几百里。张广泗扎住营寨，召进几名熟苗，问道："这个地方叫做什么？"熟苗回答："这里叫牛皮大箐，广阔得不得了，北通丹江，南达古州，西拒都匀八寨，东至清江台拱，方圆有五百里，向来是生苗老巢。此地幽密得很，就是附近的苗人也没有几个晓得它的底细。"张广泗说："照你这么说来，这里简直是无人能入。本统帅却是不怕，偏要进去。"便令熟苗退出营帐。

---

① 熟苗：清朝把归顺的苗民称为熟苗。
② 生苗：清朝将滋事且拒降的苗民称为生苗。

第二天，张广泗召集部将，下令攻打牛皮大箐，将士都面露难色。张广泗拍案而起："养兵千日，用兵一时。国家费了无数军饷，为了什么？难道白养你们吗？本统帅受国厚恩，报恩就在今天，如果这一战成功，就与你们同分厚赏。万一失败，本统帅也不会独自苟活，愿与你们一同死在此地！天下事不患不成，但患不为。如果我们戮力同心，生死与共，还怕这牛皮大箐？还怕这等死的苗民？"众将士见主帅发怒，自然唯命是从。张广泗又说："据熟苗说这牛皮大箐里面，险恶异常，本统帅怎么会冒昧行事，叫你们前去送死？但我军杀来，敌人就逃进去，我军杀进去，敌人又跑出来，什么时候才能结束这场战事？好在各处已无叛苗，我军粮饷还充足，正应设法搜捕，想个一劳永逸的好计策。现在令各军分别守住牛皮大箐的入口，先截住叛苗的出路。他们向来不会耕作，料想箐内也绝无良田，不出一个月，他们肯定受困。到那时我们节节进攻，步步合围，还愁不能消灭他们吗？"将士们听了这话，才个个欢喜起来，争相效力。

张广泗于是传令诸军，密堵箐口，又在箐外四布伏兵，严防漏网之鱼。围守半个月后，才开始渐渐进逼。叛苗无处觅食，大多饿死箐中。起初还有几个强悍的生苗，出来突围，都被围军斩捕，后来便不见苗人踪影。张广泗便驱军大范围进攻，行军到箐内。只见荆棘闭塞路径，老树遮蔽天日，雾雨冥冥，瘴烟幂幂，巨大的蛇和蜥蜴，凶恶的野兽，出没其间。张广泗令军士纵火焚林，霎时间，火势腾腾，满山遍野都是浓烟，各种动植物无一不被烧死。叛苗也躲无可躲，蹿出洞外，一半被杀，一半被捉，还有这些苗妻苗女、苗子苗孙都已饿得骨瘦如柴，跪在洞旁，抱着头惨呼饶命。官兵也无暇分辨，乱砍乱杀。覆巢下无完卵，游釜中无生鱼。幸亏张广泗下令禁止杀戮，总算保存下几个。牛皮大箐被攻破后，又经过几个月的扫荡，云、贵边境总算平定。

苗疆已定，海内太平。乾隆帝偃武修文，令大学士们制订礼乐。鄂尔泰、张廷玉两位大臣悉心斟酌，定下三礼，考正八音，将朝仪制定得格外严密，将乐章谱得格外整齐。连年五谷丰登，八方朝贡，真个是全盛气象，备极荣华。乾隆帝记起世宗遗旨，令住在京城的三品以上官员及各省督抚学政保荐博学之士。之前因世宗晏驾，来不及举行考试，此时正好继承遗志开科取士。于是乾隆帝令各省文士一律进京，共计有一百七十六员在保和殿考试。吟风弄月，辞藻华丽，篇篇都是锦绣文章，个个鼓吹太平盛世。当下由人评定甲乙，恭呈御览。乾隆帝选出前十五人，并遵照康熙年的惯例，分一等五人，授为翰林院编修，二等十人，授为翰林院检讨及庶吉士。各官员于是谢恩任职。

　　只是乾隆帝坐享太平，无为而治，不免要想出些欢娱的事情来。紫禁城里的花园，要数畅春园最大。前明的贵戚徐伟将其作为别墅，园内花木参差，亭台轩敞，别有一番风景。圣祖在时，曾赐名为畅春，又下令在园内的北角，修筑数间房屋，赐名为圆明，令皇子在此读书。世宗未登位时，最喜欢在圆明园内饮酒吟诗。登位后，大兴建筑，楼台亭榭更添无数。畅春园附近，又有一座长春仙馆，比畅春园规模略小，馆中倒也精致，乾隆帝继承先祖的赏美情趣，将三处并为一处，拨出库中存款，令工部督工改造。

　　这一场工程，比世宗时期大得多。东造琳宫，西增复殿，南筑崇台，北构杰阁，说不尽的巍峨华丽。又经一帮文人学士的出谋划策，良工巧匠费尽心血在某处凿池，某处叠石，某处栽林，某处种花。繁丽之中，点缀景致，不论春秋冬夏，景色都十分宜人。乾隆帝又派各省地方官，搜罗珍禽异卉、古鼎文彝，把中原九万里的奇珍、上下五千年的宝物，一齐陈列园中，让皇帝把玩。从前，秦始皇筑阿房宫，陈后主修临春、结绮、望仙三阁，隋炀帝建显仁宫、芳华苑，料想也不过如此。

　　这年，圆明园的工程全部竣工，乾隆帝请皇太后到园内游览。并下特旨，自皇后、皇妃以下的所有公主、福晋，宗室命妇，以及椒房眷属全部入园赏玩。于是大家遵旨入园。这天，春光蔼蔼，晓色融融，乾隆帝护着皇太后的銮驾进入园内，皇后、皇妃、公主等人一律跟随在后。两旁迎驾的人都恭敬地站着，乾隆帝龙目一瞧，迎驾的人多半是穿红着绿的美姬。只见众美姬一齐弯腰请安，乾隆帝此时也无暇评艳，径直走到行宫里面，下了车，随太后步入。众人向两宫磕头，除老年妇人外，个个装扮得天仙似的。只有一位命妇，眉似春山，眼如秋水，面不着脂而桃花飞，腰不弯而杨柳舞，真的是闭月羞花，沉鱼落雁。乾隆帝看了这个丽人一眼，暗想道："这人有些面善，但不知是谁家眷属？"只是当着众人的面，不好细问，便呆呆地坐着。众人又转向皇后处，请过了安，却见皇后站起来，与那丽人握手说道："嫂嫂来得好早！"丽人娇滴滴地说："应该恭候！"乾隆帝听到两人的问答后，这才记起这位丽人，她正是皇后的亲嫂子，内务府大臣傅恒的夫人。这时，太后传下懿旨说："今天来此游览，大家不必拘礼。"众人又都谢恩。太后接着说："游览却不漫步，坐着马车，反而没什么趣味。"乾隆帝没听见，还是皇后答了"恐劳圣体"四个字。太后又说："我虽然老了，但慢慢走几里路，想也不至于吃力。"乾隆帝这才回过神来禀道："圣母既然想要步行，那就叫辇驾跟着走。您要步行，便步行，要乘车，便乘车。"太后赞同道："这倒很好。"太监献上茶，众人喝过茶后，便四处闲游。皇帝、皇后紧紧地跟着太后。皇后后面便是傅夫人。皇帝频频回头往后望，傅夫人颇有些察觉，也有意无意地瞻仰御容。到一处，小憩一处。中午在离宫午餐。直到傍晚，太后才兴尽回宫，皇帝、皇后也一同随太后返回。皇后与傅夫人又是握手叙别，皇帝更恋恋不舍，临别时还回头望了几次。傅夫人站了好一会儿，直到两宫都看不见了，这才坐轿回去。

　　乾隆帝自那天起，便常常惦念傅夫人，平日里总是闷闷不乐。连皇后也不晓得他的心思，问过几次，都不见他回答。一天，正是皇后的寿辰，由太后预颁懿旨，令妃嫔开筵祝寿。乾隆帝竟开心起来，忙到慈宁宫谢恩，皇后更不用说。乾隆帝回到坤宁宫，对皇后说："明天是你的寿辰，为什么不去请你嫂子入宫，畅饮一天？"皇后说："她明天肯定会来，为什么还要去请？"乾隆帝回答："邀请她来更妥当些。前几天逛圆明园，我见你两人很是亲热，这次进来，好好留她在宫内多住几天，给你解闷。"皇后默然。乾隆帝立即传令太监，叫他奉皇后之命，召傅夫人明天早晨入宫宴赏。太监去了一趟，回来说，傅夫人正为皇后准备礼物，明天遵旨入宫。当晚，乾隆帝便歇在皇后宫内。第二天早上上朝，见没有什么大事，当即退朝入宫。文武百官随驾到宫门外，祝贺皇后千秋。祝毕，百官散去。

　　乾隆帝到坤宁宫后，见众妃嫔及公主、福晋已齐集在宫中，傅夫人也已在内。因御驾进来，人人站立着，然后行礼。乾隆帝忙说："免礼。今天是皇后生辰，奉皇太后懿旨赐宴，大家欢饮一天。如果仍要拘于礼节，反而是自寻苦恼，朕却不愿吃这苦头。"随即令众人褪下礼服，一概赐座。偏是傅夫人换上常服后，越加妖艳，头上梳着旗式的髻子，发光可鉴，珠彩横生；身上穿一件桃红洒花京缎长袄，衬得那杏脸桃腮越发娇滴滴的白净；袄下露出蓝缎镶边的裤子，一双金莲穿着满帮绣花的鞋。乾隆帝目不转睛地瞧着她，她却嫣然一笑说："寿礼未呈，先蒙赐宴，这都是皇太后、皇上的厚恩，臣妾感激不尽。"乾隆帝说："都是自家人，不用客气。"当下传旨摆宴，乾隆帝请傅夫人坐上座。傅夫人说："哪有君臣倒置的道理？"于是皇帝坐首席，皇后坐次席，第三席应属傅夫人。傅夫人谦让一番，然后坐定。各公主、福晋依次坐下，众妃嫔也侍坐两旁。这次寿筵异常丰盛，说不尽的山珍海味。酒过三巡，众人都借着醉意，略微放纵本性。乾隆帝诗兴大发，与众人联了一会儿诗，又令众人划拳。顿时，钗声、钏声以及呼三喝四的娇声闹成一片。傅夫人连喝下几杯，酡颜半晕，星眼微眯，一片春意。乾隆帝见她已醉，令宫女将她扶到别的宫寝休息，又令众人玩闹一番，乾隆帝也出宫而去。

隔了一小时，众人再次入席。几巡饮酒过后，已是未时，皇后令宫女去看望傅夫人，宫女去后，许久都不见她回来报信。等到众人用过午膳，宫女才含笑而来，报称傅娘娘卧室紧闭，不便入内。皇后问道："皇上呢？"宫女回答："皇上？"说了两声"皇上"，停住后文。皇后已略微察觉，便不再问下去。众人散宴后，又稍坐片刻。日影西沉，宫中都已上灯，众人便纷纷谢宴退出。当晚，只有傅夫人不胜酒力，留住宫中。第二天早晨，乾隆帝仍如常上朝。傅夫人到坤宁宫告辞，皇后一瞧，只见她如云的鬓发半垂耳际，脸上犹带睡容，便冷笑着说："恭喜嫂子！"这一句话，说得这位傅夫人脸上一阵一阵地发烫，当即匆匆辞去。

自此，皇后对乾隆帝不似从前温柔，乾隆帝暗暗抱愧，便不常去坤宁宫。昭阳殿里，私恨绵绵。谁知祸不单行，皇后的亲生儿子永琏，竟于乾隆三年病逝。过了几年，皇后又生下一个儿子，赐名永琮，都以为他长命长寿，将来会继承大统，没想到才生下两年，突然出天花，又致夭折。

这富察皇后此时还有什么趣味？乾隆帝便想出一个办法，借东巡为名，奉请皇太后率皇后起銮，希望皇后借此排遣忧闷。谒了孔陵，祭了岱岳，所有山东的名胜，都去游览了一番。无奈皇后悲悼亡儿，无法释怀，总是人前强颜欢笑，暗地里却不知怎样的难过。沿途山明水秀，林静花香，别人看了，都觉襟怀爽适，入她眼中，却独成一片惨绿愁红；又不小心染上风寒，在舟中大发寒热。乾隆帝立即令随带的医官，诊脉进药，但皇后服下药，就好像喝下去的是水一样，毫不见效。乾隆帝又征召山东名医，尽心诊治，还是不见成效，连忙下旨回銮。刚到德州，皇后已晕过去几次，乾隆帝不停慰问，也没有一句回答。到皇太后来看她时，她才模模糊糊地说出"谢恩"两字。临终时，对着乾隆帝，皇后只滴下数点红泪。

皇后驾崩后，乾隆帝念起自结缡以来，与皇后非常恩爱，只是为了傅夫人，稍稍乖离，后来与皇后再次和好。不想这次皇后却中途病故，自己失去一位贤后，真是可痛，便对着棺木大哭一场。皇太后得知后，忙令乾隆帝先回京，自己与庄亲王胤禄和亲王弘画在后面慢行。乾隆帝于是带着大行皇后的梓宫兼程回去。

征战金川

乾隆帝从德州回京后，途中的感伤，不必细说。到京后，令履亲王胤祹等人办理丧事。皇太后回宫后，担心乾隆帝仍是过度悲伤，要替他续立皇后，乾隆帝却要为皇后守丧一年，太后也不便勉强。因此坤宁宫中仍无主人。乾隆帝册谥大行皇后为孝贤皇后，并格外优待大行皇后的娘家，升任傅恒为保和殿大学士，兼户部尚书。

内丧才过，外衅又起。大金川土司莎罗奔，忽然侵入川边。金川土司是四川省西边土司的一部，本是吐蕃领地，明朝时，部酋哈伊拉本归服明朝，因他信奉喇嘛教，被封为演化禅师。随后族人分为两个部落，一个部落居住大金川，一个部落居住小金川。顺治七年，小金川酋长卜儿吉细与川吏往来，由川吏保举他为土司。康熙五年，又授给大金川酋长嘉勒巴演化禅师印。嘉勒巴的孙子莎罗奔跟随清将军岳钟琪征藏有功，清廷又升他为金川安抚司。

乾隆初，莎罗奔势力逐渐强盛。莎罗奔令旧土司泽旺管辖小金川部，并将他的爱女阿扣嫁给泽旺。阿扣貌美性烈，憎恶泽旺的粗鄙，不愿与他生活，泽旺事事依从，但她仍是闷闷不乐。泽旺的弟弟良尔吉，生得姿容壮伟，阿扣见了，不免动心。良尔吉正是血气方刚的青年，哪会不知风月？他与阿扣眉来眼去，也不是一天两天的事，无奈因泽旺在旁，不便下手。这日泽旺打算出外游猎，良尔吉托病不去，等到泽旺走后，他立即闯入内寝，与阿扣偷情。

等泽旺游猎回来，叔嫂二人早已分开。但天下事若要人不知，除非己莫为。闺房中的暧昧情事，免不了传到泽旺耳中，泽旺不得不多加管束。阿扣与良尔吉不能常续旧欢，心中未免懊恼。恰好此时莎罗奔侵略箭炉土司，并取得胜仗，良尔吉便偷空与阿扣商量，想请莎罗奔调泽旺从军，省得泽旺阻拦好事。阿扣大喜，以回家探亲为借口，秘密地向她父亲莎罗奔献上调遣泽旺的计策。莎罗奔于是派人征调泽旺。泽旺向来懦弱，不愿与别部的土司启衅，当即推辞。使者回来报告莎罗奔，莎罗奔大怒，派部下去捉拿泽旺。阿扣忙出帐请示道："要拿下泽旺，不用兴师动众，只让几个人，随女儿前去，包管泽旺被拿下。"莎罗奔于是依他女儿的计策，挑选两个头目，让其率几十名健卒，送女儿回小金川。

泽旺款待来使，犒饮完毕，来使辞归，泽旺将其送出帐外。谁知来使忽然翻脸，命令手下健卒擒住泽旺，泽旺大叫："我有什么罪!"来使说："你不听调遣，所以我们特来请你。"泽旺部下冲上前去，正想夺回泽旺，却被良尔吉拦阻说："我兄长是大金川女婿，此去应该不会受辱。现在如果一动兵戈，大家伤了和气，反而不好。"小金川部众听到这话后，便只好由着大金川来使将泽旺劫去。良尔吉则忙回帐中与阿扣喝过酒后，做那鸳鸯勾当。从此名为叔嫂，实为夫妇。

清廷得知莎罗奔叛变后，忙令张广泗移督四川，伺机剿治。张广泗入川后，率兵驻扎在小金川。忽然良尔吉求见，张广泗马上召他进来。良尔吉一进来便跪在地下，大哭道："莎罗奔不道义，将兄长泽旺擒去，现在生死未卜，恳请大帅急速发兵，攻破大金川，夺回兄长，恩同再生父母。"张广泗不知是诈，便叫他起来，劝慰一番，令他做前军向导，前往讨伐莎罗奔。

大金川本是天险，西边临河，东面又有大山阻隔。莎罗奔住在勒乌围，令他兄长的儿子郎卡居住噶尔崖。勒乌围、噶尔崖两地地势非常险峻，四川巡抚纪山曾派副将马良柱等人率兵进军，却没能深入。

张广泗上奏调遣三万名士兵，分作两路，一路由川西入攻河东，一路由川南入攻河西。河东又分四路，两路攻打勒乌围，两路攻打噶尔崖，以半年为期，决意将叛军荡平。没想到河东战碉林立，易守难攻。什么叫战碉？原来土人用石筑垒，高约三四丈，仿佛塔形，里面用人守住。四面开窗，可放矢石。每夺一碉，要费好几天的工夫，还要死伤数百人。这碉虽毁，那碉又立，攻不胜攻，转眼间已是半年，毫无进展。张广泗急得没办法，令良尔吉另寻小路。良尔吉回答："这里没有小路可走，只有从昔岭进攻，才可以直捣噶尔崖。但是昔岭上面，恐怕早已有人固守，进攻也是难事。"张广泗说："从前贵州的苗巢那么艰险，本制军都一举荡平，还会怕这小小的昔岭吗？倘若畏险不攻，什么时候才能扫平大金川？"接着令部将宋宗璋、张应虎及张兴、孟臣等人分路捣入，仍让良尔吉作前导。谁知这良尔吉早已密报莎罗奔，令他赶紧防御。等到清军四面合围，番众鼓噪而下，把清兵杀了个落花流水。张兴、孟臣战死，宋宗璋、张应虎逃回。张广泗还以为良尔吉预言昔岭难攻，果真如此。良尔吉两面讨好，莎罗奔竟将爱女赏给良尔吉。良尔吉异常快活，只瞒住张广泗一人，白天到清营，虚与周旋，晚上回本寨，和阿扣通宵行乐。张广泗毫无觉察，仍用以碉逼碉的老法子。自乾隆十二年夏月攻起，到十三年春天，只攻下一二十个战碉，此外无功可报。

这时候，听说将军岳钟琪到来，张广泗忙出营迎接。因他德高望重，尽管已不及原来威风，倒也不敢轻视。岳钟琪进入张广泗的军营，两人商议很久，张广泗愿与岳钟琪分军进攻。岳钟琪攻勒乌围，张广泗攻噶尔崖。正决议，忽然军卒来报，大学士讷亲奉命，前来视察军队。张、岳两人又到十里外远迎，只见讷亲昂然而来，威严得不得了，见到两帅后，并不下马。两帅上前打拱，他只把头略微点一点。到战地后，扎住大营，张广泗等人又入营议事，讷亲把张广泗斥责一顿，张广泗大为不服，负气而出。讷亲接着召集诸将，限定三天之内攻下噶尔崖。

结果良尔吉又去通风报信，郎卡在昔岭大胜清军。讷亲接到惨败的消息，这才知道大金川的厉害，急忙召张广泗等人商议，对张广泗说："任举、贾国良两员勇将都已阵亡。我没想到小小一个金川，竟这么厉害。还请制军等另献良策！"张广泗说："公爷智勇过人，定能指日灭贼。像张广泗这种碌碌无能的人，只会劳累手下将士，浪费国家粮食，自知有罪，此后任凭公爷裁处，广泗奉命而行。"这番话，分明是讥讽讷亲。讷亲暗觉惭愧，勉强说："凡事总须同心办理才能成功，制军不应推诿，也别见怪于我。"张广泗说："眼下只有用碉逼碉一法，等战碉一律被削平，勒乌围、噶尔崖等地方，便容易攻入了。"岳钟琪接口道："从大金川的地图来看，勒乌围在内，噶尔崖在外，如果从昔岭进攻，就算拿下噶尔崖，距贼巢还有几百里，道路崎岖而且又长，不如另寻其他路径。"张广泗说："昔岭东边还有卡撒一路，也可进军。"岳钟琪回答："从卡撒进军，中间仍隔着噶尔崖，与昔岭差不多。我看不如另攻党坝，党坝一拿下，距勒乌围也只有五六十里，山坡较宽，水道也通，攻破外隘，便可以进攻内穴。还请公爷与制军好好考虑后再作决定！"讷亲茫无头绪，不发一言。张广泗又说："党坝那个地方，我曾派万人前去攻打，但也没能得手。并且泽旺之弟良尔吉都说取道党坝，不如从昔岭、卡撒两路进军更好。良尔吉是此地土人，熟悉地形，何况又有心救兄，谅他不会误导我军。"岳钟琪微笑着说："制军不要再相信良尔吉，良尔吉与他嫂子暗里通奸，土人多已知晓，制军不可不防他！"张广泗回答："良尔吉与嫂子通奸，不过是个人道德败坏，和军事没什么关系。"岳钟琪说："嫂可盗，还要什么兄长，难道他肯真心帮助我军吗？"张广泗负气地说："如此说来，都是我广泗不好，以后广泗不来参与军情，那时定可成功呢！"说完，起身离去。岳钟琪也向讷亲告辞。回到营中后，暗想张广泗这么小心眼儿，将来恐怕会连累自己，于是写下一本奏折，弹劾张广泗任用奸臣，请朝廷防备他叛变。讷亲也奏劾张广泗劳累将士、浪费国家粮饷各事。乾隆帝看完奏章后大怒，立即下令将张广泗逮回京城，又因讷亲旷久无功，改派傅恒代任统帅，亲赐御酒饯行。并令皇子及大学士将傅恒送到良乡。

傅恒去后，张广泗已被解押到京。军机大臣审问他时，张广泗把罪责都推在讷亲身上。乾隆帝亲自审讯，张广泗仍是原话相答。乾隆帝生气地说："你如果好好筹划进军方案，朕也不会令讷亲到川视察军情。你已延误军机，却还要将过错推诿到别人身上，显然是负恩误国。朕若宽恕你，将来怎么治军？"随即将张广泗押出午门斩首。接着又传旨令讷亲据实复奏。

一个多月后，讷亲的复奏到了，也是一派推诿过错的话，乾隆帝又生气地令讷亲自尽。川内三大元帅，只剩下岳钟琪一人，将士们都吓得胆战心惊。

傅恒到军中后，岳钟琪密禀良尔吉的罪状。傅恒于是召良尔吉入帐。良尔吉从容进见，傅恒喝令左右侍卫将他拿下。良尔吉忙问："大帅为什么要捉我？"傅恒喝道："你害兄奸嫂，泄露军机，本统帅已查明属实，今天叫你死个瞑目。"良尔吉还想抗辩，傅恒喝令左右侍卫将其斩首上报。霎时，首级被献上，傅恒下令将首级悬竿示众。随后摆队出营，入小金川寨中，令军士擒出阿扣，指责她背夫淫叔。阿扣哀乞饶命。傅恒说："你这万恶的淫妇，还想求生吗？"也喝左右侍卫将其斩首。可怜一对露水夫妻，双双毕命。

间谍已除，军容又整，傅恒定下直捣中坚的计策。此时，大金川酋长莎罗奔已失去内应，并因连年抵抗，部众也死了不少，于是释放泽旺，派人到清营谢罪。傅恒斥退来使，与岳钟琪分军深入，接连攻下碉卡，军威大震。莎罗奔又派人到岳钟琪营，愿缴械乞降。岳钟琪因从前征战西藏时，莎罗奔是他的旧部下，本来熟识，便率轻骑前往勒乌围。莎罗奔听说岳钟琪亲自前来，便率领部众出寨恭迎，跪拜马前。岳钟琪斥责他忘恩负义，莎罗奔叩首悔过，愿遵约束。而后，莎罗奔父子亲自向清统帅大学士傅恒投诚，发誓不再叛变。捷报奏达京师，乾隆帝大悦，封傅恒为一等忠勇公、岳钟琪为三等威信公，立即召他们班师回朝。

傅恒回京后，傅夫人不能经常进宫，乾隆帝也要续立皇后了。新皇后究竟是谁呢？

乾隆帝与陈阁老

转眼间，孝贤皇后崩逝已一年，乾隆帝到梓宫前亲奠一回。奠毕，慈宁宫传懿旨，宣召乾隆帝进宫。乾隆帝在太后面前请过安，太后说："现在皇后去世已满一年，六宫不可无主，须选立一人才好。"乾隆帝默然不语。太后问他："宫内的妃嫔，哪一个最合你心意？"乾隆帝说："妃嫔虽多，没一个能比得上富察。"太后又说："我看娴贵妃那拉氏，人颇端淑，不如升她为皇后。"乾隆帝沉吟半晌，便说："全凭圣母决定！"太后说："这也要你自己愿意。"乾隆帝平时颇尽孝道，此时也不想违逆母亲，便答应了。退出慈宁宫后，乾隆帝又辗转反思了好一会儿，便在第二天下旨，册封娴妃那拉氏为皇贵妃，管理六宫事宜。

乾隆帝因宫廷中的事情都不怎么让人惬意，不免烦恼，便想到别处闲游，聊作排遣。十五年春天，奉请皇太后，两宫巡幸五台山，秋季又奉请皇太后临幸嵩岳。游玩两处后，乾隆帝的情绪依然非常低落。他想外省的景致，还不及一座圆明园，便时常到圆明园散心解闷。

这天，乾隆帝在园中闲逛，起初天气阴沉，不觉得炎热。到了午后，云开见日，遍地阳光，掌盖的忘了携带御盖，被乾隆帝大加斥责。忽然随从中有人说："奴才身为侍卫，也难辞其咎！"乾隆帝便问："是谁在说话？"那人便跪倒磕头。乾隆帝见他唇红齿白，是一个美貌的少年，随口问他："你是什么人？"那人禀报道："奴才名叫和珅，是满洲官学生。现在蒙恩充当銮仪卫差役，恭奉御车。"乾隆帝问他："你是官学生，充当这差使，不免委屈，朕提拔你做别的差使，你愿意吗？"和珅感激得不得了，便赶紧磕头，朗声说："谢万岁万万岁天恩！"乾隆帝便令他跟在身后，和珅有问必答，句句称旨，逗得乾隆帝龙心大悦，回到宫中后，竟任命他做宫中总管。这和珅很会察言观色，乾隆帝想着什么，不等圣旨下颁，他已暗中觉察，十成中竟能猜中八九成，因此愈发被宠任，乾隆帝竟日夜少不了他。

乾隆帝向来喜欢出游，和珅更加顺着他的心意，说南方的风景，很是繁华。乾隆帝稍微有些南巡的念头，和珅便极力迎合，乾隆帝感叹道："你真是朕的知己！"于是降旨准备南巡。和珅讨了一份督造龙舟的差事，将龙舟建得穷工奇巧，备极奢华，任意挥霍康、雍两朝省下的库储。不仅从中得到几十万银两,乾隆帝还夸他办事干练,升他为侍郎。和珅又赶紧告知各省督抚赶修行宫,督抚连忙募工修筑,又把水陆各道一律疏通,为乾隆帝的巡幸做好准备。

乾隆十六年春正月,乾隆帝奉请皇太后起銮,并从宫中挑选几个妃嫔,作为陪侍。京城除留守人外,全部随帝出巡,仪仗车马,数不胜数。开路先锋便是新任侍郎和珅。御驾所过之处,督抚以下的官员全部跪迎两宫,一切供奉都由和珅监视。和珅说好,乾隆帝定也说好,和珅说不好,乾隆帝定也说不好。督抚大员都乞求和珅代为周旋,私下贿赂他的银两竟达千万。

两宫舍陆登舟,驾着龙船,沿运河南下,由直隶到山东,又从山东到江苏。六朝金粉,本是有名,乾隆帝为此而来,自然要多留几天。在扬州和苏州分别住了好几天,并将所有名胜古迹都游览一遍。苏杭水道最为便捷,便又从苏州直达杭州。浙省督抚料知乾隆帝喜爱山水,于是在西湖建筑行宫,格外轩敞。两宫到此地后,游遍六桥三竺,果真觉得此处山水比平常所见的更为秀美。乾隆帝非常高兴,不是题诗,就是写碑。有时脑筋笨滞,便另左右词臣捉刀,并召试秀才谢墉等人,赏他们为举人,授为内阁中书。又亲祭钱塘江,渡江祭祀禹陵,再回到观潮楼阅兵。

正玩得高兴时,海宁陈阁老派儿子前来接驾。乾隆帝奇怪起来,还是太后叫他临幸一番,他从杭州去海宁。陈阁老得知御驾将到,忙把安澜园修饰得万分华丽,陈府外面的大道也被整治得平坦如镜,随即十分谦卑地将两宫迎入府中,引入安澜园。接驾的一群人行过礼后,献茶的献茶,奉酒的奉酒,忙个不停。两宫令陈阁老夫妇侍宴,随从的文武百官也列坐入席,大约有一二百席。山珍海味没少一样,并有戏班女乐陪宴,这一番款待不知花费多少金钱。只是乾隆帝的御容有些像陈阁老,而陈老太太有时偷觑御容时,似乎有些惊疑。乾隆帝口中虽不言语,心中却是十分诧异。

当晚,乾隆帝召和珅密议,说起席间情况,叮嘱和珅密察。和珅奉旨,让随从退下,独自一人在园里踱来踱去,假装赏月赏花。夜深人静,四下无声,和珅不知不觉走到园门旁边,仍没听到什么消息。正想转身回到寝室,忽然见园角的房内露出一点灯光,里面还有唧唧哝哝的声音,便轻轻地踱到门外,只听里面有人说道:"皇上的御容很像我们的老爷,真是奇怪。"接着又有一人说:"你们年纪轻轻,哪里晓得那些往事?"之前说话的人又问道:"你老人家既然晓得,干吗不说给我们听听。"和珅侧着耳朵，正想听那老人家的回答，不料他竟停住，只传出一阵咳嗽声、咯痰声，和珅不免等得焦躁起来。幸亏里面又在催问，便才听到那老人家的下文："我跟着老爷已有几十年。从前在北京时，太太生下一位哥儿，被现今的皇太后得知，要抱去瞧瞧，我们老爷只得应允。谁料抱出来的竟是一个女孩。太太不依，要老爷立即想办法，老爷只是无奈地摇头，于是这件事就这么过去了。现在的圣上，恐怕就是当年被掉换的哥儿呢！"这两句话送入和珅耳中，只见他暗暗地点点头。忽然听到里面又有人说："你这老总管也真粗莽，不怕外面有人窃听吗？"和珅没等听完，早已三步并作两步地走了。

路上巡夜的侍卫，错疑和珅是贼，细认后知是和大人，正想上前问安，和珅连忙摇摇手，匆匆地赶回卧室。睡了一觉，已是天明，又急忙起身去向两宫请安。乾隆帝忙问他："有消息吗？"和珅回答："有一些消息，但还没确定是真是假。"乾隆帝说："无论真与假，都说给朕听听！"和珅又说："这个消息，奴才不敢奏闻。"乾隆帝问他缘故，和珅答称："事关重大，如果是妄奏，罪至凌迟。"乾隆帝说："朕饶恕你的罪，你可以说了。"和珅始终不敢说，乾隆帝懊恼起来，便说："你如果不说，难道朕现在就不能叫你去死吗？"和珅跪下说："圣上恕奴才万死，奴才应立即奏闻，但是请求圣上包涵才好！"乾隆帝点了点头，和珅便将老总管的话复述一遍。乾隆帝大吃一惊，慢慢说："这种无稽之谈，不足为凭。"和珅忙说："奴才原说没有确定，所以求圣上恕罪！"乾隆帝说："算了，不必再说了。"忽然有人来报陈阁老进来请安，乾隆帝忙叫他免礼，并传旨即日起銮。陈阁老恳请再多留几天，于是两宫又住了三天，才奉太后回銮，陈阁老等人遵礼恭送。

两宫仍回到苏州，又到江宁，登钟山，祭孝陵，游秦淮河，登阅江楼，又召试秀才蒋雍等五人，以及进士孙梦逵，都授为内阁中书。玩了一个多月，才取道山东，返回京师。回京后，乾隆帝想改穿汉装，被太后得知，传入慈宁宫，问他道："你想改穿汉装吗？"乾隆帝不回答，太后又说："你如果要改穿汉装，就是不忠不孝、不仁不义，这次我也不会顺着你。"乾隆帝连忙称"不敢"，这事才算了。

日月如梭，转眼又过三年。理藩院奏称准噶尔台吉达瓦齐，遣使入贡。乾隆帝问军机大臣说："准部长噶尔丹策零几年前过世，随后那木札尔继位，之后喇嘛达尔札又继位，纷纷扰扰了几年，朕因他子孙相袭，道途又远，所以不去细问。怎么今天换了个达瓦齐？"军机大臣回答：

"那木札尔是噶尔丹策零的次子，策零死后，那木札尔继位。后来因他昏庸无道，便被他姐夫杀掉，另立策零庶长子喇嘛达尔札。不久前喇嘛达尔札又被部众杀掉，改立达瓦齐，这达瓦齐据说是准部贵族大策零的子孙。"乾隆帝说："照这么说来，达瓦齐是策零的仆属，胆敢篡位，实是可恨，朕打算兴师问罪，免得他轻视天朝。"正商议时，又接到边疆大臣的奏折，说："辉特部台吉阿睦撒纳被达瓦齐打败，愿率部众归附我朝。"乾隆帝立即令阿睦撒纳来京，并遣回达瓦齐的贡使。阿睦撒纳当即到京求见，叩首完毕，乾隆帝问道："你就是辉特部台吉吗？"阿睦撒纳回答："是。"乾隆帝又问道："你为什么与达瓦齐开战？"阿睦撒纳回答："达瓦齐篡夺准部后，还想蚕食其他地方。臣本与他划疆自守，毫无干涉。他无端侵入臣境，臣与他大战一场，被他杀败，因此叩关内附，还乞大皇帝俯赐保全！"乾隆帝见他身材雄伟，言语爽快，不禁十分高兴，便说："朕正想发兵讨伐达瓦齐，你来得正好。"阿睦撒纳自荐说："大皇帝如果发义兵，臣愿做前导。"乾隆帝说："你肯为朕尽忠，朕要重赏你。"阿睦撒纳谢恩而出。

乾隆帝立即召集大臣商议发兵，并想将荡平准部的重任交给阿睦撒纳。军机大臣舒赫德奏道："臣看阿睦撒纳相貌狰狞，一定不是好人，请圣上不要亲信他！"乾隆帝有些不悦，厉声问道："照你这么说来，达瓦齐不应被讨伐吗？"舒赫德说："达瓦齐应被讨伐，但阿睦撒纳这人，还乞求皇上不要重用他！"乾隆帝又厉声道："阿睦撒纳从小在那里长大，地理人情，他都十分熟悉，朕如果不用他，难道用你不成！"舒赫德向来性子刚直，仍接口道："圣上要用这阿睦撒纳，那么请将他的部下余众都迁入关内，免生后患。"乾隆帝怒气冲冲地说："你这么胆小，怎么配做军机大臣？"随即喝令侍卫将舒赫德逐出去。舒赫德叹息而去。傅恒见乾隆帝发怒，忙上前说："皇上圣明，此时正好出征准部，平定西部边陲。"乾隆帝怒气渐消，慢慢地说："还是你有些智谋。但究竟是今年出兵，还是明年出兵？"傅恒回答："依臣愚见，今年先筹备，明年再出兵。"乾隆帝准奏，于是下旨派八旗将士先行操练，并封阿睦撒纳为亲王。

原来，这阿睦撒纳是丹衷的遗腹子，丹衷是策妄的女婿。策妄借联姻，灭掉丹衷的父亲拉藏汗。丹衷走投无路，寄住在准部，免不了怨恨策妄，策妄又把丹衷害死，并将自己的女儿改嫁给辉特部酋长。策妄的女儿结婚才五六个月便生下一个男孩，就是阿睦撒纳。

阿睦撒纳长大后，继承后父的位置。他见准部内乱，便蓄志吞并。

先帮助达瓦齐，杀掉喇嘛达尔札，自己则迁到额尔齐斯河，降服杜尔伯特部。达瓦齐怀疑他有野心，便大举攻打阿睦撒纳。阿睦撒纳于是假装内附清廷，想借助清朝的兵力灭掉达瓦齐，自己好占据准噶尔。偏巧乾隆帝好大喜功，听到阿睦撒纳的话后，决计用兵。

这时准部小策零的属下萨拉尔、达瓦齐的部将玛木特先后降清，阿睦撒纳又促请出师。于是乾隆二十二年春，乾隆帝任命尚书班第为定北将军，出师北路。陕甘总督永常为定西将军，出师西路。北路军用阿睦撒纳为向导，授他做定边左副将军。西路用萨拉尔为向导，授他做定边右副将军。玛木特做北路参赞，西路参赞则任用内大臣鄂容安。两位副将军各领前锋先行进军，将军、参赞等人陆续进军。大军浩浩荡荡直达准部。

沿途经过的部落，望见两副将军的大旗，多半认识是前时的元帅，全都望风而降，拜倒在马前。到了夏天，两路大军齐到博罗塔拉河，距离伊犁只有三百里。达瓦齐得到消息后，慌成一团，仓促之下来不及征召士兵，当即爬过格登山，投奔回疆。回疆酋长中只有乌什城主霍吉斯平时与他要好，达瓦齐一口气跑到乌什城。霍吉斯出城迎接，谁知进了城门，一声呼哨，伏兵齐发，将达瓦齐捉住。达瓦齐质问霍吉斯："你我一向是至交好友，你怎么能这么做？"霍吉斯不和他多说，只取出清帅的檄文，让他细瞧。达瓦齐说："好！你总算卖友求荣了。"当下，达瓦齐被霍吉斯推入囚车，解送清营。清军两帅回到伊犁，当时，罗卜藏丹津还被拘禁在伊犁狱中，这次也被擒出，与达瓦齐一起被押往京师。

乾隆帝得到捷报后，立即召两军班师，亲御午门，接受献俘礼。达瓦齐及罗卜藏丹津惊恐万状，磕头如捣蒜。隆乾帝大笑着说："这样的人物也想造反，真是夜郎自大，不识天威！"接着传旨赦免他们的死罪。一面大封功臣，嘉奖大学士傅恒襄赞有功，加封他为一等公；定北将军班第被封为一等诚勇公；副将军萨拉尔被封为一等超勇公；副将军阿睦撒纳被晋封为双亲王，享用亲王双俸；参赞玛木特被封为信勇公。而后，乾隆帝将额鲁特分为先前的四部，封噶尔藏为绰罗斯汗，巴雅特为辉特汗，沙克都为和硕特汗，还有杜尔伯特部，就封给阿睦撒纳。

乾隆帝将额鲁特分封四部，无非是想让四部之间犬牙相错，互相钳制。没想到阿睦撒纳雄心勃勃，竟想做四部的酋长，渐渐跋扈起来。没几个月，留守伊犁大臣奏报："阿睦撒纳造反了！"乾隆帝得知后大为吃惊。

香妃殉节

达瓦齐被俘后，清军奉旨回京，只留下班第、鄂容安二人带着五百名士兵，与阿睦撒纳处理伊犁善后事宜。

阿睦撒纳奉旨召集邻近部落，却避而不谈自己降清之事，只说清廷令他统领各番，平定此地。暗中嘱咐党羽四处散布流言：想要准部安定，必须尊立阿睦撒纳为大汗。班第、鄂容安派使密奏，乾隆帝也降下密旨，令他们诱杀阿睦撒纳。阿睦撒纳率众西行，已是如鱼得水，哪里还肯入网呢？何况班第、鄂容安的手下只有五百名随兵，也不好冒昧行事。接到谕旨后，两人先不行动，只是催促阿睦撒纳入朝。阿睦撒纳竟号召徒众攻打班第、鄂容安。班第、鄂容安边战边撤，最终抵挡不住，两人相继拔刀自刎。

此时，定西将军永常已奉朝旨驻守木垒，得知番兵大军到来后，忙退后在巴里坤驻扎，又将粮饷移往哈密，因此阿睦撒纳声势更盛。清廷逮回永常，令公爵策楞前去代任，玉保、富德、达尔党阿为参赞，令巴里坤进军剿贼。玉保分军打头阵，忽然有番卒来报，阿睦撒纳已被他的部下诺尔布擒献，玉保大喜，立即向策楞报捷。策楞也不辨真伪，飞章奏捷，没想到过了几天，仍没有阿睦撒纳被献的消息。将军、参赞先后驰到伊犁，阿睦撒纳早已到哈萨克了。原来阿睦撒纳听说大军将到，怕不敌大军，便特意派番卒去清营，假称自己被擒献，他却向西逃去。策楞、玉保中了缓兵之计，到伊犁后，众人你怨我，埋我怨你。

乾隆帝得知消息后，将策楞、玉保革职。任命达尔党阿为将军，令他飞速追剿，又任命巴里坤的办事大臣兆惠为定边右副将军，出兵支援。满心期望旗开得胜，马到成功。谁知达尔党阿到哈萨克边界后，又被阿睦撒纳骗了一回。哈萨克汗假称愿擒献阿睦撒纳酋长，清军没想到额鲁特三部新封的台吉都叛变，与阿睦撒纳串通一气。阿睦撒纳由小路驰回联络诸部时，达尔党阿还在哈萨克边境索要罪人，真是可笑。只有定边右副将军兆惠已探知额尔特诸部都已叛乱的消息。他率一千五百名士兵到伊犁后，自知孤军陷敌，不能久驻，忙领兵驰回。沿途都是敌垒，兆惠拼命突围，走一路，杀一路，一直杀到乌鲁木齐。刀也缺了，弹也完了，粮也尽了。可怜这些兵士，身无全衣，每天又吃不饱，只得宰些瘦驼疲马，勉强充饥。正苦得不得了，老天又起风下雪，非常寒冷。兆惠想派人前去乞求支援，又不知哪里有清兵，音信又全被隔断。这时候番兵又踊跃杀来，将乌鲁木齐围得跟铁桶似的。兆惠哭着对军士说道："事已至此，看来我们已没有出路。但死也要死得合算，狠狠地杀他一场，才死得值！"军士说："大帅吩咐，怎敢不从！但粮尽马疲，怎么办？"正危急时，忽然东北角上鼓声喧天，有一支兵马到来，兆惠登高一望，远远地看见清军的旗帜，不禁大喜。番兵见清兵的援兵已到，不知有多少人马，于是一声吆喝，撤军而去。兆惠出寨迎接，原来，侍卫图伦楚因兆惠久无音信，便率二千士兵来探信息，无意中救下兆惠。兆惠与他握着手进营，休息了一天，两军便一同回巴里坤。当下飞书告急。

乾隆帝将达尔党阿逮回京城治罪，授超勇亲王策凌之子成衮扎布为定边左副将军，出军北路，仍令兆惠出军西路往剿。此次兆惠有了前车之鉴，挑选精骑，带足粮草，誓师出发，决意荡平叛寇。正逢绰罗斯部噶尔藏汗被兄长的儿子噶尔布篡位谋杀，噶尔布又被部下达瓦杀死。辉特、和硕特两部痘疫盛行，部众多半死亡，兆惠趁机杀了过去。番众战一阵，败一阵，诸部酋长先后战死，阿睦撒纳仓皇失措，急得如丧家之犬，随后逃窜到哈萨克。

兆惠率兵追到哈萨克界，哈萨克汗阿布赉派人到清营表示愿擒献阿睦撒纳。兆惠对来使说："你们主子如果真愿擒献阿逆，须在三天之内将叛寇上缴。三天后如果没有消息，本将军将驱兵进攻，那时不要后悔！"来使唯唯而去。两天后，哈萨克又派使者到清军营中，报称："阿睦撒纳十分狡黠，我们正想将他擒献，不料让他脱逃，逃入俄罗斯去了。现在奉命前来请罪，并上缴贡物，还求大帅赦罪！"兆惠见他惶恐的样子，料知他没有说谎，只得略加训斥，令他回去。随后飞奏清廷，由理藩院致信俄罗斯，索要叛酋。后来俄罗斯派人搜捕，阿睦撒纳已患痘身亡，只得把尸首送交清吏。

于是乾隆帝令成衮扎布回故居，镇守乌里雅苏台，令兆惠留下搜剿余孽。准噶尔部被平定后，清廷画疆分土，设官筑城，驻防用满兵，屯粮用旗兵，特别设置伊犁将军一职统辖整个西北。天山北路，这才划入清室版图。但乾隆帝得陇望蜀，平定准噶尔部后，又想招抚南面的回疆。

回疆就在天山南麓，与准噶尔部只隔一山。起初是元太祖的次子察哈台的封土，传了几世，回教祖摩诃末的子孙由西向东，到天山南路后，生根发芽，喧宾夺主，察哈台的后裔反被弄得没有了地位。因此天山南麓变作回疆。

康熙时，噶尔丹强盛，举兵南侵，将元裔诸汗迁到伊犁，并将回教头目阿布都实特也捉去幽禁。噶尔丹死后，阿布都实特脱身归清。阿布都实特死后，其子玛罕木特想自立一部，不受准噶尔的约束。策妄又派兵入境，将玛罕木特及他的两个儿子都捉拿到伊犁，幽禁起来。等到清将军班第等人到伊犁后，玛罕木特已死，其长子那布敦、次子霍集占仍被拘禁。班第上奏清廷；清廷降旨释放布那敦回叶尔羌，令他统辖旧部，令霍集占居住伊犁，职掌教务。不到几个月，阿睦撒纳谋反，准部再次叛乱，霍集占反而率部众助逆。等到清副将军兆惠攻入伊犁后，阿睦撒纳向西逃走，霍集占也逃入回疆。兆惠剿平准部，令副都统阿敏图前往招抚回疆。

那布敦胆子颇小，愿听命于清朝，偏偏胞弟霍集占从北路逃回来后，对那布敦说："我远祖摩诃末，声灵赫濯，天下闻名，传到我辈子孙，反受人家的压制，真是惶愧万分。现在准部已亡，强邻消灭，不谋独立，更待何时？"那布敦问他："如果清兵前来进攻，怎么办？"霍集占说："清军刚得到准噶尔部，大势未定，料他无暇进兵。就算他率军南来，我们也可以据险拒守，他兵疲粮绝后逃跑都来不及，还怕他什么？"那布敦还在迟疑，霍集占继续说："哥哥如果降清，恐怕从今以后，世世代代都要做奴仆。他要我们的金银，我们就只得将金银奉上，他要我们的妻子，我们只得将妻子送去，他要我们的头颅，我们也只得将头颅献出。我们兄弟两人还有安宁的日子吗？"那布敦被他说动，便依了弟弟的计划，召集回众，自立为巴图尔汗，下令各城戒严以待。

回户几十万民众向来信奉宗教，因那布敦兄弟的确是摩诃末的后裔，于是称他们为大小和卓木。"和卓木"三字是回语，译成汉文，便是圣裔的意思。得到圣裔的命令，回民自然望风响应。只有库车城主鄂对深恐强弱不敌，便率领党羽奔往伊犁，途中与阿敏图相遇，仍令他回库车招抚回民。不料霍集占得知鄂对走后，早已派部下阿布都赶到库车，将鄂对的亲族一一杀死，然后登城固守。鄂对得到消息，大哭一场，与阿敏图商议，请他一同前往伊犁，添兵复仇。阿敏图说："我奉命去招抚，如今不见叛众，就回去的话，叫我怎么面对将军？"鄂对再三谏阻，阿敏图就是不听，只让鄂对先回伊犁，自己则只带着一百多名骑兵前往库车。到了库车，阿布都将他诱骗入城，一阵乱剁，凭你阿敏图如何忠诚，也得到阎罗宝殿去了。

清廷因兆惠剿抚准噶尔部的事情还没有处理完，便任命都统雅尔哈善为靖逆将军，率兵征回。雅尔哈善从吐鲁番进攻库车，大小和卓木率领几千人赶来支援，与清兵交战两次，两次都被打得落花流水。大小和卓木忙退入城中，然后伺机与阿布都一道率部众逃去。

清军只得到一个空城，乾隆帝得知后龙颜大怒，下令将雅尔哈善等人全部正法，令兆惠移师南征。兆惠调遣各路士兵前来支援，援兵还没到齐，因朝旨催促，便立即率四千多名士兵先行进军，翻过天山，收复沙雅尔、阿克苏、乌什等城。在阿克苏城驻留几天，援兵仍未到。兆惠得知大和卓木那布敦在叶尔羌，小和卓木霍集占在喀什、噶尔，便心急火燎地地杀向叶尔羌。终究寡不敌众，退回据守阿克苏。

隆冬已过，转眼是乾隆二十四年。阿克苏聚集了三万名清兵，分道进军，兆惠率由乌什攻打喀什、噶尔，副将军富德由和阗攻打叶尔羌，每路兵各有一万五千人马。大小和卓木听说清朝大军到来，不敢迎战，忙带着妻儿和仆从以及辎重，越过葱岭向西逃去。清兵奋勇追击，直将大小和卓木逼入巴达克山。

巴达克山部酋长，听说大小和卓木率领众人逃进山来，便派使者探问。霍集占见到来使，便让使者立即回去报告酋长，让他马上前来迎接。来使出言不逊，霍集占拔出佩刀，一刀将他砍死。于是巴达克山部酋长出兵进攻和卓木兄弟。和卓木兄弟和妻儿、旧仆，总共只有三四百人，被巴达克兵围住，上天无路，入地无门，只有束手就擒。巴达克部酋长将大小和卓木斩杀，为使臣报完仇之后，还想将和卓木的家属全部处死。恰好清使赶到，向他索要罪犯，他也乐得卖个人情，将大小和卓木的头颅以及他们的家眷全部缴出。富德令军士押着回部酋长的家属驰回大营，与兆惠联衔奏捷。

乾隆帝令陕甘总督杨应琚筹办回疆善后事宜，并将兆惠等人召回京师。封兆惠为一等公，加赏宗室公品级鞍辔；封富德为一等侯，并赏戴双眼花翎；参赞大臣阿里衮、明瑞等人也都被赏戴双眼花翎。乾隆帝又记起从前舒赫德的忠直，于是恢复他的官职。

第二年二月，兆惠等人回朝。乾隆帝亲自到良乡慰劳军士，兆惠、富德等人领队到坛前，格外严整。乾隆帝下坛迎接，兆惠和手下的所有部将都下马见驾，叩首谢恩。乾隆帝亲自将他扶起，说了许多慰劳话，随即一同登坛。乾隆帝在坛上龙椅坐下后，当下军士将大小和卓木的家眷推到坛前。这时乾隆帝龙目俯瞧，见有一位绝色妇女，也是两手被反绑，列入罪犯队里，乾隆帝不禁怜惜起来，便问道："这是叛回的家眷吗？"兆惠应声道："是。"乾隆帝说道："妇女无知，也遭此连累，看她们的样子，很是可怜，朕想将她们一律赦免。"兆惠忙说："罪人的家属免罪，是圣主的仁政，皇上恩赦了她们，她们定然感激不尽。"乾隆帝传旨松绑，众回族家眷都叩首谢恩，只有这绝色女子，虽然是跟着众人俯伏，但她口中却没有道谢。

　　慰劳礼毕，御驾回宫，立即召见和珅。和珅入内请安后，乾隆帝便说："朕见叛回眷属中，有个绝色妇人，不知她是谁?"和珅忙说："待奴才探问确实后，再向皇上禀报!"说完，就急忙出去打探消息，不一会儿，和珅又入大内，奏称："绝色妇人正是小和卓木霍集占的妃子，回人叫她香妃，因她身上天生有一种奇香，所以有此佳号。"乾隆帝叹道："朕做了天朝皇帝，却还不如那回部逆酋。"和珅说："逆酋已死，这个佳人被我军捉来，圣上想怎么处置，便怎么处置。据奴才想来，回酋的幸福，终究不如我天朝皇帝!"乾隆帝又说道："朕想把她召入宫中，但怕外人谈论，怎么办?"和珅说："罪妇为奴，本是我朝成例。如今将香妃带入宫中，有什么不可以?"乾隆帝大喜，便令四名宫监随和珅去带香妃入宫。过了好久，和珅才到，宫监带香妃进来。玉容未近，芳气先来，既不是花香，又不是粉香，别有一种奇芬异馥，沁人心脾。香妃走近御座前，乾隆帝见她柳眉微蹙，杏脸含颦，益发惹人怜爱。宫监叫她行礼，她却全然不睬，只是泪眼莹莹。乾隆帝说："她生长在外域，不知道我朝的礼制，不必苛求她。"便令宫监将她引入西苑，收拾一所寝宫，让她居住，并令宫监小心伺候。宫监已去，和珅也退下。

　　第二天早上，乾隆帝上完朝，又召和珅入内。和珅见乾隆帝面带愁容，暗暗惊异，只听乾隆帝说："香妃不从，朕该怎么做?"和珅忙说："她蒙恩特赦，又承圣上格外抬举，怎么会不从?"乾隆帝说："她口中说的回语，朕没能全部听懂。幸好宫中有个番女，颇懂回文，朕令她翻译出来，据她说是，'国破君亡，情愿一死'。朕也不好强逼，你可有什么好计策?"和珅想了一会儿，便说："从前豫亲王多铎得到刘三季，那妇女起初也很倔强，后来还不是好好儿做了豫王福晋，和睦得不得了。妇人家大都如此，只要好好地待她，她自然会回心转意。"乾隆帝说："这恐怕不容易。"和珅又说："她从前是回妃，一切饮食起居都是回部的习惯。现在如果让她吃回式的饭食，穿回式的衣服，住回式的房屋，并挑选个回部的老妇伺候她，不怕她不会渐渐软化。"乾隆帝便依照和珅的计策，所有香妃的服饰饮食，全部招募回教徒来供奉，又在西苑造起回式房屋，并修筑回教礼拜堂，选出几名老回妇，引香妃出入游览。无奈香妃情钟故主，泪洒深宫，一片贞心，始终不改。乾隆帝百般劝诱，她却寂然漠然。

有一天，被宫女苦劝得烦心，她竟取出一柄匕首来，刀光闪闪，冷气逼人，宫女都吓得躲闪。这事儿传到慈宁宫，太后怕乾隆帝遇害，趁着乾隆帝在郊外祭天，住在宿斋所，竟传旨宣召香妃，问她到底想做什么。她却只说出一个"死"字，太后便勒令她殉节。

重幸江南

乾隆帝祭天礼毕，回到宫中，听说香妃已死，这一惊非同小可。忙走入香妃寝室，只见室内凄寂异常。便将侍候过香妃的宫监传来问话，宫监就将太后赐香妃自尽的事情说了一遍。乾隆帝问道："有没有入殓？"宫监说："早已经入殓，而且已经下葬两天了。"乾隆帝又问道："为什么不来报知？"宫监回答："奉太后娘娘之命，因圣上祭天，不准通报。"乾隆帝顿足道："这件事情，太后也太狠心了！"宫监又说："太后娘娘怕香妃对皇上不怀好意，所以将她赐死。"乾隆帝问道："香妃死的时候看起来怎么样？"宫监答道："香妃死后，面色如生，全不见有惨死的样子。"乾隆帝叹道："可敬，可敬，终究是朕没福消受！"当下凭吊了一回，洒下几点惜花的眼泪。

乾隆帝自此闷闷不乐，几乎酿成一种疾病，多亏御医及早调治，身体才渐渐康复。只是悲缅之情无从排解，偏偏皇十四子永璐、皇三子永琪又相继病逝。真是花凄月冷，正怀埋玉之悲；芝折兰摧，又抱丧子之痛。乾隆不免更加感伤，傅恒、和珅等人千方百计替他解闷，但总不能叫他欢心。

还是和珅能摸出皇上的心思，想出重幸江南的计策来。乾隆帝颇也愿意，到慈宁宫禀知太后。太后正因皇帝过度悲伤，没办法劝慰，听了这话，便说："我也想出去散心解闷。俗话说得好：'上有天堂，下有苏杭。'这苏杭的风景确实值得游玩。只是前次南巡，皇后不曾跟着去，她已正位几年，也应叫她去玩耍一回，你意下如何？"乾隆帝不敢违命，只得答道："圣母令她随去，儿臣谨当遵旨！"

当下定好日子，起程南巡，一切仪仗仍照前时南巡的成制，不过多备下皇后的一乘凤车。龙舟略加修饰，水陆起程，一切仍如上次。

各省督抚前来接驾，格外殷勤谨慎。只有山东济宁州颜希深下乡赈饥，将供奉皇差的事情，一律搁起不管。两宫到济宁州后，御道上并没有什么供差遣的仆役，也不见知州前来迎驾。和珅骂道："哪个混账知州，敢如此藐法？"便令仆役立刻传知州颜希深，仆役回来报告说，颜希深下乡赈饥去了。和珅大怒，正想派人拿下知州的家属，恰好山东巡抚前来接驾，和珅向他发怒道："你的属官为什么这么糊涂？我想应该是你忘记下放公文的缘故吧？"山东巡抚回答："卑职早在一个月前就下放公文，叫他恭迎銮驾，哪里敢忘记这一点？"和珅说："他下乡赈饥，应有公文上报，你既然叫他办差，他哪儿还有工夫赈饥？这件事显然是你糊涂了。"山东巡抚说："卑职也没有让他去赈饥，他也没有将此事呈报，我也很不明白。"和珅微笑道："一个小小的知州，不奉抚台的命令，敢擅自发仓赈饥，这事儿还从来没有发生过。你来欺骗我，我去欺骗谁，你自己去奏明皇上吧！"这句话，吓得山东巡抚屁滚尿流，一面令仆役去捉拿颜希深，一面到龙舟，跪在两宫面前，只是磕头，口称"奴才该死，奴才该死"。两宫倒惊疑起来，问他什么缘故。这时和珅已踱步进来，代他上奏道："济宁知州颜希深目无皇上，既不来供差，又不来迎驾，奴才正问这山东抚臣呢！"乾隆帝问道："颜希深到哪儿去了？"和珅答道："听说颜希深下乡赈饥，抚臣糊涂，不知道这个消息，求圣上明察！"

　　乾隆帝正想亲自审问山东抚臣，却听到岸上隐隐有哭泣声，便问和珅："是谁在岸上哭泣？"和珅出外探察后，回来说："颜希深的母亲，被山东抚役拘捕来了，正是她在哭泣。"乾隆帝怒道："让她进来！"一声令下，外面立即推进来一个白发老妪，眼泪汪汪，向前跪下，口称："草民何氏叩头。"太后见她老态龙钟，暗暗有些怜恤她，急忙开口问何氏："你是济宁知州的母亲吗？"何氏低声回答："是。"太后又问她："你儿子到哪里去？"老妪说："前天闹洪灾，地方绅士都来请求紧急赈灾，颜希深因为要预备恭迎圣驾不敢抽身离开，所以没有前去赈灾。没想到难民纷纷来署，哀求不休。臣妾见他们凄惨万状，便令儿子发粟赈饥。希深因还没来得及将洪灾之事上奏，不敢擅作主张。臣妾向来景仰圣母的仁慈、圣上的宽惠，一时愚见，竟将仓粟发放给灾民，并嘱咐儿子希深下乡施赈，快去快回。不料希深至今还没回来，竟将供差接驾的大礼延误了，臣妾自知万死，伏乞慈鉴！"太后见她应对合礼，不禁喜形于色道："你也是一副菩萨。古语说：'国无民，何有君？'就算礼节没有尽到，也应赦罪。"说到这句，便对乾隆帝说："赦免了她吧！"乾隆帝还没回答，和珅却见风使舵地说："圣母仁恩，古今罕有。"乾隆帝至此，自然也说出"遵旨"二字。太后便令何氏起来，何氏谢恩起身。

这时，山东巡抚还俯伏在一旁，太后也令他退出。山东巡抚蒙受皇恩大赦，连磕几个响头，起身退出。外面又禀报济宁知州颜希深恭请圣安，太后问道："颜希深回来了吗？"便传旨进见。颜希深膝行而进，匍匐近前，急得"微臣该死"四字，都说不清楚。太后却笑起来说："你不要这么惊慌！皇上已赦免你的罪。本来也没有这么快巡幸到此，偏巧遇着顺风，所以先到一两天，还以为你来得及做好准备，没想到你因赈灾而贻误。"颜希深得知已被恩赦，心里才安定些，慢慢地奏道："微臣下乡赈饥，也以为很快就可以处理好，没想到饥民很多，误了日子。微臣因胥吏放赈，怕他办事不妥当，于是亲自前去监察。今天返署后，得知圣驾已巡幸到此，来不及恭迎，罪该万死。幸蒙恩赦，万分感激！"太后说："你母亲也已在此，你起来吧！"颜希深谢过恩，慢慢起身，才看见老母亲也站在一旁。太后又赐何氏坐在旁边，问她的年龄子女等情况，何氏一一奏明。太后继续说道："你回署去，须常教你儿子爱国爱民，才不失为贤母。"何氏连声遵旨。太后又令两名宫监扶她下船，令颜希深随母亲回署。后来颜希深官位不断上升，成为河南巡抚。

两宫自济宁起程后，一路上游山玩水，颇觉愉快。乾隆帝下令先巡幸江宁，对和珅说："江宁是个有名的地方，前次南巡，只留驻了几天。听说秦淮灯舫十分出名，不知它究竟怎么样？"和珅说："此次皇上可多留几天，奴才定会谨慎探察。"到江宁后，文武各官照例迎驾。和珅见到江宁总督后，秘密地令他筹办秦淮画舫，以备游览。

这天，两宫登陆，停驻江宁。过了一晚，和珅借口观风问俗，引皇上微服出巡。乾隆帝早已会意，不带随员，只令和珅陪伴前往。走到秦淮河岸，早有一艘很大的画舫泊在那里，和珅引乾隆帝登舟，舟中花枝招展的美人一拥上前，磕头请安。乾隆帝与和珅没有说出真实身份，假名假姓地说了一番。那班美人都是有名的妓女，个个见多识广，料知他们不是俗客，况且是由地方官派她们来当差，便猜他们一定是南巡的重要人物，因此格外殷勤，奉乾隆帝坐上座，众人四围簇拥。乾隆帝龙目四瞧，这一个绰约芳姿，那一个窈窕丽质，默默地品评了一回，便对和珅说："北方的胭脂终究比不上南朝的金粉，你说是吗？"和珅应声："是。"当下摆好酒席，乾隆帝面南而坐，和珅面北而坐，东西两旁都是美人儿挨次坐下。席间备极丰盛，浅斟缓酌，微逗轻颦，不久酒热耳红，众人兴高采烈。一面下令将舟划入江心，一面令众妓齐唱艳曲，娇声婉转，魂销新雨。转眼夕阳西下，已近黄昏，万点灯光荡漾在水面，仿佛此身已入仙宫，别有一番乐境。此时，乾隆帝已自醺然，免不得色迷心醉，左拥右抱，玉软香温，和珅也趁这机会分得一杯羹。

到了第二天，乾隆恋恋不舍，仍在舟中把酒言欢。忽然听到外面一片吵闹声，和珅立即到后舱探察，见外面来了一只船，船中有几人正与船夫争闹。和珅忙将头探出舱外，向邻船摇手，邻船中的人一见到和珅，正想开口，和珅忙说："知道了，你们先回去吧！"原来，邻船中的人不是别人，正是两个侍卫及几名太监，奉太后之命前来寻找皇帝。和珅早已猜着，不便和他们细说，所以含糊回答。邻船得到消息后，自然回去。和珅入舱后，与乾隆帝附耳数语，便令舟夫摇船靠岸，喝完酒起身而返。

太后见皇帝已回，也无暇细究，便要起銮前往杭州。乾隆帝传旨明日起程。第二天早晨就自江宁起程，直达杭州。途中为了秦淮河的事情，乾隆帝与皇后反目起来。皇后自正位后，没有得到皇上的宠幸，心中早已十分郁闷。这次得知秦淮河的事情，皇后忍耐不住，便与乾隆帝争吵起来。乾隆帝本不爱这皇后，自然没有好话，皇后气愤不过，竟将万缕青丝一齐剪下。满俗最忌剪发，发已剪去，连仁爱的太后也不便袒护她。乾隆帝万分愤怒，令几名宫监将皇后送回京城。

两宫到杭州后，又游览几天。乾隆帝因皇后的顶撞心情很不好，也不愿在外久留，便与太后匆匆回京。自此与皇后恩断义绝，皇后忧愤成疾。过了一年，泪尽血枯，临危之时，乾隆帝反而奉皇太后到木兰秋狝去了。皇后得知这个消息后，痰喘交作，霎时气绝。当下由留京王大臣将皇后驾崩一事奏闻皇上。乾隆帝降旨：皇后所有丧仪照皇贵妃例行！等乾隆帝回京后，满朝大臣对皇后的丧葬仪式议论纷纷，乾隆帝只是不理，从此竟不立后。到乾隆六十年，禅位嘉庆帝，那时嘉庆帝生母魏佳氏早已病殁，乾隆帝追封她为孝仪皇后。

话说回来，中国南部边境的缅甸国自献上伪明朝永历帝后，与中国毫无往来，不称臣也不上贡。乾隆十八年，缅王派使者进贡，乾隆帝也颇加赏赐。随后缅甸内乱。木疏地方的土司名叫雍藉牙，率众入缅，杀平乱党，自立为缅甸王，称新缅甸国。

乾隆三十年，大学士杨应琚击败入侵云南边境的孟艮，想趁胜进取缅甸，便向乾隆帝极力陈说缅甸怎么怎么容易拿下。然后一面威逼恐吓缅甸，让他们投降；一面向孟密、木邦、蛮莫景线各土司收受重贿，允诺会替他们向皇上说好话。

此时，缅酋长雍藉牙早已死去，他的次子继位，见了杨应琚的招降檄文，毫不畏惧，反而率众侵掠中国边境。副将赵宏榜领五百士兵由腾越出铁壁关，占据蛮莫土司的新街。新街是中缅的交通要道。缅兵不肯罢休，水陆并进，陆兵攻陷木邦景线，水军进攻新街。赵宏榜得知缅兵突然袭击，急忙抛下器械，烧掉辎重，跑回铁壁关。缅兵尾追赵宏榜，直到关外。

杨应琚得到战败的消息后，又惊又悔，顿时痰喘交作，急忙向朝廷告病。清廷令两广总督杨廷璋赴滇处理军务，又派侍卫傅灵安带着御医为杨应琚治病，并察看军事。杨廷璋驰入滇境，派云南提督李时升率一万四千人马驻防铁壁关。李时升又分道出兵，派总兵乌尔登额出兵木邦，朱仑出兵新街。缅酋得知清兵分路出击，便率部众假意撤退，并派使者乞和。李时升信以为真，于是停止进攻，与缅人商议条款。杨应琚得到议和的消息后，高兴起来，病也渐渐痊愈，便马上与李时升联名奏捷。杨廷璋感觉缅甸的事情一时难以了结，乐得借议和的时机退职，便也上奏恳请回粤。朝廷随即召他回京师。杨应琚也巴不得杨廷璋赶紧离开云南，免得被他窥破隐情。

杨廷璋离开后，忽然又传来缅兵恣意侵略腾越边境的消息。杨应琚惶急万分，飞调乌尔登额及总兵刘得成前来支援。缅兵见有援军，便往铁壁关撤退。李时升本来驻扎在铁壁关，此时也不敢截击，任由缅兵杀出，杨应琚反而匿藏消息不上奏。没想到傅灵安密奏赵宏榜、朱仑失地退守，李时升临敌畏避，不曾亲临阵前。清廷这才洞悉军情，降旨严厉诘责杨应琚。杨应琚反将失误全部推到乌尔登额、刘得成身上。乾隆帝降旨将他们全部逮回京都审问，令伊犁将军明瑞移军云贵督战，明瑞没到之前，由巡抚鄂宁代理。鄂宁上奏揭发杨应琚贪功启衅，掩败为胜，欺君罔上的各种情形。乾隆帝大怒，立即将杨应琚逮回京都，命他自尽。

明瑞到达云南后，先后调来三千名满洲兵，两万多名云贵、四川兵，大举征缅，令参赞额尔景额、提督谭五格率九千多名士兵出北路，由新街进攻。自己则亲率一万多名士兵，由木邦南下，两军约定在缅都阿瓦会师。

起程时，阴雨绵绵，泥泞难行，明瑞只得缓缓前进。从夏天一直走到冬天，才到木邦。木邦守兵早就闻风而逃。明瑞留下五千名士兵驻守木邦城，以确保饷道通便，然后亲自率军渡锡箔江，进攻蛮结，接连攻破缅兵十二垒，军威大振。乾隆帝收到捷音，封明瑞为诚勇嘉毅公。明瑞越加感激奋勇，向缅甸都城进发。途中情势异常险峻，马没草吃，清军也无粮可掠。将士请求结营驻守，等北路军有消息后，再决定进退。明瑞不答应，仍督兵前进。清军因没有向导屡次迷路，转绕了好几天才到象孔，部将都疲惫至极，可北路军仍无音讯。

象孔距缅都还有七十里，明瑞因兵劳食尽，料知难以抵达，于是率兵到猛笼，抢来少许敌粮，又留驻几天，等待北路军。谁知北路军仍旧没来，明瑞正打算原路退回，没料到缅酋长率大军前来追击。明瑞边战边退，令部将观音保、哈国兴轮流断后，步步为营，每天只行进三十里。缅兵虽不敢围攻，但总是尾追不舍，每天早晨听到清军吹角起程，他们也起身追击。

行军到蛮化，山路丛杂，明瑞令部兵在山顶扎营，缅兵便在山腰扎营。明瑞召集诸将说："敌兵太藐视我军，须给他们点颜色瞧瞧。"观音保、哈国兴唯唯听命。当下，明瑞令观音保带人分头埋伏。第二天五更，令兵士接连吹响号角，呜呜之声，震彻山谷。缅兵还以为清兵起程，便争先上山追逐。忽然间伏兵四下突击，万枪齐发，缅兵连忙奔逃。走得快的失足坠崖，走得慢的中枪倒毙，杀得缅兵大败而归。自此缅兵不敢进逼，每天晚上必在清营的二十里外屯兵。明瑞让将士休息几天后，徐徐退回。到小猛育时，已与木邦相近，猛然听到呼哨齐起，敌兵从四面八方聚集而来，大约有好几万人。明瑞大惊道："完了！完了！"

征服缅甸

明瑞到小猛育后，猛然见到缅兵四集，不禁大惊，急忙扎住营寨，召诸将商议。将士自象孔退回，途中已行军六十天。这六十天里，昼夜防备追兵，没有一刻安闲过。此时四面都是敌军，眼看着没办法抵挡，诸将当下都面面相觑。明瑞说："敌军已知我军力竭，所以倾寨前来。但不知北路军到底怎么样？难道全军覆灭了吗？既然我们不能脱身，倒不如决一死战。敌军看到我们在援绝势孤的时候，仍然如此拼命，即使杀不败他们，也能让他们从此丧胆。就算我死了，继任的人也容易打败敌军了。诸将觉得怎么样？"观音保说："大帅都不怕死，更何况我们？只是我们战死在沙场，朝中还没有人知晓，这倒值得考虑。"明瑞说："我打算乘夜突围，令士兵前行，我愿断后，等到敌兵追来，我好死挡一阵，前面的士兵总可以逃脱几个。这样就可以去通报边境将士，叫他们严守边疆，请朝廷另派别的元帅。"当下决议，人人自知必死，倒也没什么伤感。

转瞬间已是黄昏，清军没吹号角便拔寨齐出，哈国兴率领前队，观音保率领中队，明瑞率领几百名亲兵断后。哈国兴一马当先，冲杀出来，缅兵被杀得措手不及，竟被他冲开一条血路，杀出重围。等到观音保继续突围时，缅兵已将观音保围住。明瑞见中队被围，急忙率后军援应，舍命抗争。人人奋勇作战，以一当十，以十当百，无奈缅兵密密层层，旋绕上来。明瑞、观音保等人冲破一重，又被第二重截住，冲破第二重，又被第三重截住。从黄昏杀到天亮，四面一望，缅兵仍旧像铜墙铁壁一样，手下的将士已伤亡过半，随后又酣斗了两个小时。观音保中枪倒毙，明瑞的手下也丧失殆尽，自己也身中数枪，大吼一声而亡。这场死战，只有哈国兴带着几百名士兵逃出重围。

这北路的额尔景额一军究竟到哪里去了呢？原来额尔景额从新街南行，进军老官屯时，被缅兵阻住，相持一个多月。额尔景额病死，他的弟弟额尔登额替他统率全军，屡战屡败，退到旱塔。

缅兵从小路袭击木邦，木邦的五千名守兵出战不利，立即向滇中告急。总督鄂宁七次调额尔登额前去支援。额尔登额不回应，反而绕道回到铁壁关，再按明瑞出师的路线前去救援木邦。古语说："救兵如救火。"他不走近路，反而转回关内，绕远路出兵，那时木邦早已陷没。缅兵从木邦回到小猛育，正遇到明瑞退驻此处，便乘机攻击。后面追赶明瑞的缅兵又乘势追上，还有老官屯及旱塔诸处的缅众也都赶了过来，四面楚歌，将明瑞逼入鬼域。

总督鄂宁飞报朝廷，乾隆帝大怒。立即令鄂宁押解额尔登额、谭五格回京治罪，另授傅恒为统率大臣、阿里衮和阿桂为副将军、舒赫德为参赞大臣，迅速赴滇，再商议大举兴兵的方案。傅恒等人遵旨起程，额尔登额、谭五格已被押解到京。乾隆帝下旨将额尔登额凌迟处死，将谭五格立即斩首，将他们的亲族一律发配边疆。同时，因鄂宁不亲自前去支援明瑞，乾隆帝将鄂宁降补为福建巡抚，戴罪效命。云贵总督一职，令阿桂继任。

阿桂首先赶到云南。他听说缅甸与西邻暹罗国开战，便想请暹罗夹攻缅甸，后来因两国交通不便，只得作罢。乾隆三十四年四月，统帅傅恒到云南边境，打算兵分三路，水陆并进。于是调集五六万名满汉精锐，征用京城的神机火器、河南的火箭、四川的九节铜炮、湖南的铁鹿子以及在滇制造的军装药械等，装备齐整。

直到初秋，傅恒才率大军起程，渡过金沙江上游的戛鸠江，由西往南。孟拱、孟养各部土司献象献牛，还算恭顺。没想到南方炎热未退，暑雨熏蒸，士兵和马匹大多患病，再加上不认识路，更加难以深入。傅恒无可奈何，只得退归蛮莫。

阿桂在蛮莫造好一百多艘战舰后，闽粤水师也陆续聚集。随即两军从蛮莫江出伊腊瓦底河。遥望缅兵，战舰停泊在对岸，陆兵也驻扎沙滩。阿桂、阿里衮率步兵登岸，专攻敌营，副将哈国兴、侍卫海兰察率战舰专攻敌船。缅兵出营迎战，在阿桂军的轰击下，缅兵哗然溃散。哈国兴乘上风进攻敌舟，正要迎敌，被风一簸荡，战舰自相撞击，霎时溃败。阿里衮经此一役，积劳成病，傅恒也病得不能上战场，考虑到深入敌境不是长久之计，便决定转而攻打老官屯的敌垒。

老官屯原是额尔登额屯兵的地方，缅军在原有的基础上又挖空心思加固堡垒。清军几次攻坚，都以失败告终。阿桂绞尽脑汁才想出一个穴地埋药的计策，药线一燃，炸药猛然炸开，敌垒前的木栅突然跳起一丈多高。清兵鼓噪而前，还以为这次可以破栅。谁知木栅忽然落地，不一会儿木栅又突然跳起，随即又落地，如此三次，木栅落地之后不再动了。缅兵也吓了一跳。阿桂趁势发起猛攻，缅兵忙派人出去乞和。双方议定：缅甸对中国称臣上贡，归还俘虏，返还土司侵地，中国将木邦、蛮莫、孟拱、孟养诸部人口放归缅甸。傅恒于是焚舟熔炮，匆匆班师回朝。

这次出征，先后花费数千万饷银，明瑞战死，阿里衮病逝，傅恒、阿桂等人虽然战胜，其实也不算有功。所订立的和约，两边都不曾照行。缅人索要土司，清廷让他入贡，双方仍然意见不合。傅恒回京后，忧愤而亡。乾隆帝令阿桂在边境备军，打算派主力军的侧翼侵略缅甸边境。阿桂探知缅酋长攻陷暹罗后，气势张狂，便上奏说："侧翼军不能济事，不如休养几年，再图大举。"乾隆帝因他忤逆，便将他召回，另派尚书温福前往代任。

缅事还没解决，两金川警报又到。自大金川酋长莎罗奔乞降后，川边平静了十多年。莎罗奔年事已高，体力不支，便由兄长的儿子郎卡管理土司事务。郎卡渐渐桀骜不驯，侵扰邻境，不受四川总督的节制。乾隆帝令川督阿尔泰调遣川边九部土司围攻郎卡。九部土司中，只有小金川与绰斯甲还算强大，其余如松冈、梭磨、卓克基、沃日、革布什咱、党坝、巴旺七部土司都十分弱小，不是大金川的对手。阿尔泰虽接到皇上的谕旨，但他只想苟且息事，便令郎卡释怨修和。郎卡于是与绰斯甲联姻，将女儿嫁给小金川酋长僧格桑。僧格桑是泽旺的儿子，泽旺年事已高，让僧格桑代为管理土司。

没过多久，郎卡病死。郎卡之子索诺木是僧格桑的小舅子，二人订立攻守同盟的条约。索诺木诱杀革布什咱土司，僧格桑也屡次攻打沃日。阿尔泰因沃日被侵犯，便发兵前往救援。僧格桑竟与川军开仗，川军退回。乾隆帝得知后，谴责阿尔泰姑息养奸，将他罢职，并且召回赐死。另调滇督温福自云南赶往四川督师征讨，又令侍郎桂林为川督，辅佐军事。

温福、桂林先后到四川。温福由汶川出兵西路，桂林由打箭炉出兵南路，夹攻小金川。南路副将薛琮仗着勇猛，轻率进军黑龙沟，被番兵围住。薛琮急忙向桂林求救。桂林逗留不前，薛琮战死，全军陷没，桂林还隐匿不报。随即由温福上奏朝廷，乾隆帝授阿桂为参赞大臣，接任桂林的职务。

阿桂到军营后，督兵渡过小金川，连夺险要之地，直抵美诺。美诺是小金川的巢穴。僧格桑出战不利，便带着妻妾逃入大金川，只留下卧床不起的老父亲泽旺。阿桂入帐，将泽旺押送京师，并要求索诺木交出僧格桑。索诺木不从，当下温福、阿桂上奏请示清廷。朝廷任命温福为定边将军、阿桂为副将军，移师征讨大金川，仍兵分两路。

大金川地势十分险恶，从前讷亲、张广泗在这里屡次遭遇失败，温福军也不例外。此时，阿桂刚出河东，得知小金川又被敌军攻陷，忙整军驰回，屯驻翁古尔垄，急忙奏报温福阵亡的情形。朝旨任命阿桂为定西将军，丰伸额、明亮为副将军，调发两千名火器营士兵，赶往四川助剿。阿桂与明亮等人分兵攻打小金川，转战五昼夜，抵达美诺，驱逐番兵，再次收复小金川。随后奏请力攻大金川。乾隆帝因土司仗着地势险要，用兵狡诈，便决定大举深入，于是先将泽旺处死，随后令阿桂等人扫荡巢穴，擒拿贼首。

阿桂誓师进讨，又兵分三路：一路由东路攻入，阿桂为统帅，一路攻打大金川西南，一路攻打大金川西北，分别任命丰伸额、明亮为统领。三路大军齐头并进，战事如火如荼。大金川重重筑垒，层层设隘。自乾隆三十九年正月，阿桂出师，奋力杀入，节节进攻，击破无数敌垒，历经几百回大战小战，直到七月，才逼近勒乌围。然后与西北路的明亮军会师，连拔勒乌围前面的那穆山、博瓦山。

两重门户一破，勒尔围已无险可守。索诺木没有办法，只好毒死僧格桑，并将僧格桑的家属一并献出，请清军停止攻击。阿桂验证后得知索诺木送来的尸首的确是僧格桑，发现索诺木献上的家属里面没有僧格桑的妻子，只有小妾。阿桂怒斥来人，整兵再次侵入。索诺木乞和不成，便令部下极力防御。

这时已是秋末冬初，天气阴寒，雨雪霏霏，任凭阿桂再怎么奋勇无前，也不能直捣敌穴。直到第二年春末夏初，冰雪渐渐消融，才能行军。阿桂等人转战而前，只一二十里的路程，却用了三四个月的时间，才杀到乌勒围。丰伸额军也赶来，三路联和进攻，又足足用了一个月，才攻破乌勒围。

索诺木已跟着祖父莎罗奔逃往噶尔崖。清兵再次进军，番兵分道抗战，接连又是几个月，才抵达噶尔崖城下。自从阿桂起程，至此已历时两年，途中几经艰苦，恨不得立刻扫平噶尔崖，稍泄胸中的气愤。没想到攻打三五天后，还没有成效，又接着狠狠地攻打一二十天，虽然轰坏几处城墙，但仍是被敌兵及时补好。直到乾隆四十一年二月，城中粮尽，索诺木才与莎罗奔带着两千多名家族成员出城投降。

阿桂立刻派人将俘虏献到京师，乾隆帝御驾午门接受俘虏，严惩索诺木、莎罗奔及其家族成员。又重赏阿桂、丰伸额、明亮等一群功臣。而后乾隆帝任命明亮为四川将军，改大金川为阿尔吉厅，小金川为美诺厅，两厅直隶四川省，令明亮镇守。阿桂等人凯旋回朝。

几个月后，乾隆帝令阿桂赶赴云南，与总督李侍尧勘定边界，严守战备，打算再次出征缅甸。缅酋长闻风丧胆，立刻称臣入贡，献还俘虏，请求开关通商。阿桂令他先释放全部俘虏，他却只放出一半，阿桂不答应，写檄文诘责他。没想到，雍藉牙的二儿子病死后，缅甸国发生内讧，国人迎立雍藉牙的小儿子孟云为缅甸酋长。

西邻的暹罗因缅甸内讧，便背着缅甸独立，推戴侨民郑昭为国王。规复旧土，驱逐缅甸守兵，将首都移到盘谷。然后兴兵攻打缅甸，报复旧怨，并派使者向中国纳供。郑昭死后，清廷封他的儿子郑华为暹罗国王。

孟云怕清廷联合暹罗夹攻缅甸，连忙向清廷纳供，并将俘虏一并送还。清廷于是封孟云为缅甸国王，并降旨告诫暹罗、缅甸两国不可继续用兵。自此暹罗、缅甸都归属清朝。

台湾的天地会

一波才平，一波又起。乾隆帝刚平定金川、招抚南部缅甸诸国，忽然又接到台湾的警报。原来，台湾自朱一贵之乱后，清廷因台湾地域辽阔，便添设彰化及北淡水两县。朝廷还以为多设几个官吏，可以及时解决百姓的问题，哪里晓得多一个官，只会多一分剥削，对于百姓，反而有损无益。

乾隆五十一年，台湾土豪林爽文起兵造反。林爽文本没有什么势力，只因台民一半是本地人，一半是乔迁过来的外地人，彼此不和睦，时常发生争斗，地方官不去镇压，林爽文假借和解之名，纠结几个党羽，开创了一个天地会。起初入会的人不过几十名，后来竟越来越多，连官署的差役也都入会了。官吏虽有些耳闻，却得过且过，不愿意追查，因此天地会竟横行几十年。

总兵柴大纪到台湾上任后，得知天地会横行无忌，便令台湾知府孙景燧、彰化知县俞峻等人带兵前去缉捕。孙景燧等人都是些酒囊饭袋，哪里敢去缉捕那帮土匪？无奈因上头有令，只得前去搜查。

林爽文住在彰化县的大理杙，地方险峻幽僻。孙景燧等人不敢深入，只在五里外扎营，无缘无故焚毁五里外的所有村落，官兵乘势抢掳，将村落劫夺一空。村中的百姓并非天地会的党羽，无罪遭祸后纷纷铤而走险，逃入大理杙中，在林爽文面前哭诉，哀求保护。林爽文于是纠众而出，趁夜袭击清营。孙景燧等人慌忙逃走，带去的兵士也多半被杀死。林爽文乘胜进陷彰化，攻破诸罗，侵扰淡水。贪官污吏死的死，逃的逃。柴大纪急忙令士兵齐集永福，固守府城，然后亲自率兵出城作战。在盐埕桥，奋力击退林爽文的前锋，府城总算保全。

柴大纪赶紧派人向福建告急。水军提督黄仕简、陆路提督任承恩陆续带兵渡海，赶来支援台湾。不料福建的援兵毫无作战能力，被林爽文的军队一股脑儿杀败。只有柴大纪收复诸罗，浚壕增垒，全力防御。

清廷因黄、任无功，将两人召回，另外任命提督常青为靖逆将军、福州将军恒瑞为参赞，率兵进驻台湾。

诸罗是南北交通的要塞，又是府城的屏障。因为最为勇悍的柴大纪扼守在这里，林爽文便发誓要攻破此城，免得柴大纪从中作梗，阻挠自己。随即令部众将诸罗城团团围住，并分出一支党羽，截断诸罗的饷道。柴大纪率领四千名守兵昼夜防御，看到敌势稍微懈怠，便引兵突围，抢夺敌军的辎重，城中的粮饷才不至于断绝。

这时候，常青派总兵魏大斌、参将张万魁、游击田蓝玉、副将蔡攀龙等人前去支援诸罗。三次进军，三次败退。恒瑞督兵前去支援，也因敌兵声势浩大，只得在途中驻扎。清廷屡次催问，常青、恒瑞只是一个劲儿地请求添兵。乾隆帝又将他们革职，令福康安代常青之职，海兰察

165

代恒瑞之职。升柴大纪为陆路提督参赞大臣，密令柴大纪护卫民众出城，然后从长计议。柴大纪上奏说："诸罗为府城北边的屏障，诸罗失陷，府城也危险，且半年来深沟高垒，守御十分坚固，一旦弃城而去，将难以收复。城内外的百姓，不下四万，臣也不忍心一概抛弃，任贼蹂躏，只有死守此城，等待援应。"乾隆帝看完奏章，眼泪都熬不住，一滴一滴湿透了奏本。随即传旨台湾，嘉奖柴大纪，封他为义勇伯，改诸罗县为嘉义县，等到克复台湾，令柴大纪与福康安一同来京觐见。

福康安是傅恒的儿子，乾隆帝非常喜爱他。他随阿桂出征有功，曾被封为三等嘉勇男，随后又出兵平定回疆，扫平几个回匪，便被晋封为侯爵。福康安率兵援应台湾，途中听说林爽文军气势凌人，便也奏请增兵，奉旨严整军队。多亏海兰察愿做前锋，飞速进军，乘着顺风，越海抵港，帆樯纵列几里。各村村民见大兵云集，争相为清军做向导。海兰察扬言攻打大理杙，暗中却计划直赴嘉义城。林爽文怕大理杙有闪失，便分兵回救。海兰察于是进军嘉义，沿途遇到几处埋伏，海兰察怒马直入，所向披靡。到嘉义城下，奋战一场，冲破了敌军的重围。

福康安得到前锋得胜的消息后，自然胆大起来，也领兵到嘉义城，柴大纪出城相迎，只是向福康安请安，并不行跪拜礼。福康安心中十分不悦，却装出一副谦逊的样子，叫柴大纪并马入城。柴大纪也不推辞，骑马带路。按照清朝军制，下属迎接上司时，应当身穿武将装束，且不能并马入城。柴大纪屡受褒封，身膺伯爵，自以为与福康安地位相差不多，稍微失礼，也没有多大关系。没想到这福康安度量狭小，挟恨怀仇，柴大纪的性命要断送在他手中了。

福康安入城后，休息了一天一夜，仍令海兰察先进军，自己率兵做后应，直捣大理杙巢穴。到大理杙后，天色已暗，从大理杙中冲出一支人马，打着火把迎战。海兰察分派一千多名士兵四下埋伏，等敌军靠过来后，铳矢齐发。从暗击明，没有一发不中，敌众连忙熄灭火把，鸣鼓来攻。海兰察又令军士进击，击毙无数敌众，敌众抵死不退。海兰察跃马入阵，冲到敌后，径直去攻大理杙。敌众想回马去追，福康安的兵马已经赶到，敌众仓皇失措，顿时溃不成军。海兰察冲入大理杙后，林爽文拦截不住，便携带家属逃往集埔，大理杙的巢穴随即被清军一举荡平。随后，海兰察带着几十名侍卫乔装缉捕，追寻到集埔，一举擒获林爽文一家人，将他们全部押送到京师，凌迟处死。

福康安、海兰察都被晋封为公爵，柴大纪却被革职查办。原来，福康安进入嘉义城后，便向皇帝密奏，说柴大纪狡猾多端，奏报不实。乾隆帝倒也圣明，料知柴大纪屡蒙褒奖，稍有自满，并对福康安失礼，所以遭到参劾。随即将福康安训斥了几句。这福康安哪肯就此罢手？于是，又接二连三地弹劾柴大纪，同时贿赂奉旨查办的德成，让他复奏说柴大纪怎么贪污，怎么恣意妄为。乾隆帝还是不信，令浙、闽总督李侍尧查奏。李侍尧畏惧福康安的威势，自然随声附和。乾隆帝又将任承恩、恒瑞等人逮回京亲自讯问。任承恩、恒瑞一干人犯都说柴大纪酿成祸乱，暗中掣肘。到了这时，就算乾隆帝再怎么英明，也只能降下革职查办的圣旨。

柴大纪自觉无辜，到了京城遭到讯问，自然呼冤不止。乾隆帝亲自审讯，柴大纪仍是大呼冤枉，乾隆帝龙颜动怒，竟将他正法。可怜一片忠心的柴大纪无罪遭刑，横尸燕市。任承恩、恒瑞等人反而保全性命。还有阿谀奉承的和珅，之前已屡次升迁，授职为大学士，至此说他办理军机勤劳努力，封他为三等伯，赏用紫缰。

乾隆帝又下令绘制功臣的肖像，正亲自写功臣像赞，整日里舞文弄墨。忽然接到两广总督孙士毅的奏报，说安南内乱，国王黎维祁逃亡，遗臣阮辉宿奉领王族二百多人，叩关乞援。

安南国在暹罗的东边，明朝时曾附属中国，之后分为大越、广南二部，黎氏管理大越，阮氏管理广南。康熙五年，大越王黎维祁称臣入贡，受清廷册封。后来黎氏渐渐衰弱，广南土酋长阮文岳兴兵作乱，与弟弟阮文惠、阮文虑将广南王攻灭，趁势攻打大越。大越王黎维祁出逃。阮文惠攻入黎京，尽毁王宫。高平府督阮辉宿带着黎氏宗族二百多人逃到广西求救。

乾隆帝看完孙士毅的奏章，暗想黎氏守藩奉贡，理应保护，便令孙士毅安抚黎氏家属，发兵代黎氏复仇。这圣旨一下，孙士毅立即调兵，与提督许世亨出镇南关。到凉山后分路而进，沿途颇受当地人的欢迎，部队直抵富良江。阮文惠派兵扼住南岸，据险列炮，阻截清军。许世亨见江势缭曲，河面不是很宽，便令军士伐运竹木，筑桥准备渡江，自己则率两千名士兵绕道潜渡。南岸守卒只防着对岸的清兵，用炮轰击，不料许世亨绕到背后，乘着地势高，大声呼喊，声震山谷。那时，天色已晚，广南兵突然听到喊声，还以为清兵大军杀来，霎时溃退。黎明时，清兵齐聚后，许世亨整队进军大越国都，城中的百姓都来迎接，跪伏道旁。孙士毅、许世亨入城宣慰，见宫室拆毁殆尽，已被扫平成瓦砾场，不便留驻，仍出城回营。黎维祁藏匿在村民家里，到晚上才敢出来，前往清营求见孙士毅，并用九叩首的大礼感谢清廷的援助。

在此之前，乾隆帝因安南路途遥远，往来奏报需要时间，便特别令孙士毅见机行事。孙士毅于是宣诏封黎维祁为安南国王，且驰报广西，归还黎氏家属。捷奏到京后，乾隆帝促令班师回国，孙士毅因为还没将阮氏捉住，想深入广南，捉住阮氏立功。阮文惠暗筹军备，表面上扬言乞降，孙士毅信以为真，在黎城外驻军，专等阮文慧前来投降。

乾隆五十四年元旦，孙士毅令军士饮酒，庆祝新年。从早上喝到晚上，喝了个天昏地暗。不料，阮文惠竟然以象阵为前驱突然发起进攻，清军被杀得措手不及。慌乱之中，自相残杀，死伤无数，许世亨等人都战死沙场，逃回到镇南关的残兵寥寥无几。孙士毅上奏自责，乾隆帝却说他事出意外，情有可原。这真是特别的殊恩，令人意想不到。

福康安此时正在福建督兵，奉旨调往两广，代任孙士毅之职。福康安刚到任，阮文惠已派兄长之子阮光显前来请降，他在降表上改名为光平。福康安得到降表后，随即奏明乾隆帝阮光平已恭顺投降，不必用兵。乾隆帝准奏，只要求阮光平答应两件事情：第一件，令阮光平来京祝贺自己八十岁万寿；第二件，在安南为许世亨等人立祠。阮光平一一应允。于是乾隆帝赐给阮光平敕印，封他为安南国王。乾隆帝认为是上天厌弃黎氏，黎氏不堪扶植，便令黎维祁带着眷属来京，然后将他们编入汉军旗籍。

第二年，乾隆帝八十岁万寿，举国欢庆。到了那一天，阮光平遵旨入京觐见，暹罗、缅甸、朝鲜、琉球、西藏两喇嘛、蒙古各盟旗、西域各部落都派遣使者前来祝贺。乾隆帝驾临太和殿，接受庆贺礼。八荒环叩，万众高呼，礼毕入宫，皇子、皇孙、皇曾孙、皇玄孙都穿着礼服，称祝如仪。宫廷内外，大宴三天，乾隆帝降旨免征各种税收，以示普天同庆。

只是，西藏虽然派使者入京祝贺，但境内却非常纷乱，驻藏大臣保泰对清廷隐瞒西藏的实际情况。等到藏使来京详陈后，乾隆帝才获悉藏境的实际情况。西藏自康熙晚年归服中国后，不侵略不背叛。雍正初，又设驻藏大臣监察政治，达赖、班禅两喇嘛不能恣意行动，因此安静了几十年。

乾隆帝七十岁万寿时，第六世班禅喇嘛曾到京祝寿，内廷给他的赏赐及王公大臣给他的布施大约有几十万两黄金白银。班禅欣喜过望，正想回藏，忽然染痘病死。随从的僧侣带着骸骨归藏，并带回所有遗资。班禅的兄长仲巴胡土克图一直为班禅管理内库，得到这笔意外财帛，便一股脑儿收入私囊。不但没有布施寺院，分给将士，连自己的亲弟弟也分文不给。他的弟弟玛尔巴愤怒得不得了，便去南部的廓尔喀，诱使廓尔喀入侵西藏。

廓尔喀在喜马拉雅山南麓，与藏境毗连，蛮民混杂而居，分叶楞、布颜、库木三部。后来，西境酋长布拉将三部吞并，合为一国，称廓尔喀。廓酋长应玛尔巴的请求，兴兵侵犯藏边。驻藏大臣保泰质问廓酋长启衅的原因，廓酋长借口商税增额，食盐里掺土等事。保泰没有将寻衅之事上奏，只想与廓人议和。恰逢藏使来京祝贺，奏陈一切，乾隆帝才令保泰据实陈奏，随后令侍卫巴忠、将军鄂辉、成德等人援藏征廓。几个月后，巴忠等人奏称廓人畏罪投诚，愿入贡乞封。乾隆帝看完奏章后，以为廓人真心投诚，便召回巴忠，任命鄂辉为四川总督、成德为四川将军。

第二年，廓人又大举入藏。保泰奏称敌势强大，请将班禅移到前藏。班禅也飞章告急，说仲巴胡土克图已携带巨资潜逃，后藏被廓人骚扰，藏民天天等待援军。当时，乾隆帝正在热河狩猎，接连收到警报，大为惊疑。当时巴忠正在扈驾，忙将他召入讯问，巴忠支支吾吾，只说是前时办理不善，愿驰赴藏地，效力赎罪。乾隆帝严加斥责，巴忠立即投水寻死。乾隆帝更加疑惑，令鄂辉、成德据实复奏。鄂辉、成德不敢再有隐瞒，便将前时办理藏务的隐情和盘托出，并且声称与己无关，将过错都推在死了的巴忠身上。原来巴忠、鄂辉、成德三人前时到藏后，按兵不动，只与廓人调停，收受贿赂。然后嘱咐廓人称臣入贺，暗地里令西藏每年给廓人五千两百银，廓人这才退军。达赖、班禅被蒙在鼓里，后来廓人索要钱财，西藏却杳无回音，廓人便再次大举深入，侵略后藏。乾隆帝知悉实情后，才知道鄂辉、成德也是靠不住的人，便任命嘉勇公福康安为将军、超勇公海兰察为参赞，令他们率索伦满兵及屯练士兵进藏讨廓。

乾隆五十七年二月，福康安等人由青海入后藏。廓人已饱掠财物，并将财物陆续运回，只留下一千多人驻守。守兵探知清兵入剿后，退到铁索桥，断桥相拒。福康安与敌军相持，海兰察悄悄率兵由上游结筏，渡河登山，绕到敌营后面。廓兵见前后受敌，自然窜逃而去。福康安等人直入廓境，廓酋派使者前去乞和，福康安不答应。继续分三路进军，六战六捷，越过两重大山，先后杀掉几千名敌兵，深入敌境七百多里，直逼廓尔喀都城。

廓人前往印度请求支援。印度已为英吉利的属国，设有总督，总督允诺出兵援助，但援军许久都没有到来。廓人怕清军大举进攻，便再次派使者卑躬屈膝地请求议和。福康安因不久前进攻廓尔喀都城受挫，便答应议和，令廓人献还所掠财宝，并要求每五年朝贡一次。福康安随即班师回朝，留下三千名番兵和一千名汉、蒙士兵驻守藏境。乾隆帝又赏福康安世袭一等轻车都尉，海兰察被晋封为一等公，随征的将士也全部受到封赏。又因达赖、班禅的嗣续之法积久生弊，兄弟、子弟相继擅权，闹出许多纷扰，乾隆帝惩前毖后，制定出一个抽签的办法。即将藏俗所称达赖、班禅化身的名字写在签上，插入瓶中，等到前任过世新任继位的时候，抽签为定。这瓶供在西藏大昭寺，叫做金奔巴瓶，无非是神道设教，笼络藏民的政策。

乾隆帝自称十全老人，御制《十全记》，用满、汉、蒙、藏四种文字刊碑立石，作为乾隆朝的大纪念。什么叫十全？那便是清高宗在位六十年的十大功德伟绩。

纪晓岚与和珅

乾隆帝在位六十年，多福多寿多儿孙，人生的荣华富贵，他都享受了一遍。他的武略，世人已知晓，他的文功也非常讲究。即位的第一年，就开设博学鸿词科；第二年又令未曾预考的考生一律补试；十四年，特别降旨令大学士九卿督抚保举贤能；南巡几次，经过的地方，曾召试诸生诗赋，举人、进士、中书等头衔赏了不少；又编著巨籍，上自经注史乘，下至音乐方术语学，有几十种，比康熙时多多了；三十六年，开四库全书馆，把古今已刊和未刊的书籍全部编校一遍，汇刻成一部，令河间才子纪昀全权管理。

纪昀字晓岚，博古通今，能言善辩，乾隆帝特别器重他。关于他的趣事，讲都讲不完，单就"老头子"三字的解释，便可见纪昀的辩才。纪昀身子很是肥胖，生平最怕暑热。在四库全书馆内管理校书事宜时，正值盛夏，天气异常酷热，他便赤着膊，圈了辫，端坐着看书。巧逢乾隆帝踱入馆门，他来不及披衣，匆忙钻入案桌下，用帷幕遮住自己。不料已被乾隆帝瞧见，传旨令馆中人照常办事，不必离座，馆中人全部遵旨。乾隆帝便踱到纪昀的座旁，静悄悄地坐下。纪昀伏了许久，汗流浃背，不免焦躁起来，听听馆中寂静无声，便展开帷幕，探头问道："老头子走了吗？"语刚脱口，转眼一瞧，座旁正坐着乾隆帝，对着他说："纪昀不得无礼。"纪昀此时只得出来穿好衣服，俯伏请罪。乾隆帝说："别的罪总可以原谅你，你为什么叫我'老头子'？解释一下，说得好就可以保住你一条小命，说得不好就立即受死。"众人听到这句话，都替纪

170

昀捏一把汗。谁知纪昀却不慌不忙，从容奏道："'老头子'三字，是京中人对皇帝的尊称，并非臣臆造，容臣详奏。皇帝称万岁，难道不是'老'吗？皇帝居兆民之上，难道不是'头'吗？皇帝是上天之子，所以称'子'。这'老头子'三字，从此流传了。"乾隆帝拈须笑道："你真是聪明，朕免了你的罪，你起来吧。"纪昀谢恩而起。自此乾隆帝越加优待他，等《四库全书》告竣，便连番擢用他。纪昀三次受任总宪，三次受任长礼部。此外，像沈德潜、彭元瑞这些人也蒙受乾隆帝的恩遇，然而总不及纪昀的信任。

只是乾隆帝虽优待文士，心中却也时常防备。内阁学士胡中藻著《坚磨生诗集》一书，书中有些触犯忌讳的词句，乾隆帝便将他枭首示众；鄂尔泰的侄儿鄂昌写了一篇《塞上》吟，称蒙古为胡儿，也被说成是暗中排斥满人，乾隆帝便将他赐死；沈归愚抄录《黑牡丹》一诗，过世之后被人揭发，乾隆帝追夺回他的官阶；江西举人王锡侯删改《康熙字典》，乾隆帝又将他投入大狱；浙江举人徐述夔著《一柱楼》诗，不知一些人怎么吹毛求疵，指责他悖逆，他已经病死了，乾隆帝还下令将他戮尸。

总之，专制时代，皇帝神圣无比，会阿谀谄媚的臣子大多都能活得很好。相反，如果有人进谏忠言，诸臣子便说他什么诋毁，什么叛逆，结果进谏忠言的人不是被斩首，就是被灭族。所以揣摩迎合帝意的佞臣一天比一天多。到乾隆晚年，贿赂风气盛行，乾隆帝还以为是安富尊荣，威福无比，谁知暗地里已伏着许多狐群狗党。这狐群狗党的首领就是大学士和珅。

无论皇亲国戚，还是功臣文士，没有一个比和珅更受宠。乾隆帝竟一天都离不开他，还把第十个公主下嫁给他的儿子丰绅殷德。十公主嫁人之前，乾隆帝最疼爱她。公主小时候经常女扮男装随乾隆帝微服出巡，乾隆帝又常带着和珅随驾。公主见着和珅，总叫他丈人，和珅也格外趋奉她。公主要什么，他便献什么。一天，三人一同到市集，见到衣铺中挂着一件由红色鸟羽缝制的大衣，公主说了一声"好"。和珅便立即从铺中买来，费了二十八两黄金，双手捧给十公主。乾隆帝微笑着对公主说："你又让丈人破费了。"公主原是十分欢喜，和珅却比十公主还要得意。后来，十公主长大成人，就配给丰绅殷德。和珅与乾隆帝竟做起了儿女亲家。

正因为如此，和珅肆行无忌，内外官僚大多是他的党羽。他把揽政柄三十年，家里的私蓄，连乾隆帝都比不过他。他的美妾娈童、艳婢俊仆多得不计其数。还有一群走狗总仗着和珅的威势，在京城里面横冲直撞，十分张狂。御史曹锡宝因和珅的家奴刘全借势招摇，家资丰厚，便弹劾他。乾隆帝令廷臣查证，廷臣并不细查，只说是曹锡宝无风起浪，给他扣上妄言的罪名。

一天，乾隆帝召诸王大臣入内，想把帝位传给太子，自己称太上皇。诸位大臣也不怎么惊疑，不过表面上总会说些"圣上康颐，内禅之事可以暂缓再议"的话。只有和珅大吃一惊，他想新帝登位，自己难免会失宠，急忙引经据典恳请乾隆帝暂缓内禅。以前，和珅怎么说，乾隆帝便怎么做，偏这次皇上却不依他。只听乾隆帝说："你只知其一，不知其二。朕二十五岁即位，曾对天发誓，若可以在位六十年，定会传位给太子，朕不敢和皇祖六十有零的年数相比。如今承蒙天佑，初愿已偿，怎么敢再生奢望？皇子永琏不幸早逝，只有皇十五子颙琰得到朕的悉心栽培。朕已遵守家法，将写好的名字密封，并藏在正大光明匾额后面。现在立即立颙琰为皇太子，令他嗣位。如果怕他初登大宝，而致政事处理不善，此时朕还在这里，自会随时训政，不劳你们忧虑。"和珅无话可说，只得随王公大臣一同退出。暗中又贿赂和硕礼亲王永恩等人，然后联名奏请，请乾隆帝暂缓归政。乾隆帝仍把对天发誓的大意申诉一番，并决定明年为嘉庆元年，令礼部立即恭定典礼。

内禅的事情定下来之后，礼部因内禅制度是首例，清朝从未举行过，需要参酌古制，揆合时宜，好制定出一场旷古盛典，让乾隆帝满意。足足忙碌了一个月，才把内禅的大典制定好，然后请皇上裁决。乾隆帝见大典体制尊崇，立刻批示照行。先册立颙琰为皇太子，追封皇太子的亲生母亲懿皇贵妃为孝仪皇后，位居孝贤皇后之后。定于嘉庆元年元旦，举行归政典礼。和珅知事已无法挽回，忙向皇太子贺喜，说了无数恭维的话。偏皇太子不是很喜欢听，只淡淡地对答了几句。和珅随即辞退。皇太子传进长史官，告诫他："以后和珅来见，不必惊动皇帝。"和珅得知后颇为惊惧。多亏乾隆帝虽打算归政，但仍是大权在握，乾隆帝活一天，和珅也活一天。因此，和珅早晚都会为乾隆帝祝祷，但愿乾隆帝永远活着，不要发生什么意外。

转眼间已是残冬，过了除夕，便是嘉庆元年第一天。乾隆帝驾临太和殿，举行内禅大典，亲授皇太子御宝。皇太子敬谨跪受，然后率诸王公大臣恭贺太上皇。贺毕，太上皇回宫，皇太子便登帝位，受群臣朝贺，随后颁行太上皇传位诏书，减免全国的赋税，并颁布大赦诏。

典礼已毕，内外开宴，欢呼之声遍达宫廷。几天后，新帝奉太上皇帝之命，册立嫡妃喜塔腊氏为皇后。又过了几天，太上皇在宁寿宫开千叟宴。正兴高采烈，外面递进湖北督抚的奏折，说白莲教教徒聂杰人、刘盛鸣在枝江、宜都二县纠众滋事，请派兵速剿。嘉庆帝认为小小教匪没什么伎俩，于是令湖北巡抚惠龄专门办理剿匪事宜。谁知警报接连传来：林之华在当阳县发难，姚之富在襄阳县发难，齐林妻王氏在保康县杂发难；郧阳、宜昌、施南、荆门、来凤、酉阳、竹山、邓州、新野等几十个州县同时叛乱，白莲教教徒的势力几乎遍及湖北。

　　嘉庆帝大惊，忙禀报太上皇，与太上皇商议妥当后，立即降旨。令西安将军恒瑞率兵赶往湖北当阳县剿灭林之华；都统永保、侍卫舒亮和鄂辉剿灭姚之富及齐王氏；枝江教匪则交给鄂督毕沅和惠龄前去剿灭。诸军奉诏齐头并进，自正月到四月，先后奏报，杀贼数万，其实大多是虚报功绩。只有枝江教徒聂杰人被总兵富志那擒住，其他的教徒反而越加张狂。

　　白莲教不知始自何时。元末有韩林儿，明朝的徐鸿儒相传是白莲教中人，后来都被剿灭，但总没有搜剿干净。死灰都能复燃，何况它原本就没有搜剿干净呢？

　　乾隆年间，有一个安徽人，叫刘松，是白莲教的首领，在河南鹿邑县传教，打着持斋治病的旗号，伪造经咒，诓骗钱财。官吏因他妖言惑众，将他逮捕问罪，充军甘肃。他的徒弟刘之协、宋之清没有被捕获，两人分头逃到川、陕、湖北一带传播邪教，不少百姓被他们欺骗。

　　到了乾隆晚年，白莲教教徒竟多达三百万人。刘之协四处传播谣言，说什么劫运将来，清朝又要变成明朝，百姓若要免祸，应要立即乞求真命天子的保护。可怜这些百姓竟信以为真，都恳求刘之协指出真命天子是谁。刘之协便说鹿邑一个姓王的孩子是真命天子。孩子的本名叫王发生，刘之协用他来冒充朱明后裔，然后煽动百姓，择日竖旗造反。官吏探悉此事后，将王发生等一群人犯全部擒住，刘之协也在其中，令吏役押往京城。半路上，吏役得到刘之协的重贿，将他放走，只将王发生押解到京城。乾隆帝因王发生年幼无知，格外开恩，将他充军了事，其他几个叛贼全部被斩首。

　　之后，乾隆帝降旨缉拿刘之协。河南、湖北、安徽三省的官吏得到圣旨后，便令一群狼心狗肺的差役下乡搜缉，挨户敲诈。有钱的百姓还可以用钱买命，没钱的百姓则被差役指为教徒，下狱受苦。武昌同知常丹葵更是糊涂得不得了，他不怕罪人多，就怕罪人少，索性捉来几千名无辜的百姓，将莫须有的罪名扣在他们头上，惹得百姓十分怨愤。恰逢贵州、湖南、四川等处兴师伐苗，沿途不断骚扰百姓。贩盐铸钱的愚民

173

又因朝旨严禁私盐私铸，穷困失业，于是仇视官吏，寻思叛乱，将"官逼民反"四字作为话柄，趁着教民四起，一律前往投靠。从此甘心入教的，已是结党成群；被迫入教的，也只得甘心从逆。

这群统兵剿匪的大将转眼间变成和珅的党羽，只要给和珅恭送金银，就算再怎么贻误军机也没关系。嘉庆帝略有耳闻，但因太上皇宠爱和珅，不好下狠手，只得令统兵各官恪尽职守。保康的教徒归永保、恒瑞剿办；当阳的教徒归毕沅、舒亮剿办；枝江、宜都的教徒归惠龄、富志那剿办；襄阳的教徒归鄂辉剿办。

永保上奏说："教匪现在纠集于襄阳，异常猖獗，姚之富、齐王氏都在此处，刘之协也在其中，并且三人是各路教匪的首领，我朝应调集诸军，合力进攻。"嘉庆帝看完奏章，便令直隶提督庆成、山西总兵德龄各自率领两千名士兵前往支援。无奈官多令杂，彼此推诿。姚之富异常骁悍，而齐林的妻子王氏，虽是一个妇人，却比男子还要厉害。

齐林本是教徒，刚起事时他还没死，后来在一场小小的战斗中中弹身亡。齐王氏从此守寡，继承先夫的遗志，组成一支大队，由襄阳府冲出安陆府，直奔武昌。她头带雉尾，身穿铁甲，脚踏一双小蛮靴，跨着一匹骏马，仿佛那戏中的女将军。她的长相颇为俊俏，性情也十分贞烈，手中的一对绣鸾刀能抵住几十个人，可惜迷信邪教，竟成为叛众的女头目。如果不是误入歧途，南宋的梁夫人、晚明的秦良玉恐怕都不能和她相比呢！清官兵遇到她，往往望风而逃，究竟是怕她的娇力，还是惊惧她的色艺，无人知晓。幸亏天公连日大雨，洪水暴发，阻住她的行程，使她不能进攻武昌，湖北省城才算平静。清廷屡次诘责，令永保率领湘北诸军剿匪，几个胜仗后，才把姚之富、齐王氏驱回西北。当阳、枝江的教徒也屡次被打败，陕甘总督宜绵又奉旨助剿，暂时平定郧阳一带。湖北境内只有襄阳及宜昌二府的余寇没有被剿灭，其余的地方都已经肃清了。谁知四川达州居民徐天德、太平县居民王三槐和冷天禄又纠众作乱，达州的告急奏章又像雪片一样飞达京师。

白莲教之乱

四川的乱事是因搜捕教徒而起。金川一役，温福阵亡，官兵溃散。这些散兵流离失所，便与失业的夫役、无赖、悍民勾结在一起，四处掠夺。官吏得到警报后前往搜捕，这帮乌合之众便投入白莲教会，希望得到教会的援助。达州知州戴如煌昏庸无比，派胥吏缉拿教徒时，专门缉拿富户，乘势勒索。徐天德也被拘去，花了些钱财，才被释放。

徐天德本是达州的土豪，平时与教徒暗通声气，被官吏讹诈后更是十分激愤，便乘襄阳教徒窜入川东之际，纠结教徒闹事。王三槐、冷天禄都是徐天德的好朋友，徐天德造反，他们也闻风而起。四川总督英善、成都将军勒礼善出兵追剿，毫无功效。徐天德等人反而由川入陕，大肆扰乱兴安。陕督宜绵得到警报后，急忙率军回陕。途中与教徒相遇，两军大战于兴安城外。教徒败逃后，陕西境内虽已平定，四川一带仍然十分混乱。警报传到北京，嘉庆帝正急得没有办法，幸好湖南、贵州的叛苗已由内大臣额勒登保、将军明亮先后剿平。嘉庆帝忙令额勒登保移师赶赴湖北，将军明亮移师赶赴达州。

原来，湖南、贵州交界的苗民叛乱，清廷派云贵总督福康安与四川总督联合镇压叛苗。即将扫平逆苗时，福康安与和琳相继死在军中。嘉庆帝忙令内大臣额勒登与湖北保将军明亮进剿。嘉庆元年冬天，苗乱大致肃清。

额勒登保驰赴湖北，明亮驰赴达州。当时，湖北方面，由永保剿办襄阳教徒，惠龄剿办宜昌教徒。永保的士兵最多，本可将叛众一举歼灭，无奈永保只知尾追，不知迎击，教徒忽东忽西，横蹿无忌。嘉庆帝怒斥永保纵敌，将他逮回京都治罪，然后令惠龄统率军务。惠龄到襄阳后，打算圈地聚剿，于是飞檄令河南巡抚景安发兵截击。

景安是和珅的族孙，仗着和珅的势力升任抚台。收到惠龄的调兵命令后，景安率四千名士兵屯驻南阳，表面上算是发兵，其实一天到晚只是喝酒打牌。诸将士见没有什么军令，乐得坐酒肆、嫖妓女，消遣时日。有几个狡黠的士兵还去奸淫掳掠，景安一概不管不问。因此，教徒分成三队，直趋河南。姚之富、齐王氏出中路，李全出西路，王廷诏出北路，到处掳掠。这三支队伍不整队、不迎战、不走平原，只以几百人为一群，忽分忽合，忽南忽北，牵制官兵。景安反而避匿胜城中，闭门不出。湖北的追兵也是随意逗留，任由教徒为所欲为。嘉庆帝大怒，降旨斥责诸将。

将军明亮及都统德楞泰率领苗军直赴达州，连败徐天德、王三槐。四川乡勇罗思举也协助清兵奋击，先后击毙几万名教徒。徐、王、冷三人只剩一两千残众，势力衰弱不少。谁知河南教徒突然将三队并为一队，趋入陕西，又由陕西渡过汉水，仍然分道入川。徐天德等人得到这路援兵，又猖獗起来。嘉庆帝斥责惠龄、恒瑞追贼不力，防范不严，将两人从前的封赏全部夺回，令他们戴罪效力。又任命宜绵为统帅，处理川陕的军务，惠龄以下所有将士都听他的调令。

宜绵继任统帅后，仍决定合围，想将教徒逼到川北后，一股脑儿杀个干净。而齐王氏、姚之富此时也正打着前往川北的算盘。然而自进入川北后，路径崎岖，人烟稀少，掠无可掠，夺无可夺，两人便急急忙忙想窜回陕西。不料川陕交界处，清兵密密层层，截住他们的去路。齐王氏、姚之富、王廷诏、李全等人当下商议，齐、姚、王仍打算前往湖北，只有李全想留在四川。结果在明亮军与德楞泰军的围追堵截下，齐王氏、姚之富、王廷诏只得折回西走。

此时，留川教徒李全与川中王三槐互有不满，便想由陕回楚。沿汉水东行，到兴安南岸后，齐王氏、姚之富、王廷诏也奔窜而至，于是两路教徒合而为一。清将明亮、德楞泰从东边追到西边，惠龄、恒瑞从西边追到东边，两路大军在兴安会师。齐王氏、姚之富还想渡汉水向北侵扰，但被清军截住，不能前进。当下齐王氏心生一计，假装折军南回，暗中却派党羽高均德走小路绕出宁羌州，偷渡汉水。

明亮、惠龄正追赶齐王氏，忽然接到宜绵的命令，调恒瑞回四川。恒瑞走后，陕西的警报传来，说是高均德渡过汉水。明亮大惊道："我们中计了！"急忙与德楞泰商议。明亮说："论起来，要算齐王氏是首逆。但高均德已渡过汉水，陕西又要遭殃。不但陕西危急，就是河南、湖北也可能有危险。看来我军只得先入陕西，截住高均德，然后从长计议。"德楞泰没有异议，于是两人率领大军驰入汉中。

齐王氏这时候由南返北，带领骑兵和步兵共两万人马，分道渡过汉水。又密令高均德假意逃往东北，诱引清兵向东北追击。而后她与姚之富、李全、王廷诏进犯西安。清总兵王文雄带着三千名勇兵奋力将他们击退。齐王氏等人又折回东南，从山阳直扑湖北。明亮、德楞泰得到消息后，忙引兵急追。到郧西界上，飞调郧阳乡勇扼守敌兵的前路，并悬重赏取齐王氏首级。

正好四川东乡县人罗思举、桂涵投效清营，承诺斩献齐王氏首级。罗思举智谋出众，胆略过人，曾率几十名乡勇，劫破丰城王三槐的巢穴，教徒称他们为罗家将。桂涵曾是大盗，能飞檐走壁，两腿曾裹着几十斤铁砂走了一千多里路。两人得知清官招募义勇，便愿为清军效力。

二人接到清帅的官文后，立即前往。探知齐王氏屯驻在大寺内，便在大寺前后埋伏着。等到深夜，二人翻墙进去，见一房间外面有几十人守护，都拿着明晃晃的大刀，料想定是齐王氏的住处。二人轻轻地纵上屋檐，翻瓦一瞧，室内红烛高烧，室中垂有纱帐，帐外露出一足，不过三寸有余。两人因室外有人，不敢径直闯入。等了好一会儿，室外守兵仍然没有离开，两人等得不耐烦了，破檐下去，蹑手蹑脚地走到床前，从帐隙偷窥，只见里面海棠春睡，芍药烟笼。暗想："这样端庄的妇人也会造反，可惜今天要命丧黄泉了。"便各执巨斧，劈入帐内。只见帐中突然飞出一脚，幸亏桂涵眼明手快，一边偏头让过那一脚，一边用斧劈去，削下一只莲钩，只听帐中"哎哟"一声。两人深恐外面的守兵闯进来救人，忙拾起莲钩，一纵上屋，三步并作两步地逃跑。回到清营，已是五更。明亮、德楞泰还等在帐中，二人入帐禀报后，献上一只脚，明、德一看，不过三四寸左右，但已血肉模糊，不能细辨。明亮一面令二人在帐外候赏，一面立即传军令，速攻敌寨。

此时，齐王氏将死未死，昏晕在床上。部众正惊惶得不得了，突然听到帐外一片喊杀声，料知清兵已来攻营，急忙抬着齐王氏，由姚之富开路，杀出寨外。清兵围攻一阵，击毙几千敌众，但仍然有八九千悍敌逃入山中。明亮、德楞泰大呼道："今天不要再错失良机了，将士们一齐努力杀净贼众！"诸军听了这话，人人效命，个个争先，追入山内，远远望见敌众分据左、右两峰。

明亮对德楞泰说："首逆齐王氏不知在左边还是在右边，我们是分攻还是合力进攻一处？"德楞泰说："刚才捉住一个贼逆头目，幸好还没处斩，不如让他来指出首逆所在之处，然后我们并力合攻，免得让她逃脱。"明亮点头称是。德楞泰便令军士将贼目带上来，得知他叫王如美，德楞泰好言劝诱一番，令他指出首逆所在之处。王如美仔细探瞧了一会儿，回答首逆在左边的山上。德楞泰立即拍马上冈，诸军顺势跟上，只留下后队在山下，防备右山的敌众。那时左山的教徒已知身陷重围，拼命拦阻。德楞泰冒着矢石，左手拿着盾牌，右手握着短刀，直向山上逼去。这群兵士，盾牌队在前，枪炮队在后，依次登山，仿佛明朝常遇春破鸡头山一样，把教徒逼得走投无路，纷纷跳下峻崖。峻崖本是削壁，跳下去的人不是头破，就是脚断，有几个还跌得一团糟。齐王氏已成独脚仙，一跌便死。姚之富跳到崖下，当场晕毙。霎时，左山上面的敌众一半被杀死，一半坠崖而死，落得个干干净净。再看右山上面的敌众，早已逃得不知去向。

明亮、德楞泰令军士去悬崖下面检点尸首。因齐王氏、姚之富两人是首逆，军士便将他们的首级割下，又将他们的尸身肢解。直一刀、横一刀，不计其数，就算三十六刀鱼鳞剐也没有这么残忍。然后将两人首级传遍三省，众人都说首逆被戮，用不了多久就能荡平白莲教。

谁知死掉一个头目，又出来两个，死掉两个，又出来四个。湖北稍稍安定，四川教徒日盛一日。川督宜绵自明亮、德楞泰、惠龄、恒瑞四人东去之后，势单力孤，本部士兵又不足以调遣。王三槐、徐天德乘机突袭，骚扰川东，罗其清、冉天俦也在川北趁机滋事。十几处州县纷纷求援，宜绵立即调恒瑞回川，又调遣额勒登保自湖北入川剿敌，并奏请朝廷另派大臣处理所有军务，自己愿专管一方的讨贼事宜。嘉庆帝以为宜绵不善处理讨贼事务，便让他督办陕甘。改令永保的胞兄威勤侯勒保前往督师，兼四川总督，调度各军。

嘉庆帝怒除和珅

四川教徒很是猖獗，勒保入川后率兵进剿王三槐，擒杀几个无名小卒，便虚报功绩，连章奏捷。嘉庆帝下旨嘉奖，并令他搜捕王三槐。

勒保接到圣旨后，考虑到身为统帅总要擒住一两个首逆，才好立功扬名，便接连发兵攻打王三槐。没想到三槐据守的东乡县安乐坪，地势十分险要，手下党羽又多，官兵不能进去，反而被他出来攻击，伤亡不少。勒保还是一味地谎奏，今天杀掉几百名贼人，明天杀掉名几千贼子。不料嘉庆帝有些察觉，降旨谴责他："杀掉那么多的党羽，却杀不了一个首逆，官兵阵亡的人数，以多报少，杀贼的人数，却以少报多，无非妄图得到恩赏，你犯的可是欺君之罪。"这几句话正中勒保的心病，勒保见后，吓得浑身是汗。

勒保想了一天，又定出一个妙计。他广募乡勇，让他们打头阵，绿营兵、八旗兵、吉林索伦兵依次列后，再次出军攻打王三槐。勒保的意思是，乡勇送死，不必上报，朝廷就不会责罚他。起初，罗思举、桂涵这些乡勇也都为他卖命，杀败一两次敌兵后，得知自己的功劳都被别人冒领去了，不免懊恼起来。自此，乡勇和官兵互相推诿，索性任由教徒自由来往。朝旨又严责勒保劳累士兵、姑息养贼，勒保忧闷不已，左思右想，毫无办法。

无奈之下，勒保只得与几个心腹私下商议，结果每人都蹙着眉头，想不出法子。忽然有一个办文案的老夫子站起来说："老臣倒有一条计策，不知可行不可行？"勒保喜形于色，忙拱手问计。那人说："朝廷的意思是要大帅专剿王三槐，只要擒住了他，大帅便可以复命？"勒保说："没错。"那人又说："现任建昌道台刘清从前做南充知县时，曾奉宜制军之命招抚王三槐，王三槐曾随他到军营，之后宜制军放他回去，他又横行无忌。现在不如仍令刘清前往招抚，然后诱捕他，将他押送京师，那不就能立下大大的功劳？"勒保大喜，忙令他写好文书，传刘道台速来军营。

刘清是四川第一个清官，百姓称他为刘青天，王三槐、罗其清也十分敬服他。如果四川的官员个个像刘青天，就算叫百姓造反，他们也不愿意。无奈贪污的多，清廉的少，所以激成大祸。

此次刘清接到统帅的文书后，立刻带着文牍员贡生刘星渠连夜赶来，到大营禀见。勒保立即将他们召入，双方见面，格外谦恭。刘清问道："制军召见卑职所为何事？"勒保便把招抚王三槐的计策说了一遍。刘清说："这个王三槐刁蛮得很，卑职上次去招抚他，他明明允诺投降，没想到后来又变卦，这人恐怕不好招抚，还是用兵剿灭他才好。"勒保说："朝廷为这事用兵近三年，人马损失了不少，军饷也用掉不少，仍然没有成功。如果能招抚几个贼目，避免动用兵戈，也是权宜的计策。老兄大名鼎鼎，贼人都佩服得很，现在请替我走一趟！王三槐如果肯投顺，我绝不会亏待他。贼目一投降，贼众望风归附，也是有可能的，这难道不是川省的幸事吗？"刘清没办法推诿，只得应允，当下起身去招抚。勒保另派一员都司，随他们一同前往。

三人到安乐坪后，通报王三槐。王三槐听说刘青天亲自前来，忙出寨迎接。请刘清入寨，奉他坐上座。刘清坐下后就反复劝导他，叫他束手归诚，朝廷决不问罪。王三槐说："青天大老爷说的话，小民怎么敢不遵从？但是上次随青天大老爷到宜大人的营里，宜大人并没有真心相待，所以小民不敢投顺。现在换了一个勒大人，小民不曾见过，不知道他是不是真心诚意？如果将我骗去斩首，那还了得？"刘清说："这你不用忧虑。勒大帅已经允诺，决不亏待你。"王三槐仍然迟疑，刘清心直口快，便说："你既然担心会发生意外，那就请你同我的随员一块儿去见勒大帅，我留在此处做人质好吗？"王三槐说："这倒不敢，我愿随青天大老爷一同前往，如果青天大老爷肯将随员留在此处，我已万分感激。"刘清应允。

王三槐随刘清动身出寨，安乐坪内的徒党都信服刘青天，也不怎么劝阻。于是刘清在前，王三槐在后，两人一直走入勒保的大营。刘清先入帐禀报，勒保立即传集将士，令他们站立两旁，摆出一副威严的架势，然后传王三槐入帐。王三槐刚入军门，勒保就喝声"拿下"，两旁的军士应命趋出，迅速将王三槐捆住。刘清忙禀道："王三槐已愿投降，请大帅不必用刑！"谁知这位勒大帅竖起双眉，瞪着两眼，冲着刘清说："呸！他是大逆不道的白莲教首，还能说不必用刑吗？"刘清忙说："大帅麾下的都司和卑职属下的文案生都留在安乐坪中，如果将王三槐用刑，他们两人也不能保全性命，还求大帅成全。"勒保转怒为笑说："你以为我要将他正法吗？他是朝廷严旨缉拿的人物，自然要解送到京师，由朝廷发落。朝旨要赦便赦，要杀便杀，不但老兄不能做主，连本帅也不敢做主呢！如果为了一个都司和一个文案生，就将他释放，将来朝旨诘责下来，哪个敢来承担？"刘清说："卑职愿担此责。"勒保哈哈大笑道："今天能捕到匪首，这也是老兄的功劳。本帅哪里好抹杀老兄，请你放心！"刘清说："功劳事小，诚信事大。如今王三槐来投降，现在却将他押送京师，将来贼众都不敢来投诚，那时恐怕要耗费更多的兵力，还请大帅三思！"勒保不耐烦地说："这些以后再说，眼下先拣最要紧的事情处理！"说完便令军士将王三槐监禁起来。勒保退入后帐，急忙令那位献计诱贼的老夫子上疏奏捷。

刘清长叹一声退下。待了一天，文牍员刘星渠逃回来，刘清问道："你是怎么逃回来的？"答称："贼众因王三槐没有回去，想拿贡生及都司偿命，贡生没有办法，只得哄称勒公要重用王三槐，自然会留王三槐暂住。贼众因贡生是刘青天的属员，便半疑半信，贡生就对他们说想替他们打探消息，于是溜了出来。都司也想一同回来，但被众贼留住。如果勒公变卦，恐怕都司的性命是保不住的。"刘清叹道："勒公不讲信用，我也上他的当了，将来办理军务，必定比以前困难。我们还是回去吧！"随即写下书信辞行，派役夫投递大营，自己带着刘星渠匆匆离去。

过了几天，圣旨下来，内称：据勒保奏言攻克安乐坪贼巢，生擒贼首王三槐，朕心深为喜悦，晋封勒保为威勤公。其弟永保之前因剿匪不力而被监禁，现在一块儿加恩释放。接着又是一道圣旨，晋封军机大臣大学士和珅为公爵，户部尚书福长安为侯爵。这道谕旨显然是太上皇的意思，嘉庆帝不敢违逆父命，才有这道谕旨。勒保于是一面令部将把王三槐解送京师，一面出兵攻打安乐坪。此时，安乐坪的余党听说王三槐被押解进京，便将都司杀死，另奉冷天禄为首领，抵抗官兵。官兵不分昼夜围攻敌寨。敌寨中盐粮将尽，冷天禄诈请投降，夜里却偷袭清营，

180

官兵来不及防备，顿时败退。

徐天德也屡次攻打川东州县，骚扰不休。勒保又想招抚，可教徒都怕重蹈王三槐的覆辙，个个拼了性命抵抗清军，拒不上钩，并且比从前更加刁悍。只有川北的罗其清被额勒登保擒获，冉其俦被德楞泰、惠龄击毙，川北的贼首总算被肃清。此外，陕督宜绵专在教匪不会去的地方安营立寨，一年到头只打过一次仗。景安更加无所事事，寇来则躲，寇去则出，军中称他为迎送伯。

这年已是嘉庆四年了。这四年间宫外军事天天吃紧，宫廷里面倒没有什么大事，只是皇后喜塔腊氏病逝，改册皇贵妃钮祜禄氏为皇后，不免忙碌了一阵。

四年正月，太上皇生起病来。嘉庆帝在养心殿侍奉太上皇，吁天祈祷，虔诚备至。无奈气数将尽，太上皇的病势越来越重，名医都束手无策，不多久乾隆帝便驾崩了。嘉庆帝哀痛哭号，颇尽孝思。过了四天，立即令军机大臣拟下一道谕旨，颁给四川、湖北、陕西诸将帅。

圣旨一下，内外大臣顿时觉得嘉庆亲政后的第一道谕旨异常严厉，不同于往日，暗料几天之内朝政必有一番大的波动。不料，嘉庆帝动作格外迅速，才过两天，便令侍卫捉拿大学士公爵和珅，并将户部尚书侯爵福长安打入监狱。

自太上皇驾崩后，和珅已是惴惴不安，本以为还有时间预备好后事，没想到嘉庆帝这么快就拿他开刀。这天，他正与姬妾们谈论后事，忽然有十几个侍卫闯入府中，豪仆还不知死活地上前喝阻。众侍卫大声说："圣旨下，请你们相爷接旨！"豪仆听到"圣旨"二字，这才个个伸舌，赶紧入内通报。和珅此时心里也是七上八下，勉强出来接旨。当下宣诏官站在上面，和珅跪在下边，只听宣诏官朗读谕旨道："和珅欺君罔上，擅自专权，罪情重大，立即将其革职，锁交刑部严讯！钦此。"和珅不听还好，听到这几句谕旨，顿时吓得魂飞魄散，还没回过神儿，那侍卫铁面无情地一把将他牵拽而去。还有好几个侍卫留下驻守前后门，准备查抄。

里面的老太太、姨太太、驸马爷、少公子、少奶奶都哭哭啼啼的，急得没有办法。只得请出乾隆帝的十公主来，一群人全跪在地上向她磕头求救。额驸丰绅殷德更是抢上几步，也顾不上夫妻名义，便急急忙忙地跪在公主的绣鞋边，磕头如捣蒜，弄得公主非常难为情，忙叫众人起身从长计议。众人这才起来，都是泪容满面，万分凄惶。公主也忍不住流泪，愿意入宫周旋，当即带着四名侍女，乘车出门。侍卫见是公主，不便拦阻，由她去了。

没想到过了两天，又有几道谕旨下来。原来嘉庆帝憎恨和珅，只是从前不便表现出来，廷臣也不敢参奏。太上皇驾崩之后，御史广兴、给事中广泰和王念孙几人窥破嘉庆帝的意旨，便一个说和珅偷改朱谕，一个说和珅擅取宫女，一个说和珅私藏禁物，一个说和珅泄露机密；此外还有遇事专持、贪赃枉法、勾结党羽、残害贤良等罪状，不计其数，共列成二十款大罪。惹得嘉庆帝怒气冲冲，想立即将和珅治罪。恰逢十公主入宫求情，弄得嘉庆帝更加懊恼。后来在公主的再三哀求下，嘉庆帝只允诺饶了和珅的家属，但坚决不轻饶和珅，因此才下了严办和珅的谕旨。和珅家眷还以为公主不肯出力，其实公主在嘉庆帝面前也曾下跪磕头，无奈皇帝不答应，公主也没办法。

嘉庆帝接着令刑部严讯，二十款大罪中和珅虽赖掉一半，但仍有一半因为寻出证据，他无法抵赖，只得招认。当下嘉庆帝就派钦差前去查抄。钦差到和珅宅内后，将前堂后厅、内室寝房全部查抄一遍。只见和珅的房屋都是用枏木造成的，体制上模仿宁寿宫，华丽赛过圆明园，陈列的古玩奇珍比大内还多一两倍，当即就令钦差查抄。

那些古玩奇珍总共有一百零九件，除去一些用金银铜制作的珍宝外，还有二十六件，当时估起价来已值两万两千三百八十九万多两白银。另外八十三件珍宝还不曾估价。如果按样计算，也有八九万万两白银。自古以来，无论是王崇的家产还是石恺的家产，都不及和珅的十分之一，就是中外的皇帝也没有这么庞大的家私。

嘉庆帝看了查抄的数目，也不由得暗暗惊异，下旨赐和珅自尽。福长安因事事阿奉和珅，便令将他收监，候秋处决。和珅的弟弟和琳也被革去公爵的头衔。只有额驸丰绅殷德，嘉庆帝因顾着十公主脸面，便稍加体恤，免掉他的罪名，叫他在家安住，不得出外滋事。和珅的次子丰绅殷绵被革去封爵，回本旗当闲散差。总之凡是和珅引荐的人，一概被革职贬黜。

和珅伏法后，嘉庆帝振奋精神，又有一番作为。

《三国演义》作兵书

和珅被正法的这一天，王三槐也被押解到京城。嘉庆帝令军机大臣审问王三槐，却得到"官逼民反"四字供词。随后嘉庆帝亲自审讯，王

182

三槐仍咬定原供。嘉庆帝问他："四川的官吏，难道都不按律法办事吗？"王三槐回答："只有刘青天一人。"嘉庆帝又问："哪个刘青天？"王三槐说："现任建昌道台刘清。"嘉庆帝又问道："只有一个刘青天吗？"王三槐回答："除刘青天外，就是巴县老爷赵华、渠县老爷吴桂，这两人虽比不上刘青天，但还算是好官，此外没有了。"嘉庆帝听了这话，不由得感慨起来，随即下令将王三槐下狱，暂缓行刑。同时降旨改剿匪为招抚叛匪。

谕旨下后，内外官吏这才知道嘉庆帝非常留意宫外的事情，并非对宫外的事情一无所知。且谕旨中含有恻隐之心，颇不愧庙号"仁宗"的"仁"字。但当时统兵的将帅，一时不能全部更换，嘉庆帝只得逐渐调换。不久，又下达几道谕旨，打算严整军纪。

这几道谕旨吓得统兵各官不寒而栗。勒保也只得强打精神，悉心筹划，令额勒登保、德楞泰剿办徐天德和冷天禄；明亮剿办张汉潮；自己则驻扎梁山，居中调度。

自嘉庆四年正月到六月，只有额勒登保一军斩杀冷天禄。德楞泰一军与徐天德相持，追入郧阳，明亮一军只是奔走在陕西境内，还没有取得胜利。勒保虽有所顾忌，不敢欺诈皇上，然而江山易改，本性难移，终究是见敌生畏，多方伪饰。新任湖广总督倭什布据实参奏，嘉庆帝于是又降下一道谕旨，细数勒保的罪状。

勒保被逮回京师，永保却出任陕抚。因明亮剿办张汉潮，久无功绩，陕西未能肃清，对自己大为不利，永保便弹劾明亮观望不战，明亮也弹劾永保推诿，双方互相指责，嘉庆帝令陕督松筠密查。松筠上奏说："统帅明亮向来被称知兵，其所提的用兵方案似乎也合情合理，但终究没有实效。将军恒瑞之前在湖北，战绩最为显著，但其年近六旬，精力大减，恐怕不能胜任。提督庆成身先士卒，颇有胆量，无奈没有主见，只能带领大军的旁翼，不能为大军出谋划策。署陕抚永保无谋无勇，专图利己，喜欢推诿过错。只有额勒登保英勇超群，德楞泰稍次于他，若要平贼，非用此二人不可！"

于是朝旨令尚书那彦成带上钦差大臣官印，赴陕监察明亮军，并让他与松筠查明明、永二人孰是孰非。那彦成到达陕西，细探实情之后，随即与松筠联衔参奏。明亮、永保被革职查办，连庆成也在其中。恰逢明亮追斩张汉潮，朝旨认为功不抵罪，仍下令将他押解回京，令额勒登保代任统帅。

额勒登保是满洲正黄旗人，从前隶属海兰察麾下，讨台湾、征廓尔喀，曾随海公建功立业，每到战场必策马当先，冲锋陷阵。海公曾对他说："你真是个将才，可惜不识一个字。我有一册兵书，你熟读后，他日自会成为名将。"额勒登保得到赠书后，便昼夜揣摩，最后居然熟谙兵法，能出奇制胜。

这兵书是什么呢？原来是一册《三国演义》，由汉文译成满文。海公将此书作为枕中秘本，赠给额勒登保，无非是传授衣钵的意思。额勒登保手下有两员汉将，且都姓杨，一个叫杨遇春，四川崇庆州人；一个叫杨芳，贵州松桃厅人。杨遇春曾经梦到神仙赐了他一面黑旗，故以黑旗率众，敌这一望即知是杨家军。杨芳爱读书，通晓经史大义，应试不中，于是弃笔从戎，被杨遇春所赏识。阵斩冷天禄，其实全仗二杨的功劳。额勒登保为统帅时，杨遇春已授任总兵，杨芳仍是一个都司官，额公特保举杨遇春为提督，杨芳为副将。二人为报额公的知遇之恩，尤为出力。就是罗思举、桂涵两乡勇也因额公做了统帅，有功必赏，都愿为额公效命。

额勒登保受任统帅后，大权在手，不再担心被肘制。于是统筹全局，令文案员修好奏折，详陈自己的用兵策略。那奏折老谋深算，不比凡庸，军务从此渐有起色。

此时，德楞泰追击徐天德，转战陕境，与高均德相遇。德楞泰乘着大雾袭击高均德，将他擒住，朝廷下旨授德楞泰为参赞大臣。高均德死后，有个叫冉天元的人纠集高均德的残众，并与徐天德联合，非常厉害。额勒登保亲自督剿，令杨遇春率领左翼军，穆克登布率领右翼军。穆克登布也是一员骁将，但与杨遇春不合。杨遇春因冉天元善战，便提议先全力和他相搏，杀败他后，再分队追击。额公也赞成此议，只有穆克登布不以为然，恃勇先进，结果破坏全盘计划，被冉天元军杀得大败而回。

额勒登保大怒，檄调德楞泰夹击冉天元。没想到川北的王廷诏率众，竟由川北入汉中，西窥甘肃。额勒登保得到消息后，又率军连夜赴援，并令德楞泰随后援应。冉天元东渡嘉陵江，侵犯潼川、锦州、龙安，打算和甘肃诸寇会合。川陕甘一带，同时告警。清廷不得已，再次起用明亮为领队大臣，令他赶赴湖北；赦免勒保，任命他为四川提督，令他赶赴四川；并宣诏德楞泰为成都将军，令他回军截击冉天元。

德楞泰奉命之后，探知冉天元在江油县，便急忙从小路赶去袭击。冉天元层层设伏，德楞泰步步为营，十荡十决，连夺险隘，转战马蹄冈。此时天色已暗，德楞泰见伏兵渐渐退去，正想下马稍作休息。突然，东北角上一支赤红色的号火腾空而起，直上云霄。德楞泰惊道："难道我兵已陷入敌军的埋伏了？"话还没说完，西北角上又起了两支号火，德楞泰急忙令众兵排开队伍，分头迎敌。转身一望，西南角及东南角上都是闪闪火光，冲天四起，马声杂乱，人声鼎沸。德楞泰料知伏兵不止一两路，便立即将队伍分作四路抵御。刚布置完，敌兵已逼近前来，有七八路。德楞泰传令齐放矢铳，放了一阵，敌兵毫不退怯，反而围裹拢来。德楞泰见敌兵都持着竹竿，竿上缠绕着湿絮，矢中的箭镞、铳中的弹丸大多射在湿絮上，没有伤到敌兵，所以敌军仍是昂头前进。德楞泰于是忙传令各自为战。

官兵自知身陷重围，也不想生还，只恶狠狠地与敌军鏖斗。血战一夜，天色渐亮，敌兵仍是不退。再苦战一天，才渐渐杀退敌兵。官兵忙埋锅造饭，刚吃过饭，四面喊声又起，于是忙一齐上马，再行厮杀，又是一天一夜。这一天，官兵只吃了一顿饭，夜间仍是和敌军作战。德楞泰暗想道："敌兵轮番来袭，我兵没有援应，再这样下去，必定全军覆没！"于是下令边战边撤。

官兵阵势一动，冉天元料知是撤退，便麾众前进，走得稍慢的多被他杀死，因此敌众舍命穷追。官兵奋战了三天三夜，气力已尽，肚子又饿，便纷纷溃散。德楞泰也觉得人困马乏，带着几十名亲兵跃上山巅，下马喘气，叹道："我自从军以来，从来没有遇到过这样的悍贼，看来这次要死在这里了。"正自言自语时，猛然听到一声大叫："德楞泰哪里走？"这一句响彻山谷。德楞泰忙上马瞭望，见山下一人，挥着鞭，舞着刀，冲上山来。这人是谁？正是冉天元。德楞泰此刻胸中已横着一个"死"字，倒也不怎么惊恐，且因奔上山来的，只有冉天元一人，便越发胆壮，也大呼道："冉贼，你来送死吗？"一面说话，一面张弓搭箭，"嗖"的一声，正中冉天元的马。那马负痛，一俯一仰竟把冉天元掀落在地，冉天元就这样骨碌碌地滚下山去。德楞泰拍马下山，亲兵也紧随而下。见冉天元正悬在断崖藤上，德楞泰忙从亲兵手中取过钩头枪，将冉天元钩过来，摔在地上，亲兵立即将他捆起来。山下的敌兵正上山接应冉天元，见冉天元被擒，便拼命夺人。德楞泰正与他们交战，忽然山后有一支人马逾山而来，从山顶冲下。德楞泰赶紧一瞧，认得是山后的乡勇，顿时心中大喜。敌兵见乡勇驰到，忙转身逃走。德楞泰带着乡勇下山召集余兵，将敌军往北驱逐了二十里。

这一场恶战，自古罕有，"德将军"三字惊破敌胆。从此，兵官大多打着德将军的旗帜剿匪，教徒不辨真假，一见旗帜就逃。川西肃清，川东北虽有余孽，不足为患。此时，勒保也正好到四川，于是德楞泰将肃清余党的事交给勒保，自己则去支援额勒登保。

额勒登保追击王廷诏，沿途斩获无数叛匪。王廷诏主动要求回到陕西，那彦成因堵剿不力，遭到朝廷的严厉谴责。同时河南布政使马慧裕在叶县缉获教主刘之协，将他押送到京师，朝廷下令将他立即正法。不久，嘉庆帝亲自写了一篇《邪教说》招抚逆民。教徒失去倚靠，逐渐改变心意，重做良民。此时，只剩王廷诏在陕西，徐天德在湖北，德楞泰由川赴陕，与额勒登保会合后追袭王廷诏。杨遇春为先锋，到龙池场分兵埋伏，诱使王廷诏追来，然后一举将他擒住，还抓获了十几个小头目。王廷诏的余众败逃湖北，德楞泰引兵追剿，明亮夹击。在德、明二人的圈逼下，徐天德、樊人杰先后投水溺死。川、楚、陕三省的首逆这才被斩俘殆尽，不过仍有余孽没被剿灭。此时已是嘉庆六年的夏季。

李长庚剿海盗

川、楚、陕三省的教徒头目虽然大多被擒戮，但余孽还是不少。额勒登保、德楞泰来回搜剿，直到嘉庆七年冬季，才大功告成。嘉庆帝祭告裕陵，宣示中原内外，封额勒登保为一等威勇侯，德楞泰为一等继勇侯，两人都被加封太子太保，授御前大臣；封勒保为一等伯，明亮为一等男；杨遇春以下诸将各得其赏。

川、楚、陕平定后，因地势险阻，嘉庆帝广泛增设营寨，陕西省添了一个宁陕镇，就令杨芳做镇台。宁陕一带地险粮贵，起先因粮饷不够用，朝廷酌令每月加发盐米银，每人五钱，三年递减，次年届期应减一钱。布政使朱勋以没收到公文为借口，将四钱也都停发，士兵们纷纷抱怨。恰逢陕西提督杨遇春奉旨入京觐见，宁陕总兵杨芳调任署提督，只有副将杨之震留守宁陕镇，他不问曲直就将抱怨的兵士都杖笞一顿。兵士愈加怨愤。军中有两个小头目，都姓陈，一叫陈达顺，一叫先伦，两人居然纠众抗命，杀死副将和游击，劫了库中的银两，放出狱中的罪犯，并趁势作乱。

当时，杨遇春还没有出陕西，朝旨令他立即回剿，另派成都将军德楞泰为钦差大臣，赴陕督师。杨遇春赶到方柴关，叛兵已预先设好了埋伏，并推举蒲大芳为首领。蒲大芳骁勇善战，竟率叛兵将杨遇春围住。官兵、叛卒都互相认识，此时都不肯听杨遇春的号令。杨遇春只率几十名亲兵登山断后，见蒲大芳策马前来，大声斥责："你为什么造反？"蒲大芳一见是杨遇春，就远远地下马跪拜，哭诉营官克扣粮饷的情形。杨遇春劝道："营官克扣粮饷，你可以上诉，何苦做这大逆不道的事？"蒲大芳回答："现在已是骑虎难下，求大帅原谅我！"说完，起身径直离去。

此时，杨芳也赶来救援，杨遇春马上与他商议。杨芳说："叛兵都身经百战，并非乌合之众，要除灭他们很不容易。况且官兵九年被劳，疮痍还没恢复，与叛兵又一起同甘共苦过，以兵攻兵，始终没有斗志。听说叛首蒲大芳见到大帅，还下马遥跪，卑职的家属也由蒲大芳送到石泉，可见蒲大芳虽叛变但还有旧部的情谊。卑职愿亲自前去招抚他，如果蒲大芳归降，事情便可迎刃而解。"杨遇春十分高兴，立即令杨芳去招抚蒲大芳。到了蒲大芳的营前，戈矛林立，军垒森严，杨芳的背后只有几名随员，随员都吓得战战兢兢，请杨芳折回。杨芳说："上天若保佑苍生，我必不会死。并且为国息兵，死而无恨。你们如果畏惧就回去吧。让我一个人前去好了。"说完，扬鞭独自前行，直入蒲大芳的军营。

蒲大芳忙出来迎见，杨芳冲着蒲大芳就痛哭失声："我和你们同心协力多年，患难与共，亲如手足。如今却反目成仇，我不忍心看到你们身死族灭，所以一人前来，请你们先杀了我，免得见到你们遭遇惨祸。"蒲大芳等人听了这番话，不由得十分感激，便说："我们这样的小兵怎么敢冒犯镇台大人？大人真心相待，大芳也有天良，怎么会不知感恩？只是朝廷未必肯宽恕我们，怎么办？"杨芳说："你们如果诚心悔过，我一定会在钦差大人面前极力为你们说好话。要生同生，要死同死，我不会让你们独自遭受灾殃！"蒲大芳到此不禁感激涕零，声随泪下说："镇台大人真是我的再生父母。我如果再违逆下去，恐怕皇天也不容我！"当下对众人说："大芳今天已悔过，愿意听从这位杨镇台大人。杨镇台令我活，我就活；杨镇台要我死，我也甘心受死。如果兄弟们不以为然，那就悉听尊便！"众人齐声说："愿跟随杨大人！"杨芳见叛兵都愿投降，便问："诸位都愿相随，是再好不过的了。倡导作乱的人现在在这里吗？"蒲大芳回答："不在这里。"杨芳便说："我不便赦免他。他杀了官，劫了库，破了狱，无法无天。如果不照律法查办，还要什么朝廷？"蒲大芳忙说："这些都包在蒲大芳身上，请大人放心！"杨芳随即回营。

过了两天，蒲大芳果然诱捆了陈先伦、陈达顺二人，将二人献入清营，束手归命。这次乱事，若不是杨芳单骑招抚，以诚服人，就只能见到叛兵四出，如火燎原，比川、楚、陕三省的教徒，还要厉害几倍呢。德楞泰将二陈碟死，其余的人全部宽赦，让他们回到原来的队伍。然后上奏，只说叛卒穷蹙，乞求饶命，却将杨芳招抚的事搁起不提。

没想到嘉庆帝忽然降下严旨，说德楞泰擅自做主、宽纵叛兵，竟要严惩他。德楞泰急得没有办法，又上了一篇奏章，将责任全推在杨芳一人身上。嘉庆帝于是将杨芳革职，发配边疆；令蒲大芳二百多人也随杨芳发配伊犁；又密令伊犁将军松筠诱杀蒲大芳等人。杨遇春也被降为总兵，德楞泰的处罚最轻，革职留任。后来，德楞泰调任陕西，剿平西乡的叛兵，朝廷赏还原职。德公也天良发现，密奏杨芳的功绩，嘉庆帝这才将杨芳赦回，然而杨芳已受到不少屈辱。

西北一带经过多次痛剿，已算无事，偏偏东南的海寇又掀起浪来。海洋开禁，自康熙年间开始。康熙帝曾任用西洋人汤若望、南怀仁，令他们专管时历。外洋商船得到内援，便在中国海滨经商，往来于江浙闽一带。乾隆末年，安南阮光平父子窃位据国，国库中库银所剩无几，他们便想出一个办法。召集沿海无赖，给他们兵船，封他们官爵，叫他们在海中劫掠商船，充作国用。于是海寇日盛一日。

嘉庆五年，海寇驾驶一百多艘舰艇聚逼台州，居然想上岸劫夺。浙江定海镇总兵李长庚生长在闽海，向来熟识海中的险要地势，且忠勇善谋。这天得到警报，他忙带领三镇水军出港口抵御。正巧飓风突然袭来，雷雨大作，寇艇多半互相撞溺，几百个海寇上岸避风，被李长庚捉得一个不剩。当场审讯，其中有四个头目是安南总兵，佩有安南王赐的免死令牌。李长庚大怒，把四人碟死，并写信给安南王，将敕印掷还。

恰逢安南又有内乱，广南王后裔阮福映从暹罗回国，在暹人的援助下收复旧土，灭了新阮，便想着联络清朝。于是一面声明纵容海寇的是阮光平父子所为，与己无关；一面称臣入贡，请求清朝册封，乞求仍以"越南"为国名。嘉庆帝封他为越南国王，令他严厉杜绝海寇，阮福映遵旨照办。无奈海寇人数已是不少，虽失去安南政府的保护，但野心没有收敛，仍然在海上出没。其中有两个大头目，一个叫蔡牵，一个叫朱渍。两人合并群盗，号令一方，各自有一百多艘舰艇，将闽海作为根据地。无论是哪国的商船，一出海洋，就得缴纳通行税四百元，进港费用加倍。因此二人竟成为海上富豪。两人又勾结陆地上的帮会匪徒，叫他们暗地里供应兵械。饷械充足，两人猖獗万分，连官兵都奈何不了他们。

只有智勇双全的李长庚，还可以与他们酣战几场。但李长庚只知忠国，不善逢迎，往往遭到上司的忌恨。嘉庆帝因李长庚有功，想擢拔他为福建提督。闽督玉德却反对李长庚担任此职，奏称李长庚籍隶福建，应当回避。清廷于是将李长庚调到浙江。浙江巡抚阮元是江苏仪征县人，他向来擅长文韬，兼通武略。见到李长庚后，与他谈了一回剿寇事宜，甚合心意，于是对李长庚大加赏识。李长庚献上造船、制炮的两大计策，阮抚台一律采用，并立即筹款十多万两，交给李长庚。李长庚得到这笔钱款，就放着胆子造起三十艘大船，名叫霆船，铸就四百尊大炮，配置到各船。霆船乘风破浪，所向披靡，连败蔡牵于岐头、东霍，擒住贼目张如茂，兵威大振。

嘉庆九年冬天，李长庚在甲子洋击败朱濆。第二年夏天，又在青龙港击败蔡牵。蔡牵屡败屡战，索性聚集一百多艘船侵入台湾，攻入鹿耳门，沉舟塞港，截阻官兵的援应。并勾结一万多名土匪围攻府城，自称镇海王。闽督玉德飞报清廷，嘉庆帝忙令成都将军德楞泰任钦差大臣，率三千名四川兵赴台剿寇；又令将军赛冲阿为副手，也飞速出兵。

两将军还没出发，李长庚已到台湾。他见鹿耳门已被塞住，便寻出一条小港来。这港名叫安平港，可以直入府城。李长庚令总兵许松年、王得禄驾着小舟，率兵潜入府城。自己守住南汕、北汕两个港口，堵住蔡牵的出路。蔡牵还以为鹿耳门已经被塞住，大可放心向前进攻，不料许松年、王得禄已从小港攻入。蔡牵急忙分兵抵御，五战五败，丧失三十多艘小战船以及一千多名党羽。蔡牵料知台湾难以窃取，急忙从北汕港逃走。将要出港口时，却见港口外堵着好几艘大舰，最高的舰上正站着一位大帅，手执令旗，威风凛凛，一眼望过去，不是别人，正是生平最怕的李长庚。蔡牵想上前突围，后面的追兵又到。前后都用大炮轰击，蔡牵管了前，便不能顾后；管了后，又不能顾前，叫苦连天，无路可逃。李长庚下令道："今日不擒蔡逆，更待何时？诸将士宜乘此努力！"这令一下，诸将士奋力前攻，巴不得立刻擒住蔡牵。

将士虽然齐心，老天却偏不作美。一阵怪风从海中掀起，波涛怒立，战舰飘摇，官兵都左摇右晃，站不住脚，最后让蔡牵夺路逃走。一出港口，大海辽阔无垠，李长庚只率领了三千名士兵，哪里阻截得住蔡牵？仅夺下十几艘战船。嘉庆帝还说他任贼远逃，夺去他的翎顶，命德楞泰等人一律回守四川。李长庚十分激愤，又率兵力剿，蔡牵退到福宁，岸上却无一兵卒前去夹击。蔡牵、朱渍两人联合作战，李长庚猛力将两人杀退，蔡牵又与朱渍分兵，窜入浙海。从台州到定海，李长庚尾追不舍，专门攻打蔡牵，蔡牵受伤后逃走，朝廷下旨赏还李长庚的翎顶，李长庚的愤怒才稍稍平息。

不料浙抚阮公离职，回家守孝。李长庚深深叹息，对三镇的总兵们说："我自统领水军以来，在阮公的帮助下，才有机会施展拳脚。如今阮公回家了，再没有人能理解我，看来降服海寇不容易啊！"总兵们说："浙抚虽然离去，但闽督还在，统帅为什么要忧虑？"李长庚说："不要提这位闽督玉公！我要造船，他说没有银两；我要调军，他说无兵可调。台湾一役，我与你们尽力截住蔡逆，虽然天公不作美，刮起飓风，让蔡逆逃脱，但这蔡逆已被我杀败，狼狈万分。假如此时玉公肯出兵相助，我们还怕不能追擒蔡逆吗？就算玉公不愿出兵，但如果肯预先发给我银两，让我造出大船，船身高大，定能抵得住风潮，而且还能迎风追袭！你看，蔡逆的坐船比我的坐船还要高五六尺，他在惊风骇浪中能驾驶自如，我却不能，只能眼睁睁地看着他逃去，真是可恨！"三位总兵听到这些话，也不禁愤恨起来，便异口同声说："统帅既然要造船，我们愿意鼎力相助！"李长庚说："诸君的美意十分可敬。我也早有此意，就怕玉帅不答应。"三位总兵提议："我们先禀报玉帅，再从长计议。"李长庚于是写好禀单，上呈闽督。

不久回批下来，果然说造船需要时日，朝廷下旨速剿海寇，不便久等。李长庚忙召集三位总兵，将回批拿给他们看，三位总兵愤愤地说道："统帅本可以上呈奏折，为什么不详细禀明皇上呢？"李长庚叹道："我们都是汉人，汉人十句话不及满人一句。朝廷总是相信玉帅，不相信长庚，怎么办啊？"三位总兵说："现今的皇上圣明，统帅还是先写个奏章吧。"李长庚不得已，只好将平日的情形，据实列奏。嘉庆帝果真圣明，将闽督玉德革职查办，另派阿林保继任闽督。

阿林保到任后，李长庚免不了到福建贺喜。阿林保置酒款待，席间谈起剿寇的事宜。新总督阿公拈着几根胡须，沉吟一回，随即笑嘻嘻地对李长庚说："大海捕鱼，什么时候才能入网？兄弟我有一计，不知能不能用？"李长庚说："胆敢请教。"阿林保说："海外辽阔，事无旁证。李统帅你斩杀一酋，可以报到我的衙门说是蔡牵首级，兄弟我便可以飞章报捷，其他的贼子都可以照此法办理。这样的话，你受上赏，我也得次功，比长年累月冒着生命危险跋涉鲸波好得多。你看这不是很好吗？"

李长庚勃然大怒："大帅叫长庚杀贼，长庚久视海舶如屋舍，并不怕死，但要这样捏诈虚报，恕长庚不敢从命！"阿林保生气道："我也无非为你打算，你定要擒真蔡牵，兄弟我也不便多管！"李长庚坚定地说："长庚誓与贼同死，不与贼同生！"阿林保不等李长庚说完，便说："算了！好好一个人，为什么情愿求死？要死有什么难？要死不难！"李长庚满腹愤怒，不好发泄，勉强喝了几杯，谢宴出府。阿林保立即密劾李长庚，不到一个月就上呈了三封弹劾的奏章，不是说李长庚狂妄自大，就是说李长庚怯战，一心想置李长庚于死地。

八卦教闹皇城

嘉庆帝一连接到阿林保的三封密奏，不免疑惑起来。只因前时阮元等人都极力保荐李长庚，且海上的战功大多也是他立下的，嘉庆帝于是半信半疑，密令浙抚清安泰调查。清安泰经过实地查证，递上一篇恳切真挚的奏折，将李长庚一生经营的作战方略，及海上交战情形全部写上。看过奏章后，嘉庆帝才获悉阿林保嫉贤妒能，于是降旨斥责他一番，并令他制造三十艘大梭船，船未完工以前，先雇用大商船助剿。阿林保见弹劾无效，反遭诘责，气得暴跳如雷，独自一人乱叫道："有我无长庚，有长庚无我！我总会要他死！他死了，才能出尽我胸中的一口闷气！"于是飞书催促李长庚作战。

原来清廷定例，总督大多兼有兵部尚书的职衔，全省水陆各军都归总督管制。李长庚虽统率水军，但不能不遵从阿林保的命令。李长庚正想修理船只，整备军械，为大举出洋做好准备，不料阿林保的催战文书，三天一道、五天两道。李长庚休战不到一个月，他竟下了十多道檄文。李长庚叹道："我不死在海贼手里，也难逃奸臣的陷害，看来我不如与贼同死！"于是召集诸将择日出师，一面写好家书寄给夫人吴氏，说："以身许国，不能顾家！"并将几枚落掉的牙齿和家书缄固在一起，派人送到家中。

嘉庆十二年，李长庚令总兵许松年等人进击朱濆，自己则亲率精兵专剿蔡牵。朱濆被许松年击败，势已穷蹙，李长庚也连败蔡牵。蔡牵只剩下三艘海船，李长庚想一举歼敌，便令福建水军提督张见升一同穷追敌寇。蔡牵逃到黑水洋，李长庚率水军追上，蔡牵无路可逃，只好决一死战。李长庚亲自播鼓，督众围攻，大约战了两个时辰。蔡牵船上的风帆因触着弹子，霎时破裂。李长庚令兵士趁势纵火，直逼蔡船的后艄，霎时间火势炎炎，兵士都紧握着兵器，想趁着火势扑过去。这时候突然听到蔡牵船后一声炮发，弹丸射入李长庚的船中，兵士向后一看，见李长庚已跌倒在船板上，部下连忙施救，但李长庚已鲜血直流。军中失去主帅，自然慌乱。本来张见升跟在后面，这时只要他到李长庚的船上督带士卒，再有半天，便可歼贼。谁知他是阿林保的心腹，不愁蔡牵生，但愿长庚死，当下便引船撤退，众兵船也相继退回。蔡牵带着三艘残船逃回安南。这消息传到京城，嘉庆帝大为悲痛，追封李长庚为壮烈伯，赐谥忠毅，令地方官妥善护送灵柩回籍，设立专祠。随后将李长庚的部将王得禄、邱良功二人升任为提督，令他们分率李长庚的旧部，为李长庚报仇。

此时，蔡牵、朱濆都已势衰力竭。闽督改任方维甸，浙抚又重任阮元，军机大臣也换为戴衢亨，将相协力，内外一心，歼除这垂亡的小丑，自然容易得很。许松年在闽海击毙朱濆，朱濆的弟弟朱渥率众乞降。王、邱二提督得知许松年已立大功，唯恐落在人后，随即慷慨誓师，决心擒拿蔡牵。

蔡牵已招集残众，入侵闽、浙海面，直到定海的渔山。二提督一路追剿，乘着上风，奋力攻打。转战到黑水洋的时候，天已昏黑，本想纵火烧贼舟，不想风浪大起，蔡牵又乘浪逃脱。二提督异常愤怒，当晚商议时，邱良功对王得禄说："前天临行时，抚帅阮公曾叫我们分船夹攻，专攻蔡逆，明天要想擒获蔡牵，应用此策。"王得禄听后说："不错。"

第二天早晨，官兵又出师穷追。蔡牵一见清水军便逃，驶出黑水洋。邱良功赶忙追上，令舰队分头堵截，自己的船与蔡牵的坐船并列，专门攻打蔡牵。王得禄的船也赶过来，与邱良功船并列，接应邱良功。两队誓死猛扑，硝烟蔽天。忽然邱良功船上的风篷与蔡牵坐船上的风篷缠到一块儿了，蔡牵的手下忙持着长矛将邱良功的风篷扯毁。邱良功大喝一声，执着雪亮的宝刀冲上前去。说时迟那时快，敌众的长矛已刺到邱良功脚上，顿时血流如注。邱良功的部下见主帅受伤，一拥而上。

蔡牵正想逃走，王得禄又挥众直上。炮弹一发接着一发，蔡牵仍誓死抵抗。战到傍晚时，蔡牵船中的炮弹已全部用完，正想等别的船前来支援，但别的船又被闽、浙二军阻住。王得禄料知敌势已蹙，便纵火焚烧蔡船的尾楼。忽然身上中了几颗炮弹，疼痛却不比中弹丸剧烈。仔细一瞧，并不是弹丸，竟是外国商人通用的银圆。王得禄大呼道："贼船内弹药已尽，打过来的都是银圆，不会伤人。军士们替我奋力向前，捉到贼首有赏！"军士一看，只见船板上面银圆果然不少，顿时胆子愈壮，气力愈大，一面放火，一面用枪矛钩断蔡船的篷桅。蔡牵自知死路一条，便用炮将坐船炸裂，连人带船沉落海中。贼首沉入龙王宫长眠了，余党大半乞降。王得禄、邱良功收兵而回，忙用红旗报捷。嘉庆帝封王得禄为二等子，邱良功为二等男。于是，福建、浙江海域的大海盗都被消灭。广东海域仍存活的几个海盗，被督百龄切断接济，派兵搜剿，走投无路，只好投诚乞命。

嘉庆帝内惩教匪，外惩海盗。于是下旨严禁西洋人刻书传教。有几个西洋人暗中传教，结果都受到严惩。

这时候，英吉利人多次乞求通商，沿岸官吏奉旨拒绝。有一天，广东沿海的澳门岛外忽然来了十三艘英舰，舰长叫做度路利。他写信给总督，声明愿意代剿海寇，但要求以通商作为回报。总督吴熊光认为海寇渐被消灭，无须借援，便拒绝英将的好意。不料英舰仍逗留不去，反而入澳门登岸，占据各炮台。吴熊光忙据实上奏，朝廷下旨责怪吴熊光办理迟误，将他革职留任，并说："英舰如再不离去，便出兵剿办。"吴熊光通知英将，英将这才起锚回国。

不久，英国又派遣使臣墨尔斯入京，与政府直接交涉，想定立通商条约。清廷强迫他行跪拜礼，墨尔斯不从，当即被驱逐回国。英人不知内情，暂时罢手，清廷还以为是威震五洲，没人敢欺侮。嘉庆帝于是西幸五台、北狩木兰，消遣这千金难买的岁月。

嘉庆十六年，彗星在西北方出现。钦天监上奏星象主兵，应预先防备，嘉庆帝又问："星变会在什么时候发生？"钦天监细细查核后回答："应在十八年闰八月中，如果将十八年闰八月改作十九年闰二月，或许可以避过这场灾祸。"嘉庆帝准奏，诏令百官修身反省。这些官员都是些麻木不仁的人物，今朝一慌，明朝没事，也就算了。

转眼间两年就过去了，嘉庆帝早已忘记星象的事。七月下旬便起銮去木兰秋猎，没想到宫廷里面竟闹出一件大祸来。

原来，南京一带的亡命徒，建立起一个教会叫做天理教，也叫八卦教。该教与白莲教颇为相似，党羽遍布直隶、河南、山东、山西各省。教中有两个教首：一个是林清，在直隶传教；一个是李文成，在河南传教。他们两人内外勾结，一心只想谋富贵、做皇帝。得知钦天监说星象主兵，清廷移改闰月的事情，便打算乘机作乱。于是捏造了两句话：
"二八中秋，黄花落地。清朝最怕闰八月，天数难逃，移改也是无益。"这
几句话在愚民中间引起不小的轰动。又因直隶省正好遇到旱灾，流民繁
多，聚集成群。林清趁势召集部众，一面用几万两银子买通内监刘金、高
广福、阎进喜等人，让他们作为内应；一面密召李文成作为外援。

李文成两次到京城，两人约定九月十五日起事。九月十五日正是钦
天监原定嘉庆十八年闰八月十五日。天下事若要人不知，除非己莫为。
林、李两人暗地里的谋划，还以为神不知鬼不觉，没想到滑县知县强克捷
竟探知这个消息，并飞速派人秘密通知巡抚高杞和卫辉知府郎锦麒，请两
人速速发兵缉捕乱党。不料高抚台与郎知府怀疑他轻事重报，便将事情搁
到一边。强克捷急得不得了，两次写信详细申诉，仍然没有得到回应。

强克捷暗想："李文成是本县人氏，他蓄谋不轨，将来起事，朝廷
定会说我不先防备。抚台、府宪现在不肯发兵，事到临头时，也必会将
责任推到我头上，哪个肯把我的信函拿出来？我迟早终是一死，还是先
发制人为妙。就算死了，也是为国而死，死掉我一个，也能保全不少百
姓！"主意已定，等到天黑，强克捷密传众衙役齐集县署听差。衙役等人
收到命令后，当即赶到县衙，强克捷已经坐在堂上，见衙役全到，便吩
咐他们说："本官要出衙办事，你们应当随我前去，巡夜的灯笼、拿人
的家伙都要备齐了，不得迟误！"衙役不敢怠慢，当即取出铁索、脚镣等
物，强克捷上轿出衙。

强克捷禁止他们出声，一行人静悄悄前行，走东转西，都由强克捷亲
自指点。走到一个僻静的地方，见有一所房屋，强克捷忙叫轿夫停住，轿
夫遵命停下。强克捷出轿后，分出一半衙役，令他们守住前后门，衙役虽莫
名其妙，但也得照行。有两三个人向来与李文成互通声气，此时也不敢多
嘴。还有一半衙役，由强克捷带领，敲门而入。李文成正在内室，刚吃完
晚饭，仆役报知县官亲自到来，他怀疑是风声泄露，不敢出来。强克捷径直
走进内室，李文成一时不能躲避，只能装出一副没事儿的模样。强克捷大
喝一声："拿下！"衙役提起铁链就套到李文成的颈上，将他拖拽回衙门。

强克捷立即坐堂审问，李文成笑道："老爷要捉拿我，也应有证据，
我并没犯法，为什么平白无故捉拿我？"强克捷拍案道："你私结教会，
蓄谋不轨，本县已查明消息，你还敢抵赖吗？从实招认，免受重刑！"
李文成抵赖道："叫我招什么？"强克捷怒道："你胆大妄为，看来不
给你用刑，你一定不肯吐露实情。"便喝令衙役用刑。衙役应声把夹棍

194

"砰"地掷在地上，拖倒李文成，脱去他的鞋袜，套上夹棍。任你一收一紧，李文成只是咬定牙关，连半个字都不说。强克捷喝道："不招再收！"李文成仍是不招。强克捷说："好一个大盗，你在本县手中休想活命！"随即吩咐衙役收夹加敲。连敲几下，"啪"的一声，李文成的脚胫爆断。李文成晕过去后，衙役马上禀知。李克捷下令将他用冷水泼醒，钉镣收禁。

强克捷还以为他脚胫已断，一时不能逃走，可以慢慢设法讯供。没想到，李文成的党羽有几千人，他们得知首领被捉，便想出一个劫狱杀官的办法。九月初七，三千人聚集在一起，径直闯入滑城。滑城县署里只有几个正在当差的人，并没有精兵健将。这三千人一拥入署，衙役霎时逃得精光，只剩下强克捷一家老小无处投奔，被三千人一阵乱剁，全部杀害。乱众将县官杀死后，忙破狱救出李文成。李文成说："直隶的林首领约我于十五日到京援应。如今事情先闹起来，途中必有官兵阻拦，一时不能前行，定然误了林大哥的原约，怎么办？"众党羽说："我们听说兄长被捉，便赶紧前来援救，没有工夫考虑后果。如今想来，我们的确太鲁莽了。"李文成说："这也不能怪兄弟们，只能恨这个强克捷耽误我们的大事，我的脚胫又被他敲断，行动不便。现在只能有劳兄弟们分头行事，入京恐怕已是来不及了。林大哥！我负了你啊！"当下众教徒商议分路入犯，一路进攻山东，一路进攻直隶，李文成则留守滑城。

嘉庆帝在木兰得到警报后，用六百里加紧谕旨，令直隶总督温承惠、山东巡抚同兴、河南巡抚高杞三人迅速合力剿匪，并令沿河诸将严密防堵。这旨一下，李文成的党羽便不能过黄河了。只有山东的曹州、定陶、金乡三县和直隶的东垣、长明二县散布的教徒先后响应，杀死官吏，占据城池。其他的县城防守严密，那里的教徒一时不能下手。

京内的林清正焦急万分地等着李文成入京援应。等到九月十四日，仍无音信，林清急得像热锅上的蚂蚁。他的拜盟弟兄曹福昌说："李首领今天没到，已经误期，我们势孤援绝，不便有所举动。好在嘉庆帝马上要回来，这群混账大臣一定会出去迎驾，那时朝内空虚，李首领也可能会赶到京城，到时候内外夹攻，定可成功！"林清问："嘉庆回京是哪一天？"曹福昌说："我已探听确切，大臣们将于十七日出去接驾。"林清说："二八中秋已有定约，怎么好改期？"曹福昌又说："这是杜撰的谣言，哪里能够当真？"林清说道："不管怎么样，我都不能食言，大家如果齐心去干，自然会成功的。"他口中虽这么说，心中倒也有些惧怕。

于是先令二百名党羽藏好兵器，于第二天混入内城，自己却在黄村暂时住下，静候消息。

这二百个教徒混入城内，便在紫禁城外面的酒肆中饮酒吃饭，专等内应。坐到傍晚，才见有两人进来，与众人打了一个暗号。众人一瞧，正是太监刘金、高广福，顿时喜形于色，就起身跟着他俩出去，分头行事。一百人跟在刘金后面，进攻东华门；一百人跟在高广福后面，进攻西华门。众人都是白布包头，鼓噪而入。

东华门的护军侍卫见有匪徒闯入，立即抵御，把匪徒驱出门外，关好了门。西华门来不及防御，竟被教徒冲进去，反而将禁军关在门外。教徒一路趋入，曲折盘旋，不辨东西南北。正巧阎进喜出来接应，叫他们认定西边，杀入大内，并用手指定方向，带了几步路。阎进喜做贼心虚，匆匆离去。这些教徒急忙向西行进，满心期望立即进入宫中，杀个爽快，抢个干净。无奈途中的楼阁错综复杂，免不了左右旋绕，两转三转，便迷了路。远远看见前面有一所房屋，高大得很，众人错以为是大内，便一齐扑上去。谁知里面没有什么人，只有几百个书架。教徒连忙退了出来，借着火把向门上一望，只见匾额上写的是"文颖馆"三字。众人又攻进右边的房屋，里面仍然寂静无声，也排列着几百个箱子，且一律锁着。他们用刀劈开，都是衣服。教徒只得又转身出来，再看门上的匾额是"尚衣监"三字。此时，众人不由得焦躁起来，索性分头乱闯。有几个闯到隆宗门，但门已关得十分严紧；有几个闯到养心门，门也早被关好。教徒中有一个头目说："这般乱撞，什么时候才能进入大内？我先爬墙进去，你们随后进来.这墙内肯定是皇宫！"说完，手执一面大白旗，攀墙而上。正要他的翻过墙头，墙内突然爆出一粒弹丸，正中咽喉，只发出"哎"的一声，便从墙上坠下了。

髯将军杨遇春

教徒中弹坠下，放弹的人竟是皇次子绵宁。当时，皇次子正在上书房，忽然听到外面的喊声十分紧急，忙问发生了什么事。内侍也不知缘故，赶紧出外探察，才知有匪徒攻入禁城，忙三步并作两步地回来报告。皇次子说："这还了得！快取撒袋、鸟铳还有腰刀来！"内侍忙取出呈上。皇次子佩上撒袋，挂上腰刀，手执鸟铳，带着内侍来到养心门。贝勒绵志也跟在后面。皇次子令内侍安好梯子后，爬上梯子刚向外一瞧，正看到匪徒爬墙过来。皇次子将弹药装入铳内，随手一按机关，弹药爆出，把这执旗爬墙的人打落下去，当场毙命。一个坠下，又有两个想爬上来，皇次子再发一铳打死一个，贝勒绵志也开一铳打死一个。其余的人不敢再爬墙，只在墙外乱嚷嚷："快放火！快放火！"于是走到隆宗门前纵起火来。皇次子颇觉着急，忽然电光一闪，雷声隆隆，大雨随声而下，将火扑灭。有几个匪徒赶紧转身逃去，但天色昏黑，不辨南北，都失足跌入御河中。内侍赶紧来报，说是天雷将匪徒劈死，皇次子这才放心。

此时，留守王大臣已带兵进来护卫。一阵搜查，擒住六七十名教徒。当场讯问，教徒供称由内监刘金、高广福、阎进喜等人引入。王大臣随即令兵士将三人捉来，三人企图狡辩，经教徒对质后，无法抵赖，忙供称该死。皇次子一面飞报皇上，一面入宫请安。宫中自后妃以下的所有人都已吓得发抖，等到听说匪徒已全被擒获，才稍稍放下心来。嘉庆帝接到皇次子的禀报后，立即封皇次子绵宁为智亲王，每年加给俸银一万二千两，绵志加封为郡王，每年加给俸银一千两。

这次禁城平乱，除皇次子及贝勒绵志外，要算仪亲王永璇、成亲王永星最为出力。两亲王都是嘉庆帝的兄长，嘉庆帝和兄弟相处得十分和睦，不像先祖薄情，所以平日仪、成两邸还有点势力。此次留守禁城，督剿教匪，又蒙嘉奖。同时嘉庆帝革掉步军统领吉纶及左翼总兵玉麟的职衔，令尚书托津英和回京查办其余的逆匪，任命陕西总督那彦成为钦差大臣，令他督兵飞剿河南。然后嘉庆帝忙从白涧回銮。

托津英和到黄村后，得知教首林清已被擒住，便立即赶回京城。自九月十五日到十九日，这几天雷电不绝，风霾交作。每天都是尘雾蔽天，几乎让人分辨不出什么时候是白天，什么时候是黑夜。京城里面，人心惶惶，谣言四起，多亏托津英和已经回京，宫中人才得知銮驾安然无恙。直到嘉庆帝回京，人们才渐渐镇定。二十三日，嘉庆帝亲御瀛台，审讯教首林清及与匪徒勾结的几个太监。证词和供词都核实后，嘉庆帝下令将所有人犯凌迟处死。

此时，李文成的脚伤还没痊愈，不能出远门，众教徒又被清兵阻隔，只能聚集在道口镇。钦差大臣那彦成和提督杨遇春率兵赶到卫辉府。杨遇春向来英勇，带着几十名亲兵顺着运河向西进军。在道口遇到几千人的教徒队伍，杨遇春当即大呼进击，策马先驱。教徒远远地望见他们举着黑旗冲过来，知道是杨家军，顿时惊慌失措，纷纷渡河往回逃。杨遇春追过河后，擒斩两百多名教徒，正准备回营，一检点亲兵，发现少了两人。于是又冲入敌队，夺回两具尸体，才暂时回到北岸，等待那彦成的到来，准备一齐进军。

不料等了两天，钦差还没来。原来，那彦成到了卫辉，本想马上进兵，却接到高抚台的公文，说教徒势力强大。那彦成看完公文不免有些胆怯，便打算调遣山西、甘肃、吉林索伦兵前来相助，然后再一起进军。杨遇春是个参赞，拗不过大帅，只得天天等着。幸亏嘉庆帝得知消息，催促那彦成进兵，那彦成不敢怠慢，驰到军营。

杨遇春进攻道口镇，教徒出营探察，瞧见杨家军又来了，忙齐声叫道："不好了！不好了！髯将军又来了！"杨遇春已有些老迈，胡须很长，因此教徒称他为髯将军。髯将军一到，教徒弃营便逃。这边逃，那边追，那钦差又渡河援应，清军攻克桃源，径直向滑城进军。

忽然探马来报，尚书托津英和已平定直隶教匪，带着索伦兵奉旨来助剿滑城了。接连又有人报道："山东的教匪也被盐运使刘清剿杀干净。"那彦成对杨遇春说："直隶、山东已经平定，只剩下河南还没有平定，滑县又是古滑州的旧址，城坚土厚，一时不能攻下，怎么办？"杨遇春说："文官刘清尚能建奇功，参赞受国厚恩，誓破此城，擒这贼首！"那彦成说："刘清向来被称为刘青天，不仅能文，而且能武，真不愧是本朝名臣。老兄也是本朝人杰，成功就在眼前，不必着急。"

正谈论时，索伦兵已到，那彦成将他们召入后，令他们跟着杨遇春攻城。杨遇春督兵开炮，弹丸连发，打破城墙的外面，城墙中间不仅没破，反而将弹丸颗颗裹住。杨遇春仔细察看后，才知城墙土里含有沙子，炮弹遇到土则入，遇到沙则止，所以不能洞穿。杨遇春连攻几天，总不能破城，又用了掘隧灌水的计策，却被守兵察觉，计谋落空了。当时，杨芳仍任总兵，也在营中，便献计说："这城池十分坚固，我们一时难以攻下，若要攻入，必须多费些时日。我看不如三面围攻，留出北门，等逆贼从北门出城逃跑时，我们再追杀过去，这城便可以得手。"杨遇春便依计行事，不去攻打北门。果然这天黄昏，贼首刘国明从北门潜入，护着李文成逃出城，正要逃往太行山。杨芳连忙追击，李文成逃入辉县山，据守营寨。杨芳奋勇杀入，正在乱剁乱砍时，猛然见里面火光直冲云霄，教徒都已四散。杨芳连忙驰入寨中，扑灭大火，拨出李文成的尸首，已烧得面目全非。当下收兵回到滑城。

那时，滑城还没有被攻破。杨芳故意在北门筑栅，做出要四面围攻的假象。趁守兵全力攻御时，他却在西南角上偷偷挖掘原来的隧道，然后装满火药。等到半夜三更，他令官兵退后三里，整装待发，自己则率亲卒点燃药线，引入地道。火药爆发，天崩地陷，把城墙轰塌二十多丈，砖石上腾，尸骸飞掷。官兵争先夺城，一拥而入。守城的牛亮臣、徐安国巷战许久，最终都被擒获，囚送到京师后被磔死。滑县平定，天理教徒悉数被歼灭。嘉庆帝晋封那彦成为三等子，授太子太保；封杨遇春为三等男；杨芳、刘清等人各得其赏；强克捷第一个发现逆谋，为贼所害，赐谥忠烈，世袭轻车都尉，并在滑县及原籍韩城，建立专祠。

嘉庆二十五年，嘉庆帝闲着无事，照例到木兰秋猎，亲王贝勒免不了出去护驾。不料嘉庆帝到木兰后，住在避暑山庄，竟生了一种头痛发热的病症。起初还以为是中暑，不是什么大病，仍然照常狩猎。没想到最后病情日日加重，竟快不行了。嘉庆帝便急忙召见御前大臣赛冲阿、索特那木、多布齐，军机大臣托津、戴均元、庐荫溥、文孚，内务府大臣禧恩和世泰一行人，令他们恭拟遗诏。嘉庆帝回光返照，心中仍是十分清楚，传示诸大臣，说已于嘉庆四年遵守家法，密立次子绵宁为皇太子，现在绵宁随驾到此，应立即传位于皇太子绵宁。

不久，嘉庆帝驾崩。绵宁悲恸大哭，当即令御前侍卫吉伦驰驿回京。向母后请安，尊母后钮祜禄氏为皇太后，封弟弟惇郡王绵恺为惇亲王、绵愉为惠郡王，绵忻已被封为瑞亲王，不能再加封，便仍遵从旧称。皇太后懿旨，传谕留京王公大臣前去护送绵宁回京即大位。绵宁因梓宫还没有回京，便下令立即起程，奉梓宫回京，然后再行即位礼。八月中旬，梓宫到京师后，安奉在乾清宫，绵宁这才在太和殿即帝位，颁诏天下，以明年为道光元年，称为宣宗，尊谥大行皇帝为仁宗睿皇帝，安葬在昌陵。

道光帝即位后想着乾隆、嘉庆两朝东征西讨、南巡北幸，库款都已用尽，只好格外俭省。将宫中需用的银两省了又省，自己的服饰和饮食也比从前的皇帝简单得多，同时令后宫所有妃嫔都舍弃繁华，一切从简。又将许多宫娥采女放出宫去，且令亲王贝勒等人务必节俭，不得广纳姬妾，任意挥霍。朝上的一群大臣揣摩迎合，上朝的时候装出格外节俭的样子，朝冠朝服多半是陈旧的，道光帝瞧着，十分高兴。哪知他们退朝回府，仍旧是锦衣美食，奢侈无比。

这时候，豫亲王裕兴，竟闹出一桩有伤风化的案子。豫府中有一个侍女，叫寅格，刚满十六岁，生得楚楚动人。裕兴看上她后，时不时调戏一番，她却怀着玉洁冰清的烈志，始终不肯顺从。

落花有意，流水无情。惹得裕兴懊恼，情急计生，趁着大行皇帝行大祭礼的机会，亲王、贝勒及福晋、命妇都去磕头，他也不能不去按班排列。轮到他了，匆匆忙忙地行过礼，便立即乘车先回。别人还以为他患有急病，谁知他并没有受寒中暑，而是得了单相思。

到了府中，不使唤别人，只叫那心上人儿寅格。寅格不知他什么居心，忙进去听候差使，裕兴哄她跟入内室，将门关住。寅格这才慌张起来，裕兴说："你也不必惊慌，今天由不得你不从！"随手去扯寅格，寅格急得脸色通红，不停地说："王爷动不得"。裕兴见她两颊一片嫣红，更觉得可爱，色胆如天，还管什么主仆名义，竟将她推倒炕上，不由分说地乱扯她的衣服。寅格极力抗拒，无奈窈窕女子不敌裕兴蛮力。霎时间，被裕兴剥得一丝不挂，恣意轻薄。之后，寅格负着气，忍着痛，开门走出去，径直回到自己房中，越想越羞，越羞越恨。哭了好一会儿，听到外面一片喧闹声，料知是福晋回来了，急忙解下腰带，自缢而死。福晋回来后没看到寅格，便令婢女前去叫她。一呼不应，两呼三呼又不应，叫了好久都没人答应，撬开房门，向屋内一瞧，吓得婢女大叫一声，顿时满屋鼎沸。别人都十分惊异，只有裕兴像没事人一样。

众人留心探察一番，才晓得寅格被强奸的事情。一传十，十传百，宗人府得知后，据实参奏。道光帝大怒，想将裕兴赐死，多亏惇、瑞两位亲王替他说好话，裕兴才得以从轻发落。革去王爵后，裕兴被宗人府圈禁三年，期满才被释放。

就在道光帝余怒未消的时候，回疆传来警报。据说回酋张格尔纠众滋事，屡次骚扰边界。道光帝立即召集王大臣问道："回疆已安宁多年，为什么又乱？难道是参赞大臣斌静昏庸失德，不能安治回民吗？"大臣道："圣上明鉴，可能的确是斌静不好，惹出这个张格尔来。现在先令伊犁将军前去调查，再定夺剿抚的事宜。"道光帝准奏，立即令伊犁将军庆祥前往回疆勘察。庆祥奉旨后马上出发，一到回疆，回民争相来控诉，当地官吏不是贪虐，就是奸淫，庆祥当即据实上奏。

原来，回疆自大小和卓木死后，各城都设立办事领队大臣。只在喀什、噶尔设一参赞大臣，统辖各城官吏。参赞大臣的上司就是伊犁将军。每年征收的贡赋，十分中只取一分，比以前准部的苛求、两和卓木的骚扰宽了许多。清廷又曾谨慎地挑选边吏，有的是由满员保举而来，有的是由大的官吏降职而来，这些边吏抚驭得法，回民赖以休养生息，视朝使如天人。

到嘉庆晚年，不再实行保举。派往回疆的官吏多半是内廷侍卫及曾在长城以北驻防的人员。这群人把回疆看做聚宝盆，与所属司员章京任情剥削，一切服食日用，都向回城伯克征索。伯克是回城土官的名称，他们与清吏狼狈为奸，借着供官的名义四处敛聚钱财。所缴得财富伯克分得四成，章京分得四成，办事大臣分得两成。众人作威作福，肆无忌惮。他们还挑选有姿色的回女，将她们安置在署中，要陪酒就陪酒，要侍寝就侍寝。

这位参赞大臣斌静乐得同他们混在一起，司员章京及各城伯克又竭力地讨好参赞大臣，一有上等的珍宝和女色便供奉进去。回女的父兄、丈夫不仅受到层层盘剥，还要由着他们任意糟蹋家中的女眷，真是痛上加痛、气上加气。

适逢大和卓木的孙子张格尔随父亲萨木克逃居浩罕国边境，得知参赞斌静荒淫失众，便想为祖父报仇，声称替回民雪愤，纠众寇边。斌静派人击败张格尔后，摆设宴席，坐花赏月，正高兴得不得了。谁知庆将军一番暗查密访后，已把他平日所做的事情向皇上和盘托出，并奉旨将他革职逮问，另派永芹代任。

杨芳的反间计

永芹被派到回疆后，没有什么大的举措。虽然没有像斌静那样荒淫，却庸庸碌碌，不能平定匪乱。张格尔在境外纠集党羽，并勾结境内的回人，屡次骚扰边境。清兵出塞攻打，他就逃得远远的，或者假意乞降，诡计多端，弄得永芹束手无策。

道光五年夏季，边境报称张格尔大举入侵。领队大臣巴彦图自恃勇力，率两百名士兵出塞抵御。走了四百里，仍没有张格尔的踪迹，巴彦图勃然大怒。走到布鲁特时，见回众游牧率妻携子，有二三百人，他竟纵兵杀过去。回众吓得四散逃窜，只有少妇和儿童一时不能逃走，全部被他们杀死了。可怜这群无辜的妇孺，都成了身首异处的尸骸。巴彦图泄愤后，当下逾山越岭返回军营。谁知逃走的回民因妻儿被杀，向回酋汰列克哭诉。汰列克听后大怒，领着两千名部众前来追袭，将巴彦图团团围住，霎时把清兵扫光。随即与张格尔联合进兵，十分猖獗。永芹慌

201

忙据实以报，乞求援助。道光帝召回永芹，令伊犁将军庆祥前往代任。又令大学士长龄前往代任庆祥的原职。

庆祥到喀什、噶尔后，召集司员章京及各城伯克商议。伯克中有个阿布都拉，自称熟悉回族事务，庆祥便详细问他张格尔的情况。他却说："张格尔并不是和卓木的后裔，他是冒充的。前时是因为阿奇木王努斯谎报，所以张格尔才在回众之间轰动一时。参赞大人其实不必动用兵戈，只要声明张格尔不是回裔，那时回众自然不去跟从他，乱事便可被荡平了。"庆祥信以为真，一面出告示晓谕回民；一面奏劾阿奇木王努斯谎报的罪状。

张格尔得知后，也怕众心离散，便带着五百多人进入回城，拜奠他的先祖和卓木。回徒叫和卓坟为玛杂，非常敬信。玛杂在喀城外，距喀城有八十多里。乾隆时，大小和卓木虽被诛杀，然而所有喀城外的和卓木墓，官吏仍奉旨令回户看守，不得损坏。张格尔想借祭祖为名，固结众心，所以才有这番举动。

协办大臣舒尔哈善、领队大臣乌凌阿入帐禀报庆祥。庆祥急忙召见阿布都拉，阿布都拉却早已不知去向。庆祥顿时仓皇失措，还是舒、乌两人说："张格尔深入喀境，非发兵驱逐不可！"庆祥点头，令二人带一千多名士兵，去攻打张格尔。朝发夕至，仗着锐气，两将率兵杀掉四百多名回众。张格尔退入大玛杂内，倚着三重墙垣，誓死固守。然后又派人出去散布谣言，说清军要铲除圣墓，屠尽回族子孙。回民听后大为惊恐，于是聚集几千人去救张格尔。舒、乌两大臣正在围攻玛杂，忽然见回众像潮水般涌来，急忙分兵抵御。不料张格尔也乘势杀出，内外夹攻，把清兵杀得七零八落。舒大臣阵亡，乌大臣跟跄奔回，入帐见庆祥。庆祥急忙调遣各营兵马，令士兵全部聚集喀什、噶尔，坚守喀城。

张格尔不敢进逼，派人前往浩罕国乞援。浩罕王摩诃末阿利刚即位，知人善任，威服附近的哈萨克诸部。当时回兵还没听说过安集延的传说。安集延就是浩罕东城。张格尔向浩罕王乞援，许诺得到回疆西四城后，愿意将奇珍异宝分给他一半，且割让喀城作为酬劳。浩罕王大喜，立即应允发兵，令来使先回。张格尔有了后援，于是大举进军。前哨到了浑河，打探到喀城外面只有三座清营的情报，忙报知张格尔，张格尔说："这么说来，天山北路的清军还没南下？我们赶紧前进才好。"随即下令渡河。

忽然探子来报，浩罕王亲自率兵前来。张格尔不由得惊疑："浩罕兵来得这么迅速，真出乎我的意料。我本以为清兵大军已来，所以去浩罕乞求援助。现在喀城守兵这么少，我军一天就可以拿下，我还要浩罕兵做什么？"随即派遣使者赶到浩罕军前，叫他们不必前进。浩罕王非常愤怒，竟率军渡河，围攻喀城。张格尔停止向喀城进军，暗中埋伏人马，阻截浩罕王的归路。

浩罕王一连攻打了几天，都没能将城池拿下。又探知张格尔不怀好意，担心腹背受敌，于是乘夜逃回。才渡过浑河对岸，树林中突然杀出一群回众，大叫："浩罕王休走，吃我一刀！"浩罕王不瞧还好，瞧了一眼，正是张格尔，顿时无名怒火高起三丈，麾兵迎战。黑夜里分辨不出有多少回众，只觉得四面八方都是回军的旗帜。就算安集延兵马多么精锐，到此也心慌胆怯，败阵而逃。浩罕王夺路脱逃，还有两三千名安集延兵被张格尔围住。安集延兵没有办法逃奔出去，只得缴械乞降。

张格尔收安集延兵为亲兵，继续进攻喀城。此时喀城外面的清营已和安集延兵作战多日，累得人疲马倦，矢尽刀残，哪里还禁得起张格尔这支生力军再次杀来？领队大臣乌凌阿、穆克登布战殁。庆祥坐守孤城，想破脑袋都想不出一个好办法来，最终只认定一个"死"字，便悬梁自尽。喀城失去了城主，立即被张格尔攻破。接着张格尔又攻下了英吉沙尔、叶尔羌、和阗三城。回疆西四城陷没。

清廷连接警信，遣兵调将，忙个不停。道光帝任命伊犁将军长龄为扬威将军，让他统率各军，伊犁将军职务暂由德英阿代理。又令山东巡抚武隆阿率三千名吉林、黑龙江骑兵出嘉峪关，与陕、甘总督杨遇春同为参赞大臣，进剿作乱的回众。

回疆总共分为八城，西四城都已失陷，还剩东四城，四座城池分别叫做喀喇沙尔、哦库车、乌什、阿克苏。阿克苏为东方屏障，张格尔进军到浑巴什河，距阿克苏只有四十里。阿克苏城的兵马不到一千，人心惶惶。幸亏办事大臣长清派参将王鸿仪带领六百名士兵，扼住河岸，屡战屡胜，回众才退却。援兵这时候也赶到阿克苏，东四城才得以保全。

道光帝令长龄查办历任回疆各官吏。长龄复奏斌静、巴彦图等人的罪状，道光帝将斌静等一干人全部重惩，巴彦图滥杀无辜，不得因其阵亡而列入烈士之内。

道光七年，扬威将军长龄率两万两千名步兵和骑兵，由阿克苏出发，一路前进，没有发现敌军的踪迹。到达洋阿巴特沙漠，已耗去半个多月的时间，粮食也已经吃尽。正惶急时，忽然探子来报，五六里外有几座敌营。长龄下令道："我兵自阿克苏到这里，粮食已快吃完，现在敌营就在前面，不乘此杀贼囤粮，还等什么时候！"将士得到此令后，个个摩拳擦掌，踊跃前往。长龄将军士分为三队，他与杨遇春督率中军，武隆阿领左翼，杨芳领右翼，三路进攻。回众倚冈迎敌，居高临下，声势颇为浩大。清兵夺粮心急，不顾矢石，拼命杀上冈。回众不能抵抗，纷纷逃窜，丢弃的牲畜粮食，全部被清兵搬回。

清兵得到粮食后，勇气倍增，一连攻下沙布都特和阿瓦巴特，阵斩安集延二帅，然后乘胜进军到浑河北岸。张格尔亲自率十多万回众在河南岸列阵，阵营横亘二十多里，筑垒为蔽，凿穴列铳，鼓角震天。长龄望见敌军声势浩大，不免心怯，忙与杨遇春商议。杨遇春说："贼势确实浩大，但我兵先坚守不动，晚上派士兵前去扰乱敌营，不要杀入，只要扰乱贼心，使敌军内部混乱，便好趁机进攻。"长龄依计而行，派几百名士兵乘筏夜渡，在河中鼓噪。张格尔屡次出帐巡哨，清兵在河中喧闹了一晚上。

第二天，长龄仍想用疑兵计。忽然西南风起，撼木扬沙，天昏如墨，不辨南北，长龄急忙传令撤营。杨遇春入帐问道："大帅为什么下令撤退？"长龄说："贼军近在咫尺，况且彼众我寡，我怕打不过贼军。如果贼军趁天昏地黑渡河而来，四面围攻我军，那我们不就全军覆没？所以我想后撤十多里，等明天早晨天气晴朗再进军。"杨遇春说："大帅考虑得是。但据我看来，这正是天助我军的时候，要擒住张格尔，就在今晚。"长龄不禁站起来问道："参赞有什么妙计？"杨遇春说："贼军虽多，但只知合并成一队，依垒自固，他们军事战略的疏浅可想而知。我兵远道而来，速战最为有利。如果与他隔河相持，今天不战，明朝不攻，拖到最后人疲马乏，粮草吃尽，那时进退两难，反而中了深沟高垒里的贼人的诡计。现在天色昏暗，贼定想不到我军会急渡。我军渡河过去，出其不意，攻其无备，不怕张格尔不败。看杨某仗剑为大帅杀贼吧！"长龄说："参赞说得也是，但如果我军渡河时，被敌军发现，怎么办？"杨遇春说："这也不难，大帅可派遣一千索伦兵，绕到下游，牵制敌军。遇春愿亲自率亲兵到上游急渡，占据上风，两路得手，大帅自然可以从容过河了。"长龄还在踌躇，杨遇春又说："机不可失，请大帅速下命令！"于是长龄把撤营的军令，改为进军，依照杨遇春的计划，先从上、下游渡河，乘风破浪，直达彼岸。杨遇春令前队扛着巨炮，直轰敌营。张格尔此时还在梦里，被炮声震醒后，忙起身督战。这时候，炮声与风沙声相杂，宛如千军万马摧压垒门，弄得人人丧胆，个个惊心。天亮后，索伦兵从下游杀来，长龄也亲自督导大军逾河前来。

风止雾散，清军乘势冲入敌垒，张格尔率众窜去。清军趁势收复喀什、噶尔两城。

长龄立即向清廷报捷，满心期望朝廷论功行赏。不料朝旨批回，说："令将军出师，本期望能歼灭元恶，如今元凶临巢脱逃，前功尽弃，后患无穷，将军罪不可辞。夺回将军的紫韁，夺去杨遇春的太子太保衔，夺去武隆阿太子少保衔，限期捕获元凶！"长龄顿时怏怏不乐，杨遇春倒不在意，仍率师攻克英吉沙尔及叶尔羌，又令杨芳收复和阗。西四城都已收复，清军于是出塞缉捕张格尔。结果出战不利，杨芳军大败而还。

长龄又据实陈奏，朝廷降旨谴责道："诸将孤军深入，劳师靡饷，不如罢兵！先留下八千名官兵防守喀城，剩下的九千名士兵立即随杨遇春出关。杨芳代为参赞，与长龄、武隆阿筹划善后事宜，然后据实上奏！"这旨下后，杨遇春遵旨东还。长龄与两参赞筹议一番，武隆阿建议将西四城归还回徒，长龄也是这个意思。杨芳因新任参赞，不便力争。于是由长龄、武隆阿分别写奏折，上报清廷。道光帝见有两本奏章，先展开长龄的奏折，单瞧那善后的筹划。

看完后，道光帝大怒道："长龄看来是老糊涂了。高宗纯皇帝费尽无数心力，才将逆酋那布敦歼灭，把逆贼后裔阿布都里囚解进京，让他在功臣家做奴隶。朕即位时，照例恩赦，他才得以脱离奴籍。这次因张格尔作乱，照亲属连坐的惯例，本应将他治罪，长龄反而想让朕释放阿布都里，令他回去总辖西四城。长龄如果不是老糊涂了，怎么会有这种谬论？也不知武隆阿什么想法，应该会说长龄的方案不可取吧。"随即又将武隆阿奏折展开看了起来。

不等看完，道光帝将两章奏折都扔到地上，马上召军机大臣入内说："长龄真是糊涂，想让逆贼后裔阿布都里回去管理旧部。武隆阿趋奉长龄，也说这样的话。你去拟旨，将他们二人革职，暂时留任。另授直隶总督那彦成为钦差大臣，速赴回疆，代为筹划善后事宜，才不会误事。"军机大臣当即按照皇上的意思写下圣旨，道光帝看过后，才将圣旨颁发。然后又说："把阿布都里发往边省监禁起来。你跟刑部交代一下，立即将他发配边疆！"军机大臣唯唯而退。

长龄接到革职的圣旨后，大吃一惊，不由得坐立不安，赶忙请杨参赞商议。杨参赞想了一会儿，说出一个反间计，长龄这才喜形于色。杨参赞的反间计究竟从哪里入手呢？原来回徒向来分为两派，一派叫做白山党，一派叫做黑山党。张格尔是白山党的首领，占据喀城时曾滥用威权，虐杀黑山党。黑山党大为愤怒，暗地里经常与清营有所往来。杨芳便利用两党之间的嫌隙，秘密派遣黑山党出塞造谣，说清官兵全部撤退，喀城现在空虚，各回族统领都希望和卓回来。

这话传入张格尔耳中，张格尔顿时喜出望外，立即纠合残众，再次窥边。先令侦骑进去探察，果然不见官兵的踪迹，便潜回阿尔古。当时年关将近，张格尔打算在除夕这一天袭击喀什、噶尔，于是昼夜整备军械，忙个不停。

这晚，张格尔亲自出帐巡城，远远地看见东北角上，隐隐有人马行动，不觉失声道："不好了！不好了！清兵来了！"急忙开城逃跑。紧跟着清军已杀到，为首大将正是杨芳。张格尔无心恋战，拼命逃窜。杨芳也拼命追赶，追到喀尔铁盖山时，回徒奔散殆尽，只剩张格尔率三十多名骑兵弃马登山。杨芳忙令副将胡超、都司段永福绕到山后，堵住他们的去路，然后亲自率亲卒从前面登山，合围张格尔。张格尔爬过山头，向山后乱跑，猛然听到有人叫道："张贼快来受死！"张格尔心中一急，脚下一绊，向后倒去。

罗思举平瑶乱

张格尔失足坠地，立即被清将捆绑了去。这清将不是别人，正是杨芳派遣的副将胡超、都司段永福。当下红旗报捷，道光帝大喜，立即封大学士长龄为二等威勇公，陕西固原提督杨芳为三等果勇侯，令长龄率师回朝，留杨芳驻扎回疆，与那彦成办理善后事宜。

道光九年，道光帝以为内外安宁，便召那彦成、杨芳两位大臣回京。安集延于道光十年侵犯边境。当时，那彦成的治外策略中，说要把留居内地的浩罕侨民一概驱逐出境，且将他们的财产没收。侨民十分愤怒，探知大军已归，便立即一面禀报浩罕王摩诃末阿利；一面到布哈尔迎奉张格尔的兄长摩诃末玉素普为和卓，纠众入边。浩罕王又派大将哈库库尔、勒西克尔率兵援应。

警报传到回疆，回部郡王伊萨克赶紧报知参赞大臣札隆阿。札隆阿是个终日不醒的酒鬼，接到警报后，糊里糊涂地说："张格尔的家属不是都已经被斩首了吗？还会有什么阿哥？这肯定是伊萨克贪功妄报。在本大臣这里，他甭想要这些伎俩！"随即斥回来使。又怕伊萨克转而上奏皇上，札隆阿于是赶紧写好奏章，并说："南路如果有事，唯臣是问！"过了几天，边城的告急文书陆续递到，札隆阿这才被吓醒，赶紧令帮办大臣塔新哈、副将赖永贵分路迎击。

二将去后，札隆阿又安然饮酒，昏昏沉沉地过了几天。忽然外面又递来紧急公文，札隆阿有意无意地取过一瞧，只见上面写着：帮办大臣塔新哈、副将赖永贵误中贼计，遇伏阵亡。吓得札隆阿面如土色，一张关公脸变作了温元帅脸，好久都说不出话来。不久外面又递进来自叶尔羌的公文，他更觉惶急万分，展开一看，原来是叶尔羌办事大臣璧昌驰报胜仗，不禁说道："还好！还好！"于是督兵守城，略微振作。

当时那彦成的儿子那容安为伊犁参赞大臣，奉旨统领四千名伊犁兵驰赴阿克苏督剿。途中听说敌兵来势凶猛，他便打算等乌鲁木齐兵到来后再进军。叶尔羌再次被袭击，幸亏璧昌决河灌敌，出城痛击，敌军才不敢逼近城池，只在沿途掳掠，然后转入喀什、噶尔。到了喀城，敌军见城上的守兵十分严整，便无意进攻，专门掠夺城外的回庄，把金银财宝搜掠殆尽。札隆阿忙向阿克苏乞援，那容安反而率大军绕道乌什，趋往敌兵不到的和阗去屯驻了。清廷得知那容安逗留不进，下旨将他革职，令哈丰阿前往继任，又派大学士长龄、陕甘总督杨遇春、固原提督杨芳、参赞大臣哈朗阿调兵赴援。哈丰阿先到喀什、噶尔，敌兵解围离去，掠夺尽兴后安然出塞。等杨芳、哈朗阿一行人赶到喀城时，已无一个敌兵。

札隆阿怕朝廷问罪，连忙与幕中的老夫子商量出一个推诿过错的法子。只说伊萨克和贼寇勾结，引贼寇偷袭南路，所以自己不曾得知贼寇入侵，才写下南路无事的奏章。等到见了杨芳和哈朗阿，札隆阿仍用这样的话搪塞过去。杨、哈两人被他蒙混，也代他上奏洗清罪名。大学士长龄刚行军到叶尔羌，便接到上谕，令他与伊犁将军玉麟会审札隆阿、伊萨克一案，于是长龄折回阿克苏。玉麟也奉命前来。当下两人会审，查出主谋草奏的幕友，继而确认札隆阿的罪状，两人立即据实上奏。朝廷下旨将札隆阿问斩，但先将其在阿克苏上枷示众两个月。长龄得旨后，给札隆阿戴上枷铐，然后押着他游街示众。那位刁滑的老夫子也被上枷示众。朝旨同时调授璧昌为喀什、噶尔参赞大臣。

长龄打算由伊犁、乌什、喀城三路出军征讨浩罕。浩罕王慌张起来，忙向俄罗斯进贡，乞兵相助。俄罗斯拒绝浩罕国的使者，不许使者入境。浩罕王无奈，只得派使臣到喀城求。经双方两次磋商，最终订定盟约，通商纳贡。西域之事总算了结了。

偏偏国家多难。湖南永州瑶族头目赵金龙又纠众作乱。先是永州的奸民组织了一个天地会，抢劫瑶寨的牛谷。瑶民向官厅控诉，没想到官署中的胥吏与天地会勾结，不但不审批状词，反而给他们扣上诬告的罪名。气得瑶民发昏，个个去请教赵金龙。赵金龙扬言要替他们报仇，差遣他的同党赵福才召集广东的三百多名散瑶和湖南九冲四百多名瑶民，焚掠两河口，杀死二十多名天地会的成员。江华知县林光梁和永州镇左营游击王俊率兵前往缉捕，结果被瑶众击退。总兵鲍友智调来七百名士兵，与永州知府李铭绅、桂阳知州王元凤分头夹击，乘风纵火，烧毁瑶民的房屋，击毙三百名瑶民。赵金龙带着残众窜往蓝山，途中又召集了两三千人。

蓝山官吏向省内告急，巡抚吴荣光飞檄令提督海凌阿前往支援。海凌阿挑了五百名将士，昼夜兼程地赶援蓝山，见前面有两条去路，一条是大路，一条是小路。副将马韬请示从大路进军，海凌阿说："救兵如救火，大路迂回，不如由小路进去，更省时间。"正议论时，海凌阿瞧见路旁有几名役夫，便将他们叫到军前，问他们通往蓝山的两条路，究竟哪条路更快？役夫答称小路近，只有十多里。海凌阿于是由小路进发，并令役夫在前面带路。谁知役夫竟是瑶民假扮的，故意引着海凌阿走入绝路。才走几里，小路竟越来越狭窄，天又下起雨来，满路的泥泞弄得士兵狼狈不堪。而路旁的役夫却越来越多，都愿替官兵扛枪扛械，官兵乐得快活。弯弯曲曲，一路走过去，一步狭一步，一路险一路。忽然山顶吹起一声呼哨，顿时无数的瑶匪乘高冲下，官兵赤手空拳，怎么对敌？他们急忙转身向役夫要枪械。那群役夫拿着官兵的枪械，反而转身来杀官兵。官兵上天无路，入地无门，只好伸了头颈，由他们开刀。一眨眼的工夫，海凌阿的部下全部被杀死。

赵金龙打了胜仗后，更加嚣张，桂阳、常宁诸土瑶都来归附，人马多达数万。清廷急忙令湖广总督卢坤和湖北提督罗思举督师前往讨伐，又调遣贵州提督余步云助剿，并增调常德水军及荆州数千满骑，都归卢坤调遣。

卢坤与罗思与到永州，得知赵金龙率八排瑶的瑶民及江华、锦田各寨瑶民为一路；赵福才率常宁、桂阳瑶民为一路；赵文凤率新田、宁远、蓝山谷瑶民为一路，三路都出没南岭，互为犄角。罗思举于是献计说："瑶民都是山贼，倚山为窟，我军若与他们在山上作战，定难取胜。不如将敌军诱入平原，逼他们合为一路，令他们不能施展拳脚，我军才好将

208

他们一举歼灭。"卢坤鼓掌称好，并且说："照这样说来，常德水军和荆州满骑都派不上用场，不如改调苗疆兵前来助剿好了。"罗思举说："大帅明鉴！但这里没有设置粮台，粮饷运输多有不便。现在应派兵勇护送粮饷，步步为营，然后加固壁垒，令将卒分路防堵。贼众夺不到粮饷，自然散入平原，容易中计。"卢坤赞道："老兄的谋略，本宪很是佩服，就按你说的做吧！"当下上奏请求停止从常德、荆州调兵，另调苗疆兵助剿；又将罗思举的计议全部上奏，并说罗思举定能灭贼，不致有负委任。罗思举格外感激，卢坤叫他见机行事，不必有所顾虑。

罗思举分兵进逼，扼守西南各路，以防瑶兵窜入两粤，单留东面一路，由他们出来。当时三路瑶民共有四五千人，以及三四千名被俘虏的妇女，全都被官兵逼下山，向东窜入常宁县的洋泉镇。洋泉镇是常宁的渡口，墙垣坚厚，叛瑶把百姓们都赶走，拥众占守。

罗思举从后面追来，笑道："虎落平原，虾遭浅水，不怕灭不了他们！"忙檄令各守隘兵速来合围。此时，苗疆兵已经被调过来，罗思举亲自督阵，率苗疆兵猛扑敌军的城墙。苗疆兵向来身手敏捷，跳跃如飞。有几十人跃上墙头，乱砍叛瑶，叛瑶倒也厉害，与苗疆兵相持，始终不肯退让。苗疆兵前队受伤掉下，后队继续登墙，击毙数百名瑶民，瑶众仍然坚守不退。争杀两天，各守隘兵都已到齐，瑶众登墙，大呼投降。罗思举不理睬，反而加大力度督战。诸将问道："叛瑶已降，为什么还要继续攻打？"罗思举说："这明明是瑶民在使诈，他们不缴军械，不献首逆，就凭一声呼降，我们就应允吗？我如果应允他们投降，他们却趁机窜入山中，那时前功尽弃，怎么办？"诸将个个敬服。于是奉罗思举的命令合力进攻，叛瑶虽然嘴里喊着投降，但依旧顽强抗战。终究寡不敌众，被清兵击毙六千人，只剩八九百名散瑶据守在城内的一所大宅。罗思举料想宅内一定藏匿着匪首，便下令："禁止使用大炮，一定要活擒！"将士冒死攻入宅内，搜寻一番后只抓到几十名头目和几十名妇女，就是没有赵金龙。经罗思举当场讯问，才知赵金龙已经身亡。罗思举急忙一面派军士寻找赵金龙的尸首；一面派人向卢坤报捷。

卢坤忙立即上奏报捷。过了三天，帐外守卒禀报钦差大人到来。卢坤出营相迎。这钦差正是户部尚书宗室禧恩和盛京将军瑚松额。卢坤先请过安，随即接钦差入营。寒暄几句后，禧恩先开口说："兄弟奉命视察军队，到此处时听说已经大捷，真是可喜可贺。"卢坤忙说："不敢不敢，这都仗皇上的洪福和将士的努力，才一举成功啊。"禧恩说："现在

209

逆首赵金龙，想必已被擒住了吧？"卢坤说："还没有。据提督罗思举来报，已讯问过赵逆的妻子，说是已经身亡了。"禧恩说："罗思举也真糊涂，还没擒住赵金龙，怎么立即就报捷呢？老兄是不是已经将捷报发往京城？"卢坤说："坤已照思举的来文，三天前将捷报发出。"禧恩说："如果将来发现赵逆没有死，这就是欺君罔上啊！兄弟一定要抓到赵金龙，才可以上奏。"卢坤又说："刚有消息说思举正在搜查逆首的尸身，不怕找不出确凿的证据。"瑚松额插嘴说："卢制军也太相信属将了。逆首还没有抓到，怎么就能奏捷呢？"卢坤默然不答。

忽然兵卒来报罗思举回营求见，卢坤下令立即传入，罗思举入帐，向钦差请了安。禧恩便问他："你就是提督罗思举吗？"罗思举答了一个"是"字，转而对卢坤行礼。卢坤站起来还礼，令他在一旁坐下。罗思举还没坐定，禧恩又问："赵逆是否已被捉住？"罗思举回答："赵逆已死，只有遗尸。"禧恩摇头说："尸首哪里靠得住？"罗思举说："现已得到真尸，身上还佩有剑印，请钦差大人验明。"禧恩便同瑚松额出帐验尸，并验明剑印属实。然后又令俘虏仔细辨认，都说尸首确是赵金龙。禧恩还想驳诘，只是一时想不出话。

忽然蓝山又来急报，卢坤接过一瞧，捧交禧恩。禧恩看完，笑着说："赵金龙算是真的死了，赵仔青又来了。我就说叛瑶还没有被剿灭干净呢！"卢坤说："幸逢大人到此，就请大人下令，在下也愿亲自前去杀敌。"禧恩说："大家一同去吧。"当下一行人来到衡州，由禧恩下令，仍令罗思举为前锋，余步云为后应，前往蓝山剿贼。两人刚领命前去，京中诏旨已到，卢坤、罗思举平瑶有功，赏戴双眼花翎，并世袭一等轻车都尉。禧恩见了此诏，免不了称贺一番。

隔了几天，罗思举的捷音传来，说已生擒赵仔青，禧恩便对卢坤说："罗提督的确是一员良将，老兄的眼光不错。"卢坤说："这也全仗大人的栽培！"于是置酒庆贺，朝夕谈心，禧恩对卢坤格外的友好，卢坤也只得虚与周旋。罗思举回到衡州的时候，禧恩、瑚松额都出来迎接他，对他非常客气。罗思举说："全赖钦差大人的威严，才得以活擒赵逆仔青。"禧恩忙说："这是罗提督的功劳，何必谦逊。"当下推出赵仔青，审讯一番，将他磔死。

忽然京中又来诏旨，令禧恩、瑚松额率余步云赶赴广东督剿连州八排瑶。禧恩、瑚松额不敢不去，只得与卢坤作别，移师广东。

八排瑶作乱，也是被奸民、衙役激迫而起。禧恩等人赶到广东后，

210

本想奋力进攻，却探知瑶峒奇险，不易深入，便虚报捷音，奏称杀贼数以百计。其实按兵不动，并不曾打过一仗。等到听说卢坤移督广东，而且就要抵达，禧恩心中不免焦灼起来。他在湖南时曾诘责卢坤，没有抓获首逆，此次怕卢坤要来报复，于是忙令杨振麟赴瑶寨招抚。杨振麟将库内的银子取来乱用，用银洋盐布作为招抚的诱饵。瑶众贪利纷纷前来，十天之内有几百人投降，并捆献三名黄瓜寨附近的瑶民充作首逆。禧恩便上奏叛瑶已被肃清。等到卢坤一到广东，他忙将官印交给卢坤，然后起程回京。

南北道远，道光帝自称明察，但最终还是被禧恩瞒过，加封他为不入八分辅国公，赏戴三眼孔雀翎。王公大臣都上奏庆贺，而宫内的全妃钮祜禄氏也用七巧板儿拼出"六合同春"四个大字，献呈给皇帝。道光帝大喜，立即封钮祜禄氏为皇贵妃。

虎门销烟

皇贵妃钮祜禄氏是侍卫颐龄的女儿，小时候在苏州待过。苏州女子多半慧秀，都喜欢用七巧板拼字，将此作为兰闺的游戏。钮祜禄氏随俗练习，后来熟能生巧，发明新的玩法，随便斩下几方木片，便可以拼凑出任何字。人人都羡慕她的聪明，称赞她的灵敏，并且她生就第一等姿色，模样秀丽得跟天仙似的。她的艳名慧质传颂一时。道光时，皇帝亲自挑选秀女，颐龄便把女儿送入宫中。这样如花似玉的芳容怎么会不中圣意？当下选入宫中，就沐恩幸。美人承宠，天子多情，立即封为贵人。钮祜禄氏个性伶俐，善窥帝意，道光帝越瞧越爱，越爱越宠，不到一年就升她为嫔，再一年又升她为妃，因她才貌双全，特赐一个"全"字的封号。偏老天也怜爱佳人，特地赐下一个龙种。道光十一年六月初九日，钮祜禄氏生下一子，取名弈詝，这皇子就是后来即位的咸丰帝。而且事有凑巧，皇后佟佳氏竟然病故。全妃钮祜禄氏被封为皇贵妃，与皇后只差一级，皇后崩逝，自然由她补缺。

道光十三年，大行皇后丧期满百日。皇贵妃钮祜禄氏奉皇太后懿旨，总摄六宫事务。一年后被册封为皇后，同时追封颐龄为一等承恩侯。册后典礼，一律照旧，只是道光帝心中却比第一次册后时更为欣慰。

一年后，皇太后六旬万寿，道光帝令礼部筹划典礼，细心准备。到了这一天，道光帝率王公大臣前往寿康宫行庆贺礼，皇后钮祜禄氏也率六宫妃嫔到太后面前贺寿。奉皇太后之命，道光帝下旨：宫廷内外，一概赐宴。

道光帝向来十分孝顺，见皇太后康健如常，倍加喜悦，亲自为皇太后写下十章六句寿颂。皇后钮祜禄氏冰雪聪明，诗词歌赋无一不会。这会儿因见着皇上亲致皇太后的寿颂，她也技痒起来，也写下十章恭贺诗，献给太后，道光帝对皇后越发满意。

只有皇太后别寓深衷，当时虽不露声色，后来和道光帝闲谈时，说起皇后敏慧过人，不免有些怅惜。道光帝很是惊异，细问太后。太后便说出其中的缘由："妇女以德为重，德厚才能载福，就凭一点才艺是载不住福气的。"这句话也不过是一时的谈论，没什么让人介意的。偏偏传到皇后耳中，她竟不这么想，她想："自己已做国母，又生下一个皇子奕𬣞，虽是排行第四，然而皇长子、皇次子、皇三子都已夭折，将来若要立太子，总会轮到自己生的皇儿。皇儿即位，自己如果在世，便也挨到太后的位置，难道还算没有福气吗？"就因这个念头，不知不觉地与太后有了嫌隙。

胸中怀有三分芥蒂，脸上总会流露出来。每天遵照宫制，到太后面前请安，闲聊的时候，皇后不免含着讥刺。太后是个帝母，又是钮祜禄氏的亲姑姑，怎么肯受这恶气？有时当面训斥她，有时责备道光帝不善教化。帝、后两人向来恩爱，道光帝得到懿旨后，免不了劝诫皇后。皇后自然更加懊恼，见了皇太后，也更爱顶撞。两宫嫔监又搬弄是非，摇唇鼓舌，无风还能生浪，何况婆媳明明不和呢？

蹉跎数载，流言飞语传遍宫阙。道光十九年腊月，皇后偶染风寒，皇太后亲自去探视，详细问她的病情，倒也十分关爱。元旦之后，皇后病稍好些，便去给太后叩头贺喜。过了两天，太后特地派太监给皇后送去一瓶美酒。皇后谢过恩，浅尝酌饮，味道十分甘美，于是一饮而尽，哪知到了夜间竟突然崩逝了。

相传皇后死后，道光帝非常痛悼，心中也很是怀疑，但因顾着太后的面子，不便追查。且皇上向来十分孝顺，只好隐忍过去。皇太后却去亲奠三次。道光帝令皇四子奕𬣞恪尽孝礼，守在梓宫旁。

这年冬天，道光帝封静贵妃博尔济锦氏为皇贵妃，并将皇四子交给她，令她小心抚养。静贵妃奉皇上之命，自然不敢违逆。又因皇后在世时，曾蒙皇后另眼相看，并且皇四子刚满十岁，一切都好照顾。她便打起精神，悉心抚养。只是道光帝伉俪情深，时常哀戚，特谥大行皇后为孝全皇后，以后没有另立皇后，暗报多年的情意，并打算立皇四子为皇太子。

刚办完丧事，东南疆吏忽然报称西洋的英吉利国发兵入侵。这场兵祸之后，海战迭起，贻害百年。

英吉利是欧罗巴洲的岛国，政府出台政策时专为通商着想。英国国内的交通自不必说。它因四面环海，便造出许多商舶，驶出外洋，这边买卖，那边贩运，将得到的钱财运回本国，由此渐渐富强起来。

明末清初的时候，欧洲的葡萄牙、荷兰、西班牙、法兰西、美利坚都来中国海上通商，英吉利人也扬帆载货来到中国。当时亚洲西南的印度和英国人通商时互生嫌隙，两国开战，印度屡败，英人屡胜。印度不敌英国，最终竟降顺英国。印度的孟加拉、孟买专产鸦片，英国人便把这东西运到中国，高价兜销。

鸦片吸了容易上瘾。起初吸了，人突然变得十分有精神，力气也比往常大，就算干一天一夜的活儿，也不觉得疲倦。等到吸上瘾了，精神却一天比一天差，力气也一天比一天小。到最后人往往会变得骨瘦如柴，像饿鬼一样，此时想要不吸，却又不能控制。半天不吸这东西，眼泪鼻涕一齐流出，比死还要难受。因此上瘾的人很难将它戒掉。

明朝末年，已有此物运入中国，神宗曾吸上瘾，称它为"福寿膏"。自从有了它，神宗上朝总是很晚，也无心处理国事。但那时鸦片输入得不多，还轮不着百姓去吸。英国得到印度后，便遍地种植鸦片，并专门将它销往别的国家，却不准自己的百姓吸食，单去贻害外人。外国人晓得鸦片的利害，没有人去碰它，只有我们中国的愚夫愚妇把它当做"福寿膏"。你也吸，我也吸，吸得身子瘦弱，财产精光。

嘉庆时，英国派使者到京都乞请通商，因使者不肯行跪拜礼，清朝当即将他驱逐出境。通商之事被搁在了一边，只有鸦片可以随意进来。道光帝即位，明令禁止鸦片烟输入中国，颁布许多禁烟的谕旨，三令五申，也算严厉得很。无奈沿海奸民专为洋商作弊，包揽私贩，屡禁不绝。因清廷禁烟的措施比以往严厉，那些烟贩反而私受英国人的贿赂，从中牟取暴利，大发不义之财。

自道光初年到中叶，禁烟一年比一年严厉，然而鸦片烟的输入却一年比一年多，每年国家损失数千万两白银。道光帝令各省将军、督抚讨论，然后据实上奏。当时没有一个人不主张严厉禁烟。湖广总督林则徐说得尤为恳切："烟不禁绝，国家日见贫穷，百姓日见羸弱，数十年后，

213

不只无处筹集粮饷，并且兵力也不堪重用！"道光帝看完奏章后，为之动容，降旨凡是吸烟、贩烟的人都要被斩绞。任命林则徐为钦差大臣，令他赴广东查办。

林则徐是福建侯官县人，刚直不阿，办事认真，自翰林院庶吉士升到总督。无论在什么职位上，他总是尽心尽力地办事。此次奉旨赴粤，恨不得将鸦片烟立刻扫出国门。两广总督邓廷桢也是个正直无私的好官，与林则徐见面后，两人性情相似，脾气相投，很快成了好朋友。林则徐问起鸦片的事，邓廷桢答称已奉朝旨，将吸烟和贩烟的人一概斩杀，现在还有无数的烟犯被关在监狱中，专等钦使大人发落。林则徐说："只是拿办烟犯，也无济于事，总要把贩运鸦片的船只一概除尽，断绝鸦片的来源，这才能一劳永逸啊！"邓廷桢说："讲到治本政策，原是要这样办理，但怕外国人不依，怎么办？"林则徐说："现在有多少艘鸦片船？"邓廷桢回答："听说有二十二艘，停泊在零丁洋中。"林则徐说："零丁洋虽是外海，但与内海相近。他们不过是暂时趋避在那里，将来总会把鸦片烟设法贩卖到中国。据兄弟的意见，先令那些商船将鸦片全部交出来销毁，再准许他们开舱做买卖。"邓廷桢听后，踌躇半晌才回答："照这么办的话，非动用兵力不可！"林则徐道："这当然不用说。我看先令沿海水军分路扼守，然后再与他们交涉。"两人计议已定，随即传令水军提督，派兵扼守港口。林则徐本有统率水军的全权，下了几个公文后，所有下级官吏唯唯听命，顿时调集兵船分布在港口内外。

广东有十三家洋行负责贩运外洋货物。林则徐把洋行司事全部叫来，令他们带话给洋商，限洋商三天之内交出运船内的所有鸦片。各司事回去后只得转告英商，英商忙禀报英领事义律。义律毫不着急，反到澳门闲逛去了。各英商观望拖延，你推我诿，还以为中国官吏做事都是虎头蛇尾，没什么要紧。没想到这个林钦差，说到做到。三天以后，见英商没有答复，便令海关查封各商舶货物，停止贸易，又将洋人雇用的买办人员拿捕下狱。

此事不止一国的商船受到牵连，因为英国人违禁，中国便将与别国的贸易也都停止。别国的友人免不了要埋怨英国，英国的领事义律不能再避匿，只得勉强来广东省，回到大使馆，然后照会中国，愿交出一千零三十七箱鸦片烟。林则徐把义律的来函，拿给邓廷桢看，邓廷桢说："鸦片船有二十多艘，哪里才一千多箱！"林则徐说："每艘运船能装多少鸦片烟？"邓廷桢说："每艘差不多可以装一千箱。"林则徐不禁愤怒起来，说："英领事太可恶了！只取出二十分之一，便想来搪塞我，林某不比别人，难道任由他戏弄？"于是调发一千多名陆军围住英大使馆，又令水军出发，截住鸦片船的饷道。凭他义律再狡猾，到此也束手无策，愿将二万零二百八十三箱的鸦片全部交出。林则徐会同邓廷桢及广东巡抚怡良赴虎门验收。零丁洋内的鸦片船总共有二十二艘，陆续驶到虎门，交出烟箱。每箱鸦片林则徐抵偿洋商五斤茶叶，又传集外洋各商，令他们永远不得售卖鸦片烟。如果再营私贩卖，立即正法，扣收货船。

接着则徐与邓、怡两督抚联衔上奏。将先后查办鸦片烟的经过，据实陈明，并请示将鸦片送到京城去销毁。道光帝召集王公大臣商酌，大臣们都说广东距京城很远，就怕途中会有偷漏抽换的事情发生，不如就地销毁最为方便。道光帝准奏。

林则徐等人得到圣旨后，就在虎门海岸，将二万零二百八十三箱鸦片全部堆积到一处，下令焚毁。这焚毁的法儿，并不是真用一把火将鸦片一箱一箱地烧掉。而是在虎门海岸，凿了两个方塘，长十五丈、宽十五丈，前设涵洞，后通水沟，先将食盐投入方塘，然后引水进去混成盐水，再加上石灰，使水沸腾，这才把鸦片一一投下，鸦片烟随着石灰燃烧，自然全部溶化，这时再打开涵洞，残留的物质随潮出海，最后连烟灰都荡灭无踪了。

这次焚毁鸦片，沿海居民都来看热闹，拥挤不堪。人潮中拍手称快的倒有一大半，只是上了烟瘾的愚夫愚妇因以后没有东西可吸，不免十分难过。还有运售鸦片的洋商、私贩鸦片的奸民心中更是快快不乐。英领事义律因英国商民损失了鸦片，痛恨得不得了。

林则徐布告各国的商人，如果愿意通商，便不得夹带鸦片烟并说："此后如果夹带鸦片，船货没收，人即正法。"别国都愿意遵照约定，只有义律不愿意。他由广州退出，航赴澳门后，请林则徐到澳门商议。林则徐不答应，并禁绝蔬菜食物输入澳门。义律带着妻子及五十七家流寓英国人聚居在尖沙咀的商船上。后来暗地里招来数艘英国兵船，前往九龙岛借口买粮食，然后突然发起进攻。结果被清参将赖恩爵用炮击沉一艘英国兵船，义律倒也有些惊慌。葡萄牙受委托出来从中调停，愿遵照清国的新律，只请求去掉"人即正法"一语。林则徐飞奏请示清廷，道光帝批回奏折，说不可示弱。

林则徐接到谕旨后，回绝英领事义律。义律又派兵船寄泊在港口外，拦住与中国遵结约定的各商船，不准他们驶入港口。林则徐得知后，令水军提督关天培率领五艘兵船出海查办。英船见中国兵船驶出港口，便先开炮轰击，关天培发炮回击，打败英船。直追到尖沙咀，将英船逐出老万山外洋。

清廷接连得到捷报，大臣们多半主战，大理寺卿曾望颜请求封关禁海，停止与各国的贸易。道光帝令林则徐议奏，林则徐回奏：英国违禁，与别国无关。现在只能禁止与英国通商，不能一概拒绝。道光帝于是只停办与英国人的贸易，并昭告海外。

中英两国自此绝交，义律请求英国政府速发兵征讨。英国政体是君主立宪，并设上下两议院。当即召开议院会议，有几个力持正道的人说，鸦片贸易的确属于不正当贸易，如果为此事开战，有损英吉利的名誉。英政府踌躇了三天，议员的意见不一，因此投票解决。主战派多占了九票，于是英政府令印度总督调集一万五千名屯兵，将这些屯兵编入义律统率的陆军，以及伯麦统率的海军里面，然后向中国进发。

误国的琦善

英国发兵的警报传到中国，清廷知道战争即将开始，便任命林则徐为两广总督，令他全权负责守御，调邓廷桢督守福建，严防福建海域，防扼闽海。林则徐留心洋务，每天购阅外洋的报纸，探知西方的事情。得知英国政府主战，急忙备好六十艘战船，二十只火舟，一百多只小舟，招募五千名壮丁，每天演习海战。自己又亲赴狮子洋，校阅水军。道光二十年五月，英军十五艘舰艇，四艘汽船，二十五艘运送船，舳舻相接，旌旗蔽空，驶到澳门港口外。林则徐派火舟堵塞海湾港口，乘着风潮出海，遇到英船，放起一把火来。英船急忙退避，已被毁去两只舢板船。

英将伯麦收买了许多汉奸，令他们侦察广东海湾港口，探察哪里可以乘虚袭入。无奈去一个，死一个；去两个，死一对。终于有几个汉奸死里逃生，回来报告伯麦："海湾港口兵力分布得密密层层，连渔民都竞相效力。不但兵船不能进去，就是一个光着身子的人想进入港口，也要被他们搜查盘问半天，若有一点儿形迹可疑，休想活命。看来广东有这林制台，是不可能进兵了！"伯麦说："我军跋涉重洋，来到此地，难道就此罢手不成？"汉奸说："中国的海面十分广阔，林制台只能管一个广东，不能代管别的省，别省的督抚哪会个个像这位林公？此省有所防备，便攻别省，总是可以找出破绽的。而且中国的京城是直隶，直隶也是沿海省份，如果能直接攻入直隶海口，比进攻别的省好得多哩!"伯麦听后大喜，忙率三十一艘舰队，向北驶去。

林则徐探悉英舰向北而去，飞速告诫闽、浙各省，要他们严行防守。闽督邓廷桢早已布置妥当。伯麦在闽海碰钉子后，料想厦门也不易被攻入，便乘着东北风，入犯浙海。

浙海的第一重门户便是舟山，舟山四面环海没有险要地势可以扼守。浙省官吏没有把舟山群岛放在心上。英舰已经驶来了，官吏还以为是外国的商舶，毫不防备。英舰轻而易举地攻占定海。

道光帝得到失败的消息，立即令两江总督伊里布赶赴浙江督察军队。伊里布还没抵达浙江，英将伯麦又致信浙抚。浙抚乌尔恭额料知信中没什么好话，不愿拆开读信，竟将信原封不动地发回去。伯麦正想进攻浙江，恰好领事义律到军中，请求分兵直趋天津。伯麦依义律的计策，让他率八艘军舰向天津进发。

道光帝因定海失守，不免有些忧虑，经常召集大臣商议。军机大臣穆彰阿因善于谄谀而受宠，他向来对林则徐不满，这时便趁机弹劾林则徐办理不善，轻开战衅，应该一面惩办林则徐，一面再定夺和战事宜。道光帝正犹豫不决时，忽然直隶总督琦善递上一本奏章，称："英国兵船驶到天津海湾港口，意欲求和，我朝不如罢兵息事。且粤督林则徐禁烟时，操之过急，还请皇上恩威并用。"道光帝看完奏牍，又召穆彰阿商量。穆彰阿与琦善本是臭味相投，穆彰阿要害林则徐，琦善自然竭力帮忙。况且这群奸臣陷害忠良是第一能手，想要他们去抵御外人，他们却没一点儿能耐。

义律到天津后，直抵总督衙门求见。琦善听说英领事来署，当即将他迎入，义律将英国议会致中国宰相的书信交给琦善。琦善刚由大学士出督直隶，展开细瞧，一个字都不认识，随即令翻译人员译读。开头几句无非说虎门销烟，起自林、邓二人，英领事前去索偿，竟被诟骂驱逐，所以英军越境入浙，由浙到津。琦善听着，还不是很在意。后来通事又译出六个要求，一边翻译一边报告。英国要求的是什么？

第一条　赔偿焚毁的鸦片。

第二条　开放广州、福建、厦门、定海、上海为通商口岸。

第三条　两国交往，平等用礼。

第四条　赔偿兵费。

第五条　不得因英船夹带鸦片而累及居留在中国的英商。

第六条　尽裁洋商（经手华商）浮费。

琦善听后，沉吟了好一会儿，才对义律说："你们国家既然有意修和，那自然可以好好商量。明天请贵兵官来署吃饭，我们边说边谈。"义律告辞离去，第二天，琦善令厨役备好筵宴，专等客人前来。直到十点左右，英国水军将卒共二十多人，才雄赳赳地走入署中。琦善将他们迎入府中，见他们威武非凡，不由得心头乱跳。英兵官虽然不能直接与他谈论，然而已瞧透他畏怯的情状，便占据上风，令随队来的翻译人员传话："本国已发兵千万，炮船万艘，马上就抵达中国。如果中国不肯答应信上的要求，就不要后悔！"这番话吓得琦善面色如土，忙央求翻译人员代为说情，愿为英国向皇上转奏。英将卒眉飞色舞，乐得大嚼一回。

散席后，琦善便立即上奏，当下由穆彰阿大力推荐，道光帝便令琦善赴粤查办。琦善听命，立即与英领事义律约定赴粤商议条款。义律等人徐徐退出天津。

这边，林则徐正加强海防，严缉私贩，但每月仍抓获数名贩烟人犯，林则徐将情况一一上奏。起初接到的朝旨大多是些奖勉的话。一天，得到消息说大学士琦善奉旨赴粤查办，林则徐不禁叹息，正扼腕间，又接到道光帝责备的谕旨。林则徐看完奏章后不说一句话，幕友在一旁瞧着，不禁气愤起来，随口说："大帅这样尽力，反而受到指责，真让人不解！"林则徐叹道："信而见疑，忠而被谤，古今多出一辙。林某自恨不能去邪，所以遭此疑谤。既然已经接到斥责的谕旨，我不得不去请罪。"随即磨墨濡毫，草拟请罪的奏折，并说愿戴罪赴浙，投营效力。当下交给幕友誊清，请他马上将奏折发往京城。奏折刚发往京城，又来一道严旨令林则徐、邓廷桢两人解职受审。

过了几天，两广总督琦善到任。此时，林则徐已将粤督印信交给怡良，怡良又交给琦善。琦善接到印信后，没空管别的事，先搜集林则徐的罪状，无奈看遍文书，没一点瑕疵可供指摘。随即召水军提督关天培、总兵李廷钰进来，责备他们首先开衅，此后行事应当格外谨慎，才能免罪。关、李二人气愤得不得了，只因总督是顶头上司，不好出言辩驳，勉强答应而退。琦善摆着钦差架子，也不出去送他们。

忽然巡捕送来英领事义律的来信，琦善连忙展开看了起来。看完信后，急忙下令将沿海兵防全部撤走，并将从前招募的水勇渔艇一律解散。怡良听到这个消息，赶到督署探问，琦善把义律来信递给怡良，口中却说："兄弟并不是趋奉英国人，只是圣上已经主张安抚，我不得不周到一点。英领事来信要我退兵，我只得撤兵，表现出和谈的诚意，才好成全抚议。"怡良说："敌军叵测，不可不防，还求中堂明察！"琦善捋须笑道："兄弟在直隶时，已与义律当面约定休战，还怕什么？"怡良无话可说，随即告退。

琦善正扬扬得意，专等义律来签署条款。并招来一个粤人鲍鹏，请他做翻译官，派他往来传信。鲍鹏曾在外国商人那里做过买办人员，被义律所藐视，琦中堂偏将他看做奇才，言无不听、计无不从，因此义律更加认定琦善无能。然后日夜赶工造船，修造枪炮，招纳叛徒及亡命之徒，准备再次开战。琦善丝毫不防备英国人，一点儿也没有准备，只叫鲍鹏催促义律回信。

这天，鲍鹏带来一封回信，琦善立即令鲍鹏翻译："之前提出的六个条件，我国都要求清廷准议。还请割让香港一岛，给英国兵商寄居，限三天内答复！"这封信便是外国人所说"哀的美敦书"，即挑战的意思。琦善顿足道："这都是林则徐闯出来的祸，他都已经要我答应他的六个条件了，还要什么香港岛，这该怎么办啊？"鲍鹏说："香港岛是个荒岛，就算给他们，也没什么关系。"琦善说："这个皇上却未必会照准。"鲍鹏说："信中说限三天答复，三天后如果不答复，他们便会攻进港来！"琦善说："你去跟英领事说，叫他耐心等候，等我上奏请示过后，再答复他。"鲍鹏领命而去。琦善却令手下写了一个含糊不清的奏折，发往京城。

过了两天，鲍鹏回来报告琦善说义律不仅不肯答应，还说等开了战，再好好议和。琦善大惊，正慌张时，沙角炮台守将陈连升请求支援。琦善不愿发兵迎战，仍派鲍鹏赴英舰议和。鲍鹏表面上应命，暗中却到别的地方耽搁了好几天，琦善还以为他在磋和和议，便不怎么着急，忽然飞骑来报："陈副将连升与英兵开战，轰毙四百多名英兵，后因火药倾尽，力竭身亡，连升之子连举鹏与千总张清鹤都已阵殁。沙角炮台已经失陷！"琦善说："有这事情？"接连又来报："大角炮台也已陷没，千总黎志安受伤逃走。"琦善皱眉说："我已派鲍鹏去阻止英兵入侵，为什么鲍鹏还没回来，英兵就不停地进攻？"

话还没说完，总兵李廷钰在署外求见。琦善说："我没有传他回省，他来干什么？"传话的巡捕答称李镇台说有急事求见，琦善这才将他传进来，李廷钰赶紧禀道："沙角、大角两炮台都已陷落，英兵已进攻虎门，请大帅急速发兵，由卑职带兵去把守！"琦善说："我奉旨前来议抚，并

219

不是前来打仗，怎么好添兵寻衅？"李廷钰说："英兵不愿议和，怎么办？"琦善说："我已派鲍鹏前去商议，我想他不可能没有谈成，明后天便可没事，老兄不必过虑！"李廷钰急了，说："大帅不要太相信鲍鹏，鲍鹏曾私贩烟土，犯过罪，如果他通洋卖国，恐怕祸患不浅！"琦善闭着眼睛，只是摇头。李廷钰流泪道："虎门是粤东的门户，虎门一失，省城绝对保不住。李廷钰死不足惜，大帅可不能有什么不测啊！"说到这一句时，琦善才睁开眼睛说："照你这么说，添兵打仗是在所难免了。现在调两百名士兵，让你带去，怎么样？"李廷钰说："两百名士兵不够分配。"琦善说："再添三百名，凑成五百名，我想总该够了吧。"李廷钰刚起身告辞，琦善又忙叮嘱："老兄带了五百名士兵出去，只可在晚上潜渡。如果被英国人知道，他们会责备我添兵作战，那时他们更不肯好好和谈了。"李廷钰又好气又好笑，离开督署，急忙赶赴虎门守威远炮台去了。

琦善刚遣发李廷钰出署，见鲍鹏进来，顿时高兴得好像得了宝贝一样，忙问抚议怎么样。鲍鹏说："义律坚持只要清廷答应所有要求，就马上退兵。"琦善问道："你怎么今天才回来？"鲍鹏回答："卑职前日奉命前去，义律不在。守候几天，才得以见到他，磋商许久，仍没有议成。义律请大帅允准所有要求，到时不但会归还炮台，连定海也会交还给我国。"琦善说："你再去与他商议，前六款中，烟价可以赔偿他，广州可以开放，香港也可以商量，剩下的条件以后再谈。"鲍鹏去了一会儿，又回来报告："义律已经答应，请大帅前去订立和约。"琦善说："话虽如此，但我还没上奏请示，怎么与他订约？"鲍鹏建议："可先去订立一个草约，然后再上奏请示。"琦善听从鲍鹏的计策，与义律在莲花城会面，愿赔偿七百万元烟价，并许诺开放广州、割让香港。义律也许诺归还定海及沙角、大角两个炮台。双方议定草约，琦善回署后，立即让伊里布接收定海，一面立即根据义律的来信，说出不得不照准的情形，上奏清廷。

道光帝未经大创，怎么肯就这样匆忙应允？立即任命御前大臣弈山为靖逆将军，提督杨芳、尚书隆文为参赞大臣，赴粤剿办，并降旨谴责琦善。

琦善接旨后，吓得身子直抖，又听说伊里布也被贬黜，料知朝廷变了心意，将来怎么答复英国人？他惶急了几天，忽然接到京中的家书，说是家产都被没收了，心中一急，晕倒在地，不省人事。

鸦片战争

琦善听说家产被没收，顿时昏厥。经家人竭力施救，他才渐渐苏醒，垂着泪说："早知英国人这么厉害，朝局这么反复，穆中堂这样坐视不理，我也不出头了。"于是召鲍鹏密议。鲍鹏说："大人不必着急！若讨得英国人的欢心，他们便不会为难大人。后事归后人处置，大人不要顾虑太多。"琦善前思后想，也没有一个救急的法子，只得搜罗歌女，摆列盛筵，时常请英使享宴，拖延时日。英领事义律及英将伯麦心中暗怀着始终不退让的宗旨，表面上却与琦善周旋，大吃大喝，酒酣耳热，还抱着歌女取乐。正在花天酒地时候，朝旨已下，琦善接读朝旨，才获悉家产被没收的原因，原来是怡良的一本奏章引起的。

听完圣旨，琦善眼泪如泉涌，随口说："我与怡良无冤无仇，他为什么要参奏我？也不知道他在奏稿中说了什么，真是可恨！"当下派人到抚署中，抄出怡良的奏稿，交给琦善。琦善接过一瞧，不禁又气又怕，急得手足冰冷。忽然水军提督关天培递来急报，说英舰又来进攻虎门，请派兵速援！琦善此时已如死人一般，还有什么心思去顾虑虎门？随手把急报搁起，一概不管。

原来，英领事义律已得知清廷主战的消息，便与伯麦议定继续进攻，趁弈山、杨芳、隆文等人还没到广东，立即调齐兵舰，高扯红旗，向虎门进发。水军提督关天培正镇守靖远炮台，一面飞速请求支援，一面督军防御。远远地看见英舰如飞而至，关天培忙督令军士开炮，几声炮响过后，倒也击着几艘英舰，可恨没有击中要害，只在铁甲上面打出几个窟窿。英舰冒险冲入，两边顿时炮声震天，轰个不停。关天培的手下大多中炮倒毙，只盼望援军前来接应，谁知相持多时，仍毫无援音。英舰步步进逼，所发炮弹，越加逼近，宛如雨点雷声，让人无处躲避。突然一颗飞弹从关天培头上落下，关天培把头一偏，那弹正中左臂。接连又是几颗弹丸，将关天培身边的亲兵击倒大半。兵士便哗乱起来，四处乱逃，个个只顾自己的性命。关天培左臂受伤，已痛得十分厉害，又见兵士溃散了，大呼道："英人可恶，琦善可恨！天培就此殉国了。"说完，就将手中的剑向颈上一抹，一道魂灵直归天府。

英人乘胜登岸，占据了靖远炮台，转而进攻威远、横档两炮台。两炮台上的守兵已闻风奔溃。眼看着两炮台尽陷，虎门失守。英人将虎门的三百多门大炮及从前林则徐购得的二百多门西洋大炮全部夺去，然后长驱直入，攻占乌涌。乌涌距省城只有六十里，乌涌一失，省城大为震惊。幸亏参赞大臣杨芳率领数千名湖南兵到城内，杨参赞向来很有威名，人心这才安定不少。

此时，懦弱无能的琦善已被副都统英隆奉旨押解进京。怡良仍担任巡抚，立即来见杨芳。当下两人谈起琦中堂议抚的事情，怡良说："琦中堂在任时，只信任汉奸鲍鹏，中了英领事义律的诡计，一切措施和林制台的初衷相违背。林制台处处筹防，琦中堂却处处撤防，以致英军能够长驱直入。现在虎门已失，乌涌又已陷落，省城异常危急。多亏参赞及时赶到，还好仗着杨兄的英威，极力补救。"杨芳说："琦中堂太糊涂了，抚议没成，怎么就先自撤藩篱？现在门户已撤，叫杨某怎么剿办？看来只好以堵为剿，再作打算。"怡良说："英兵已经拥入，海面不必讲了，现在只有堵塞省河的办法。"杨芳问道："省河有几处要隘？"怡良回答："陆路的要隘，叫做东胜寺；水路的要隘，叫做凤凰冈。"杨芳又问："这两处要隘，有没有重兵把守？"怡良回答："向来设有重兵，但被琦中堂层层撤掉。琦中堂被逮，兄弟正筹议防守。但陆兵还没有调来，水军各船又被英军毁夺殆尽，弄到无舰可调，无炮可运，兄弟也正焦急啊！"杨芳说："舰队已失，那扼守河岸要紧。"于是派总兵段永福率一千名士兵扼守东胜寺；总兵长春率一千名士兵扼守凤凰冈。两将刚率军前去，探马已飞报英舰闯入省河。杨芳打算亲自去督战，便起身与怡良告别，带着几百名亲兵赶往河岸。快到凤凰冈时，远远地听到炮声不断，知道清兵已与英军开仗，忙拍马赶到凤凰冈。见总兵长春正在岸上督兵痛击英军，英舰已向南退去。杨芳一到，长春忙上前迎接，杨芳下马后先将他慰劳一番，然后带着他沿河巡视。远远望过去南岸河身稍狭窄，颇觉险要，便对长春说："那边正是天然要口，为什么不见守兵？"长春答道："河身稍狭窄的地方，便是腊德及二沙尾，听说林制军督师时，曾处处驻兵，后来都被琦中堂撤去，任由英使随便出入，所以空空荡荡的不见一兵。"杨芳刚在叹息，忽然见南风大起，潮水陡涨，忙叫："不好！不好！"急忙传令守兵，一齐整队，排列岸边。长春迷惑不解，杨芳往南一指，说："英舰又乘潮来了。"长春一眼望过去，果然看见一大队轮船，隐隐驶来，比刚才多出一两倍，连忙令军士摆好炮位，灌足火药，准备迎击。

不一会儿，英舰已在眼前，长春立即下令开炮迎击。英舰仗着坚厚，只管前进，还击的飞炮、火箭也很是猛烈。杨芳、长春两人左右督战，不许兵士有丝毫懈怠。两边轰击许久，海潮渐退，英舰这才随潮出去。杨芳说："好厉害！外国人这么强悍，中国从此没有安宁的日子了。"当晚，便在凤凰冈的营内暂时歇息。

第二天早晨，美国领事来清营求见，极力为英国说情。领事离开后，杨芳回省城与怡良商议，彼此意见相同，于是联衔会奏，大旨为：敌军已侵入腹地，而沿河的兵力十分空虚。现在美国领事为英国说情，我们借此机会议和，为退敌收险之计。这奏章一上，还以为廷旨会允从，失之东隅，还可收之桑榆，谁知道光帝偏偏不依，竟下旨严斥。

此时，靖逆将军奕山、参赞隆文、总督祁墫三人都已经到广东。杨芳接见他们后，便与他们聊起战事及奏请议和的缘由。奕山说："皇上现在主战，所以参赞上奏，便遭到严斥。兄弟也知粤东兵力空虚，但难以违命，怎么办？"祁墫说："听说林制军的军务办理得很是严密，不如听听他的建议！"奕山点头称是，当下祁墫取出名帖，去请教林则徐。

原来林则徐虽已被贬职，但还没离开广东，得知祁墫相邀，随即入见。祁墫引他见了奕山，奕山便问他防剿事宜。林则徐说："现在英军侵入腹地，剿堵两难。省城地势薄弱得很，没有险要地势可供扼守，想要挽回大局，很不容易。只有设法拖延英军入犯，计诱英舰退到腊德、二沙尾外面，然后趁夜下桩弄沉英船，并用重兵大炮把守港口，使他们无从闯入。等到顺风顺潮的时候，备齐苇筏，再乘势火攻，这才是万全之策。"奕山默然不答。祁墫问道："听说省河一带都有英船出没，怎么引诱他们出去？"林则徐说："总是有办法的。"祁墫说："这还要靠您鼎力相助。"林则徐说："林某在粤待罪，恨不得将英国人立刻驱逐出境，无奈因琦中堂处处反对，我无能为力，负罪愈深。今日得到公等垂青，林某定会效命。"话还没说完，外面报称圣旨下来，要林公出去接旨。林则徐忙出去接旨，朝廷授林则徐为四品京堂，驰赴浙江办理军务。林则徐收拾好行装马上赴任，广东失了得力支柱。

义律等了几天，不见杨芳的答复，又来催索烟价。奕山将来人斥回，想立即发兵出战。杨芳劝谏道："兵船还没准备齐全，水勇还没招募来，此时不宜在海上作战，还请固守省城！"奕山说："各省兵士已调集过来一万七千多名，粤兵也有几万，再拥兵不战，上头可能会怪罪下来，眼下只好与英兵拼死一战了。"于是令提督张必禄屯兵西炮台，出中路；杨芳由泥城出右路；隆文屯兵东炮台，出左路；并派遣四川兵及祁墫所招募的三百名水勇驾着小舟，携火箭喷筒，驶出省河，偷袭英船。英船来不及防备，被焚毁两只桅船、两只舢板船、五只小船，英兵也被击毙了几百名，同时误伤几十个美国人。弈山得到消息后，正欣喜过望，忽然传来败耗，说是"英兵来打回复阵，将我军三艘兵轮毁去，我兵战败，英舰已闯入十三洋行面前"。弈山又忧虑起来。第二天，探马又飞报，英军大举入犯，天字炮台守将段永福败逃，炮台被攻陷，炮台上面的八千斤大炮也被英国人夺去。接着又报泥城炮台守将岱昌及刘大忠也已败退。弈山搓手道："不得了！不得了！"忙檄令两参赞及张必禄回守省城。

公文才发，又接到紧急军报，称："港内筏材、油薪船以及六十多艘水军船都被英兵及汉奸烧尽。现在英兵已向四方炮台发起进攻。"弈山此时，好像兜头浇下一盆冷水，身子都冷了半截，免不了上城瞭望。只见远处火光冲天，耳中隐隐听到震天的炮声，他在城上踱来踱去，急得像热锅上的蚂蚁。突然见东南角上有旗号展出，后面跟着许多人马，弈山不觉大惊，险些儿跌下城来。仔细一瞧，是自己的兵队，这才略微定了定神。等到兵马已到城下，才想到是两参赞率兵回来救援，忙立即下城，打开城门放队伍进来。杨芳说："四方炮台在省城的后山，是全城的保障，听说英兵正在进攻四方炮台，参赞刚想去支援，因奉调回来，不敢违命。好在城中安然无事，让杨某出城救援四方炮台。"弈山忙说："不必！昨天闽中的水勇已由祁督调去支援，此刻城中吃紧，全仗诸公保护，千万不要离城！"

正议论时，探子来报，四方炮台又被英国人夺去。杨芳着急地说："怎么这么快！四方炮台一失，敌兵居高临下，全城军民如坐瓮中。怎么办？怎么办？"弈山抖着说："这……这要全靠杨果勇侯出……出力保全。"杨芳无暇答话，急忙率军士登城固守，刚布置完，城北的炮弹已陆续射来。杨芳亲自到城北督防，独坐危楼，挡着箭弹，终日不退。老天恰也可怜他的忠心，整日里大雨倾盆，把英国人射过来的火器浇得失灵。城中人心稍稍镇定。

英国领事义律虽是求和，暗中却屡次向本国调兵。水军统帅伯麦先到中国，打过好几次战仗。陆军统帅义律也到粤多日。这时候又来了一个陆军司令官卧乌古，带着好几千雄兵前来助阵，所以英兵越来越厉害。这边粤中的将卒因海湾港口已失，心中早已十分惶惧，弈山又是个纸糊的将军，并不敢出去督战。大帅安坐省城，将卒还肯尽力吗？因此英兵进一步，粤兵退一步，英兵进得越猛，粤兵退得越远。炮台失了好几座，兵船军械也被夺去无数，将卒却是一个都没有受伤。弈山住在围城中，既不敢战，又不敢逃，只好向下属问计。还是广州知府余保纯献上一个救急的妙法，无非是"议和讲款"四字。当下由余保纯出去商议条款，经过无数口舌，又由美利坚商人居中调解，这才定下四个条件：

第一条　广东除赔偿烟价外，先赔偿英国六百万元兵费，限五日内付清。

第二条　将军队及外省兵退屯城外六十里。

第三条　割让香港问题，待后再商。

第四条　英舰退出虎门。

余保纯回来报知弈山，弈山唯唯听命。于是搜括藩运两库，得到四百万元，还差两百万元，由粤海关凑足后缴付英国人。一面又下令全城外省兵撤退到六十里外的小金山。杨芳敢怒不敢言，只恳请留城镇压，弈山也没有工夫管他，径自出城而去。隆文随之出城，心中也愤恨万分。到了小金山，隆文生起病来，不久病逝。

"好葛公"

英国兵舰自收到兵费后，总算起锚出海，慢慢地退去，从佛山镇取道泥城，经萧关、三元里。三元里的民众因英人沿途抢掠，愤愤不平，便纠众拦截，竖起平英团旗帜，将英兵围住。英兵拼了一天，不能突围，统帅伯麦也受伤。义律忙派汉奸混出去，向余保纯求救。余保纯立即率兵前往，帮助义律等人逃出重围。弈山不敢实奏，捏造谎言称："焚击英船，大挫凶锋，义律穷蹙乞抚，只求照旧通商，永不售卖鸦片，以及索商业赔款六百万元。臣已与他定约，令他退出虎门外面。"道光帝高居九重，以为弈山是亲信老臣不会欺臣，当下准奏，谁知他是一片鬼话。

弈山与英国人议和，只议定在广东一省休兵息战，其他省份一概不管。清廷还以为议和已定，其他省份也可以平安无事，便令江、浙各省裁兵节饷。不料英国人仍不肯罢兵，一面率军舰退出虎门，治理香港，恢复广东的贸易，一面又想借胜仗的余威，向北进军。

英政府令大使濮鼎查接替义律之职，海军少将巴尔克接替伯麦之职，令义律、伯麦回国。濮鼎查和巴尔克会同陆军司令官卧乌古，带领九艘军舰、四艘汽船、二十三艘运送船于道光二十一年七月进犯厦门。此时邓廷桢已被革职，与林则徐一道被发配到伊犁，闽浙总督换成颜伯焘。颜制台热心拒外，到任后刚要督修战备，无奈朝旨反复让他裁兵节饷，他便只好缓缓布置兵力。忽然得知英兵入犯，他急忙驰到厦门防御。刚到厦门，英舰已闯入鼓浪屿港口，颜制台急忙令士兵开炮。接连几声炮响，轰沉五艘英国轮船。英舰反而蜂拥齐进，弹丸如雨点般打来，毁掉厦门口岸的三座炮台，厦门沦陷。多亏提督普陀保、总兵那丹珠督兵全力抵御，击沉一艘英舰，英军才退去。颜制台刚开始上奏厦门失守，不久又报称收复厦门，朝廷下旨责备他没有预先部署防备，将他降职留任。

福建海域刚刚安宁些，英舰又转入浙海。正逢两江总督裕谦继伊里布后任，到浙江视察军队。裕钦差做事刚锐。可惜军事谋略不足。先前调林则徐到浙江，也是由于他的密荐，林则徐感激他的知遇之恩，正想竭力筹防，没想到发配边疆的命令又下来，林则徐不能逗留。两人相别，彼此洒下几滴热泪。裁兵节饷的上谕刚颁发到浙江时，裕钦差心中不以为然，时常派人侦查英舰的动静。忽然探子来报，说英兵在粤海新增了许多战舰，并声言将移兵进入浙江。裕钦差连忙写好奏本，请清廷转问弈山，为什么会有英国人入浙的传言，英国人是诚心乞和，还是想得寸进尺。没想到廷旨将奏章批回，反而说："英人赴浙的消息实属空穴来风，不足为据。裕谦应遵照前旨，酌量撤兵，不必被谣言所迷惑，以致靡饷劳师。"裕钦差看到这话，不禁叹道："敌军时常增兵，我军反而撤兵，可笑可恨！想来总是穆中堂的主意。穆彰阿，穆彰阿，你要误尽国家了！"随即赴镇海检阅防备情况。途中接到厦门失陷的消息，裕谦忙令定海镇总兵葛云飞、处州镇总兵郑国鸿、安徽寿春镇总兵王锡明率领五千名士兵严守定海。这三位总兵都是忠肝义胆之士，葛云飞尤其智勇双全。到了定海后，三总兵勘察了一番形势，议定派兵扼守重要关口。王锡明愿守晓峰岭，郑国鸿愿守竹山门，道头街一带归葛云飞扼守。三个地方只有晓峰岭背面负海，且有一条小路直通定海城。三镇官兵势单力孤，兵力不够分派，且炮火也不够用。王、葛二人商议后，请求增派兵船及大炮，堵住小路。

当下详细禀明镇海，裕谦得知后，忙邀浙江提督余步云商议添兵事宜。余步云说："浙江的重要关口，第一重是定海，第二重是镇海，镇海又比定海更为重要。现在镇海防兵也只有几千名，都顾不上自己了，还有什么兵马炮火可供调遣？"王、葛两总兵也曾将定海的形势详细禀明余步云，余步云已告诫他们死守，不要期望有什么援兵。裕谦说："这么一个要紧的海湾港口，只有几千人马，怎么能够守得住？"余步云说："去年不只这个数，因朝旨屡次催促裁兵，所以减去三分之一，现在只剩下四千名营兵了。"裕谦无奈地说："这真没法想了，只得听天由命了。天若不亡浙江，定海应该保得住，镇海也可无虑。本大臣以身许国，到危急时，拼死报国好了。"

余步云退出后，作战的消息马上传到："英兵已来攻击定海，驶进竹山门，我军奋勇迎击，轰断英船大桅杆，英兵已退去了。"裕谦稍稍放心了一些。过了两天，又报："英兵绕出吉祥门，入攻东港浦，被我炮击退，现在英兵改从竹山嘴登岸，郑镇台正在截击。"接连又接到两封紧急书信：一封是王锡朋总兵写的，一封是葛云飞总兵写的。裕谦展开一瞧，都是请求出兵援助，便着急道："怎么办？怎么办？定海还有五千名士兵，此处却只有四千名士兵，难道三总兵不知道吗？若我亲自去督战，镇海就没人把守了。我看这余步云事事推诿，很是刁猾，恐怕也靠不住呢。现在叫我去哪里调兵？"就将信搁在一边，只是一人愁眉独坐。

恰逢天气阴沉，连日淫雨，弄得裕谦越加愁闷，于是出了营，上东城眺望。突然看见城外招宝山上悬着白旗，不由得慌张起来，忙下城去召见总兵谢朝恩。谢朝恩还没到，警信已经传来，晓峰岭失陷，王锡明总兵阵亡，寿春营溃散。裕谦正在惊愕，谢朝恩跟跄进来，报称竹山门失守，郑总兵也已战殁。裕谦问道："是不是讹传，把王总兵误作郑总兵？"话还没说完，外面已传来噩耗，郑国鸿的确死了。裕谦说："三总兵已死去两人，单剩一个葛云飞，我想他肯定支撑不住。好！好！三总兵不要怨我不救，我也是自身难保！"说完，泪如雨下。谢朝恩见主帅伤心，也陪着掉下两三滴泪珠。裕谦说："我不是怕死，如果怕死也不会亲自来督师作战了。只可惜三员大将就这样没了，国家从此没有人才了。还有一桩可疑的事情，招宝山上为什么竖起白旗，"谢朝恩说："招宝山上是余提督的军营，为什么竖起白旗，我也不明白。"裕谦叹道："开战挂红旗，乞和挂白旗，这是外洋各国的通例。现在本帅并没有要他乞和，英兵还没到镇海，那余军门偏先悬白旗，情迹可知。我朝养士二百年，反养出这样一名卖国的大将来，越发叫人痛惜三位总兵！"谢朝恩说："待卑镇去问个明白，再作判别。"谢朝恩出去后，外面又传报葛云飞总兵阵亡。裕谦此时又悲又恼，悲的是三总兵阵殁，恼的是余步云存有异心。踌躇了一夜，他竟想出一个盟神誓众的法子。

等到天明，忽然见巡捕进来，呈上手本，说是兵卒徐保求见。裕谦

227

问徐保是谁的部下，巡捕答称是葛镇台的部下。裕谦立即传令入见。徐保入帐，请过安后，便禀道："葛镇台阵殁，小兵带着镇台的尸体偷偷渡到这里。"裕谦问他葛镇台阵殁情形，徐保答道："英国人从晓峰岭的小路攻入，先破晓峰岭，再攻陷竹山门。王、郑两位镇台先后阵亡。葛镇台扼住道头街，孤军奋战。镇台用大炮轰击英兵，英兵冒死不退。镇台持刀和英兵交战，阵斩英兵将领安突得，无奈英兵越来越多，镇台拼命作战，刀都斩缺三柄，英兵才稍微后退。镇台想去救援竹山门，刚要登山，突然来了两三员敌将夹攻镇台，镇台被他们劈去半边脸，鲜血淋漓，但仍是前进。不料后面又飞来一弹，洞穿胸腹，镇台就以身殉国了。小兵趁晚上找寻尸首，见镇台直立崖石下，两手仍握刀不放，左边的一只眼睛炯炯有神。小兵想背他回来，那尸身兀立不动，不能挪移。小兵于是拜祷一番，请镇台回家见太夫人，然后尸身才容小兵背负，小兵忙驾着小船，偷渡到这里。"裕谦叹道："好葛公！好葛公！"当下亲自前往祭奠葛云飞，并令大吏护丧还葬，一面飞章出奏。

处理完毕，裕谦便召集部将，设着神位，令部将一同宣誓。总兵以下的所有将卒都来了，只有余步云没来。裕谦正想询问，谢朝恩已近前禀道："余军门已派武将前来。"裕谦冷笑道："看来本帅不亲自邀请他，他不会来。"那边提辖武将听了这话，急忙上前请安，禀称："军门患了足疾，行走不便，特来请假。"裕谦摇头说："敌兵来了，足疾自然会好。"随即斥退武将，到神位前祭告。此时祭品早已摆好，香烛已经齐备，裕钦差行跪叩礼，众将官也随同跪叩。裕钦差亲读誓文，无非是劝勉属下的文武将士同仇敌忾，倘有异心，神人共诛等话。刚读完，猛然听到外面隐隐有炮声，由远及近，不由得惊讶起来，立即起身誓众说："相信大家都已听明白本帅的誓文，英兵不久就来了，须靠大家同心抵御，有功立即赏赐，有罪立即处罚。"总兵谢朝恩先应了声"是"，众将士也随声附和。裕谦刚令军士们撤下神位祭礼，正想向谢朝恩追问招宝山白旗的缘故，探马忽然来报英兵来了。谢朝恩立即抽身告辞，裕谦拉着谢朝恩的手说："这城的屏障是招宝山及金鸡岭两处。老兄驻守金鸡岭，本帅很是放心，只有招宝山放心不下。"谢朝恩说："这要看朝廷的洪福，卑镇愿以死相报。"当下裕谦亲自将他送出营，谢朝恩匆匆离去。

裕谦接着登上城楼守城。余步云忽然来到城下，兵士打开城门将他放进来。余步云径直上城拜见裕谦，裕谦便问道："军门足疾已痊愈了吗?"余步云说:"足疾还没痊愈,因敌兵入境,我不得不前来请教。"裕谦说:"誓死抗敌,此外没有别的办法。"余步云说:"敌兵很是厉害,万一失败,全城都将陷没。"裕谦说:"这也没有办法。依你看该怎么办?"余步云说:"依步云愚见,只能和英军拖延时间。部将陈志刚十分能干,不如叫他前去议抚。"裕谦笑道:"我还以为军门有什么妙策,城下乞盟的事情,本帅却不愿意去做。"余步云说:"大帅既然不愿意议和,这里恐怕是守不住了,只好退守宁波。"裕谦正色道:"敌到镇海,我军便退守宁波,敌到宁波,我军将退到哪里去?我与军门都身受朝廷重恩,你要叫我逃走吗?"余步云碰了一个钉子,下城离去。

两三个时辰后,远远地看见招宝山上的白旗已换成英国的旗帜,裕谦大惊道:"不好了!余步云卖掉招宝山了。"果然探马来报,招宝山被陷,余军门不知下落。接着,又报:"英军进攻金鸡岭,谢朝恩击死数百名英兵。因招宝山失守,军士惊溃,谢镇台身中数创,也已殉难,金鸡岭又被英国人夺去了。"裕谦叹道:"罢,罢,罢!"话还没说完,英兵已扑到城下。城外的守兵逃散一空。裕谦下城后解下官印,让副将丰伸泰将官印送给浙抚,自己则奔到学宫前,跳入泮池,被家人捞救后,已是奄奄一息。文武官员听说裕谦投水,兵卒都弃城逃走。只有县丞李向南自缢身亡。英兵于是乘胜入城,占据镇海。

胆小的牛大帅

英兵攻入镇海城后,悬赏缉拿裕谦。因裕谦曾将英国人剥皮处死,并掘焚英国人的尸首,所以英国人非常恨他。裕谦被家人救出后,拖着病躯奔到宁波。得知这个信息后,又赶紧由宁波奔往余姚,裕谦的一息余生,至此才瞑目。尸船回籍时经过萧山县的西兴坝,浙抚刘韵珂派人接到裕谦的尸船后,替他买棺入殓。当下刘韵珂据实上奏,奏中还提及余步云怀有异心。余步云究竟逃哪里去了呢?原来,余步云自入城见了裕谦后,回到招宝山,见英兵正从山后往上攀登,他竟不许士卒开炮,随即丢弃炮台往西逃去,先到宁波,继而跑到上虞。英兵攻入宁波后,又去侵犯慈溪,因怕当地有所防备,焚掠一回,便出城而去。

清廷得到警报后,下旨授弈经为扬威将军,侍郎文蔚和都统特依顺为参赞,令他们驰赴浙江防剿;广州巡抚怡良为钦差大臣,移驻福建;

调河南巡抚牛鉴总督两江，负责南北沿海的守御。道光二十二年元旦，弈经率大军到杭州，大小官员出城迎接。弈经办事格外尽心尽力，留参赞特依顺驻守杭州，自己带着参赞文蔚督兵渡江，进军绍兴。沿途十分留意招揽义勇，原福建水军提督王得禄愿到军前投效，弈经因他年老，劝他回籍。前泗州知州张应云入营献计，弈经虚心下问。张应云说："英国人能深入内地，是因为汉奸为他们做向导，其实汉奸不过是贪图钱财，和英军之间并没有什么恩义。现在听说宁波绅民都翘首企盼大军，那群汉奸又都是本地百姓，如果大帅也悬重赏招抚他们，汉奸可变作间谍。大军出剿时，让他们作为内应，战事必定成功。还请大帅明鉴！"弈经说："这计策确是很妙，但叫谁去招抚呢？"张应云回答："卑职不才，愿当此任。"弈经大喜，便议定进兵方案：令参赞文蔚率领两千名士兵，屯兵于慈溪城北的长溪岭；副将朱贵和参将刘天保率领两千名士兵，屯兵于慈溪城西的大宝山，全力谋取镇海；总兵段永福率领四千名兵勇，带着张应云出军袭击宁波；已故总兵郑国鸿之子郑鼎臣统率水兵东渡，收复定海；海州知州王用宾出兵屯驻乍浦，雇渔舟渡到岱山，援应郑鼎臣；弈经亲自率三千名兵勇驻扎在绍兴东关镇，接运粮饷，调度兵马。

计划已定，各路同时出发，只盼望旗开得胜，马到成功。谁知郑鼎臣航海东去，遇着大风，一阵颠簸后，兵士已荡得七零八落，只得收兵回来，帆樯也损坏不少，总算还有几千名水勇侥幸生还。王用宾渡海到岱山，因郑鼎臣遇风回航，导致他孤军深入。到定海附近时，被英国人侦悉，放炮的放炮，纵火的纵火，王用宾连忙率军逃回来，渔船已被毁去大半。

段永福与张应云招集到许多勇士，又收买汉奸，让他们作为内应。偏这汉奸反复无常，表面上与张应云联络，暗中却把清军攻城的日期通报给英将。英将巴尔克忙与濮鼎查商议。濮鼎查便定下一个将计就计的法子，歼灭段军大部分人马。段永福、张应云不敢再战，先后奔回东关镇。

屯兵于慈溪的两将素来骁勇。刘天保想立首功，于是先发兵，刚到镇海城外就大声呼噪。英兵听到警报赶紧登城，接二连三地开炮，招宝山上的英兵又发炮接应，就算你刘天保再怎么勇敢，终究血肉之躯敌不过两边的炮弹，只得退回大宝山。朱贵埋怨他不先通知，以致败退。刘天保仍是倔强不服，不料英兵水陆并进，进攻大宝山。朱贵因寡不敌众，最后全军覆没。

刘天保奔回长溪岭，催促文蔚前去支援朱贵，文蔚不答应。部下代为力请，文蔚才答应发兵两百名前去支援。傍晚时分得知朱贵全军覆没，文蔚慌得面如土色，急忙下令截回两百名士兵，并连夜逃走。到了东关镇，那位扬威将军弈经早已接得败耗，逃到杭州去了。

两江总督伊里布奉旨回京任职后，因家人张喜与英船有所往来，伊里布涉嫌与英国人勾结，被逮入京都，按律应发配到边疆。浙抚刘韵珂与伊里布是好朋友，便呈上一本奏章，说："伊里布其实没有异心，英国人向来器重伊里布，连他的仆从张喜也让外国人十分倾服，如果让伊里布来浙江效力，说不定英国人不再侵犯内陆，还请圣上采纳。"道光帝竟言听计从，赦免伊里布，赏他七品顶戴，令他前往浙营效力，并授宗室尚书耆英为杭州将军，与参赞齐慎一同赴浙。还秘密地告诫弈经，叫他注意防堵，暂时不要出战，静候时机。英将见浙省不敢发兵，便转而侵略长江，断绝南北交通，威吓中国。他们向宁波勒索一百二十万元犒军银，才许诺退兵。宁波无奈，东凑西借，才得以如数交出。英舰撤退后，仍留下一千多名士兵和四艘轮船，驻守定海。

弈经忙奏请收复宁波，刘韵珂也照样驰奏。奏折刚发出，又传来浙西海湾乍浦失陷的消息。伊里布到浙江后，巡抚刘韵珂急忙令他赴英舰商议条款，英将巴尔克不答应议和。还是仆从张喜下船与英将议谈，巴尔克于是放回了十几名俘虏，而后扬帆退去。当下刘韵珂将此事一一奏明，伊里布因此由七品衔升到副都统。

英舰自乍浦退出后，转入江苏，驶到吴淞口。江南提督陈化成很有谋略，他本是福建同安县人。清廷因他忠勇，特意打破官员应当回避在本乡做官的旧例，升他为厦门提督。随后因长江防务紧急，将陈化成调往江南。陈化成才上任，便连接传来定海、镇海沦陷的消息。江、浙是毗连的省份，浙省遇警，江南应该戒严。吴淞又是长江南面的重要口岸，向来设有东西两炮台，互为掎角。陈化成督兵把守，三年来与士卒同甘共苦，即使风霜雨雪天气，他也与将卒们一同在营帐住宿，军士感激他，称他为陈佛。

英兵进逼吴淞的时候，总督牛鉴被派到宝山县督兵防守。牛鉴胆子很小，忙召陈化成商议。宝山距吴淞只有六里，一召便到，牛鉴见到陈化成后，别的事一概不提，单问保全性命的办法。陈化成安慰他："大帅不要惊慌！吴淞口向来设有炮台，用炮扼险，可以打胜仗。只要大帅坐镇宝山，不要轻易出入，那时化成自能打退敌军！"牛鉴问道："此话当真？"陈化成说："兵家胜负，虽不能预料，但一夫拼命，万夫莫当。

231

如果上下将卒齐心协力，何愁不胜？"牛鉴忙说："全靠你了！全靠你了！"陈化成告退，回到吴淞。参将周世荣接着问他："制军有没有制敌的方案？"陈化成微笑着说："老哥别问！你我的福气都不浅！"周世荣不觉惊讶起来，陈化成说："明天与英国人开战，得了胜仗，我与你同受上赏，万一战败，死且不朽，这福气难道不浅吗？"当晚，派遣别的将领驻守东炮台，自己与周世荣驻守西炮台。

第二天，陈化成手执红旗，登台挥战。英舰先开炮射来，陈化成也发炮出去。一边仰攻，一边俯击，两边喊杀震天，烟雾蔽空。相持多时，陈化成走到最大的炮门后面，亲自动手，瞄准英舰，放出一炮，不偏不倚，正中英舰的烟囱，一声炸裂，英舰沉到海底去了。台上的官兵齐声欢呼。接连又是几炮击中一艘英舰，那舰向下一沉，又往上一跃，随后钻入水底，只剩下桅杆的头梢微露海面。台上鼓噪如雷，比第一炮时越发欢跃，陈化成也非常欣喜。

这位牛大帅得知官兵取得胜仗，也想到军前扬威，于是跨上宝马，驰出南门。徐州兵也随着前来，由总兵王志元压阵。牛大帅得意扬扬，还以为英舰已退出港口，他来虚张声势，借口援应。牛大帅纵马上了海塘，见两边正在酣战，你一炮，我一枪的轰击，他已惊得目瞪口呆。突然面前落下一颗流弹，险些把他的魂儿都吓飞了，忙转身就跑。这一跑，竟跑出一场大祸。原来，炮台上的兵卒听说制台亲自前来督战，正格外奋勇，忽然见牛制台奔回，徐州兵一同惊骇溃散。海塘上的人，还以为背后埋伏着英兵，不禁慌乱起来，心中一慌，手中渐渐松懈。这时英兵攻打了半天，都没能将西炮台拿下，于是转而攻东炮台。东炮台守兵听到西炮台的炮声渐渐稀松，错以为西炮台已经失守，又经牛大帅一逃，众人不由得魂销魄丧，弃台便逃。

英兵乘势登岸，占据东炮台后，又来夹攻西炮台。陈化成前后受敌，危急万分，周世荣请陈化成退兵，陈化成拔剑斥道："庸奴，庸奴！你真让我失望！"周世荣易服潜逃，陈化成提台仍是竭力支撑，手燃巨炮，猛击英兵。无奈顾前不能顾后，后面的炮弹接连打来，陈化成身中数弹，狂喷几口鲜血，舍生取义了。守备韦印福和千总钱金玉等一干人见提台阵亡，感激陈化成平时的恩惠，情愿随死，仍与英兵鏖战许久，终究因寡不敌众，先后战殁。武进士刘国标趁血战的时候，夺出陈化成尸身，背负而出，藏在芦苇里面。后来嘉定县令练廷璜派人将遗尸抬到关帝庙殡殓。百姓大多扶老携幼，争相前来哭奠，生荣死哀，陈提台也算瞑目了。牛制军奔回宝山后，还没来得及喘口气儿，忽然探子来报，东西两炮台都已失陷，提督手下的将士多半殉难，英兵已来进攻宝山了。牛鉴不等听完，忙带上许多亲兵拼命奔逃。英兵势如破竹，直入宝山，转而攻陷上海，又扬帆进入长江口，去追这位牛大帅。

南京条约

　　牛鉴自宝山逃跑后，一路上无暇歇脚，径直奔回江宁。英兵立即逆江而入，一直攻入松江。松江守将尤渤原是寿春镇的总兵，从寿春调守松江城。他得知英兵入境，便带着两千名寿春兵到江口等着。英兵见岸上的官军，一队一队整齐排列着，没怎么将他们放在心上，而是仗着屡战屡胜的威势，架起巨炮，向岸上射击。尤总兵见敌炮射来，令兵士一齐卧倒，等炮弹飞过，又令兵士全部起来，发炮还击。这两千寿春兵是尤总兵亲手调教出来的，众士兵进退作战，灵敏异常，一会儿起来，一会儿趴下，由尤总兵亲手指挥，进退有序。英兵射过来的炮弹大多落空，官兵射去的炮弹却大部分击中敌舰。相持两天，英兵占不到一点儿便宜，转舵逃走，继续骚扰崇明、靖江、江阴，结果都被乡民驱逐出去。

　　当下，英将巴尔克、卧乌古及大使濮鼎查三人密谋进军的计策。卧乌古的意思是，长江一带水势的深浅、沙线的曲折，都不曾知晓，所以不敢冒昧深入。还是濮鼎查想出一个妙计。他用银两买通沿江的渔船，让他们引导轮船驶入。沿途进去，测量的测量，绘图的绘图，查得明明白白，并探得沿江哪里没有埋伏，于是决意沿着长江向中国腹地侵犯。

　　镇江士绅得到消息后，忙禀报常镇通海道周顼。周顼同士绅巡阅长江沿岸的防守，绅士指着长江沿岸的地势，详细报告堵截守御的事宜。周顼笑道："你们怕什么！长江向来被称为天堑，不易飞渡，江流又十分狭隘，水底多伏有暗礁，我料英兵必定不敢深入。他们如果进来，必会搁浅。等他们搁浅的时候，发兵夹击，便可一举成功，何必预先筹备，多费这数万银两呢？"于是辞别士绅，径自回署。谁知英舰竟乘潮而入，攻陷瓜洲，占据镇江，直指江宁，东南大震。

　　牛制台奔回江宁，还以为是离敌已远，可以无忧。城中张贴告示："长江险隘，轮船、汽船不能直接进入，商民尽可照常办事，不必惊惶！"百姓见了文告，都以为制台的话总可以相信。那时，电报、火车都没有，全凭官员怎么说，百姓便怎么做。到了镇江失守，南京略有传言，牛制军心里虽慌，面上仍装出镇定的模样，兵也不调，城也不守。忽然江宁北门外，烽火连天，照彻城中，城内外的居民纷纷逃散。牛制军派人前去打探消息，回报英国八十多艘兵舰连樯而来，已到下关。牛制军被这一吓，比在宝山海塘上那一炮，更觉厉害。

呆了好久，忽然兵卒来报伊里布由浙江到来，牛制军的灵魂这才被送回来，开口说出"快请"二字。伊里布进来后，牛鉴忙与他行礼，献茶设坐，处处殷勤，然后说："阁下这次前来，定有事情要办吧？"伊里布说："伊某奉诏到此，特来与英军议和。"牛鉴忙说："好极了，好极了！中英开战以来百姓被骚扰得极苦，今天您去议和，福国利民，我还有什么好说的？"伊里布说："将军耆英不久也将到来，议抚的一切事务都令他去办理。伊某不过先来商议，免得临时着忙。"牛鉴听完，便说："耆将军还没到来，英军已抵达城下，这该怎么办啊？"伊里布说："小仆张喜与英国人大多熟识，现在不如写一份照会，让他前去投递，便可令英军暂缓进攻。"牛鉴又问："照会该怎么写？"伊里布说："照会中要写的，无非是说钦差大臣耆英已奉谕旨前来议和，请他们不必进军。再令小仆张喜跟他们委婉说明，包管英国人罢兵！"牛鉴高兴极了，随即令文牍员写好照会，并马上请伊里布叫入张喜，亲自嘱托一番，即刻令张喜将照会投送到英船。张喜唯唯而去。

去了半天，才回来禀报，牛鉴不等他开口，忙问："怎么样？"张喜说："据英使濮鼎查说，议和可以商量，但耆将军到这里还遥遥无期，旷日持久，兵不能等，须在城中吃饭才行。"牛鉴得知议和可以商量，已觉放心，等到听说英军想入城吃饭，又着急起来，便说："这么看来，他们明明还想攻城，这怎么行？"张喜说："我也这样说，同他辩驳多时，他说要想英兵不入城，须先送三百万两银子过去做兵饷，才好静候耆将军。"牛鉴说："这也是个难题。我上哪里去找三百万两银子？"

话还没说完，外面报知副将陈平川求见，牛鉴将他传入。陈平川请过安后，对牛鉴说："寿春镇的援兵已到城下，还请大帅指示什么时候开战？"牛鉴说："要开战吗？这事非同儿戏，万一失败，南京难保，长江上游也处处危急，那不是很可怕吗？"陈平川说："不能战，只好固守，请下令闭城，督兵登城防守。"牛鉴说："你又来了。前天德珠布将军听说英兵来了，便将十三城门全部关好上锁。你想朝廷现在主张议和，怎么可以闭城固守，得罪英国人？我与伊都统向英军说了半天好话，他们才息怒。德将军掌管全城的钥匙，我无可奈何只得去恳求他，你怎么也说出这样的话来？"陈平川说："耆将军还没到，议和还没有头绪，如果英人登岸攻城，城中没有防备，怎么抗敌？"牛鉴不禁脸色一变，说："英军并不来攻城，你却希望他来攻城，真是奇怪！本帅自有办法，不劳你们费心！"当下怒气冲冲，拂袖起座，返身入内。陈平川只得退出。

牛鉴到了内厅，亲自写下一封急信。然后叫进两名兵役，把信交给他们，令他们加紧驰驿，去催耆钦使。又令张喜再赴英舰，并与他附耳说了几句话。张喜领命又去。

家仆张喜真能够与英帅面谈吗？原来英舰中有个小官叫马利逊，懂得汉语，张喜与马利逊认识。与英将的几次来往，都是由马利逊介绍的，此次仍由马利逊给他引见濮鼎查，两边对话，也由马利逊传译。濮鼎查问："三百万兵饷备齐了吗？"张喜说："耆将军即日可到，议和一事马上可以开始。牛大帅怕贵使性急，特派张某前来相告。贵国的初衷无非是通商，现在我朝已经允许通商，贵国可以罢兵了。"濮鼎查说："要我罢兵也容易，但须依我几件事情。第一件，应赔偿烟价一千二百万元。"张喜说："广东已给过六百万元，怎么今天还要加倍索取？"濮鼎查说："那是兵费，不是烟价。现在我兵由粤到此，饷费又用去几千万，也须照例赔偿。"

张喜不禁结舌，问道："还要赔偿兵费吗？"濮鼎查说："除烟价、兵费外，香港是要割让给我国的。香港以外，还要将广州、福州、厦门、宁波、上海五个港口开埠通商。"张喜说："条件有这么多！"濮鼎查继续说："还有，讲和以后，俘虏是要放还的，将来两国通使，应平等对待。此外，我国的商民损失颇多，也应酌量赔偿。劳烦你去通报贵国公使，如果肯全部应允，我们马上退兵！"张喜不敢与他争论，便辞别濮鼎查。马利逊送他登岸，张喜对马利逊说："议和的条件这么多，而且都挺难办啊！"马利逊说："我与你向来熟识，不妨对你直说。此次我国兴兵，目的在于通商，不在银两，得到两三港的贸易，已是如愿，剩下的条件由中国裁酌好了。"张喜点头告别。相传马利逊本是中国人，因在英领事那里服役多年，便转入英籍。英国领事嘉奖他勤勉谨慎，所以提拔他做英官。马利逊这番话也算是暗地关照，格外有情。

张喜据实上报，牛鉴不好马上回复，又拖延了两三天。忽然兵卒来报钦差大臣耆英到了，牛鉴连忙出城迎接。耆英入城后，谈起和战事宜，与牛鉴很是投机。刚想去拜会英帅，英帅的照会已到，大略仍是前时所

235

提的要求。耆英将各条件稍稍驳诘，立即写好答复。不料英使濮鼎查定要件件依他，才愿意讲和，否则明日开战。这个照会答复过来，急得耆英、牛鉴、伊里布没法处理。忽然报知英舰高悬红旗，气势汹汹，准备开战。耆英不得已，又派遣张喜赴英船，与英将约定第二天早上会面商议。濮鼎查却翻脸说："还要商议什么？答应与不答应一句话。听说你们大帅还添调寿春兵，想跟我打仗，我却不怕，明天就和你交锋！"张喜忙说："没有这回事。"濮鼎查不信，还是马利逊从旁调解说："明天早上，如果中国再不答应，我军便登岸，将炮运到钟山顶上，轰碎你们全城，到时候可别……"张喜忙回去报告。

第二天早上，耆英派遣侍卫咸龄、藩司黄恩彤、宁绍台道鹿泽长前往英舰会商。两边磋商了许久，由濮鼎查定出几个条件：第一条，清、英两国将来应当维持平和；第二条，清国须给英国一千二百万元兵费，欠英商的三百万元，赔偿鸦片烟的六百万元，共计二千一百万元，限三年交清；第三条，开放广州、厦门、福州、宁波、上海五港为通商口岸，允许英国人往来居住；第四条，割让香港；第五条，放还英国俘虏；第六条，交战时为英军服役的华人，一律免罪；第七条，将来两国往来文书，一概用平等的格式；第八条，条约上必须有清帝的印章。咸龄等人见了最后一条，明知条件苛刻得很，但是耆将军一意主和，不好再辩驳，只得说："马上照奏，等政府批回后，便可立即定约。"濮鼎查说："应当快些，迟了就不好了。"咸龄等人唯唯走出英舰，急忙报知耆英，并将条约草案呈上。耆英也不仔细瞧明，立即与牛、伊二人令文牍员写好奏章，急忙将奏章发往北京。

道光帝看完奏章后，不免有些懊恼，立即召军机大臣商议。军机大臣不敢多嘴，只有大学士穆彰阿说："打了三年仗，不仅靡饷劳师，而且一点用都没有，现在只有靖难息民这一个办法。等到我国元气渐苏，再谋重振国威也不迟。只有用御宝一条，关系国体，不便允准，应令耆英等人改用该大臣的关防印，便好了结此事。"道光帝迟疑好一会，才说："照你说的办吧！"当下由军机处拟旨，令耆、牛、伊三人遵行。

耆、牛、伊三人奉到皇上的谕旨，见各条件都已照准，只有最后一条说御宝应改用三大臣的关防印，暗想这最后一条，英使那边总可以周旋，于是令张喜到英舰知会，约期相见。马利逊先问张喜："议和的条件都已批准了吗？"张喜说："件件批准，只有用御宝一事不行。"马利逊说："我国最看重国印，这事不答应的话，其他条件都无效了。"张喜猛然一惊，半晌才说："还是等三帅见过英使后再说吧。"马利逊说："我国的礼节与中国不同，钦使要来会谈时，请用我国的平行礼。"张喜问道："是不是摘掉帽子鞠躬？"马利逊说："摘掉帽子鞠躬是平时的礼节，军礼只需要举手到额便行了。"张喜说："简便得很，我马上回去禀明。"

两人告别后，转瞬到了会谈的那一天。耆、牛、伊三帅带领侍卫司道，径直前往英舟。濮鼎查出来相见，两边都用了平行礼，分宾主坐定，订定盟约，倒也十分欢洽。耆、牛、伊回城后，又想出一桩拍马屁的法子，备好酒肉，第二天亲自去犒师。到了英舟，濮鼎查忽然辞客不见。三人回府，急忙令张喜去问马利逊。张喜回来说："英使说此前议定的各个条件一个字儿都不能改，如果一字不从，只好兵戎相见，不用劳烦犒劳！"耆英说："他怎么知道我们的消息？我们昨天与英使会面，因初次相见，不好马上提到'易印'二字，今天是借着犒师的名义，前去商议。偏偏他先知先觉，不知是谁向英军预报详情？"张喜在旁，垂头不答。牛鉴说："为了这事仍要用兵，十分不值得，我想圣上英明得很，我们还是再申奏一次，希望圣上批准。"耆英问道："那我们该怎么说？"伊里布说："奏中只要说用御宝定约正是彼此守信的体现。我国用御宝，彼国君主也应当照办，讲到平等，这样说还行。想来皇上也不会再次申斥。何况朝内有穆中堂做主，我们再准备一封密函，先去疏通他，这最后一条自然就容易照准了。"耆英依言照办，奏折上去，果然降旨依议。耆英等人再赴英舰，与濮鼎查约定在仪凤门外的静海寺中换约。

道光二十二年七月二十四日，即西历一千八百四十二年八月二十九日，清、英签订《南京条约》，和议告成。道光帝痛定思痛，想惩办一两个庸帅，遮盖自己的脸面。廷臣窥破意旨后，弹劾的奏章陆续投呈。于是道光帝连下谕旨，将牛鉴革职逮问，令耆英代任江督，弈山、弈经、文蔚也跟牛鉴一样被逮治，余步云被正法。只有伊里布特沐重恩，升任钦差大臣，赴议通商的事。这是议和的功绩，清廷特别优待他的。

转眼又是一年。正月时，朝廷下诏令闽督怡良到台湾审理案子，并将台湾总兵达洪阿和兵备道姚莹革职，四海哗然。这件案子，也是因英兵入境而起。英舰入境侵犯的时候，曾派小部队窥探台湾，达洪阿、姚莹督率参将邱镇功守御鸡笼口，见英舰驶入，忙开炮迎敌，轰退英兵。当下捷报传达京城后，道光帝下旨将他们嘉奖一番。随后英兵又窥探大安港，达洪阿、姚莹预先设置埋伏，诱敌军进入港口。英舰鼓轮直入，触着暗礁，霎时伏兵齐发，奋勇上船，擒住二十四名白人、一百六十五名黑人、二十门炮以及英兵的数百件浙军器械。捷报再次上奏，道光帝亲书朱谕，赏达洪阿太子少保衔，加姚莹二品顶戴。达、姚二人将英俘监禁起来，向朝廷请示将人犯正法，朝旨批准。达、姚二人也算谨慎，只将一百六十五名黑人斩首，留下二十四名白人。等到江宁议和时，两国交还俘虏，台湾只交出白人。英使濮鼎查便寻到借口，对江、浙、闽、粤的高官说："台中两次俘获的都是遭风避难的难民。镇台达洪阿和道台姚莹却趁机邀功请赏，请依法惩处！"这位和事老耆英连忙将此事上奏。达洪阿得到消息后，也忙上奏声明原委，最后的一篇奏牍却是请钦派大臣前来查办。道光帝便令怡制台到台调查，接着将达、姚二人撤职。

徐广缙力捍广州城

闽浙总督怡良本是达、姚二人的顶头上司，只因军务紧促，朝廷准许二人直接奏事。达、姚便将战事的始末直接上奏朝廷，闽督不过照例申详，大多时候不曾参与审议，怡良因此心存芥蒂。此次奉旨查办，大权在手，乐得发些虎威，以泄前恨。到了台湾，仪仗森严。台中的百姓，听说怡制台为办案而来，料知达镇台、姚道台定是受了些委屈，于是在途中拦车鼓噪，争相为达、姚两官员说好话，请制台大人不要查究。达洪阿得知消息后，连忙亲自劝慰百姓，人群才渐渐解散。

怡制台一入行辕，门外又有一片闹声。巡捕来报，原来是外面的百姓，每人各执一炷香，闯入行辕。怡良问所为何事。巡捕答称："百姓无非是为达镇台、姚道台申冤。当时达、姚二人见过怡制台后，已各自回署，怡良忙派人召两人前来。不一会儿，达、姚都到了，百姓分站两旁，让两人进去。怡良此时只得装出谦恭的模样，起身相迎，与两人行过礼后，随即说："两位都是好官，所以百姓这般爱戴。现仍劳两位劝慰百姓，禁止喧闹，兄弟自然给二位申冤。"达、姚二人忙禀道："大帅公事公办，卑职自知无罪，难道因为百姓，便失去朝廷的赏罚吗？"正说话时，外面的喧闹声越加热闹。怡良忙说："二位还是先出去劝解百姓，再好商量。"达、姚二人只好奉命出来，婉言抚慰。众百姓说："制台大人既然已到这里，为什么不出来坐堂，百姓要上堂呈诉！"达、姚二人只好请怡制台出来坐堂，晓谕百姓。怡良没有办法，只得亲自出堂，只见

238

外面无数百姓执着香，黑压压地跪了一地。前排的百姓头顶呈词，巡捕将呈词呈给怡良。怡良大略一瞧，便说："本宪这次来，原是给达镇、姚道申冤，请你们静候，千万不要喧哗。"众百姓还是不信，又经达、姚二人再三劝慰，百姓这才出去。

怡良又邀达、姚二人入内，便说："二位深得民心，兄弟都已知悉，但皇上担心此事会影响与英国的议和，所以派兄弟前来。"一面取出密旨，交给二人看。两人看过皇上的谕旨，便说："卑职的隐情已蒙大帅明察，很是感激不尽，现在只请大帅权衡发落！"怡良说："现在英国人索要俘虏，台中擒住的英国人已多半被杀，哪里还有俘虏可交？兄弟前时曾给两位发放公文，叫两位不要杀戮英国人，两位竟将他们杀死一大半，所以今天才有这种局面。"达洪阿说："这是奉旨照办，并非卑镇胆敢违命。"怡良说："君要臣死，臣不得不死。现在和议已成，为了索交俘虏一事却弄得皇上十分为难，做臣子的也过意不去。为两位着想，只好劳烦两位自己请罪，供称：'英国船只两次靠岸，一起是遭风击碎，一起是被风搁沉，根本没有兵勇打仗的事情。上次交出的几十名白人是在台中救起的难民，其他的人已全部落入海里，无处寻觅。'照这么一说，政府可以借此答复，免得交涉棘手。"达洪阿不禁气愤道："大帅的意思是，让卑镇无故认罪，事到如今，卑镇也不妨受点委屈认罪。但一经认罪，上一次的捷报不就成了谎言吗？欺君罔上，罪责重大，这该怎么办？"怡良说："这倒没关系，兄弟定为二位周旋。"随即提笔写道："此事在没有与英军议和之前，镇台与道台只是恪尽职守。二人同仇敌忾，所以办理有失妥当，实属激于义愤。"写到此处，停下笔，对二人说："这样一说，两位便不致犯成大罪，就算稍受委屈，将来再由兄弟替你们洗刷冤屈，你们仍好恢复原职。这是为皇上解围，对外不得不将二位加罪，暗中却自有周旋的余地。兄弟一定做保人，请两位放心！"达、姚二人无可奈何，只得照办。

写好后，怡良随即将奏章发往北京。道光帝将奏章一瞧，见怡良的奏中最后几句话是："两人一意将战事夸大，导致英军借口指摘，所以两人咎有应得。"道光帝于是下令将达、姚二人秘密逮回京都，令刑部与军机大臣一同审讯。道光帝因为无故将好人加罪，究竟过意不去，刑部等人的定刑，也不是很重，于是道光帝降旨只将两人革职。

台湾的事情经这么一办，英国人总算没有异议。中国的败象已见一斑，外国人自然纷纷趁势而来。法、美于是派遣使者到广东，请求和英国一样自由通商。耆英不能拒绝，便奏请允许法、美通商，朝旨批准。随即于道光二十四年，耆英与美使柯身协定中美商约共三十四款，又与法使拉萼尼协定中法商约共三十五款，大致仿照英国的例子。只是合约中有"利益均沾"四字最为要紧。耆英不明所以，竟答应将这四个字加入合约，造成后来无数的纠葛。

江宁条约中，五个通商口岸，广州排在第一位。英国人想凭合约入城，粤民却不肯，一起请求耆英禁止英国商人入城。耆英不肯，众百姓于是创办团练，自行抵制英国人，不受官厅的约束。英使濮鼎查自香港回国，英政府马上令达维斯接办各事务。达维斯到粤后，请求入城见耆英。耆英晓得百姓的厉害，立即派广州知府刘浔先赴英舰，告知达维斯让他暂缓几天入城，等告谕居民后，再入城相见。

刘浔打道回衙时，路上有一乡民挑着油担，在市中卖油，冲撞了刘浔的马头。衙役把乡民按住，不由分说把他掀倒在地上，剥去下衣，露出黑臀，接连打了几十板。市民顿时哗闹，都说"官府去迎接洋鬼子入城，我们百姓的产业将来都要让给外国人了"。这句话，一传十、十传百，恼得众人性起，趁势啸聚，跟着刘浔，嗓入署中。刘浔下轿后，想去劝慰百姓，不想百姓都是一副恶狠狠的面孔，张开臂膀，恨不得奉敬千拳。吓得刘浔转身就逃，躲入内宅。百姓追了进去，署中衙役哪里阻拦得住？此时闯入内宅的人差不多有四五千。幸亏刘浔手长脚快，爬过后墙，逃出一条命。剩下太太、姨太太、小姐、少奶奶等人慌成一团，杀鸡似的乱抖。百姓也不去理她们，只将他们的箱笼敲开，搬出朝衣朝冠，摆列堂上。人群中一个雄壮的武夫指手画脚地说："强盗知府已经投靠洋人，还要这朝衣、朝冠有什么用？我们不如烧了它，叫他好做洋装洋服！"众人齐声赞成。当下七手八脚地将朝衣、朝冠移到堂下，一把火烧得黑灰。然后又四处搜寻刘浔，毫无踪迹，只得罢手，一排一排地出署。

到署外后，督抚已派遣衙役张贴告示，叫百姓"速速解散，如违重究！"众百姓说："官府贴告示，难道我们就不能贴告示吗？"当下由念过书的人写下几行似通非通的文字，贴在告示旁边，说："某日要焚劫十三洋行，官府不得干预，如违重究！"这消息传到达维斯耳内，他也不敢入城，退到香港去了。百姓越发高兴，便经常在城外寻觅外国人，外国人登岸不是被打，就是被逐。英使十分愤怒，致信耆英，谴责他违约。耆英无可辩驳，只得召请当地士绅，求他们约束百姓，不要招惹外国人。当地士绅多说众怒难犯，有几个还说："百姓大多愿意与英军作战，不愿意与英军议和，将军督抚如果下令杀敌，某虽不武，倒也愿奋勇杀敌！"耆英听了，越加懊恨，当即收拾茶果谢客。返入内宅，眉头一皱，计上心来。展毫磨墨，拂笺写信，下笔几行后，将信封好，叫来一个得力的家仆，把信交给他，并发给他路费，叫他连夜进京，投递到穆相府内。家人去后，过了一个多月，回来报称穆相已经应允，将来会有好消息。耆英心中十分欢喜，只是英使屡次催促遵守约定。耆英又想出一个救急的办法，答复英使，说两年后定会让英国商人入城。于是耆英又安安稳稳的过了一年。

道光二十七年春天，皇上特地召耆英入京，另授徐广缙为两广总督，叶名琛为广东巡抚。这旨一下，耆英额手称庆，暗中深感穆相的大恩大德，天天盼望徐、叶二人到来。等了几个月，徐、叶一到，耆英忙接见他们，交卸公事后匆匆地回京去了。

光阴如箭，转眼又是一年。英政府改任文翰为香港总督，要求清廷履行两年入城的条约。旧事重提，新官不搭理。广东士绅一得知消息，忙入督署求见，徐广缙接待他后，士绅便开口说："英国人贪得无厌，我们万不能事事应允他。粤民对英国不满已久，您只要一句话，大家马上响应您的号召，誓死捍卫广东，到时还怕我们不会胜利？"徐广缙说："大家既然同心御侮，正是粤省之福，兄弟自然要借重大力！"

士绅告辞回去，忽然英使递来照会，说要入城与总督议事。徐广缙赶忙回复："请英使不必入城，若要商议，本督定当亲自到虎门，上船相见。"过了两天，徐广缙召集吏役，排好仪仗，出城到虎门口外，会晤英使文翰。见面后，文翰无非要求入城通商，徐广缙婉言谢却。当即回入城中，与巡抚叶名琛商议战守事宜。叶名琛是个信仙好佛的人，一切事情，多不在意，况且有个总督在上面，战守的大计划应由总督做主。此时徐广缙怎么说，叶名琛便怎么答。城中绅士又都来探问，争着说："勇士可以立即召集十万，若要开仗，都能效力，现在正听候命令！"徐广缙说："英国人想如约入城，我若执意不许，他们必挟兵相逼，我们应该预先筹备。等他们一发兵，我们就准备迎敌，那时他们便奈何不了我们了。"士绅连声称妙。

不想过了一晚，英船已闯入省河。连船而来，轮烟蔽天，全城百姓都要出去堵截。徐广缙说："且慢！让我先去劝导一番，叫他们退去。他们如果不肯退兵，我们再兴兵也不迟。"随即出城，单独前往劝慰英军退兵。文翰见徐广缙只身前来，便想扣留他，用他做人质，以便要求入城。两边正互不退让时，忽然听到两边岸上呼声动地，文翰往舱外一望，几乎吓倒。原来城内的勇士都已出来，站在两岸，枪械森列，旗帜鲜明，眼睛瞪着英船，口内还不住地喝逐洋人。文翰一想，众寡情形，迥然不同，万一决裂，恐怕各船尽成粉末。于是换了一副面庞，对徐制台低声下气，情愿罢兵修好，不再提入城之事。徐广缙也温言抚慰，劝他不要触犯众怒，以后才好在广州海湾港口通商。文翰应允后，就送徐广缙回船，下令英船一律退去。

话说回来，道光帝即位以来，十分勤劳俭朴，颇思振奋精神，以身作则地治理国家。无奈国家多难，缺乏将相人才。外侮内讧相逼而来，道光帝不免忧郁、愁闷。俗语说得好："忧劳足以致疾。"道光帝年事已高，到此怎么能不患病？天下事往往祸不单行，皇太后竟一病长逝，道光帝向来十分孝顺，不免悲伤。皇四子的福晋萨克达氏又病殁。种种不如意的事情齐集皇家，道光帝痛上加痛，忧上加忧，于是病得更厉害了。

中国的大劫数

道光帝身体欠佳，起初还能勉强支持，白天上朝处理国家大事，晚上在圆明园慎德堂守孝。到了三十年正月，道光帝病势加重，自知不起，忙召宗人府宗令载铨、御前大臣载垣、端华、僧格林沁，军机大臣穆彰阿、赛尚阿、何汝霖、陈孚恩、季芝昌，内务府大臣文庆一群人入圆明园候旨。谕令诸大员到正大光明殿额后，取下秘匣，宣示御书，是"皇四子奕詝"五字，随即立皇四子奕詝为太子。道光帝弥留之际，对王公大臣们说："你们多年效力，不用朕说。此后辅佐嗣君，应当注重国计民生！"诸臣唯唯听命。一息残喘，延到中午，竟升天去了。皇四子率内外族戚及文武官员，哭灵视殓，奉安入宫。

皇四子奕詝本是孝全皇后所生。道光帝早先想立他为皇储，随后又钟爱皇六子奕䜣，于是渐改初衷。不过孝全崩逝，疑案还没调查清楚，道光帝始终悲悼，倘若不立皇四子为太子，心里总有些过意不去，因此犹豫不决。当时，滨州人侍读学士杜受田在上书房教皇子们读书，他与皇四子感情最深，满心以为皇四子会继承皇位，将来自己稳稳当当做个傅相。随后因道光帝又中意别的皇子，杜受田不免暗暗替皇四子捏了一把汗。

一天，皇四子到上书房请假，正巧左右无人，只有一个杜老先生独自坐在房中，皇四子便对他长揖，并说请假一天。杜老先生问他有什么事。皇四子答称奉父皇之命，去南苑狩猎。杜老先生便走到皇四子面前，悄悄对他说："四阿哥到围场中，只可坐观他人打猎，自己万不能发一枪一矢，并应约束仆从，不得捕捉一只动物。"皇四子说："照这么做，回来怎么复命？"杜老先生说："复命时四阿哥只需如此，如此定能得到圣上的宠眷。这是一生荣枯的关键，切记！"皇四子答应而去。到围场后，诸皇子兴高采烈，争先驰逐，只有他一人呆呆坐着，他的随从也垂手侍立。诸皇子纷纷问他："今天狩猎，阿哥为什么不出手？"皇四子只说是身体不舒服，所以不敢上马狩猎。猎了一天，回宫复命时，各位皇子都有所收获。皇六子弈䜣的收获更是比别人多，入宫上报时，还一脸的得意。只有皇四子两手空空，没有一点收获。道光帝不禁生气说："你出去狩猎一整天，为什么一点收获都没有？"皇四子从容禀道："儿臣虽是不肖，但狩猎一天，怎么可能一点收获都没有？只是眼下正值春和日丽，鸟兽都在孕育，儿臣不忍心伤害生命，且儿臣很不愿意就一个的狩猎游戏与诸位弟弟争个胜负。"道光帝听了这话，转怒为喜道："好！好！看不出你这么大度，将来管理国家，我才放心啊！"于是秘密写下皇四子的名字，封好后藏在金匣里。

道光帝驾崩后，皇四子为皇太子，即皇帝位，以第二年为咸丰元年，称为文宗。即位后，尊谥道光帝为宣宗皇帝。又因生母孝全皇后早已崩逝，咸丰帝一直受静皇贵妃抚养，至此尊她为康慈皇贵太妃，奉居寿康宫。后来尊她为太后，奉居绮春园，就是宣宗颐养太后的住所。七阿哥弈譞生母琳贵妃温良贤淑，也尊为琳贵太妃，奉居寿安居西所。咸丰帝对她们都格外尽礼，一概孝养。随后封弟弈誴为惇亲王，弈䜣为恭亲王，弈譞为醇郡王，弈诒为钟郡王，弈譓为孚郡王。且追念杜师傅的拥立大功，立即升他为协办大学士。杜师傅更是力图回报，时常和咸丰帝密谈所有政务，因此招揽贤才的诏旨连篇迭下。咸丰帝起用并拔擢云贵总督林则徐、漕督周天爵、总兵达洪阿、道员姚莹等人，这些人大多是杜揆暗中保荐的。于是世人对咸丰帝的举措一致称颂。没过多久，咸丰帝又下达一道大快人心的谕旨。

原来，咸丰帝即位时，天津港口外，突然来了两艘英船，只说是赴京吊丧。直隶总督据实上奏，咸丰帝召问穆彰阿及耆英两人。两人都答称英国人请求送葬，无非想体现修好的诚意，不如令英使入京。只有咸丰帝心中不以为然，随即令直隶总督婉言谢却，英船也起锚退去。咸丰帝因英国人的恭顺，忆起前次海疆肇衅，都是因为议抚诸臣未战先怯，才酿成种种失败的结果，于是追论从前的过失，谴责穆、耆二人。

穆、耆二人虽因新主盛气勃发，不免有些害怕。又想，新主即位的第一年还没有过去，就算上头变脸也不至于这么迅速。谁料迅雷不及掩耳，革职夺级的圣旨突然下来，穆彰阿想挽回，已经没有办法，只得摘下红宝石顶珠，脱下一品仙鹤官服，垂头丧气地领着一群妻妾子女回自己的旗籍去了。耆英曾是大学士，这次一落千丈，降到五品顶戴，自想也没有脸面再在朝廷里打诨，于是辞官而去。

咸丰帝的谕旨中还有派林则徐驰赴广西剿办土匪的话。原来，道光二十八年，两广连年闹饥荒，盗贼四起，广西的东南一带成为强盗窝，变成一个强盗世界。不料，桂平县金田村里起了一个晴空霹雳，把那四万万百姓的中国震得荡摇不定，闹到十五六年，才渐渐平定，这也是清朝的大关键、中国的大劫数。

金田村内有个大首领叫洪秀全，本是广东花县人氏，生于嘉庆十七年。幼时父母过世，七岁时到乡塾读书，念过几本四书五经，学过几句八股试帖，想去考取些科名，做个举人、进士便也满足。无奈应试几场，被斥几场。文字无灵，主司白眼。他家中本没有什么遗产，为了读书赶考，已经弄得两手空空。无可奈何，只想出一个卖卜为生的救急办法，往来两粤。有一天，他听说有位朱九涛先生，创设上帝教，劝人行道，自言平日曾铸铁香炉，铸成后就可驾炉航海。洪秀全半信半疑，就邀着同乡冯云山，前去造访朱九涛。见面胜于闻名，便拜朱九涛为师，诚心皈依。不久朱九涛死了，洪秀全继承师说，仍旧传教。恰逢五个港口通商，外国人陆续来华，盛传基督教义，基督教推耶稣为教主，也尊崇上帝，有什么《马太福音》和《耶稣救世记》等书。洪秀全购来一两部，闲暇时就翻看，见与自己所传的教旨有些相像，他就将外国教义中的要义摘抄了几条，然后加入自己的想法，编成一本不伦不类的经文。谬称：上帝好生，早在一千八百年前，上帝见世人的所作所为不好，便让耶稣来到人世，令他传教救世。现在人心再次浮华，作恶多端，上帝让我来到人世，解救世人。上帝名叫耶和华，就是天父，耶稣是上帝的长子，就是我的天兄。

后来，洪秀全与冯云山赴广西，居住桂平、武宣二县间的鹏化山中，借助上帝教迷惑当地居民，并结交帮会设立社团。会名叫做三点会，取

"洪"字偏旁三点水的含义。桂平人杨秀清和韦昌辉、贵县人石达开和秦日纲、武宣人萧朝贵几人争相依附。洪秀全与萧朝贵最投缘，就把妹妹许给他。洪秀全的妹妹名叫宣娇，很有三分色艺，萧朝贵很是畏服。为这段姻缘，萧朝贵越发鞠躬尽瘁地帮助洪秀全。洪秀全得到这几个党羽，便差遣他们分头奔入各乡县，辗转招纳教徒，并鼓动桂平富翁曾玉珩入会输资、信教、传教。洪秀全趁这机会，开起教堂，更立会章，不论男女，都可以入会传教。并且不论尊卑老幼，是男人都称兄弟，是妇女都称姊妹。每人交五两银子，作为会费。起初被诱骗进去的人寥寥无几，洪秀全与冯云山、萧朝贵等人密议出一个假死计策。外人不知是假，听说洪先生已死，都来凭吊。萧朝贵因是妹婿，做了丧主，受吊开丧。洪秀全直挺挺地仰卧在灵床上，只见灵帏以外，有几个人上来拜奠，有几个人焚化纸钱，有几个会中的妇女还对着灵帏娇滴滴地假作哀声，你哭"洪哥哥"，我也哭"洪哥哥"，这位洪哥哥听到此处，暗中笑个不停。勉强忍了几天，白天装成一具死尸，晚上却与几个知己饮酒谈心。过了七天，突然把灵帏撤去，将灵床抬到外面焚掉。当下惊动无数乡民，都来探问。萧朝贵答称："洪先生复生了!"因此人人传为异事。

洪先生又遍发传单，说要讲述死时的情形，叫乡民都来观听。这些愚夫愚妇怎么可能不落入他的圈套？当下就在堂中设起讲坛，摆列桌椅，专等乡民来听讲。到了开讲这一天，远近所有乡民趋集过来，齐入教堂，比看戏还要热闹。只见上面坐着一位道冠道服，气宇轩昂，口中叨叨说法的人，这不是别人，正是死而复生的洪秀全。只听洪秀全大声说："我死了七天，走遍天宫，看过好几部天书，遇到无数的天神天将，并朝见天父，拜会天兄，真是忙得不得了。世间一年，天上只有一天，诸位试想这七天，天上能有多少时间？我见了天上的仙阙琼宫，真是羡慕得很，巴不得在天父的殿中做一个小差使，做个逍遥自在的仙人。无奈天父说我尘缘未尽，要我仍回到凡间，劝化百姓，解救全国的灾难，然后才准我超凡归仙。此外还有无数的训词，都是未来的世事。天机不可泄露，我不便细说。最要紧的几句话，不能不与诸位说明：清朝就要完了，人畜都要灭绝，只有敬拜天父，尊信天兄，才有可能免灾渡难。我以前设会传教，还是凭着心中所想，到天上见过天父天兄，才知道真有此事。诸位如果愿意入会忏悔，定能趋吉避凶，我可以给诸位做个保人，不要错过机会!"说到此处，冯云山、萧朝贵等人当即取出一本名簿，走到坛下，朗声说："诸位如果愿意入会，赶紧前来报名!"于是听讲的人都愿意报名入会，只愁会费没有带来，便与冯、萧等人商量暂时欠下。冯云山说："暂欠几天没有关系，但已经报过了名，会费总应缴纳，限七天之内一律缴清，如果拖延，我们要把姓名勾除，将来灾难降临时你们可就逃不掉！"那群愚民齐声答应，一一报名，登录会簿，随后退出堂外。有钱的即刻去缴，没有钱的就典衣卖物，凑足五两钱后，赶紧到堂内缴纳。

洪秀全开讲几天以来，入会的人累计有一万多，党徒多了，银子也够了。在广西建立大本营后，洪秀全便蓄谋异变，想乘机发难。于是令冯云山募集志同道合的人，自己则返回广东，招来几个同乡旧友共谋起事。洪秀全去后，冯云山马上招兵买马，紧锣密鼓地筹备起来。他们的举动渐渐被地方官吏察觉，官吏出其不意地将冯云山捉走。冯云山入狱后，富翁曾玉珩花费无数银钱，贿赂上下官吏，给他减轻罪名，他才得以释放回籍。此时洪秀全已招到好几个朋友，正想再赴广西，恰巧冯云山回来，刚好一同前往。转入广西省平南县时，遇到土豪胡以晃，几人意气相投，又联络他做臂助，几人在胡以晃家一住就是数天。

杨秀清、韦昌辉、石达开、秦日纲等人聚居金田村，天天盼着洪秀全回来，望眼欲穿。随后探知洪秀全寄居在胡以晃家，忙率众将他迎到金田村。洪秀全见金田寨内多了几个新来的豪客，互通姓名后，一个是贵县人林凤祥、一个是揭阳县人罗大纲、一个是衡山县人洪大全，个个谈吐风流，性情豪爽。喜得洪秀全心花怒放，倾肝披胆地谈了一会儿，当即杀牛宰猪，歃血结盟，誓做异姓兄弟，大有桃园结义、梁山泊拜盟的气魄。当下第一把椅子，众人推给洪秀全；第二把椅子，推给杨秀清。洪、杨慨然不辞，竟自承诺，随即令众人蓄发易服，打着兴汉灭胡的口号，竟在金田村内竖起大元帅洪的旗帜来了。

太平天国

洪秀全、杨秀清等人盘踞金田村后，气焰日盛。桂平知县差遣几个差役前往缉捕，结果不是被杀，就是被逐，洪秀全等人更加嚣张，时常有戕官据城的传闻。桂平县官连忙向府道禀报，府道又向巡抚禀报。郑祖琛抚台闭门不出，正高兴盗案渐少，可以清闲度日。忽然接到桂平的警报说洪、杨蓄谋不轨，与平常的盗贼不同。郑抚台一听，不禁忧虑起

246

来，抓耳挠腮地想了半天，还是没有好主意，就邀来几位幕宾，一同商议剿匪事宜。三个臭皮匠顶个诸葛亮，三人竟想出一个请京城速派大军的计策。当下由幕友写好奏折，立即将奏折发往北京。

咸丰帝看过奏章，便召杜受田入宫议事。杜受田向咸丰帝大力保举故云贵总督林则徐及故提督向荣。于是朝廷降下圣旨，授林则徐为钦差大臣、向荣为广西提督，令两人迅速赴广西剿办，并令郑祖琛出省督师。郑抚台接到朝旨后，又喜又怕，喜的是有人接替，可以卸掉不少担子，怕的是钦使还没到，自己仍要出省剿匪。左思右想，无可奈何，只得带着几千名绿营兵出了省城，慢慢南下。行军到平乐府，竟就地屯驻。原来平乐府的西南就是浔州府，桂平是浔州的首县。郑抚台明哲保身，暗想平乐府还是安全的，再向南行进，便将接近贼窝，倘若被盗贼围攻，恐怕老命都要没了。因此半途中止，裹足不前。

提督向荣刚驰到桂林，听说巡抚已出省督师，料想金田那边，由抚台亲自督剿，匪徒应当不会蔓延；自己不如去柳州、庆远一带，先剿灭土匪，歼灭洪、杨的羽翼，然后夹攻金田，比较容易将匪徒一举荡平。主意一定，便令人飞报郑抚台。郑抚台不知他的计划到底可行不可行，便令他依计行事。于是向荣出柳州、庆远，转入思恩、南宁，沿途杀逐无数盗贼，颇有摧枯拉朽的威势。

郑抚台安驻在平乐，洪、杨等人也暂不出兵，只是蓄粮备械，从容布置，正想着择日大举进攻。忽然探子来报，钦差大臣林则徐奉旨前来，洪秀全大惊道："完了，完了！林则徐一到，我们就完了！"石达开在旁问："大哥为什么这么胆怯？难道没有听说过水来土掩，兵来将挡吗？"洪秀全说："并不是愚兄胆怯，而是这位林公智勇双全，英国人都打不过他，更何况我们？"石达开说："兄弟也晓得林公的厉害，但我们军饷兵械充足，总可以支撑几个月。如果不能支撑，兄弟们还可以航海逃命，还是等林公来了，我们再好好计划！"洪秀全听后，稍稍放心，只差遣人窥探林钦差的行程。

过了一两天，探报林钦差已到潮州普宁县。广西巡抚郑祖琛被革职发配边疆，林钦差兼任巡抚。洪秀全愈加惶急，正踌躇时，见洪大全进来，笑容满地地说："恭喜大哥！林钦差死了。"洪秀全不觉跳起来，问道："真的？"洪大全说："当然是真的。现在听说满清政府已令前两江总督李星沅继任钦差大臣，广西藩司劳崇光担任巡抚了！"洪秀全说："这全仗上帝保佑，但不知李星沅是什么人物？"洪大全说："我想他应当没有林钦差有能耐。不如乘他还没到，我们赶紧发兵？"洪秀全说："很好！很好！"忙召杨秀清等人议定出兵事宜。石达开说："如果要出兵，得预先写下檄文，历数贪官污吏的罪孽，才好出师呢！"洪秀全说："这还有劳老弟！"石达开说："说起文字，还是让大全兄来吧。"洪秀全随即令洪大全草拟，不一会儿檄文就写成了。

檄文一发，便制定旗帜。旗帜全用红色，寓意红红火火，并令人人用红布包头。扎束妥当，各执军械，排齐队伍，从金田村出发，进屯大黄江，随后分攻桂平、武宣、贵县、平南等县，前锋直达象州。清廷再授周天爵为广西巡抚，加总督衔，迅赴广西办理军务，然后又令两广总督徐广缙派兵夹剿。徐广缙派遣副都统乌兰泰赴广西帮助处理军事，与提督尚荣各率一军，进剿洪、杨。

向荣进军到马鹿岭。马鹿岭在大黄江的对面，由洪秀全派兵堵守。向荣一挥而上，驱散洪军，追到武宣，又与洪军酣战。洪军败走，逃入紫荆山。此时乌兰泰军也到，分头攻截。又因李星沅已驰抵柳州，周天爵也驰抵桂林，都派兵进剿。无奈李、周二人意见不合，李星沅向来尊重向荣，所派遣的各军，都令他们听向荣的调度。周天爵兼任总督，自以为权力在向荣之上，所以派遣将卒时，暗中授意将卒直接听命于他，不受向提督的节制。乌兰泰又是受命于广东总督，更是与向荣各竖一帜，分立门户。向荣连遭牵制，自然要向李钦使唠叨申诉。李钦使派人去问周巡抚，又遭到周巡抚的驳斥。李钦使也不免有些激愤，一面上奏请求皇上选派一个总领大军的统帅，一面进军武宣，忧心如焚，以致病故。

周天爵听说李星沅病故，便弹劾向荣不听他的管制。咸丰帝因李星沅遗书中隐约有埋怨周天爵的意思，于是罢免周天爵督师，拿掉他的总督衔，改用邹鸣鹤为广西巡抚。一面令大学士赛尚阿率都统巴清德、副都统达洪阿，督率四千名京师精兵，赴粤视察战况。

赛尚阿到军中后，立即令各路军进攻紫荆山。洪军招架不住大军合围，忙放弃紫荆山，分成水陆两路人马，窜入永安州。当时，官府还以为盗贼巢穴已被攻破，肃清盗贼指日可待。不料永安失守的警信，又报入清营。原来，永安本就缺乏守备，洪、杨等人窥知城中兵力空虚，竟率众攻入城中，官吏早逃得不知去向。洪秀全得到永安城后，便与会党拟定国号，叫做太平天国。他自称天王，封杨秀清为东王、萧朝贵为西王、冯云山为南王、韦昌辉为北王、石达开为翼王、洪大全为天德王，秦日纲、胡以晃等四十多人，分别称作丞相、军师，居然要与大清国抗衡了。清军因他们蓄发易服，称他们为发逆，也叫他们长毛贼。他们却称清军为妖。

赛尚阿得知洪、杨已攻入永安，急忙移师到阳朔县，督领诸军追剿。诸军统领中要算向荣、乌兰泰最为勇猛，两军追到永安城下，扎下几十个营帐。向荣从北路攻打，乌兰泰从南路攻打，旗帜鲜明，刀枪密布，险些要踏破城池。可惜两将素不相容，你要速，我要缓；你要合，我要分；一连几个月都没有将城池拿下。乌兰泰的麾下有个江忠源，向来通晓军事，往返于两军，在中间调解，但总不能让他们解嫌释怨。不久，都统巴清德病殁，向军兵士也多染暑瘴，锐气渐衰。江忠源晚上出去巡逻，见永安城的北角独独缺少围兵，忙入营禀报乌兰泰："现在长毛都聚集在城内，全靠今日合围，才能将他们悉数歼除，免除后患。卑职巡绕四周，发现只有城北缺少围兵，如果一不注意他们从那里窜逸出来，四出为患，怎么办？"乌兰泰说："城北归向军门督攻，我不便干涉！"江忠源说："这事关系重大，还请大人与向军门好好商议！"乌兰泰默然不答。江忠源说："大人若不方便前去，卑职愿一人去见向军门，只请大人下令允准。"乌兰泰说："这倒无妨，请你自便。"江忠源奉命，径直到向营求见，向军门将他召入，行过了礼后，他便献上合围的计议。向荣说："古人说得好：'困兽犹斗。'如果将这城四面围住，贼众无路可走，定然誓死固守。现在已经攻打了两三个月，还没能攻破城池，兄弟故意撤去一隅，诱使盗贼出来，以便截击。一是较易拿下城池，二是不怕他们逃走，这难道不是两全之策吗？"江忠源说："大人的计策不是不好，但我军现在有三万多人，贼众却只有一万多人，我众彼寡，尽可以合围。如果怕血肉相搏，损失过多，为什么不切断他们的粮草，断绝他们的水道，使他们内乱？不出十天，包管可以攻进城去！"向荣仍是不依，江忠源退出，自叹道："不用此计，我军难逃大劫了。"于是回去报告乌兰泰，过了几天，江忠源借口身体不适离开军营。

洪秀全见城北没有围兵，便有意突围出城。于是带领杨秀清、冯云山、石达开出北门，令洪大全、秦日纲等人出东门，萧朝贵、韦昌辉等人出南门，林凤祥、罗大纲出西门，乘着晚上，一声呐喊，便从四门杀出。清军虽也日夜防备，无奈全城的悍党猛扑出来，好像饿虎饥鹰一般，这边围住，那边被他们冲破，那边围住，这边又被他们冲破。乌兰泰此时正在东门，望见洪大全等人出来，忙率兵迎敌。一场酣战，洪大全被活捉。萧朝贵、韦昌辉、秦日纲赶紧率众向东逃去，乌兰泰还不肯舍弃，忙吩咐部下将洪大全押往京城，然后亲自率兵追击而去。

当时，北门无兵围守，洪、杨等人拍马驱出。走了一二里，突然被清兵拦住，为首的大将正是向荣。当下火光如炬，喊声如雷，两军混战多时，杀得地惨天愁，尘昏月暗。洪秀全的部下都异常精锐，不管你向军门多有能耐，也不过杀个平手。不料林凤祥、罗大纲等人又从西边杀到，洪秀全得到这支军队的援应后，精神格外抖擞，与向军拼死抗战。向荣仍拼命拦截，谁知老天偏偏下起雨来，弄得官兵拖泥带水，有力难使。总兵董先甲和邵鹤龄又先后战殁，向军只能眼睁睁地看着这位洪天王逃窜而去。向荣收兵入城，检点队伍，已伤亡不少，慨然道："真后悔没有听从江忠源的计策，相持几个月，却只得到一座空城。眼下贼众向北逃窜，定去窥伺省城，省城一失，广西全省都难以保全了！"随即整顿兵队，出了永安城，从小路驰赴桂林。

这边，乌兰泰跟在敌军后面向东而去。远远地看见萧、韦各军绕过山往北走，料知敌众将进犯省城，乌兰泰忙令军士竭力赶上，将到六塘墟时，敌众已不知去向，当下扎驻营寨，令侦骑四下一打探，才得知贼兵已踞住墟中。乌兰泰忙召集将卒，说："本都统受国厚恩，愿与贼兵同归于尽。现在贼众已踞住六塘墟，想必休养几天后就要进犯省城，我军如果不乘此奋力杀敌，省城定要遭殃！"说到这里，令部下取过一个酒盅，突然拔出佩刀，往臂上一刺，将血滴在酒盅里又令人搅入清水，然后对将卒说："诸君如果热忱报国，请喝了此血！"众将卒不敢怠慢，个个走上前，各呷一口。喝完，拔营向北进军，直指六塘墟。

行军到墟口时，已是夕阳西下，只见树木丛杂，路径分歧。副将金玉贵上前禀请，想就此暂驻，明天早晨再进兵。乌兰泰说："行军全靠锐气，如果等到明天，锐气便衰竭了。本都统定要今日歼贼，虽死不辞！"金玉贵不敢多言，便随乌兰泰继续前进。愈入愈险，愈险愈暗，一声鼓响，长毛突然从暗处杀出。左有秦日纲，右有韦昌辉，乌兰泰全然不惧，令士兵举着火把开战。你一刀，我一枪，争个你死我活。相搏多时，韦、秦二人率众退去，乌兰泰仍驱军穷追。直到将军桥，秦日纲、韦昌辉逾桥过去，乌兰泰也怒马当先，跑过了桥。官兵排队跟上，刚过一半，"呼啦"一声，桥梁从中间断裂。顿时落水的人不计其数，恼得乌兰泰怒气冲天，索性自己向前，不顾后军。忽然看见前面来了一大队长毛兵，打着东王、南王的旗号，让过韦、秦，然后截住乌兰泰。乌兰泰不管死活，上前拼杀。此时天还没亮，猛然听到一阵炮响，炮弹如飞蝗般射来。乌兰泰身先士卒，毫无遮护，身上中了三弹，跌下马来。部将田学韬急忙赶去救应，碰巧一弹飞到面前，躲闪不及，正中头部，脑浆迸出，死于非命。乌兰泰也狂喷鲜血，大叫一声而亡。霎时，乌军的前队都被长毛杀毙，只剩下后队还在桥的南边，由金玉贵带领着。金玉贵正想渡水接应，见长毛兵已杀了回来，料知主将已经阵殁，忙令部下整阵而退。自己怒目横矛，独自立于桥侧，大呼道："长发贼敢过来斗个三百回合吗？"长毛见他单枪匹马，不觉惊异，便去禀报杨秀清。杨秀清拍马趋出，在桥北遥望，只见金玉贵身穿白袍，威风凛凛，不由得暗暗惊叹，随即说："这位白袍将好像唐朝的薛仁贵，我们还是不要招惹他，让他去吧！"当下麾兵退去。金玉贵也从容不迫，回去呼转部队，改道趋往桂林。

原来，洪秀全出永安时，和众天王相约往北进军。至此会合韦、秦各军，各得胜仗，便直犯桂林，进逼城下。抬头一望，守城兵都已严列到位，防备得非常周到。洪秀全对众人说："这个邹妖倒有点来历。你看他防兵密布，严肃得很哩！"话还没说完，城上的枪炮已一齐射来，洪秀全转身就跑，退后五里安营扎寨。第二天，派石达开、韦昌辉率众进攻，结果又被守兵击退。回来报告说妖将向荣也在城中，洪秀全叹道："怪不得！怪不得！我就说邹妖哪有这么厉害？"又连续进攻了几天，一点儿便宜也没占到。没过多久，探子来报，东岸鸬鹚洲又有妖兵来了，洪秀全忙令冯云山前去迎敌。冯云山去后，石达开献计说："广西地处偏僻，在全国无足轻重，我军不如派全部精锐北上，出两湖，据江为守，伺机争夺中原，才是上策！"洪秀全折掌说："好计！好计！"于是下令拔寨前行，东出鸬鹚洲，想去接应冯云山。忽然前哨来报南王追妖兵到蓑衣渡，中炮身亡。洪秀全不听还好，当听到冯云山的死讯，魂儿都飞到九霄云外。接着又得知天德王被解入京城后惨遭极刑。洪秀全大叫道："痛啊！痛啊！"话刚出口，两眼直瞪前方，竟向前扑倒。

洪秀全倒地后，如果真的身亡，中国倒也风平浪静了；但洪秀全是个乱世魔王，人叫他死，天偏不叫他死，这也是没办法的事。

钱江的计谋

　　洪秀全晕厥过去，经众人七手八脚扶起灌救，半晌才渐渐醒来，不禁长叹道："出师未捷，先伤我两员大将，让我失去了左右手，真是可痛可恨！"众人极力劝解一番，秀全又问道："哪个妖将伤了我兄弟云山？"探卒答称："江忠源。"这江忠源怎么又来了？原来，他借口生病告归后，料知长毛兵必会逃出永安，向北侵犯桂林，桂林有失，必入湖南。湖南是江忠源的家乡，为保全故乡起见，不得不募勇赴援。恰好有同乡刘长佑与江忠源意气相投，江忠源便邀他作为臂助，招募一千多名乡勇，前往桂林援应，刚到鸬鹚洲，便被冯云山截住。江忠源假装撤退，诱冯云山到蓑衣渡，数枪并发，将冯云山打死了。洪秀全只知道江忠源的姓名，却还不晓得他的智略，便说："什么江妖，敢伤我南王？兄弟们替我前去，为我南王报仇！"众人齐声得令，个个摩拳擦掌，向蓑衣渡杀去。

　　江军驻扎在蓑衣渡对岸，部下寥寥无几。洪秀全令部众劫夺民船，渡过江去，才到江中，这船竟停住不动。对岸开了一炮，顿时小船从四面八方聚集过来，都用火枪火箭向长毛军的船只射击。洪秀全仗着人多，冒火死斗。不料突然刮起南风，火势愈来愈猛，一船被焚，那船又燃。想调头逃生，任凭你再怎么划桨摇橹，船就是不动。洪秀全不信，令探子泅水窥探，探子回来报告："船底都是大树，横七竖八的枝丫把船只卡住，所以船只走不动。"洪秀全急忙弃掉大船，改乘小船，驶到岸旁，登陆向东窜逃。这一仗，烧死了许多长毛兵，自洪秀全出军以来，还不曾吃过这样的大亏。不过长毛兵随处抓人充军，沿途所过之处，村落尽为废墟，战败时只剩残兵疲卒，转眼间又是土饱马腾。

　　江忠源听说长毛贼往东逃去，飞禀钦差大臣赛尚阿，恳请出师拦截。这位赛大臣没有什么谋略，只会逃跑。自长毛跑出永安后，他已从阳朔偷偷地返回桂林。随后听说盗贼将入侵桂林，赛大臣又忙从桂林退到永州。永州是湖南的门户，此次长毛往东逃窜，正向永州进发，所以江忠源急忙请求出师拦截。江忠源万分着急，赛大臣却雍容坐镇，一副无视紧急状况的模样，因此洪秀全略地攻城，势如破竹。

　　警报直达长沙。长沙是湖南的省城，巡抚骆秉章与洪秀全是同乡，曾与洪秀全是同学，幼时还曾一起游水嬉戏。游水时洪秀全出了一联，要骆秉章来对。洪秀全出的上联是"夜浴鱼池，摇动满天星斗"，骆秉章的对句是"早登麟阁，挽回三代乾坤"。两人各自惊叹。此次成为仇敌，洪秀全不免畏惧骆秉章三分，便在郴州逗留不进。萧朝贵进帐请示道："大哥为什么不去攻打长沙？留在此地做什么？"洪秀全说："长沙有骆秉章镇守，不可轻视，只好慢慢进军。"萧朝贵说："情况一天比一天紧急，等到妖兵四集，我们要坐困了，还是赶紧发兵吧。"洪秀全仍是迟疑，被萧朝贵催逼烦了，只得移师攻打永兴。

　　永兴城内，县官没等长毛军到来已先逃之夭夭，洪秀全长驱直入。萧朝贵仍请示进攻长沙，洪秀全说："妹夫！你不要性急，骆秉章可不是一般人，不应冒昧进攻。"萧朝贵说："大哥不要长他人志气，灭自己威风！我兵从广西到湖南，只在蓑衣渡吃了亏，此外战无不胜，攻无不克，简直是不曾费力。骆妖是湖南巡抚，湖南一省都归他管辖，他为什么不派重兵去把守各城？据我看来，此人毫不中用。大哥怕他，朝贵却是不怕！"话还没说完，探子来报，骆秉章已被罢官，新巡抚叫做张亮基。萧朝贵便起身说："大哥所怕的骆妖已经被罢职，这是天意叫我军去攻取长沙，小弟愿去走一趟。"洪秀全说："你既然要去，就多带些人马。"萧朝贵说："不必，不必，小弟有一千多精锐士卒，已经够用，包管可以一举拿下长沙。"洪秀全应允。萧朝贵入内，和洪宣娇告别，洪宣娇叮嘱他小心，萧朝贵说："小小一个长沙城，有什么难取？如果攻取不下，誓不回军！"随即带着一千名士兵，出永兴城，向东北进发。

　　萧朝贵果然厉害，一路杀过去，直逼长沙城下。湖南新任巡抚张亮基还没到省城，旧抚骆秉章一时没办法卸任，所以还在城中。突然听说长毛已来攻城，忙率提督鲍起豹登上城楼守御，并飞檄令各镇前来支援。

　　萧朝贵攻城几天，没捞到一点好处，气得暴跳如雷，喝令部兵猛扑。城上的守兵险些抵挡不住，忽然见清总兵和春、常禄、李瑞、德亮等人率军赶到城下，萧朝贵这才停住攻击，固垒自守。和春等人见萧朝贵壁垒森严，营寨外环列军械，也不敢贸然招惹，便只在城外驻扎，两军又相持几天。

　　长毛军围攻长沙，湖南情势十分危急。赛尚阿、程裔采二人坐驻衡永，畏缩不前，清延便将他们革职，另调徐广缙驰督两湖，并催促广西提督向荣速去支援湖南。向荣一直轻视赛尚阿，不愿受他的管制，所以桂林解围后，他便借口身体不好，不肯去长沙抗敌，等到赛尚阿已被革职，他才起程。向荣还没抵达长沙，江忠源已日夜兼程赶到长沙。远远地望见萧朝贵的士兵分驻在城外的天心阁，防备十分严整。江忠源说："阁上地势很高，贼众据守在此，长沙就危险。"急忙领兵前去争夺天心阁，经过一场恶战，才把萧朝贵杀退。萧朝贵十分激愤，仍督兵攻打南门，手执令旗，当先跃登。没想到城上飞下一弹，把萧朝贵的头颅轰破，萧朝贵当即坠地而死。

死讯传到永兴，洪秀全大吃一惊，对杨秀清说："我说骆秉章很有才智，不可轻视，偏这萧妹夫硬要前去，如今阵亡了，真让人痛心啊！"杨秀清还没回答，洪宣娇已号啕大哭跑入营帐，向阿哥讨要丈夫，弄得洪秀全无话可答。还是杨秀清从旁劝解，并许诺率众复仇，洪宣娇才肯停止哭号。杨秀清随即率众往北行军，飞扑长沙。洪宣娇也领着一群大脚妇女，自成一队，跟随在军后。此时，张亮基及向荣都已到长沙城内，援军大集，人数将近有五万。洪秀全屡攻无效，反而伤毙几百名长毛兵，没有办法，只得暗下命令，撤兵回去。

江忠源率兵驱逐逃兵，鏖战时被刺伤，带着腿伤逃回军营。入城后见到新抚张亮基，江忠源极力说河西一带，兵备空虚，请调兵扼堵，张亮基便依计调遣。无奈河西各位将领都畏惧长毛兵的声势，作壁上观。洪秀全从容地走宁乡，破益阳，出湘阴，渡洞庭，直达岳州。岳州的大小官员早已逃得不知去向。洪秀全入城后得到一所武库，打开门细瞧，甲仗炮械多得不计其数，这些正是吴三桂的遗物。洪秀全喜出望外，传令进攻汉阳。先从江口劫夺五千余艘商船，驾载部众，舳舻蔽江，旌旗耀日，顺流而下，攻破汉阳。洪秀全转而在汉口焚掠五天五夜，将所有货物抢劫一空。

时值隆冬，江水已经干涸，江中露出一个巨大的沙洲。洪秀全令部众用铁索将船只连接起来，形成一道桥梁。将汉阳到武昌的水路打通，然后在武昌城四周布置下坚实的堡垒。巡抚常大淳督统一百名士兵死守武昌城，向荣自湖南赶来援应，在洪山安营扎寨。洪山在武昌城的东面。因汉口已失，向荣不打算死守孤城，所以在洪山立营，与城中遥为掎角。刚驻扎稳妥，杨秀清率众人前来攻击，见向营只是坚守营寨，并没有什么大动作，便前去突袭，但几次都被向军击退。

当晚月色朦胧，杨秀清以为向军初到武昌，不敢贸然袭击，便安心入睡。不料到了半夜，寨外人马喧天，鼓声震地。杨秀清从梦中惊觉，忙起来抗敌，只见向军如潮涌入，有一员大将跃马入营，舞着大刀，左右乱砍。杨秀清不见还好，一见这人，便大喝一声："好个背义负盟的张嘉祥，来！来！来！我与你拼个三百回合吧！"随即拍马向前，持刀力战。约战十几个回合后，耳边只听到一片呼声，都说："快捉杨贼！"杨秀清心怯，转身便逃，却被向军紧追不放，部众也已被杀得七颠八倒。正危急时，石达开、林凤祥前来救应，与向军恶斗一场，但仍杀不过向军。又来了陈坤书、郜永宽一支新兵，这才合力战退向军。这番败仗，长毛兵死掉不少，营垒被毁去十几座，枪炮也失去两千多。杨秀清咬牙切齿，恨死张嘉祥，石达开等人也愤愤不已。

这张嘉祥是什么人？原来，他本是广东高要县的大盗，洪、杨倡乱时，召他入党。长毛军初次与向荣对垒时，杨秀清令张嘉祥率二百人到向营诈降，向荣探知来意后，将这二百人扣留，另换成自己手下的二百壮士，跟着张嘉祥出去迎战，大胜贼众。杨秀清于是将张嘉祥的妻儿全部杀掉。张嘉祥不能回到长毛军中，便投顺向荣，改名国梁，向荣也格外优待他。只杨秀清还不晓得他已改名，所以仍叫他张嘉祥。

向荣大获全胜，正想发兵支援武昌城，忽然天雨如注，北风凛冽，兵士无法前进，只好缓等几天。就在这一场雨中，武昌城被地雷轰破，巡抚常大淳和下属一同殉难。清廷得知警报后，指责徐广缙逗留湘潭，拖延时日，没有到任，以致寇势日益张狂，将他革职逮问，授向荣为钦差大臣，起用故大学士琦善，令他率兵驻守河南，调张亮基为湖广总督，调潘铎为湖南巡抚。又令骆秉章不必回京受审，直接赶赴湖北上任。原来骆秉章上次被罢官是因为赛尚阿上奏弹劾他，之后赛尚阿获罪，朝廷仍让他出任巡抚一职。这时候已是咸丰二年十二月了。

洪秀全在武昌过年时，居然御朝受贺，大开盛宴。正热闹时，外面来报，有一书生求见，递上名帖。洪秀全一瞧，是浙江归安人钱江，便说："白面书生，知道什么大事。"言下有拒绝之意。还是石达开上前说："现在我们正要延揽贤才，不宜谢客。"洪秀全这才将钱江召入。钱江进来后只作一长揖并不跪拜。洪秀全见他气度雍容，倒也有些不敢小瞧他，便令他在旁边坐下，细问他的来历。钱江说："钱某从前曾是林则徐的幕宾。林公被罢职，英兵入境，钱某在孔庙大殿召集众人，鼓励绅民，正想联合众人出去抗战。没想到混账官府主张议和，反而说钱某无端滋事，令知县梁星源捕我下狱。后来被押解回籍，钱某郁郁久居。现在听说大王起义，所以不远千里，前来求见。"

洪秀全问道："你到这里来，有何见教？"钱江说："大王若要手定中原，此处不是久居之所，还应立即图谋进取，才可得志。"洪秀全说："我也是这么想。但听说满廷为防止我北上，已派什么琦善率大军阻截河南。看来河南一时不能被拿下，只好暂驻武昌，伺机行事。"钱江说："武昌自古是兵家必争之地，不好长期坐镇于此。何况如今向荣在城下虎视眈眈，如果清兵再围攻过来，那时四面受困，怎么办？"洪秀全问道："进兵四川怎么样？"钱江说："也不好。为大王的大计着想，第一步是取江南，第二步是取河南，第三步是取山东。从前明太祖破灭胡元，也是从这三路进发，大王现在要想破灭满清，为什么不用此策？"洪秀全听到这话，不禁眉飞色舞地说："先生真是奇才！今天正在开宴，请先生畅饮三杯，再来领教。"钱江也不推辞，只与几位头目行了相见礼，便在洪天王旁边坐了下来。饮到半酣，谈笑风生，乐得洪秀全手舞足蹈，仿佛刘备遇到孔明一般。兴尽席散，钱江乘夜做了一篇文章，于第二天呈给洪秀全。

洪秀全看过后，便说："奇才，奇才！"于是封钱江为军师，咸丰三年正月元旦，率领万艘舟船，载资粮、军火、财帛，以及所掠夺的五十万男女，舍弃武昌，顺流东下。沿江守卒望风溃散。洪秀全于正月初九日攻破九江，十七日攻陷安庆，然后乘胜向东进军，接连破太平、芜湖等县，击毙福山总兵陈胜元，到正月二十九日，已到江宁城下。陆上连营二十四座，列舟自大胜关到七里洲，水陆兵多达百万，昼夜不停地进攻，就算南京城再怎么坚固，也要被他们踏平了。

洪秀全夺占南京

江宁被困，总督陆建瀛率绿营兵守护外城；将军祥厚与副都统霍隆武率驻防兵守护内城。城外的商民也自募义勇队出城攻击长毛军，守城的官兵发炮助战。义勇兵都是临时招募的壮士，因不懂战阵，被长毛军杀败，转身往回逃，城上的炮声还是不绝，一阵子弹将义勇兵打死无数。剩下的义勇兵惊骇溃散，长毛兵乘势扑城。陆制台本是个文吏出身，不擅长用兵，勉强支撑了七八天，援兵还是没来，炮弹又已经用尽。长毛兵在仪凤门外暗挖地道，埋藏地雷，一声爆发，城墙崩塌数丈。守门兵连忙抢修，连驻守别门的将卒也闻声赶来相助，众人专堵一隅。不料长毛兵的分队偏从三山门越城而入，外城随即被攻陷。陆制台自杀身亡。

洪秀全等人进了外城，又攻打内城。祥厚、霍隆武拼命防御，奋战两天两夜，两人力竭身亡，内城也被攻破。长毛军不问好歹，不管亲仇，见财便夺，逢人便砍，遇到有姿色的妇女，就奸淫强暴，无所不为。城中的官绅及兵民死伤人数多达四万余人。这一天是咸丰三年四月十日。

洪秀全拿出所抢夺的资财犒劳将士，部众都称他为万岁，他也居然称"朕"，称部下为"卿"。随后召集东王杨秀清、北王韦昌辉、翼王石达开以及军师钱江商议战略。钱江呈上兴王策，大意是提议北伐，同时还建议设置官阶，通商睦邻，垦荒开矿等等。洪秀全说："先生的奏议都是因时制宜的良策，朕自当依次施行。但金陵是王气钟爱的地方，朕想在此地建都定鼎，先生觉得怎么样？"钱江还没回答，东王杨秀清说："弟本想进攻黄河北岸，昨天听老船夫说黄河南岸水少无粮，地平无险，一旦作战容易被困，四面受敌。此处以长江为天堑，城高池深，民富食足，正是建都的好地方，这还用得着讨论吗？"钱江因东王势大，不好多说，只说："东王说得有理，只是镇江、扬州一带急需攻取，这样才可以隔断南北清军，巩固金陵。"杨秀清说："这情势确实很紧迫。"于是不等洪秀全下令，竟对众人说："有谁敢去取镇江、扬州？"丞相林凤祥应声愿往。杨秀清说："林丞相胆略过人，此去必定获胜。但一人之力有限，还是多几个人一同去才好。"当下罗大纲、李开芳、曾立昌都愿随林凤祥前去。杨秀清说："很好！很好！"随即请洪秀全下令，让林凤祥率众人前去。

洪秀全又问："朕既然在此地建都，难道仍称它为南京吗？"杨秀清说："我朝既名为天国，为什么不称此地为天京？"洪秀全大喜，将总督衙门改为王宫，并挑选故家大宅作为各王的王府。又募集工匠，大兴土木，将王宫修筑得非常华丽。同时定官制，立朝仪，订法律。此外，还规定每七天一礼拜，赞美上帝。另建说教台，洪秀全在高台上演说宗教，常装出一副天父附身的模样。总之是建立了一个不古不今，不中不西的制度。宫殿建成以后，洪秀全立即身着龙袍，即位登基，接受文武百官的朝贺。礼毕，就在宫殿中大开宴席。

正一片欢歌笑语时，忽然探子来报，钦差大臣向荣统率数万大军，已到城东孝陵卫扎营了。洪秀全大吃一惊："这个向妖怎么老爱与我作对？一定要设法灭除他，才能让人安心。"话还没说完，又传来消息，清钦差大臣琦善统率骑兵、步兵各军，与直隶提督陈金绶和内阁学士胜保一同自河南出发，来攻天京了。洪秀全慌忙问："怎么办？怎么办？"钱江离座说："陛下不必着急！扬州一带已由老将林凤祥出去阻击，定能截住北军。琦善那厮，之前在广西时，很是没用，这路兵不足为虑。只是向荣很是耐战，又有张国梁做臂助，声势十分浩大，需要派重兵屯驻在城外，才可无忧。"

正议论时，镇江、扬州的捷报接连而来。并接到林凤祥的奏议，大致说："臣于二月二十一日拔镇江，二十三日陷扬州，一路进军，毫无阻碍。满廷派遣的琦善已到此地，统率的各妖约有数万，臣看他们队伍不整齐，没什么战斗力，这支队伍不足为惧，留曾立昌一人率兵防守扬州，足已堵御，臣愿率兵北伐。"洪秀全对钱江说："果然不出军师所料！"钱江说："林丞相虽是雄才，只怕孤军深入，难免会有所疏忽，请添派大军做他的后应。"杨秀清说："那就派吉文元丞相前去。"钱江说："吉丞相吗？"杨秀清说："吉文元是北王的亲戚，应该不会有异心。"钱江回答："并不是防他有异心，只是北伐一事需要计划得万无一失才好！"杨秀清说："现在满清精锐已聚集南方，北省必定十分空虚，有林、吉二人前去，还怕不会胜利？"钱江不便再争论，于是由杨秀清派吉文元前去助阵。原来吉文元的妹子嫁给北王韦昌辉，韦为北王，杨为东王，两人势力相当。杨想独揽大权又怕韦从旁牵制，因此先把吉文元调开，削弱韦的羽翼，以便将来篡立。钱江窥破此意，本想提醒洪天王，只因洪、杨为患难之交，疏不间亲，于是只好默然。

洪秀全便说："江北妖营已不足为虑，江南妖营，怎么抵御？"钱江说："第一步是添派重兵分堵重要关口，叫他们只坚守，不必与清营开仗。等时间长了，清营军心松懈，自然会有破敌之策。第二步是侵扰安徽、江西，截断清营的后路，斩断清营的饷道。即便清军再骁勇，也不能耐久，将来总是难逃我们的手掌心。"洪秀全忙称妙计。杨秀清说："安徽、江西是江南上游，关系重大。看来安徽一带须劳翼王领兵驻防，江西一带须劳北王领兵驻防，我愿与天王共守此城。现在我军部下，如李秀成、陈玉成等人都是后起之秀，叫他们分堵江南，还怕什么向、张二妖？"洪秀全说："好！好！"于是令北王韦昌辉出兵江西，翼王石达开出兵安徽。两王各带几十员大将、几万名长毛兵，分路而去。

杨秀清又派遣部下各将分堵雨花台、天保城、秣陵关各重要关口，兵力密布得跟铜墙铁壁似的。杨秀清安排好一切后，以为万事大吉，便一味骄淫奢侈，衣食住行一概与洪秀全不相上下。天王这时候也耽于酒色，整日里在后宫取乐，荒废朝政。军事文报、赏罚黜徙，一任杨秀清为所欲为。

此时，林凤祥带领二十一军出滁州，占据临淮关，攻破凤阳，兵锋锐不可当。吉文元又由浦口攻取亳州，与林凤祥合军，向北进军，趋往河南。清军还没反应过来，林凤祥的前队已闪电般地扑到河南省会开封城下。城中的守兵仓促聚集，正在惊惶时，多亏新任江宁将军托明阿正督率三镇兵经过河南，乘便前来支援，与城兵内外夹击，足足奋战了两天两夜，才将长毛军杀退。

林凤祥因开封难以拿下，便改为直趋黄河北岸，分出一部分兵力围攻郑州、荥阳，牵制黄河南岸的清兵。自己则与吉文元偷偷地收买煤艇，趁夜又渡回黄河南岸，进捣怀庆府城。清廷已授任直隶总督讷尔经额为钦差大臣，令他与尚书恩华率几千名精兵赶赴河南。两人到了怀庆，正好与林、吉相遇。林凤祥此时在挖隧道攻城，见清廷援军已到，只得分出一部分兵力前去抵截。城中听说援兵已到，不管是官吏还是百姓个个胆壮，格外奋力，坚守不懈。任凭长毛兵怎么力攻，总被城中的守兵堵住。过了几天，郑州、荥阳的长毛兵也败窜过河，托明阿尾追而来。李开芳劝谏林凤祥说："屯兵城下是兵家大忌，我军不如改变战术，掉头向东趋进，从大名进逼天津，攻心扼喉，才是上策。"林凤祥说："怀庆是黄河的一个重要关隘，怀庆没有拿下，就转而向东进军，如果腹背受敌，怎么办？"于是不听李开芳的建议，一面令人到江宁乞求援军，一面加固防御。两边相持了十天，胜保军杀到，李开芳仍是请求改变战术，林凤祥不肯答应。与清兵先后血战十多次，林凤祥总不能占一点便宜。

转眼间两军已经相持了一个多月，清廷下旨严责各军。讷尔经额与恩华、托明阿、胜保三人不免焦灼起来，于是督励将士，誓破长毛军。当下兵分三路，夺攻敌栅，那边开炮，这边纵火，霎时间烟焰蔽空，织成红光一片。林凤祥固守不住，只得弃栅出来，拼死相扑。官军拼命拦截，飞炮流弹在各兵脚下乱滚。吉文元躲避不及，中弹倒毙。长毛兵见主将伤亡，忙杀出一条血路，拥着林凤祥向北逃去。

这一战，林凤祥麾下的精锐几乎损失殆尽。讷尔经额凯旋直隶，托明阿南赴江宁，胜保追击林凤祥。林凤祥后无退路，竟窜入山西。

山西巡抚哈芳一点儿防备都没有，空虚得很。林凤祥乘虚而入，从垣曲县出曲沃县，连拔平阳府城，进入洪洞县。恰逢曾立昌、许宗扬带领两万名江宁援兵，自东而来，与林凤祥相会。林凤祥大喜，再次合军

259

东进，在临洺关偷袭凯旋的讷尔经额军，乘胜攻入深州。

深州距离京师只有六百里，警报像雪片似的接连递入清廷。咸丰帝急忙任命惠亲王绵愉为大将军、科尔沁郡王僧格林沁为参赞大臣，督带京旗及察哈尔精兵连夜驰剿。当时，胜保已收复山西平阳府，正自山西趋入直隶，奉旨继任讷尔经额的职务，与惠亲王、僧郡王一同夹攻长毛军。这位僧郡王有万夫不当之勇，是蒙旗第一个人物，手下的亲兵也个个生龙活虎。这次奉命誓师，仗着一股锐气，连破十多座敌营，击毙七八百名长毛兵，杀得林凤祥赶紧丢弃深州，向东逃往天津。又被胜保夹击一阵，林凤祥不敢进攻天津城，只得退据静海，渐渐穷蹙了。

北方的长毛军刚被肃清，南方的长毛军又兴风作浪。安徽省城安庆府被石达开攻陷，江西省城南昌府又被韦昌辉围攻。杨秀清又派豫王胡以晃、丞相赖汉英等人分头前去接应。皖、赣两省糜烂不堪，几乎没有人是长毛兵的对手。只有升任按察使的江忠源奉命赴江南大营帮办，行军到九江时，他听说南昌危急，忙日夜兼程前往支援，才算打了一回胜仗，入南昌城帮助守城。不料吉安的土匪又趁势作乱，联络长毛兵，围攻府城，江忠源飞信到湖南告急。没想到，这一封信竟激出一位清室中兴的大功臣来。这位大功臣是谁？他就是湖南湘乡人曾国藩。

曾国藩字伯涵，号涤生。他降生的时候，家人梦见巨蟒入室，鳞甲灿然，这件事曾在乡里引起不小的轰动。道光十八年曾国藩中进士，道光末年，他已升任礼部右侍郎。咸丰元年，咸丰帝令群臣进谏直言。曾国藩应诏，上奏一章详陈圣德三端和预防流弊的奏折，语言直白，几乎被皇上降罪遣责。多亏大学士祁隽藻及曾国藩会试时的老师季芝昌极力替他向皇上求情，他才被免罪。咸丰二年，曾国藩因母丧回籍，恰逢洪、杨四扰，烽火弥天，朝廷下旨令他帮助巡抚张亮基督办团练，搜捕土匪。曾国藩本是理学名家，打算终身为母亲守孝，不参与国家大事。只因友人郭嵩焘劝他一边守丧一边从军，不违古礼。于是曾国藩投袂而起，招募农夫为义勇兵，招书生为营官，仿效明朝戚继光训练军队的做法，将队伍规范化，每天操练兵团，最后创成数营团练。此时张亮基移师湖北督剿长毛兵，骆秉章回湖南继任巡抚，曾国藩与骆秉章很是投缘，义勇兵也愈集愈多，队伍也愈来愈壮大。接到江忠源的乞援信后，曾国藩去见骆巡抚说："江忠源是镇压叛贼的能人，不可不救！"原来，曾国藩在京时，江忠源刚好在京参加会试，见过曾国藩。当时两人还曾聊了好久，曾国藩说他以后必因抗贼而立名。曾国藩与骆秉章商议好之后，派遣一千二百名湘勇、两千名楚勇、六百名营兵，由编修郭嵩焘、道员夏廷樾、知县朱孙贻三人带领，赶赴支援。江忠源的弟弟江忠济与秀才罗泽南也率领子弟乡人，随同前去。湘军出境剿敌，算破题儿第一遭了。

曾国藩扬威

湘军出兵支援江西，到了南昌，长毛军立即上前抵敌，两军酣战起来。湘军终究是初次出山，敌不过身经百战的悍卒。罗泽南等人又都是文质彬彬的书生，就算他们再奋勇，遇到这么厉害的枪弹，不是阵亡，就是受伤。多亏江忠源引兵杀出，接应湘军，湘军才得以入城。检点兵士，湘、楚军及营兵已丧失一二百名，罗泽南的朋友也死了七个。当下与江忠源商议，江忠源说："钢非炼不成，剑非磨不锐。湘、楚各勇士仗义而来，很是可敬，但未经磨炼，不能与悍党争锋。眼下不如出击土匪，先求经验，即便不能把土匪剿平，也可剪掉长毛的羽翼。那时长毛军因少了援应而撤退，也不是不可能！"众人齐声赞成。于是夏廷樾出兵攻打樟树镇、罗泽南出兵攻打安福县、江忠济及刘长佑出兵攻打泰和县，郭嵩焘、朱孙贻两人留下，与江忠源一同守城。不到半个月，各路土匪都已经平定，各军也陆续归来。江忠源于是汇集将士，督率出城，与长毛军恶斗一场，竟将长毛军杀退，并将他们驱逐到十数里外才回城。

郭嵩焘说："这城虽已解围，但是贼势飘忽，往来无定。且东南各省水网密集，江中都是贼船，一天遇风，便可行几百里。解了这边的围，贼军就围住那边，我们如果驰救那边，他们又到这边来了。他们走水路，我们走陆路；他们用舟楫，我们用营垒；他们安逸，我们劳苦，怎么能平贼？现在需要立即建立长江水军，沿江剿堵，才能取胜！"江忠源拍掌称好，随即令郭嵩焘回湖南，请曾国藩代为奏请。曾国藩根据情势上奏，主张造船购炮，募兵习操，洋洋洒洒一席话，无非是肃清江面的大计划。

朝旨准奏，立即令曾国藩照奏施行。曾国藩奉命，自长沙移军到衡州，赶造战船，创办水军，最终造成三种战船，练成五千多人的水军。水军共分为十营。六营兵是从衡州招募来的，曾国藩立即任命成名标、诸殿元、杨载福、彭玉麟、邹汉章、龙献琛六人为营官。四营兵由湘潭招募来后，又立即任命褚汝航、夏銮、胡嘉垣、胡作霖四人为营官。褚汝航曾任粤省同知，颇谙治理水军之道，曾国藩让他总领水军。同时招募五千人的陆军，分为十三营，派周凤山、储玫躬、林源恩、邹世琦、邹寿璋、杨名声及曾国藩最小的弟弟曾国葆，分营统带。并特别保举游击塔齐布为副将，率兵做先锋。水陆兵共一万多人，由曾国藩总辖，等到船炮办齐，粮械完备，便计划沿湘而下，与长毛贼决一雌雄。

这时候，有消息传来，长毛攻陷九江，分兵窜入湖北，署湖广总督张亮基于田家镇溃败。江忠源前往支援，也被杀败，长毛已进趋武昌了。曾国藩说："前几天看京报，湖广总督已由吴老先生补授，张署督已调抚山东，为什么出兵打仗还是张署督呢？"过了几天，接到湖广总督的紧急公函，拆开一瞧，是新总督吴文熔的乞援信。原来吴文熔是曾国藩的老师，他听说武汉危急，忙驰抵武昌，张亮基才得以交卸。此时长毛兵已连破黄州、汉阳，武昌紧急万分，因此向曾国藩求救。曾国藩苦于炮械还没置备齐全，一时不能出兵，无奈朝旨也来催促，上奉君命，下顾师恩，不得不仓皇派遣数营，赴鄂救急。正在筹备时，又递进来吴督的信件，曾国藩还以为又是一封求援信，等到看完信后，才知长毛军已经被击退，并说衡、湘水军关系全局，宜多加训练，切勿轻易赴敌。曾国藩这才放心，不再仓促发兵。

谁知安徽的警信一天紧过一天。石达开攻破安庆后，安徽文武大吏都躲到庐州，将庐州权作省城。无奈长毛酋秦日纲又追来，连陷舒、桐二城，直趋庐州。朝旨任命江忠源为安徽巡抚，且令曾国藩出兵，与江忠源一同支援庐州。曾国藩想等部署完备后再出发，江忠源已由鄂赴皖，冒雨赶到庐州。

才过了一晚，秦日纲已逼近城下。江忠源仗着一片热诚，激励将士，日夜抵御。秦日纲无计可施，正准备撤围向东而去，忽然胡以晃自安庆驰来，率十多万人马前来为秦日纲助阵。同时秘密勾结城中知府胡元炜，让他作为内应。里应外合之下，庐州沦陷，江忠源投水自尽。

战败的消息传到衡州，曾国藩叹息不已，正悲悼时，黄州又来警讯，报称湖北总督吴文熔阵亡，曾国藩大惊。原来，吴文熔初到武昌时，巡抚崇纶想在城外屯营，趁机悄悄溜掉。吴文熔到抚署后，与他约定死守武昌，崇纶不以为然。吴文熔异常悲愤，拔出佩刀，掷在案上，厉声说："我们与城池共存亡，如果有谁敢说出城，得先问问这刀同意不同意！"于是崇纶不敢有异议。等到武昌围解，崇纶暗想，自己和吴文熔水火不容，不如先发制人，于是奏劾吴文熔闭城坐守。朝廷听信崇纶，催促吴文熔出省剿贼，吴文熔刚下令，调贵州道员胡林翼率黔勇六百人前来助剿。林翼军还没到，朝廷的命令已到，吴文熔只得带着七千人，出城赴黄州剿贼。当时，正值雨雪天气，行军途中，军士几乎全被冻死，崇纶在武昌城中不肯接应军械粮草。吴文熔叹道："我已年过六十，还怕一死？可惜死得不明不白。"进驻黄州后休息几天，已是咸丰四年正月。吴文熔探知长毛兵欢度节日，于是想发兵突袭，不料反中敌计，中途遇到敌军的埋伏，官军溃散而逃。吴文熔率都司刘富成奋力突围，手刃几十名长毛兵，终究军心懈散，寡不敌众。吴文熔竟下马面北朝拜，投河自尽。曾国藩得知老师去世的噩耗，又探悉崇纶陷害老师的实情，便咬牙切齿地说："可恨的崇纶！我若得志，必诛此人！"

这时，朝旨下发到军营，令他速率炮船兵勇，援应武昌。曾国藩于是召集水陆兵马，从衡州起程，到长沙会合。水军沿湘而下，陆军分道而前，这一队击楫中流，那一队扬鞭大道，正有如火如荼的声势。途中听说长毛兵已攻陷岳州，攻破湘阴，进入宁乡，曾国藩不禁失声说："不得了！不得了！"忙令水军赶往湘阴，陆军赶往宁乡。褚汝航率几艘船先赶赴湘阴，湘阴城内的长毛兵望风退去。曾国藩得知前队得利，督领战船继续前进，刚到洞庭湖口，突然洞庭湖狂风大作，白浪滔天。战船内的船长、舵工连忙下帆抛锚，但仍旧把握不住船只。一阵乱荡，两船相撞，慌乱了许多时辰，洞庭湖才渐渐风平浪静。检点船只，已损失好几十号，勇丁也溺死了几百名。曾国藩下令收军进入内港，暂缓出师。

陆军方面忽然传来消息，报称宁乡得胜，长毛逃去。曾国藩说："还好。"话还没说完，又有兵卒来报，储玫躬统领阵亡，曾国藩连叫可惜。接着又来人报称："邹寿璋统领与杨名声统领杀败长毛兵，追到岳州。不料王鑫统领自羊楼司溃退，冲扰我军，长毛又乘势杀来，我军也被杀败了。"曾国藩说："王鑫就喜欢说大话，我以前曾劝他收敛一些，他竟不听，反而与我别竖一帜，如今失败，是他咎由自取，可惜我军也被他影响，应立即去接应才好。"随即令褚汝航率领三营水军，赶赴岳州援应陆军。褚汝航刚去，警信又来，长毛再次杀入湘江，占据靖港，另遣一队绕袭湘潭，占住长沙上游。这警信顿时触动了曾国藩的忠愤，曾国藩不住地埋怨王鑫。王鑫与曾国藩同乡，曾国藩操办团练时，他曾帮助治理队伍。后来王鑫恃才傲物，与曾国藩意见不合，便自募两千多名乡勇，另为一军。等到听说长毛兵窜入湖南，他便独自率乡勇阻截，才抵达羊楼司，遇到长毛大军扑来，乡勇胆怯，不战自溃。曾国藩与王鑫略有嫌隙，又因邹、杨各军被他牵扰，长毛乘胜长驱，攻入上游，自此心中越加懊恨。于是檄令塔齐布回援湘潭，自己则督舟师迎击靖港。

军队刚出发，贵州道胡林翼前来求见。胡林翼是湖南益阳县人，也是个进士出身，向来很有谋略。吴文镕到云贵督兵时，胡林翼也在贵州任职，见面之后，吴文镕对他大加赏识。等到吴文镕移督湖广，便调胡林翼为臂助。胡林翼到湖南后，听说吴督已经战殁，途中又因受到长毛兵的阻挠，只得来见曾国藩。见到曾国藩后，胡林翼高谈阔论，针砭时弊，曾国藩对他赞赏有加，当下令他率领黔勇，带着塔齐布同往湘潭。塔齐布是旗籍中的翘楚，胡林翼是汉员中的巨擘，一个武力过人，一个智谋出众。两将直达湘潭，打一仗，胜一仗，长毛军的头目没有一个是他们的敌手。

只是曾国藩出师靖港，遇着西南风，水势湍急，被长毛乘风杀来，战船停留不住，纷纷溃退。曾国藩悲愤至极，投水自尽，幸亏左右赶紧捞救，他才没死。随即退驻省城南门外的妙高峰寺，曾国藩定了定神，便召众将卒商议说："靖港一败，北面受困，如果湘潭失守，南面又要吃紧，那不是将前后受敌吗？"杨载福起身说："照现在的局势，只有添兵去救湘潭，湘潭得胜，后路无忧，才可以合力驱逐敌船。载福不才，愿带一营水军，去协助塔副将。"曾国藩正在踌躇，彭玉麟说："杨君说的是，此处先坚守勿动，等湘潭收复后，我们再水陆夹攻，不怕长毛军不败。彭某也愿同去作战！"曾国藩见彭、杨二人主见相同，便依从他们。彭、杨马上整集船舶，扯起风帆，令舵工水手向南快速驶去。

不到几天，塔、胡、彭、杨四营官收复湘潭城的捷报传到曾国藩手中。曾国藩立即上奏详陈靖港、湘潭胜负情况，并恳请朝廷处罚自己。不久，朝廷下旨："靖港战败，国藩侍郎并非没有过错，念及湘潭全胜，加恩免罪，赶紧杀贼自赎。湖南提督鲍起豹不曾带兵出省剿贼，只知静守，推诿责任，将其立即革职。所有提督印信事务，暂由塔齐部署理。"曾国藩接旨后，立即下令塔齐布回省。塔齐布入帐后，曾国藩告知他朝廷的恩眷，并慰劳他一番，塔齐布深深感谢曾国藩。曾国藩又将水陆各军优胜劣汰，重整规模，指日进剿。

恰逢广西知府李孟群率一千多名水勇，广东副将陈辉龙率数艘战舰，一同到达长沙，都去曾营内求见，同时受到曾国藩的欢迎。曾国藩是个平易近人、招揽人才的主帅，无论是谁进谒，他总叫来人不要拘束，随便自陈。当下与两人纵谈了一回，两人都是意气风发，不可一世，陈辉龙更是目空一切。曾国藩暗暗嗟叹，只嘱咐他们"小心"两字。

两人告辞出去后，部下来报，华容、常德、龙阳各县城都被贼人攻陷。曾国藩说："贼势已经如此猖狂，我军不能再等了。"话还没说完，澧州、安乡等城又相继报称失守，接着来了一支湖北败兵，护卫着湖北巡抚青麟逃到长沙。曾国藩问道："巡抚有守城的责任，为什么逃到此地？难道武昌已经失守了？"湖北的巡抚本是崇纶，崇纶看情况危急，慌忙卸职。于是，巡抚一职由学政青麟接任，台涌接任吴文熔的总督职务。台涌出省剿贼，长毛兵偏逆江而上，连破安陆府、荆门州，在荆、襄受挫后，长毛兵又下窜，转攻武昌。青麟忙逃往长沙，武昌随即被攻陷。青麟投帖到曾营，曾国藩拒不见面，青麟又入城见骆巡抚，骆秉章也不怎么招待他。于是青麟忙绕道奔赴荆州，途中被正法，台涌也被革职。朝旨催促曾国藩迅速进剿。于是曾国藩将水军分为三路，褚汝航、夏銮为第一路军，陈辉龙、何镇邦、诸殿元为第二路军，曾国藩率领杨载福和彭玉麟为第三路军。陆军也分三路，中路由塔齐布统带，西路由胡林翼统带，东路由江忠济、林源恩统带。六路大军一齐出发。

这些消息，早就有人透露给长毛军。长毛军惊慌失措，专守岳州。三路水军一鼓作气杀来，与塔齐布的陆军夹击岳州城，一阵鼓噪，把长毛兵赶得无影无踪。随即部队将曾帅迎入岳州城。曾国藩安定居民后，马上命人打探敌人的踪迹，前哨回来报称长毛水军在城陵矶，陆军在擂鼓台。曾国藩说："这两个地方离城不远，仍旧在岳州的门口，那还了得？"急忙令水军攻打城陵矶，陆军攻打擂鼓台，各将都奉命出发。曾国藩在留守岳州城，眼望旌旗，耳听消息。第一次军报，城陵矶水军大获全胜。第二次军报，陆军已进军擂鼓台，打败贼酋曾天养。曾国藩自言自语说："这次可以直达湖北了。"过了一天，接到第三次军报，水军追击长毛兵到螺矶，途中遇到南风，长毛兵乘机掉头扑杀，褚汝航、夏銮、陈辉龙、何镇邦、诸殿元等人先后战死，曾国藩大惊失色！

厉害的湘军

褚汝航等人进兵螺矶，遇到逆风，被长毛军顺风纵火，烧掉三十多艘战船。褚汝航不肯撤退，硬要与长毛军拼命，陈辉龙更是气愤，从火中跃出，指挥部下。究竟水火无情，一群英雄，陆续阵亡。消息传到岳州，这位曾大帅能不惊心动魄吗？幸亏杨载福、彭玉麟二将派部下飞速回城奏报，称湘军退守城陵矶，扼住重要关口，长毛兵已经退去，曾国藩才稍稍放心。只是褚汝航这群患难之交到此全部战死，不免让人痛心。随即曾国藩令同知俞晟代褚汝航之职，令他收集残众，再谋大举。

就在曾国藩紧锣密鼓地布置的时候，又有军报传来，塔军门大破擂鼓台，斩杀贼目曾天养。曾国藩一想，陆军得此胜仗，正好抄小路到城陵矶，会合水军，进攻长毛军，只怕塔齐布势孤力单，不够调遣。正在踌躇，忽然士兵来报周凤山、罗泽南自长沙到来，曾国藩大喜，立即将两人召入。周、罗二人行完礼，便说："骆中丞听说水军遭遇小挫，特派卑职前来听差！"原来二人本留守长沙，此次奉骆巡抚之命前来协助曾国藩，曾国藩随即令周凤山赶赴擂鼓台，罗泽南赶赴城陵矶。二人刚去，李孟群又到。李孟群之父李卿谷曾任湖北按察使，长毛兵攻陷武昌时，李卿谷殉难。李孟群得此噩耗，日夜泣血，禀请骆巡抚，愿上战场杀敌为父报仇，当下入营见曾帅，继而号啕大哭。曾国藩也陪着掉下几点眼泪，随即温言劝慰，令他前往城陵矶，帮助水军。

于是，水陆两军齐集城陵矶。城陵矶附近有高桥，长毛兵在高桥扎下营寨，作为城陵矶的掎角。塔军门奉曾国藩的檄令，单刀匹马，直趋高桥。长毛兵猛扑过来，塔军门把刀一招，后面的罗、李各军都赶上来杀长毛兵。长毛兵争斗不过，败回城陵矶。湘军乘势追上，城陵矶的长毛军约有两万多人，倾巢出来，恶狠狠地与湘军抗战。塔军门一马当先，冲入长毛军阵中，湘军随后杀入。这天，大雨如注，东南风大作。湘军乘风猛扑，人人拼命，个个争先，拔去数丈竹栏，跃过两重壕沟，杀声与风雨声相应，震动天地，吓得长毛兵步步倒退。湘军越发奋勇，连毁十多座敌垒，水军也击沉几十艘敌船，从城陵矶杀到螺山，又从螺山杀到金口，简直没有歇过手，任长毛兵再怎么凶悍，总是抵挡不住湘军。战了两三天，湘军把东岸的旋湖港、芭蕉湖、道林矶、鸭栏矶以及西岸的观音洲、白螺矶、阳林矶等各地的敌垒一扫而空。从此由岳入湘的门户，稳固无忧了。

曾国藩接到捷报后，就从岳州出发，进驻螺山，上奏报捷。朝廷下旨赏给他三品顶戴。曾国藩上奏力辞，同时说李孟群忠勇奋发，为父报仇，孝服都还没脱，一直作战到现在，恳请皇上让他全权统领水军。于是，朝旨升李孟群为道员，但仍不准曾国藩辞赏。曾国藩又率军驻守金口，令水陆两军乘胜追击，湘军声势撼天，所向无敌。荆州将军官文也派魁玉与杨昌泗率五千人前来支援，顿时军容更加壮观。不久，便收复了蒲圻、嘉鱼等县，直入武汉境内。此时湖北总督换成杨霈，也收复蕲水、罗田及黄州府属各城，北路长毛兵渐渐被肃清。

曾国藩随即召集诸将，商议攻取武昌。罗泽南从袖中取出一张地图，对诸将说："要想攻取武昌，须先拿下洪山、花园两地。花园濒临江边，听说悍贼悉众死守，洪山的贼势虽然有所消减，却屯有重兵。罗某愿去攻取洪山。"塔齐布微笑着说："罗山先生避难就易，未免不公。"原来罗泽南字罗山，向来喜欢研究理学，湘乡人大多愿做他的弟子。罗山从军，弟子也多半相随，军中都称他为罗山先生。只是罗山向来谨慎稳重，不轻易出战，塔齐布屡次挑激。此次因花园一地，要塔齐布前往攻取，所以塔齐布出言讽刺讥诮推让。曾国藩忙说："罗山也不是胆怯，只是顾虑到部下人手不足，现在加派两千兵马，让罗山弟子李迪庵统带，前去接应前队，罗山便好去攻取花园了。"罗泽南应允，随即率兵离去。

塔齐布去攻取洪山，罗泽南亲自率兵做前锋，令弟子李续宾做后应。李续宾就是李迪庵，他与罗泽南同是湘乡县人，身高七尺，臂力过人，因此才单独统率一军，随罗泽南进军。罗泽南将到花园时，长毛兵出来迎截，两军正鏖战不下，忽然北岸火光冲天，大炮声不绝于耳。长毛兵怕江面战败，无心恋战，慌忙退入垒中。原来花园北濒大江，内枕青林湖，长毛兵自南向北列营，并布置下许多大炮，向北的长毛兵阻击清水军，向南的长毛兵阻击清陆军。曾国藩将罗泽南派发出去后，又令杨载福、俞晟、彭玉麟、李孟群、周凤山率水军前后进击，纵火焚烧敌船，火炮、火球也飞掷如雨，敌船几乎被毁得一干二净。长毛兵的尸首浮满江滨。罗泽南趁势攻打敌垒，敌垒有九座，每一座的四周都立有栅栏，上面列着巨炮，罗泽南令军士携着手枪，匍匐前进。长毛兵开枪轰击，军士毫不畏惧，抱着枪滚过去，靠近敌垒后才站起来。前列奋勇攀登，后队也相继跟上，从早到晚，接连攻克八座敌垒。还有一座堡垒是长毛军的大营，长毛兵聚众来争，罗泽南的手下已经十分疲乏，几乎抵挡不住长毛兵的进攻。多亏李续宾及时赶到，一支生力军横厉无前，将长毛军一举击退。长毛军仍是据营自固，恰好俞晟、杨载福已登陆上岸，夹攻长毛军大营。长毛军已是势穷力竭，只得弃营逃走。罗泽南进军武昌，塔齐布也攻克洪山，两队人马先后趋往武昌。武昌城内的长毛军早已逃得不知去向，武昌随即被收复。

曾国藩赶到武昌，向朝廷奏报武昌、武汉的情形，咸丰帝下谕旨将他嘉奖一番。曾国藩拿到圣旨后，上奏称母亲刚过世，自己还在守孝期间，不应做官，坚决辞掉巡抚职任。奉旨照允，仍赏他兵部侍郎衔，另授陶恩培为湖北巡抚，令曾国藩顺流进剿。曾国藩于是统领水陆各军，沿江东行，攻克大冶，拔掉兴国，攻破蕲州，直达田家镇。田家镇是著名的险隘，东面有半壁山，孤峰峻峙，俯瞰大江，一夫当关，万夫莫开。长毛军在半山腰上安置四道横江铁锁，搭上木板，在上面架起枪炮，另置几千艘战船，环着大城，形成一座巨岛，岸上又有二十多座敌垒。湘军自蕲黄东下，陆军先到。塔齐布、罗泽南二将统领湘军与田家镇长毛军打了一仗，虽然擒斩几千名长毛兵，但仍不能越雷池一步。

等到杨载福、彭玉麟等人来到，几人最后商议将水军分为四队：第一队士兵用洪炉大斧熔凿铁锁；第二队士兵开炮掩护第一队；第三队在铁锁被凿开后，驶到下游，乘风纵火；第四队守营各勇士听令大举进攻。四队都准备好后，杨载福率副将孙昌凯作为第一队先导，熔斩铁锁，驶舟骤然闯入，其他三队依次跟上。开炮的开炮，放火的放火，逼得长毛兵上天无路，入地无门。那时岸上的塔、罗二军，望见水军已经得手，也各宣军令，急忙向敌垒发起进攻，前进者受赏，退后者即斩。各军士拼命向前，刀削枪截，还是无济于事，就也顺风纵起火来。于是江中纵火，岸上也纵火，烧了一天一夜，就算铜墙铁壁，也变成了一片焦炭。可怜红巾长毛兵溺水的、烧死的、死在枪弹下的，全都到鬼门关报到去了。还有一小半长毛兵，纷纷窜逃而去。这次战事是湘军同长毛军的第一次恶战，岸上的二十三座长毛军兵营、江中的五六千艘长毛兵船，都被烧得精光，湘军随即拔下田家镇。自此湘军威名震天下。

长毛军首领陈玉成、秦日纲、罗大纲三人转奔湖北、江西、安徽三省交界的黄梅，又被湘军水陆齐进，一顿猛攻，只得弃城窜去。湘军随即收复黄梅。

曾国藩进驻田家镇后，连日向朝廷奏捷，又附呈吴文熔被崇纶陷害的实情。朝廷降旨令崇纶自尽，并重赏曾国藩。曾国藩因湖北基本上已被平定，便督军顺流东下，直攻九江。自湖北下窜的长毛军纠合安庆新到的长毛军固守九江城，九江一时不能被湘军攻下。那时，河北却有肃清长毛兵的消息。

原来，长毛军丞相林凤祥自深州败走，返据静海。咸丰四年正月，清郡王僧格林沁率军赶来，会合胜保军后，将林凤祥逼入阜城。即将克复阜城之际，忽然传来情报说，安徽长毛兵已由金陵趋入山东，潜渡黄河，攻陷金乡县。于是僧王急忙派将军善禄带一部分人马赶去支援。

过了一天，朝廷降旨，令胜保速速赶往山东，围堵匪目曾立昌、许宗扬。原来曾立昌、许宗扬二人被林凤祥派往山东，会合那里的长毛军攻扰临清州，以期阜城解围。胜保到了山东，临清州已经失陷。朝廷下旨将山东巡抚张亮基革职充军，连胜保、善禄也遭到贬黜，戴罪自效。胜保气得不得了，忙和善禄赶到临清，一举收复临清州。在漫口逼死曾、许二人。

山东已被肃清，胜保整军而回，途中听说林凤祥已窜入连州。这林凤祥怎么会逃入连州呢？原来，他听说曾、许已攻入临清，便想乘机回军，同时联络曾、许二人。于是放弃阜城，南窜到连州，占据连镇。僧王率众南追，胜保也移师会剿，都以为林凤祥已成瓮中之鳖，不久就可以扫平。谁知这林凤祥还有点本事，自知没有生还的希望，索性拼着老命，坚持到底。僧王攻一天，林凤祥守一天，僧王攻一个月，林凤祥守一个月。僧王焦躁得不得了，忽然长毛兵自南门杀出，气势十分凶猛，僧王急忙麾兵拦阻，已是来不及，竟让他们突围而去。这突围的长毛兵统领正是李开芳。原来林凤祥还不知道山东境内的战况，特意派李开芳往南去接应曾、许，然后合军回来支援山东。李开芳到了山东，曾、许已溺死多日。李开芳找不到救兵，窥见高唐州守备空虚，竟一举攻入城里，杀死知州魏文翰。他正想派兵把守各村庄，突然听到城外鼓角喧天，清将胜保已率军追到城下，李开芳只得登城死守。自此，胜保围攻高唐，僧格林沁围攻连镇，此攻彼守，足足相持了半年。

僧王本是个骁悍人物，到此也无可奈何，眼看着冬季将尽，两湖的捷报连日传来，僧王恨不得立刻攻破敌垒。于是昼攻夜扑，一刻也不停，才将连镇踏平了一半。连镇是由东西二寨连接而成，所以叫做连镇。僧王费了无数气力，才将西镇攻破。林凤祥收集残众，坚守东镇，直到咸丰五年正月，粮尽力穷时，才被僧军猛力攻入。林凤祥仍是拼死抵抗，无奈前后左右都是僧军，被活活擒住，押送京师。僧王再次移军攻打高唐。高唐自胜保围攻后，也已半年有余，李开芳的坚忍不亚于林凤祥，僧王仗着初到的锐气，攻扑一番，仍然无用。而后，他想出一个妙计，令全军一律退去。当时城内的长毛兵听说僧军到来，个个惊慌万分，等到看见城外的清兵全部撤退后，便乘机出城逃窜。不料还没逃多远，清兵竟漫山遍野地扑杀过来，李开芳自知不敌清军，忙回头狂奔，一直逃到荏平县属的冯官屯，然后入村据守。那时，李开芳手下的长毛兵只有五百多人，仍与僧、胜两军相持了两个月。最后，僧王决河灌敌，李开芳走投无路，被僧军擒去，押往京师，与林凤祥一起被凌迟处死。河北的长毛军被肃清后，洪天王的军事力量从此只限于南方，不能展足了。

僧王凯旋，清廷行凯撤典礼，免不得有一番热闹。那时咸丰帝高兴得过了头，随即酿出一桩大公案来。

色艺无双的兰贵人

咸丰帝接连得到捷报，心中十分欣慰。少年天子的风流含而不露，只因长毛军的势力蔓延，烽烟未靖，不免通宵达旦地处理国事，连那六宫妃嫔，都无心召幸。此次，河北被肃清，江南又连报胜仗，咸丰帝自然将忧国忧民的心思稍稍放下。

咸丰帝即位二年，曾册立贵妃钮祜禄氏为皇后。皇后幽静娴淑，举止行动端庄得很，咸丰帝只是敬她，不怎么爱她。而后宫的妃嫔虽不少，但都不能让皇上满意。只有一位那拉贵人，芙蓉为面，杨柳为眉，模样儿十分俊俏，性情儿更是乖巧。而且这那拉氏兼通满汉文，识经史义，能书能画，能文能诗。满清二百多年的宫闱里面第一个能干人物要算她了。顺治皇帝的母亲，相传是色艺无双，恐怕也比不过她。

这位那拉氏的籍贯，说起来，真让人吓一跳，她就是被清太祖灭掉的叶赫国后裔。太祖因掘出古碑，上面有"灭建州者叶赫"六字，所以灭除叶赫。只因太祖皇后本是叶赫国女儿，为了一线姻亲，特令其苟延宗祀，但暗地里告诫子孙，以后不得与叶赫国的后裔结婚。顺治帝以后的各位皇帝颇谨遵祖训，传到咸丰帝的时候，已是年深月久，便渐渐将祖训淡忘了。且因那拉氏的祖宗并非勋戚出身，入宫时她只是一个侍女，后来渐被宠幸，封为贵人。清朝的制度是皇后以下，妃为一级，嫔为二级，贵人是第三级，与皇后还差四个级别。本来那拉氏是不怎么引人注意，谁知后来竟做了无上贵妇。

那拉氏小名叫兰儿，父亲叫做惠征，是安徽候补道员，穷苦得不可言状。死后丢下一妻二女，连回京的路费都没有，多亏有个清江知县吴棠，送她们三百两银子办丧事，她们才得以发丧回京。这吴知县为什么要送她们丧事钱？原来，吴棠在清江做官时，曾有副将奔丧回籍，这位副将与吴棠有同僚旧谊，因副将的船只过清江，吴县官便派人送去丧事钱，不料去使将钱误送到邻船。这邻船就是那拉氏姊妹北归的船，两姊妹正愁没钱回籍时，忽然来了这笔白银，喜从天降。那时，吴县官得知误送后，几次想将钱索要回来，随后得知是惠征的丧船，从前与他有过一面之缘，就将错就错，不过把去使训斥了一顿。吴县官哪知道自己后来的高官厚禄，都是这三百两银子的报酬。兰儿曾对妹妹说："他日我们姊妹两人，若有一人得志，千万不能忘记吴太令的大恩大德！"

回京一两年之后，正值咸丰帝改元，挑选秀女，入宫备用。兰儿奉旨应选，秀骨姗姗，别具一种丰韵。咸丰帝年少好色，自然中意，当即选入宫中，让她服侍梳洗。兰儿向来喜欢梳妆打扮，入宫后越发变得秀媚，娥眉不肯让人，狐媚偏能惑主。只因咸丰帝政躬无暇，兰儿的佳运还没轮着，所以暂屈为宫婢。到了咸丰四年，兰儿命入红鸾，缘来福至，居然得邀天宠了。

一天，咸丰帝退朝入宫，脸上颇有喜色，正好皇后被太后召见，赶赴慈宁宫。宫嫔竞相上前请安，兰儿也在后面跟着跪下，被咸丰帝瞧见，不由得惹起情肠，当下令宫嫔各回到自己的居室，独留下兰儿问话。兰儿一寸芳心七上八下，也不知是祸是福，便向咸丰帝重新行礼叩见。咸丰帝和颜悦色说："你先起来，站在一旁！"兰儿又叩首说："谢万岁爷天恩。"这六个字从她的口中吐出，仿佛雏燕声黄莺语，清脆得不得了。兰儿遵谕站立一旁，咸丰帝便仔细端详她。只见她身材体格恰到好处，真的是增之太长，减之太短，亭亭玉立，如一朵娇柔的莲花，那满头的万缕青丝更是比别人要润泽许多，还有一双慧眼，俏丽动人，格外可爱。顿时把这位少年天子迷得目不转睛，只是呆呆地注视着她。兰儿不觉低头，粉脸上晕起一片桃红，含着三分春意，愈发让人觉得秀色可餐。咸丰帝瞧了一回饱，才问她的年岁姓名。兰儿一一婉答，咸丰帝猛然记起，说："不错不错，你入宫已一两年了。朕被这长毛兵闹得心慌，将你忘记，屈居宫婢，倒难为你了。"这几句话传入兰儿的耳中，兰儿顿时感激得五体投地，又叩谢皇上的惦念。咸丰帝见她秀外慧中，越加怜爱，恨不得立即让她留在身旁，无奈皇后已经回宫，不得不遣发她出去。

就是这一晚，咸丰帝在别宫召进兰儿，一夜恩宠之后，第二天便封她为贵人。兰儿从此仗着色艺，竭力趋承咸丰帝，不到一两年时间，就生出一个小皇帝来。

话说回来，长毛贼气势日盛，咸丰帝颇思励精图治，日夕听政，连那拉贵人都无心召幸。一天罢朝后，阅览兵部侍郎曾国藩的奏报："水陆各军合攻九江城，贼人顽固坚守，致使城池一时不能拿下，臣督三板船水军驶入鄱阳湖，毁去数千艘贼船，将贼追到大姑塘，却被贼偷袭后路，将内湖外江隔断。贼又趁夜偷袭臣船，臣仓促抵御，竟致败溃。臣坐船陷没，案卷荡然所失。臣自知失算，愧对圣上，愿以死谢罪，经臣罗泽南劝臣自赎，臣现在以死候旨，乞求朝廷严厉惩处！臣虽死，且感恩不朽。"咸丰帝瞧了又瞧，不禁长叹，便召军机大臣入内，将奏报递给他们看。其中有个满族军机文庆，看完奏章，便说："曾国藩的确是个忠臣，比如此次打败仗，他毫不隐讳，据实自劾，已足见他忠心耿耿。现在东南一带，像曾国藩一样忠诚的人，实在是没有几人。皇上如果加恩宽恕，他必愈加感激，常思报恩。奴才愚见，欲灭逆贼，总还要靠曾国藩呢！"咸丰帝沉吟半晌，才说："你说得也是，就按你的意思去拟旨吧！"文庆便草拟上谕，说："曾国藩自出岳州后，与塔齐布同心协力扫除逆贼，此次偶有小挫，无损大局。曾国藩自请严加惩处，现加恩宽恕！"写完后，征得咸丰帝的同意，随即颁发。

只是咸丰帝心中不免怏怏不乐，几个宫监见状，便导引咸丰帝去逛圆明园。这圆明园是全国著名的园子，园中的一切布置，没有一件不玲珑精巧，让人赏心悦目。园中的楼台殿阁多得不计其数，古人所说五步一楼，十步一阁，也不过如此。此外如青松翠柏，奇葩异草，碧涧清溪，假山幻嶂，更让人觉得密密层层，迷离心目。咸丰帝罢朝的余闲里，常来这里游玩。这天到了园中，正值隆冬天气，花木多半萧疏，不免热闹中带点寂寞。咸丰帝去各处逛了一圈，始终觉得无情无绪，走一步，叹一声。宫监知道皇上不开心，只得曲意奉承，多方凑趣。有个慧黠的总管启口禀奏："这园内的花草得到皇上的垂怜，也算是修来的福分。可惜一到冬天就凋谢，不能四季如春，现在应续选名花入园，令它们经常更新，才不负圣上的宠眷。"咸丰帝听后，微微一笑说："这世上没有不凋谢的花草，任它们万紫千红，一遇风霜，便憔悴了，除非是有美人儿，或者还可以替代。"某总管说："今年挑选秀女，万岁爷圣德如天，叫她们个个回家。假如不是这样，将这群女子充入值园内，那不是众美齐集一堂了？"咸丰帝说："都是一群旗女，也不见有什么好。"总管说：

"万岁爷贵为天子，富有天下，只需要一道圣旨，令各省选女入宫侍奉，就算是西施，也能立即送到。"咸丰帝说："祖制不准采选汉女，怎么能由朕开先例？"总管又说："宫里应遵祖制，园内应该没有关系。"咸丰帝想了一会儿，便说："这件事应秘密办理，不宜声张。"某总管说声"遵旨"，等咸丰帝游览完，立即随驾回宫。

不到半年，各地已献入几十名汉女，送到在圆明园，分别居住各亭馆。个个体态纤盈，秀丽宜人。特别是那裙下的双脚，不盈三寸，为此金莲瘦削，越觉体态轻盈。咸丰帝得到许多美人，每天在园中游赏，巧遇艳阳天气，春色争妍，满眼的鬓光钗影，扑鼻的粉馥脂芳。酒不醉人人自醉，花不迷人人自迷。这群汉女中最得宠幸的有四人，咸丰帝赐她们芳名，为牡丹春、杏花春、武林春、海棠春。

牡丹春住在圆明园的东侧，宫院名为牡丹台，不久改名镂月开云；杏花春住在圆明园西室，宫院名为杏花村馆；武林春住在圆明园南边的池中，池上建有一座寝宫，天然佳妙，池名为武林春色；海棠春住在圆明园北面，宫院恰不是海棠名号，而是叫绮吟堂。咸丰帝的意思是，令四春佳丽分居四隅，绾住那一年春色，自己做护花使者。无奈宫中妃嫔多不胜数，久而久之，重门寂寂，夜漏迟迟，听隔院之笙歌，恼人情绪；看陌头之杨柳，倍触愁肠。由悲生怨，由怨生妒，酸风醋雾，迷漫全园。没想到四春夺宠时，正是太后弥留之日，咸丰帝入宫尽孝，好几天不到园内。接连又是太后崩逝，满朝忙了两三个月才办理好哭灵奉安的事情。咸丰帝颇尽孝思，百日以内不曾踏入园中一步。

从夏到秋，时日已多，哀思渐淡，才再入园中游幸。当时四春娘娘都已料知皇上将来园中游玩，于是都眼巴巴地在园中探望。偏这杏花春慧心独运，捷足先登，几天前贿赂了所有值园的宫监，叫他们留意迎驾。那些宫监得到好处，自然格外献功，咸丰帝还没入园门，狡猾的太监已先前去禀报。杏花春立即带领所有宫眷，到路口迎驾，远远地看见御驾徐徐过来，早已轻折柳腰，俯伏在地。当时因是太后丧期，妃嫔都遵照清制身着孝服，杏花春浅妆淡抹，越发显得云鬓乌黑，玉骨清风。咸丰帝一眼瞧过去，她如鹤立鸡群，分外夺目，多日不见，更令人心醉。忙龙行虎步地走过来，让她起来。杏花春珠喉婉转，先禀称臣妾迎驾，继而禀称臣妾谢恩，然后站起娇躯，让咸丰帝先行，自己率宫眷跟在后面。到了寝宫，又再次叩首请安。咸丰帝叫她不必多礼，并让她坐在一旁。这时候，杏花春自然提足精神，殷勤献媚，将咸丰帝笼住不放。流连到晚上，让皇帝留宿在杏花村馆。

第二天，咸丰帝特地下旨开群芳宴，传谕各宫妃子、贵人都到杏花村馆来。那时，六院三宫接奉圣谕，就算心中再不惬意，也只好联翩前来。园内的牡丹春、武林春、海棠春满肚子含着醋意，终究不敢不到。只有钮祜禄氏统领后宫，天子不能妄意召她前来，所以不曾与宴。还有一位那拉贵人，奉到谕旨后，竟叫宫监回奏，称因病不能赴宴。咸丰帝还以为她身怀六甲，便对她不加责备。谁知她是妒火中烧，别有心肠。当天，杏花村馆里群芳大集，"花为帐幄酒为友，云作屏风玉作堆"。说不尽的旖旎风光，描不完的温柔情态，咸丰帝至此，乐不可支。但天下没有不散的筵席，圆则易缺，满则易倾，咸丰帝的一生，也只有这场韵事，算是极乐的境遇了。

第二天早朝，咸丰帝忽然接到六百里加紧奏章，忙拆开一看，竟是荆州将军官文奏称武昌再次失守，巡抚陶恩培以下的所有官员大多殉难。咸丰帝不禁大惊失色。

士为知己者死

湖北巡抚陶恩培莅任两个月，因省城刚被收复，元气大损，兵民寥落，守备空虚，正忙着筹备防御工事。不料长毛大军又攻打过来，接连攻破汉口、汉阳，直达武昌。此前，由曾国藩苦心经营，部下个个拼死抗战，才得以杀败长毛军，夺回武汉。为什么长毛军这么快又入侵武昌呢？

原来，曾国藩在鄱阳战败后，内湖外江都被长毛军隔绝，长毛便分军趋向长江上游。湖北总督杨霈本有两万名兵勇，驻扎广济。当时正是咸丰四年除夕，营中置酒高会，还以为长毛兵聚集于九江，一时半会儿不会杀来，便想安安稳稳过了残腊，再作打算。正在欢饮的时候，营外忽然火焰四起。营兵急忙出营瞭望，那火势已经燎原，火光中跃出无数红巾，个个执着大刀，横着长枪，直向营内扑来。营兵醉眼模糊，以为是祝融肆虐，带来的火兵火卒，其实是长毛偷袭，纵火攻营，等到营兵反应过来，回到帐中向总督报告，哪还有人敢去抗敌？杨霈仓皇失措，吓得魂不附体，连逃跑都来不及，幸亏将官李士林拼命抗敌，在营前截住长毛兵，杨霈才得以从营后走脱。李士林本是个长毛兵出身，杨霈将他招降，恩礼相待，所以杨霈得到他的保护，保住一条性命。奔到汉口，暗料长毛必进军武汉，不如选个僻静之处，将就安身，于是杨霈找了个防敌北窜的借口，一口气跑到德安府，才停住脚步。

这时，长毛逆江而上，以迅雷不及掩耳之势，攻陷汉口，攻破汉阳，竟长驱直入武昌省城。巡抚陶恩培麾下只有两千名兵勇，连守城的人手都凑不足，哪里能出城堵截？等长毛军逼到城下，陶恩培只得勉强率司道等人登城固守，并派人到江西求援。曾国藩此时被长毛军截入鄱阳，不能展足，得知武昌危急，只得令外江水军统领俞晟带着几艘战船去援应，又保荐胡林翼为湖北臬司，并把六千名勇士交给他，让他抄小路赶赴武昌。水陆两军，连夜前进，在小河口、鹦鹉洲、白沙洲等处，被长毛军阻住。打了几仗，获得小小的胜利，谁知长毛军的另外一股势力径直扑向省城。陶抚台已困守多日，怎么禁得住长毛兵的大举进攻？一时迫不及防，竟被长毛军攻入。陶抚以下所有官吏，如知府多山、游击陶德焘等人都力战阵亡。胡林翼等人来不及援救武昌，只得扼守金口，收集溃卒，再谋收复武昌城。

廷旨升胡林翼为湖北巡抚，并令曾国藩分军赴援。曾国藩想放弃江西，援助湖北，但一时不能抉择，于是召集幕宾商议。湘乡生员刘蓉向来与曾国藩交好，曾国藩夸赞他为卧龙，此时站起来说："江西的形势是腹背受敌，我军孤悬于此地，如在瓮中，绝非万全之策。但眼下如果往援湖北坐弃江西，也不好办。我军一去，九江贼众必攻破南昌，上窜鄂岳，更加不得了。看来只有整顿水军，并接应陆军，近日内攻克九江，才能西援东剿。"曾国藩点头称是，随即令塔军门仍围攻九江，不可轻举妄动，自己驰抵南昌，添置船炮。

这时候，又传来饶州、广信两府城相继失陷的消息，曾国藩颇为惊慌。罗泽南当时正在营中，挥袖而起，愿前往剿贼。曾国藩于是调拨李续宾，令他们一同前往。几天后，得到广信的捷音，报称："罗、李两军接连攻克大水桥、陈家山，乘胜追剿，击毙长毛军首领，收复广信城。"曾国藩稍稍安心。

杨载福、彭玉麟因船炮还没有备齐，乞假回湖南，曾国藩应允。杨、彭二人刚去，九江陆军又来了一封紧急文书，报称："塔军门病殁了！"这位塔齐布军门是侍卫出身，从都司升到提督，战功显赫。鄱阳湖一战，水军陷入湖中，四面遇敌，几乎全军覆没，多亏他带领陆军截住岸上的长毛军，拼死相战才得以获胜，遥遥声援水军。那时鄱阳湖内的长毛兵大多前去救应陆兵，杨、彭诸将才得以收集残众，退扼上游。这回围攻九江，时已多日，塔军门愤激得不得了，以致心脏病突发，死于军中。曾国藩听到噩耗，没有时间哀悼，忙出城下船，率领水军向九江出发。途中遇到敌船，曾国藩一声号令，水军纷纷杀出。长毛见水军来势凶猛，立即退回。曾国藩无心追赶，径直赶到九江陆军营内，哭奠一番。得知塔军门的部下童添云前日阵亡，免不了也去祭奠一番。随后令几员将士护送丧车回籍，并令周凤山暂代塔齐布的职务，然后好言抚慰部众，叫他们继承塔公遗志。塔军门待部下有恩，与士卒同甘共苦，因此他虽然病殁，但军心不变。

曾国藩派出的水军初次得胜，没过多久便失利，退守青山。曾国藩忙赶过去安抚一番。部署已定，在赶回南康的途中得知义宁失陷，曾国藩正想调兵前往救援，忽然接到罗泽南的来信，知他已由广信赶过去，收复了义宁。信中还详细陈诉局势的利害关系，称："东南大势在武昌，得到武昌便可以控制江皖，江西也得到屏蔽。如果仍是驻守江西，与贼军搏战，于大局无益，请让我率领我的部下，径直出湖北，收复武昌，再引军东下，攻取扭转局势的关键之地，然后会合水陆各军，合力进攻湖口，截住上游和下游的敌船，这样才能肃清江西。"曾国藩信服他的言论，但因江西三面环敌，塔军门已死，杨、彭还没到来，一旦发生紧急情况，无人可供调遣，所以迟迟没有答复。

罗泽南等了几天，不见回应，于是赶到南康，当面陈述局势的紧迫。曾国藩批准他的提议，并另外派给他五千名精卒。刘蓉进帐问道："大帅麾下只有塔、罗两员得力大将，塔公已亡，又令罗公远行，将来出了紧急情况还有谁可供调遣？"曾国藩说："我也晓得这个苦境，但为东南大局着想，不得不这样。如果罗军能迅速收复武昌，自可回救江西。"刘蓉说："照此说来，罗公是不能不去。刘某不才，愿随罗公一同前往，做他的助臂！"正说着，罗泽南已前来辞行，曾国藩立即派刘蓉一同前去。罗泽南说："能得到刘君的帮助，我还有什么可说！但九江一带的陆军，只宜坚守，不宜屡攻，愿明公转告诸将。"曾国藩说："敬听忠告。"罗泽南起程，曾国藩亲自送出城外，握手告别，犹有不舍之状，曾国藩说："罗山此去，为国立功，不负大丈夫的壮志。你我后会有期！"罗泽南说："不收复武昌，誓不见公！"曾国藩听到这话，不觉有些惆怅，但号令已出，不好收回，便叹息而别。郭嵩焘又送了一程，到柴桑村，罗泽南请郭嵩焘回去，郭嵩焘说："曾帅坐困江西，君去后若有状况，元帅定无法前去支援，这可怎么办？"罗泽南说："曾公所统帅的水军，幸好能够自保，只求曾公在这里一切安好，我们便没有什么好害怕的了。俗语说得好：'谋事在人，成事在天。'天若不亡清朝，我是不会死的。"随即与郭嵩焘揖别，到义宁会合部卒，然后向西进发。

沿途不断接到探报，杨载福，彭玉麟二将已率领湘抚骆秉章招募的水军，赴鄂助剿，鄂署抚胡林翼已自金口进军武昌。罗泽南颇为欣喜，于是兵分三路，自己率中营，李续宾率领左营，刘蓉率领右营，火速赶往湖北，一战攻克通城，再战攻克崇阳，进而拔下蒲圻，并收复咸宁。

此时，胡林翼军自汉阳败退，渡江南下，与罗泽南会合。胡林翼说："长毛军厉害得很，我屡次攻打武昌，都没能将武昌城拿下，转攻汉阳，又几乎陷落贼中，幸好鲍春霆都司划船相救，我才得以免祸，看来长毛还不易灭除啊！"罗泽南说："鲍都司不正是鲍超吗？他是四川奉节县人，曾隶属塔军门部下，后由曾帅提拔为哨官，在洞庭湖随军作战时他异常骁勇，的确是一员猛将，将来必立奇功！"胡林翼说："罗山兄所见，与弟相同。"罗泽南说："现在德安一路，消息怎么样？"胡林翼说："以前杨霈制军回屯德安，想派我驻扎汉川，截住向北进军的贼人。罗山兄，试想武汉为长江咽喉，武汉不收复，贼将四出，哪里还能堵截得住？我便据理力争，多亏皇上依从愚见，所以我才在此地与贼军相持。不料杨制军舍弃德安，直奔枣阳，真是胆小得很。现在朝廷改任荆州将军官文为湖广总督，西凌阿为钦差大臣，进攻德安，战事比之前稍有起色了。"正谈论时，探子忽然来报，翼王石达开率数万长毛兵即将攻到蒲圻城下。罗泽南起身说："蒲圻刚被收复，又来了悍寇，真是不得了。罗某先去杀他一阵再说！"胡林翼说："君做前驱，我为后应，一定能够杀退此贼，还可以合攻武汉。"于是罗泽南在前，胡林翼在后，两军赶到蒲圻，正遇到石达开的前锋。罗泽南奋勇向前，英风锐气，一口气杀掉一千多人。长毛军的前队散去，后队继续跟上。胡军也赶过来，接应罗军。两边酣斗，直杀得天昏地暗，鬼哭神愁，石达开才麾众退去。

罗、胡收军入城，第二天派人打探消息，得知石达开已驰入江西。罗泽南着急了："贼去江西，曾帅越加危急，看来我军只能急攻武昌，只有攻克武昌，我军才可以回援江西！"胡林翼也这么想，于是合军直趋武昌，分屯城东洪山及城南五里墩。

当时，钦差大臣西凌阿因没能将德安收复，朝廷下旨将他革职，另让官文代任督师。官文接连攻破德安、汉川，进军汉阳。长毛军坚守武汉，罗军屡次进攻都没能将武汉拿下，而江西的警报也一日紧过一日，罗泽南悲愤至极，誓死攻城。长毛也不甘心退让，每天晚上派悍卒出城偷袭清营。罗泽南设好多处埋伏，将敌兵引诱进来后，伏兵突然四起，将长毛兵围住。长毛兵拼命突围。自咸丰六年正月至二月，大小一百多次奋战，罗军虽胜多败少，但总不能扑入城中。

三月初，忽然有大星陨落西北。早晨，大雾漫天，长毛蜂拥出城，与罗军决一死战。这场阵仗不同于往日，那些长毛兵都是舍了命，前来猛扑，险些把罗军杀退。罗军大多是乡里的子弟，重情重义，不肯轻易放弃，总算还抵挡得住长毛兵的猛攻。罗泽南执旗指挥，管他枪林弹雨，总是不退一步。无奈枪弹无情，射中左额，血流不止，罗泽南忍痛收军，长毛也退入城内。

胡林翼听说罗泽南受伤，忙来探望，起初见罗泽南还能支持，到三月八日，竟病得无法起床，汗如雨下，胡林翼入帐探病，泪流不止。罗泽南张开眼睛，见胡林翼在床边，便握住胡林翼的手，说："武汉没能拿下，江西又十分危急，不能两顾，真是可恨。我死不足惜，我的弟子续宾可以继承我的志向，愿公多多提携他，速灭此贼！"胡林翼点头，罗泽南瞑目而逝。罗泽南已有布政使的职衔，胡林翼上奏详陈。朝廷下旨将罗泽南按照巡抚阵亡的待遇抚恤，并赐祭葬，予谥忠节。

胡林翼随即令李续宾代罗泽南之职统领罗军，仍驻扎洪山，林翼也仍驻扎五里墩。不巧，江西乞援的文书连夜投递到军营，胡林翼不得已，只好派四千名士兵前往支援。援军还没到，江西省大半已陷入混乱。先是太平天国翼王石达开攻入安徽省城，既而秦日纲又攻破庐州，击毙江忠源，安徽全省几乎尽入长毛军手中。石达开接着率众入侵湖北，被胡、罗二军击退，转入江西，连破义宁、新昌、瑞州、临江各城。广东土寇也侵入江西边境，攻陷安福、分宜、万载等县，勾结长毛军，合军扑向袁州，南昌戒严。

曾国藩命令周凤山军为九江解围，回驻樟树镇，保护省会。此时，江西的陆军只有周凤山一支人马，水军统将都在湖北助剿。曾国藩危急万分，只有令两湖的军队班师回援。无奈远水难救近火，一时总盼不到援军。忽然有一人衣着褴褛，跨步走入曾营。营卒正要去通报，他却迫不及待，径直入帐见曾国藩。曾国藩一瞧，正是彭玉麟，不禁大喜，说道："雪琴来得正好！"雪琴是彭玉麟的表字。彭玉麟答称：

"因江西紧急，所以我徒步来此，七百里路，走了两天多，今天才到。"曾国藩叹道："你真是我的好兄弟！"随即派他率领水军，赴临江县扼剿长毛兵。

正调兵遣将，周凤山在樟树镇战败的消息传入军营。曾国藩忙从南康赶往南昌，协助守城。无奈吉安府、抚州府又陆续失守，江西七府一州五十多个县都已经陷没。

江西的警报遍达两湖，湖北巡抚胡林翼派遣四千名士兵赶往湖南，巡抚骆秉章也派刘长佑和萧启江分道赴援，曾国藩的弟弟曾国华又招募数千名兵勇，接连攻克新昌、上高各城，直抵瑞州。曾国藩忙派李元度、刘于浔、黄虎臣分头接应。于是，江西与两湖渐渐相通，军务有所起色。谁知江南大营竟于咸丰六年五月间大败，向荣忧虑而死，洪天王气焰骤涨一倍。

太平天国内讧

江南大营归钦差大臣向荣统辖，张国梁为辅臣。自咸丰三年起，江南大营驻扎南京城外的孝陵卫，与江北大营互为掎角。江北大营的统帅琦善本是个没用的人，围攻扬州一年多，毫无功效，兵饷却用了不少。朝廷降旨遣责琦善，叫他即日攻破城池，歼除盗贼，不得再让扬州城的长毛兵四处滋事。洪秀全刚派丞相赖汉英前去支援扬州，结果被副都统萨炳阿打败。琦善因打了胜仗有些骄傲，暗自以为扬州城的长毛军不久就会全军覆没，哪知赖汉英竟转攻瓜洲。扬州的长毛军得知瓜洲陷落，便率全军冲出扬州城，会合赖汉英占据瓜洲。琦善只得到一个空城，朝廷下旨遣责琦善剿贼不力，革职自赎。琦善异常惶急，令总兵瞿腾龙进剿瓜洲，瞿腾龙阵亡。警报传到扬州，急得琦善突发疾病，几个月后一命呜呼。

江宁将军托明阿奉旨代琦善之职。托明阿的才识与琦善差不多，只在浦口一战获得胜仗，还多亏向荣派兵协助他夹攻长毛兵。此后他拥兵自固，毫无进取，因此江北大营远不及江南大营有威望。向荣、张国梁虽然有些智勇，并发誓收复金陵，但因金陵城大而坚固，洪、杨又将它作为根据地，全城都由精锐固守，向、张二人率军围攻金陵城两三年，洪、杨二人仍旧负隅顽抗；并且派部众四处骚扰，牵制官兵。向荣不能坐视不救，只得分兵援应。所以清军转战多年，始终没有一点成效。

此时，上海一带的土匪蜂拥而起，他们占据县城，并与长毛军勾结。江苏巡抚吉尔杭阿，督带总兵虎嵩林等人水陆并进，收复上海，转攻镇江。镇江已由提督余万青奉向大臣的檄令，率一万多名士兵攻打了几个月。吉抚军到来后，仍是没有办法攻克镇江。转眼之间又是一年过去了。镇江的长毛军与瓜洲的长毛军不但盘踞如故，而且双方联合，气焰越来越高涨。

不久，扬州失守。朝廷下旨，将托明阿革职，令都统德兴阿继任。德兴阿突然受此重任，格外效力，亲自到扬州城西北督兵转战，将士猛扑城头，以一当十，以十当百。任你长毛兵再怎么凶悍，此时也只能抱着头，弃城出走。扬州城算是再次被攻克，可镇江、瓜洲两地仍然没有被拿下。苏抚吉尔杭踌躇再三，想出一条釜底抽薪的计策，想去截断长毛军的粮道。当下与知府刘存厚商议说："野战不如扼要脉，攻坚不如断粮道，这是军法上最重要的秘诀。我听说贼寇运粮时必须经过高资，高资一被我军截断，贼寇自然就穷蹙了，这样不但可以立即收复镇江、瓜洲，就是金陵的逆首也只能束手受擒。老兄意下如何？"刘存厚说："抚帅所言确是妙策，卑职十分赞成。"苏抚说："我想截断敌军的粮道，敌军怎么会不防着此招，必须挑个坚忍能耐的人担当此重任！"刘存厚慨然起身说："卑职愿去！"苏抚说："老兄肯去当然最好。万一有事，兄弟我定来救应！"刘存厚立即辞别苏抚，带领知县松寿和盐大使张翊国，飞驰而去。

粮道是全军的性命，长毛得知刘存厚前往阻隔，哪有不出兵力争的道理？刘存厚到了高资，便在烟墩山倚冈为寨，扎下品字式三个营盘。过了一天，已有数千名镇江长毛兵前来扑营，被刘存厚击退。两天后，又有无数长毛兵到来，竟是金陵派来的精锐，争相向烟墩山扑来。刘存厚此时明知众寡悬殊，不是对手，只因奉命到此，早把生死置之度外。长毛兵拼命攻扑，刘存厚拼命抵御，炮声震地，烟雾弥漫。奋战了两三个时辰，忽然兵卒来报，松寿和张国翊都已阵亡，三营中失去两营，刘存厚不由得一阵心惊，只得收兵入寨，守住孤营，专等援应。

这消息传到苏抚军中，苏抚立即率兵前往。将到高资时，远远地看见黄旗红巾插得满山都是，连刘营都望不清楚，手下各将领都已面无血色。苏抚正要杀入，有一部将拦住他说："贼为护粮而来，粮草关系他们的生死，他们怎么肯轻易退去？何况我军不过一万多人，兵力悬殊太大，看来不如退守。"苏抚慨然说："我深受国恩，怎么能贪生怕死？今

280

天如果一战而胜，贼粮可断，逆穴可平，上解天子的忧思，下解百姓的疾苦。万一失败，我愿捐躯报答皇上的知遇之恩。何况我与刘知府曾约好互为援应，怎么可以失信？"说完，立即当先冲入，众将也不得不跟随前往，前驰后骤，竟将长毛兵冲倒数百名，劈开一条血路，直入刘存厚军营。长毛兵见苏抚入内，霎时四面围攻，百炮齐鸣，千弹并发。苏抚听到枪炮声，忙登高四望，想找出长毛兵阵势较弱的地方，以便突围。突然听到"哧"的一声，忙睁大眼睛瞧着。忽然一粒滚圆的炮子飞来，撞着脑袋，如石击卵，顿时鲜血直流，痛极倒地。众军见主帅战死，都异常惊骇。长毛军立即一拥而进，杀的杀，劈的劈。军士见长毛兵汹涌而来，都逃命要紧。有几百名士兵跟着刘存厚左右冲杀，想护着苏抚的尸身突出重围，无奈长毛兵包围得紧，杀一重，又一重，刘存厚力竭气喘，大吼一声而亡。吉、刘两人都已殉难，围攻镇江的余万青也立不住脚，自然撤围，长毛军再次四处滋扰。

钦差大臣向荣立即令张国梁驰剿。张国梁是江南大营的支柱，自围攻金陵后，转战中他没有松懈过一刻，金陵悍卒屡次出城滋事，都被他杀退；各处危急，只要得到张国梁驰救，也无不解除。此时，张国梁刚收复了江浦，渡江回营，接到向大臣的命令后，来不及休息，立即率兵前往剿贼。到丁卯桥遇到长毛兵，张国梁的军队一举将他们荡平。进军到五峰口，又杀掉几百名长毛兵。再进军到九华山，见山上驻扎了较多的长毛兵，他便偃旗息鼓，假装撤退。到了晚上，他却麾兵上前，踏平好几座敌营。这一股英风锐气足以扫掉千人。

长毛军打不过张国梁，都窜回金陵。张国梁正尾追西归时，远远地望见大营起火，营内的兵勇狼狈奔来。张国梁料知营中遭遇变故，忙加鞭急行。到了孝陵卫不见大营，只见遍地是火，长毛兵正杀得高兴，仗火肆威。当下不知向公的下落，张国梁便专向长毛兵多的地方挥刀直入，左冲右荡，仍找不到向大帅。忽然见东南角上，火光荧荧，现出向字旗帜，张国梁忙奋勇杀过去。那长毛兵聚拢过来，他却不管三七二十一，仗着一柄大刀，东劈西削，所向披靡。杀了好一会儿，才逼近向字旗，见向帅正危急万分，急忙大呼："国梁在此，保大帅突出重围！"向荣见张国梁赶来，精神为之一振，众将士也立即变怯为勇，拼命跟在张国梁身后突出重围。长毛军也不敢追赶，由着张国梁掩护向公，自淳化镇退到丹阳。这次江南大营失陷，是因向大臣将兵力分派出去造成大营兵寡将单，镇江长毛军与金陵长毛军窥破向营的情形，于是互约夹攻，前后纵火，使向军腹背受敌，以致向营溃败。

向荣到丹阳后，环城固守，长毛军分路逼围，重营叠垒，来势凶猛。向荣忧愤成疾，张国梁收集散卒，激励将士，开城再战，连破长毛军营寨，斩掉数千人的首级，丹阳才转危为安。只是向荣一病不起，临危时，将军事交付给张国梁，并嘱咐他："你的才能足以剿灭贼人，我死而无憾！"张国梁垂泪受命，忽然向荣自床上跃起说："终负国恩！"说完便撒手归西。江南提督和春奉旨代替向荣督师，张国梁则升任提督，帮着处理军务，人心稍微安定。

洪秀全听说江南大营被击退，向荣已死，自以为强盛无比，更加骄淫。杨秀清手握大权，至此也更是恣意妄为，每天掠夺佳丽，轮班入侍，可怜三吴的好女子，被这杨贼糟蹋无数。民女自是愤恨不已，千方百计想除灭洪、杨二贼，无奈屡屡受挫，遭极刑而死。

杨秀清一想，民女多半是靠不住的，只有天妹洪宣娇向来与他交好，不如娶她过来。刚巧杨秀清的妻子过世，他便娶天妹做了继室，天妹倒也愿意与他成亲。但杨秀清本有许多姬妾，自从洪宣娇娶入府中，这些姬妾都成了有丈夫的寡妇，长夜绵绵，寂寞难耐。恰好东府承宣陈宗扬生得一表人才，面如宋玉，惹得这群妃嫔都想要他来代替杨秀清。陈宗扬没有分身法儿，久而久之，自然闹出事来。

杨秀清下令，斩杀陈宗扬。陈宗扬是韦昌辉妻子的弟弟，韦昌辉当时在江西，听到这个消息后，暗暗怀恨杨秀清。此时，杨秀清的恣意妄为也终于激怒了洪秀全，洪秀全降下密旨，召韦昌辉回南京。韦昌辉率部众回来，杨秀清不让他入城。韦昌辉再三恳请，愿将部下留在城外，自己只带几十名随从入城，杨秀清这才让他进来。韦昌辉入宫见洪秀全，洪秀全装出一副怒气冲天的样子，说："现在天国的军权归东王执掌，你又不是不知道？东王没有要你回来，你怎么能擅自回来？快去东王府请罪！东王如果肯饶你，你最好赶紧回到你该待的地方！"说完，暗暗垂泪。韦昌辉偷偷瞧见后，料知天王一定被人胁迫，只是不便明告，随即辞别天王，前往东王府请求东王赦免。杨秀清立即让他进来，韦昌辉恳请杨秀清在天王的面前替他多说几句好话。杨秀清说："弟弟的事情我定会代劳，但我将在八月份的寿辰时进称万岁，弟弟知道吗？"韦昌辉说："四兄勋高望重，无人可比，早就该明正位号。不过弟弟在外征妖，不敢公开请示！"说完，便跪下叩称万岁，并令随从各员也跪称万岁。杨秀清大喜，令立即赐宴，犒饮韦昌辉以及他的所有将士。韦昌辉入席后，起初还是极力趋承，等到杨秀清微醉时，他便站起来说："天王有令，杨秀清谋逆不轨，应立即诛杀！"杨秀清听到后正想躲避，韦昌辉的从员已一拥而上，将他砍死。众人拥入内室，将他的子女侍妾一一斩杀，只剩下天妹洪宣娇，被韦昌辉带入北王府。韦昌辉随后报知天王。

不料，东王的余党率众人猛攻北王府。韦昌辉忙开城召入部众，与东王党拼杀起来。两边杀得昏天暗地，将护城河都染红了。忽然，翼王石达开自江西赶回来，燕王秦日纲也自安徽赶回来，两人都奉天王的密旨回京平内乱。入城后，得知杨秀清已被韦昌辉杀死，两军鏖战不休，于是想在中间调停。韦昌辉不服，定要杀尽东王的余党，当下惹恼了石达开。石达开大声说："你已经杀掉东王，可以就此罢手，为什么还要灭他的家族？你都已经灭掉他的家族，却还要灭除他的余党，我天国不会因东王而亡，恐怕要因你而亡了！"韦昌辉不回答，石达开愤愤而出。

当晚翼王、燕王两府都被韦昌辉的手下团团围住。秦日纲出去询问缘由，结果被杀。翼王府内全家被害，只有石达开一人不知怎么察觉到了，竟逃出城去，并纠合部众打算报仇。韦昌辉去禀报洪秀全，洪秀全不禁失声说道："你不听达开的话就算了，如今还将他全家人都杀死，以后不要怪他不肯罢休！"韦昌辉默然，竟目中无人地走出宫去，然后率部众围攻天王府。天王的兄弟洪仁发、洪仁达，暗中与东王党讲和，一同反攻韦昌辉。韦昌辉败走，东王党趁势杀入北王府，见一个，杀一个，不仅韦昌辉的妻妾都做了刀头之鬼，就是洪宣娇的玉骨也被众人剁成肉泥。韦昌辉出城时，手下只剩下几十人，渡江到清江浦，又遇到在外作战的东王党。东王党把他擒住，然后将他押送江宁。洪秀全下令立即将韦昌辉磔死，然后把首级送给石达开，好言劝慰石达开，让他回来。

石达开的怨愤稍微宣泄后，返回江宁，众人推举他辅理朝政。没想到洪秀全心怀疑忌，生怕石达开如韦、杨二人一般，仁发、仁达又与石达开意见不合，石达开于是辞别天王，出城离去。这次杨秀清谋逆，还是钱军师给洪秀全出的计策，让他密召韦、石，利用他们来制伏杨秀清。后来钱江见韦、杨内讧，便不辞而别。从此，洪秀全失去一个谋士，内外政事都由洪仁发、洪仁达主持，朝政越加纷乱。

当时，曾国藩坐困江西，得到两湖的援军，随即攻克南康，曾国华也收复瑞州。李元度、刘于淳诸将也攻取宜黄、崇仁、新淦等县，江西的军务渐有起色。恰逢官文拔下汉阳城，击毙长毛军的钟丞相、刘指挥。

胡林翼拔下武昌城，生擒长毛军检点古文新等十四人，武汉三失三复。湘军乘胜收复黄州、兴国、蕲州、蕲水、广济等处，仅用十天时间，肃清湖北。于是杨载福率领四百余艘船舰的水军，李续宾率领八千多人的陆军，沿江东下，屡战屡胜，直达九江。

曾国藩在南昌得到消息后，亲自赶赴九江慰劳军队，途中又得知萧启江、刘长佑二军夺得袁州，弟弟曾国荃也组成吉字军，在萍乡会合周凤山军，然后攻取安福。喜信接踵而来，曾国藩精神大好。到了九江，只见水陆两军声势浩大，杨、李两统领都迎上前来拜谒。这位奔走仓皇的曾大帅不禁笑逐颜开，握着杨、李两将的手，慰劳他们一番，并传见水陆将卒，一一慰谕，又拿出饷银分犒兵士。三湘豪杰、七泽健儿个个欢腾，都想立即踏平九江城。无奈攻打了一个多月，九江城仍是岿然不动。转眼已是咸丰七年，曾国藩在营中度过除夕，过了正月，正打算转往瑞州，忽然从湘乡发来讣闻，竟是曾国藩之父竹亭封翁寿终。曾国藩大哭一场，立即回家奔丧。瑞州的曾国华、吉安的曾国荃也先后驰归，回家守孝去了。

曾国藩回家后，朝廷决议让他戴孝处理军务，曾国藩坚持恳请为父亲守孝三年。朝廷于是下旨令总兵杨载福、道员彭玉麟统领兵勇继续攻打九江的长毛军，并令两湖巡抚派陆军赴江西助剿。

广东省的风波

湖北巡抚胡林翼接到朝廷的命令后，便让李续宾赶赴瑞州助剿，胡文翼赶赴吉安助剿。湖南巡抚骆秉章也派江忠义、王鑫赶赴临江。此时吉安、临江两个地方还在长毛军手中。临江方面，刘长佑、萧启江进攻多时，却仍是没有一点起色。吉安方面，自曾国荃离开后，诸将各执己见，互不相容。不久，江西巡抚文俊被罢免，耆龄继任巡抚。耆龄深恐临江失守，便一面调王鑫到吉安，一面奏请朝廷起用曾国荃，让曾国荃仍统领吉安军。王鑫刚到吉安，石达开的前锋也正好到了，当下两军交战一场，互有胜负。王鑫颇有才名，向来以安邦定国为己命，此时与另外一股长毛兵交战许多天，不但没有得到一点儿便宜，反而损失了几百名军士，心中自是怏怏不乐，最后忧愤成病，整天躺在床上呻吟。忽然探子来报，石达开率军前来。军中大为惊愕，慌忙禀知王鑫。王鑫急得冷汗直流，霎时口吐白沫，竟到阎罗殿报到去了。多亏曾国荃赶回来，军心才稍稍安定。

曾国荃立即率军迎击石达开。石达开因韦、杨内讧，一气之下孤军出走，此时正悲愤得不得了，哪儿还有什么心思恋战？到达吉安后，见曾国荃军容严整，他竟不战而去。先到的长毛军，因后队无故退回，自然也跟着退走，走得稍慢的长毛兵被曾国荃追上，杀死好几百名。曾国荃军因长毛军远去，仍回军围攻吉安。

这时杨载福、彭玉麟二将围攻九江已将近一年，守城悍将林启荣屡次出兵，都被杨、彭击败。他却一意固守城池，始终不懈，杨、彭二将倒也无计可施。且因外江内湖的水军被阻隔三年，到现在仍然不能互相援应，所以九江一直没能被拿下。杨、彭商议多日，最后议定力攻石钟山。石钟山是一个重要隘口，长毛兵分布得密密层层，成为九江城的屏障，所以湘军内外隔绝。杨、彭二人孤军奋战于九江城下，左边要防着九江，右边要防着石钟山，两面兼顾，束手束脚。于是两人决意攻取石钟山，先秘密派人暗约内湖的水军里应外合，又与陆军统领李续宾商定策略，令他依计行事。

发兵这一天，内湖水军先冒死冲出湖口，依山列阵。长毛军的将领没有一天不防着他们出来，自然率众围堵。但长毛军中也有能人，他们既担心杨、彭夹攻，又担心李续宾舍陆登舟，前来接应。随后探知李续宾早已拔营，前往宿、太等地方，长毛军便全力抵御两面水军。

杨、彭二将得知内湖水军已出湖口，忙将战船分作两翼，鼓棹疾进。那时山上、山下的长毛军已分头抗敌。这里正击楫渡江，那边已打得难分难解。两军对垒，都把性命丢到云外，恶狠狠地搏战，自中午到日落，足足斗了四五个时辰，喊杀之声，不绝于耳。一直打到明月当空，两军高举火把，继续交战，你不让，我不走，直杀到天愁地惨，鬼哭狼嚎。猛然见到山上火光冲天，不久照彻江中，映着水波，好像一条火龙翻腾出没，顷刻间烟焰迷腾，满江一片赤色。长毛兵都惊愕得不知所措，回望山顶，恍如一座火焰山突然矗立在江面上，长毛兵即便浑身是胆，到此也不寒而栗。湘军趁这机会，把长毛军杀了个落花流水，如摧枯拉朽般，不到天明，已夺得八十九艘战舰、一千二百尊炮，杀死长毛军一万多人。外江内湖的水军合而为一。

这一场恶战，如果不是李续宾制造赶赴宿、太的假象，然后乘夜渡江，绕到石钟山后面，登山纵火，水军未必能大获全胜。杨、彭到天明收军，检点部下，死了两成、伤了三成，这真是一场用性命换来的胜利。后来曾国藩将战事据实上奏，朝廷下旨在石钟山上建昭忠祠。

湖口被攻克后，下游六十里，就是彭泽县。彭泽县南边有个小孤山，挺立在江中。长毛军将领赖汉英据城扼守，已死守四年。杨载福与李续宾合军趁胜进军，攻占彭泽城。彭玉麟也率部众进攻小孤山，夺山破城，恰巧是同一天，只不过晚了几个小时。赖汉英逃到江岸时，山上、水边都已悬着彭字大旗，此时除了易服潜逃，还有什么办法？杨、彭、李连拔要隘之后，扫清九江上下游的敌垒，然后全力攻取九江。

这时候，和春与张国梁在丹阳会合，进攻江宁属县，攻克句容、溧水等城，逼近镇江。镇江是金陵的掎角，之前余万青、吉尔杭阿二人久围无功，都因金陵屡次出兵援助镇江的长毛军，所以失利。这次张国梁攻打镇江，仍用吉尔杭阿的旧方法，亲自率兵前往高资，扼住敌众的粮道。长毛军屡次来争，张国梁竭力抵御。长毛战一仗，败一仗，连败四次，才不敢和张国梁军相抗，只得扼守运河的北岸，筑垒抵御。

张国梁也不去硬夺，经过几天的养精蓄锐后，密约总兵虎嵩林、刘季三、余万青、李若珠四人合力攻城。镇江长毛军因之前多次取得胜利不免有些骄傲轻敌，对清军没怎么防备。等四总兵一起杀到，如狂风骤雨般撼动城墙，如龙腾虎跃般惊得风云变色，长毛大将不禁大惊失色，急忙率众堵御，开炮掷石，忙个不停。无奈顾了东边顾不到西边，顾了西边又顾不到东边。正走投无路时，那赫赫威名的张军门大旗也乘风飘到。长毛军望见旗号，更加胆怯，城外的清兵偏格外起劲，城墙也似乎惊骇于他们的威猛，竟一块一块地塌下来。清兵立即轰破城墙，杀入城去，杀死了几千名长毛兵，只是找不到长毛军首领吴知孝。追到江边，也没有他的踪迹，料想他是逃远了。

张国梁收复镇江城，德兴阿也攻克瓜洲。南北传来捷报，和春、张国梁仍向江宁进军，又组成一个江南大营。事有凑巧，江西的临江府也被湖南派来的援军一举攻入。刘长佐积劳成疾，乞假暂归，朝廷令知府刘坤一继任，与萧启江一同前往抚州。江西已被平定大半，眼看着九江一带也将平定。

没想到，内乱刚有转机，外患又逼来。广东省中又闹出一场极大的风波来。引起这场风波的罪魁祸首就是和事老耆英。英商入城一事，经粤督徐广缙单舸退敌后，英使文翰便不再说入城的事儿，广东自此安宁了几年。长毛军倡乱时，广东也不曾遭遇兵革，只是徐广缙调任湖广后，巡抚叶名琛升为总督，恰逢英政府召回文翰，改派包冷来华。包冷又重提英商人城一事，叶名琛不答应，包冷屡次纠缠，叶名琛一概不理。有时英使咨询别的事情，他也束之高阁。清廷因广东多年无事，还以为他坐镇雍容，定有雄才大略，授他为体仁阁大学士，留任广东。叶名琛也大言自负。

咸丰六年，英政府任命巴夏礼为广东领事。巴夏礼又来申请入城，叶名琛仍用老法子，一字不答。巴夏礼向来自负，竟日夜寻衅，图谋攻打广东。冤冤相凑，海外来了一只洋船，悬挂着英国的旗帜，船内却都是中国人。巡河的水军错疑是汉奸托英国保护，便登船搜索，拔弃英国的旗帜，并将十三名水手全部锁住，押解入省，上报抓获汉奸。叶名琛也不辨真假，令知县将犯人收禁。忽然巴夏礼发来一封照会，叶名琛有意无意地接过一瞧，内称："贵省水军无故搜查我亚罗船，实属无理。水手不是中国的逃犯，即使他们得罪中国，也应由华官写了官文后办理移交，贵省的水军不得擅自将人带走。而毁弃我国国旗，有侮辱我国的嫌疑。"叶名琛看完后，说："我还以为什么大事，他无非想索回水手，唠唠叨叨地说了这么多，谁有时间与他计较？"随即召入巡捕，叫他通知知县，将十三名水手送还英领事衙门。

不料第二天早晨，知县禀见，报称："昨天派典史送英船水手回去，英领事拒不见面，只由翻译人员传话说这都是水军的过错，得由水军去赔礼道歉。"叶名琛说："不必理他，你还是把水手监禁起来。"知县唯唯而退。

不到三天，水军统领派人飞报叶名琛，说英舰已向黄埔炮台发起进攻。叶名琛说："我并没有招惹英国人，为什么他们要攻打我们的炮台？"正惊讶时，雷州府知府蒋音印前来求见，叶名琛将他传入署中后也不细问他到省的缘故，便给他讲英领事瞎闹的情形。蒋知府说："据卑府看来，还是到英领事处问明启衅的缘由，再作打算。"叶名琛说："老兄说的对，那就有劳老兄去走一趟。"蒋知府不好推辞，就去拜会英领事。见面时，英水军提督也在座。蒋知府受总督之命，问他们为什么寻衅。他们回答说："谣言使两国屡次失去和好的机会，请知府回去告诉总督，我们需要入城面谈。"蒋知府回去禀报叶名琛，叶名琛说："前督徐制军已与英使定下约定，英国人不得入城，这事怎么能通融呢？"蒋知府不敢多言，当即退出。巴夏礼又来询问入城面谈的日期，叶名琛以入城不便为由谢绝来使。巴夏礼再次要求入城相见，叶名

287

琛不再答复。于是巴夏礼召集英兵，由水军提督率领，向省城发起进攻，只听一片炮声，震天动地。叶名琛并不急着调兵守城，口中只是念着吕洞宾的箴言宝训。

巡抚柏贵、藩司江国霖急忙赶来，问他退敌的计策。叶名琛回答："不要紧！英国人入城，我们可以据约力争，怕他干嘛？"柏贵说："恐怕英国人会不讲道理。"叶名琛问道："共有多少英国人？"柏贵回答："听说有一千左右。"叶名琛微笑着说："才一千多人，能成什么事！现在城内的兵民差不多有几十万，十个打一个，还是我们的兵民多。中丞没有听说过单舸赴盟的徐制军吗？英使文翰见到几万人，便知难而退，况且现在城内有几十万兵民，英国人如果真的入城，自然也会退去。"话还没说完，猛然听到一声怪响，接连又是几声，柏、江两人都吓得跟什么似的，军卒从外面奔进来，报称城墙被轰坍数丈，柏贵等人起身想走，叶名琛仍端坐不动。柏贵忍不住，便问道："城墙被轰坍数丈，英国兵要入城了，这下怎么办啊？"叶名琛假装没听到，柏江随即退出。

当天晚上，有几名英国人入城，到督抚衙门求见，都被谢绝，英国人出城而去。叶名琛听说英国人退出广东城，很是欣慰。忽然军卒来报，城外火光冲天，照耀百里。叶名琛说："城外失火，与城内有什么关系？"半天后，柏巡抚又来，说："城外的兵勇发生暴动，将外国人的商馆及十三家洋行全部毁掉，只怕将来我们和英国人会有更多的交涉！"叶名琛夸道："好兵！好兵！驱除英国人全靠这些兵民！"柏巡抚说："听说法兰西、美利坚商馆也被烧了。"叶名琛说："都是外国人，管他什么法不法美不美？"柏巡抚又撞了一鼻子灰，只得退出。

当时已是咸丰六年冬天，不觉间又到了残腊，各署照例停办公务。叶名琛闲着无聊，请柏、江二人来聊天。二人立即赴邀，进来后三人分宾主坐下。叶名琛开口说："光阴似箭，又是一年。听说长江一带，长毛军的声势减退不少，但百姓已是困苦得很，只有广东还算平安，就是英国人作乱了一次，也没有什么损失，当时两位都着急得很，兄弟却晓得事情不要紧呢。"柏巡抚说："中堂真有先见之明。"叶名琛捋须笑道："不瞒二位，我家数代信奉吕洞宾先祖，现在署内仍供奉他的灵像。兄弟当天曾在吕祖面前占卜，请求吕祖提示凶兆，占卜后得知洋人即将退兵，所以兄弟才那么镇定呢！"柏巡抚叹道："吕祖真是灵得很！"叶名琛说："这都是皇上洪福齐天，百神效灵。听说本年刚出生的皇子，是西宫懿嫔所生。现在懿嫔已晋封为懿妃，懿妃向来聪明机敏，有其母必有其子，

288

新皇子将来定也不弱。看来我朝正是中兴气象，区区内乱外患不足为虑。"随即谈了一会儿属员的事情，什么人仍任旧职，什么人应离任，足足两个时辰才辞客。

刚才叶名琛所说的懿妃，是什么人？原来她就是那拉氏。那拉氏受封为贵人后，深得咸丰帝的欢心。天公作美，她第一次分娩，生下一个女孩儿，第二次分娩，竟生下一位皇儿，取名载淳。咸丰帝当时正愁没有继承人，得到这个儿子后，自然喜出望外，接连加封那拉氏，初封懿嫔，后来又晋封懿妃，离皇后只差一级了。这是咸丰六年的事情。

话说回来，英领事巴夏礼攻入广州后，仍不得志，便写信给英国政府，请求派兵决战。英国的上下议院磋商定议，先派特使到中国重定盟约，索要赔款，如果中国不答应，就兴兵入侵。于是英国先派伯爵额尔金来华，然后将大轮兵船分别停在澳门、香港，又派人和法兰西约定联合入侵。法国人因商馆被毁，正想索赔，于是答应和英军一块出兵。额尔金到香港后，逗留了几个月，等待法国兵前来会合，一直到咸丰七年九月，才写信给叶名琛。叶名琛那时正安安稳稳地在署中诵经，忽然接到英国人的照会，展开一瞧竟是汉文。

看完后，叶名琛自言自语说："混账外国人，又要来滋事了！"然后接连收到法、美领事的照会，无非是因毁屋失财，要求赔款，只是后面却多了一句"英使已决意攻城，我国愿居中调解"。叶名琛看过后说："一国不足，再添两国，别人怕他们，我就不怕！"便将各国的照会都搁起不理，仍旧诵经去了。到了十一月，法兵已到，会合额尔金，直抵广州。额尔金写信给叶名琛，要求他在四十八小时以内答复赔款、换约二事，不然就要攻城。叶名琛仍不理会。将军穆克德讷、巡抚柏贵、藩司江国霖听到这个消息，都来督署商量战守事宜。叶名琛说："洋人虚张声势，不必理会他们！"穆将军说："听说英、法已经结为同盟，声势十分猖獗，不可不防！"叶名琛仍说："不必，不必！"穆将军说："中堂究竟有什么高见，能不能说说，让兄弟们见识一番？"叶名琛说："将军有所不知。兄弟向来信奉吕祖，去年英国攻打广东城时，兄弟到吕祖前占卜，占相说洋兵马上撤退，后来果然如此。前天接到外国人的照会，兄弟又去占卜一番，占相说在十五号的时候，大事已定，不必着急。祖师一定不会欺骗我，今天已经是十二号了，再过三四天，就会没事了。"穆将军等人无话可说，只得告退。

当天，六千名英国兵登陆。第二天，传来海珠炮台沦陷的消息。第三天，英法兵四面攻城，炮弹四射，火光冲天。城内房屋一遇着流弹，立刻变成废墟，总督衙门也被炸得七洞八穿。叶名琛此时才着急起来，带着吕祖像，逃入左都统署中。

柏巡抚自知大事不妙，忙令伍崇曜出城议和，并去找叶名琛。等找到他后，跟他讲起议和的事情，叶名琛还是说不准外国人入城。柏巡抚不辞而别，回到署中，伍崇曜已经回来了。伍崇曜说："外国人要求入城，然后才可以议和。"柏巡抚急得不得了，正想去见穆将军，忽然兵卒来报，城上已竖起白旗，外国兵入城后放出水手，然后又搜捕督署去了。柏巡抚正在想办法，只见外国兵入署，胁迫他出去开会。柏巡抚身不由己，只得由着外国兵将他拥上观音山。将军、都统、藩司也陆续被洋人劫来。英领事巴夏礼也到了，逼迫柏巡抚出去安定民心，要他多替英、法官兵说好话。此时的将军、巡抚好像被戴上锁链的猴子，要他干什么，他就干什么。安定完居民，英国兵仍拥着巡抚、都统回署，署中早已被外国将领霸占，这群强盗竟反客为主。柏巡抚私下问仆役叶名琛的踪迹，仆役说叶名琛被外国将领押到城外去了。于是穆将军和柏巡抚联衔上奏，弹劾叶名琛，朝廷下旨将叶名琛革职，任命柏巡抚为总督。

先前，叶名琛藏在都统署中，洋人搜到他，也没难为他，只是让他坐轿出城。上了兵船，外国将领手指着江河，叫他跳水自尽，叶名琛只装没看到，依旧默诵吕祖经。最后他先被英国人掳到香港，不久又被押到印度，幽禁在镇海楼上。叶名琛却怡然自得，除诵经以外，还天天作画吟诗，自称海上苏武。

叶名琛被幽禁在印度后，不久就死了。英国人用铁棺将他厚殓，送回广东。广东成为清、英、法三国的公共地，英国人仍是不肯罢休，决意向北进攻。法、美二使也十分赞成，连俄罗斯也搅和进去。当下各国舰队离开广州，向北而去。

天津和约

英、法、俄、美四国舰队自广东驶到上海后，致信满族大学士裕诚。裕诚当即上奏。咸丰帝立即召大学士裕诚及军机大臣商议，讨论了半天，才决定任命黄宗汉为钦差，赴粤交涉，并让裕诚署名答复各国。于是，答复英、法两国时，裕诚请两国速派使者赶赴广东，与黄宗汉会商，并说自己负责内政，不便直接干预对外事宜。答复美国时，也是恳请美国派使者赴粤商议，并请美国在中间调停。答复俄国时，则略说中俄原来约定，只限在黑龙江开埠通商，如有争议，可速赴黑龙江，自有办事大臣处理。偏英使额尔金、法使噶罗两人不肯照办，仍带着俄、美两使，向天津进发。

咸丰八年三月，四国军舰云集白河口，致信直督谭廷襄，仍请他向皇帝转达四国的意思。谭廷襄据实上奏，朝廷令户部侍郎崇礼、内阁学士乌尔焜泰驰赴天津，与直督会合后，一同照会各国的使臣，约期会商。不料英、法两使又称钦差不是中国的首辅，不便与钦差和议。

只有俄、美两使愿意和三位清朝大臣议和，但都是空言敷衍。这位谭直督格外巴结，派武卒驾着小船，带着外国人进出城中。外国人本来不知道大沽的险要地势，至此往来窥测，探悉路径，又见大沽防务疏忽得很，于是四月初八这一天，英、法两国战舰突然轰击大沽炮台。炮台沦陷。

咸丰帝得到警报，令亲王僧格林沁带兵赶赴天津防守，又令亲王绵愉总管京师团防的事务，严加巡逻。僧亲王抵达天津后，俄、美二使愿意在中间调解，只要求中国改派的首辅前来商议条款。僧亲王据实上奏后，咸丰帝不得已，令大学士桂良、吏部尚书花沙纳再次赴津商议条款。清廷大臣如惠亲王绵愉、尚书端华、大学士彭蕴章等人十分关心议和之事，便又记起和事老耆英来，当即向皇上联衔保奏。

咸丰帝立即召见耆英。和事老耆英也挺身而出，陈诉己见，头头是道。咸丰帝于是叫他自展谋略，不必附和拘泥，并封赏他侍郎之衔，令他到天津办理议和之事。耆英抵达天津后，坐着绿呢轿，径直去拜会英使，投帖进去。等了好一会儿，翻译出来说英使拒不接见。耆英私下问翻译，为什么不见。翻译说："耆大人看来是贵人多忘事。之前您许诺英国人两年后入城，可是都等了四五年，您仍是没有实践诺言。耆大人，你还是回去的好，免得害您白跑几趟！"耆英回府见到桂良，便将此事向他说明，然后请桂良帮忙，让朝廷降旨召自己回京。桂良随即上奏，耆英立即收拾行李，驰回通州。不想圣旨突然下来，令耆英仍留在天津，自己斟酌办理。耆英回京心急，于是擅自起程。到了京师，碰巧遇到巡防大臣绵愉。绵愉奇怪地问他："没有得到朝廷的允许，您怎么就回来啦？"耆英便说英使怀恨在心，自己不便再留在天津，所以急着赶回来。绵愉怕被扣上知情不报的罪名，立即上本参劾耆英。咸丰帝本来就不喜欢耆英，接到这本奏章后，便降旨诘责耆英，说他离职误事，有负委任，赐他自尽。可怜这位和事老不能善终，这也是他误国的报应。

耆英虽然死掉，衣钵却传出不少，桂良、花沙纳都得到耆英的秘诀。英国人的要求有五十六条，法国人的要求有四十二条，议和大臣都一一照奏。其中英、法的要求中最重要的，约有数条：第一条是各国派公使驻京；第二条是准许洋人持护照到内地游历、通商；第三条是增开牛庄、登州、台湾、潮州、琼州等处为通商口岸；第四条是长江一带，自汉口到海滨，由外国人选择三个河口，用于往来通货；第五条是洋人可以携眷属在京居住；第六条是赔偿英国商人二百万两白银，二百万两军费，法国减半。奏折一上，群臣鼓噪，都主张将其要求驳斥回去。你一本，我一本，大半痛哭陈词，其实都是纸上空谈，没有一点实用的。还是咸丰帝晓明大局，料知无人能战，无地可守，无可奈何，只得忍痛答应了外国人的无理要求。

俄使公普、美使列卫廉援引利益均沾的通例，也要求订约，桂良、花沙纳仍是据实奏请。咸丰帝无可奈何，只得准奏。四国使臣与清国的两个钦差，各自订约签押。因要用国玺盖印，需要一番手续，便与四国约定来年换约，于是各国的舰队依次退出，这便是《天津和约》。

这年，江南军事也胜败不一。九江城被林启荣所占据，十易寒暑，固守如故。杨载福、彭玉麟、李续宾汇集水陆各军，浚濠环攻，连番猛扑，始终没能将城池拿下。又挖了多处地道，接连炸毁东南二门，屡次登城，屡次被击退。李续宾激励将士，再次挖掘隧道，曾国华也从长沙赶过来，帮助李续宾趁夜掘穴，挖成地道。然后令水陆军共十六营，向四个城门同时进攻。攻到半夜，点燃地道里的火药，地雷爆炸，砖石飞腾，自东而南的城墙被轰塌一百多丈。湘军记恨两次伤亡的惨事，誓死复仇，人人思奋，踊跃先登。呼声动天，冲锋作战，厮杀两三个小时，共击毙一万七千多名长毛士兵，尸积如山，血流成渠。林启荣再怎么强悍，毕竟双手不敌四拳，终被人剁为肉泥。还有悍将李兴隆，也随着林启荣为洪天王殉节，九江平定。李续宾因功邀赏，朝廷授他巡抚衔，曾国华也得到同知衔。

抚州、建昌同时被肃清，吉安也被曾国荃收复。江西已被平定，清廷随即令李续宾进军安徽，并起用曾国藩督师。曾国藩到江西后，听说长毛兵分窜浙、闽两地，便督师前往支援。途中得知浙西一带，长毛兵不多，还没有什么大碍，只是闽省内的浦城、崇安、建阳、松溪、政和各县窜入不少红巾，烽火连天。曾国藩于是令萧启江、张运兰赴闽剿办。军队刚出发，忽然有一大队长毛兵，回扑江西抚州、建昌，两府急忙戒严。多亏刘长佑出来督军，将长毛军击退，长毛仍跑回福建，萧、张两路兵马分道赶往闽境，因天雨连绵，岭路泥泞，军中又闹瘟疫，只得中途折回。

　　天下不如意的事情，十有八九。福建还没传出捷报，安徽已先失去一师。自从洪天王建都江宁，依托安徽为门户，兵粮、军械全靠安徽接济，所以安徽境内的长毛兵个个都是几经挑选的精兵强将。督率守兵的头目，起初是翼王石达开，向来被称为骁将，随后是英王陈玉成，比石达开更为骁勇。陈玉成眼睛下方有一双疤痕，官军叫他四眼狗。这四眼狗的确厉害，清将只要一听到他的悍名，便个个吐舌，偏这不怕死的李续宾硬要与他作对。李续宾沿江入皖，仗着锐气，日夜兼程，一路上扫平太湖，拔下潜山，攻下桐城、舒城，千百个小长毛兵都抱头窜去。

　　忽然听说四眼狗攻扑庐州，李续宾便麾军疾进，一意赴援。部将劝谏说："现在安庆还没有拿下，如果进攻庐州，恐怕安庆的长毛军会截断我们的后路。不如在桐城休养几天，然后伺机而动。"李续宾说："安庆那边已有都将军率军进攻，长毛军必定全力守城，无暇为难我们，我军正好进攻庐州。"原来荆州将军都兴阿刚刚奉旨攻皖，来接应李续宾，前锋为鲍超、多隆阿，正进趋集贤关，所以李续宾有攻打庐州的计划。部将说："都将军既然已到安庆，我军正好与他联合，先攻克安庆，再来攻取庐州也不迟啊！"李续宾瞪着眼睛说："救急如救火，庐州危急万分，怎么能不救？如果庐州被攻陷，狗贼回援安庆，到时连都将军都立不住脚，我军在此做什么？"部将又说："我军不过几千人，前面没有冲锋的大队，后面没有援应的士兵，孤军直入，万一遇险，怎么办？"李续宾回答："这个可以写信给湖北，请求派兵增援。"当下写好一封信，派人驰送，并分派一部分士兵驻守舒、桐各城。然后挑了些骁骑，连夜前进，直抵三河镇。三河镇是宁、皖的交通要道，距庐州只有五十里。长毛军环城修筑森严的壁垒，屯扎重兵，防守得非常严密。部将又请李续宾择地驻营，等待援兵。李续宾这才驻扎下来，到了第二天，湖北的援兵却杳无音信。原来，此时胡林翼已回家守孝。总督官文得到李续宾的书信后，没有在意，因此没有派一名士兵前来援应。李续宾又等了一天，不禁焦躁起来，想麾军作战。诸将又再三劝阻，李续宾愤愤说道："我自用兵以来，只知向前，不知退后。就算身死敌手，也死而无憾。明天一定要攻破敌军的坚垒，灭除敌军!"诸将于是不敢多言。

第二天早晨，下令进逼敌垒，李续宾执旗当先，将士紧紧随着，管他枪弹飞来，只管冒死冲入。从白天一直杀到晚上，一连扫平长毛军的九座营盘。李续宾检点部下，参将萧意文、都司胡在位以及一千多名兵勇阵亡了。忽然后面战鼓喧天，喊声大震，长毛军越墙而至。李续宾遥望旗号，是太平天国英王陈、太平天国侍王李。李续宾说："四眼狗到了。什么还有侍王李? 想来是李世贤!"随即列好阵式，专等敌军。说时迟，那时快，四眼狗的前锋已到，与李续宾的部下血战起来。

长毛兵有十多万人，李续宾的兵马只有四五千人，眼看着长毛兵陆续趋上，将清军围住，围了一圈又一圈。李续宾拼命突围，无奈四面如铜墙铁壁，有力也没处使，将士们陆续阵亡。李续宾叹道："今天败了，便是我的殉节之日。"回头看看诸将，令他们各自逃生。诸将说："公不负国，我们又怎么可以负国?"李续宾于是传令月亮出来后就逃跑。不久月亮出来，李续宾争先冲锋陷阵，长毛兵丛集，哪怕李续宾三头六臂，到此也不能脱逃。参将彭友胜、游击胡廷槐等人以及守备赵国梁先后战死，李续宾也力竭身亡。李续宾一死，军心大乱，越是急着脱逃的人，越是死得快。同知曾国华、知府王忠骏、知州王揆一、同知董容方，知县杨德闳等人纷纷殉难。道员孙守信、同知丁锐义坚守中右营三天，弹尽粮绝，最终全军覆没。桐、舒、潜、太四城，再次陷没。都兴阿也从安庆撤兵，退屯宿松，皖、楚大震。

湖广总督官文、湖南巡抚骆秉章飞章奏报，恳请调曾国藩移师援皖。清廷降旨令曾国藩统筹全局，并起用胡林翼，令他仍任湖北巡抚。胡林翼受任后，出兵驻守黄州，严防长毛兵入犯。长毛兵果然想逆江而上，结果被多隆阿、鲍超击退。曾国藩正想出兵攻取皖南，忽然传来长毛军大将石达开率兵趋向江西，攻陷南安县城的消息。曾国藩急忙檄令萧启江前往支援。萧启江刚到南安，石达开已弃城逃走。捷书刚传到军营，曾国藩又收到幕友李孟群殉难、庐州失守的消息。曾国藩听到噩耗，格外伤心。

不久，探子又来报，石达开窜入湖南。湖南是曾国藩的老家，曾国藩急得不得了，忙致信湖南巡抚骆秉章，令他赶紧堵截。骆秉章为对付这一群匪徒，又引出一个大人物来。这位大人物就是湘阴县人左宗棠。左宗棠，字季高，少年时风流偶傥。骆秉章曾将他招为幕友，敬如上宾。属僚有事禀告时，骆秉章便将事情交给左宗棠，由他裁决办理。

名高致谤，权重招忌，左宗棠的性命也差点因此断送在骆秉章手里。原来，永州总兵樊燮刚愎自用，骆巡抚弹劾其傲慢不恭。朝廷下旨将樊燮革职，不料他贿赂都察院，都察院便向皇上奏称樊燮无罪。朝旨令湖广总督官文查办。官文暗地里袒护樊燮，查出骆巡抚的弹劾奏章出自左宗棠之手，竟召左宗棠去武昌受审，想定他一个重罪。骆巡抚为左宗棠辩解不成后，急忙致信在京的编修郭嵩涛，请他向军机大臣肃顺说情。郭嵩涛与左宗棠是同乡，自然暗中为左宗棠申辩，并恳请南书房行走潘祖荫和他一道上奏，解救左宗棠。曾国藩、胡林翼二公也向皇上推荐左宗棠，说他是个不可多得的人才。多方设法，才将左宗棠保全下来，最后左宗棠脱罪回籍。

　　石达开窜入湖南，攻陷桂阳及兴宁、宜章等县。骆巡抚向来看重左宗棠，于是再次请他出山，委以重任。左宗棠便令刘长佑、江忠义、田兴恕回来支援。一个月内聚集起四万人的大军，分别把守各个要隘。官、胡二督抚又飞令都兴阿将军调拨吉林、黑龙江骑兵回鄂，奔赴湘南，并派知府肃翰庆率三十二只水军炮船，来长沙会合。

　　石达开沿途用尽各种手段召集二三十万贼众，想占据险地然后称雄，与洪天王分庭抗礼。起初攻打武冈、祁阳，石达开因这两地一时无法攻克，便转而进攻宝庆。刘长佑、田兴恕各路援军先后到来，与石达开血战多次。胡巡抚认为宝庆是战略重地，不能没有良将做统帅，便派李续宜统率五千人前往宝庆，所有援军全部由他调令。石达开颇畏惧李续宜的威名，听说他前来，忙挑选精悍士兵，携带三天的粮草，誓破宝庆。李续宜日夜兼程地赶到宝庆，与刘长佑商议军务，定下避实击虚的计策，打算从北路进攻，然后渡资水向西走，攻击石达开的背后。石达开正誓死攻城，不料李续宜由背后袭来，时而横截，时而包抄，时而旁敲，时而侧击，弄得石达开茫无头绪，只得边战边退。清军已经得势，便如旋风一般追杀过去。石达开回头抗击几次，总是抵挡不住。战一回，便伤亡几千名长毛兵；战两回，又伤亡几千长毛兵。眼看已损失两万多人，石达开料知在宝庆难以立足，只好呼啸一声，往西南方向窜去。

　　湖南解围后，李续宜回鄂。曾国藩得知家乡无恙，这才安心。忽然朝旨催促他率军入四川，堵截石达开。曾国藩不敢怠慢，急忙率兵逆江而上。曾国藩赶到湖北后，却探知石达开不曾入蜀。原来，石达开已经窜入广西。都是那位官制军，闻风虚报，向皇上奏请调曾军入川堵截，弄得这位曾侍郎奔波不息，官制军却在暗地里偷着笑呢！

　　曾国藩一行抵达黄州，与胡林翼军会合。两人握手共叙往事，非常亲切。聊到官文时，曾国藩说："官制军的脾气真是奇怪，但吾兄与官制军也算是莫逆之交，这中间必定有和官制军打交道的好方法，我倒要请教。"胡林翼说："说来可笑。那天官制军的姨太太过三十岁的生辰，发放请柬后，司道等人都不愿前往庆贺，我为时局着想，不得不前去庆贺。司道们见我前往，也不好不去，乐得官制军喜笑颜开，要与我结为兄弟。第二天，他的姨太太亲自来谢我，尊我母亲为干娘。从此以后，遇到军国大事，总算承他协力同心。涤公，你说可笑不可笑？"曾国藩说："这也不失为一个好办法，我也要照样学一学，到武昌去走一遭！"胡林翼问道："涤公去见他干什么？"曾国藩说："我现在决定攻皖，就怕官制军同我作对，几句奏语，又要让我忙半天。"胡林翼听后，不禁失笑。曾国藩说："安徽的长毛军厉害得很，我若前往剿贼，兄须助我！"胡林翼说："这个不劳您嘱咐，我们一同为朝廷办事，本该互相帮助，我一定尽力！"曾国藩辞别胡林翼后，径直赶往武昌，与官文谈论皖事。曾国藩的态度格外谦恭，官文也是尊敬有礼。自此，曾国藩消除了之前的顾虑，便从湖北回到宿松。

　　曾国藩离开后，胡林翼也移驻英山，为安徽战事作准备。

江南大营溃败

　　胡林翼移驻英山后，立即令多隆阿总率全军，鲍超为前锋，蒋凝学为后援，浩浩荡荡，杀奔太湖。四眼狗陈玉成听说清将率大军杀来，急忙纠合捻匪首领龚瞎子、张洛型等人，率十多万民众由庐州向太湖发起进攻。捻匪是什么人物？"捻"字是聚集的意思。无赖和亡命之徒，聚集成群，肆意劫掠，因此叫他们捻匪。又因他们肆意抢劫，捻钱捻脂，所以叫做捻匪。这种匪徒起自山东，康熙年间，已是到处都有，但当时清朝兴盛，官吏严加缉捕，所以他们随聚随散，不敢作乱。等到洪、杨发难，骚扰东南，捻匪也乘机起事。

　　清廷曾令太仆寺卿袁甲三率军剿办。但捻匪与长毛军不同，长毛军有争城夺地的打算，专从险地上着手，所占据的城池总派人防守。捻匪以雉河集为老巢，老巢以外的地方，他们不去占据。有时捻匪四出掳掠，所得的金银财宝，都被搬到老巢。当捻匪队伍出发时，先传令整顿行具，称为整旗；临行时则用马做前驱，叫做边马。边马在先，大队在后，遇到官兵，捻匪可战便战，不能战，便四散逃开，不留人影。只有老巢四面有重兵把守，捻匪依险负隅，就算千军万马前来攻袭，一时也攻不进去。所以这位袁太仆剿办了好几年，安徽仍旧不见平静。

此次陈玉成打算侵犯江淮，便暗中勾结捻匪一同对付清军。多隆阿刚到太湖，就接到这个消息，忙令鲍超回军小池驿，阻住前来援应长毛的捻军。鲍超却碰巧与陈玉成相遇。鲍超只有几千名士兵，陈玉成却有着数万人的大军。像在三河围攻李续宾一样，陈玉成把小池驿团团围住。鲍超本是一员猛将，竭力搏战，却还是不能杀出重围，忙向多隆阿告急。多隆阿赶紧撤去围攻太湖的军队，连夜赶去支援，但被敌军隔断，不能前去。鲍超被围多日，不见援军，急得眼中冒火，鼻窍生烟，忙取出两张纸，匆匆忙忙在上面写了几笔，派几个得力将卒前去向曾国藩、胡林翼乞援。

曾国藩当时在建昌，正想探听各军的消息，忽然由外面递进告急信，不瞧还好，一瞧便惊道："鲍春霆危急极了！"忙调发营军，令他们火速援救鲍军。后来幕府看鲍超的来信，竟是一个斗大的"包"字，"包"字外有一个大圈，大圈外面又有无数的小圈，很是莫名其妙。还是曾国藩给他解释说："'包'字即'鲍'字的右边，外加大圈小圈，就是被敌军重重围住的意思。春霆如果不是异常危急，绝不会写此信，所以我赶紧派援军去救应。"随后得知胡林翼也发兵驰援，曾国藩赞道："胡润芝的确聪明，也晓得春霆的用意。"润芝是胡林翼的表字，春霆是鲍超的表字。

鲍超得到援军，便出兵大战。两军抖擞精神，打了一天一夜，不分胜负。恰巧东南风大起，清军正好处于上风，于是放起火来，风猛火烈，扑入敌垒。长毛兵、捻众顿时大乱。四眼狗陈玉成仍然镇定指挥。鲍超杀得性起，驰马扑过来，大叫一声："四眼狗快来受死！"刀随声下，往陈玉成脑袋上劈下，多亏陈玉成眼明手快，忙用刀架住。战了好几个回合，见长毛兵已经溃散，陈玉成也虚掩一刀，落荒而逃，龚瞎子、张洛行也都跟着逃去。七十多座敌垒全部化为焦土，四眼狗多年的积蓄都被火神爷收去了。

太湖城内的长毛兵听说陈玉成大败，纷纷弃城夜逃，窜入潜山。多隆阿督兵进剿，将长毛兵逼到青草塥，连人带草地乱砍，砍落无数头颅。

297

有几个长毛军脚生得长，命不该绝，才得以逃脱。

太湖、潜山二县被收复后，多隆阿随即攻克凤阳，收复建德，拔取太平、石埭及泾县，各路的捷报先后奏达朝廷。曾国藩决定率部军攻打安庆，四弟曾国荃刚巧从湖南募勇归来，曾国藩立即将部众拨给曾国荃，令他出集贤关，收复安庆。

忽然传来江南大营溃败的消息，张国梁战死，和春退走常州，不久因伤重而亡，曾国藩不禁叹息。和春、张国梁自组成大营，直指江宁后，第一仗，攻克秣陵关；第二仗，大破长毛军于七瓮桥、雨花台等处。天王洪秀全异常恐慌，令安徽的长毛军占据来安县城，作为大江南北的后援。没想到和春派总兵成明趁夜偷袭，竟将来安城收复，江宁形势越发危急。洪天王忙又令沿江驻扎的长毛军四处侵扰。谁知清水军早已四处密布，总兵李德麟、吴全美分头截击，又杀死两千多名长毛兵。洪天王愤恨至极，令众兵出太平、神策两门，入犯清军大营。清军副将张玉良、冯子材踊跃入阵，夺得长毛军的大旗，杀死长毛军数个首领。长毛军虽然强悍，也都怕死，只得退回城中。和春又定下一计，令军士绕着江宁全城一百多里挖壕筑墙，用矮墙围住江宁城，然后将部下八万人星罗棋布，环绕四周。江中再用舢板联结，成为一个水营，水陆兼顾，内外相连，竟把一座江宁城，围得水泄不通。

俗话说得好："狗急跳墙。"洪秀全做了十几年天王，难道会没有一点主见？况且手下还有一群党羽，三个臭皮匠顶个诸葛亮，到了无可奈何的时候，穷思极想，终究也有一条救急的方法。当下，李秀成献计，仍用多方扰敌的计策对付江南大营。李秀成是长毛军中的后起人杰，虽然他用的是老办法，但想为江宁解围，也没别的好方法。洪天王采用他的计策，令江西、安徽的长毛军分别侵扰浙、闽，牵制江南大营，只要能替江宁解围，不惜重赏。江西长毛军将领应命，出兵侵犯浙江。果然浙中大吏向江南大营乞援，和春只好分兵南下，派周天受支援浙江。这时，听说长毛军又窜入闽省，浙、闽是毗连的行省，既然支援浙江，就不能不支援福建，于是和春又派周天培赶赴福建援应。和春孤军转战，往往累月不能回到大营。

四眼狗陈玉成刚自皖东败走，这时又回攻浦口。德兴阿猝不及防，竟被四眼狗捣入，全营溃退，逃到扬州。江浦、天长、仪征等县依次失陷。四眼狗余威还在，竟长驱到扬州，攻打西北门。这时候的德兴阿却在江口水军舟中，安安稳稳坐着，一任贼众入侵扬州。等到扬州沦陷，德兴阿才惊惶起来，急忙跑到邵伯湖，向江南大营乞师。和春不得已，派张国梁渡江往北行军，召集江北军，攻打扬州城。长毛兵突然开城迎战，张国梁飞马迎击，手握单刀，勇不可当。长毛军狂奔回城，城门还没关上，张国梁已一马跃入，麾兵前进，立即收复扬州城。

张国梁正想乘胜攻取江宁北面的六合县。忽然大营传令叫他速援溧水，张国梁只得调头赶赴溧水。到了溧水，张国梁与总兵张玉良打败城内的长毛贼，又合军穷追城外的长毛军援军，生擒了几个长毛军头目，什么洪国宗，什么铜天侯，都被正法，叫他们到天父、天兄处交差去了。

江南大营捷报不断，皖北却出师不利。正值李续宾战死三河，四眼狗异常猖獗时，皖南的告急文书又纷纷传到江南大营。和春于是派总兵江长贵前往都门、青阳，总兵戴文英、副将朱承先赶赴宁国，营内的兵士至此又分派出去了一万多人。长毛军从九洑洲率众而来，那时仍有劳张国梁亲自率大队，前去横扫了一阵。和春因屡次告捷，不免骄傲起来，便劾奏德兴阿师久无功。清廷听信了他的话，夺去德兴阿的职位，令和春兼管大江南北的军务。管理的地方越广，军事也越繁多。和春接受兼管的重任后，不免想出些风头，当下令总兵李若珠攻打六合县。偏偏结果没有如他所愿，李若珠败回，长毛军乘胜杀到浦口，沿途的清营全部溃败。前时援闽的周天培正回军驻扎浦口，力战身亡，残军退到江浦。此时的长毛军气焰越加张狂，东伺扬、仪，西逼江浦，南窥溧水。幸亏张国梁渡江督剿，三战三捷，赶走江浦的长毛军，攻下浦口，攻破沿江八大座敌垒，纵火焚烧九洑洲，将长毛军的老巢烧得一干二净。

张国梁回到江南后，与和春议定招降的计策。于是七里洲的谢茂廷、寿德洲的秦礼国暗中向清军投降，愿意做内应。寿德洲是江宁上关的屏障，七里洲是江宁下关的藩篱，二洲内部溃乱。等张国梁一到，清军从城外杀进，内应从城里杀出，弄得长毛兵不知所措，只好弃关逃命。不到一昼夜，张国梁一连攻克数重关隘，扫平长毛军数十座营垒，缴获一百多尊大炮、六十多艘战船，解救五千多名难民。自这场胜仗后，金陵城外的犄角都被消除殆尽。和春手下的将士满以为攻克金陵易如反掌。谁知天有不测风云，人有旦夕祸福，为山九仞，功亏一篑，一座威耀无比的大营转眼间化作乌有。

原来，洪秀全得知上下关接连失守，焦急万分，忙令就近的皖南军滋扰江南大营。于是泾县、旌德县、广德州等县相继沦陷，甚至浙江省城也危在旦夕。张玉良奉和春之命到杭州。长毛军本无意占据杭州，不过为江宁解围着想，牵制江南大营，使清军大营分兵四顾，无暇全力围攻江宁，所以得知张玉良支援浙江，立即开城向余杭窜去，接连攻陷长兴、建平、溧阳等县。等到清军尾追痛击，他们又随取随舍，把占据的县城一概抛弃。和春兼管南北后，又奉旨遥督浙江军，正是趾高气扬的时候；况且陆续接到浙江的捷音，便自以为无敌不摧，无战不克，麾下的将士逐渐骄傲，军规日益松弛，防守日益松懈；加上粮饷运输艰难，每四十五天只发一个月的粮饷，虽然上面说等大功告成之后，一律补给，但兵勇满心不服，不免有所懈怠。

咸丰十年闰三月七日，皖、浙的长毛军分道并进，纷纷扑向大营。张国梁昼夜抗战，一直没有休息，连战八天八夜。长毛兵却越来越多。照这样打下去，就算你是铁打的汉子，也会筋疲力衰，支持不住。十四日这天突降暴雨，到了晚上异常寒冷，张国梁仍率部兵和长毛军搏战。忽然营中无故起火，霎时间遍及各营。张国梁料知军心已变，急忙护着和春杀出营帐，退守丹阳。长毛军合力追来，攻破溧阳，占据宜兴，进攻丹阳城。当时长毛军仍然害怕张国梁，不敢逼近，于是到处修筑土垒，步步为营。随后长毛军令士兵潜入清营，等张国梁出城作战时，从后面进击，刺中张国梁的腰部。张国梁回头刺那士兵，一转身，背上又中了数枪，伤势愈加严重。即便如此，张国梁仍握着刀连斩数人，冲开一条血路。到丹阳江边，下了马，向北拜了两拜，然后一跃入水。水波一动，这轰轰烈烈的张军门便沉入水底，与世长辞了。

张国梁死后，眼看着这偌大的丹阳城是守不住了，当下，众将士护着和春，突围逃走。将要抵达常州，和春回头一看，身后的长毛军仍是紧追不舍。和春转身迎战，突然射来一粒枪弹，不偏不倚，正中胸前，和春当即掉转马头，拍马往回走，退到浒墅关，鲜血直喷，顿时身亡。长毛军随即夺取常州，攻占苏州。

战况传到京师，咸丰帝决定另选大臣为两江总督。朝臣议论纷纷，不知该选哪位大臣继任，这次倒是军机大臣肃顺保荐了一个人才。后来果然如他所说，这个人大有作为。

火烧圆明园

清廷打算重选两江总督，廷臣多荐举胡林翼，只有肃顺奏称胡林翼不可轻动，不如任用曾国藩。咸丰帝采纳肃顺的建议，任命曾国藩为两江总督，督办江南军务。并因胡林翼保荐左宗棠，特给左宗棠四品京堂一职，让他佐助曾国藩处理军务。曾国藩又与胡林翼商议，调鲍超部下六千人及朱品隆、唐义训等所率领的三千人渡江，驻扎徽州的祁门县。

洪秀全听说曾国藩出驻皖南，料知他想谋取江宁，便封李秀成为忠王，令他带古隆贤、赖裕新等人，率几万人的长毛大军直入安徽。当时左宗棠、鲍超各军还没有赶到安徽，李秀成已由广德州趋往宁国府，守将周天受战死，宁国被攻陷，徽州戒严。曾国藩立即让李元度接办徽州的防务。李元度刚到徽州，长毛军将领侍王李世贤就率大队长毛军前来，李元度抵挡不住，退出徽州。李世贤攻破徽州府城，进逼祁门县，曾国藩惶急万分，幸亏鲍超率军赶到安徽，张运兰也赶来支援。于是曾国藩派鲍超出兵驻守洱亭、张运兰出兵驻守黟县。艰难万分之际，忽然北京递来八百里加急的公函，催促曾国藩带兵回京护驾。

原来，已到了互换《天津和约》的时候。咸丰九年，各国的舰队驶赴天津，遵照约定前来换约。恰巧僧格林沁在大沽口负责防务，修筑炮台，在浅海遍插木桩，远远地看见外国舰队飞驶前来，忙派人乘船出港，会晤各国使臣，通知他们大沽在设防，请改从北塘驶入。英、俄、法三国不听，竟径直驶入大沽，开炮轰击。僧格林沁一阵反击，轰沉数艘英舰，只有一艘战舰逃去。美使华若翰遵约，改道而行，才得以换约。

清廷因小获胜利，正私下相互庆贺。不料英国人暗图报复，在广东修造船只，招募潮勇，再谋入犯。咸丰十年六月，英使额尔金、法使噶罗又率舰队，北犯天津，大沽北岸的炮台沦陷。僧格林沁仍然坚守南炮台，朝旨飞促他退军，僧格林沁不敢违旨，便撤到张家湾。遇到大学士瑞麟正统率九千名京旗兵出城防卫，僧格林沁说："我守住南岸炮台，还可以保护津门，不知上头听信什么人的话，令我退守。我退一步，敌进一步，这该怎么办？"瑞麟说："现在顺亲王端华、尚书肃顺都主张议和，所以上头令王爷退守，且已令侍郎文俊、前粤海关监督恒祺前往天津议和去了。"正议论，传来天津被陷的消息，僧格林沁顿足不已。忽然又有人来报，文俊、恒祺被外国人拒绝，朝旨已改派桂良前往议和。僧格林沁说："此时议和，只怕没有这么容易！"随即与瑞麟一同驻守通州，静候命令。

桂良抵达天津，与英国人议和，英使额尔金及参赞巴夏礼提出几个要求：一是要增加军费，二是要在天津通商，三是要各国公使带兵入京换约。桂良据实上奏，咸丰帝严旨拒绝，令僧格林沁、瑞麟两人严防外国人内犯。京师也传令戒严。英使见议和不成，又从天津派兵北上，侵扰到北京城外，京城里面的人一天之内被惊吓多次。端华、肃顺想出一个避难的法儿，请咸丰帝驾幸木兰。这话一传，廷臣哗然，十个人中有六七个不赞成。咸丰帝踌躇不决，所以召皖南军入京支援。

副都统胜保当时正在河南剿贼，最先接到圣旨，急忙会同贝子绵勋，调遣八旗禁兵，共计一万多人，驰赴通州助剿。得知咸丰帝想北狩，胜保连忙上奏，力请咸丰帝坐镇京师，不可被奸佞之臣所误导。

咸丰帝对他褒奖万分。胜保正想出兵，英法联军已逼近张家湾。胜保不曾与外国人交战过，还以为外国人没什么能耐，上马冲杀过去，不料外国人一见面，就"扑通、扑通"几枪放过来。胜保起初倒也不怕，麾军上前，亲自督战。英法联军的领队望见胜保戴着红顶子，穿着黄马褂，料知他是督兵大帅，便令军士都向他瞄准射击。胜保防不胜防，一粒子弹飞到面前，正中右颊，胜保忍不住痛，跌落马下。多亏被亲军救起，上马逃走。主帅一逃，将士自然溃散。僧、瑞二营不战先怯，也从通州退回北京，在城外驻扎。

咸丰帝得到消息后，一面派怡亲王载垣再赴通州议和，一面收拾行装，逃往圆明园。载垣赶到通州，由桂良接待，两人商议，请英、法两国的使者入城议和。英、法答应次日相见。第二天，载垣、桂良在通州城内的天岳庙，备好筵宴，恭候英、法使臣。

快到中午时，英、法使臣才前往天岳庙。载垣等人慌忙迎接，只见一排外国兵护着两顶绿呢大轿，直入庙中。轿子放下后，跨出两人，一个是法使噶罗，一个是英国的参赞巴夏礼。双方见过后，载垣便下令开宴，当下分宾主坐定，喝过几巡酒后，载垣才谈到议和。法使噶罗倒还和颜悦色，说愿意修和，只有巴夏礼将起袖子，站起来说："今天的事情，只有见到中国的皇帝，才可以定约！"载垣、桂良两人面面相觑，无法作答。巴夏礼又说："我们远居欧洲，很早就想来中国观光，现在打算每国各带一千人入京觐见。"载垣沉吟半晌才答复巴夏礼，说："还得请圣上来定夺。"巴夏礼露出不悦的神情，宴席结束后，傲然离去。法使噶罗倒是欢然道别。正巧僧格林沁带兵进来，探听议和的消息，载垣跟他谈起巴复礼的情形，僧格林沁跳起来说："等我去拿下他再说！"当即跳上马鞍，一鞭而去。桂良深恐议和受阻，忙上马跟着出去，还没走几里路，远远地看见僧格林沁已将英、法二使截住，急忙加鞭赶上去。僧王已把巴夏礼捆绑好了，正要去捆法使噶罗。桂良连忙遥手，对僧格林沁说："法使态度恭顺，不要绑他！"僧格林沁说："桂中堂替他求情，就饶了他，放他回去！"噶罗才得以脱身，桂良送他一程，道歉告别。

英使额尔金听说参赞被擒，不由得愤怒起来，便率英军长驱直入，攻向北京。警报像雪片似的递入圆明园，端华、肃顺一群大臣惊恐万状，一个劲儿地怂恿咸丰帝北狩。于是，咸丰十年八月八日，咸丰帝起銮北狩，后妃都随驾同行。端华、肃顺及军机大臣穆荫、匡源、杜翰等人一律随驾。咸丰帝走到途中才传旨京城，任命恭亲王弈䜣为全权大臣，留守京师，僧格林沁、瑞麟、胜保各军仍驻守城外防剿。

京内的百姓听说皇帝出走，于是纷纷迁避。禁旅大多奉调护驾，剩下几个老弱残兵渐渐逃散，连僧、瑞麾下兵卒也四散而逃了。偏英法联军不肯罢手，扬旗鸣炮，直逼京城。恭亲王忙召在京的大臣商议，大臣主张不一，只有大学士周祖培与尚书陈孚恩仍主张议和。恭亲王想不出什么好办法，也只有采用讲和的计策。忽然桂良递入英国的照会，索要巴夏礼。恭亲王又与王公大臣商议一番，仍是没有议出什么结果。恭亲王说："巴夏礼于前日押解到京，我曾说僧、怡二王不免鲁莽，现在不放不行，放又不能，真是为难得很。"恒祺此时在京，便对恭亲王说："不放巴夏礼，就无法与英国议和。且两国相争，不斩来使，本是我国的古礼，现在不如放他回去，借他的口通知英使额尔金速来换约。"恭亲王说："你说得也挺有道理，就派你去办吧。"恒祺去了半天，称巴夏礼已被放出城外，并让他回去问议和的事情了。恭亲王稍稍放心。

谁知刚过了半天，就听到外面人声马嘶，闹成一片，接着"隆隆"的炮声、"啪啪"的枪声不绝于耳。正想派人出去探察情况，忽然一个内监踉跄奔入，惶急地说："不好了！外国兵攻入内城了！"恭亲王问道："僧王、瑞相、胜副都统都到哪儿去了？"内监回答："不知道。只听说城外的各军一见到外国兵就四散逃去，剩下僧王爷、瑞中堂、胜大人三个赤手空拳，无法迎敌，只得由着外国人入城了。"恭亲王大惊失色，忽然恒祺又进来说："外国人要纵火烧掉圆明园！"恭亲王一听，急得直跺脚，说："怎么办？"恒祺说："现在只好向外国人说情，叫他们不要纵火。"恭亲王说："那就有劳你了。"恒祺不敢怠慢，跨着马赶到圆明园，园外都是外国兵，恒祺会说几句英语，说是前来请和，外国兵才放他进去。

一入园门，只见火光冲天，兰宫桂殿、凤阁龙楼已被毁去数座。恒祺向没有火的地方走去，正碰着巴夏礼与一个穿洋装的中国人，巴夏礼假装没有看见他，依旧忙着指挥部下放火。恒祺忍着一股气，先跟那穿洋装的中国人搭讪，问他的姓名籍贯。他却粗声粗气说："谁不晓得我龚孝拱，还劳你来细问！"这龚孝拱是什么人？他是晚清文人龚定庵的长子，学问不亚于他的父亲，在上海多年各国的语言都略知一二，只是性情怪僻得很，不屑与人说话。一次巧遇英人威妥玛在上海开招贤馆，让他做秘书，一个月给他许多佣金。龚孝拱拿到钱，便去找歌伎，父母、妻子他一概不管，只纳了一个妓女为妾，颇为眷爱，时人叫他龚半伦，他也以半伦自称。半伦的意思是说他生平不知君臣、父子、兄弟、夫妇、朋友五伦，只宠爱一个小老婆，算作半伦。这次英国人北犯，他也跟着入京，火烧圆明园，其实是他唆使的。

恒祺见找错门路，便与巴夏礼攀谈起来，巴夏礼这才脱帽行礼。恒祺便说："现在我国与贵国议和，为什么你们还要在此纵火？"巴夏礼说："你们中国人就会耍诈，天天说要议和，总是没有结果，还要把我捉去监禁数日。你想天下哪有这个道理？所以我在此纵火泄愤。"恒祺再次向他谢罪，巴夏礼说："如果中国真心议和，限你们三天之内开放紫禁城，迎我军入内议和。并且我被捉的时候，还有几个从员也被捉去，现在应立刻放还，才可以议和。"恒祺唯唯从命，只请他不要再放火。巴夏礼也含糊答应。恒祺忙回去报告恭亲王，恭亲王于是令恒祺释放英国俘虏。不想到了狱中，已有几名英国人死了。恒祺急得手足冰冷，也无暇去问罪狱卒，转身就飞报恭亲王。恭亲王呆得像木偶一般，还是恒祺想出一个办法，照会巴夏礼，说是等和议完了，再将人质一律释放。偏巴夏礼的耳朵很长，已探知有几个英国人死在狱中，于是索性丢下一把大火，把这一二百年的建筑，几千几百间的殿阁，连那点缀的亭台花木，摆设的器皿什物，都烧得干干净净。大火烧了三天三夜，整个圆明园变成一堆瓦砾场。只有珍奇古玩，被龚半伦带领洋兵，搜取干净。龚半伦

304

得到一些，他将这些古玩运到上海变卖后，将所得的钱嫖光吃光，最后发狂而死。

巴夏礼焚毁圆明园后，又扬言要攻打紫禁城。恭亲王召入恒祺，商量救急的办法。恒祺想了一会儿，才说："法使噶罗倒还平和，如果请他在中间调解，说不定还可以和英国周旋。"恭亲王听后，又想令恒祺前去和法使会面。恒祺说："这个差使还是请桂中堂去吧。桂中堂与法使有些投缘，他可以去。"于是恭亲王派桂良去见法使，法使表示愿意在中间调解。桂良于是先回去，随后法使的照会也到了，说英使额尔金索要五十万两抚恤金，以慰藉那些死在狱中的英国人的家属，而且要立即支付，然后才能订立盟约修好。恭亲王不得已，大加搜刮，凑足五十万两银子，送到英营，并约于礼部衙门内恭候议和。

咸丰十年九月九日，与英使议和，免不了又要设宴。这天黎明，恭亲王奕䜣率同朝廷要员，备妥仪卫甲仗，先到礼部衙门等候。好一会儿，才见英使额尔金、参赞巴夏礼乘车而来。恭亲王率众官将两人迎入，行过了礼，分东西坐定。额尔金提议换约，除原先议定的五十六条外，还要添加数条，如赔偿兵费、增开口岸、派驻领事等。经恭亲王再三力争，翻译人员往返传达信息，最后议定清政府偿还一千二百万两兵费，增开天津为商港，允许英国领事驻扎各港口。双方议妥后，彼此入席，酒酣兴尽而散。第二天，恭亲王又请法使噶罗到礼部共商和议。法使算是有情，只索要六百万两兵费。恭亲王一口应承，也像款待英使一样盛筵款待法使，并且迎送有礼。

咸丰十年九月十一日，与英使换约，恭亲王据实上奏。咸丰帝此时已到热河，看完奏章后不免叹息，但木已成舟，不能再变，只好降旨答应。只有俄使伊格那替叶夫圆滑得很，所得到的权利比英、法要多几倍，他表面上非常平和，暗中却厚索利益。

中俄通商，向来就只有恰克图一处。咸丰三年，俄国以勘界为借口，阴谋占取中国领土。清政府征剿长毛军都来不及，还有什么心思对付外国人，自然把此事搁起不管。俄国人竟进驻瑷珲。黑龙江将军奕山派人去拦阻，俄国人不听，于是奕山上奏清廷。清政府令奕山与俄国人交涉，俄国人索要黑龙江北岸，奕山竟唯唯从命，订下《瑷珲条约》。后来英、法兴兵，俄使也率领舰队跟在后面。大沽一战，英、法的舰队大多遭到损失，退回广东。只有俄使入京，于咸丰十年五月与满清政府定下十二款条约，大致意思是两国往来应平等相待，海口通商应与英、法一样，俄国派遣领事入京时可以随带兵船。这叫做《天津条约》。

英法联军入京，硬要入城议和，恭亲王胆小，不敢答应。俄使伊格那替叶夫于是趁机入京劝恭亲王在礼部衙门议和，说可以无患。原来，礼部衙门与俄使馆相近，俄国可以担任保护。恭亲王这才放着胆与英、法使臣相见。和议成功后，俄使便来索要报酬，又订立《北京条约》，将乌苏里河东岸全部划归俄国。

外患稍定，朝廷下旨令南军回军剿贼，太平天国的末日就要到了。

肃顺与西太后的较量

曾国藩驻守祁门县，接到入京护驾的诏命后，立即写信给胡林翼，筹商北援的计策。无奈安徽的军务吃紧，胡林翼一时不能脱身。长毛军当时正算计着祁门县，分三路来攻：一支出祁门西边，攻陷景德镇；一支出祁门东边，攻陷婺源县；一支出祁门北边，逾过羊栈岭，直奔曾国藩的大营。曾国藩的麾下只有鲍超、张运兰两支军队可用，但都已调遣出去，弄得自己危急万分。曾国藩不得已亲自率军去抗敌，走到途中，听说前来攻城的长毛大军有几万人马，顿时军心大乱，纷纷溃退，曾国藩只得转回祁门。多亏左宗棠赶到婺源，六战六胜，将长毛军驱逐出去，东路才被打通。鲍超、张运兰又在羊栈岭战胜长毛军，长毛军逃走后，北路才安定，曾国藩心中稍微宽慰。圣旨也于此时到来，让他不必率军入京支援。此后，曾国藩将全部精力用在防剿上面。到咸丰十一年春季，左宗棠与鲍超合军，攻克景德镇，军威大振。朝廷下旨将他们褒奖一番。不久张运兰攻克徽州，左宗棠收复建德，祁门解围。

曾国藩移驻东流县，令鲍超协助攻打安庆。安庆是长江的重镇，自曾国荃进攻后，安庆的长毛兵便往各处窜扰，以期曾国荃撤围，达到自救的目的。偏曾国荃不肯撤围，日夜攻扑，连祁门紧急，曾国藩受困，他也无心顾及，硬要攻破此城。长毛贼十分憎恨他，于是纠集十万大众，由陈玉成统率，支援安庆。曾国荃趁陈玉成初到，分派一部分军士继续围城，自己却督率精锐，出其不意，冲入敌营。陈玉成远道而来，刚与城中的长毛军会集，正疲劳困乏、心志未定，哪有不败的道理？当下被曾国荃杀退。陈玉成正想整队再战，忽然探了来报，胡林翼移营太湖，派多隆阿、李续宜前来攻打安庆。陈玉成料知安庆不便死守，改为谋取长江上游。于是率军从小路绕出霍山，攻破英山，直趋湖北，拔下黄州，分兵攻取德安、随州。胡林翼急忙令李续宜回兵支援。陈玉成留下党羽坚守德安，自己则率三万名长毛兵回到安庆，扑攻曾国荃军营。

曾国荃凭着壕沟防御敌军，好像长城一样，陈玉成不能攻克。鲍超自南岸进攻，多隆阿自东岸进攻，陈玉成退守集贤关。不久，陈玉成又调集杨辅清的人马再到安庆，筑起十九个营垒，援应城里的长毛军。陈玉成留下悍酋刘玱林，令他屯驻关内，作为后应。曾国藩檄令鲍超进击集贤关，杨载福率炮船水军协助曾国荃，守住营壕。多隆阿移驻桐城，截剿长毛军的后援。自咸丰十一年四月到七月，两军相持不下。胡林翼又派成大吉协助鲍超，两军夹攻，猛扑七天七夜，才得以攻入城中，擒住长毛军悍将刘玱林，将他押解到京城正法。集贤关已被攻下，陈玉成、杨辅清两个长毛军将领失去后应。曾国荃气焰越加高涨，会合杨载福的炮船，水陆攻击，连毁十九座敌垒，陈玉成、杨辅清慌忙逃去。安庆城内的长毛军至此孤立无助。七月下旬，没有了粮草，守城悍将叶芸来率所有精锐突围，被曾国荃截住，无路可逃，只得退回。曾国荃逼城筑垒，掘隧埋药，于八月初一，引爆地雷，轰坍城墙。曾国荃率军杀入，城内的长毛兵没有一个逃跑，人人冒死巷战。等到筋疲力尽，枪折刀残，才纷纷毕命。叶芸来手下所有将士，共有一万六千人丧生。安庆被长毛兵占据了九年，曾国荃得此雄都，奠定了谋取东南的基础。

曾国藩收到捷报后，赶到安庆接受俘虏，当下飞章奏捷。奏折刚发出去，忽然接到一封从热河发来的公文，拆开一瞧，顿时大哭。原来七月十七日，咸丰帝在热河驾崩，曾国藩深感皇上的知遇之恩，自然难过得涕泪俱下。只是咸丰帝正值壮年，怎么就晏驾了呢？

咸丰帝刚即位时颇思励精图治，将朝纲整治一新。无奈举步艰难，群臣贪图享乐，内有长毛军造反，外有洋人入侵，江山屡屡被摇动，皇帝日劳睿虑。久而久之，免不了寻些乐趣，借以解闷。那拉贵妃、四春娘娘因此得宠。但娥眉是伐性的斧头，天天相近，容易损丧精神；况且联军入京，乘车出走，朝受风霜，暮惊烽火，这个时候，就算是身体再强壮的人，也会急出病来。议和告成后，恭亲王派载垣向皇上奏报，并请示回銮的日期。咸丰帝详细询问京中的情形，载垣便据实陈诉说圆明园烧了三天三夜，内外库款被搜刮干净。你想咸丰帝得知这个消息，心中能不难过吗？咸丰帝心灰意冷自然不愿意回銮，便说天气渐寒，打算暂缓回京，等明年春天再定归期。载垣也不劝谏皇上，反而极口赞成。皇上便令随行的军机大臣写好上谕，颁发京城。载垣让皇上留在京外，算是护驾。他与郑亲王端华、户部尚书肃顺本是要好得很，至此便同揽政权，巩固权势。

这三人中，肃顺最有智谋，载垣、端华的谋划都倚仗肃顺。景寿、穆荫、匡源、杜翰、焦祐瀛五个军机大臣随驾北行，全是因肃顺一力保举，他们都是肃顺的走狗。肃顺最忌讳的人有两个，一个是皇贵妃那拉氏，一个是恭亲王奕䜣。那拉贵妃是个后宫的班头，宫中的一切事务多由那拉处理，咸丰帝非常宠任她，皇后素性温厚，不去干预。恭亲王是咸丰帝的弟弟，权力在怡、郑两位亲王之上，所以肃顺时常忌惮他。北狩也是肃顺主张的，他想离开恭亲王，叫恭亲王去办抚议。办得好，自然不必说什么，一旦办得不好，就可以加罪。且恭亲王在京城，距热河很远，随驾的人中只有一个那拉贵妃，但她终究是女流之辈，不怕她挟持皇帝，因此在京的王公大臣陆续奏请皇上回銮，肃顺与怡、郑二王总是设法阻止。冬季说是太冷，夏季说是太热，春秋二季，无词可借，只说是京中遭遇兵祸，凄惨得很。

咸丰帝得过且过，一拖再拖，拖到咸丰十一年六月，竟身患重病。弥留之际，咸丰帝召载垣、端华、肃顺以及五位军机大臣入内接受顾命，立皇子载淳为皇太子。并因太子年幼，咸丰帝嘱咐他们尽心竭力地辅佐幼君。八人应命而出。一天后，咸丰帝驾崩，享年三十一岁。

载垣、端华、肃顺立即扶持六岁的皇太子在灵柩前即了尊位，便是同治帝。当下尊皇后钮祜禄氏及生母皇贵妃那拉氏为皇太后。拟定新皇年号是"祺祥"二字，尊谥大行皇帝为文宗显皇帝；并上皇太后徽号叫做慈安皇太后，生母皇太后徽号叫做慈禧皇太后。也称她们为东太后、西太后。

载垣、端华、肃顺辅佐新皇帝嗣位，自称参赞政务大臣，先发喜诏，后发哀诏。在京的王公大臣大多去恭亲王府议事。恭亲王奕䜣说："现在皇上大行，嗣主年幼，一切政权想来全在怡、郑二王及尚书肃顺手上。"说到这里，叹了几声。王公大臣等人大多与肃顺不合，又见恭亲王也有不满的意思，便齐声说："王爷是大行皇帝的胞弟，论起我朝祖制，新皇幼小，应由王爷辅政，还轮不到怡、郑二王，肃尚书更不必说呢！"恭亲王虽没有回答，头已点了数次。

恭亲王与王公大臣正在商议，忽然家仆来报，宫监安得海自热河而来。安得海是那拉太后比较宠爱的太监，恭亲王料知他定有机密事件相告，便屏退王公大臣，单独召安太监进府。安太监请过安后，恭亲王将他引入密室，谈了一天，旁人也不知道他们到底说了些什么。第二天早晨，安太监匆匆离去。恭亲王当即上折子，说近期将去奔丧。这折子递到热河，怡、郑二王先看过一遍，递给肃顺。肃顺大略一瞧，便说："恭亲王表面上奔丧，实际是来夺权，必须阻止他。"怡亲王说："他是大行皇帝的胞弟，前来奔丧，名正言顺，怎么阻止他？"肃顺说："这有何难？就说京师重地，留守要紧，况且梓宫不久就回京，不用来此奔丧。这样一说，难道不名正言顺吗？"怡亲王大喜，便令肃顺批好原折，下发出去。

这事刚布置妥帖，忽然御史董元醇递上一折，奏请两宫皇太后垂帘听政。怡亲王一瞧，便说："放屁！我朝自开国以来，还没有太后垂帘的故例，哪个混账御史敢提倡此议？"肃顺说："这明明是有人指使，应严加驳斥，免得别人再来多嘴！"于是再由肃顺加批，把"祖制"两字抬了出来，将原折批驳了一番，末尾还有"如再恶言乱政，当按律加罪"等话。批示发出去以后，三人还以为从此没有后患，哪里晓得这些批语全无效用！

咸丰帝临终时，这世传授命的御宝早被西太后取去，肃顺虽是聪明，这件事却先输了一着。一着走错，满盘皆输，所以终被西太后所制伏。西太后见怡亲王等人独断独行，批谕一切，且不曾入内向她们禀报，便去跟慈安太后商议。慈安太后本无意垂帘，被西太后说得深感局势危急，倒也心动起来，便说："怡、郑诸王怀着这些鬼胎，我们该怎么办？"西太后说："除密召恭亲王奕訢外，没有别的办法。"慈安太后点头，于是由西太后拟定懿旨，请慈安太后用印。慈安太后问道："前日先皇所赐的玉玺，用得着吗？"西太后说："正好用得着。"随即取出玉玺盖印，上面是篆文的"同道堂印"四字，然后派安得海日夜兼程去召恭亲王前来。

大约过了十天，恭亲王奕訢兼程赶来。肃顺专门派人侦探恭亲王的消息，得知恭亲王前来，忙报知怡、郑二王。怡、郑二王听后大吃一惊，正想设法对付，忽然仆从来报，恭亲王奕訢来见。三人只得出去迎接，将恭亲王接入府后，载垣先开口，问："六王爷为什么来此？"奕訢说："特来叩谒梓宫，并向太后请安。"载垣说："此前已下旨，令六王爷不必到来，难道六王爷没有看过圣旨？"奕訢说是不曾接到，并问圣旨是什么时候颁发的。载垣屈指一算说："差不多有十多天了。"奕䜣说："怪不得，兄弟出京已有七八天了。"肃顺立即插嘴说："六王爷没有得到召见的圣旨，竟擅自离京，那谁来负责京城里面的事务？"奕䜣说："这没关系，在京的王公大臣多得很。现在京内安定如常，还怕什么？况且兄弟此次前来，一是亲自来哭灵，稍尽臣子的孝仪；二是来给两宫太后请安，明后天便打算回京。这里的事情交给诸公办理，是最好不过的了。兄弟年纪轻，声望也浅薄，还仗诸位指教！"肃顺还没回答，忽然从载垣背后走出一人，朗声说："叩谒梓宫原是应该，如果要觐见太后，恐怕就没那么方便。"奕䜣一眼瞧过去，正是军机大臣杜翰，便问道："有什么不便？"杜翰说："两宫太后与六王爷有叔嫂的名义，叔嫂应当避嫌，所以王爷不宜觐见太后。"奕䜣正想辩驳，无奈载垣、端华、肃顺三人都随声附和，好像杜翰的话是圣旨一样。恭亲王一想，彼众我寡，不便与他们争执，还是另想办法，随口说："诸位说得也没错，那就拜托诸位代我向太后请安。"

当下告辞出府，回到寓所，正巧安得海已在寓所守候，奕䜣又与他密议一番。安得海颇有些小聪明，竟想出一个妙法，附在奕䜣耳边悄悄说了几句。奕䜣眉头一皱，似乎有不便照办的意思。又经安得海细说几句，奕䜣这才应允，安德海起身告辞。当天傍晚，夕阳西下，暮色沉沉，避暑山庄的寝门外来了一顶轿子，里面坐着的，似乎是个宫娥，守门侍卫正想上前询问，安太监已从里面出来，走到轿子前，掀开帘帷，搀着一位宫装的妇人下来。侍卫一瞧，的确是个妇女，便由着她随安太监进去。第二天黎明，宫门一开，这位宫装的妇人仍由安太监带领出了宫门，坐轿径直离去。中午的时候，恭亲王奕䜣出现，到梓宫前哭灵。第二天，恭亲王便到怡、郑两王处辞行。恭亲王奕䜣奉太后的密召而来，难道不见太后，便匆匆回去吗？上文说的宫装的妇人，来去突兀，想来定是恭亲王巧扮，由安得海引他出入，暗中定计，瞒过侍卫的眼珠。若是明眼人窥着，自能瞧破机关。那群侍卫虽是怡、郑二王的爪牙，毕竟没什么智识，以为是个妇人，也不去通报怡、郑二王，所以中了宫内外的秘计。

恭亲王离去后，两宫太后便传懿旨，准备在近几天之内奉梓宫回京。载垣、端华、肃顺三人又密议了一番。载垣的意思是迟一天好一天，肃顺说："我们先入宫去见太后，再作打算。"三人于是一同入宫，向两位太后请过安后，在两旁站定。西太后便说："梓宫回京的日子已拟定了吗?"载垣说:"听说京城里面还不是很平静,依奴才愚见,不如暂缓几天。"西太后说:"先皇帝在时,早就想回銮,因京城屡有不靖的谣言,以致拖延时日,含恨而终。如果再逗留下去,奉安无期,那不是我们的罪孽吗?你们都是宗室大臣,亲受先皇临终时的委托,也该替先皇着想,早些奉安才好。"三人默然不答。西太后又对慈安太后说:"我们都是女流,诸事都靠参赞政务的王公大臣。前天董御史奏请两宫听政,他们也不曾与我们商量,便驳斥回去,我也不怪他们。既然自命为参赞政务大臣,为什么连梓宫奉安的事都不提起?自己问自己,只怕也对不起先皇帝呢。"慈安太后也不多说,只答了一个"是"字。肃顺此时忍耐不住,便说:"太后训政,我朝祖制不曾有过,就算太后有旨垂帘,奴才等也不敢奉旨。"西太后说:"我们并不想违犯祖制,只因嗣王幼小,事事不能自主,全仗别人辅助,所以董元醇的奏折也不无可取之处。你们如果肯竭诚辅佐幼帝,那是很好的事,何必我们听政!但现在梓宫奉安、嗣主回京的两桩大事,尚且不曾办好,'参赞'二字上,恐怕有些说不过去吧。"载垣听了这话,心中很是不自在,不禁说:"奴才辅佐皇上,不能事事听命于太后,这也要请太后原谅!"西太后听后,脸色一变,说:"我只叫你辅佐皇上,并没有要你听命于我们,你既然晓得'辅佐皇上'四个字,我们便万分感激了。你想皇上是天下共主,一天不回京,人心便一天不安,皇上也是一天不安,所以请你们选好回京的日子,劳你们奉丧护驾,早日回京,就算是你们这些参赞大臣尽职了。"端华也开口说:"梓宫奉安及太后同皇上回銮,原本是要紧的事情,奴才怎么敢阻难。不过是怕京城还没有安定,所以稍微有些踌躇。"西太后说:"听说京中早已安定,不必多虑,还是早日回去的好。"三人随即退出。

肃顺气得不得了,又跟怡、郑两位亲王回去商议,定下一计,打算派怡亲王的侍卫护送后妃,然后在途中刺杀西太后,以泄愤根。于是就定在九月二十三日,皇太后、皇上奉梓宫回京。

起行这一天,怡、郑两位亲王护送皇太后、皇上,肃顺、穆荫等人护送梓宫。依照清室礼节,大行皇帝的灵柩起行前,皇帝及后妃等人都要行礼奠酒,礼毕,立即先行,以便在京恭迎。此次自然照例办理,銮车在前,梓宫在后。载垣等人预谋在古北口下手,偏西太后机警得很,密令侍卫荣禄带一队人马沿途保护。荣禄是西太后的亲戚,有人说西太后小时候曾与荣禄订婚,后因被选入宫中,婚约便取消。荣禄一生忠于

311

西太后，西太后得此人保驾，就算载垣、端华再怎么乖巧，也不敢下手。一行人走到古北口时，大雨滂沱，荣禄振奋精神护卫两宫，从早晨到傍晚，不离两宫左右，一切供奉都由荣禄亲自检查。载垣、端华二人只有瞪着眼，由他们过去。

九月二十九日，皇太后、皇上安全抵达京城西北门，恭亲王奕䜣率同众位王公大臣出城迎接，跪伏道旁。当下由安得海传旨，令恭亲王起来。恭亲王谢恩起身，随銮车入城，载垣、端华四下一瞧，见城外都驻扎着军营，两宫经过时，士兵都俯伏行礼，顿时心中忐忑不安起来。只因梓宫还没到京城，暗想一时应当不会有什么变动，便各自回原邸安宿一晚。

第二天早晨起来，载垣刚想入朝办事，忽然见恭亲王奕䜣与大学士桂良等人带着几十名侍卫大步跨进来。载垣忙问什么事，奕䜣说："朝旨请怡亲王解任！"载垣说："我奉大行皇帝的遗命辅佐皇上，是谁令我解任？"奕䜣说："这是皇太后、皇上的谕旨，谁敢不依！"正争论时，端华也走进来，约载垣一同入朝，见到奕䜣、载垣两人相争，还不知是怎么回事儿，只见奕䜣冲着他说："郑亲王也到了，真是凑巧，省得本王往返。现奉谕旨，令怡、郑二王解任！"端华"哧"地一笑，随即说："上谕还须由我们来拟定，你的谕旨是从哪里来的？"奕䜣取出谕旨，让二人瞧阅。二人无暇去读圣旨，先去瞧那盖印。只见上面印着御宝，末后是"同道堂印"四字。载垣问："此印从哪里来的？"奕䜣说："这是大行皇帝弥留时，亲自交给两宫皇太后的。"载垣、端华齐声说："两位太后不能令我们解任，皇帝年幼自是不必说。解任不解任，由我们自己决定，不劳你费心！"奕䜣勃然大怒说："两位果真不愿接旨吗？"两人连说："没有圣旨可接！"奕䜣说："御宝不算，那先皇遗传的'同道堂印'，也不算吗？"然后喝令侍卫将两人拿下。

慈禧听政

载垣、端华两人被侍卫拿下后，不服气地问道："朝廷凭什么贬黜我们？"奕䜣说："你们听好了！"然后捧着谕旨细数两人的罪状。两人越往下听，脸色越差。等圣旨宣读完毕，载垣、端华便说："恭亲王！你是西太后的心腹，也是亡清的功臣！'灭清朝者叶赫'，这句话要应验了。好！好！好！我们跟你走！"当下恭亲王奕䜣令侍卫将载垣、端华带到宗人府，让宗人府看管他们，然后入宫复旨。西太后心狠手辣，毫不留情，不仅将载垣、端华、肃顺三人革去爵职，还让宗人府与大学士、九卿等人对他们从严定罪。同时派睿亲王仁寿、醇郡王奕谭速将肃顺捉回京城，严刑审问。

睿、醇二王接到太后的命令后，立即带着一百多名侍卫出京捉人。途中二人密商，借口迎接梓宫，以便诱擒肃顺。走了一百多里，正好与梓宫相遇。护送梓宫的第一大员趾高气扬，正是御前大臣肃顺。两王下了马，与肃顺拱手。肃顺也下马相迎，随即肃顺将他们引到梓宫前。二王行过了礼，又将肃顺慰劳一番。肃顺正想打探銮车的消息，便问他们，两宫皇太后及皇上是否安康。睿亲王仁寿回答一切安好，醇郡王奕谭却说到了驿站，再好好细谈。

三人于是一起护着梓宫赶往京城，一直到梓宫停歇地才停下来休息。仁寿、奕谭吃完晚饭，又过了几个小时，部众都准备去睡觉，只有肃顺仍与二王闲谈。奕谭突然站起来说："朝廷有令，捉拿肃顺回京受审！"肃顺大惊，还没反应过来，侍卫已一起闯进来，将他按住，上了锁。肃顺喊道："我犯了什么罪？"奕谭说："你的罪状多得很，到了宗人府再说！"肃顺问道："是谁叫你们来抓我？"奕谭说："我们奉皇上的谕旨来捉拿你归案。"肃顺怒喝到："六岁小儿怎么知道捉拿人？无非是那拉氏同我作对。你们都是那拉氏的走狗，她要你们做什么，你们便做什么！"奕谭也不与他争辩，便令侍卫带肃顺连夜进京。第二天早上，朝廷便降旨严办肃顺。

当天，朝廷就授恭亲王奕訢为议政王。两天后，梓宫抵达德胜门。两宫皇太后及皇上忙出德胜门跪迎，奉梓宫入紫禁城，安放在乾清宫。于是大学士贾桢与副都统胜保立即奏请太后听政。大学士周祖培奏请更改年号，理由是原先拟定"祺祥"二字意义重复。当下两宫降下圣旨，令议政王、军机大臣等人改拟新皇年号。议政王暗察太后的心思，于是拟出"同治"二字，让太后过目。西太后一看这两字暗寓两宫同治的意思，心中自是十分满意，随即下令以明年为同治元年，颁告天下。第二天又降下一道圣旨，细数载垣、端华、肃顺三人及一帮军机大臣的罪状。圣旨一下，太后便派肃亲王华丰与刑部尚书绵森前往宗人府逼载垣、端华二人自杀。然后又派睿亲王仁寿与刑部右侍郎载龄将肃顺押到午门斩首。三人临死时，都痛骂西太后及恭亲王奕訢。肃顺骂得更是厉害，索性将西太后的祖宗十八代都大骂一通。

三人死后，满廷的大臣谁还敢违忤慈禧太后？于是咸丰十一年十月甲子日，六岁的小太子在太和殿重新行即位礼，接受王公大臣的朝贺。十一月朔日，小皇帝奉两宫皇太后在养心殿垂帘听政。同治元年二月十二日，皇帝在弘德殿入学读书。随后清廷的政务都由两宫太后主持。慈安太后本无意听政，垂帘后不过挂个虚名，万事都是慈禧裁处，慈安则基本上什么事都不管不问。慈禧太后十分英明，很会任用贤能，处理朝政。东南军务，她全权交由两江总督曾国藩处理，令他管辖江苏、安徽、江西三省以及浙江全省军务，四省的巡抚、提镇以及下属各官吏全部归他调度。一人担负这么重大的责任，自清朝开国以来，连皇亲国戚都没有受此优遇。曾国藩是个汉臣，却得到朝廷的重用，这难道不是慈禧太后慧眼识英才吗？

当时，湖北巡抚胡林翼自太湖回军支援湖北，收复黄州、德安等地，积劳成疾，得了咯血症，竟病死在武昌，临终时向朝廷保荐李续宜。朝廷立即下旨任命李续宜为湖北巡抚。曾国藩担心因管辖的地方太大，以致疏忽，于是特意向朝廷推荐左宗棠，令他督办浙江军务。朝廷准奏，曾国藩便令左宗棠赴浙剿贼，浙省提镇以下的官员都归左宗棠调遣。

只有安徽知府吴棠在慈禧垂帘后累次蒙受提拔，几年光景竟升任四川总督，这一例是太后怀有私心。然而滴水之恩，当涌泉相报。慈禧小时候，受过吴公的大恩，知恩图报，正是慈禧太后厚道，不应苛责。圆明园内的四春娘娘后来竟不知下落，有人说她们被放回民间，有人说她们被慈禧处死。但处死一说，无从考证。汉朝时的"人彘"，唐朝时的"醉妪"，这些让人毛骨悚然的惨剧，清宫还不曾听说过，这也是慈禧仁慈的一面。

话说回来，曾国荃收复安庆后，本打算沿江而下，直捣江宁，只是滨江两岸各要隘，驻扎了不少长毛军，曾国荃便会同杨载福水军节节进剿，连克敌垒。长毛军将领忠王李秀成与侍王李世贤窜入江西，攻陷瑞州。曾国藩令鲍超前去支援。鲍超兼程赶过去，队伍前面悬着一丈多的红绫，中间写着一个大大的"鲍"字，沿途所过之处，长毛兵望见"鲍"字旗帜，便立即四散逃去。洪秀成还想与他交战，无奈部众个个失魂丧胆，一战即溃，被鲍超一口气攻破七十多座营帐，驱逐出境。江西又被肃清。

曾国荃听说江西已被平定，上游已经安全，便与曾国藩商议，进攻江宁。曾国藩怕兵力不足，令曾国荃回湖南招募乡勇。朝廷将曾国荃赏赐一番，授任他为浙江按察使，同时授任鲍超为浙江提督。

浙江自从被张玉良收复后，长毛军仍然四处滋扰。李秀成、李世贤两人自江西进入浙江，几番迂回后，攻陷严州，取道浦阳江，势如破竹，进据绍兴，攻陷杭州。当时，张玉良带着援军在江干被长毛军列炮击毙，浙江巡抚王有龄坚守不住，向安徽乞援。曾国藩十分重视江、皖，不愿将兵力分散出去，于是催促左宗棠由赣赴浙。左军还没进入浙江境内，巡抚王有龄及部下已经全部殉难。

曾国藩得知浙江被长毛军攻陷，便请求朝廷严厉惩处自己。朝廷不责怪他疏忽，反而授他协办大学士职衔。并任命左宗棠为浙江巡抚，令左宗棠与曾国藩统筹大局，极力补救。曾国藩异常感激，越发想着竭力报效国家。恰巧因杭城陷没，淞沪戒严，朝廷令曾国藩派人前去防剿。曾国藩物色人才，又举荐了一位大人物，这个大人物是谁？他就是后来的傅相李鸿章。

李鸿章字少荃，安徽合肥县人，道光年间进士。曾任福建省道员，曾国藩听说他有才，便将他招为募宾。李鸿章曾向曾国藩建议在江北兴办淮扬水军，但没有被采纳。这次因朝廷四处征求将帅，曾国藩便向太后推荐李鸿章，说他才大心细，劲气内敛，能委以重任。朝廷于是让李鸿章听命于曾国藩。曾国藩立即令李鸿章回乡招募乡勇，依照湘军的训练方法操练淮、徐兵丁，又挑选了两位湘军名将程学启、郭松林做他的帮手。李鸿章初出茅庐，悉心训练，于是组成一支乡勇大军，称为淮军。

同治元年二月，李鸿章率淮勇到安庆，曾国荃与弟弟曾国葆也率湘勇赶来。于是统辖东南的曾国藩施展他生平的大抱负，调遣精兵猛将分路出击。进攻江宁的兵马，由曾国荃统率，杨载福、彭玉麟二路水军辅助陆军；收复江苏的兵马由李鸿章统率，黄翼升的水军辅佐陆军；收复浙江的兵马由左宗棠统率，另调广西臬司蒋益澧率部众到浙江助剿；庐州一带由多隆阿剿办；宁国一带由鲍超剿办；李续宜已被调到安徽，颖州一带便由他扫平。各路大军都听令于曾国藩大帅。此外，淮上的袁甲三、扬州的德兴阿、镇江的冯子材，虽没有得到曾国藩的调遣，但也由曾国藩统筹兼顾。当时，士饱马腾，铁骑四出，眼见着太平天国就要保不住了。

曾国藩坐镇安庆，指挥各路大军。军书纷至，捷报飞传：都兴阿于在天长获胜，左宗棠收复遂安；曾国荃与曾国葆会合水陆各军，一破获

315

港，再破望城岗，三破铜城闸，连拔巢县、含山县、繁昌县及和州，乘势夺得西梁山，收复太平府城；彭玉麟攻入金柱关，攻克东梁山，收复芜湖县，与曾国荃合军进逼江宁。

多隆阿进攻庐州，击败四眼狗陈玉成，率军攀梯登城，陈玉成逃去。陈玉成身为太平天国名将，至此被几路大军合力逼走，穷途末路，只得去投奔团练总头目苗沛霖。苗沛霖是安徽凤台县人，曾是团练头目，世人叫他苗练，颇有威名。太平天国诱使他叛清，许诺给他一个爵位，随即清副都统胜保也招抚苗沛霖，向朝廷保荐他为道员。苗沛霖首鼠两端，居心叵测。刚巧胜保出兵驻扎颖州，苗沛霖感激胜保的保荐，于是将四眼狗诱骗入城，然后出其不意，将四眼狗捆住，并将他的家眷部下全部捉住，押送到颖州胜保的军营。胜保劝陈玉成投降，陈玉成不答应，胜保便将陈玉成押往京师。不久，陈玉成在河南卫辉府被处决。

陈玉成一死，楚、皖间便没有巨寇了。鲍超又攻克宁国府城，赶走太平天国的辅王杨辅清，并擒获他的手下大将洪容海。曾国荃也连克秣陵关、大胜关，进驻雨花台，距离江宁城仅四里。同时分出一部分军士给曾国葆，让他留守三汊河、江东桥一带，在河边修筑堡垒以确保饷道的通畅。大好的一座金陵城，至此既失去皖南的掎角之势，又受到水陆各军的围困。洪秀全焦急万分，急忙催促李秀成和李世贤回军支援。两人还没到，曾国荃的军营里忽然发生瘟疫，士兵病的病、死的死，曾国藩令曾国荃撤军自保，曾国荃执意不肯。

忽然探子来报，李秀成率苏、常悍党共计二十万人救援江宁，就要去攻扑曾国荃大营了！曾国藩得知，急忙向太后奏请，另选大臣赶赴江南，挽救江南的危急局面。不久，圣旨传到军营。曾国藩一听，便知京中已无意发兵，无奈只得调苏州程学启、浙江蒋益澧前去援救曾国荃。没想到，两军都说军务吃紧，不能抽身。一时间，竟将这位足智多谋的曾大帅弄得无计可施。

李鸿章与淮军

曾国荃进攻江宁，长毛军将领李秀成率部众援救江宁，曾国藩担心弟弟有闪失，忙令浙军助剿，浙军却抽不开身。当时江宁及苏、浙三处都处于血战的时候。曾国藩无可奈何，只得希望弟弟吉人自有天相。

当时，曾国荃的兵力还不到一万，即使加上杨载福、彭玉麟两路水军，仍不满两万人。不料瘟疫盛行，兵士相继死亡，情况危急万分。突然又传来李秀成带着数十万长毛兵自苏、常而来的消息。曾国荃誓守雨花台，率众军士疏浚营地周围的沟壕，加固壁垒，准备御敌。曾国荃刚部署完，李秀成已经杀到雨花台，麾众猛扑城墙。曾国荃坚守不动，李秀成不能攻入，便建了两百多座营垒，围住曾国荃的军营。曾国荃昼夜不息，指挥三军竭力堵御。李秀成令部众连番进攻，前队没有得胜，后队继续进攻，后队没有得胜，前队又上。没想到曾国荃真有能耐，不管李秀成怎么攻，他总是守定营盘，岿然不动。接连十天十夜，彼此都不曾休息，到第十一天早上，炮声突然响彻山谷，震得营盘都摇摇不定。曾国荃的部将倪桂急忙率军堵截，突然飞来一颗炮弹，滴溜溜地滚下来，"砰"的一声炸开，遍地都是火星。倪桂不巧触到了火，当即阵亡了。军士惊叫："这是开花炮！这是开花炮！"话还没说完，曾国荃已怒马冲过来，把第一个惊叫开花炮的人，一刀削去脑袋。然后亲自上前截挡炮弹。正巧第二个炮弹又飞过来，曾国荃用手中的令旗将炮弹一拂，那炮弹落入壕中，偏偏不炸。军士这才知道开花炮弹也不是个个会炸的，于是胆子一壮，自然上前抵御。曾国荃下令，将火箭、火球飞掷出去，长毛兵死了不少，但至死不退。

第二天，天气阴沉，天空还微微飘着雨，开花炮越发没有威力。一连下了好几天的雨，长毛兵就改用枪来攻击，曾国荃令军士持枪还击。相持不下时，突然一粒子弹正中曾国荃的面颊，顿时满脸是血，曾国荃依旧忍着痛坚守阵前。军士见主帅如此奋勇，自然更加奋勇作战。第十六天，李世贤带着人马从浙江赶来，给李秀成助阵。一眼望过去，差不多有十多万，这些长毛兵一到壕外，就来猛扑。这时候，曾营里面的军士已是九死一生，逃又没处逃，躲又没处躲，索性豁出一条性命与长毛贼死战到底。双方杀了两天两夜，才稍稍停火休息。曾国荃亲自为部将包扎伤口，部将又给部下包扎创伤，指臂相连，痛痒相关。因此人人感德，个个齐心。

过了几天，长毛军似乎有些松懈，曾国荃对众将领说："这中间一定有诈，要格外小心！"果然到了第二天早上，一声怪响，城墙被炸塌好几丈，长毛军翻墙而进。曾国荃急忙令将士乱掷火球，同时用枪炮阻击，足足力战了三个小时，才将闯进来的长毛贼全部击毙，缺口也堵塞住了。长毛贼又白费心思，只好沮丧回营。后来长毛军又暗挖地道，私埋火药。曾国荃将军士分为三队，一队专门防堵长毛贼，一队增筑内墙，一队专门负责侦察地道。长毛兵挖的七个地洞都被曾营发觉，并抢先将洞塞住，长毛兵已心灰意冷，守兵却还有余力。曾国荃竟率军出战，鼓号一响，军士如潮水般冲出壁垒，长毛兵见了，都大惊失色。当下曾国荃冲破十多座营盘、斩杀数百名长毛军，这才率军回营。长毛贼见曾营难以攻下，便分出一部分兵力去截饷道。饷道由曾国葆保护，早已防守得十分严密。只是曾国葆也感染瘟疫，寒热交加，正卧床不起。他见长毛贼来袭，便强打精神起来督战，与长毛军打一仗，胜一仗。曾国荃又赶紧派出一部分人马去接应曾国葆，两军合力将长毛军杀退。自同治元年闰八月十九日到十月四日，共计四十六天，曾国荃目不交睫、衣不解带，与长毛军相持日久，自是愤恨至极，军士也怒气填胸。同治元年十月五日黎明，长毛军又来围攻，曾国荃率全营军士走出壁垒迎战。这次清军出击比前次厉害，真的是以一当百，以百当千，以千当万，接连踏破数十座敌营。长毛军望风而逃，纷纷溃散，李秀成、李世贤两人终于抵挡不住，夺路而逃。曾国荃大营自救成功，这是湘军的第一场恶战。

曾营内的将士几乎被伤得体无完肤，曾国荃也疲惫不堪。曾国葆竟一病不起，于同治元年十一月十八日死在军中。朝廷降旨将曾国葆厚葬，并为他建立专祠，还令史馆为他立传。

话说回来，李鸿章带领淮勇正打算出发，恰好江苏士绅钱鼎铭、潘馥等人筹备了十八万两白银到安徽迎接他。李鸿章搭便船，与程学启、郭松林诸将一同抵达上海。上海是各国通商的码头，与苏州相距不远，长毛军占据苏州后，便想谋取上海。苏淞台道吴煦联合英、法各军设立会防局，分头防御长毛军。美国人华尔出兵驻守淞江，多次打败长毛军，尤为出力。等到李鸿章到上海，外国人见他的部下衣冠粗陋，不禁大笑。李鸿章说："兵贵在能战，不在服饰的华美，等我先打一仗，你再笑也不迟。"

李鸿章刚请美国人华尔督练出一支会使用洋枪的常胜军，朝廷降旨，令他暂代江苏巡抚一职。李鸿章初次带兵打仗，又要兼管疆域，便令参将李恒嵩会同华尔，并联合英、法士兵，攻克嘉定、青浦二城。英国提督何伯请李鸿章派兵联合攻打浦东厅县。李鸿章于是令程学启、刘铭传、郭松林、滕嗣武、潘鼎新诸将进军南汇县的周浦镇，作为北路；英提督何伯与法提督卜罗德自淞江向金山卫进军，作为南路。

两军刚出发，忽然传来消息，李秀成出兵攻打太仓州，知州李庆琛兵败，随后嘉定沦陷，青浦局势危急。李鸿章急忙调程学启前去扼守虹桥，阻击李秀成，然后又告知英、法两提督，让他们立即援救青浦。当时，英、法两提督刚攻克奉贤，接到李鸿章的公文，忙率军赶赴青浦。途中遇到李秀成的部众，当下两军开战，卜罗德中枪身亡，何伯被吓得退了回去。华尔正坚守青浦城，见英、法各军败退，也突围出城，前往松江。

李秀成直逼上海，先向程学启的军营发起进攻。程学启手下只有八百人，李秀成的士兵却不下十万。程学启毫不畏惧，登上营墙指挥作战，他见长毛军将营寨围得水泄不通，便亲自放炮轰击。长毛军九却九进，营垒外堆积的尸体都与沟壕平齐了。长毛军正打算踩着尸山登上城墙，忽然东北角上出现一大队人马，队伍中旗帜随风飘扬。程学启用望远镜窥探，只见旗帜上大大地写着"署江苏巡抚李"六字，知是李鸿章前来支援，于是大声呼喊部众出击。长毛贼又惊又怕，随即下令撤军。李鸿章与程学启合军追杀过去，刀斩斧劈，好像削瓜切菜一样，杀得沿途尸首遍地。李秀成带来的十二个悍将全部抱头鼠窜。这场大胜仗之后，外国人才晓得淮军勇猛，都不敢再轻视李鸿章了。

随后，淮军又收复南汇、山卫、青浦、嘉定。长毛军慕王谭绍光与听王陈炳文又纠集苏州、杭州、嘉兴的长毛军，从昆山、太仓入犯上海。结果在程学启、刘铭传、郭松林的三面堵截下，在三江口大败而逃，淞沪解围。朝廷授李鸿章为江苏巡抚。

当时，宁绍台道史致鄂因长毛军攻陷慈溪，向上海乞援。李鸿章令华尔率常胜军前往支援，收复慈溪城。华尔在战斗中不幸中炮身亡。常胜军回到淞江，由美国人白齐文代为统领。不料白齐文闭城索饷，四处劫夺，李鸿章收回白齐文的兵权，勒令他回国，另起用英将戈登，让他统领常胜军。不料白齐文反而投靠李秀成，暗地里为长毛军出谋划策，后米浙军将他擒住，押往上海受审，中途船翻了，白齐文溺水而死。

李鸿章为淞沪解围后，便进军苏州、常州，招降常熟的长毛军将领骆国忠及太仓的长毛军将领钱寿仁，随后直捣福山，攻取昆山，直逼苏州。李秀成自江宁败还，趋入江北，听说宁国府城已被鲍超攻破，东、西梁山又由曾国荃分军守御，于是率军返回苏州。当时李鸿章正督兵进攻苏州。李秀成日夜兼程赶去支援长毛军，赶到常熟后，只见城上刀枪齐列，为首的一员将官，面相很熟，仔细一瞧，正是骆国忠，却已改穿清装。李秀成便大声质问他："你怎么可以背叛天朝？"骆国忠说："忠王，你也是一代豪杰，难道不识时务吗？洪氏马上就要灭亡了，你不如下马乞降，免得玉石俱焚！"李秀成瞪着眼睛，怒斥道："我是堂堂大丈夫，怎么会像你这么没有良心！"话还没说完，两旁鼓声乱鸣，左有李鸿章，右有刘铭传，两路大军蜂拥而来。李秀成忙摆好阵势迎战，炮声、枪声响成一片。杀了三四个时辰，长毛军毫不懈怠，越战越悍，越悍越战。不料后面突然杀入一个郭松林，挥舞着大刀，左砍右劈，浑身都是血。长毛兵相顾惊愕，霎时溃退。官军追到无锡，李秀成入城抵抗，并调来一百多艘战舰，云集城外，作为掎角。郭松林会合黄翼升水师，决议火攻。恰巧遇着顺风，一把火，烈焰腾空，把长毛军一百多艘战舰烧得一艘不留。李秀成高坐在城楼上，见江中起火，料知战舰保不住了，忽然兵卒来报，战船已被烧尽，水兵死了一万多。李秀成不由得涕泪交加，感叹道："这是天亡我天国了！"

李秀成正想弃城出逃，城外来了白齐文，将从上海掠夺而来的两艘轮船献给他，并说："船上载有巨炮，很是厉害！"李秀成也管不了许多，出城上船。想亲自试一试，便对准黄翼升的水军突然开炮，一炮刚发，对面的战船果然被轰破了几艘。正下令开第二炮，不料对面来了两三艘船。离李秀成乘坐的船还有一丈多远，为首的人就拿着短刀一跃而上，随后又有几十名兵士陆续跳上船，来杀李秀成。李秀成一看这首领正是钱寿仁，便喝道："钱寿仁，你做什么？"钱寿仁说："谁是钱寿仁？我是周寿昌！特来取你的首级！"原来钱寿仁确实是他的假名，投降清朝后，他恢复真名周寿昌。李秀成也不再多说，立即持刀抵抗。无奈清军越来越多，索性纵火焚船。李秀成见情况危急，只得丢弃座船，跳到白齐文的船上，起锚逃去。

清军夺下无锡，乘胜追到苏州。李秀成已先行入城，与谭绍光固守苏州城。清军运来二十门大炮，把城外的敌垒全部毁去。程学启攻打城南，戈登攻打城北，李鸿章亲自指挥，誓破此城。城中的长毛军十分惊恐。李秀成与谭绍光率一万多悍党，突然杀出城门。从早上杀到中午，清军才将冲出来的长毛军杀回。李鸿章令将士将书信射入城中，说："投降的人免死，献出头目首级的人有赏。"于是城中悍将郜永宽夜里偷偷出城，径直到清营投降，并说愿取来谭绍光的首级献给清军。自此程学启一面攻城，一面专等城里的消息，接连几天，城里一直毫无反应。

一天晚上，天黑如墨，苏州城外的护城河里隐约有划船的声音。程学启得知后，忙亲自巡阅，河中已不见人的踪影。因天昏月暗，不便追袭，程学启于是令军士格外留心，谁知李秀成已于半夜逃走。李秀成心灵眼快，窥透郜永宽的预谋，便决计逃走。于是他将守城的事托付给谭绍光，痛哭一场，握手道别。李秀成离开后，谭绍光势单力孤，苦守数天。郜永宽令部将汪有为随谭绍光巡城，乘其不备突然向谭绍光背后开枪，子弹穿入心窝，谭绍光霎时倒毙。谭绍光手下一千多名亲兵与郜永宽搏杀，怎么禁得住郜永宽手下几万人的还击？没过多久，就全部阵亡了。

郜永宽打开城门，将程学启迎入城中。程学启安抚八位投降的将领时，发现他们个个面目狰狞，好像魔鬼一样。八人在程学启面前，仍傲然自若。程学启翻看名册，第一个是太平天国纳王郜永宽，第二个是比王伍贵文，第三个是康王汪安钧，第四个是宁王周文佳，此外还有范启发、张大洲、汪怀武、汪有为四位大将。程学启眉头一皱，计上心来，便好言抚慰他们。郜永宽说："我们已经投降，李帅就应该遵守诺言，向清廷举荐我们，大则当总兵，小则当副将。"程学启说："这个自然，兄弟会替你们向李帅禀明。"郜永宽说："还有一个要求，我们的部下差不多有二十营，他们仍然要归我们八人统领，驻扎阊、胥、盘、齐四门。"程学启也随口答应，然后匆匆出城，与李鸿章谈了一夜。

第二天早上，程学启令八人出城受赏，八人欣然前往。程学启先出城，部署各军，张设营幄。大约到了中午，李鸿章高坐在营帐中，等八人前来拜见。八人骑马出城，到营帐前才下马，由程学启带他们进来，行过了礼，李鸿章令他们在两旁坐定。程学启走出营帐，又立即带兵进来，八人顿时十分惊愕，不料李鸿章下令，将他们拿下。八人手无寸铁，怎么抵挡，自然被擒住。八人大呼无罪，程学启说："你们借口投降，居心狡诈，妄想拥兵弄权，恃众横行，还敢说无罪吗？"便向李鸿章请示将八人正法。李鸿章还在犹豫，程学启说："虎已被绑住，万不能再放虎归山，他们甘心背叛谭绍光，难道就不敢背叛您吗？"李鸿章于是点头，士兵当下将八人推出，霎时间献上八颗血淋淋的首级。程学启将首级悬挂军前，传令城内外的长毛兵，各交军械，不得再有异心，否则斩首。长毛兵恐惧万分，大多将军械交出，只有两千多人不肯遵行，程学启便将他们一一杀掉，然后整队进入苏州城。戈登对杀掉降兵一事不满，痛骂程学启不讲道义，并说从此与程学启势不两立。多亏李鸿章从中调停，他才肯罢手。

朝廷为李鸿章加太子少保衔，戈登也得到重赏。李鸿章随即将军士分为两路：一路由程学启、刘秉璋、潘鼎新、李朝斌四人统领，围剿浙西的长毛军，遥应左宗棠、蒋益澧军，肃清江、浙通道；一路由李鸿章自行督领，率李鹤章、刘铭传等人进攻常州，与曾国荃、鲍超军相呼应。两路大兵分头出发，势如破竹，所向无敌。程学启拿下平湖、乍浦、海盐、澉浦，直攻嘉兴。嘉兴城上枪炮如雨而下，清军顿时血肉横飞，程学启气愤至极，拿着长矛亲自登城，额上中了一弹，坠下城去。部将刘士奇、王永胜见主将受伤，怒气填胸，麾众继续登城，嘉兴城被一举攻破。程学启负伤回到苏州，医治以后伤口逐渐愈合，只是额下的骨头已经腐坏，饮食多有不便。程学启非常愤恨，竟将那骨头剜出，伤口再次破裂，程学启大叫数声而亡。

李鸿章已收复宜兴，拔下溧阳，进而围攻常州，水陆炮声如雷。四月六日，常州被收复。常州在咸丰十年四月六日沦陷，四年后被清军收复，巧的是沦陷和收复都在同一天，甚至连几时几刻都不差分毫，当时人人称为奇事。

苏、常已被收复，江苏全省除江宁外都被平定。长毛军大多窜入江西，曾国藩檄令鲍超军回来支援，李鸿章也派兵前去堵截，并撤去常胜军，遣送戈登归国。从此淮军声名远扬。

后来，李鸿章出使德国，与德国首相俾斯麦闲谈，大讲特讲自己攻打长毛军的功劳。俾斯麦听后说："欧洲人以杀异种为荣，如果专杀同胞，实属可耻。"李鸿章不禁自惭形秽。

天王末路

李鸿章收复苏州、常州的时候，左宗棠在浙江也屡获胜仗。自从左宗棠收复遂安后，严州一带的长毛军逐渐被肃清。太平军侍王李世贤率金华的大股长毛军，围攻衢州。左宗棠亲自前往支援，杀败李世贤，李世贤逃回金华。左宗棠因浙江全省的长毛兵大多云集金华，便决定由衢州攻取金华。于是派蒋益澧出兵，拔下龙游、兰溪，金华的长毛兵忙弃城逃去。

金华的长毛兵为什么不战而溃呢？原来，长毛军因诸暨有个包立身，很是厉害，便一起拔营，去围攻包村。包立身世代务农，膂力过人，幼时练过奇门异术，上知天文，下知地理。因长毛军侵扰浙江，他便聚集村人筑塞设堡，专与长毛军相抗。长毛兵去一千，死一千，去两千，死两千。气得长毛贼咬牙切齿，纠众围攻，大有"宁失南京，勿失包村"的意思。

当时，苏淞兵备道吴晓帆听说包立身身怀绝技，便想将他招到幕下，让他做自己的助臂，只是苦于无人前去包村招抚。恰好在署中打杂的人中，有个冯仰山，自称是包立身的姑表兄弟，吴晓帆便令他前去招抚。到了包村附近，见四面都扎着长毛军的营垒，冯仰山不敢进去，刚巧包村的勇士头目跑出村外侦察敌情，他与冯仰山认识，便为冯仰山指路。冯仰山绕道二百里，才得以进村。他刚刚走进村里，就被村中的巡逻的勇士捉住，以为他是长毛贼的奸细。冯仰山急忙说他认识包立身，勇士便引他去见包立身，一见面两人就各道艰苦。当时包村附近数百里的居民都搬到包村避难，都将包立身倚做长城，连冯仰山的家眷也在其中。冯仰山与亲人相见，万分欣慰，便向包立身说起吴公的招抚之意。包立身叹道："我也知孤村无援，难以固守，且兵粮仅能支撑两个月，势必不能持久。只是村内百姓都群集，我不忍心丢下他们不管，如果要一起突围出去，恐怕又不容易，所以也在犹豫啊。"

正谈论着，忽然村外传来"隆隆"的炮声。包立身料知是长毛贼又发起猛攻，便邀冯仰山登高瞭望，只见远处的山上架着一门大炮，正对着包村轰击。包立身掐指一算说："这炮在东北方，今天月神刚好冲犯我村，恐怕对我村不利。"话还没说完，急忙将冯仰山推倒在地，自己也赶紧趴下。只听见一声巨响，炮弹擦脑袋飞了过去，冯仰山吓得浑身乱抖。包立身说："你待会儿再起来。"说完，包立身便拿掉束头发的布巾，任头发随意散乱，丢掉鞋子，赤着脚，握着剑，如同道家大仙，然后又选了三名勇士头目，让他们跟在自己后面，自己喃喃诵念咒语，竟飞行而去，勇士也紧随其后。冯仰山忙从地上爬起来，登高眺望，只见包立身径直飞出村外，竟降落在炮山上，然后把剑向前一指，守炮的长毛兵纷纷倒地。包立身立即令三位勇士将大炮抬回来。冯仰山忙跑下山迎接他们，包立身已站在他前面。三人所抬的炮不下四五百斤，冯仰山不禁十分惊异，便问道："我们两个从小就是同学，并不曾听说兄长身怀异术。后来弟赴苏州，远离家乡，听说长兄一直靠种田为生，很少外出，兄长什么时候得到道家的真传，竟如此神妙？"包立身说："二十年前，有一个奇人传授我秘册，虽然不是全套，但天文地理，我也略知一二。刚才去夺敌炮所用的招数就是六丁缩地法。可惜我所学的还只是皮毛，如果能通晓全套书籍，就算长毛贼有千万名，我也不怕！"冯仰山又问他长毛贼什么时候才能被平定？包立身说："我夜观星象，占卦推算，出江浙的长毛贼，不久就会平定。只是我村恐怕保不住了。"两人边走边谈，转眼已走到营中。

包立身召集全村的勇士，下令道："明天会下大雨，你们向西杀去，定能冲破贼营。虽然不能大获全胜，也能杀掉数百名贼人，挫挫他们的锐气。"冯仰山因老天许久都不曾下雨，便对包立身的话半信半疑。到了第二天，三千名勇士举着五色旗帜，分成五队，奉令出去。出发时，天气还十分晴朗，村勇一出村门，忽然乌云层层积压下来，顿时大雨滂沱，冯仰山瞠目许久。大约过了一个时辰，勇士已整队回来，报称攻破贼军的西营，缴获一些牲口和几十具器械。冯仰山忙问包立身："既然已将得胜，为什么不追杀一阵？"包立身说："贼人的气象还十分旺盛，一旦追杀他们，我们必败无疑。"过了一会儿，有长毛兵入村求见，包立身令他进来，长毛兵说："我家将军说愿将绍兴府城让给你们，只是希望你们以后不要和我军作对。"包立身笑道："这明明是诱骗我。浙东都已经沦陷了，一座孤城是难以固守的，而且一旦我们入城，就如同掉入一个陷阱，粮草更容易断绝，最后势必一个人都逃不出去。"随即喝令斩杀来使，冯仰山忙请示说："先不要杀来使，不如放他回去，叫他为包村解围。"包立身摇头说："他哪里肯帮包村解围？杀了他，免得长毛贼再派人来假意讲和。"当下将长毛兵推出去斩首。

长毛军将领得知这个消息后，越发狠命地调兵进攻。冯仰山不免有些焦急，便请求回去报告吴公，让他发兵接应，并想带家眷同行。包立身说："让我为你占上一卦。"见得到一个吉卦，便说："老弟起行之日就在今晚。"这晚大雨滂沱，包立身让冯仰山打点好后，带着家眷出发，只派六名勇士护送他，六人都打扮成长毛兵的模样。冯仰山不敢开口多请几人护送，只让包立身早些定下前往吴府的行期。包立身应允，与冯仰山握手道别。冯仰山冒雨而出，黑暗中见有无数的卫兵戴着红帽，穿得跟长毛贼一样，站在道路两旁。冯仰山怕极了，偷偷问护送他的勇士，勇士只是摇手，引冯仰山绕出小路，然后匆匆告别而去。

冯仰山离开后，长毛军愈来愈多。他们为防着包立身施展异术，便掳来民间的妇女，将她们扒个精光，让她们赤身裸体走在队伍前面。长毛军又将鸡羊狗血盛入喷筒，向村中乱射。包立身被他们镇住，法术全都失灵了，便决定突围。突围前包立身又占上一卦，一瞧卦象，不禁大惊失色："卦象指示只有在今晚一更之前出击，过了那个时间就再也没有突出重围的机会，大祸不远了！"随即令团勇迅速收拾行装，约定黄昏起程。吃完晚饭，包立身便令四千名村勇分作五队，每队各八百人，用红旗队作先锋，依次是白旗队、青旗队、黄旗队，皂旗队断后。当时正是晚上七点，红旗队已经出发，远处鼓声震天，枪炮声不绝于耳。

包立身正调发白旗队，忽然见村中百姓扶老携幼围堵他家门口，都哭着说包先生如果走了，我们横竖都是一死，现在只有留住包先生，靠他的保护或许还可以苟延一条性命。包立身出来劝慰众人，无奈人声鼎沸，连他说的话，都没有人听得清楚，众人只是堵在门前，不让他出去。包立身急得直跺脚，说："这是天数，时辰就要错过，大限难逃，怎么办？怎么办？"只得令后队暂时不要出发。这时红旗队已突围而去，白旗队随后跟上。长毛贼料知村民带着粮草打算在晚上逃跑，便不去追赶前队，径直率众捣入包村，喷筒火箭接连射入村中。顿时火光冲天，杀声震地，村勇已失去斗志，又被难民闹得心慌，自然不战先乱。当下长毛军毁掉村门杀进村来，见屋便烧，逢人便砍，满村都被烟火笼住，村民进退无路。一直杀到天明，村中已是鸡犬不留，包先生也不知去向，可能已死在乱军中，也有人说包先生已经逃走。还听说包先生有个妹妹，也熟知兵法，长毛贼擒住她后，将她五马分尸。

长毛军刚打败包军，蒋益澧军又到。长毛兵已经打得筋疲力尽，哪还招架得住清军？一听说左宗棠军将到，长毛兵霎时逃散。诸暨随即被收复。宁波军也攻克上虞、台州，并收复绍兴府城。朝廷授左宗棠为闽、浙总督，兼任浙江巡抚。左宗棠令蒋益澧的陆军、杨政谟的水师一起攻取杭州。太平军的听王陈炳文飞调附近的长毛军支援杭州，蒋益澧派部将分头堵截。不久左宗棠也从严州移驻富阳，征用法国总兵德克碑，令他率洋枪队攻陷富阳城。左宗棠进军余杭，让德克碑前去支援蒋益澧军。三军齐心合力收复了杭州城。余杭的长毛军守将康王汪海洋也弃城逃到德清。左宗棠移驻省城，与蒋益澧处理善后事宜，浙江全省的长毛贼渐渐被肃清。

话说回来，石达开自江宁孤军出走，刚开始到江西，与曾国藩军相持；随后到湖南，被骆秉章击走；再跑到广西，又被蒋益澧打败。石达开当时已另立门户，对洪秀全不管不问。暗自一想，湖广一带没办法驻足，不如窜入滇蜀，还可独霸一方。当时川寇蓝大顺、李永和正四出劫掠，石达开与他们串通一气，乘机入蜀。清廷因骆秉章剿寇有功，令他移督四川。骆秉章督师西上，先剿平蓝、李二寇，然后全力围攻石达开。石达开一生奔走一万多里，蹂躏了一百多座城池，惯于在边境地区出没，擅长避实击虚。骆秉章便将计就计，逼达石开进入边界，然后四面兜剿，使他无路可逃，自投罗网。石达开果然率大队人马西渡金沙江，打算向越隽厅进发。骆秉章派重兵偷偷地跟在他的后面，并令邛部土司岭承恩在前面截击石达开。石达开走小路，到了柴打，想从大渡河过去。没想到天雨如注，山洪暴发，不能直接渡河。川将唐友耕偏又追来，石达开急忙跑到老鸦游，唐友耕会合当地土兵，左右环逼。石达开还是决意率军渡河，刚渡到江中，将士大半溺死。石达开的妻妾以及子女全部沉入河中。只有石达开浮水逃到对岸，不料岭承恩正在那里等着他，趁他上来，一把将他抓住，押到清军营前。唐友耕将石达开押到成都，受审时他还侃侃而谈，口若悬河。石达开自称三十三岁，然后将太平天国以及清朝的所有将领都贬斥一番，唯独推重曾国藩，说他知人善任，治军严谨，实在是古今罕有的大帅。后来，石达开在成都被凌迟处死。

洪秀全所有的要地，只剩下江宁一城，此外虽还有党羽侵扰赣、皖，然而都已经是强弩之末。洪秀全走投无路，便将各处的头目一律封王，本以为他们会感恩效命，没想到王越多，纪律越乱，一切号令都没人听从。

曾国荃听说苏、浙都已得手，唯独江宁还没攻克，便日夜勉励诸军，节节进攻。李秀成带着几万长毛军退守丹阳、句容，然后率领几百名骑兵进入江宁，劝洪秀全弃都避难。洪秀全不听，李秀成只好致信李世贤，请他在江西拖住部分清军。然后亲自留守江宁，并屡次派兵攻扑曾国荃的军营。曾国荃招募兵勇，先夺雨花台，接着扫平聚宝门外的九座石垒，继而派兵扼守孝陵卫。此时，杨载福已改名杨岳斌，率水师赶到九洑洲，与彭玉麟分队夹击长毛军，一场恶战之下，攻克江宁对岸的九洑洲。

九洑洲这个重镇一破，收复江宁指日可待。曾国荃乘势攻克钟山石垒。这钟山石垒，长毛贼叫它天保城，是江宁城外的第一屏障。曾国荃得了此隘，才得以围攻江宁。鲍超攻克句容、金坛，长毛军败逃江西，鲍超会合杨岳斌的水师一同追击而去。彭玉麟又移驻九江。清廷担心曾国荃势孤力单，急忙命令李鸿章助攻江宁。

你想曾国荃自进攻江宁以后，费了无数心血，吃了无数苦头，才把江宁城团团围住，眼看就要胜利，偏有人出来分功，非但曾国荃不愿意，就是他的将士也没一个愿意的。李鸿章本来是由曾国藩保荐的，自然不想夺曾国荃的功劳，便推说有病在身，然后拖延不去，将五十万艘轮船的经费全部拨给曾国荃，给他做银饷。曾国荃又激励将士，率领他们攻克龙膊子山阴的坚垒。这垒比钟山石垒还要坚固，长毛贼叫它地保城。地保城一得手，曾国荃就在城上建起炮台，每天向城中开炮。可怜城中的粮草早已断绝，饥民饿得嗷嗷直叫，天王府便供给他们葱、韭菜、白菜，这些菜几乎与黄金同价。刚开始没有米可吃了，就以豆子代替；豆子吃光了，就以麦子代替；麦子吃光了，就吃熟地、薏米，或者牛、羊、猪、狗、鸡、鸭等牲畜。等牲畜也全部吃光，再没一点可以食用的东西，天王府便将草根捣碎，加上糖蒸熟，做成药丸的样子，取了一个美名，称做甘露疗饥丸，名字虽好听，但填不饱肚子。这群饥民趁晚上私自爬出城去找吃的，长毛兵也不加管制，饥民大白天也顺着城墙溜出城去。

同治三年五月，洪秀全受不了饥饿之苦，喝药自尽。洪仁发、洪仁达等人拥立幼主洪福瑱即位，幼主只有十五六岁。曾国荃得知这个消息，便令军士轮番进击，连凿三十六处地道，却都被城内堵住。随即曾国荃的部将李臣典又带人在敌炮密集处重挖一条地道。六月十六日，地道挖成，曾国荃传令部下所有将士，说冲锋陷阵的人有赏，贪生怕死的人立斩。曾国荃令将士安放引线，用火点燃，不一会儿，火药爆发，声如霹雳，将城墙轰开二十余丈的缺口。烟尘蔽空，砖石如雨，李臣典率官军一拥而上。长毛军忙用火药阻击，李臣典的军队才稍微退却。攻入城内的将士分路出击，直扑天王府，城外的将士再接再厉攻破城门。当时，长毛军忠王李秀成率众巷战，见大势已去，便想从旱西门夺路冲出，不料两位清将正从旱西门杀进来，李秀成被他们拦住，只得折回清凉山，藏匿在百姓家里。

天色已晚，只有天王府还没有被攻破，曾国荃令军士稍做休息。只率领王远和、王仕益、朱洪章等人继续猛攻天王府。三更时分，天王府内突然起火，并冲出一千多名悍党，每人手里都拿着洋枪，向街巷狂奔而去。官军也不追赶，只是闯入府内，扑灭大火，检点尸体，发现大多是府内的宫女，唯独不见洪秀全和幼主洪福瑱的尸体。天放亮后，曾国荃又下令关闭全城，在城内搜杀三天三夜，击毙十多万长毛兵。到十九日，终于搜获洪仁发、李秀成等人，审讯一番，才得知洪秀全的尸体埋葬在宫内，幼主洪福瑱已趁官兵夜战时，从城墙缺口处逃走了。当下曾国荃派人向曾国藩报捷，曾国藩立即和湖广总督官文上疏报捷。不久，朝旨下来，将曾国藩、曾国荃大大奖励一番，其余一百二十多位文武大臣也都论功行赏。一场大乱总算结束了。

曾国藩从安庆到江宁后，挖出洪秀全的尸体。洪秀全的尸身是用绣龙黄缎包裹的，他的脑袋上没有一根头发，胡须已经花白，遵照异教的习俗，没有用棺木下葬。曾国藩下令立即戮尸，焚骨扬灰，并将洪仁发、李秀成处死。只是洪福瑱不知下落，曾国藩奏称洪福瑱可能已经死了，其实洪福瑱已经逃到广德，转入湖州去了。

僧亲王中计

洪福瑱逃出江宁后，自广德转入湖州。当时浙江各郡县依次被收复，只有湖州还被长毛军将领黄文金占据，苏、浙官军联合进攻，都没能将湖州拿下。黄文金将幼主洪福瑱迎到湖州，左宗棠、李鸿章得到消息后，急忙令部将努力攻取湖州以便邀赏。于是浙将高连升等人攻打湖州城东南，苏将郭松林、王永胜等人攻打湖州城西北。两路大军逼得黄文金不得不率领几万悍党从西门出来迎战。郭松林率水陆军攻其左，王永胜由山路攻其右。黄文金袒露两臂，拿着刀往返冲杀，被枪炮截住，仍冒死抵抗。忽然兵卒来报，说浙军已攻入湖州东门，黄金文顿时心慌意乱，带着洪福瑱向西逃去。逃到宁国府山中，不料兜头碰着鲍超。鲍超大杀一阵，歼毙无数长毛兵。黄金文忙掉头前往浙江淳安，偏偏又遇到浙将黄少春，黄文金无路可逃，舍命大战一场，身受重伤，才突出重围。途中听说李世贤、汪海洋等人在江西，便决定由浙赴赣。才走几十里，黄文金伤势加剧，呕血而亡，临死前嘱托兄弟黄文英力保洪福瑱进入江西。

黄文英于是带着洪福瑱赶到广信，浙军紧追不舍，前面又有江西军堵截，黄文英只好转而前往石城。记名按察使席宝田，正在崇仁攻打李世贤，得知洪福瑱已进入江西，担心黄文英与李世贤军合兵，便急忙率轻骑从小路去截击。行军到石城县杨家牌时，只见狭窄的山路盘旋而上，山路边的危崖也盘旋了几十里，夕阳挂在山麓上，暮色如画。前锋逗留不进，席宝田召前锋将校问他原因，将校回答说天色已晚。席宝田大怒："翻过山岭就是贼寇所在，你为什么动摇我军的军心？"随即喝令将他斩首，各将都吓得冷汗直流，不得不奋勇登山。

走了一夜，山路渐渐平坦，东方也逐渐明亮，远远地看见岭下有一伙长毛兵正在做早饭，官兵呼喊着冲了下去，长毛兵惊慌失措，来不及逃奔。黄文英勉强迎战，却因马被绊倒，最终被抓住。洪仁政以及一帮将领也全被席宝田军擒获，只是没搜到洪福瑱。席宝田审问黄文英等人，他们至死不说。后来是俘虏中的一个牧马的小孩儿，被席宝田诱骗，回答说小天王没逃远，应该还在山中。席宝田于是分兵堵住谷口，率部将沿山搜寻。瓮中捉鳖，网里捕鱼。不到两天，部将周家良报称已抓获洪福瑱。席宝田亲自审问小天王，可怜这个十五六岁的孩子，杀鸡似的乱抖，只答了一个"是"字。席宝田随即将洪福瑱及黄文英等人押往南昌。巡抚沈葆桢迅速上奏请示，圣旨下来，命令就地正法。于是洪福瑱被磔死，黄文英、洪仁政等人也都随着小天王，一同造访阎王去了。

当时长毛军康王汪海洋正纠集十万余众来迎接洪福瑱，正在距离交战仅一百里的地方。洪福瑱被掳的消息一传来，顿时军心涣散，汪海洋气不过，窜入福建。李世贤也由赣入闽。闽省兵力空虚，没想到穷寇会突然杀过来，汀、漳二郡顿时遭到蹂躏。闽省大震。

左宗棠立即调大军围攻贼寇，李鸿章也发兵助剿。李世贤、汪海洋忙由闽窜粤。因意见不合，汪海洋竟杀死李世贤，然后率兵回江西，结果路上受到席宝田的阻击，两军大战了一场，汪海洋仍回到广东，攻陷嘉应州。左宗棠催促鲍超率军赴粤，自己也入粤督师。于是浙军围攻嘉应州东南，鲍军挡住嘉应州的西面，北面由粤军中的方耀军环攻，三面夹攻，汪海洋中炮身亡。长毛军自此被杀得一干二净。这时已是同治四年十二月了。

长毛贼全部被歼灭，捻匪仍骚扰山东、河南、陕西等省。清廷便令科尔沁亲王僧格林沁及湖广总督官文前去剿办捻匪。官文是个因人成事的人，虽然出省督师，却只是拖延观望。只有僧亲王骁悍善战，所向披靡。同治二年，僧亲王攻破雉河集老巢，擒斩捻匪首领张洛行，张洛行的侄子张总愚逃走了。当时苗沛霖再次背叛清廷，攻陷寿州、蒙城、临淮等地，号称有百万大军。僧亲王毫不畏惧，径直向蒙城进发。那时，苗沛霖的部下一听到"僧格林沁"四个大字，都吓得魂飞魄散，望风归降。苗沛霖霎时势单力孤，被僧亲王逼得无路可逃，最后被部下所杀。苗沛霖有一群干儿子，个个生得眉清目秀，仿佛美人儿一般。这粗犷勇莽的僧亲王一见到他们，就叫刽子手将他们细细剐碎，当做一种乐事。自己则高坐堂上，斟酒畅饮。犯人哀号得越惨，他越快活。所以苗沛霖

329

一死，这班姣童都成了陪葬。

僧格林沁回到河南，然后驰入湖北，降服长毛贼余党蓝成春、马融和，逼死扶王陈得才。唯独捻匪张总愚纠合党羽任柱、赖文光四处逃窜。僧格林沁追到东，他就逃到西，僧格林沁追到西，他又逃到东，绝不和僧格林沁正面冲突。并且专挑山谷险径，峰回路阻的地方，然后分队埋伏。

同治四年四月，天气微热，南风习习。僧格林沁军大多追得气喘吁吁，汗流浃背，远远听到山后有枪炮声，僧格林沁传令速进。当下众将士翻山越岭，越过几个峦头，仍不见捻匪的踪影，只在小坳内发现几名樵夫。不等僧格林沁军前去盘问，樵夫已走到马前，报称捻匪就在前面，愿为大军带路。僧格林沁大喜，便令樵夫走在前面，自己率大军紧紧相随。那时候暮霭横空，落霞散绮，孤鸦觅队，倦鸟归林。军士都没吃晚餐，都是面带饥容，勉强前进。忽然四面一阵呐喊，从前后左右拥出无数捻贼，把僧格林沁军困在中心。僧格林沁还不怎么在意，只督令各将士杀贼，捻匪却偏不与清军短兵相接，而是用枪炮胡乱射击。两军相持了一两个时辰，天色昏黑，僧军渐渐招架不住。诸将请求突围而走，僧格林沁不答应，在部将的再三请求下，僧格林沁才召来带路的樵夫让他带路，仍打算从原路杀出去。樵夫却也不逃，只说王爷随小的出去，绝对不会有误。僧格林沁于是让亲兵端来酒，喝了几斗，才提鞭上马，那马偏莫名其妙地变得很倔强，只是立在那里不动。僧格林沁抽了几鞭，马反而跳了起来，险些把他掀下来。僧格林沁换乘另一匹马突围，跟着樵夫前行的方向，杀了出去。

没想到樵夫偏将僧格林沁带到捻贼最多的地方。总兵陈国瑞见捻贼重重拦阻，料知樵夫心怀不轨，忙叫僧格林沁赶紧回来。那樵夫听到陈国瑞的呼声，霎时变脸，怒目相向，反而叫捻贼围杀僧格林沁。陈国瑞忙挺身去救僧格林沁，无奈捻贼如蜂般拥来，把他和僧格林沁冲开。陈国瑞舍命上前，接连突围数次，都被捻贼击回。陈国瑞自知无法救出僧格林沁，只得独自杀出一条血路，突围而走。

陈国瑞杀出重围后，天色已渐渐放亮，检点手下的残卒，只剩下几百人，刚想下马休息，忽然看到有一队败卒踉跄奔来。陈国瑞忙问他们王爷在哪里，有一败卒说："黑夜中人人自保，我不知道王爷的下落。但是百忙中看到有个贼首戴着三眼花翎扬长而去。贼首哪儿来的花翎，我想一定是王爷殉难了。"陈国瑞说："我们还是先回去找找王爷，等得到确实的消息，再向朝廷上奏。"部兵都惧怕不已，不敢贸然前去。陈国瑞登高远眺，已不见一个捻贼的身影，于是带着部兵赶回昨夜交战的地方。沿途尸积如山，仔细寻找，找到总兵何建鳌及内阁学士全顺的尸身，陈国瑞不免叹息。又继续找下去，只见草丛中有一具尸身，有身无首，旁边还有一具尸体，却身首俱全。陈国瑞令军士仔细辨认，才认出那具全尸正是僧亲王帐前的马卒，而无首的死尸不是别人，正是僧格林沁，他的身上已有八处重创。陈国瑞看着僧格林沁的尸体不禁泪如雨下，随即率军士向僧格林沁跪拜，然后将尸体裹好运往京城。何建鳌和全顺的尸身也一同载回。当下立即将此事上奏。两宫太后降下懿旨，将僧格林沁厚葬，准许为他立祠，并令配享太庙，予谥曰忠。

原来，那樵夫其实是捻贼桂三假扮的，他把僧格林沁带入绝路，僧格林沁一味粗莽，无暇详辨，所以中计。

这时曾国藩正在南京，他听说僧格林沁率轻骑追敌，每晚行军三百里，便叹道："将军犯了兵法的大忌啊！"正打算起草奏章，忽然圣旨下来，因僧格林沁在曹州战殁，令他携带钦差大臣赴山东剿灭捻匪，直隶、山东、河南三省绿旗各军及文武官吏，都归他调遣。两江总督之职，由李鸿章暂代，另令刘郁膏暂代江苏巡抚之职。

朝廷赐曾国藩为毅勇侯，曾国荃为威毅伯，官文为果威伯，左宗棠为恪靖伯，李鸿章为肃毅伯。曾国藩暗想自己在功臣中独膺侯爵，不免担心，至此接到管辖三省的圣旨，便上奏力辞。朝廷不允，催促曾国藩速速赶赴山东。曾国藩老成持重，上奏请示募勇练兵，练就步兵、骑兵、水兵三种兵力，以供调遣；还说齐、豫、苏、皖四省无法处处顾到，只能全力对付山东、河南、江苏、安徽四省的十三个捻匪出没的地方，其他地方应当交由各省的督抚负责。两宫太后正倚重曾国藩，自然全部照准。

曾国藩安排多日，然后在徐州驻扎。那时捻众东驰西突，四处蔓延，一会儿侵扰安徽，一会儿跑到山东，一会儿进入河南。虽然官军四处追剿，但总难圈住捻匪。朝廷免不了诘问曾国藩，曾国藩便复奏，大致说："捻匪已成流寇，官兵不能跟着他们东奔西走。现在只有选择要隘驻扎军队，而不是一味驱逐捻匪。军饷器械由水道转运，以江南作根本、清江浦作枢纽，沿淮颍而上可达临淮关，沿运河而上可达徐州、济宁。眼下臣正分设四镇重兵，安徽以临淮为老营，由刘松山驻扎；山东以济宁为老营，由潘鼎新驻扎；河南以周家口为老营，由刘铭传驻扎；江苏以徐州为老营，由张树声驻扎。一处有急，三处前往支援，首尾呼应，可以弥补我军作战迟钝的缺点，慢慢收到功效。"清廷不能反驳他，只好听任他慢慢部署。

不久，张总愚窜入南阳，两宫太后又焦急起来，令李鸿章督带杨鼎勋军驰赴洛阳一带防剿。并说："与曾国藩商酌妥当，不必拘泥谕旨，务必计出万全。"曾国藩却奏称："河洛没有贼人可剿，淮勇也没有人手可调，李鸿章如果前往洛阳，那就要撤掉东路已布置好的守兵，然后坐视山东、江苏混乱而不顾。"李鸿章也上了一道奏章，说得更加剀切恳挚。

朝廷只好让曾国藩自己看着办。于是曾国藩除分设四镇外，还在徐州训练了一支骑兵，令李鸿章的弟弟李昭庆统带，作为一队游击兵，令他先赴河南。然后自己驻扎周家口，居中调度。捻众得到消息后，竟另辟一路，窜入湖北，任柱、赖文光向黄冈进发，张总愚向襄阳进发，蕲黄一带遍地都是流寇。曾国藩急忙调刘铭传援鄂。刘铭传的大军一到，任、张两大股捻贼又一起窜入山东，几次攻扑运河，结果被潘鼎新军击败。捻贼接着窜入河南，碰到刘铭传的大军，既而东走淮、徐，忽东忽西，忽分忽合，弄得官军疲于奔命。这位从容坐镇的曾大帅于是想出一个防河圈捻的计策来。

剿灭捻贼任柱

钦差大臣曾国藩因捻众四出为患，便决定扼守沙河、贾鲁河，逼捻众窜入西南，这正是竭泽而渔之计。自河南周家口下至槐店一带属沙河，自周家口上至朱仙镇一带属贾鲁河，在这两处都设重兵扼守。自朱仙镇以北四十里到汴梁省城，又往北三十里到黄河南岸，这一带无河可守，便挖壕设防。自槐店下至正阳关，仍是沙河的流域，也派重兵驻扎。自正阳关以下，都是淮河流域，由水军与皖军联合防守。划分好所属辖地，逐层部署，依次紧逼，免得捻众四溢。部署已定，曾国藩便令刘铭传、潘鼎新、周盛波各军分防沙河，严扼要隘，遍筑墙堡。

捻首张总愚、牛老红、任柱、赖文光正渡河南下，这防河圈捻的计策正用得着。各路镇守的官军正打算四面兜剿，不料夏雨过多，水势大涨，毁掉了全盘计划。南阳、微山等湖与运河连成一片，各路守军所筑的堤墙多半坍毁，且河水漫到路上，水位深过马腹，导致军中的米粮、子弹输送十分迟缓。在此期间文报经常被延误，百姓的居所也被淹没，到处都是饿死的人，捻众因此越发横行霸道。张、牛、任、赖四人合兵，从汴梁省城附近直犯豫军。豫军兵力有限，挡不住大股的捻匪，霎时溃退。那捻众填平沟壕，向东而去。

当时刘铭传正在朱仙镇，远远地望见火光向西北逶迤而行，料知豫中的情况不妙，忙令乌尔图那逊带领骑兵向东驰援，唐殿魁带领步军往北去截击。两军到达开封境内，捻众大军已渡过黄河，窜入山东。当下山东告警，菏泽、曹县、郓城、巨野一带纷纷乞援。警报接连传达清廷，那些酒囊饭袋的王公大臣纷纷弹劾曾国藩，说他意志衰退、不求进取，不能再让他担当重任。曾国藩得知后，竟气出一身病来，于是上奏请假。朝廷令李鸿章驰赴徐州，调度湘淮各军，防卫淮、徐以东，并与山东巡抚阎敬铭一起处理山东军务。

李鸿章到达徐州的时候，刘铭传、潘鼎新两军已跟着捻众到了郓北，与捻众打了一仗，大获全胜。捻众又折回河南，妄图使黄河决堤，正在挖掘河堤时，刘铭传、潘鼎新两军先后追来，捻众分路逃散。张总愚由河南窜入陕西，任柱、赖文光由河南窜入安徽。于是张总愚这边的捻兵被称为西捻，任柱、赖文光这边的捻军被称为东捻。

这位忧谗畏讥的曾侯爷已告假几日，索性再上一道奏章，自称剿捻无功，希望朝廷卸下他的重任，撤去他的封爵，将他降职留在军营中效力。两宫太后念起他之前所立的汗马功劳，没答应他的请求，令他在军营中好好调理，并准他一个月的假，这一个月内，由李鸿章暂代钦差大臣。曾国藩仍奏请朝廷另挑大臣接替他管理四省军务，自己好专心剿灭捻贼。李鸿章也上奏推辞，并把调派兵力、筹集粮饷的两个难处申奏一番。朝廷便将曾、李二人调到同一职位，两人不便再违逆，于是遵旨奉行。

曾、李交接的时候，东捻又从安徽回到河南，从河南窜入湖北。曾国荃当时是湖北巡抚，他听说东捻窜入境内，忙出兵驻扎德安，飞书请钦差大臣李鸿章调兵前来助剿。李鸿章急忙檄令刘铭传、刘秉璋自周家口拔队进军固始、商城，与周盛波、张树珊各军，分道入鄂。任柱、赖文光本想由湖北进军入陕西，会合西捻，因被曾国荃扼制，不能前进，便率众直趋德安。周盛波、张树珊军正自河南而来，与捻众又打了一场恶战，大胜捻军。兵法说："穷寇莫追。"张树珊却仗着锐气，满心期望一举歼敌，对窜逃的捻贼一再追击。这一追，便重蹈僧格林沁的覆辙了。张树珊向前追击数十里，忽然后面喊声大起，有大队捻贼杀到，前面的捻贼也转身夹击，把张树珊军前后队冲断。因之前和周盛波分东、西两个方向追剿逃窜的捻贼，张树珊久战而没有后应，免不了穷蹙起来，战到晚上，仍然无法突围出去，手下的副队及亲兵都伤亡殆尽。张树珊自知必死，大呼几声，又杀伤许多捻贼，最后力竭而亡。

刘铭传听说张树珊战死，忙赶到德安，会合周盛波军，在下沙港击败捻众。捻众东窜枣阳，西折到安陆府属的尹溇河。当时鲍超正驻军樊城，刘铭传与他约定日期夹击捻贼。刘铭传的大军由北而南，先到尹溇河，见捻众都驻扎在对岸，于是让王德成、龚元友两营留下护守辎重，自己亲率大军渡河。在大炮的掩护下，刘铭传军渡到对岸，捻众竟不战而逃，刘铭传军趁机追杀了五六里。忽然有警报传来，说是捻匪已渡河去劫辎重，刘铭传大惊，急忙分出六营兵力回去保护辎重，没想到任、赖二人竟率众回扑刘铭传军。刘铭传立即分中、左、右三路迎敌，结果不敌捻贼，刘铭传只得边战边退。多亏王德成、龚元友两营沿河前来救应，护送刘铭传渡河。捻众又渡河追来。刘铭传正危急时，鲍超亲自率领大军前来支援，两军合力才将捻众杀退，捻贼向安陆西路窜去。刘铭传检点部下，已损失不少将士，问过王、龚二人，才知抢劫辎重的消息其实是捻匪放出的谣言，以动摇刘铭传的军心。刘铭传不禁沮丧，据实上奏，自请处分。朝廷下旨赦免，不予追究。

同治六年，李鸿章抵达徐州，朝廷任命他为湖广总督，让他仍督军剿捻。李鸿章接旨后，赶到周家口，决定先剿东捻，后剿西捻；又因周树珊战殁，刘铭传战败，料知穷追无益，于是决定用曾国藩的计谋，圈地围捻。李鸿章听说任、赖等仍在鄂境为非作歹，便檄令各路将领赴鄂围攻捻众。这次任凭任柱与赖文光如何刁猾，终被清军迎头痛击一回。无奈时值仲夏，天久不下雨，湖、河都干涸了，人马转战疲惫，无水不足以制敌。

李鸿章正在忧虑，突然听说捻众又逼近南阳，忙令刘铭传尾追，周盛波迎截，潘鼎新、刘士奇等分路兜剿。任、赖闻风东逃，竟从河南冲入山东。各军一时没有追上，竟被他冲破运防，直达济宁。运防是什么要隘？因之前曾国藩督师时，除在豫省贾鲁河、沙河两岸设防外，还在山东省的运河东岸修堤筑墙，防备捻贼东窜。任、赖等人窜入鄂境后，远离运防，运防的守兵也因此松懈。不料捻众突然驰来，冲过运河东岸长长的围墙，把东军防营内的军械抢掠一空，并强迫民船渡军过河。东军将领王心安、水师将领赵三元都逃得不知去向，一任捻众为所欲为。

李鸿章得到消息后，急忙从周家口赶到归德，调集淮军全营赶赴山东防堵。刘铭传、潘鼎新为淮军将领，因捻众逐渐趋往登莱，便建议扼守运防，将贼众逼往山东，然后一举歼灭。李鸿章十分赞成，于是兵分三路，以期将东捻逼到海滨，使他进退无路，束手待毙。李鸿章又从归德赶到济宁，调周盛波、刘秉璋、杨鼎勋各军分驻运河。并令河南巡抚李鹤年派兵扼守东平，安徽巡抚英翰派兵扼守宿迁上下游一带。并调来三营的水师巡护运河，还令弟弟李昭庆驻守韩庄八闸。各军陆续到位，旌旗飘荡，矛戈森然。一有坍陷的河堤、毁坏的墙垣，李鸿章就令兵勇赶紧抢修。这一番部署，真是密密层层，像铜墙铁壁一样，没有丝毫破绽。李鸿章又亲自前去巡视，东到运河，西到胶莱河，都已筹防完固。只有淮河西岸都是沙滩，接近海边，一时来不及筑墙，当下李鸿章调遣东军十个营的兵士前去防堵，暗想这下总该万无一失。随后李鸿章回驻济宁，等着捷报。

第一次捷报称，捻匪窜入墨县，被东抚率军击退。第二次捷报称，捻匪入犯新河，被潘鼎新军击退。第三次捷报称，捻匪攻扑豫军，宋庆等人合力将贼众杀败，并追击二十多里。李鸿章暗想道："捻匪已入我笼中，这下他们插翅难飞了。"

过了两三天，李鸿章接到一封紧急文书，拆开一瞧，竟是捻匪从海神庙扑向潍河，并渡河而去，王心安的大军溃败，营官胡祖胜等人阵亡。"亡"字还没看完，李鸿章不由得将来文掷下，勃然大怒："混账的王心安，上一次因为运防失陷，朝廷已经将他革职，只希望他效力赎罪。谁知这次他又临阵脱逃，误我的大事，真是可恨！但王成谦的十营兵士也驻扎潍河，他为什么坐视不救呢？"原来，这王成谦是候补道员，也是东军十营的统领，潍河西岸归他防堵。他因营墙没有建成，不免心虚，左思右想，只有已被革职的总兵王心安所扎驻的辛安庄还有营墙的掩护，于是与王心安商议，让王心安移驻海神庙。海神庙就在海边，王心安以为捻匪不会杀过来，便答应了。王成谦于是率领部下的四营兵士移驻辛安庄。偏这任柱、赖文光专与他作对，竟径直冲向海边，王心安惊慌逃去。王成谦袖手旁观，竟任由捻众一拥过河。等到刘铭传、潘鼎新及董凤高、沈宏富等人闻讯赶来，那捻众已似漏网之鱼、脱笼之鸟，远远逃去。恼得李鸿章无处泄愤，一腔怒火全喷向王成谦，立刻上奏弹劾，朝廷随即将王成谦革职。李鸿章亲自赶到台庄，谨慎部署运防。

这时候，清廷的王公大臣又议论起来，说：“胶莱的河防都溃败了，运河那么长又怎么防得住捻贼？”朝廷降旨询问李鸿章。李鸿章复奏说：“胶莱三百多里的河防都不可靠，运河一千多里的河防更不可靠，但从前在运河设防，原是怕胶莱的河防仓促间难以建成，所以画一圆圈以扼住捻贼的归路，而令皖、豫、鄂各军驻守运河，是方便顾及省外和省内。如果自撤运防，捻匪得以逃窜，将来必流毒数省，贻害无穷。”这几句话说得太后心服口服。

果然任、赖两个捻首急着突破运河的防守，逃往宿迁，幸亏刘铭传、潘鼎新、周盛波各军将他们拦住，一顿厮杀，截回捻众。任、赖又想侵入江苏，经各军前截后追，捻军打一仗输一仗，只得返回山东。当时，已是秋尽冬初，捻首听说潍县有粮草，便想掳掠回来，以便过冬。不料刘铭传的大军急急追来，任柱刚到潍县，刘铭传军接踵而至，乘其不备，半夜攻入，把捻巢截作三段，捻众大乱。刘铭传军趁势抓获一些小头目，任柱、赖文光尚抵死作战，结果被刘铭传军用枪一阵扫射，死的死、伤的伤，任、赖只得落荒而逃。任柱等经此一战，手下的精悍多半被歼灭，只好奔到日照县。刘铭传仍紧追不放，并将任柱右耳击伤。任柱又往南窜逃，径直奔入江苏赣榆县，回头一看，只见远处尘头又起，料知刘铭传军杀到，任柱不禁大怒，对手下党羽说：“今天定要决一死战，有他无我，有我无他。你们谁如果不从令，先死在我的刀下！”当下安排几万名捻贼埋伏在城东丛林中，自己则裹伤以待。

刘铭传追到赣榆县，也防着任柱设伏，便兵分两路，令副都统善庆等人率兵从城东进攻，总兵陈振邦等人率兵从城西进攻。陈振邦等人刚过西关，遇到赖文光率领数千人杀来。交战不久，赖文光率众撤退，陈振邦率众尾追。刚追了一里，突然喊声大起，有一大股捻贼拿着长矛夹击而来。赖文光也转身杀来，陈振邦颇觉心寒，幸亏刘盛休、唐定奎两将率军及时赶来。捻众毫不畏怯，奋勇死斗。正杀得难解难分，刘铭传亲督全军，摇旗而来，那边不怕死的任柱望见刘铭传亲自杀来，就号令丛林内的伏捻一起从旁杀出。说时迟，那时快，善庆的一支人马也绕到城西，抵挡住任柱。这时候炮声不绝于耳，一边是只想着脱险，异常勇猛；一边是满心期望立功，悍勇无敌。酣斗了许久，仍是不分胜负。忽然烟雾弥漫，辨不清人影，赖文光等人纷纷逃跑。刘铭传趁这机会，派刘克仁等人趁着大雾绕到城北，攻打任柱的背后，自己则率各军会合善庆全力进击任柱。任柱及捻众越斗越狠，疯狗一般不管死活，一味乱咬。

没过多久，刘克仁率军从背后冲入捻阵，捻众大乱。唯独任柱指挥自若，仍没有一点儿惊慌的样子。刘铭传下令，取下任贼首级的人重赏，军士越发振奋，踊跃上前。无奈任柱手下的悍捻十分厉害，左挡右拦，使得清军无隙可入。突然有人大叫："任柱中枪死了！"顿时，捻众大惊，纷纷逃散。刘铭传挥军追杀二十多里才收军。

当下捷报传达清廷，朝廷将刘铭传军重重地犒赏一番，并重赏投降的捻贼潘贵升。原来，潘贵升见捻匪势力逐渐穷蹙，便偷偷地到清营乞降，并愿意杀死任柱以示诚意。这天两边交战许久，仍不分胜负，潘贵升便趁烟雾弥天，一枪击毙任柱，然后大呼而出，到刘铭传那里报功。捻众无头自乱，哪有不败的道理？

任柱已死，只剩下一个赖文光。独木不成林，不怕他不死。

平定捻乱

任柱死后，捻众自榆县奔到海州，随后推举赖文光为首领，赖文光号令众捻为任柱复仇。潘鼎新在上庄镇击败赖文光，并趁势追入山东诸县，途中遇到一群牧民在边境牧马，潘鼎新于是令将士严阵前进，步步为营。还没走多远，果然几百骑捻众如飞而至，被潘鼎新军一阵痛击，都拍马逃去。潘鼎新对手下将士说："这是捻匪惯用的伎俩，想诱我军前去，使我军中埋伏，我却偏要追过去。你们要步步留意，如果伏贼齐出，你们不要惊慌，只管立定脚跟，听我的号令。"各将士齐声答应，潘鼎新立即亲自率骑兵，分东、西两路追入，步军随后跟进。一声呼哨，捻众从冈岭分三路压下来，势如风卷潮涌。潘鼎新却从容指挥："前后骑、步两队各自严阵以待，用枪迎敌，不得妄动，违令者斩！"此令一出，各军士屹立不动，任凭捻众左冲右撞，只管用枪弹对付。捻众无计可施，严重受挫。潘鼎新见捻众已经懈怠，当即趁势反攻，锐不可当，杀得捻众叫苦连天，霎时跑得精光。

从此，赖文光一筹莫展，只在寿光、昌邑、潍三县交界处乱窜。窜到潍县东北安埠时，又想依照从前的做法，从海滩窜渡到内陆。突然看见清军大队举着刘字大旗冲杀过来，赖文光来不及逃跑，只得仓皇迎战。交战间，清军从四面八方杀到，异口同声地喊着"杀赖贼"，赖文光不免慌张，忙杀出一条血路，向东狂奔，一口气逃到杞城。还没来得及歇口气，突然前面又响起震耳的枪炮声，一员大将率军挡在路前。这位大将就是军门郭松林。赖文光还不知道他的厉害，招呼众人迎战，等到被郭松林手刃数人，才晓得来将不是等闲之辈，正想从原路返回，谁知刘铭传军又已经赶到。赖文光至此只得拼死一搏，终究弱不敌强，被刘铭传军和郭松林军追到河曲，群捻自相践踏，尸横狼藉。后路的捻众大多浮水逃走，赖文光也侥幸逃脱。

各官军继续追剿，在胶州县的分南沟，趁赖文光不备猛攻一番，剩余的几个老捻贼及七八千残众随着赖贼窜到寿光县。官军四路相逼，将贼众逼到海边，圈入南北洋河、巨弥河中间。因河水很深，捻众只得背水死战，郭松林、潘鼎新两军从东面攻入，刘铭传率大军从西面攻入，把捻众冲得四散八方。赖文光死战了一天，一看抵挡不住，索性将马匹辎重全部抛弃，轻骑向东而去。刘铭传军令兵士全力追赶，从洋河追到弥河，捻众那时已零星四散。赖文光还想冲破运防，奔到沐阳，结果遇到皖军，没战几个回合，就立即折回。赖文光又逃到淮安，见李昭庆、刘秉璋、黄翼升水陆各军驻扎在那里，料知过不去，于是掉头窜往扬州。恰好道员吴毓兰奉李鸿昌檄令，率领淮勇驻扎运河，他得知捻众来到，忙出兵迎击。赖文光不敢恋战，仍边战边撤，清军追杀到瓦窑铺，击毙几百名捻贼。赖文光被四面包围，无路可窜，竟纵火焚毁民屋，想借此牵制官军，以便脱逃。吴毓兰早防着这一招，麾军冒火搜剿。只见火光中有一捻贼，骑着黄马，手执黄旗，指挥捻众，料知是赖文光，于是连发数枪，击中他的坐骑，赖文光随马倒地。吴毓兰急忙督促亲兵将他活捉，审讯属实后，将他就地正法。剩下的几百捻贼也被各军搜杀无遗。

东捻被荡平后。太后十分高兴，封赏李鸿章骑都尉世职。曾国藩筹饷有功，已升任体仁阁大学士，至此也加授他云骑尉世职。

东捻失势的时候西捻正在蔓延。西捻首领张总愚自河南窜入陕西，恰逢回民叛乱，骚扰陕甘，张总愚于是与叛回串通一气。陕回的头目叫白彦虎，甘回的头目叫马化隆。他们因捻贼作乱，便也乘机起事。清廷曾多次派大将前去剿贼，但警讯依旧不断，谁知惹恼了恪靖伯左宗棠，自请前往陕、甘讨贼，为国效力。两宫太后欣然批准。

左宗棠到陕西后，听说捻、回勾结，便决定先剿捻贼，再剿叛回。于是令提督刘松山等人率军驱逐捻贼，不给捻、回合兵的机会。张总愚随即自秦入晋，自晋入豫，自豫入燕，直扰保定、深州等处，京畿戒严。

朝廷忙派盛京将军都兴阿赶赴天津，严行防堵，并调李鸿章督军北上，与左宗棠合力剿灭西捻。李鸿章不敢怠慢，立即令各路兵马起程。唯独刘铭传旧伤复发，无法带兵打仗，请假休养，因此没有随军前往。

李鸿章到达畿南，因河北平原旷野无险要地势可以据守，只得加固壁垒，使捻众无处掠夺粮食，然后再用兜剿的老法子。于是劝令当地的百姓赶紧环绕村寨修筑围墙，一听到寇警，就立即将粮草、牲畜收入寨内，以免被捻匪抢走。百姓倒也遵令筹办。无奈张捻已四处奔窜，清军连筑堡都来不及。第一次交战，郭松林、潘鼎新各军大破张捻于安平城下。第二次交战，河南、陕西各军赶来与郭松林等会合，在饶阳县击败张捻。第三次交战，捻贼潜渡滹沱河，郭松林、潘鼎新兼程追到，陕军统领刘松山、豫军统领张曜等人也先后追来，各路截击，将渡河的捻贼杀毙无数，张捻往南窜逃而去。第四次交战，捻贼自直隶窜到河南，又自河南窜回直隶，各军在滑县的大伾山将捻贼截住，一顿剿杀。第五次交战仍在滑县，捻贼用诱敌计引诱官军，记名提督陈振邦阵亡，其余各军也损失了不少人马。朝廷这次改宽为严，将左宗棠、李鸿章贬职，连直隶总督官文及河南巡抚李鹤年也被革职留任。

左宗棠向来骁勇，督军剿贼，亲自到畿南与李鸿章商议军务，最后议定严守运防，将捻贼圈逼海东。刚规划完，张捻已经径直窜入天津，多亏郭松林军冒雨忍饥，日夜兼程，挡住贼众，击败张捻，捻贼这才折回。张总愚原先的计策很是厉害，他以迅雷不及掩耳之势从陕西窜到京畿，本打算立即夺下津沽，不料淮勇日夜兼程赶来支援，他才没能得逞。他又故意窜到河南，诱使淮军南下，然后又迅速回来进犯津沽，出其不意，加以掠夺。偏郭松林与捻众角逐已久，熟悉捻贼狡猾的计谋，早就防着他又返回去攻袭，于是与他并趋而北，且总是赶在他的前面。一场酣斗，张捻只得沮丧地折入运河东面。

李鸿章力主防守运河，决定先扼守西北运河，修筑长墙以断绝捻贼的出路。当时郭松林正南下追击捻贼，途经沧州。沧州南部有座捷地坝，在运河的东岸，减河的河口。减河的水很深，足以堵住敌骑窜往天津的道路。李鸿章忙令郭松林将捻贼赶往此处，又腾出潘鼎新、扬鼎勋两军，让他们在减河岸边筑起八十多里的长墙，并分兵扼守，加固津防。同时调淮、直、豫、陕、皖、楚各军，让他们各自驻守自己省境内的运河，运防也随即告成。李鸿章又亲自率周盛波一行由德州沿运河查勘地形，以确保万无一失。张总愚果然率众扑向减河的长墙，见淮军整齐地出来迎战，料知不是对手，不战而逃。刚逃到盐山附近，突然遇到两支大军，一支是湘军刘松山，一支是豫军张曜、宋庆，由陕西总督左宗棠统率前来。当下两边对垒，张总愚再次失利，逃入茌平、高唐境内。此后，张总愚将捻众全部改编为骑兵，一遇到清军就跑，清军追也追不上。李鸿章只是令各军增筑长墙，一层紧一层，一步紧一步，将地越圈越小，捻势也越来越穷蹙。郭松林军在沙河左近探悉到捻贼的行踪，于是趁雨潜行，列阵而进，渡过沙河。捻贼刚准备整队前进，突然见官军杀来，捻众不禁大惊，急忙策马前奔，没想到满路都是泥淖，马匹无法快跑。当时前有郭松林，后有潘鼎新，前后夹击，骑兵与步兵连环迭进，无不以一当百，枪弹如雨而下，呼声如雷。捻众大乱，官军乘势追击，自沙河到商河三十里，沿途的尸体顶趾相接。张总愚亲自率领黑旗队，和清军拼杀几个回合，后来中弹落马。旁边的几十名亲骑忙将张总愚扶起，护着他拍马而逃。这一场大战，击毙捻匪无数，只剩五千余骑向东驰去。

李鸿章令刘铭传联合各路大军将捻贼逼入山东省。在济阳境内，清军重创捻众，余捻掉头向南逃去，窜入黄河沿岸的老海洼，浮水狂奔。官军紧追不舍，击毙捻贼中几个最彪悍的头目。张捻辗转到德州，几次抢渡运河，都被炮船击退。张总愚又窜到商河，余捻已零零落落，不能成队。刘铭传也率队追来，将张总愚逼到黄河与运河之间，八面围攻。张总愚在乱军中逃脱，往东北窜去，逃到徒骇河边，回头一看手下只剩八骑，不禁涕泪横流，下马与八人诀别，投水自尽。等官军追过来，六骑死于刀刃下，两骑被捉，西捻就此被肃清。当下捷报传达清廷，朝廷恢复李鸿章、左宗棠等人的原职，并犒赏全军。

只是陕、甘的叛回还没有平定，左宗棠入宫觐见，奏称五年以内肃清全境。两宫太后非常欣慰，令他即日去陕西剿贼。左宗棠领命后风驰电掣而去。云南一带也有叛回滋扰，云贵总督潘铎被叛回马荣杀死，多亏代理藩司岑毓英秘密招抚回部首领马如龙，两人联合击毙马荣。岑毓英本是粤西的秀才，带兵入滇，屡次建功。潘铎死后，朝廷令劳崇光继任。劳崇光一见到岑毓英，大加赏识，随即将云贵的军事全部交给他处理。当时黔苗民陶新春兄弟无端倡乱，岑毓英又出省征讨。征讨大军还没回来，迤西的回族部落首领杜文秀召集几十万回众，攻陷二十多座城池，直逼省会。劳制军急忙檄令岑毓英回军支援，岑毓英日夜兼程返回省城，戈矛耀日，旌旗迎风。叛回听到他的威名，已经心惊肉跳，等到交战，岑毓英军果然个个勇猛，大小几十个回兵堡垒顷刻间被岑毓英军

340

一一攻破。杜文秀忙掉头据守大理府，岑毓英被晋升为云南巡抚。

两宫皇太后及同治皇上料知陕、甘、云、贵一带不久将平定，不免悠闲起来。慈安太后性情向来贞淑，倒也没什么变化，唯独这花容月貌、聪明伶俐的慈禧太后不免放纵起来，由此闹出一场笑话。

太监李莲英

慈禧太后在宫内无所事事，静极思动，不免要想出一些法子消遣时日。她生平最喜欢看戏，内监安得海洞察慈禧太后的心思后，替太后建了一座戏园，招集梨园子弟每天前来演戏。安得海也伺候着慈禧太后每天前去观看，安太监因此愈得慈禧太后的欢心。安太监在两宫垂帘时，曾有参赞密谋的功绩，至此手中的权力更大，除两宫太后外没一个人敢违忤他，就是同治皇帝也要让他三分。宫中称他为小安子，都把他捧得跟太后一样。慈禧有时候一高兴，连咸丰帝遗留下的龙袍也会赏给小安子。

捻贼被荡平，海内安定无事，小安子安分不下来，想出京游玩一番。恰巧同治皇上长大成人，两宫便打算替他纳后，派恭亲王与内务府及礼、工二部准备皇上的大婚典礼。小安子乘机请示太后，愿意亲自前往江南为皇上督制龙衣。慈禧太后说："我朝祖制中规定内监不得出京，我看你还是不要去的好。"小安子说："太后的命令，奴才怎么敢不遵从？但江南织造献入的衣服，大多不好看。现在皇上将要大婚，这龙衣总要讲究一点，不能让他们敷衍了事。而且太后经常穿的那些衣服，依奴才看来，也大多不合身，所以奴才想亲自去督办，完完好好地制成几件，才好复旨。"慈禧太后向来爱装扮，听小安子这么一说，竟心动起来，只是想到祖制，又不便随口答应，当下犹豫不决。小安子窥破慈禧太后的心思，便说："太后不愧为国母，连采办龙衣一件事都要遵照祖制。其实太后想怎么做，便怎么做，如果万事都要被'祖制'二字束缚，连太后都不能自由呢。"慈禧性情高傲，被这话一激，不禁说道："你要去就去，只是这事要秘密进行，如果被王公大臣得知，连我也不好护着你。"小安子一听慈禧应允，喜得连连叩首谢恩。慈禧又嘱咐他路上小心，小安子嘴上虽说遵旨，心中却不以为然。随即辞别太后，收拾行装，于同治八年六月出京。小安子乘坐的是两只太平长船，声势十分显赫。船头悬着一面大旗，中间绘着一个太阳，太阳的中间，又绘着一只三足乌。

船两旁插着的龙凤旗帜，随风飘扬。船内载着很多男女，前有娈童，后有妙女，品竹调丝，悠扬不绝。

一出直隶，地方官吏派人去探问，小字子就答称奉旨前去织办龙衣。这班地方官大多都是趋炎附势的人物，一听说钦差来了，自然前去奉承。何况又是赫赫有名的小安子，慈禧太后下面就是他，哪个敢不唯命是从？小安子要一千金，他便给一千金，小安子要一万金，他也只得如数送上去。

安得海喜气洋洋，由直隶南下山东，还以为能一路顺风，想做什么便做什么，不料偏偏碰上一个大对头。这大对头叫丁宝桢，是当时的山东巡抚。剿办捻寇时，他曾随李鸿章转战南北，因防堵有功，朝廷连续提拔他。丁宝桢生平清廉正直，不喜欢趋炎奉承。一天，他正在处理公务，忽然接到德州来的公函，说钦差安得海过境，令地方上交钱款，问应不应该照办。丁宝桢有些讶异："安得海是个太监，怎么敢出都门？难道朝廷忘了祖训吗？"当即亲自写好奏章，派人先到恭王府邸报告，托他代递奏章。

而恭亲王弈䜣因安得海威权太重，早就对他十分不满，所以一接到丁宝桢的奏折，立刻入宫去见太后。正巧慈禧太后在园中看戏，不便向她禀报。恭亲王便禀知慈安太后，递上丁宝桢的密奏，慈安太后看完奏章，便说："小安子应该正法，但要与西太后商议。"恭亲王忙说："安得海违背祖制，擅自出都门，罪不可赦，应立即令丁宝桢将他捉拿正法。"慈安太后沉吟了半晌才说："西太后最宠爱小安子，如果由我下旨严办，将来西太后必要恨我，所以我不好做主。"恭亲王说："还要问西太后吗？西太后也不能违背祖制。安得海违犯祖制，还请太后立即裁决。如果西太后有不满，奴才定会全力主持正论。"慈安太后说："既然如此，就按你说的办吧。"恭亲王说："太后旨意已定，奴才马上照办。"当下令内监取过笔墨，匆匆写了几行，大致说："安太监擅自出都，如果不从严惩办，怎么严肃宫禁，以儆效尤？现令直隶、山东、江苏各督抚速派人严密缉拿，然后将人犯就地正法，毋庸再请旨"等话。圣旨拟定后，立即请慈安太后盖印。慈安竟将印盖上，于是恭亲王忙回府，将圣旨秘密发往山东。

直隶、山东本是毗连的省份，不到三天，圣旨已到济南。丁宝桢接到密谕后，立即派总兵王正起率兵追捕，赶到泰安县才追到安得海的坐船。王总兵喝令船只停下来，船上的水手毫不在意，仍顺风前进。王总兵忙在河边雇了几只民船，飞棹追上，一齐跃上安得海的船中。安得海这才知道有官兵截船，大声喝道："哪儿来的强盗，敢到我的船上胡闹？"王总兵说："奉旨缉拿安得海，你就是安得海吗？"安得海却冷笑着说："咱们是奉旨南下，督办龙衣，沿途并没有犯法，哪儿有缉捕的道理，你有什么圣旨，敢来办我！"王总兵说："你不要倔强，圣旨怎么可能捏造？"便令手下上前拿下安得海。安得海竟发怒说："当今皇帝也不敢动我，你们无法无天，想找死吗？"兵卒被他一吓，都不敢上前，气得王总兵两目圆睁，亲自动手，先摘下安得海的蓝翎大帽，然后将安得海一把扯倒，令兵卒取过铁链，把他锁住。兵卒见主将都动手了，不敢不从，当下将安得海捆绑起来，将剩下的一群仆役也一并拿下。随即令水手掉头驶回济南。

丁宝桢正静候消息，过了两天，王总兵回来说，安得海已经被缉捕，丁宝桢立即传令出堂审讯。兵卒将安得海带上堂来，丁宝桢便喝问："安得海就是你吗？"安得海骂道："丁宝桢！你连安老爷都不认得，还做什么混账抚台？"丁宝桢也不与他辩驳，便离座宣读密谕，读到"就地正法"四字，安得海才有些胆怯，徐徐说："我是奉慈禧太后的命令出来督办龙衣的。丁抚台，你敢欺骗我吗？"丁宝桢说："这是什么话，谁敢伪造圣旨来欺骗你！"安得海说："圣旨会不会弄错了，还求你老人家复奏一本，那样安某死也甘心。"丁宝桢说："圣旨已说毋庸再请示，难道你没有听到吗？"安得海还想哀求，无奈丁宝桢铁面无情，竟令刽子手将他绑出，一声令下，安得海的头颅迎刃而落。安得海的随从太监全部被绞死，剩下的一些男女，发配边疆的发配边疆，释放的释放。

这件事情，慈禧太后竟不曾知晓，直到案情已了，才传到李莲英耳中，他急忙转告慈禧。李莲英是什么人？也是一个极漂亮的太监。安得海在时，李莲英已蒙慈禧宠幸，只是势力不及安得海。这次一听到安得海的死讯，李莲英的心中非常快活，只因巴结慈禧要紧，便去禀报。慈禧太后听后大惊道："有这件事吗！为什么东太后不曾跟我提起？一定是外面的谣传。"李莲英说："听说密谕都已降了几道，应该不是谣言吧。"慈禧后说："你先去探明实况，然后速来禀报！"李莲英领命而去。

李莲英出宫后径直前往恭亲王府第探察。恭亲王不好有所隐瞒，只好以实相告。李莲英说："慈禧太后的性子，王爷也应该晓得，现在水落石出，恐怕慈禧太后非常不乐意呢。"恭王说："遵照祖制，应该这样办理。"李莲英微笑着说:"讲到'祖制'两字,两宫垂帘听政也是祖制所没有的,为什么你老人家却也赞成?"恭亲王被他驳倒,一时无言可答。李莲英便要告辞,恭亲王不免着急,顺手扯着李莲英到内厅,求他想办法。李莲英这才献策说:"大公主在宫内很得太后的欢心,可以让大公主从中转旋。如果太后还是没有息怒,奴才也可替王爷说好话。"恭亲王高兴地说:"这还全靠……"李莲英不等他说完,随即接口说:"奴才将来要靠王爷关照的时候多着呢!区区小事,何足挂齿?"随后又请恭亲王交出密谕的底稿,恭亲王随即找出一张纸,正是东太后的一道谕旨,临别时还嘱托李莲英替他开脱。李莲英忙说:"王爷放心,全包在奴才身上。"当下辞别恭王,匆匆回宫,将密谕呈给太后。

慈禧一边看一边哭,最后把底稿撕得粉碎,大怒道:"东太后瞒我瞒得真好,我向来以为她办事平和,不料她也如此狠心,我与她决不甘休!"说着,便令李莲英跟着她前往东宫。李莲英说:"这事也不是东太后一人决定的。"慈禧后说:"此外还有谁,除非是弈䜣?可恨,可恨!"莲英忙说:"太后的健康关系社稷安危,不应为了安总管,气坏玉体。"随即给慈禧捶背。大约过了半小时,见慈禧不再那么气喘,李莲英随即说:"安总管也太招摇,听说他一出都门,口口声声说是奉太后密旨,令各督抚州县上交钱款,所以闹出这桩案子。"慈禧听后说:"有这事吗?那他该死!但东太后不应该瞒着我。"

正说话时,忽然宫监来报,荣寿公主求见。荣寿公主正是恭亲王的女儿,宫中称她为大公主,文宗在时很宠爱她。文宗驾崩后,慈禧后因自己没有女儿,就认她为干女儿,让她入住宫中,封她为荣寿公主。李莲英与恭亲王密谈时,提起的大公主,就是她。回宫后,李莲英立即密递消息,叫她前来替恭亲王求情。慈禧正想找人发泄怒气,便说:"叫她进来!"荣寿公主进来向慈禧请过安,慈禧便说道:"你父亲做的好事!"公主假装不明白,李莲英从旁插嘴说:"就是安总管的事情,大公主应也晓得。"公主忙向慈禧跪下,叩头说:"臣女在宫侍奉太后,不知道外面发生的事情。今天刚从宫人口中得知,臣女立即回去拜见臣父。臣父说是安总管在外面太过招摇,山东巡抚丁宝桢飞递密奏,刚巧圣母在看戏,父亲生怕惹圣母不高兴,不敢贸然禀告圣母,所以仅禀报慈安太后,然后遵照祖制办理。"慈禧说:"你总是维护你父亲。"公主又磕头求太后息怒,慈禧说:"这次饶了你父亲,你回去告诉他,下次他再瞒我,那就别怪我无情。"公主谢恩告退。慈禧还想前往东宫,李莲英说："太后胸怀宽广，您都不怪恭王爷了，难道还要跟东太后争论吗？如果您真的气不过，不如从长计议。"慈禧见李莲英伶俐，说话十分中意，便生出李代桃僵的念头，把他提升为总管。李莲英感激太后的厚恩，鞠躬尽瘁更是不用细说。

光阴似箭，转眼又是一年。天津出的一件案子险些又挑起战事，多亏曾国藩从中调停，才得以免除战祸。自从中外通商以后，英、法、俄、美的商民纷纷来华生活，时常与华民发生冲突。《天津和约》中有保护传教士的条款。通商以后，来了许多传教士，不免与华民发生摩擦。清廷特地设立总理各国衙门，并在各口岸设通商大臣，专管外交。随后德意志、丹麦、荷兰、西班牙、比利时、意大利、奥地利、日本、秘鲁等国纷纷请求通商，都由总理衙门与他们订立条约。曾国藩、李鸿章留心外国的事物，自愧不如，于是连番请求创办新政、改习洋务。廷臣以华夏变蛮夷的古训，将曾国藩和李鸿章的建议一一驳斥。幸亏两宫太后信用曾、李，于是曾、李两人的建议全部被采纳。同治二年，在京师立同文馆；三年，派同知容闳去海外购买机器；四年，任命两江总督兼充南洋大臣，在上海设立江南制造局；五年，设置福建船政局。七年，派钦差大臣志刚等人带着美国人蒲安臣游历西洋，与美国订下互派领事、优待留学生等条约；九年，任命直隶总督兼任北洋大臣，增设天津机器局。就清廷而言，也算是破除成例，格局一新，其实这还是洋务的皮毛，也只能作为外面的粉饰。而且办事的人都敷衍塞责，丝毫没有实干精神。百姓又不能适应这种变革，个个视外国人如同眼中钉。

当时天津的匪徒武兰珍拐卖人口，被知府张光藻、知县刘杰缉获。当堂审讯他时，从他身上搜出许多迷药，武兰珍供称是教民王三给他的。百姓随即喧哗，说天主教教堂派人迷拐小孩，将小孩的眼睛和心脏挖出来做药。当时一传十，十传百，以讹传讹，并传言公墓里裸露在地面的枯骨都是教堂弃掷的。顿时居民们的情绪高涨，都要向教堂抗议。通商大臣崇厚、天津道周家勋前去和法国领事丰大业交涉，要他交出教民王三，以便带回署中与武兰珍对质。谁知武兰珍又推翻原供，说话模棱两可，害得崇厚一时无法将王三定罪，便派差役送王三回教堂。一出署门，百姓争骂王三，并拾起砖石直往王三身上扔去，打得王三头破血流。王三向传教士诉苦，传教士告知丰大业，丰大业不问缘由，径直跑到崇厚的署衙，咆哮辱骂。崇厚好言劝慰他，他却不听，竟掏出手枪向崇厚开枪。崇厚忙避入内室，丰大业一枪不中，愤愤离去。途中遇到知县刘杰正在劝解百姓，他又用手枪乱射，误伤刘杰的仆从。这一下引起公愤，百姓怒目相向，顿时一拥而上，把他推倒，你一拳，我一脚，不到一会儿，竟将这声势显赫的丰大业打死在路旁。百姓们又一窝蜂闯入教堂，看见洋人及教民，便送他一顿老拳，将教堂的器具全部捣毁。百姓仍不解恨，索性一把火将教堂烧得精光，眼见着闹成大祸了。

当时曾国藩已调任直隶总督，正因头晕请假，朝廷命令他迅速赶赴天津，与崇厚一同处理这件事。曾国藩到津后主张和平解决，不想再开战事，重蹈道光、咸丰年间的覆辙。崇厚也同意曾国藩的观点。没想到崇厚非常畏缩，见到法使罗淑亚，竟不能与他据理力争。罗淑亚提出四个要求：一是赔修教堂，二是安葬领事，三是惩办地方官，四是严厉查办凶手。崇厚含糊答应，然后回去报告曾国藩。曾国藩答复说可以答应法使三个要求，唯独惩办地方官一事，因与主权有关，不便照允。法使罗淑亚得寸进尺，竟说要府、县官及提督陈国瑞为丰大业偿命，否则只有兵戎相见。曾国藩到此也不免踌躇起来。崇厚又从旁煽动说，似乎非得照办不可。于是奏劾府、县官的奏章即日发往北京。朝廷下旨，将知府张光藻、知县刘杰逮回治罪。这圣旨一下，天津的民众哗然，争相大骂崇厚和曾国藩，抗议将张光藻、刘杰治罪。曾国藩此时也十分后悔。那崇厚还想巴结外国人，说外国人兵坚炮利，如果不将张、刘二人治罪，他们就会立即发难。惹得曾国藩越发懊恼，当即说："难道外国人以为我们没有防备，格外怕死吗？我已秘密调来众多士兵，筹来许多粮饷，并暗中设防。就算与外国人决裂，我也不怕。自从为国效命，我早已将生死置之度外。如今我已年过花甲，就算我死了，我的部下还在，有他们辅助帝室，我死也瞑目了。"崇厚碰了一鼻子灰，默然退出，然后上奏说法国势将决裂，曾国藩病情加重，请从京城另派重臣来津处理教案一事。曾国藩因朝廷询问他的意见，便也据实复奏说：外国论强弱不论是非，若中国有所准备，议和或许还能成功；并且府、县两官都没有大的过错，将他们送交刑部，已属情轻法重；若法国仍是决意决裂，臣虽老迈，为国效命之志却还在。

太后看过奏章后，一面派兵部尚书毛昶熙等人到天津协助处理教案，一面调湖广总督李鸿章及提督刘铭传，到京督师，防卫京都附近。毛昶熙的随员陈钦向来十分有胆略，到天津后，他与法使据理力争。法使说不过他，只是重申之前提出的四个要求，然后径自回国。崇厚奉旨出使法国，朝廷令陈钦暂代通商大臣之职。曾国藩于是与陈钦联合奏明罗淑亚回国的缘由，并请清廷坚定立场。随后将连日的会议情形都报知总理衙门，由总理衙门代为转奏。朝廷降旨，令李鸿章赶赴天津，与曾国藩一同迅速缉拿元凶，以便及早结案。不久，滋事的人都被逮捕归案。朝廷又将张光藻、刘杰发配黑龙江，教案就此了结。

慈禧太后归政

同治帝即位后，一转眼就过了十年。这时，同治帝已经十七岁了。平常百姓人家的小孩到了这个年龄，家人都会替他娶妻，更何况是至尊无上的天子？满蒙王公只要有待字闺中的女儿，谁不想把她嫁入宫中？只是慈禧太后单生了这么一个儿子，哪能不细心为儿子挑选皇后，好成就一对佳偶？自同治八年筹备大婚典礼时，太后已在留意，直到十年冬季，才挑选出几个淑媛。一个是现任翰林院侍讲崇绮的女儿阿鲁特氏，一个是现任员外郎凤秀的女儿富察氏，一个是前任知府崇龄的女儿赫舍哩氏，一个是前任都统赛尚阿的女儿阿鲁特氏，四人才貌相当。慈禧选定后，免不了与慈安商量。慈安说："女子以德为主，才貌倒还是其次，不知这四个女子哪个德行最好，配得上中宫之位？"慈禧说："这四个女子，崇女年龄最大，今年已十九岁，凤女年龄最小，今年才十四岁。"慈安随即接口说："皇后母仪天下，还是年长的老成一点。"慈禧顿了一顿，随即说："凤女虽然年轻，但听说她很贤淑。"慈安说："皇后册定，妃嫔也不可少，将这些女孩子都选作妃嫔好了。"慈禧说："还是去传奕䜣进来，听听他怎么说。"慈安点头，随即令宫监去召恭亲王。不一会儿，恭亲王进来，向两太后行过礼，慈禧就说起立后的事情，恭亲王也主张立年长点的，讲得头头是道，说得慈禧不好不依。于是在次年仲春降旨，立翰林院侍讲之女阿鲁特氏为皇后。

这圣旨一下，恭亲王等人知道慈禧太后喜爱奢华，所以将皇上的婚典筹划得比往常繁华几倍。正在筹备时，忽然江苏巡抚奏报，两江总督曾国藩病故，恭亲王大吃一惊，急忙入宫禀告两宫太后。两宫太后叹息一番，让同治帝辍朝三天，随即降旨追赠曾国藩为太傅，照大学士例赐恤，予谥文正，入祀京师昭忠祠、贤良祠；并在湖南原籍、江宁省城为他建立专祠；生平政绩，由史馆为他立传。并令一等侯爵，由曾国藩之子曾纪泽承袭，封次子曾纪鸿、长孙曾广钧为举人，还有曾广铨一群孙儿也被封为员外郎、主事等职衔。并派穆腾阿等人亲自前去祭奠。效忠清室的曾侯爷与世长辞，其生也荣，其死也哀，也算是千古不朽了。曾国藩病故，继任的便是肃毅伯李鸿章。

日月如梭，转眼就是同治帝大婚的吉日。皇上先封皇后的父亲崇绮为三等承恩公，母亲瓜尔佳氏为一品夫人。九月十二日，因大婚吉日将近，皇上派官员祭告天地太庙。第二天，同治帝御临太和殿，阅看皇后册宝，任命惇亲王奕誴为正使、贝勒奕劻为副使，派他们持奉册宝前往皇后的处所，册封阿鲁特氏为皇后。又任命大学士文祥为正使、礼部尚书灵桂为副使，派他们持册印到员外郎凤秀府邸，封富察氏为慧妃。当晚，皇上又令惇亲王奕誴、贝子载容行奉迎皇后之礼。第三天，皇后拜辞祖先，坐上凤车，前面鼓乐队吹吹打打，后面仪卫队威武严谨，从大清中门经过御道，到乾清宫前停下。皇上穿好礼服，在坤宁宫等着。皇后由宫眷引进来后，与皇上行合卺礼。皇后奉觯，皇上赐盏，两旁乐音悠扬，笙箫迭奏。此曲只应天上有，人间哪得几回闻。第四天，皇上率皇后前往寿皇殿，在慈安皇太后、慈禧皇太后面前行礼。礼毕，皇上驾临乾清宫。正好慧妃也被送入宫中，皇后便带着她前去朝贺。第五天，皇后于慈宁宫拜见两太后，端茶递水一切如仪。随后奉上两宫徽号，太后接受满汉王公大臣及蒙古外藩使臣群臣的庆贺，然后降旨赐宴，并赏赐各办事大臣。知府崇龄女赫舍哩氏、副都统赛尚阿女阿鲁特氏也相继入宫。崇龄女被封为瑜嫔，赛尚阿女被封为珣嫔。少年天子左抱右拥，今晚到这边，明晚到那边，皇恩浩荡，雨露普施，快乐得不可言喻。

过了几天，内阁又传出一道谕旨说将举行皇帝亲政典礼。慈禧太后本是个贪揽大权的人，怎么肯归政呢？这道谕旨可能是慈安太后的主意。慈安本不愿垂帘听政，何况皇后已经册立，皇帝已经成年，慈安随即倡议归政。慈禧不便辩驳，又想到同治帝是自己的亲生儿子，将来他要遇到大事总会向自己禀报，自己仍可以暗中揽权，当即随声附和，降下归政的谕旨。钦天监遵旨选择吉日，定于第二年正月二十六日举行皇帝亲政典礼，礼部衙门又要谨慎地筹备起来。

事有凑巧，皇上亲政的日子刚刚颁布，云南督抚的捷报便陆续传来。当时云贵总督岳昭与巡抚岑毓英合剿叛回。岳昭坐镇省中，仍委托岑毓英出省剿办。叛回首领杜文秀占据大理府城，并建立王制，附近各郡县大多被他吞并。岑毓英招抚叛回将领马如龙，并保荐他升任提督，令他招降叛乱的回众，同时联合云南苗族部落的首领攻打杜文秀。杜文秀渐渐穷蹙，所占据的各郡县陆续被清军收复，只剩下一座大理城，孤危得很。岑毓英军又四面兜围，千方百计攻扑大理城，杜文秀自知死路一条，便把子女寄放在大司衡杨荣、大统帅蔡廷栋家中，托他们照顾，自己则与妻妾服毒自尽。部下见他已死，急忙跑出城外向岑毓英军投降。岑毓英先将杜文秀验明正身，然后将他枭首示众。随后询问城中的情形，得知城中还有几万叛回，因担心回众会反复叛变，便命令回众三天内将全部军械上交。回众要求以半年为期，岑毓英假装应允，命令部将杨玉科率几百名勇士同太和县官入城接受回众投降。而他却在城外严布重兵，挖了一个大坑，专等回众出来迎接他入城。杨玉科入城后，驱赶回众出城。可怜回众毫不知情，个个陷入重围，跌到坑内，全部被岑毓英军活埋。只有杜文秀的女儿杜秋娘与母亲何氏逃出城外，孤身只影地流亡天涯，就算有志报仇，终究是一个女孩子，谁肯去帮助她？过了几年，老母何氏先死，杜秋娘也玉碎香沉，只留下一封书信，相传是杜秋娘遗墨。

从那封信看来，杜秋娘的大仇人其实是苗酋。苗酋本与杜文秀交好，因他想纳杜秋娘为妾，被杜文秀拒绝后，他便投降岑毓英，灭了杜文秀。杜秋娘逃出来后，终得到一个如意郎君，但仍不能替她报仇，杜秋娘自己也无能为力，最后怀着满腹的遗憾与怨恨死去。其间的委屈困苦，不得而知，说来也挺可怜的。唯独清廷得到这个捷音，都说天子洪福齐天，正计划亲政，就有云南叛回被肃清的好消息。两宫太后也非常高兴。转眼间过了残腊，就是新年，八方承平，四海无事，宫廷内外喜气洋洋，免不了照例庆贺，又有一番忙碌。到了二十日，又降下一道圣旨，定于正月二十六日举行皇帝亲政大典。

正月二十六日这一天，两宫撤帘，同治帝亲政，王公大臣们免不了歌功颂德一番。两宫太后又加上徽号：东太后加上"康庆"二字，西太后加上"康颐"二字。

皇帝亲政数月，陕甘总督左宗棠将陕西叛回首领白彦虎驱逐出去，擒获甘肃叛回首领马化隆，将关内的叛回肃清。皇上赏给左宗棠一等轻车都尉世职，并派左宗棠督师出关，征抚西域。

同治帝归天

　　同治帝亲自处理国政，刚开始的一年里，倒也不敢懈怠疏忽，悉心办理。只是性格刚强，颇像慈禧太后。慈禧太后虽已归政，但一有军国大事，仍派内监秘密察探。探悉以后，慈禧太后便将同治帝传来训话，责怪他为什么不来禀告。偏同治帝也很倔强，他想母后既然已经归政，为什么还要来干涉？自此母后越要他禀报，他却越是隐瞒，因此母子之间反而互生嫌隙。唯独慈安太后静养深宫，不过问任何事情，同治帝进来拜见时，她总是和颜悦色，没有一点怒意。同治帝因她和蔼可亲，所以时常去看望她，反而把生母撇在脑后。慈禧太后更加不高兴，有时把皇后传入宫内，叫她从中劝谏。皇后虽是唯唯遵命，心中却与皇帝意旨相合。花前月下，私语喁喁，竟将太后所说的话和盘托出，反而激起皇帝的懊恼。闲话传到慈禧太后的耳中，慈禧索性迁怒于皇后，恨她入骨。

　　同治帝懊恼惆怅得很，文喜、桂宝两太监想替主子解忧，多方迎合，便怂恿同治帝重建圆明园。这个建议正中同治帝下怀，自然准奏，立即让总管内务府择日兴工。圣旨中却说是作为两宫皇太后休憩之用，以尽孝心，其实暗中用意，明眼人自能明白。唯独恭亲王奕訢留心大局，暗想国家财政穷蹙得很，怎么能兴办土木？便劝谏同治帝，请他不要再兴土木。同治帝本来很高兴，被这老头子这么一絮叨，心中很不自在。那奕訢反而唠唠叨叨，把古今以来的德君怎么勤、怎么俭，说个没完没了，惹得同治帝暴躁起来，便说："修造圆明园无非为两宫颐养起见。我记得孟子说过，'尊亲之至，莫大乎以天下养'。现在我打算造个小园子，还算不上尽心养亲，皇叔反说有诸多不便，我却不信。"奕訢还想再劝谏，同治帝怒形于色，拂袖起身，踱到里边去了，奕訢只得退出。

　　冤冤相凑，奕訢退出宫门，他儿子载澂却入宫来见同治帝。原来载澂曾在宏德殿伴读，与同治帝从小玩到大，同治帝亲政以后，退朝余暇，常令载澂入宫，谈笑解闷。这天载澂求见，宫监立即入内禀报，偏偏同治帝传令不见。载澂莫名其妙，仍旧照往常玩笑的样子，说："皇上平时非常平易近人，为什么今天摆起架子来？"说完，扬长而去。宫监未免多事，竟将载澂的话向皇上一一奏明。同治帝大怒道："他老子刚来饶舌，不料他又来胡闹。他说我摆架子，我就摆给他看！"便宣召军机大臣大学士文祥进见。文祥奉旨前来，同治帝说："恭亲王奕䜣对朕无礼，他儿子载澂更加无法无天，朕想将他父子赐死，叫你进来拟旨。"文祥不听还好，听了这话，连忙跪下不停地磕头。同治帝说："你干什么？"文祥说："恭……恭亲王奕……奕䜣勤勉卓著，就算他犯了罪，也求皇上加恩特赦！"同治帝冷笑道："朕晓得了！你们都是他的党羽，所以事事维护他。"文祥又磕了几个头，随即答道："奴才不——不敢。"同治帝又说："赐死太重，将他革爵好了。"文祥至此不敢再违旨，只好草草拟好圣旨，捧给皇上审阅。同治帝看完，点了点头，说："你把这拿去，明天就照此颁布吧！"

文祥领旨退出，也不回自己的府邸，赶紧跑到恭亲王府邸中，将消息透露给恭亲王。恭亲王也很着急，忙邀几个知己商议。三个臭皮匠顶个诸葛亮，一面请文祥速速入宫禀报慈禧太后，一面让御史沈淮、姚百川拟定奏折，里面有"圣上下令建造圆明园以颐养圣母，确实是以孝治天下的盛德之举，但圆明园被焚毁后，一切景致荡然无存，不如将宫旁的三海名胜再好好修筑一番，让两宫太后前往休憩。"奏折刚写好，文祥已自宫中出来，赶紧禀报恭亲王，说："西太后已经把那份奏折拿去，我想这事不用担心了。"恭亲王才稍稍放心，第二天沈、姚两御史又把奏折呈上去，同治帝看到"三海的建筑易于修成"一句，才有些回心转意，当即让内阁拟好圣旨，停止圆明园的一切工程，改在三海扩建殿宇。

过了几天，同治帝上朝，一看恭亲王奕䜣的翎顶依旧，不由得诧异起来。退朝后，立即召文祥进来，问道："奕䜣已被革去亲王头衔，为什么他还戴着原来的翎顶？"文祥辩白不了，便将所有事都推在西太后一人身上，说："圣母知道后，立即收回成命，所以恭王爷爵衔照旧。"同治帝大怒："朕已经亲政，你们须遵照朕的谕旨，难道只知有母后，不知有朕吗？"随即将文祥斥骂一顿，喝令他滚出去。然后立刻提起朱笔，写了几行，令宫监将圣旨传给王公大臣，仍是要将恭亲王父子的爵衔革掉。

谕旨才刚颁布没多久。奕䜣、文祥二人便向西太后哭诉。西太后劝慰他们一番，令他们退出。随即传同治帝入内，严词训责，令他恢复恭亲王父子的爵衔。同治帝气得哑口无言，只好在第二天降旨收回成命。

这件事后，同治帝几天都快快不乐。文喜、桂宝二人又想出新法子，建议同治帝微服出巡，就是这一行为，要把十三年的青春皇帝断送在他

351

们两人手中了。

京城内南城一带，向来是娼妓聚居的地方，花天酒地，任谁都抵抗不住诱惑。同治帝听了文喜、桂宝的建议，便带着他们微服出游，到秦楼楚馆尝试温柔滋味，果然与宫中大不相同。只见满眼的娇娘一个赛一个妖艳，眉挑目逗，卖弄风骚，一颦一笑无不惹人怜惜。同治帝从此就在这温柔乡里沉溺下去了。

春光泄露，谏书上呈。当时内务府中有一个忠心耿耿的满族大员，名叫桂庆，他因皇帝沉溺于女色，深恐皇帝圣体渐弱，便请求将蛊惑皇帝的宫监全部驱逐出宫，并诛杀罪魁祸首；并且请皇太后规劝皇上，不要让皇上再沉溺下去。真是语语殷切，字字诚挚。谁知同治帝本来就十分厌烦这样的说辞，西太后也不爱听。桂庆立即辞官回籍。自此以后，同治帝每天下午出宫游玩，寻欢取乐，到了第二天早上，王公大臣齐集朝房，御驾却还没有回宫。恭亲王等人都已经听说皇上出宫游玩的事，鉴于上次圆明园的事情，不敢直接进谏，担心触怒皇帝，只能暗中粗略地禀告西太后。西太后也训诫皇帝许多次。随后因同治帝置若罔闻，慈禧太后动了气，索性任他出宫游荡，朝廷大事就令恭亲王等人格外留心。同治帝越加惬意，西太后过四十万寿时，他才在宫中住了两天，依例庆贺。

这年，国家没发生什么大事。只是日本国的小田县县民和琉球岛上的渔民航行的时候，遇风漂到台湾，被当地的土著居民劫杀。日本派使者诘责，清廷答复说台湾当地的土著居民不属于清朝的管辖范围之内。日本随即派中将西乡从道率兵到台，攻打台湾当地的土著居民。闽省船政大臣沈葆桢及藩司潘蔚前往台湾查办，又说台湾是中国的属地，日本不得在台湾用兵。西乡从道哪里肯听，还说琉球属于日本保护的国家，所有被杀的渔人，中国都要赔偿。沈葆桢随即请直隶总督李鸿章带他向朝廷请求调拨十三营，赴台防卫边境。日本见台湾的防卫渐渐加强，又派使者大久保利通到京城与总理衙门交涉。当下英使威妥玛在中间调停，最后，中国出十万两抚恤银，赔款四十万两军费银，日兵才退出台湾。其实琉球也是中国的属地，并非日本的保护国，清廷办理外交的大臣只求台湾没有日兵，便觉得万分侥幸，哪里还去过问琉球？

同治帝一意寻花问柳，什么台湾，什么琉球，他一概不管。不料乐极生悲，同治帝染上花柳病，起初病症还不明显，拖到十月，从脸上都可以看出来，宫廷里面都盛传皇上生了天花。御医不知皇上染病的缘由，只开一些无关痛痒的药搪塞过去，因此毒愈藏愈深，皇上的病也越来越重。十一月初，御体竟不能动弹，冬至祭天的时候，皇上派醇亲王奕澴代自己前去行礼，所有内外各衙门的章奏都送到两宫皇太后那里，由太后批阅裁定。王公大臣们人还以为皇上只是染上痘症，不是什么大病，况且皇上年纪轻轻，血气方刚，也不至于禁受不起，所以众人只是照例请安，不曾想过会发生什么意外。谁知皇帝竟于十二月五日，在养心殿东暖阁驾崩。慈禧太后飞调李鸿章的淮军入京，自己与慈安太后一同驾临养心殿，然后传召诸位亲王和贝勒、御前大臣、总管内务府大臣、弘德殿行走、南书房行走等大臣入见。亲王和大臣们都还不知道皇帝驾崩的事情，只见宫门内外侍卫森列，宫中一带又排满太监，布署严密，和往日的状态大不相同，不禁个个惊讶。王公大臣赶到养心殿内，两宫太后早已在大殿上坐定，面色愁惨。王公大臣等人无暇细想，向两宫请安后，跪听太后训话。

慈禧先开口说："皇上的病势不容乐观，皇后虽然已有身孕，但不知是男是女，也不知什么时候诞生，应预先议定皇嗣，免得临时局促。"诸王大臣叩头说："皇上洪福齐天，圣体定能渐渐康复，皇嗣一事，似乎可以缓议。"慈禧说："我也不妨以实相告，皇帝今日已晏驾了。"这话刚出口，王公大臣们哭又不好，不哭又不好，有几个忍不住泪水，那眼泪似乎要掉下来。慈禧继续说："此处不是哭灵的地方，当务之急是赶紧决定帝位由谁来继承。"诸王大臣不敢发表意见，只有恭亲王奕近仗着老成，抗议道："皇后应该马上就要生了，不如先秘不发丧。如果皇后生下皇子，自是应当继承皇位；如果皇后生下皇女，再议立新帝也不迟。"慈禧一听，大声说："国不可一日无君，怎么长守秘密？此事一被发现，恐怕会动摇国本！"军机大臣李鸿章、弘德殿行走徐桐、南书房行走潘祖荫都磕头说："太后明见，臣等不胜钦佩。"慈安也插嘴说："据我看来，恭亲王的儿子可以继承大统。"恭亲王一听，连忙说不敢，随即说："按照承袭次序，应立溥伦为新帝。"慈禧又不以为然，说："溥伦的族系相差太远，不适合。"原来溥伦是宣宗过继的长子，血统上稍差一层，所以被慈禧驳回去。恭亲王还要说话，慈禧毕竟十分机警，对慈安说："据我看来，醇王的儿子载湉可以继立，应立即决定，不可再耽延时日。"恭亲王心中很不赞成，奕澴也叩头力辞。慈禧说："可由王公大臣投票决定。"慈安没有异议，当下慈禧令众人起立，记名投票。最后，只有醇王投溥伦一票，有三个人中意恭亲王的儿子，而其余的王公大臣都如慈禧意，选择醇王的儿子，于是新帝人选随即被定下来。

慈禧太后为什么定要立醇王的儿子？第一，如果立溥字辈为嗣君，便是将嗣君过继给同治帝，同治帝有了嗣子，同治帝的皇后将被尊为太后，自己反而退处无权的地位，因此慈禧绝对不愿意；第二，醇王福晋便是慈禧的妹妹，她想亲上加亲。并且醇王的儿子年仅四岁，不能亲政，自己可以重执大权。所以慈禧不顾公论，独断独行。众大臣竭力逢迎，才成了这样的局面。当晚九点钟，外面狂风怒号，沙土飞扬，天气十分寒冷，慈禧立即派兵前往西城醇王府邸，迎接载湉入宫，又派恭亲王留守东暖阁。宫内外都用劲旅严加护卫，督队的便是步军统领荣禄。随后颁布遗诏昭告天下。

同治帝驾崩时，年仅十九岁。新帝载湉继承皇位，尊谥同治帝为穆宗，封同治帝的皇后阿鲁特氏为嘉顺皇后，改元光绪，以明年为光绪元年，称为德宗。王公大臣们赶紧逢迎奏请两宫皇太后垂帘听政。慈安太后颇觉厌烦，并不免有三分伤感，唯独慈禧太后，因同治帝不肯顺从，时常怀恨，此时再次训政，倒也没什么悲痛。最伤心的莫过于嘉顺皇后，入住中宫才两年，便突然遭遇大丧，折鸾离凤，已是很惨，而慈禧太后又对她很不满意。这次立嗣，不但不让她参与，还口口声声地骂她狐媚子。她哭得凄惨一点儿，慈禧太后越发厌恶她，指着她的鼻子骂道："狐媚子！你媚死我儿子，一门心思想做皇太后！哼！像你这种人，想做太后，除非海枯石烂，才会轮到你身上。"这些话已是令人难堪，不久慈禧又降下一道懿旨，说大行皇帝没有子嗣，等新皇帝有了皇子，再立即过继给大行皇帝，这正是彻底地断绝皇后的希望。

当时，新皇帝改元，两宫听政，满廷庆贺，热闹得很。只有嘉顺皇后独坐深宫，凄凉万分，暗想腹中的孩儿，也不知道是男是女，即使生下一男孩，也无益于事，索性还是自尽以保存名节。主意已定，皇后只希望见父亲一面，与他诀别。正巧宫内赐宴，承恩公崇绮也在其中，宴毕，顺道进宫看望女儿。一见面，父女俩抱头痛哭，临别时，皇后只说："女儿本就薄命，还望父亲不要挂念。"第二天早上，宫内就传出皇后自尽的噩耗，满廷的文武很是惊异，大臣不说话，小臣却忍耐不住，纷纷呈上谏章。

内阁侍读学士广安是他们当中的第一个人。他敢说别人不敢说的话，提起皇帝的后嗣问题。满族臣子以内，他是庸中佼佼者，铁中铮铮者。偏偏太后说他冒昧亵渎，将他严办。于是满廷的王公大臣们噤若寒蝉，哪个还敢多嘴？同治帝的丧礼还算照着旧制，勉强敷衍过去，嘉顺皇后的丧礼简直是草草了事，不过追谥"孝哲"二字，以掩人耳目。光绪四年，葬穆宗毅皇帝、孝哲毅皇后于惠陵，大小臣子照例送葬。有一个小小的京官，他满腔不平，想说又不能，不说又不忍，竟抱着以死力谏的心志，在惠陵附近的马神桥殉义，递上去的遗折比广安所言还要痛切。

索回伊犁

那位以死上谏的忠臣，是甘肃人吴可读。吴可读从前是御史，因弹劾乌鲁木齐提督成禄，被清廷贬职。光绪帝即位后，才重新任命他为吏部主事。吴可读见帝、后相继晏驾，同治帝没有后嗣，早就想向太后直言奏请，但是广安的奏章都被太后驳斥，何况自己本是汉人，而且职位卑微，如果向太后陈诉大义，必遭严谴。并且吏部堂官也必不肯代他向太后奏请，于是决定以死相逼，将遗折呈交堂官。堂官体谅他的苦心，只得替他上奏。

两宫皇太后看完奏章，慈禧心中很是不舒服，但表面上却装出一种坦然的样子，对慈安说："这人未免有些饶舌。之前已降下圣旨说，嗣皇帝一生下皇子，就立即过继给大行皇帝，还用他说什么？"慈安太后说："一个小小主事敢发表这样的议论，且宁死不讳，终究是难得！"慈禧半晌才说："那让王公大臣一同来商议此事怎么样？"慈安应了声"好"，慈禧随即令内阁拟旨，将吴可读的原折交给廷臣商议。王公大臣等人商议许久，大多认为自雍正帝以后，建储大典，都不曾明定。此次如果依从吴可读的奏请，明定继统与建储就没什么分别，这样不免违背祖制。又因吴可读死谏，确是效忠清室，将他一概辩驳，心中也自是难安。于是共同拟了一番模糊的言辞，复奏上去。随后徐桐、翁同龢、潘祖荫三人又联衔上了一折，宝廷、张之洞也各自上奏。两宫太后参考大臣的意见，随即降下一道谕旨，仍按原方法处理大行皇帝的子嗣问题。此旨一下，同治帝的一生全化作烟云四散，吴可读慷慨捐躯，也不过留个名罢了。

时光如梭，一转眼已是光绪五年。琉球国被日本吞灭，改名冲绳县。这消息传到中国，总理衙门的官员这才记起琉球是满清属国，当即与日本交涉。日本根本不理会，满清只好作罢。忽然又接到伊犁交涉的消息，颇想在边陲建功的左宗棠决意主战，总署诸公又有一番大大的忙碌。

　　先是陕西叛回首领白彦虎逃到西域，依附安集延酋长阿古柏。安集延是浩罕东城，阿古柏是安集延城主。阿古柏因回疆蠢蠢欲动，中国政府全力剿捻，无暇关注西部边疆，于是乘机攻入，占据喀什噶尔，降服回众，自称毕调勒特汗。清廷因当时局势困窘，粮饷难以筹集，打算暂时放弃关外。唯独左宗棠平定陕、甘后，决定向西域进军。随即借了华洋商款，充作军饷。光绪二年，左宗棠督办新疆军务，驻扎在肃州调度各军，令都统金顺、提督张曜率兵驻扎哈密，京卿刘锦棠及提督谭上连等人分道进攻，连胜阿古柏兵，收复乌鲁木齐及附近各城，北路被平定。光绪四年，刘锦棠军自北趋南，张曜军自西趋东，夹击阿古柏。阿古柏想逃回安集延，无奈浩罕全境已被俄罗斯占领，阿古柏欲归无路，服毒而亡。但阿古柏的长子伯克胡里仍占据英吉沙尔、喀什噶尔、叶尔羌、和阗四城，白彦虎又窜去依附他。刘锦棠等人向伯克胡里发起进攻，伯克胡里抵挡不住，便带着白彦虎逃入俄境，南路也被平定。左宗棠晋升为二等侯，刘锦棠也被封二等男，随征将士都有封赏。

　　新疆西北有座伊犁城，俄国人趁乱侵入中国，把伊犁占去，对外宣扬说是帮中国暂时管理。等到回乱被平定，清政府想索回伊犁，便派吏部侍郎崇厚出使俄国，让他全权处理伊犁的事情。崇钦使向来十分胆怯，天津教案，已见过他的伎俩，清廷却还认为他是协商的能手，要他前去办理这件事情。可是如虎如狼的俄国，能给他一点便宜吗？果然双方一开始洽谈，俄国人便十分强横，崇钦使无言可答，格外迁就俄国。订下十八款条件，俄国只归还伊犁一城，西境的霍尔果斯河左岸及南境的帖克斯河上游两岸，却都要割让给俄国人，中国还要赔偿俄国五百万卢布。并且增开口岸，添设领事。勘界、行船、运货、免税等条约都是侵夺我国的权利。崇钦使不问政府，打着全权行事的招牌，竟与俄国签订条约，然后才向总理衙门报告。王公大臣等人把条约细细一读，都说是不便答应，当即有一群意气风发的言官，洋洋洒洒地挥成千万言，向两宫太后呈上奏章。你主张调兵，我主张调将，都要与俄国开战。最厉害的是请求诛杀崇厚，仿佛崇厚一被诛杀，俄国人就立即能被吓倒。两宫太后大为感动，一面令总署驳斥原来的条约，将崇厚革职审问，一面询问左宗棠对此事的看法。左宗棠慷慨激昂，上了一篇奏章，好似苏东坡的万言书。

　　两宫太后看过奏章后，就依照他的建议，特派世袭毅勇侯、出使过

356

英法的大理寺少卿曾纪泽出使俄国，让俄国改约。并下令整顿江海边防，令北洋大臣李鸿章筹备战舰，将山西巡抚曾国荃调往辽东，派刘锦棠协助西域军务，为吴大澂加上三品卿衔，令他赴吉林督办防务，令彭玉麟操练长江水军，同时起用刘铭传、鲍超等一群良将，朝廷内外忙个不停。俄国也派军舰来华，游弋海上。险些要开战，多亏曾袭侯足智多谋，能言善辩，与俄国外部大臣布策反复辩驳，弄得布策无话可说，但依然坚持原来的条约，不肯多改。恰巧俄皇被刺，新主登基，令布策和平交涉，布策才不敢再坚持原来的议约。两国重新协商，足足议了好几个月，才洽谈妥当，在原约的基础上作了一些修改：

一、归还伊犁南境。

二、喀什噶尔界务，不遵照崇厚所定之界。

三、塔尔巴哈台界务，照原约修改。

四、嘉峪关通商，照《天津条约》办理，删去西安、汉中及汉口字样。

五、废除松花江行船至伯都纳的条约。

六、仅许在吐鲁番增加一领事，其余缓议。

七、俄商到新疆贸易，将不纳税改为暂不纳税。此外添续四百万卢布。

签订条约的时候，已是光绪七年。虽然俄国没有全部归还新疆西北的边境，然而把崇厚议定的原约改了一半，也算是国家洪福齐天，使臣万分出力了。沿江沿海，一律解除警备状态，清廷改新疆为行省，依旧是海内承平。王公大臣们等人刚逍遥自在，享受这庸庸厚福，不料宫内又传出一个噩耗，说是慈安太后突然崩逝。这噩耗一传，王公大臣很是惊愕，慈安太后怎么会突然崩逝？

中法战争

慈安太后的崩逝，乃是一桩怪事。慈安太后没有崩逝时，京城忽然传出慈禧太后病重的消息。慈禧服下许多药，病情仍不见好转，于是朝廷令各省督抚推荐良医。直隶总督李鸿章、两江总督刘坤一、湖北总督李瀚章都把有名的医生保荐进去。慈禧一病就是几个月，慈安一人垂帘听政。临崩这一天，慈安早晨还召见了恭亲王奕䜣、大学士左宗棠、尚书王文韶、大学士李鸿藻等人。四位大臣还记得当时慈安太后和颜悦色，毫无病态，不过两颊有些微红而已。恭亲王等人退朝后，傍晚时分，内廷忽然传出慈安崩逝，慈禧令朝廷各官员速速进宫。王公大臣们很是诧异，都说："向来帝后患有疾病，宣召御医前总是先昭军机大臣知悉，然后令军机大臣检察所有医方药剂，这次却毫无声响，而且退朝到现在才五个小时，太后怎么会暴毙？"但宫中大事，不便揣测，众大臣只好遵旨进宫。一进宫，就见慈安太后已经被小殓，慈禧太后坐在矮凳上，并不像久患重病的样子，只淡淡地说："东太后向来圣体安康，最近也不见她有什么不舒服的地方，忽然崩逝，真是让人意外。"王公大臣不好多嘴询问，只有点头并请慈禧太后节哀。左宗棠心中却不痛快，刚想启奏，只听慈禧说："人死不能复生，你们快出去商议后事！"左宗棠也只得默然无语，和其他人一起出宫去了。暗想后妃崩逝，照例须传亲属入内瞻视，然后才能小殓，这回偏不按例照办，更觉得奇怪。无奈满廷大臣都是唯唯诺诺之人，单靠自己的一片热忱也无济于事，因此也只好作罢。

天下事若要人不知，除非己莫为。相传光绪帝小时候也喜欢与慈安太后亲近，仿佛当年的同治帝，慈禧心里为此很不舒服。光绪六年，两宫前往东陵扫墓，慈安太后因咸丰帝在世时，慈禧还是妃嫔，不应与自己并排而列，所以令慈禧退后一点。慈禧不答应，差点和慈安发生争执，转念一想，在皇陵旁争论很不雅观，且会遭到亵渎不敬的议论，不得已只得忍气吞声，退后一些。回到宫中她越想越气，暗想上次小安子被杀，都是恭亲王怂恿，东太后赞同，这次恐怕又是恭亲王的煽动，擒贼先擒王，等到除掉东太后，还怕什么弈䜣？只有一事不好处理，须先斟酌一番，才好下手。

究竟什么事情不好处理呢？原来，咸丰帝在热河临危时，曾秘密写下一封遗书给慈安太后，说："那拉贵妃如果仗着皇子骄纵不法，可立即按祖制将她处置！"后来慈安曾将这封遗书拿给慈禧看，想给她提个醒。慈禧虽然刚强，却不敢恣意妄为，就是因为这个缘故。东陵祭奠后，她想毁掉遗旨，正苦于没有办法，恰巧慈安有些感冒，太医开的药方，慈安服下后也没见怎么见效，过了几天，竟然不治而愈。慈安于是对慈禧说，服药其实也是无益。慈禧只是微笑，慈安不禁觉得有些奇怪。忽然见慈禧的左臂上缠了一圈丝帛，便问她怎么回事。慈禧说："前天我见太后身体不适，便从臂膀上割下肉片，和草药一同煎熬，希望太后的身体早日康复。"慈安听了这话，大为感动，竟取出先帝的密谕，当着她的面焚毁，暗示报德的意思，谁知正中了慈禧的诡计。一招得手，两招又来。慈安竟然暴毙，谣传说是中毒，也不知是真是假。但慈禧不服慈安却是事实。

慈安崩逝后，国家大权都由慈禧太后一人把持，不必再有所顾忌。慈禧这才觉得心满意足。国丧期限还没满，慈禧便令恭亲王等人照常办事。第二年，将慈安太后葬在东陵，与咸丰帝合葬，加谥孝贞。

葬礼刚完，东方的朝鲜忽然生出一场乱事，中日之间免不了又要交涉。原来朝鲜国王李熙由旁支嗣立为君，他的生父李应罡被封为大院君，代他处理国家大事时，自主张自守，拒绝日本。等到李熙年长能亲自处理国政时，宠妃闵氏的族人便在朝中担任要职，然后将之前大院君的政策修改无遗。自此朝鲜暗生内讧，一群守旧派请大院君出头，和闵族抗争。光绪八年，朝鲜军饷缺乏，军心哗变，守旧派趁势杀掉许多大臣，并戕杀几名日本官吏。警报传到中国，署直隶总督张树声急忙调提督吴长庆率军入朝鲜平乱。吴长庆诱擒大院君，然后又将乱党正法。这时，日本也发兵朝鲜，见朝鲜国内已经平定，只得按兵不动，向朝鲜索要赔偿。自此以后，中日两国各自派兵在朝鲜都城驻扎。大院君被押到天津后，清廷将其安置在保定。

不久，中法战争爆发。战争的导火线就是越南。原来，广南王阮福映灭掉越南王阮光缵后，仍认中国为宗主国，并上贡受封。只是阮福映攻打越南王时，曾在法国传教士的帮助下向法国借了许多兵士，许诺得到越南后，割让化南岛作为酬劳，并答应自由通商。后来越南不仅不守约，还无故戕害教民，法国人异常愤怒，随即派军舰攻打越南。越南国王没有办法，只得割地请和，这是咸丰年间的事。不到几年，法国人得寸进尺几乎并吞半个越南。

当时越南有一个打抱不平的好汉，名叫刘永福，是广西上思州人氏，是太平天国的余党。他部下有几百名悍卒，打着黑旗，人称黑旗军，或黑旗长毛军。刘永福性格豪爽，他见越南处境可怜，法国以大欺小，很是无礼，于是带着黑旗兵打败法军。越南王得到消息后，又喜又怕，喜的是刘永福战胜法国人，怕的是法国人将来报复。于是再次与法国议和，于同治末年订立和约，大致是法国承认越南为独立国，越南必须断绝与其他国家的关系等条件。

光绪五年，越南边境有乱党造反，越南王求助清廷。清政府随即令刘长佑出兵越南，替他平乱。刘长佑立即率提督冯子材从龙州出发，不到几个月，便扫平乱党。越南王很是感激，没想到法国人得知这件事情，据约诘责，说条约上是越南独立，并答应与别国断绝关系，为什么请清军代为平乱。越南王拒不答复。法国派将军李威利进攻河内，黑旗军又替越南出头，两军一阵厮杀，黑旗军不但将法国人击败，还将李威利击毙。法国人于是大举进军，随即占据越南都城，越南王只得低头向法国乞和，法国人要越南降为自己的保护国，且要求越南割让东京①。越南王只求息事，不管好歹，竟答应法国人的要求。

清廷得知后，大为震惊，忙令驻法公使曾纪泽与法国交涉，不承认《法越条约》。又令岑毓英调督云贵军出关，与刘永福合力防范法军。委任彭玉麟为兵部尚书，特授钦差大臣关防，让他赶赴广州。调任山西巡抚曾国荃为广州总督，令他筹备军饷。令两江总督左宗棠督办军务，兼顾江防。一群老臣宿将，分地任事，劲气横秋，余威慑敌。法国人倒也不敢有什么大动作，派舰长福禄诺到天津拜访直隶总督李鸿章。双方订立五条草约，中国允许越南将东京割让给法国，并撤回所有清军，而法越改约时，不得有损伤中国体面的语言。李鸿章当即请示清廷，总理衙门的大臣也与李爵帅一般见识，只要不伤满清的体面，还管他什么万里之外的越南。清廷随即允准，让李鸿章签字。

这边刚与法使互订和约，那边云南兵将已进驻谅山，还没接到和好的消息。法将突勒也在谅山驻扎。两军相遇，滇军摩拳擦掌，专等角斗，突勒也不肯让步，顿时拉开阵势，你开枪，我放炮，相持半天，法兵损失惨重，纷纷撤退。中国人向来自大，一听到这场捷音，个个主战，大有气吞山河的气概。偏偏法国人致信总署，硬要中国赔偿一千万磅，总署不答应，法国于是增兵越南，攻陷北宁。岑毓英退驻保胜，扼守红河上游。法国又派军舰到南洋偷袭台湾，将基隆夺去。幸亏清廷起用提督刘铭传，让他督办台湾军务。刘铭传立即兼程赶到台湾，以守为战，法国人才不敢入岛侵犯，只是牢牢守住基隆。

法国提督孤拔转入闽海，攻打马尾。马尾是闽海的重要港口，驻守的大员叫张佩纶。张佩纶是个白面书生，年少气盛，恃才傲物。本在朝中担任内阁学士官职，言辞犀利没人赛得过他，讲起文事来，周召也不过如此，讲起武备来，孙吴还要敬他三分。清廷对张佩纶大加赏识，特委任他为福建船政大臣，处理海疆事宜。中外官僚都说朝廷很会选用人才，合肥伯相李鸿章也因他多才多艺，对他赞赏有加。张佩纶更是睥睨不群、目空一切。到福州后，会见总督何璟、巡抚张兆栋，张佩纶高谈

---

① 东京：法国占领越南后，将越南分割为交趾支那、安南、东京三个部分。

360

阔论，旁若无人，督抚等也莫名其妙。因听说他很有才能，两人索性将全省军务都交给他，张佩纶居然毫不推辞。上任几个月，他并没有整顿军防，一天到晚只是饮酒吟诗，弄棋狎妓。有人说名将风度，大多都是这样；有人说文人狂态，徒有虚名。

这年秋季，法孤拔率舰而来，直达马江。海军将领得到消息后赶紧向张佩纶禀报，张佩纶却毫不在意，简直像没事人一样。过了一晚，法舰仍在马江游弋，还没有驶入港口，那时张佩纶谈笑自若，反而邀上几个好友畅饮谈心。忽然军卒进来禀报，管带张得胜求见，张佩纶说："我们喝酒要紧，不要进来瞎报！"不到片刻，军卒又进来说，管带张得胜求见。张佩纶睁开双眼，呵斥传报的军卒说："我正在喝酒，你难道不知道吗？为什么不挡住他？"军卒说："张管带说有紧急军情，一定要当面向您禀报。"张佩纶说："有什么要紧事？你去问问他。"军卒去了一会儿，回来说法兵轮已驶入马尾，应预备迎战，恳请大人速下令指示作战。张佩纶冷笑道："法国人哪是想跟我打仗，不过是虚张声势恫吓我军，好逼我跟他讲和。我只要按兵不动，镇定自若，法国人自然会退去。你去传话给张管带，叫他不要妄动就行了。"军卒听令，刚要退出，张佩纶又叫他回转来，说："你去跟张管带说，一旦法舰进入港口，我军不得先开炮，违令者以军法处置！"军卒连忙答应，然后去通知张管带。张佩纶仍是安然痛饮，喝得酩酊大醉，兴尽席残，高朋尽散。张佩纶一醉不醒，法舰已大摇大摆地进入港口，准备开炮轰击。中国兵轮也有十多艘，船上的管带各自差士兵去领军火，并请示军令。不料张佩纶仍在梦中陪周公喝酒，一副高枕无忧的样子。军卒因昨日通报碰了钉子，不敢再轻易进去，士兵们只得在门房等着。那边兵轮内的管带急切盼着消息，却杳无回音，想要架炮迎击，却既没有军令，又没有炮弹，真是急得没办法。等到中午，仍是不见军令下来，法舰上面的大炮已经被架好，只见红旗一招，炮弹接连飞来。中国兵轮里面要什么没什么，众人都急得手乱脚忙。不到一个小时，已被击破四五艘兵轮，而没有被击坏的兵轮也是逃命要紧，纷纷起锚，向西北逃去。无奈法舰毫不留情，紧追不舍，炮声越来越紧，射来的炮弹也越来越多，中国的兵轮又被击沉好几艘，海军舰队几乎丧亡殆尽。这时，张佩纶才醒过来，听到震耳的炮声，还说什么人敢擅自开炮。起床出来后，才知道法军已经开战，中国的兵船接连被毁掉七艘。于是这不紧不慢的张大臣也终于焦急起来，急忙带着两名亲兵，从后门一溜烟儿逃去。法舰乘胜进攻，夺下船坞，毁掉船厂，又攻破福州炮台，占领澎湖列岛。

清廷忙令左宗棠飞速赴闽，与陕甘总督杨岳斌协助办理闽省军务，命曾国荃接替左宗棠筹备江防。左宗棠到闽后，奉旨查办张佩纶。张佩纶已被督抚在彭田乡找着，这时他已不再有昔日的万丈豪气，只是笔下工夫却还不错，写了一篇奏牍，一面自请处分，一面替自己开脱。左宗棠同情他是个人才，也替他说好话。清廷因张佩纶罪无可赦，将他发配到黑龙江，亲将左宗棠斥责一番。

马江刚报败仗，谅山失守的消息又传来，镇南关守将杨玉科阵亡。慈禧不禁震怒，把带兵的大员议处的议处，降级的降级，并顺道降下一道罢免恭亲王的谕旨。

谁知海疆还没平静，边疆又起事端。朝廷将湖南巡抚潘鼎新移调到广西，与岑毓英联合迎战，并令提督苏元春与冯子材、王孝祺、王德榜等人率军支援镇南关。冯、王诸将异常奋勇，一到镇南关，立即开关出战。不管法国人枪炮怎么厉害，只管带人马冒死杀进去。枪炮越密集的地方，清军越是不怕，一直杀到法军面前。法军枪炮都用不上了，只得短兵相接，互相搏击。法国人虽是强悍，至此已失去优势，不得不渐渐撤退。清军的士气陡然增长十倍，将法军杀得横尸遍野，血流成河。自中法开战以来，唯独这场恶斗出乎法国人的意料。法国人这才有些恐惧，于是放弃谅山。岑毓英得知谅山已被收复，也秣马厉兵，亲督兵马大举反攻，连败法兵，一连攻克多处要隘。临洮一战，阵斩七名法将，杀死近四千名法兵，缴获无数辎重枪炮军械，并且径直捣入河内，清军声威大震。法国提督孤拔被困在澎湖，又接连收到越南战败的消息，十分郁愤，忙请政府派兵再战。恰逢当时法国内阁连番更迭，到底是战还是和，一时半会儿也无法决定。孤拔大为悲愤，索性带着兵舰闯入浙江三门湾。月朗星疏，孤拔轻轻爬上桅杆，窥探清兵的形势，不料一声怪响，竟将他击落船中。

朝鲜内乱

孤拔侵犯浙江前，浙江提督欧阳利已预先令海湾港口的炮台守将做好准备。守将静候几天，仍不见海面有什么动静，不免懈怠起来。也是孤拔命中该绝，闯入三门湾的时候，遥望岸上静寂无声，不知清军是有备还是无备，于是攀上桅杆，想窥探实情。正巧炮台上面有一兵卒正在巡逻，他见敌舰连樯而来，暗想通报已来不及，竟大着胆子冲上去开炮。"扑通"一声，不偏不倚，正中桅杆上的孤拔。孤拔中弹，自然掉下去。炮台的守将听到炮声，惊讶得不得了，忙令士兵的头领前去察探。那头领到了炮台，那放炮的兵卒还没有歇手，仍在那儿放个不停。头领厉声说："你怎么能不奉军令擅自试炮！"兵卒至此才察觉头领前来，忙回头行礼，禀明原委。头领向海上一瞭望，果然见有几艘兵舰徐徐退去。随即说："你虽然击退敌舰，但仍是触犯军法，快到军署请罪去！"兵卒默然，跟着头领去见统领。幸亏统领深明大义，只说等查明情况再定功罪。

第二天早上，得知法舰被轰坏两艘，法国提督孤拔也已毙命。统领不禁喜出望外，一面忙向浙江提督欧阳利报捷。一面将那名擅自开炮的兵卒提拔为兵卒头领。浙江海面自此风平浪静，浙江提督欧阳利免不了夸大战绩，向朝廷邀功。朝廷当即将他嘉奖一番，并赏赐众将士。

孤拔死后，法军气势一下子减弱不少，谅山军及临洮滇军都雄心勃勃，恨不得立刻收复全越，扫除法国人。正耀武扬威的时候，忽然又传来天津议和的消息。众将士半信半疑，个个扼腕叹息。钦差大臣、督办东海防的彭玉麟接到这个消息后，更是气得白胡须根根竖起，连声叫道："哪个和事老这么爱议和？"随即信手写下一则奏章，恳请乘胜大挫法军。出使法国的曾纪泽也秘密奏报清廷，说法国内阁更迭，因宗旨不定而与我国议和，除非他们归还我越南的宗主权，否则不可与他们议和。

谁知内外大臣的奏折终抵不上一位全权大臣肃毅伯李鸿章的几句话。李鸿章竟与法国使者巴特纳在天津磋商几天，最后定下十款，最要紧的几条：一、法国占领东京。二、越南归法国保护。三、法兵不得过越南北圻与中国边界，中国也不派兵到北圻。四、撤回所有留驻台湾的法兵。五、中国答应在保胜以上，谅山以北，开辟两处通商口岸。这和约一订，清廷将统治了一二百年来的南藩拱手让给了法国人。从此赫赫有名的肃毅伯，名声盖过秦桧、贾似道。彭、左、岑、冯诸公都是快快不乐，只因朝廷降旨答应议和，停战撤兵，四位大员只得收兵敛伍，赋了一篇归去来辞。

肃毅伯李鸿章也是个中兴名臣，为什么硬要主张议和？原来，他因为中外交涉的事情杂沓而来，法、越的战事正一阵比一阵紧，朝鲜又发生暴乱。上次朝、日交涉，朝鲜大臣朴咏孝赴日本谢罪，感受到日本维新的新气象，回国后他也决心变法，主张倚靠日本。只是朝内执政的各位大臣大多主张守旧，守旧派领袖闵咏骏是皇亲国戚，主张倚靠清朝，于是与维新党唱反调。维新党人大多是少年志士，意气勃发，仗着日本撑腰想推翻政府。日本趁这难得的机会，用外交手段勾结维新党，煽动他们闹独立，承诺助他们一臂之力。维新党还以为日本情真意切，一点也没有疑心，居然率领党众突然发难，将日本兵召入宫中，然后搜捕闵族贵官，杀死以闵咏骏为首的一帮官员。只有国王李熙没有被杀，维新党人胁迫他立即施行新政。李熙此时已是鸡笼内的鸡儿，无论要他干什么，他都只能唯唯听命。

驻扎朝鲜的吴长庆因法、越开战，被清廷调到金州督防。继任的提督与吴长庆同姓，叫吴兆有。他得知朝鲜宫内发生暴乱，急忙召总兵张光前来商议。张光前向他推荐一个人，说此人智勇深沉，定有妙计，应邀请他解决这个问题。这人就是鼎鼎大名的袁世凯。袁世凯名慰亭，河南项城县人。捻匪作乱时，他曾率兵驻扎皖豫，奉旨剿办，倒也立过一些战绩。袁世凯少年时倜傥不羁，气宇轩昂，段靖川曾说他绝非等闲之辈。后来，他因乡试不中，放弃考取功名，用钱买来一个同知官衔。提督吴长庆听说他多才便将他召为幕宾，让他帮办营务。在军营时，袁世凯曾替吴长庆管理军士，使得军中气象焕然一新。朝鲜国王经常向吴长庆借用大将操练本国士兵，吴长庆就将袁世凯推荐出去。吴长庆调任后，还有一部分士兵仍留守朝鲜，吴长庆便又向清廷推荐袁世凯。张总兵也很是器重他，所以经军门一垂询，总兵便想邀袁世凯一起商议。

吴兆有忙派亲兵去召袁世凯前来商议，袁世凯昂然而至。彼此行过礼，在两旁坐定。吴兆有谈起朝鲜的情形，商议救亡的计策。袁世凯说："不入虎穴，焉得虎子。现在请军门急速发兵直捣朝鲜宫内，除掉乱党，将国王救出来，再作打算！"吴兆有说："听说日本兵驻扎朝鲜宫内，恐怕不容易攻入。"袁世凯说："几个日本兵，怕他干什么？"张光前说："袁公的意思是先声夺人，不知军门大人意下如何？"吴兆有说："这个计策不错，但必须先向北洋请示，才好决定。"袁世凯说："救人如救火，如果要请示北洋，我们的动作不免会迟慢，假使被别人抢先一步，局势就更加不妙了。"吴、张二人面面相觑，袁世凯见他们仍没有决定下来，便说："既然必须要到北洋请示，那就请立即写好文书，令快轮飞速传递。"二人忙点头，依计行事。

兵轮刚派出去，朝鲜国王已秘密派人到清营求救。吴、张二人仍不敢擅自做主。随后探马密报，说维新党打算废掉国王，改立幼君，依附日本，背叛清朝。吴兆有这才有些着急，无奈北洋的答复还没传来，自己手下的人马又不多，生怕不敌日本，仍是迟疑不决。袁世凯又前来求见，还没坐定，就立即对吴、张二人说："两公已经得知乱党的消息了吧？如果再不发兵解救国王，不但朝鲜将不复存在，就连我们的归路都要被他们截断，只好在朝鲜做鬼了。"吴、张二人被他一激，倒也奋发起来，随即问道："依老兄之见，我们究竟该怎么做？"袁世凯说："我们只有迅速调兵，分路进攻，最好一举攻入宫中，肃清朝鲜宫禁。这样我们便占了上风，就不怕日本出来作梗。"吴兆有又问："应该分几路？"袁世凯说："应该分三路进攻。军门大人领中路，镇台大人领右路，袁某不才，愿领左路。"吴兆有仍是面露难色，袁世凯不禁生气地说："二公如果认为中路不好走，那就由袁某率领中路军！吴军门率左路，张镇台率右路，彼此接应，不愁不胜！"吴兆有说："那就这么定了，今晚发兵。"

黎明时分，三路清军静悄悄地向朝鲜皇宫逼进。到了朝鲜宫门，已是残夜将尽，袁世凯督令士兵猛攻，里面也立即响起"噼噼啪啪"的枪声。清兵看到几十名士兵受伤，都打了退堂鼓。这时，袁世凯传令，不准退后，违令者立斩。这令一传，军法如山，军士才冒险前进，霎时攻破外门，闯到内门前面。忽然日本兵从背后杀出，袁世凯分兵抵挡，这时腹背受敌，胆大敢为的袁世凯也吃惊不小，然而队伍却依然不乱。正巧提督吴兆有已从左路杀来，两军一阵夹击，才将日本兵杀退。清军抖擞精神，再接再厉，枪声不绝于耳，震得屋顶上的瓦片齐飞，宫墙被枪弹打得到处都是洞。清军刚取得小小的胜利，又来了几百名朝鲜兵，袁世凯一瞧，正是自己曾经训练过的兵卒，熟门熟路，同德同心，当下把内门攻破。维新党不顾死活，还要上前阻拦，清军用枪伺候，当场击毙了几十人，洪英植也在其中。朴咏孝、金玉均连忙从宫后逃去。

吴、袁二人整队入宫，张光前的右路兵也赶到了。朝鲜宫内已是空空洞洞，不见有什么人。清军仔细搜寻，只搜出几个躲藏在密室里的宫娥，其他人都已不知去向。吴、袁、张三人诘问她们国王、世子的踪迹，她们只说："趁宫中大乱时，逃到宫外去了。"袁世凯令军士赶紧去寻找，将王宫前后左右都细细地找了一遍，仍是没有国王的影子。袁世凯

365

不免有些焦灼。忽然朝鲜旧臣来报："国王、世子在北门关帝庙内。"袁世凯大喜，忙与吴、张二人商议由谁去迎接国王回宫。这个差使，吴提督却是毫不推辞，立即率部兵前去迎驾。袁、张将宫阙扫清一遍，然后收兵回营。不一会儿，朝鲜国王及世子随着吴提督进来。国王一见到袁世凯就将他感谢一番，并请他与张、吴二人帮忙追缉朴咏孝、金玉均等人。袁世凯说："朴、金诸叛党现在应该躲在日本使馆里，不如先照会日使竹添进一郎，叫他立即交出叛党，否则兵戎相见。这个主意怎么样？"张、吴连声称好，随即写好照会，派军卒送给日使。不久，军卒回来报告，说日本使馆内已空无一人，听说公使竹添进一郎已逃回本国，到济物浦去了。于是袁、吴、张三人送朝鲜国王回宫，一场大乱从此烟消云散，这都是袁世凯立的大功。

没想到日本人十分厉害，政府派全权大使井上馨到朝鲜问罪，又令宫内大臣伊藤博文、农务大臣西乡从道与中国交涉。这三位日本大员都是明治维新时的重要人物，这次奉命出使，自然来势汹汹。井上馨到了朝鲜，仍按从前的做法，直接向朝鲜索要各种款项，要朝鲜偿金谢罪。朝鲜国王无可奈何，又不好跟别人说，只好暗中征求袁世凯的意见。袁世凯刚接到北洋来信，说是伊藤、西乡两日员到天津后，扬言清军故意挑衅，让清廷看着办，朝廷已派吴大澂、续昌二人到朝鲜查办。袁公是个英挺傲岸的人物，哪里肯受这股恶气？当即请了假，回到北洋，进见肃毅伯李鸿章，然后极力地向他陈诉此次事件的利害关系，大意是"看紧朝鲜的政柄，免得日本人觊觎"。李鸿章十分欣赏他，但心中却是决定持重，不愿和日本轻易开战，反而让袁世凯收敛一些，不要锋芒毕露。袁世凯叹息而出。

肃毅伯李鸿章当时已被朝廷任命为全权大臣，与日本使臣议约。肃毅伯专讲国家体面，摆出全副仪仗，振奋精神，然后请日使到督署面议。日使伊藤博文和西乡从道看到这阵势，并不惊慌，坦然进去，侃侃而谈。最后议定两大条款：第一条，中日两国将派驻朝鲜的兵全部撤去。第二条，两国将来如果派兵到朝鲜，应该事先互相通知，待问题解决后立即撤军。和约签订后，清廷吴兆有等人都遵约回国，连大院君也被放回朝鲜。朝鲜国王李熙势孤援绝，对日本提出的各个款项，只得点头认命。从此日本人得寸进尺，认定朝鲜是自己的藩属国，中国的肃毅伯等人却还说朝鲜是我国藩属国，两国各执己见，以致后来决裂。

越南已脱离我国，我国又失去朝鲜的一半主权，法、日两国满载而归。英国不甘落后，趁中国战事频繁，将缅甸划入英国领地。而后又打云南的主意，虽然勘定滇缅地界颇费周折，但最终还是英国得利，中国吃亏，云南边界又被英国人割去无数。想当年，我国日辟国土百里，如今却变成了日蹙百里。

越南、缅甸的中间还有一个暹罗国，也是中国的藩属国。自从越南归服法国、缅甸归服英国以后，英、法都想吞并暹罗，但两国势均力敌，交战几次谁也没有得到便宜。不久，两国洽谈商议，允许暹罗独立自主，两国都不可以侵略。于是暹罗得以幸存，不过早已经与中国脱离关系。从此中国的藩属国丧失无余，可悲可叹！清廷的王公大臣多半醉生梦死，不顾后患。慈禧太后也逐渐骄侈起来，想造一座颐和园，来享享清福。

颐和园

颐和园在光绪十一二年的时候开工，耗去的经费不下三千万金。这时国库已是捉襟见肘，这三千万的巨款是从哪里筹来的呢？相传是从海军的款项中，调拨过来的。中法一战，中国在马江战败，闽海舰队丧亡殆尽。清廷因海疆战事越来越频繁，便决定大兴海军，整顿海防。随即将台湾划为一省，改福建巡抚为台湾巡抚，原有的福建巡抚事务归浙闽总督兼管。并在北京设立海军衙门，令醇亲王奕譞总管所有事务，奕劻、李鸿章、善庆、曾纪泽协助处理。五位大臣商议过后，打算先从北洋入手，督练第一支海军，选择在盛京旅顺口、山东威海卫两处建立军港。醇亲王奕譞本没有治理海军的经验，奕劻、善庆更是不用说，只有李鸿章、曾纪泽二人向来喜欢研究洋务，曾纪泽又时常出使海外，兴建海军的重任自然就落在李鸿章肩上。但筹办海军，首要问题就是筹集巨资。李鸿章苦心筹划，几次奏请朝廷调拨军费，但总是驳的多，准的少。巧妇难为无米之炊，两手空空，怎么兴建海军？李鸿章没有办法，只得亲自觐见，密探太后的意旨。太后身旁的宠监李莲英传出消息："太后近几年想安静修养，打算造个园子以便颐养天年，只是苦于没钱造园子，心里很是烦躁，所以遇到各省筹款的事项，往往只会驳斥不会恩准。"李鸿章沉吟一会，便悄悄对李莲英说了几句话，李莲英点了好几下头。李鸿章随即回到天津，以后凡有奏请，太后无一不批准。

李伯爷到底想的是什么妙招？原来，他与李莲英商定，请太后借口筹办海军，下令各疆吏每年上交一笔款子，然后从中提出一半，作为造园的经费，另一半作为海军的经费，这样两边都能兼顾。慈禧太后听后十分欣慰，于是大兴土木，在清漪园的旧址上扩建园子，改名为颐和园，造了两三年才告竣工。园中的楼台殿阁、亭轩馆榭数不胜数。最著名的是乐寿堂正殿，因是慈禧太后的住所，规模很是壮丽。仁寿殿的规模也与乐寿堂正殿不相上下，是慈禧召见王公大臣的地方。还有颐乐殿是慈禧听戏的地方，更造得穷工极巧。此外还有知春亭、夕佳楼、芸碧馆、藕香榭、石舫、荇桥等佳境，极其华丽。这园本是倚万寿山而建，泉清水秀，草长花香，山巅更是建有一座佛香阁，轩敞华丽，直上云霄。慈禧太后在园子里时，每天必登阁游览，俯瞰全园。下山时有千步廊，曲折而下，直达殿门，所以往来很是方便。园子告成以后，慈禧移居园内，降下一道谕旨，说自己打算近期归政。醇亲王弈谟、礼亲王世铎先后上奏说，皇帝还年幼，恳请太后再听政几年。慈禧恩准，带着光绪帝一同移居颐和园，并把内阁军机处及以下的各机关都迁入园内，以便处理国政，连梨园弟子也与官僚一同居住在园子里。

话说回来，北洋海军也筹办了一两年，李鸿章既然筹集那么多经费，总要有个海军的样子，以掩人耳目。于是收购了几只战船，招募了几千支舰队，才奏报海军成立。朝廷派醇亲王弈谟到天津巡阅，令肃毅伯李鸿章立即派人布置行辕，务必完美。不料宫廷内又来了一封密函，李鸿章一看，忙将办理行辕的负责人召入署内，叫他在行辕里面再布置一个房间。并说规模可以略逊一筹，但装饰须格外精雅，不得疏忽！负责人不敢多问，只得小心办理，自觉一切铺设都已经布置妥当，这才向李鸿章禀报。李伯爷亲自去视察，正厅是预备给醇亲王居住的，他只是大略一瞧，便算了事。转入厢房，反而留心检点，那一件嫌草率，这一件嫌失礼。负责人暗暗惊讶，暗自揣测，究竟是什么人来此居住，竟然这么挑剔？但奉上司的命令，不得不赶紧换掉。过了几天，醇亲王已到码头，李鸿章亲自去迎接，行辕的负责人也随同前去，趁机留心窥看。见李伯爷拜过醇亲王后，便殷勤问候醇亲王旁边的随员，一副非常谦恭的样子。负责人不曾见过这名随员，随后听到李伯爷称他为总管，才晓得这名随员就是赫赫有名的太监李莲英。醇亲王与李莲英一齐上岸，直抵行辕，李鸿章将他们送进去后，周旋一番。又将李莲英引到厢房，满口说是委屈总管，李莲英左右一瞧，只淡淡地答了"费心"二字。过了两天，醇亲王前去阅兵，李莲英跟在他身后，当下李鸿章传出军令，令海军做好准备接受检阅。顿时，舰队排樯而来，时分时合，时纵时横，映入醇亲王的眼帘中，只觉得整齐错落，如火如荼。阅兵完后，醇亲王极力褒奖李鸿章一番。李鸿章只是拈须微笑。又过了几天，醇亲王与李莲英才告辞回京。

李莲英回京后，又升一级，宫中都称他为九千岁。偏偏御史朱一新竟呆头呆脑地上奏说："李莲英随醇亲王阅兵，恐怕会重蹈唐朝监军的覆辙。"慈禧看完奏章，勃然大怒，立即将朱一新贬职。这以后，还有谁敢冲撞李莲英？一群善于钻营的小人，只要钻到李总管门下，就不怕没有官做。

转眼已是光绪十四年，光绪帝已经十八岁，到了册立皇后的年龄。这皇后是谁家淑女？说起来，又与慈禧有莫大的关系。她就是慈禧的胞弟桂祥的女儿。这年十月，太后特降谕旨，立副都统桂祥女叶赫那拉氏为皇后。第二年二月，光绪帝大婚，一切排场都与同治帝的婚礼相似。慈禧随即降旨说要撤帝归政。归政典礼虽是照同治朝依样举行，但总是要另画一个葫芦，费点手续。慈禧是个喜欢热闹的人，锦上添花的事她最中意。归政后连加太后徽号，除"慈禧端祐康颐昭豫庄诚"外，又添上"寿添钦献"四字，凑成十四个字。慈禧喜溢眉宇，格外舒畅。又因国家暂时承平，没什么让人牵挂的，便带上李莲英移居园子，有时登山，有时游湖，有时听戏，有时摸牌，有时随意写写画画，消遣光阴。皇后本不善武文弄墨，在慈禧的教导下，竟也领悟书法的精髓，并写得得心应手。她本是慈禧的侄女，平时又深得慈禧的欢心，因此慈禧游玩时，常令皇后跟随身后。慈禧既有中意的宫监，又有如愿的佳妇，在这两人在她左右侍奉，正是快乐得很。

一年后，醇亲王病故。醇亲王患病时，慈禧太后屡次率同光绪帝到醇王府邸去探病。醇亲王福晋本是太后的亲妹妹，醇亲王又始终忠于太后，恭亲王被罢职后，就由醇亲王承揽军机，一切政务，他随时请示太后，不敢独断独行。所以太后格外亲信他，也格外优待他。醇亲王临终时，太后极为痛惜，定称号为"皇帝本生考"，谥为"贤"，然后为他举行隆重的丧葬典礼。醇亲王的次子载澧承袭爵位，三子载洵、四子载涛都被封公。醇亲王过世以后，光绪帝虽然亲政，但凡事仍是禀白慈禧，不敢独自一人裁决。慈禧太后也令皇后及李莲英两人暗中监察皇帝，以免他重蹈同治帝的覆辙。光绪帝却也韬光养晦，平时不怎么违忤她。

自光绪十五年到二十年，中国只与英国、俄罗斯稍有交涉。英国为

369

了哲孟雄，启衅出兵。哲孟雄在西藏南境，介于布丹、廓尔喀两部中间，布、廓两部都是西藏藩属。廓、哲失和，英国人借机帮助哲孟雄打败廓尔喀，然后侵占哲孟雄，接着又把布丹占为己有。哲、布一失陷，西藏失去屏障，藏人十分恐惧，想将两地夺回来，于是在哲部隆吐设立关卡。英国人怎么会允许？自然要为难西藏，攻毁关卡的营房，并占据藏南的要隘。中国的驻藏大臣向来非常的不中用，这次清廷派帮办大臣升泰赴任，与英国总理印度大臣兰士丹在印度孟加拉商议，最后议定《藏印条约》，承认哲孟雄是英国的藩属，并勘定藏、哲分界，才将此事和平了结。

而与俄国发生交涉，则是因为帕米尔高原。帕米尔是新疆西南边陲，在葱岭外面，北通浩罕安集延，是亚洲最高的陆地。亚洲的大山多发自帕米尔山脉，中国曾在那里建设关卡，驻扎军队。俄国占据伊犁西境后，强迫中国撤走关卡，中国不答应。不久英国人降服阿富汗，唆使阿富汗人驱逐中国驻扎的军队。俄国以为英国人又要来染指，忙出兵据守帕米尔。中、俄、英三国都违背了从前的约定。中国派大臣分别出使俄国和英国，与他们商洽，结果俄国人获得最大的利益，英国人次之，中国最吃亏，将帕米尔高原全部弃掉，只以葱岭为界。清政府因中国幅员辽阔，所以将边疆荒地割让出去也不觉得有什么要紧。

光绪二十年，慈禧太后六旬万寿，寿辰在十月十日。正二月间，光绪帝就令王公大臣准备隆重的庆祝典礼。颐和园内还要再造一座大牌楼，作为圣母万寿的纪念。内务府因国库空虚，授意内外大员预先送寿礼，大员们哪个不想趁机巴结？于是每人将俸银捐出二十五成，作为万寿的送礼费。其中有个西安将军荣禄，除捐出二十五成俸银外，更献上许多金银珍宝，太后顿时喜上眉梢，立即将他召回身边。

荣禄本是太后的功臣，慈禧一行从热河安全回京，全仗荣禄一路上辛苦地护驾，但为什么他会被外派西安，担任一份闲散的差使？原来荣禄护驾回京，慈禧嘉奖他立的大功，将他拔擢为内务府总管，让他自由出入宫廷。每逢有要事，慈禧常与他商量。同治帝驾崩以后，荣禄仍在宫中做事，深得慈禧的宠眷。光绪六年，光绪帝的师傅翁同龢突然密报太后，说荣禄与宫中的妃嫔有染，慈禧不信，暗中却派人留意侦察，果然事出有因。这位有胆有识的荣大臣竟在某妃房中竭忠效力，并被慈禧当场撞见。慈禧当下大为震怒，立即将荣禄驱逐出京，革去官职。慈安驾崩后，慈禧又记挂起荣禄，并怀疑是慈安设计陷害荣禄，以使自己失去助臂，但因荣禄的罪责太重，不便轻易起用，从此荣禄被排斥在官场外。后来不知荣禄怎么走的关系，慈禧又将他拔擢为西安将军。这次奉召入都，再次被任命为步军统领，荣禄自然格外小心谨慎。准备祝寿大典期间，他也十分卖力。慈禧太后本打算在寿辰的那一天，做一场普天同庆的旷典。没想到光绪二十年五月，朝鲜又闯出大祸，弄得中日开战。清军连战连败，慈禧太后异常懊恼，不得不降旨，将庆贺一事作罢。

一场盛举就此烟消云散，日本的确无情，海军也真是没用。到了寿辰这一天，慈禧只在园内的排云殿接受朝臣的庆贺，就算完事。

中日甲午战争

朝鲜连续遭遇乱事，国势日益衰弱，国王李熙又是个贪图安逸的人，凡事都得过且过，因此国家日益贫弱，寇盗纷纷作乱。日本垂涎朝鲜已久，中国却置若罔闻。

光绪二十年，朝鲜国全罗道东阜县东学党叛乱，连败王兵，声势浩大。国王李熙忙向中国告急，并致信中国驻朝鲜大使。这位大使就是当年帮办营务的袁世凯。袁世凯接到信件后，忙通报北洋。北洋当即派提督叶志超及总兵聂士成等人前去支援。李鸿章非常精明，他依照《天津条约》先告知驻日钦使汪凤藻，叫他照会日本政府。日本真是厉害，不肯落后别人一步，立即派大岛圭介率兵赶赴朝鲜。两国兵队先后出发，钦差袁世凯得知叶提督已到牙山，随即致信叶提督，请他向乱党出示官文，解散乱党。乱党到底是一群乌合之众，见到一纸文告，就吓得四散奔逃。朝鲜失守的地方就这么轻易收复了。清军打算立即撤兵回国，可是日本兵却有进无退。袁钦使照会大岛圭介，援引《天津条约》，让他们撤兵。大岛圭介含糊回复，暗中反而添兵添将，越来越多的将士被陆续运到朝鲜，并分别据守釜山、仁川的要害。袁世凯急忙致电北洋，请朝廷做好与日本决裂的准备。肃毅伯李鸿章自知中日一开战，就一定会在海上作战，而北洋海军虽然筹办了好几年，却是外强中干、不堪一战。因此回电袁世凯，只要求他据约力争，并让总理衙门速与驻华的日使小村寿太郎化解这场冲突。

总署的王公大臣都糊涂透顶，还在说朝鲜是我国藩属，所以我国有权发兵，帮助朝鲜平乱，日本不得干涉。就是这句话，又让日使找到借口，他说朝、日两国曾订立条约，而中、日两国为了朝鲜也曾订立《天津条约》。朝鲜明明是自主国，只因为国度很小，不能自保，所以由中、日两国共同保护，凭什么说日本不得干涉？小村寿太郎说得理直气壮。总署大臣无可辩驳，反而仗着自己的余威，要与日本开战。你上一折，我上一本，都说："小小一个日本竟如此无理，我朝应立即发兵征讨！"光绪帝年轻好胜，看过各大臣的奏章，也决意主战，随即催促北洋大臣李鸿章迅速剿灭倭寇。此时，李伯爷却好像哑巴吃黄连，说不出的苦楚。李鸿章急忙致电驻日汪使，叫他诘问日本外部，为什么违背《天津条约》，不肯撤兵。日本提出条件，说要与中国同心协力改革朝鲜的内政。汪使忙回电李鸿章，李鸿章仍是不肯主战。海内外的清廷官员在不知实情的情况下，不是说李伯爷胆怯，就是说李伯爷软弱，连钦使袁世凯也以为北洋海军可以出海作战，并请命回国，决心与日本开战。李鸿章还没答复，日本兵已攻入朝鲜王宫，将国王李熙幽禁，辅佐大院君主持国政，并宣告朝鲜独立。小心翼翼的李伯爷到了这时也只得答应开战，并将袁钦使召回国内。朝旨又派副都统丰伸阿、提督马玉昆、总兵卫汝贵、左宝贵等人各率大军，由陆路进发。

日本先发制人，趁清军还没来到朝鲜，便向牙山的清军发起进攻。军门叶志超怯懦无能，整日饮酒高卧。忽然军士来报，说日兵即将发起进攻，叶志超连忙向北洋求救。李鸿章得到消息后，派出两营士兵乘轮船支援牙山的清军。不料被早已埋伏好的日军军舰开炮轰击，全军覆没。叶志超等了几天，不见援兵前来，正急得如热锅上的蚂蚁。总兵聂士成颇有些胆量，慷慨誓师，愿与日军决一死战。忽然探马来报，日兵已到成颜欢，聂士成马上持鞭请令出击，只见叶志超面色如土，半晌才憋出一句话，说："老兄路上小心！兄弟定会守——守住此地。"聂士成立即领命而去，没过多久就到了成欢，恰好遇到日兵整队前来，聂士成立即传令开枪，两军厮杀在一起，只见烟雾弥天，枪弹蔽日。大约战了两个小时，日兵渐渐向后撤退，聂士成乘势追击一阵，才收兵扎营，并立即派兵卒去牙山报捷。到了第二天早晨，派去的兵卒还没有回来，日本大军又杀来。这次日本兵不像上一次那么怯战，远远望过去都精锐得很。聂士成倒也不怕，仍下令开营迎敌。营门刚打开，炮弹已经射过来，聂士成军连忙还击。正酣战时，派去的兵卒回来说，牙山已没有大军，听说叶军门已退驻平壤了。这话一传，军心大散，日本兵又漫山遍野地杀过来。聂士成此时也不免有些心惊，料知支撑不住，忙令部兵整齐而有序地边战边撤。日本兵不敢进逼，由着聂士成退去。聂士成回到牙山，果然不见一兵一卒，长叹了几声。暗想手下只有几千兵马，牙山是保不住了，与其孤军死在这里，不如全军早点撤退。于是传令退回平壤，眼看着牙山要地被日兵占去。

聂士成到了平壤，见到叶志超，问他为什么退兵。叶志超支吾了半天，聂士成又说："我军在成欢大胜日兵，军门大人如果多留几天，牙山也可以保住。"叶志超说："老兄的战功，兄弟已经知晓，并上报朝廷。现在辽东派来的人马已会集此处，只要此处得胜，牙山虽失，还可以无忧。"聂士成也不敢多说什么，随即退出。叶志超仍天天坐在营中，并没有什么举措。丰伸阿、马玉昆、左宝贵、卫汝贵等人见了叶志超，无非说些应酬客套的话，也不见他们商谈军务。聂士成背地里叹息不已，暗自灰心。日兵听说清军云集平壤，便驻扎牙山，一时之间不敢进逼。叶志超乐得快活几天，忽然接到北京来的电报，朝廷任命他为统帅，令他调度各军。聂士成被提拔为提督，军士也得到两万两赏银。叶志超喜出望外，忙设宴庆贺。各路统领少不了亲自去贺喜，一连热闹好几天。

叶志超本不具备带兵打仗的才能，突然被朝廷提拔为统帅，哪个会畏服他？所发号令多半没有人执行。叶志超营内的将卒逐队四出，奸淫掳掠，无所不为。朝鲜百姓本来拥戴清朝，提着美酒带着美食前来迎接清军，不料清兵恣意妄为，反而让朝鲜百姓大失所望。在叶志超看来只要守住平壤，其他事就可以不去过问，因此令丰伸阿、马玉昆、左宝贵、卫汝贵各将分别驻扎平壤城的四面。中秋将近，日兵仍没有消息，叶志超正打算大摆宴席，度过美好的中秋月夜。突然哨卒来报，日将野津已率兵前来攻打平壤，而且人马不少。叶志超大吃一惊，急忙传丰伸阿、马玉昆、左宝贵、卫汝贵前来商议。叶志超说："日兵就要逼近，各位有没有退敌的好计策？"各将领中只有丰伸阿最有资格，他先回答说："全听统帅的调度！"叶志超说："据兄弟看来，此处有深沟高垒，我们只需据守此城，不战为妙。"各将还没回答，左宝贵已有些恼火，对叶志超道："现在打仗不像从前刀枪时代，炮火十分厉害，不是土石所能抵挡的，不如趁日本还没逼近，我军主动出击，这才是上计！"叶志超一听，脸色忽变，半晌才说："我主张以守为攻，老兄主张以攻为守，我想老兄有勇有谋，一定可以退敌，不妨请老兄自便！"左宝贵说："是统帅调度各军，卑职怎么敢擅自进退？但是这一仗至关重要，卑职奉命到朝鲜来早已经将生死置之度外，刚才有冒犯之处，还请统帅原谅！"

叶志超说："老兄晓得为国家效命，难道我就不晓得吗？"丰伸阿等人见两人互有意见，只得从中劝解，谈论了半天，仍是没有结果，外边的警报却络绎不绝地传进来。左宝贵勃然而起，对各将说："宝贵食国君之禄，定当竭尽全力为国君办事，敌兵已经杀到，现在只有跟他们拼命这一个方法。如果今天不战，明天又不战，等到日兵绕过平壤，截断我军的归路，那时只好束手待毙了。诸公保重！宝贵就此告辞！"当即愤愤而出。丰伸阿、马玉昆也辞别叶志超，各自回营。只有卫汝贵稍留片刻，与叶志超密谈了几句，也不知道是什么妙计，可能是预谋保身的秘诀。

左宝贵回到营中后，听到远处传来"隆隆"的炮声，料知日兵已经逼近，当即令部下整装待发，鸣角出营。行军不到一里，已见火焰直冲云霄，日兵的炮弹如雨点般打过来。左宝贵自然督军还击，互相轰击了大半天。日兵十分厉害，前队战亡，后队补上，枪子射得越来越急，炮弹放得越来越猛。左宝贵军这边前队大多伤亡，后队的兵士硬着头皮冲上去。左宝贵喝令士兵一齐放枪，自己也小心督察，忽然见后队的士兵用枪时大多不是很得心应手，有的放不出子弹，有的子弹还没射出去，枪管已炸破。左宝贵还以为是士兵操练不精的缘故，便手执快刀斩杀几人，后来见士兵多半都是这样，他急忙从士兵手中夺过枪，亲自开枪，结果用尽气力，也不见子弹出来。左宝贵仔细一瞧，机关多已生锈，不禁失声说道："好，好！"

原来，中国的枪械多半是从国外购来的。北洋大臣李鸿章听说德国制造的枪炮最利害，就向德国的工厂订购许多枪械，不料运来的枪械一半是新的，一半是旧的。当时只知检点枪支数量，谁去细心辨认？这次中日开战，便把这些枪支陆续发放出去。左宝贵军的前队都是临阵冲锋的精兵，所用的枪械因时常操练，早已将废锈剔除；后队兵士都是临时招募来的，随便发给枪械，因此上了战场，才出现这个问题。部将请左宝贵退兵，左宝贵叹道："本统领早知会有今日，只愿多杀几个敌人，就是死了也还值得。不料来了一个没用的统帅，又领了这种没用的枪支，才使敌军猖獗到这个地步。"话还没说完，突然飞来一粒子弹，左宝贵把头一偏，肩膀中弹。日本兵又如潮般涌过来，扰乱左宝贵军的阵势。左宝贵仍忍痛支撑，无奈敌炮接连不断，打倒左宝贵军无数兵士。左宝贵身上又中了几枪，口吐鲜血，晕倒在地。蛇无头不行，兵无将自乱，霎时全军溃散，逃得一个不剩。

这时，日军兵分三路进攻，丰都统、马提督也分头抵御。丰伸阿本没有什么能耐，才和日兵擦个火花，便已退却。马玉昆颇为骁勇，督领部众，和日兵鏖战一回。但因枪械有问题，马提督再怎么勇悍，也只能知难而退。刚到平壤城，见城上已竖起白旗，马玉昆忙驰入城内，见叶统帅坐在厅上，身子一个劲儿地乱抖。马玉昆便问他位为什么高竖白旗。叶志超说："左宝贵已经阵殁，卫汝贵已经走掉，听说阁下与丰公也抵挡不住日军，偌大的平壤城，怎么守得住？只好扯起白旗，免得全军覆没。"马玉昆见主帅如此怯战，也无计可施。聂士成本随着叶志超坚守平壤城，一再劝谏叶志超不要轻易投降，叶志超始终不听，聂士成也是说不尽的忧愤。

日本兵直逼城下，望见城上已竖起白旗，便遵照《万国公法》，停下攻击。叶志超趁这机会，悄悄开了后门，率诸将逃回辽东。他手下的将士一半是奉军，一半是淮军，都是李鸿章一手调教出来的。日本人颇忌惮李鸿章的威名，到此也觉得清军没用。于是放胆进攻，占据平壤，又攻陷安州、定州，趁势要渡过鸭绿江，去夺辽东。

清朝的陆军一败涂地，都退出了朝鲜，只剩下黄海沿岸的海军，船上的龙旗还在随风飘荡。日本十一艘军舰驶出大同江，进逼黄海。清海军提督丁汝昌听说日舰到来，也只得列阵迎敌。当时清舰共有十二艘，定远、镇远号最大，致远、靖远、经远、来远、济远、平远次之，广甲、广丙、超勇、扬威又次之。丁汝昌传令各舰摆成人字阵，然后坐在定远舰上居中调度，准备开战。只看到远处日舰排山倒海而来，如一条长蛇，可能摆的是一字阵。丁汝昌立即令将士开炮，其实两军仍相隔九里远，炮弹的威力还不足以击中敌舰，凭空放了无数炮弹，都抛在海里。日舰刚开始并不回击，只是开足马力向前疾驶。说时迟，那时快，日本的游击舰已从清军左侧驶入，偷袭清军的后面。日本主将伊东佑亨驾着坐船，带领余舰，向清军正面发起进攻，连放炮弹回击清军，顿时黑烟缭绕，迷蒙一片。不到一会儿，中国的超勇舰中弹沉没。清军少见多怪，顿时慌乱起来。一慌乱，便各管各的，弄得节节分离，彼此不能援应。这支舰队的管带中只有致远管带邓世昌、经远管带林永升有着赤胆忠心，愿为国家效命。日舰浪速破浪而来，与致远号对轰，两边正打得起劲，又来了一艘日本巨舰，名叫吉野，比浪速舰还要高大，也来轰击致远号。致远号船身受伤，恼得邓世昌性起，亲督炮架，测准吉野的敌将所在，一炮一炮地轰击过去。吉野舰内的统带官急忙转舵避开。邓世昌又下令乘势追击，部将回答说，舱中没有弹药了，不便追击。邓世昌慨然道："陆军已经战败，海军又要失手，堂堂中国，被倭寇杀得落花流水，我们还有什么脸面见江东父老？不如拼掉性命，撞沉这吉野舰，跟它同归于尽，我死也瞑目！"随即下令鼓轮前进。眼看着就要追上吉野号，没想到触到鱼雷，鱼雷将船底击碎，海水流入船内，致远号渐渐沉入海中。邓世昌和船上的所有将士全部殉难。

经远管带林永升与日本赤城舰相持。赤城舰用炮弹攒射经远号，经远中弹后，船上突然起火。林永升不慌不忙，一面用水灭火，一面窥准敌舰，"轰"的一炮，正中敌舰要害，将敌舰洞穿一个大窟窿。敌舰掉头就走，林永升死不放弃，紧紧追袭。不料，追了一程，又被水雷射中，沉入海底。两员虎将同时殉难，其他的战舰越发心慌。济远管带方伯谦向来胆小，他本在一旁观望，一看致远、经远都被击沉，哪儿还有心思再观战？忙令舵工转舵，机匠转机，向东逃去，一个不小心竟撞到扬威舰上。扬威已经受创，经这么一撞，顿时随波乱荡，控制不住，海水泼入船内，随即也沉没了。济远舰只管自己，逃入旅顺港口，广甲、广丙两舰也跟着逃回来，只留下定远、镇远、靖远、来远、平远五艘战舰还在战线范围内，被日舰团团围住。丁汝昌还算坚忍，连连开炮，轰沉日本西京丸，并击伤日本松岛舰。无奈定远舰也已身中五六炮，战斗力渐渐衰弱。靖远、平远、来远三舰也受到重创，冲出重围，单剩下定远、镇远，势孤力竭，不得已冲出战域，驶入港口内。这一场海战，中国失去五艘兵舰，剩下的战舰也大多受损。经营了二十多年的海军竟不堪一战，真是中国莫大的耻辱。

海、陆军都已战败，中、日胜负已定，日本还不肯罢手，竟想吞并中国！

马关条约

叶志超逃到辽东，丁汝昌又败回旅顺，警报接连传到北京。光绪帝大为懊恼，当即将叶志超、丁汝昌革职，卫汝贵、方伯谦逮回审问，并严责北洋大臣李鸿章。李鸿章只得上奏请罪，并把海军战败的原因全推到方伯谦等人身上。朝廷下令将方伯谦军前正法。李鸿章也难辞其咎，被拔去三眼翎，脱去黄马褂。清廷又令提督宋庆出兵旅顺，提督刘盛休出兵大连湾，将军依克唐阿出兵黑龙江。令三路大军驻守辽东，防御日本。随后又令宋庆统领各路人马。各路统领与宋庆的资格不相上下，忽然接到朝廷旨意，全要归宋庆管制，免不了郁郁寡欢。宋庆到九连城后，召集平壤的败兵，然后倚城下寨。九连城濒临鸭绿江口，是辽东的第一重门户，这重门户不破，辽东自能安然无恙。宋庆把守此地，也算是聪明之举。当下传集各统领，然后分配每人的守地，叫他们努力防御。各统领表面上谦虚地点头答应，心中却是很不舒服，一出大营，满肚的委屈无处发泄，你也不愿尽力，我也不肯效命，勉强起程，向着划分给自己的守地行进。

日本兵的确十分迅猛，一听说鸭绿江西岸清军没有派重兵把守，当即率兵飞渡。过了鸭绿江，浩浩荡荡地杀奔九连城。刘盛休、依克唐阿、马玉昆、丰伸阿、聂士成诸将沿途抵御，都抵挡不住日兵。清军退一里，日兵进一里，清兵退十里，日兵进十里，等到日军逼到九连城，各路统将都已远远地避开，城中只剩下一个宋庆。宋庆听说各路大军都已经溃败，自知势单力孤，只好弃城出逃，退守凤凰城。随后又因凤凰城孤悬岭外，不便扼守，又弃城西逃。统帅一走，各将也闻风而逃，日本兵随即进驻凤凰城，然后兵分三路继续进攻。一路出西北，扑连山关；一路出东北，攻岫岩州；一路出东南，窥金州、大连湾。不到几天，各路就已经得手，只有连山关一路，被依克唐阿与聂士成两军南北夹攻，日军得而复失并失去一名中尉。凤凰城的日军忙赶来支援，又被依克唐阿军杀退。依将军是吃了多次败仗后才懂得奋发图强，所以打了一二回胜仗。聂军门本是个出色的人才，当中国初次发兵时，他已打算率陆军进捣韩城，同时调海军守扼仁川港口。随后建议不被采纳，才作罢，到了牙山后，又被叶提督制约，只能愤愤而退。此次见清军接连溃败，彼此互不照应，连自己也只得节节后退。后来得到依将军的一臂之力，才得以转败为胜。随后聂士成又致信各帅，说愿率自己的人马绕到敌军后面，截断他的饷道，令他自乱，那时请各帅配合，来个首尾夹攻，定能打败敌人。结果各路将帅看过信后，有一半人说计策虽好但风险很大，有一半根本不答复。不久，朝廷降旨令聂士成回国，守卫京城附近。临行前，聂士成还几次杀败日兵，所以凤凰城东北一带的名城还没有失陷。东路的岫岩州陷落后，日兵又攻陷海城，清军都退到辽西，依仗辽河作为屏障，暂时敷衍过去。

只是东南一带既没有良将，又没有重兵，只有旅顺口向来被称为天险，内阔外狭，层山环抱，有一夫当关，万夫莫开之势。丁汝昌反而将此地看做绝地，且因战舰有待维修，便转入威海卫，暂时避开敌军的势焰，只剩总办龚照玙驻守旅顺。日兵攻陷金州、大连湾后，想乘势攻取旅顺，但又怕旅顺地势险峻，不易攻入。于是先让汉奸混入港口内，四处张贴告示，声言日兵将于某日攻取旅顺，兵士应及早投降，否则大军一到，玉石俱焚！龚照玙知道后，吓得魂不附体，忙坐着鱼雷艇顺风逃去。驻守的士兵，见龚照玙已逃，顿时慌乱起来，忙带上枪械各自逃生。一个重要的港口霎时变成杳无人影的空谷。等到日兵入港，清军已逃走两天了。日兵不费一弹，不发一枪，就将整个北洋第一个军港夺得，真是天大的喜事。

这时，日本兵舰纵横辽海。北面的盖平营口已被收入囊中，南面的荣城登州也尽在掌握。狼狈不堪的丁汝昌正困守威海卫外的刘公岛，只希望日兵饶恕他，不来跟他作对就好。谁知日兵偏不让他独活，鼓着大舰，架起巨炮，又向刘公岛进攻。可怜丁汝昌的手下只有几片败鳞残甲，日兵一阵轰击，定远、威远、来远三艘均被打沉，丁汝昌也中弹受伤，刘公岛势处孤危，眼看着守不住了。日兵还是不停地开炮，四面围攻。事已至此，丁汝昌只得垂头丧气地令兵士竖起白旗，一面致信日将，约定日兵不得伤害当地百姓，自己痛哭一场，服毒自尽。日兵随即占据刘公岛，并进入威海卫，于是北洋的第二个军港也被日本夺去。清廷又起用恭亲王弈䜣，让他处理所有海军事务。然而此时，辽海沿岸大大小小的兵轮，只见日本旗迎风招展，并不见有什么龙旗，清廷还要恭亲王管理什么海军？

光绪帝接连接到失败的消息，忙召大臣商议。从前坚决主战，慷慨激昂的官员们，此时都低头无语。有两个满族官员上奏议事，结果写的奏章十分可笑。其中一个满京堂，奏称日本的东北有两个大国，一个是缅甸，一个是交趾，日本畏他们如虎，请求派使者约两国夹攻，必能取胜。光绪帝见了这样的奏章，又气又恨。只得与恭亲王等人商议，最后决定向日本请和，随即令侍郎张荫桓、邵友濂赴日本议和。日本很是厉害，拒绝了两位使者，还说这样的小官不配与日本讲和。弄得张、邵二人垂头丧气，踉跄归国。

于是朝廷又委任李鸿章为全权大臣，令他速赴日本议和。李鸿章接到圣旨，明知战败求和，还有什么光彩？但事已至此，要救燃眉之急，不得不硬着头皮前往日本。李鸿章到了日本山阳道海口，即马关，日本

378

已派使者伊藤博文及陆奥宗光在马关等候。李鸿章在途中，屡次接到消息，得知日本已经占据中国北边的营口、南边的澎湖，心中正十分焦灼，见到伊藤、陆奥两人后，寒暄几句，便请求停战。伊藤、陆奥不答应，定要先订和约，才答应停战。经李鸿章再三磋商，才提出停战的条件。伊藤说山海关、大沽口及天津三个地方必须作为抵押。这三个地方都是京畿要口，押给日本，简直是引狼入室，这叫这位李钦差怎么答应？李鸿章无可奈何，只得暂时把停战的问题搁起来，先与日本人商量赔款的问题。伊藤、陆奥十分厉害，索要的各个款项都是中国不堪忍受的。李鸿章与他们争论，他们却不理会，反而用冷语谐词调侃李鸿章。李鸿章既不敢反唇相讥，又不便曲意俯就，只好忍着一肚子的闷气，拿出迁延的手段敷衍他们。今天说明天再议，明天说后天再议。

　　一天，李鸿章返回公寓。因连续几天的议和都没有成功，坐在马车中，正忐忑不安，突然听到一声枪响，忙向左边一看，不料迎面飞来一颗子弹，正中左脸颧骨部位。李鸿章忍着痛，急忙呼叫日本警察。日警过来后，一看李鸿章鲜血直喷，忙去捉拿刺客。李鸿章也来不及细问刺客的情形，匆匆回到寓所。病了好几天，李鸿章受伤的消息传到欧美，各国的新闻报纸争着说日本人无理，大有打抱不平之意。日本也自知理亏，派使者向李鸿章赔罪，并令日医为他治疗。伊藤、陆奥也来向他道歉，李鸿章随即要求停战，伊藤、陆奥立即答应下来。谁知议和时，伊藤、陆奥始终不肯多让，李鸿章无可奈何，勉强与日本订下十一款条约。大致如下：

　　一、承认朝鲜为自主国。

　　二、赔偿日本二百兆两兵费。

　　三、割让辽东半岛及台湾、澎湖。

　　四、开放沙市、重庆、苏州、杭州为通商口岸。

　　五、中日从前订立的条约，一律废止。以后日货进口，运往内地，可以暂时租住内地，不用纳税，并且可以在通商各口自由制造日货。

　　日本全权大使伊藤博文、陆奥宗光与中国全权大使李鸿章在光绪二十一年三月二十三日签约。两江总督张之洞上奏劝谏，说"贿赂倭寇不如贿赂俄国，我朝只需与日使一半的条件，就可以转败为胜，恳请令总署及出使大臣速与俄国商定条约。如果俄国肯助我攻打倭寇，让倭寇将和约全部废除，我国可以立即和俄国酌量划分新疆，或者将南路几城让给俄国，北路几城也可以。"这则奏章虽留住不发，王公大臣们大多觉得他说得对，纷纷主张亲俄政策。

俄使喀希尼请政府仗义谴责日本，并联合德、法二国替清廷索要辽东。他将三国联名公文发到日本外交部，逼日本将辽东还给清廷。日本迫于三国强大的压力，又因连年的战争弄得人财两空，只好暂时忍耐，答应归还辽东，但要求清政府支付一大笔赎辽费用。不久，日使林董到北京与李鸿章签订归还辽东半岛的条约，中日战事才算了结。

日本收领台湾时，台民大为惊骇，恳请朝廷收回成命。清廷不答应，台民推举巡抚唐景嵩为总统，驻守台北，拒绝日本人登陆。日本发兵到台湾，唐景嵩正率兵抵御，不料巡抚署里的叛兵焚署劫库，扰得唐景嵩手足无措，仓促逃回内陆，台北失陷。台南由总兵刘永福驻守，刘永福厉兵秣马，也想与日本大战一场，终因寡不敌众，弃台奔逃。台湾随即被日兵侵占。

中国遭受这么大的挫折，清廷将责任全部推到李鸿章身上，将他罢职。俄使喀希尼想要索取报酬，因见李鸿章闲居在家，便暂缓申请。第二年春，俄皇行加冕礼，各国都派头等公使前往祝贺，中国打算派王之春做贺使。喀希尼到总署抗议，说："俄皇加冕，这么隆重的庆典，你们却派王之春这种小人物出使我国，莫非藐视我国不成？"总署大臣吓得面色如土，急忙问喀希尼，究竟是什么样的大员才配当贺使？喀希尼说："非资望如李中堂的人不可！"朝廷于是改派李鸿章。喀希尼又贿赂宫里的太监，让他们转禀太后，说是俄国帮助中国要回辽东，清廷必须支付相应的报酬，并请太后派李鸿章全权处理此事。李鸿章出使俄国时，慈禧太后特地召见他，两人密谈了好久，李鸿章才辞别出都。到达俄都圣彼得堡的时候，加冕的日子还没到。俄大藏大臣微德对外装出一副与李鸿章格外投机的样子，时常到李鸿章的寓所谈天，暗中却威逼利诱，提出几款条约，令李鸿章签字。李鸿章恨极了日本人，暗想联合俄国抵抗日本也是一个不错的计策，随即草草订约。俄国不令外务大臣出头，而是派大藏大臣与李鸿章密议，其实是避开各国的耳目。明修栈道，暗度陈仓，不怕李伯相不中计。

等到加冕期一过，李鸿章游历欧洲，俄使喀希尼竟将在俄都所定的草约递交总署，要中国皇上用国玺盖印。全署的人员都十分惊愕，不得不将和约呈给皇上过目。光绪帝龙目一瞧，首先映入眼帘的就是"中俄协力御日"六字，也颇为心慰。看到后面，竟是将吉林、黑龙江两省铁路交由俄国承建，又允许俄驻兵开矿，借俄国将领训练满洲军队，俄国租借胶州湾为军港。光绪帝不禁大怒道："照和约来看，简直是把祖宗的发祥地卖给俄国了！"便将草约搁在一边，不肯盖印。俄使喀希尼听说光绪帝不肯用印，便天天到总理衙门胁迫。一连几天，都没有确定的消息，就告诉总署的王公大臣："清朝皇帝再不批准此约，我马上下旗回国。"大臣听了这话，好像晴空霹雳，惊惶万状，忙去禀报太后，说俄使要下旗回国，打算与我国决裂。中国刚败给日本，哪里还抵挡得了强大的俄国？慈禧已与李鸿章密定联俄的政见，所以立即令军机处与俄使订约，并亲自去逼光绪帝盖印。光绪帝不敢违逆太后，勉强盖印，眼中却忍不住泪水，好像珍珠一样，一颗一颗地滴落下来。唯独慈禧面色如常，毫不动容。印已盖定，草约变作真约，由军机处交给俄使，俄使像得了活宝一样，当天就携带和约回国。东三省就这样断送了，随即发生了日俄战争。

法国也得到滇边陆地及广西镇南关至龙州的铁路权，并以河口、思茅为商埠，与中国订下条约，也算获得报酬。唯独德国没有得到谢礼，因此暗自怀恨。

过了一年，山东曹州府偏偏发生教案，当地居民杀死两名德国传教士。总理衙门得到这个消息后，才开始担心德使会借机发难，到时又会有一番大大的交涉。不料德使海靖虽是写信诘责，倒也不怎么严厉，总署还以为是德使有情。没想到过了几天，忽然接到来自山东的电报，说德国兵舰突然闯入胶州湾，并占据炮台。

维新变法

德国兵舰突然闯入胶州湾内，并占据炮台。这消息传到总理衙门，总署办事人员都异常惊愕，忙派人去问德使海靖。海靖提出六个要求，大致是：将胶州湾四周一百里租给德国，租期为九十九年；胶州至济南府的铁路交由德国承建，路旁一百里的矿山归德国开采。如果清政府有半点不从，德国立刻夺取山东省，等等。

中国的海军已经化为乌有，陆军又一蹶不振，赤手空拳，怎么打仗？除了答应德国要求外，别无办法。但胶州湾在中俄密约中，已租给俄国，这次又转租给德国人，俄使自然不乐意，急忙诘问总署。总署无言可答，好像哑巴吃黄连，说不尽的苦楚。多亏李伯爷一张老脸出去抵挡，将胶州湾一处换成旅顺、大连湾两处，租期为二十五年，允准俄国建筑炮台，并延长西伯利亚路线，通过满洲，以旅顺为终点，这件事才算了结。

总署人员因已与俄、德商洽妥当，刚想休息几天，饮酒看戏、狎妓斗牌，不料英使又来了一个照会，说："德国租了胶州湾，俄国租了旅顺、大连湾，为什么我国却没有租借地？难道贵国不记得从前的约章里有'利益均沾'四字吗？"总署不好驳斥，只得仍请李伯爷与英使商议。英使要求租借威海卫，并要拓宽九龙司的租界。九龙司在广东海口，《北京和约》中清廷将九龙司划割出来，租给英国。英国人屡次想拓宽租界，只是苦于没有机会，此次他便趁机要挟清政府。李鸿章允许拓宽英国九龙租界，但拒绝出租威海卫。两人争论多时，英使拍案说："贵国为什么将旅顺、大连湾租给俄国，胶州湾租给德国？俄、德占据这几个地方，储兵蓄械，一旦发兵南下，就会侵占长江。长江一带可是我国通商的势力圈，如果被他们侵占，那还了得！我国要求租借威海卫，是用来防备他们南来，并不是我国硬要租借这块地。"李鸿章还要辩驳，英使愤怒地站起来说："你如果能要回旅顺、大连湾、胶州湾三地，我国不但不租借威海卫，连九龙司也奉还中国。如果你们不能，那就不要这么固执！"说完，碧眼突然睁大，卷曲的胡须倒竖，一副就要开战的样子。李鸿章无可奈何，只得唯唯听命。威海卫的租期跟租给俄国的旅顺、大连湾两处一样。并拓宽九龙司的租界，且租期跟德国租借的胶州湾一样，这都是光绪二十四年的事情。

第二年，广州附近突然发生法国官兵被中国百姓杀害的事件。法国人效仿德国人，也直接将兵舰开进广州湾，然后安然占据。总理衙门料知无力挽回，便客客气气地与法使订约，将广州湾租给法国，租期跟德国租借胶州湾一样都是九十九年。

俄、德、英、法都得到了中国的良港，顿时勾起欧美各国的瓜分欲望。欧洲南面的意大利无缘无故也来要求租借浙江的三门湾，总署这次倒强硬起来，一点儿也不通融。意大利国顾全友谊，没有硬逼。朝廷里的大臣因各国纷纷前来索要港口，于是上奏说不如由自己开放所有港口，索性让各国通商，还可以让他们彼此牵制，免得他们又对我国有别的企图。朝廷随即将直隶省的秦皇岛、江苏省的吴淞口、福建省的三都澳全部开放。各国见海湾港口已被全部开放，再没有什么可索要的了，这才罢休。

自此以后，中国的衰败已暴露无遗，朝野排外的气焰消尽，且渐渐形成媚外的风气。外国侨民日益猖獗，华民一与外国人发生冲突，官府总是不论曲直袒护外国人。郁极思奋，愤极思通，中国从此是非更多。

　　光绪帝亲政已经数年，这几年内又是丧师又是失地，一言难尽。光绪帝很不舒服，暗想中国衰弱到此，非赶紧变法不可。只是朝臣大多守旧，一些顽固的官员怕变法以后自己的禄位保不住，因此千方百计阻止变法，并私下贿赂李莲英，托他在太后前极力周旋，让太后阻止皇上变法。太后因中日一役，皇帝没听她的话，轻易与日本开战，弄得六旬万寿的盛典半途取消，不免怀恨在心；又经宠监李莲英从旁煽风点火，便与皇帝暗生嫌隙。只是外有恭亲王奕訢，再次出任军机大臣，老成稳练；内有慈禧的妹妹醇亲王福晋，暗中调停，所以宫闱里面还没有出现让人意外的变动。光绪二十四年二月，恭亲王得了心肺病，病情逐日加重，太后多次与光绪帝前去探病，又令御医诊治，但始终不见效。四月初，恭亲王病死府中，太后特降懿旨，赐谥为"忠"，允许恭亲王入祀贤良祠，并令恭亲王的孙子溥伟袭位。光绪帝也随之附上一道谕旨，令群臣效法恭亲王竭尽忠诚。但天下事福无双至，祸不单行，醇亲王福晋身患重病，药石无灵，竟也与世长辞。慈禧不免有些伤心，光绪帝尤为悲恸，外失贤辅，内丧慈母，从此光绪帝逐渐势孤，朝廷内外再没有一个关心他的亲人。

　　当时军机处有四个重要的人物：一个是礼亲王世铎，一个是刑部尚书刚毅，一个是礼部尚书廖寿丰，一个是户部尚书翁同龢。这四个军机大臣里面，刚毅最顽固，翁同龢则坚持维新。刚毅在刑部时，与诸司员闲谈，聊到舜王爷身边的刑部尚书皋陶大夫，"陶"应该读作"遥"，他却仍读"陶"的本音；每次遇到案牍中的"瘐毙"两字，他总会提笔将"瘐"字改为"瘦"字，并且呵斥司员目不识丁。进入军机处后，一次审阅四川奏报剿办番夷的奏折，里面有"追奔逐北"一词，他连说四川总督糊涂，并立即拟写奏章，请皇帝斥责四川总督。刚巧翁同龢在旁边，问他怎么回事儿，他说："'追奔逐北'一词，一定是'逐奔追比'四字的误写。"翁同龢茫然不解。他又说："人人夸你有文才，为什么你连这个词都悟不出来？逆贼奔逃，我军追上前去捕捉他们，速度一定比他们快，这样才能追回逆贼之前所劫掠的财物，所以一定是"追比"才对。如果照"逐北"来解释，难道逃奔的逆夷不会往东、西、南三面窜逃，一定要往北逃吗？"翁同龢不愕然禁失笑，勉强忍住，给他解释"追奔逐北"这个词是怎么演化而来的。他听后仍是摇头不信，只是不再

383

上奏罢了。

　　翁同龢是光绪帝的师傅，皇帝五岁时，翁同龢便入宫授课。他是江苏省常熟县人，江苏是近世人文荟萃的地方，翁同龢又学问渊博，将迂腐愚蠢的满员视作俗人，满员因此与翁同龢产生隔阂。光绪二十年，翁同龢弹劾军机大臣孙毓汶，光绪帝随即罢斥孙毓汶等人，并将翁同龢补入军机。同时补入的还有李鸿藻、潘祖荫二人。李鸿藻是直隶人，与同治帝的师傅徐桐交好，两人都是北派领袖，向来主张守旧。潘祖荫也是江苏人，与翁同龢交好，两人都是南派的翘楚，向来主张维新。两派都在军机处做事，互争势力。守旧派联结太后，维新派联结皇帝。于是李党、翁党后来分别被称为后党、帝党。后党诨名又叫老母班，帝党诨名又叫小孩班。

　　光绪二十三年，潘、李都已病故，徐桐失了一个臂助，忙去结交刚毅、荣禄等人。刚毅与翁同龢本没有什么仇怨，只不过刚毅满脑子的满汉观念，脑中时有十二字秘诀。是哪十二字？就是"汉人强，满人亡；汉人疲，满人肥"十二字。无论什么汉人，他都排斥。荣禄因翁同龢曾揭发他的私事，所以暗地怀恨。徐桐与他勾结到一起，顽固派的势力越加牢固。翁师傅这边孤危得很，恭亲王在时因看重他的学问，对他另眼相待。恭王亲一死，他单靠一个师傅的名望，有什么用处？况且光绪皇帝表面上亲政，实际上事事受太后的压制。还有那狐假虎威的李莲英，常跟光绪帝唱对台戏，在中间搬弄是非。李莲英本是宫监，他最擅长迎合，但为什么只是奉承太后，不奉承光绪帝？原来这其中也有原因。

　　李莲英有个妹妹，长得漂亮，又聪明伶俐，并认得几个字。李莲英得宠以后，将妹妹带进宫里，慈禧见她秀气伶俐，极力夸赞她。伺候了太后几个月，慈禧对她越来越满意，宠幸她更胜过李莲英，常叫她大姑娘。每天吃饭时，都让她坐在身边伺候，连慈禧的亲妹妹都没有受过这种优待。但李莲将妹妹带到宫中，不单是希望妹妹得到太后的宠爱，他还想用妹妹的姿色来蛊惑皇上，指望妹妹被选作妃嫔，将来生下个皇子，做慈禧太后第二，自己的后半生就会比前半生威荣数倍。因此光绪帝入园向慈禧请安时，李莲英的妹妹起初还遵照哥哥的吩咐向皇上大献殷勤，眉挑目逗，故弄风骚。偏偏这如痴如呆的光绪帝对着这种柔情，好像守着佛教的清规戒律一般，眼、耳、鼻、舌全无知觉，任凭她怎么美艳，怎么挑逗，总是没有一点反应。慈得美人儿十分懊恼，后来皇帝入园，她索性一眼都不理睬。光绪帝这才窥透她的心肠，暗想李莲英如此阴险，不可不防，于是也渐渐疏远李莲英。

李莲英一计不成，又生一计，时常到太后面前诬陷光绪帝。慈禧起初倒也明白，遇到皇上前来请安，便劝他要宽待下人。后来经李莲英兄妹千方百计地挑拨离间，慈禧越来越厌恶光绪帝。太后回宫，皇帝必须在宫门外跪接，稍有迟误，慈禧就心生不满。如果皇帝到颐和园去探望太后，也不能直接进入她的居所，必须跪在门外，等候她的传见。李莲英又定下一条新规，不论是谁，要见太后就必须得先给红包，连皇上也不例外。外面还以为皇上怎么尊贵，谁知光绪帝反而处处受这样的恶气，时间一久，不免十分愤恨。本想与人闲谈以排遣心中的苦闷，无奈内外左右都是太后的心腹，连皇后也是个女探子，专替太后监视皇帝。彷徨四顾，满腹的委屈跟谁说？只有翁师傅向来跟光绪帝关系密切，皇上还能跟他多谈一些。翁师傅见皇帝忧苦，便向皇帝保荐一个人才。他就是南海康有为先生。

当时康先生刚升任工部主事他生平，喜欢谈论变法的事情，只因官卑职小，人微言轻，没有一个人信服他。唯独翁师傅慧眼识英才，一手提拔他。光绪帝特别召见康有为，康有为陈述己见，洋洋数千言，仿佛淮阴侯坛上陈词、诸葛公隆中决策，每说一句，光绪帝都点一点头，两人谈论好久，皇帝才令他退出。自清朝开国以来，皇帝召见主事，真是二百多年来罕有的际遇。康主事深感遇到知己，一连呈上三道奏章，直地陈利弊，畅所欲言。光绪帝本有意变法，经他一连几次的奏请，自然倾心采用他的建议。随即光绪于二十四年四月中，接连降旨，设学堂、裁冗员，改武科制度、开经济特科，又降下一道决意变法的谕旨。

这道圣旨颁发之前，光绪帝也预备一招，先去颐和园禀白太后，太后不曾阻挠，但是说："变法的确要紧，但不得违背祖制，不得有损满洲权势，这样才可以施行。"又说："翁同龢断不可靠，应趁早将他罢职。"光绪帝领命而出，随即一意施行新政，特别设立勤政殿，用来商讨政要。常召康主事密议，起草的圣旨大多出自康有为之手。康有为还向皇帝推荐了几个志同道合的人，如内阁候补侍郎杨锐、刑部候补主事刘光第、内阁候补中书林旭、江苏候补知府谭嗣同，说他们学识渊博，可以委以重任。光绪帝便分别赏他们四品卿衔，令他们在军机章京处做事。康有为的徒弟梁启超及胞弟康广仁也被康主事引荐。因他们不曾出仕，一时还不能提拔，只好先录用他们，然后再缓缓拔擢。但这群维新党人之前都资历卑微、声望微薄，一旦被委以重任，满廷的大员无不侧目。

并且早上变一种制度，下午更新一道制令，所有改革事宜都需要礼部的核议，弄得礼部人员每天忙乱不堪。礼部尚书怀塔布是太后的表亲，许应骙是太后平日信任的人，两人向来主张守旧，见到这些变革手续，愤懑不已，恨不得将维新党人立刻撵出去。因此一切新政条文到了礼部衙门时，都被暗中搁置。御史宋伯鲁、杨深秀两人与康有为等人很投机，于是上奏参劾许应骙，说他阻挠新政的施行。光绪帝看过奏章大为震怒，本想立即将许应骙革职，但碍着太后的面子，便给他一个申辩的机会。许应骙立即上奏辩驳，并弹劾康有为，说他勾结朋党，蛊惑人心，混淆国事，应立即将他斥逐回籍。光绪帝看到许应骙的复奏，尽揭康有为的短处，心中很不舒服。过了几天，御史文悌又上奏说"宋伯鲁、杨深秀二人欺君罔上，如果不将二人罢斥，必会导致两宫失和。"顿时惹得皇帝大怒，斥责文悌恶意乱政、挑动党争，将他革职。

文悌忙求怀塔布前往颐和园乞救。太后没有搭理，但强迫光绪帝迅速罢免翁同龢。光绪帝没有办法，只得让翁同龢离职回籍。第二天，太后特降谕旨，任命荣禄为直隶总督，令他在军机处做事。光绪帝又不能不答应。暗中一打探，才知道是怀塔布向太后告状所致，于是也愤恨地降下一道谕旨，将礼部尚书怀塔布、许应骙及侍郎堃岫、徐会澧、溥颋、曾广汉六人革职。守旧党一看到这道圣旨，吓得失魂落魄，急忙到颐和园找太后。太后表面上从容不迫，谈笑自若，暗地里却井井有条地安排着。

还有一个自不量力的王照，陆续上奏，先是请求剪发易服，继而请求皇帝奉太后游历日本。这样的奏牍，守旧党闻所未闻。最重要的一点，触犯了李莲英。原来维新党人认为要想实行新政，就必须先除掉太监。光绪帝憎恨李莲英已久，正想借机开刀，逼得李莲英走投无路，带着娇滴滴的妹妹向太后哭诉，磕下无数个响头。太后当下与李莲英密议，定下一个秘计，并秘密透露给荣禄。荣禄随即上奏，请皇帝奉太后前往天津阅兵。光绪帝看到这道奏章，满腹狐疑，随即到颐和园向太后禀报。太后听后十分喜欢，忙令光绪帝降旨，定于九月初五，奉太后赴津阅兵。光绪帝回宫，虽遵照太后的命令批准阅兵，但心中总是有些疑虑，随即召来一群维新人物，一起商讨。康主事进来说："皇上这次去阅兵，一定是凶多吉少，还请皇上三思！"光绪帝连忙摇手，让他出去和众人商妥再入宫复奏。康主事退出去，与同党暗地商量，最后议定一条釜底抽薪的计策，计划先在天津督署内杀掉荣禄，然后立即调集一万多人的陆军，连夜入都，围住颐和园，将太后劫出，圈禁在西苑。商定后，康主事立即入宫密奏，光绪帝沉吟不答。在康有为的极力劝说下，光绪帝才说等天津的事定下来再说。

这时，朝廷已下令在全国设立官报局，任命康有为为上海总局总办。又设立译书局，令康有为的徒弟梁启超担任总办。康、梁因密谋大事，所以还留在京师。光绪帝听了康主事的秘计，筹划了好几天，暗想北京、天津的兵权全握在荣禄的手中，不便轻举妄动，除非任用一个胆大心细的人先夺去荣禄的兵权，否则不能成事。日思夜想，找不到这样的人才。刚巧直隶按察使袁世凯觐见，光绪帝听说他胆大敢为，当即召见他，先问他觉得新政怎么样，袁世凯极力赞扬。说得光绪帝不得不相信他说的是真话，随即又问他："如果令你统带军队，你会不会忠心为朕办事？"袁世凯立即磕头说："臣定当竭力报答皇上的厚恩。只要臣还有一口气，就必定想着为皇上效命。"第二天，光绪帝就降旨，任命袁世凯为侍郎，令他专门处理练兵事宜。

守旧党见到这道谕旨，彼此猜疑，急忙去禀报太后。其实宫廷内外早已密布太后的心腹，就连康有为入宫一事，也已经有内监密报太后，只是围攻颐和园的事情，太后还不知晓。太后曾令光绪帝降旨，说凡被任命为二品以上职衔的官吏受任后，应亲自向太后谢恩，这次袁世凯被拔擢为侍郎，官位也是二品，理应前去谢恩。袁世凯到颐和园谢恩时，太后细细询问皇上召见他时两人的对话。袁世凯将与皇上的对话一字不改地禀告太后，慈禧听完说："整顿陆军一事确实要紧，但皇帝也太匆忙了，我怀疑他别具深意，你要小心谨慎点！"袁世凯自然答应。八月初五，袁世凯请示前往天津办理练兵事宜，光绪帝在乾清宫召见他，用尽方法摆脱太后安插在身边的耳目。大殿已古旧黑暗，晨光微微透入殿宇。光绪帝坐在龙座上，低声将密谋和盘托出，令袁世凯一到天津就立即去督署内捉杀荣禄，随即带兵入都劫持太后。等事情全部办妥，立即授任直隶总督，千万不得有误！袁世凯唯唯听命。临行时光绪帝给他一支小箭，作为执行任务的凭证。袁世凯立即坐头班火车出京。光绪帝还以为用对人了，此事定是十拿九稳，不料下午五点钟，荣禄竟乘专车入京。

戊戌政变

袁世凯上午赶赴天津，荣禄下午抵达北京，此中的隐情，明眼人一看就明白。

荣禄到达北京这一天，正好慈禧回宫亲祭蚕神。祭祀完毕，退入西苑。照清朝的老规矩，外省官员入京，除非奉召觐见，否则不得入宫。荣禄不管禁令，也不用人带路，径直闯到西苑叩见太后。守门人将他拦住，荣禄忙说："我有机密要事要禀报，请速速带我去见太后！"守门人本是太后的心腹，又与荣禄串通一气，且荣禄是太后的亲戚，这么慌慌张张入宫，必定有什么大事，便将荣禄引到太后面前。

荣禄跪在太后面前，磕头如捣蒜。太后忙问他怎么回事，荣禄哭着说："求老佛爷救命！"太后说："紫禁城里面，你能出什么事，要我救你一命？这里又没有什么危险，宫里也不是你避难的地方，你怎么会冒昧前来？"荣禄看看周围，太后立即令内监退出去，只留李莲英一人。荣禄随即将皇帝的密谋禀明太后。慈禧问："真有此事？"荣禄从靴中取出一支小箭交给太后。这支小箭是光绪帝亲自交给袁侍郎的，怎么会落入荣禄的手中？太后大怒，立即将满亲贵族以及守旧党世铎、刚毅等人召来，怀塔布、许应骙二人也被召来。守旧大臣齐集太后面前，黑压压地跪了一地，都磕头请太后立即训政，挽救危机。太后允准，立即令荣禄带兵入京护卫。荣禄说，已有几千名亲兵赶往京城，可能现在已经到了。太后赞道："很好，很好！"随即令荣禄将士兵召进来，将禁城内的侍卫全部调出。又让荣禄仍回天津，截住康党。荣禄领命而去。

没想到，群臣在太后那里商议的时候，有个姓孙的太监，是光绪帝的心腹。他得到这个消息，忙去通报光绪帝。光绪帝知道机密已经泄露，深恐康有为遭到逮捕，忙亲自写下一道谕旨，令孙太监偷偷交给康主事，让他立即前往上海。

康主事一瞧，谕旨正是出自皇帝之手。且里面还有"召见一次"这种用来掩人耳目的话，暗伏机关，明人不用细说，便谢过孙太监，将他送出门。随后匆匆出去，来不及通报同党，连弟弟康广仁也来不及去通知。走到车站，天已微亮，当即乘火车出京，一到塘沽，忙换搭轮船直奔上海。等到荣禄到天津，康有为已乘轮南下。荣禄忙致电上海，令他们迅速捉拿康有为。

这时候，光绪帝已被幽禁在瀛台。原来，八月初六清晨，光绪帝在太和殿刚要审阅礼部的奏折，预备秋祭典礼。忽然宫监奉太后之命，请光绪帝到西苑去。皇帝一出大殿，宫监就将他引入西苑，当即李莲英带领阉党簇拥光绪帝登船，直达瀛台。瀛台是西苑湖中的一个小岛，岛的四面都是水，光绪帝到了瀛台，料知没有好结果，不禁潸然泪下。李莲英厉色说："太后马上就来，皇后也马上就到，难道万岁爷还怕寂静吗？"说完径自离去，留下内监监守皇上。大约过了一个小时，太后率皇后、珍妃等人登陆。光绪帝赶忙跪迎，太后怒目而视，指着皇帝呵斥道："你入宫时，只有五岁，我立你为帝，将你抚养成人，这二十年不是我一力保护你，你哪儿会有今天？你要变法维新，我也不去阻止你。可你为什么听信别人的谗言，忘记我对你的大恩大德，还要设计害我？你仔细想一想，应该不应该？"光绪帝跪在地上，身体抖得很是厉害，一句话都不说。太后又叹道："我想应该是你命薄，没有福气做皇帝，现在亲贵重臣都请我训政，没有一人向着你。就算那些汉族大臣中有几个人帮助你，你还以为他们是好人？其实他们都是奸臣，我自有办法处治他们！"说到此，恨恨不已，大有立即废掉皇帝的架势。当下惹急了珍妃，突然冲到太后面前，跪下替皇帝求情，恳请太后宽恕皇帝的罪过，不要再斥责皇上。太后怒喝道："像你这种狐媚子，也配跟我讲话吗？"珍妃愤恨至极，不觉大胆说："皇帝是一国之君，圣母也不能任意废黜！"这句话还没说完，脸上已"啪"的一声，挨了一个巴掌，粉靥突然惨红，珍妃不禁低下头。只听到太后厉声说："快给我把这狐媚子牵出去，圈禁宫内！"当下内监请珍妃起来，带着她回宫，将她引到一个密室，然后把她幽闭起来。长门寂寂，谁来安慰这份寂寥，免不了泪珠莹莹，愁苦漫漫。

珍妃被带走后，慈禧还在瀛台痛斥光绪帝。经李莲英从旁劝解，才下令回宫，令皇后留下监视皇帝的言行举动，此外不准皇帝擅自召见任何人。太后回宫后，立即令步军统领逮捕维新党人，当时捉住杨深秀、谭嗣同、杨锐、林旭、刘光第、康广仁六人，将这六人打入大牢。并密议废帝事件。王公大臣都不敢发表意见，慈禧到底很聪明，暗想突然废掉光绪帝的话，恐怕会引起中外干涉。于是以皇帝的名义降下一道谕旨，恳请太后训政。

这道圣旨一颁布，光绪皇帝基本上被废黜了。只是维新党首康有为还没有被捉住，太后哪肯饶过他？又令步军统领挨家挨户搜查，一定要捉住他，将他严办。搜查了十天，仍是毫无结果。此时康有为已乘轮赴沪，全然不知京内的消息，轮船上又没有一点儿风声，自己更是不方便去探听，只好闷坐在房舱里，消磨时日。过了三四天，轮船已到吴淞口，康有为正开窗瞭望，却看见有一艘小火轮迎面而来。小轮船上站着外国人，喝令大轮船停下。等到小轮船驶近大轮船，他们一跃而上，手中拿着一张照片，在船舱内四处找人。找到康有为，将照片一对，容貌符合，便一把扯住他。康有为不免着急，随问怎么回事。这个外国人听得懂中国话，便用中国话回答说："不知你在京中闯了什么祸，上海道下令捉你归案。"康有为颇谙西方国家的法律，便说："我奉旨来沪办立官报局，出京时并没有这些消息，也不知朝廷为什么要捉拿我。可能是因为康某提倡施行新政，结果被旧党记恨。"外国人说："你就是维新党的首领康先生吗？照你这么说来，你也不过是个政治犯，照西方国家的律例，我们不便引渡，你就放心跟我走！"康有为不便多说，就跟着外国人换坐小轮。吴淞口本是外国人的势力范围，谁还敢来过问？康有为一走，大轮船驶进港口，到了码头，只见沪兵早已在岸边设防，遇到有人登岸，他们就留意查对。谁知这位康先生早在外国人的帮助下，改坐英国威海司军舰，直赴香港去了。

梁启超也听到风声，提前一步逃出塘沽，径直投奔日本兵船。在日本人的救护下直抵日本，在横滨上岸，住在旅馆，专门打探康先生的下落。过了好几天，康有为自香港而来，师徒重逢，恍如隔世。谈起许多朋友被捕，一阵叹息，泪下沾襟。从此师徒两人逃亡在外，游历各地，组织报馆，倒也行动自由，言论无忌。直到宣统三年，革命军兴起，两人才归国。

话说回来，八月八日，清廷满朝大臣一起恭请这位威灵显赫的皇太后第三次临朝听政。光绪帝也暂时离开瀛台，到勤政殿向太后行三跪九叩礼，恳请太后训政。太后允准，下令仍照从前训政的故例来办。退朝后，光绪帝仍被带回瀛台。以后光绪帝虽是天天临朝，但却不准发言，简直跟木偶一样。这群顽固老朽的守旧党都欣欣得意，喜出望外。太后又借皇帝的名义屡次降旨，说朕身体不适，令各省征求名医。当下有几个著名的医生应征入都。诊治后，居然有皇帝的病症和医生开的药方登录官报。其实光绪帝并没有病，只不过悲苦状况比生病还要厉害。

海内的舆论、读书人的抗议已不免攻击政府，隐隐为光绪帝呼冤。有几个胆大的更是直接上书清廷重要部门，详细询问皇帝的病情。当时上海人经元善联合全体绅商请愿，说是请太后归政，让皇上亲政，不能因一场小病而劳驾圣母。如果圣母不迅速做决定，恐怕会引起百姓的误会，一旦国内的民众骚动，海外的西方国家也趁机干涉，那时我国的局势将十分危急。这样激烈的话前所未有，这篇请愿文章到了太后的手中，慈禧顿时大怒，降旨严斥。又密令江苏巡抚拿办乱民。元善预先躲到澳门。太后又密电各省督抚讨论废立事宜。两江总督刘坤一刚直不阿，首先反对，各督抚多半附和。各国的使臣听到这个消息，也仗义力争，于是二十多年的光绪帝，虽已失政，但名义上还是拥有尊称。太后将荣禄召入京城，委任他为军机大臣，令他管理北洋军队，同时掌握政治大权。直隶总督的职位由裕禄出京继任。太后随即与荣禄商议怎么处置维新党，荣禄主张严办。于是刑部把杨深秀、谭嗣同等六人从大牢里提出来，严加审讯，六人供认不讳，刑部又从康有为的寓所抄出许多文件，无非是揭发太后的隐情。这六人的寓所里，也有排斥太后的文件。太后得知后，非常愤恨，不等刑部复奏，便将六人处斩。

慈禧又削去前尚书翁同龢的官职，让地方官严厉管束他。随后又停办官报，撤掉小学，撤销经济特科，所有被革新的机关全部采用旧制，这便是戊戌政变、百日维新的结果。后人推崇谭嗣同等六人为杀身成仁的六君子。

太后既除尽新党，又扳倒新政，安定了一年。这一年内所颁布的谕旨，不是说母子一体，就是说母子一心，再加几句深仁厚泽的套话抚慰百姓。百姓倒也被她笼络，没什么变动。不料光绪二十五年十二月，慈禧竟立大阿哥溥儁为储君。

金钟罩与红灯照

大阿哥溥儁是道光帝的曾孙，端郡王载漪的儿子。虽然他与光绪帝都是慈禧的侄子，然而按支派的亲疏来论继承的次序，还轮不到他来继承皇位。况且光绪帝正值壮年，慈禧怎么知道他不会生育，定要另立储君？就算为同治帝着想，给他过继一个儿子，替他立嗣君，为什么当初不早点继立，非要另择醇王之子为帝呢？这些牵强附会的原因，无非是因母子生嫌而起。慈禧第三次训政，恨不得将光绪帝立刻废黜，只因中外反对，不能由着自己的性子来，她才勉强隐忍。但心中随时会想起废黜一事，口中也不免会随时提起。

端郡王载漪本没有什么权势，但因太后疏远汉族大臣，信任满族皇亲，载漪便趁虚而入。他的福晋是阿拉善王的女儿，向来能说会道，当时入宫侍奉太后。太后游览时，她常亲自到车前搀扶，格外讨好，随即得到太后的宠爱。溥儁年方十四，随母亲入宫，性情虽然粗暴，但人却很聪敏。见到太后，拜跪如礼，太后喜欢他的伶俐，叫他常进来玩耍，因此溥儁也渐渐得宠。载漪趁这机会，产生非分之想，一面嘱咐妻子天天进宫，讨好太后，一面讨好承恩公崇绮及大学士徐桐、尚书启秀。崇绮自同治皇后驾崩后，一直被慈禧摈弃，闲居家中。启秀希望执政，徐桐想巩固权位，四人随即密议，定下一个废立的计策，想让溥儁取代光绪帝。只因朝中大权都被荣禄掌握，如果不先跟他通气，征得他的同意，这件事肯定不会成功。

当下四人推启秀为说客，让他前去拜访荣禄。荣禄将他迎入府中。客套了几句，启秀便说有要事相商，荣禄立即将他带入内厅，让侍从都退下，便问他到底是什么大事。启秀便附耳在荣禄耳边说如此如此，这般这般。荣禄听后大惊，连忙摇头。启秀说："康党一事，是谁先发制人？太后年事已高，一旦发生不测，政柄仍是要交还当今的皇上，这样的话，对您也不利！"荣禄踌躇了一会，已经有点动摇。随即说："这么大的事我不好突然提出。"启秀说："崇、徐二公先向太后密奏，您再从旁力赞，还怕不会成功？"荣禄还是摇头，半晌才说："让我仔细想想！"启秀说："崇、徐二公也要前来拜见您。"荣禄说："你们先不要这么鲁莽，不然弄巧成拙，反而会引祸上身。也不必劳驾崇、徐二公前来拜访，等我斟酌妥当，再告诉你们。"启秀随即告辞，回去告知崇、徐二人。崇、徐仍乘车去见荣禄。到了荣第，荣禄拒绝见客，两人怏怏回去。又与启秀商议说："荣中堂如果不答应怎么办？"启秀说："荣中堂也不是没有这个想法，只是不肯出头。二公如果已经决定这么做，不如先上奏探探太后的意思，就算太后不答应，也绝不会怪罪下来，还怕什么？"当晚，二人便写好奏章，第二天入朝，当即呈递上去。

退朝后，太后看过密奏，立即召诸大臣入宫商议。太后说："当初皇上登基时，国人十分不满，说是不合继位的常理。我因帝位已将定立，不便再改，只希望他内能尽孝道，外能治理好国家，我也就欣慰了。不料他自被迎立，到现在归政，我费了无数心血来调教他，他却不懂得感恩，也不懂得孝敬我，甚至与南方奸人一同谋害我，所以我有废黜他的心思。另选新帝这件事我打算在明年元旦举行。你们现在可以商议一下，皇帝被废后，应加什么封号？还记得明朝的景泰帝，他兄弟成为皇帝后，景秦帝被降封为王，我们可以照这个例子来办吗？"各王公大臣面面相觑，一言不发。唯独大学士徐桐，挺身而出，说："皇帝被废后，可将他封为昏德公。从前金封宋帝时用过这个称号。"太后点头，随即说："新帝就是端王长子。端王秉性忠诚，众所周知，此后可常来宫中，陪伴新帝读书。"端王闻了这话，比吃雪还要凉快，刚要磕头谢恩，忽然有个白发苍苍的老头子，叩首劝谏道："这事还请太后慢慢来！如果这么快就废掉皇帝，恐怕会引起南方的骚动。太后明睿，所挑的新帝一定十分贤良，但请问过当今万岁后，再举行典礼。"太后一看，正是军机大臣大学士孙家鼐，脸色一变，对孙家鼐说："这是我们一家人的会议，召汉族大臣来旁听，不过是给汉族大臣一个面子，你们都给我退下！等我问过皇帝，再宣谕旨。"王公大臣等人遵旨而退。唯独端王怒视着孙家鼐，大有将他千刀万剐的情势，孙家鼐匆匆退出去，端王等人各自回府。

当时荣禄还在宫内，将拟好的谕旨，呈给太后看。太后看完，便问荣禄："废立的事情，到底可行不可行？"荣禄说："太后说行，谁敢说不行？但皇上的罪名不明确，外国公使恐怕硬要来干涉，这件事情不能不慎重些！"太后说："大臣在这里时，你为什么不早说？现在事情将暴露出去，怎么办？"荣禄说："这也没关系，当今的皇上都已经到了不惑的年纪却还没有皇子，不如立端王之子溥儁为大阿哥，将他过继给穆宗，然后在宫中抚育他，让他慢慢继承大统，这样做任谁也不能反驳，太后认为怎么样？"太后沉吟良久，才说："就这么做吧。"随即于十二月二十四日，召近支贝勒、御前大臣、内务府大臣、南上两书房翰林、各部尚书，齐集仪鸾殿。景阳钟响，太后临朝，光绪帝也乘车而来，在外门下车，拜叩太后。太后将皇帝召入大殿，皇帝又跪下，诸王公大臣仍跪在外面。太后令皇帝起来坐在一边，并将王公大臣召入大殿，大约有三十多人，太后宣旨说："皇帝继位时，曾颁布谕旨，等皇帝生有皇子，将皇子过继给穆宗。现在皇帝多病，仍没有子嗣，穆宗不能没有继承人，现立端王之子溥为大阿哥，承继穆宗。"念到这里，看着光绪帝说："你愿不愿意？"光绪帝哪敢多说，只答"是是"两字。慈禧随即令荣禄拟写谕旨，写完后，太后审阅一遍，便将谕旨交给军机处。太后随即下令退朝，第二天就将这道谕旨颁昭天下。

圣旨一下，大阿哥入居清宫。慈禧令崇漪做师傅教大阿哥读书，令徐桐在旁监管。端王的权力从此越来越大。徐桐、刚毅、启秀等人极力支持他，不久竟闯出一场古今罕有的奇祸。

到底是什么祸事？那便是义和团作乱。两宫因此出逃，随后城下乞盟，弄得清室哀土，中国贫弱，没有半点生气。

拳匪起自山东，是白莲教的遗孽。本名叫梅花拳，拳民练习拳棒，捏造符咒，自称有神人相助，枪炮不入。山东巡抚李秉衡是个清廉的人，性子十分顽固，他听说拳匪聚结却不去阻止，反而允许他们聚众练习。李秉衡被调到四川去以后，接替他的人名叫毓贤，是一个满族官员，比李秉衡还要昏谬，竟视拳匪为义民，格外优待他们。因此拳匪日盛一日，蔓延到各个地方。当中中日交战的时候，直隶、山东的百姓异常恐慌，官商闭门不出，百姓纷纷迁徙，不免有流离失所的苦楚。等到《马关条约》签订，国家依然无恙，官商百姓这才渐渐安定下来。天津府北乡的人挖支流河时，挖到一块残碑，上面字迹十分模糊，仔细辨认半天，只见里面的文字类似于歌诀："这苦不算苦，二四加一五。满街红灯照，那时才算苦。"那时，众人都莫名其妙。等到拳匪起事，才知是碑文上的事灵验了。

拳匪们习有两种技艺，一种叫做金钟罩，一种叫做红灯照。金钟罩是拳术，听说练这拳能刀枪不入。只是红灯照，究竟是什么技艺？原来练红灯照的，大多都是女子，其中幼女居多。她们穿着红衫裤，挽着双丫髻，年长的就梳高髻，通常左手拿一顶红灯，右手拿一块儿红巾或是红色折扇，先找一个安静的地方练习踏空术，不到几天就能练成，然后她们就可以一边扇扇子，一边升上天空，把灯扔下来，便化成一团烈焰。当时百姓大多信以为真，几乎众口一词，都说自己曾亲眼目睹，其实都是谣传。而拳匪们编造的咒语，更是让人哭笑不得。"唐僧、沙僧、八戒、悟空"八个字加起来就是无上的秘诀。八字念完，他们突然倒地，过好久才爬起来，然后立即拿着刀械，自称是齐天大圣附体，然后跳跃而去。又有几个说是杨香武、纪小唐、黄飞虎附身，怪诞绝伦。偏偏这巡抚毓贤却信得很。

毓贤本是端王门下的走狗，趋炎附势才得到山东巡抚一职。一上任他就马上密禀端王，说："山东省的拳民技艺十分高超，不但刀剑不入，连枪炮也不入。这是皇天保佑大阿哥，特地降下这些奇才，让他们来扶助真主，还望王爷立即招纳他们，让他们保卫宫禁，预备大阿哥继位。"端王接到信函，欢喜得不得了。暗想太后没有立即废黜光绪帝其实是怕外国人来干涉，如果得到这种拳民的保护，便可以将外国人驱逐出境，那时大阿哥稳稳登基，自己就成为太上皇了，连慈禧都可以废掉，更何况这光绪帝呢？于是立即入宫告知太后。太后起初不信，并援引典故来驳斥端王。端王说："老佛爷明鉴，奴才十分钦佩！但据抚臣毓贤说，的确是真有此事。毓贤忠厚老成，绝对不敢欺君罔上。依奴才看，不如令直督裕禄去招来几十名拳民，先试验一番。如果他们真有异术，我们再添募，然后挑一些忠勇的，让他们将所学传授给内廷里的侍卫、太监，将来为我大清灭除外国人，报仇雪恨，老佛爷也就成为古今独一无二的圣后，这样不是很好吗？"太后听他说得天花乱坠，不由得有些心动，便说："这话也有理，就派裕禄查明真伪好了。"

端王退出去后，立即让军机拟旨，密令裕禄招集拳民，编为团练，先行试办。裕禄与端王是一个鼻孔出气，忙通知山东巡抚毓贤，毓贤立即将大批的拳民送过去，由裕禄亲自一一查看。只见他们个个强壮，人人精悍，红巾红带，拳脚带风。唯独枪炮关系着性命，不便轻易尝试，只好糊弄过去。随即设立团练局，供拳民居住，并竖起一面大旗，旗上面大大地写着"义和团"三字。拳民辗转招纳学徒，不出一个月，居然招来数万民众，裕禄竟将他们当做十万雄师。

天津的拳匪越聚越多，不久传来涞水县的拳匪杀掉官吏的消息。涞水县有座天主教堂，招收教徒。某乡民与教徒打官司，始终没有得胜，于是怀恨在心。恰好拳匪被分散到涞水，并在这个乡民家里召集众人练拳。于是乡民想借助他们的势力来报复教徒，教徒也防着这招，秘密地禀报涞水县官。县官祝芾据实报告上级，上级回复，说愚民无知，不必剿捕，日子久了他们自会解散。祝县令收到公函，自然不敢前去剿匪。可教徒不肯吃亏，多次恳请，连领事也出面了。省城只得派杨福同副将率领几百名人马前去镇压。杨副将还没到，拳匪已号令徒党将教堂围住，攻入大门，见人便杀，不论男女老幼，都是乱刀齐下，将他们砍成肉酱。刹那间火光冲天，到处都是尸首。拳匪乐得手舞足蹈，欢声如雷。杨副将此时赶到，先好言相劝，让他们放下兵械，做一个安分守法的百姓。拳匪不听，执刀枪相向。官兵手中的枪都是空枪，子弹都还没来得及装，只得退后几步。不料拳匪竟然扑杀上来，杨副将忙令兵士装子弹，接着枪声齐发，拳匪大多应声倒下，剩下的人当即溃散。第二天，杨副将率兵进剿，又击毙几十名拳匪。匪徒便到处号召，四处设伏，用计将杨副将引入埋伏圈。杨副将身先士卒，冒险杀过去，一连经过好几个村落都不见动静，正在疑惑的时候，拳匪蜂拥而至。杨副将连忙应战，不料战马受惊，将杨副将掀翻在地，匪徒乘势乱砍，眼看着一位将领死于非命。官军失去主将，四散逃跑。

拳匪得胜，越加骄横，四处蔓延。裕禄不得已据实上奏，朝廷虽然下旨捉拿元凶，解散团众，暗中却令直督妥善安置义和团人员，并令协办大学士刚毅及顺天府尹兼军机大臣赵舒翘出京剿办。

刚毅、赵舒翘到了涿州，涿州的地方官刚好缉获几名拳匪。刚毅立即下令释放，赵舒翘不敢多嘴，随同附和。刚毅带着许多拳匪回到京师。二人入朝复旨，请太后相信并重用义和团，建议将他们编为军队，让他们抵制外国人，这样，我朝再不会有战败等事。总管太监李莲英也在太后面前竭力夸赞义和团，多次说义和团怎么怎么神奇。六十多岁的老太后至此误入歧途，成为守旧党的傀儡。只有大学士荣禄坚持说义和团全是虚妄之徒，就算他们的法术稍稍灵验，也全是邪术，绝对不可靠，希望太后不要被迷惑。无奈太后左右都是端王的党羽，他们满口称赞义和团，只有荣禄一人反对，彼众我寡，哪儿还能挽回？太后令端王管理总理衙门，启秀为副手，负责和外国的交涉。同时令庄王载勋、协办大学士刚毅统率义和团，做好迎战的准备。于是京城里面，来来往往都是拳匪，热闹得不得了。

当时京畿设有前后左右四支护卫军，分别由宋庆、聂士成、马玉、董福祥四人率领。董福祥本是甘肃的盗匪，被左宗棠收抚后，朝廷提拔他为甘肃提督，随后又将他调入京都，让他统带后护卫军，驻守蓟州。董军的部下全是来自甘肃的勇士，董福祥是一介粗莽的武夫，端王暗中笼络他，令他率军入京护卫。此时，拳匪已是横行京都，肆无忌惮，又加上那一群轻躁狂妄，毫无纪律的甘军成群结队，驱入京中，这京城还能安宁吗？当下铁路被毁，电线被拆，洋房被捣，纷纷扰扰，闹个不休。这伙人还拥到正阳门内的东交民巷，将各国公使馆团团围住，整日攻打。各公使拼命防御，并质问总署，严词诘责。总署已归端王管理，所有外国人的公文，他一概不理。正阳门内外，一千多座房屋遭到焚毁，只剩下史馆没有被攻入。清廷还降旨，将拳民及甘军嘉奖一番，拳匪越加得势，甘军也越发胡行。而得意扬扬的端郡王也端坐总署，只盼望着听到攻入使馆的捷音。忽然军卒来报，日本使馆书记官杉山彬被甘军杀死在永定门外，端王大叫道："杀得好，杀得好！"不久，军卒又来报，德国公使克林德男爵在来总署的路上被拳民击毙，端王高兴极了，又连声叫道："好义民！好义民！"

正说着，外面递进来一份紧急公文，是直督裕禄发过来的。端王拆开一瞧，皱了皱眉，与启秀密谈几句，随即入宫去见太后。太后说：

"外国人真是可恶，联络八国来索要大沽炮台！这事倒不好处理。"端王说："有这群义民为我们效力，还怕什么洋鬼子？请太后立即降旨宣战！"太后还有些迟疑，端王说："现在已是骑虎难下了。老佛爷如果看到外交团的照会，就是想不战，也是不可能了。"太后问道："什么照会？"端王说："奴才已派启秀将照会带过来了，正在门外恭候懿旨。"太后立即宣启秀进来，启秀行过礼，立即将照会呈上。太后不瞧还好，瞧了一瞧，不禁大怒，把照会一扔，拍案而起，说："他们怎么敢干涉我的大权？如果连这事都可以忍，那么还有什么事不能忍？我也顾不得许多了。拼死一战，比受他们的欺侮强得多！"随即令端王、启秀通知各大臣于明天早晨在仪鸾殿商议开战事宜，二人唯唯退出。这照会里到底说了些什么，竟激怒太后？原来，那份照会是端王嘱咐启秀伪造出来的，里面说"要太后归政，把大权还给皇帝，废大阿哥，并允许一万名外国兵入京。"太后不辨真伪，因此大怒，决意开战。

八国联军入京

第二天，军机大臣世铎、荣禄、刚毅、王文诏、启秀、赵舒翘都到了。天色将亮，太后驾临仪鸾殿，垂询开战事宜。荣禄含泪跪下说："中国与各国开战并不是由我国主动挑起的，而是各国咎由自取。但围攻使馆，绝不可行。如果照端王等人的主张，恐怕我朝的宗庙社稷都会面临危险。并且即使杀掉几个使臣，也不能显扬国威，徒费气力，毫无益处。"太后生气地说："你如果是这种意见，那最好劝外国人赶快出京，免得被围攻，我不能再压制义和团了。你要是除了这话，再没有别的好主意，可以立即退出去，不必在此多说！"荣禄叩头而退。启秀从袖中取出拟好的宣战谕旨，呈给太后过目。太后边看边说："很好，很好！我也是这个意思。"又问各军机大臣是否同意，军机大臣不敢有异议，都说："太后说什么便是什么。"

太后随即入宫用早膳，大约过了一两个小时，又驾临勤政殿，召见各王公大臣。光绪帝也赶来，跪着将太后迎进大殿。各亲王、贝勒、军机大臣、六部满汉尚书、九卿、内务府大臣以及各旗副都统都齐集大殿，黑压压地跪了一殿。只听太后厉声道："外国人这次欺我太甚，我不能容忍下去。我始终约束义和团，不想轻开战衅，直到昨天看了外交团致总理衙门的照会，竟敢要我归政，才知此事不能再和平解决。皇帝自己已承认不能执掌政权，外国凭什么干预？现在听说外国兵舰已经驶到大沽，强索大沽炮台，无礼至极，我实在忍耐不下去了！各位大臣如有什么见解，不妨直说！"说完，等了半天，也不见有谁上奏。太后又侧头看着光绪帝，问他的意见。光绪帝迟疑许久，才说："请圣母听从荣禄的建议，不要攻打使馆，应立即将各国使臣送到天津。"说到这里，忙抬眼偷开太后的脸色，只见太后已是满脸的不高兴。站在太后后面的李莲英，好像护法的天神，更是威力四射。光绪帝不禁震惊恐惧，忙回头看各王公，正对上端王的眼光，好像凶神恶煞一样，非常凶悍，吓得战战兢兢，急忙回头对太后说："这是国家大事，儿臣不敢妄断，还请太后做主。"太后没有回答。

此时赵舒翘已升任刑部尚书。当即上奏，请太后颁布谕旨，灭除内地的外国人，以免他们作为外国间谍，泄露军机。太后令军机大臣斟酌复奏。于是兵部尚书徐用仪、户部尚书立山、吏部左侍郎许景澄、内阁学士联元、太常寺卿袁昶等人依次劝谏，都说："与世界各国宣战，寡不敌众，我国一定会战败。一旦外国人入侵，内乱也会随即爆发，后果不堪设想，恳求皇太后、皇帝圣明裁断。"袁昶还说："臣在总理衙门当差二年，见外国人大多平和讲礼，不大可能会干涉中国的内政。据臣看来，请太后归政的照会恐怕不是真的。"这句话，正说中端王的心虚之处，只见他顿时脸色一变，训斥袁昶说："好胆大的汉奸，敢在殿中胡言乱语！"随即对太后说："老佛爷相信这汉奸说的话吗？"太后令袁昶退出大殿，并责怪端王说话暴躁，不应在群臣面前侮辱大臣。然后令军机处颁发宣战的谕旨，通知各省备战，又令荣禄通知各国大使，如果愿意今晚离开京城，清廷将会马上派兵将他们护送到天津。各王公大臣陆续退出大殿，只有端王以及他的弟弟载澜还留在殿中，又跟太后密谈好久，可能是在秘密商讨战术，旁人无从知晓。

许、袁二公自退朝后，又联衔上奏，说拳匪纵横恣肆，放火杀人，激怒强大的西方国家，震惊宫阙，实属罪大恶极，罪不可赦。请派大学士荣禄将他们严厉剿办，并悬赏缉拿拳匪的头目，务必斩草除根，这样才能阻止外国兵进驻大沽，消除大患。正是语语剀切，字字诚挚。结果奏章呈上去后，好像石沉大海，毫无反应，朝中所有的大臣噤若寒蝉。许、袁二公十分焦灼，正想继续上奏谏章，忽然听说外省督抚也发来电报，极力劝阻太后用兵，于是二公暂行搁笔，忙去探听宫中的消息。

那么多的外省督抚，是哪个最识时务，最为忠心热忱？原来，这时的山东巡抚毓贤已调任山西，而新的巡抚就是袁世凯。袁世凯深知拳匪靠不住，也管不住，便决意痛剿，只因端王等人袒护拳匪，他不好违逆，所以一时没有什么动作。而后他却想出一个妙法，致信属下各官吏，说："真正的拳民已赴京保卫宫廷，而留在本省练拳设坛的人，肯定是匪徒假冒的，应立即杀无赦！"于是山东省内文武各官每天大力搜捕。拳匪死的死，逃的逃，不到几天，全省已被肃清。两广总督李鸿章老成练达，他自中日甲午战争战败后，被调入内阁，做了个闲官。因见到溥儁入嗣，端王专权，料到宫中必会发生内讧，将来左右为难，不如讨个差使，离开宫禁，免得受到牵连。十分凑巧，两广总督谭钟麟离职，李鸿章忙乘机去各司走动。果然朝廷将他外放，让他继任两广总督，权势自然不弱。再加上一个总督张之洞，文采飞扬，善观时势，也算是总督中的翘楚。

除过这三总督外，最忠诚的要算两江总督刘坤一。刘坤一是湖南人，太平天国作乱时，他曾随曾国藩、左宗棠、彭玉麟、杨载福等人转战南北，屡立战功。曾、左、彭、杨陆续病殁，单剩他管辖两江，与李伯相同为遗老。光绪帝之所以还没遭到废立，全亏他倡议保全。这次他听说拳匪肇乱，已是愤激万分。一天，刘坤一正在签押房审阅文书，忽然从京中传来电报，刘坤一忙接过译好的电报，看了起来。读到一句话的时候，刘坤一不禁脸色一变，说："这样的乱民，朝廷还称他是义勇，真是奇怪！"接着继续往下看，看着看着，刘坤一又惊叫起来："不好了！竟要跟各国开战，这怎么能行？"

看完，叹息了好一会儿，当即令办理折奏的老夫子，先拟写电报，然后又拟写奏折，都是大力谏阻太后向各国宣战。并分别致电各省督抚，详细询问他们的意见。李鸿章、张之洞、袁世凯等人复电，都说："拳匪不可靠，我朝不应开战，已发电报谏阻太后。"刘制军这才稍稍放心。这时，忽然传来大沽炮台失守的消息。刘坤一忙写奏章极力劝阻太后，让太后沉住气。前四川总督李秉衡正奉旨巡阅长江，刘坤一忙又致电询问他的意见，得知他的意见大致跟各督抚一样，正要长出一口气，谁知却接到催办兵饷的谕旨。

刘制军看到这谕旨，料知朝廷已决意开战，不是他用笔用舌可以挽回的。但北方已经开战，各国兵舰必定会陆续来华，将来游弋海面，东南的百姓必遭战乱。当下左思右想，苦于没有一个好计策，正踌躇时，接到各国领事的来信，都说："中外之所以开战，全是因为拳匪，还求保护在华的外国侨民。"刘制军忽然醒悟，想出一个保护东南，为民造福的办法来。随即致电各督抚商讨大计，东南各督抚也回电，极力赞成。当即刘坤一联合李鸿章、张之洞、袁世凯三总督一起与各国领事协商，东南一带决不开战，外国人也不得无故侵扰。各国领事说："我们先回去请示政府，再来与你们订约。"正巧联军统帅英国提督西摩尔率领小部队，自大沽进攻杨村，结果被董军及拳匪击退，中国百姓哗然，传言取得大胜仗。外国人遭到挫败，各国领事不免有些惊心，于是竭力怂恿政府与中国东南各督抚订约。此约一定，东南才得以保全。

各国兵舰齐集大沽口，索要炮台，提督罗荣光婉辞拒绝，外国兵当即开炮轰击。罗提督守不住，只得奔回天津。当时天津一带都被拳匪占据，山东拳匪被巡抚袁世凯驱逐后，也相率来到天津。这些拳匪一边向朝廷索要粮饷，一边勒索百姓，稍有不从，便肆意掳掠。又到紫竹林租界杀人放火，一看到洋行、洋房，就立即焚毁。还四处张贴俚语，大多写得不伦不类，有"天兵天将，八月齐降，重阳灭尽洋人，神仙归洞"等话。八国联军统帅西摩尔率领部分士兵登陆赶来支援，遇到大批的拳匪以及董福祥的部下甘军。当下两军交战，战了几个回合，西摩尔因寡不敌众，当即折回。天津的拳匪越发兴高采烈，似乎外国人已被他们灭尽。总督裕禄连忙上奏报捷，朝廷降旨将他褒奖一番，又重重地赏赐拳匪及甘军。自此兵匪合成一气，抢夺不休。只有聂士成提督向来憎恶拳匪，令部众不得袒护他们，拳匪也十分仇视聂军。

战争还没爆发时，聂军门驻守芦台，保护铁路。拳匪便打算将铁路烧毁，正在往上面浇煤油，沿轨放火，不料聂军门突然赶到，勒令拳匪立即散去。拳匪假装听令，乘聂不备，拔刀而起，扑向聂军。多亏聂军向来有纪律，马上摆阵抵御暴徒。拳匪四面围攻，有一个拳匪头目爬上电杆，执旗指挥，聂军门望见他后，忙开枪射击。一击不中，再开一枪，正中匪首的屁股，匪首跌落地上。聂军门的亲卫立即跃马而出，一刀砍向匪首的腰际，匪首的随仆起身去挡，一连被砍几刀，仍不见倒毙，卫兵不禁惊奇。等到下马追杀过去，猛劈匪首的颈项，那头随手而落，这才知拳匪其实没有什么绝技，不过跟江湖卖艺的人一样，会一点儿气功罢了。卫兵随即带着匪首的首级回去报告主将。拳匪一看头目被杀，连忙四散奔逃，聂军趁势击毙几百人，拳匪自此都想将聂士成置于死地。

后来大沽失守，聂军门奉旨赶往天津防守，途中被大批的拳匪拿刀追杀。聂军门急忙躲入督署，拳匪也冲到署中，叫嚣着让总督交出聂军门。裕禄先替聂军门辩解，又婉言相劝，然后邀聂士成与匪首相见。匪首还想挟持聂士成到总坛去，聂士成坚持不去，匪首悻悻离开。自此聂军的士兵一被拳匪所杀，聂军门便诉诸裕禄。裕禄表面上出来排解，暗中却上奏弹劾他，朝廷于是将聂士成革职留任。聂军门气愤不已，刚巧马玉昆提督随宋庆来天津防守，聂军门便向马玉昆诉苦。马玉昆说："你既被诽谤，又遭到朝廷的疑忌，眼下只有冲锋陷阵一个方法。如果能战胜敌人，当然最好不过；如果是马革裹尸，也算得上是以身报国的大丈夫。孰是孰非就留给后人来评断吧。"聂士成听了这话，料知进退两难，只好谨遵朋友的教诲。恰好外国兵鼓勇杀来，势如破竹，即将逼到天津城下，聂军门随即与母亲诀别，令亲卫护送母亲回乡。并遣散部将，让他们离去。众部将跪下请求效命，聂军门不禁流泪说："我死是分内的事，你们如果跟着我不是死于敌手，就是死于匪手，就是死了还得背上勾结外国人的恶名，你们何必随我去死呢？"部将仍不肯离去，坚持要聂军门出营退敌。走了几十里，遇到外国军队的前锋，聂军门已自知必死，一马当先，部将也跟着一冲而上。酣战许久，敌兵已稍微退却，聂军刚杀的有些顺手。不料后面突然喊声大起，枪弹齐飞，聂军门还以为是外国兵从背后偷袭，回头一看，竟是头裹红巾、腰扎红带的拳匪，急忙对部将说："你们杀退拳匪后，自行逃生，不要管我！"部将牵着马缰，乞求聂军门回营，聂军门用刀将马缰割断，又冲入敌阵，身中数弹而亡。外国人佩服他的勇猛，不忍心损伤他的尸体，任由他的部卒将他带回去。不料拳匪反而持刀扑过来，想碎尸万段，以泄心头之恨。幸亏外国兵赶过来，击退拳匪，聂军门才得以全尸归葬。朝廷还说他"带兵多年，不堪一击，真让人痛恨！看在他为国捐躯的份上，照提督阵亡例赐恤！"这真是冤枉至极。

聂军已败，只有马玉昆统率数营兵士扼守京津铁路，并令拳匪全力抗敌。外国兵节节攻入，拳匪跳舞而前，一遇到枪炮，立即往回跑，反而冲乱官军的阵势。官军还得让他们回去，否则拳匪就倒戈相向，反而使官军越加坚难。当时马军的部下都带草帽，拳匪指责他们，说他们是外国人的奴隶；屡次向裕禄嚷嚷，要与马军开战，裕禄几次与马军门协商，最后马军不得不将草帽摘掉。自此，马军门异常愤恨，与外国人交战，常常拼命相争，视死如归。外国兵见他如此奋勇，倒也有三分惧意。

一天，马军又与外国兵对垒，酣战多时。马军前仆后继，一往无前，把外国兵逼回租界。正想乘胜追击，忽然刮起东南风，暴雨随风而下。雨水直扑马军，士兵几乎睁不开眼睛，反而被外国兵顺风轰击，大半伤亡，只得退回原地。自聂军门阵亡，骁勇善战的军队要算马军门的部下，人人谨守军法，临阵不乱，个个舍生取义，奋勇向前。外国兵公认马军门为中国名将。这次受挫，全是因为士兵没有戴草帽，无从避雨，以致被外国兵乘机击毙无数。不仅马军门痛恨拳匪，就是部将也对拳匪大骂不止。当时宋庆已奉旨统帅各军，听说马军败退，料知难以守住天津城，三十六计，走为上计，忙令马军退守北仓，防止外国兵北上。马军听令退守，外国兵于是进逼天津城。

裕禄十分惊慌，忙与义和拳的首领商议守御事宜，拳首还说："没有关系，我已派神团守护城南，大人尽管放心。"裕禄深信不疑。拳首回去后，第二天召集匪党，借口开城出战，一出城，哄然四散。外国兵趁机攻入城南。裕禄还在署中，等候义民的捷音，忽然巡捕进来报告说，外国兵已经入城。裕禄起身便逃，耳中只听到一片枪炮声，吓得心胆俱裂，一口气冲出北门，直奔马营。提督罗荣光已先服药自尽，天津随即沦陷。八国联军中日本兵最多，共计一万二千人，还有八千名俄国兵、二千五百名英国兵、二千五百名美国兵、一千名法国兵、二百五十名德国兵、一百五十人名奥兵，意大利兵最少，只有五十人。这时德国统领瓦德西又率德、奥、美军前来，联军于是又推举瓦德西为统帅，长驱北向。

战败的消息屡次传达北京，军机大臣还不敢据实上奏，只有端王大胆地向太后禀告："天津已被洋鬼子占去了，都是义和团不肯遵守纪律，以致战败。现在听说直督裕禄与宋庆、马玉昆等人退守北仓，洋鬼子现在占据优势。但北京极其坚固，鬼子绝对打不过来。"太后怒道："今天早上荣禄上奏，说已经查出前几天的外国照会是由军机章京连文冲捏造出来的。都是因为你与启秀的唆使，才弄到现在这个地步。你有几个头颅，敢这么大胆？"端王连忙叩头说："奴才不——不敢！"太后说："我现在才晓得你是什么心肠了。你想让你儿子即位，然后你好监国，简直是痴心妄想，我劝你趁早罢休！我要在世一天，就一天没有你的份儿，给我小心点儿，再不安分，就将你赶出宫去，家产全部充公。像你这种行为，真配你的狗名！"端王自被重用以来，从没有被太后呵斥过，这次是破题儿第一遭，吓得俯伏在地上，只是磕头。内监进来奏报太后，说甘军统领董福祥求见。太后厉色道："叫他进来！"董福祥一进来就跪在地上，太后说："好你个董福祥！从上个月起，你已来上奏过十多次，每次都说围攻使馆取得胜仗，为什么到了今天还不见你攻破？"董福祥回答说："臣正是为这事前来求见。臣听说护卫军中有大炮，如果用大炮

402

攻击使馆，使馆立即片瓦不留，臣几次向护卫军索要，荣禄都不肯借用。并说即使老佛爷发话，他也不听。请老佛爷立即罢斥荣禄！"太后一听大怒道："你给我闭嘴！你是强盗出身，朝廷重用你，不过叫你将功赎罪。像你这副狂妄的样子，目无朝廷，还是强盗的派头，你是不是活得不耐烦了？快给我滚出去！"董福祥谢恩忙退出去，太后速召荣禄觐见，内监领命而去。

太后见端王还跪在面前，也喝令他滚出去。端王出宫，荣禄刚好进宫，端王便立在宫外探听消息。过了两三个小时，才见荣禄出来。问过内监才知道，太后令荣中堂向使馆赔礼道歉，并令庆王前去慰问外国人，又调李鸿章回京担任直督一职。端王说："迅雷不及掩耳，真是让人意外。"那名密报端王的内监说："还有许侍郎、袁京卿二人又上奏弹劾各大臣，听说连王爷也被弹劾了。"端王一听，不禁气冲牛斗，大声说："都是这群汉奸蒙蔽太后，所以太后痛责我们，我一定要杀了他们几个，让他们知道老子的厉害。"第二天早晨，军机处发出奏稿，端王不等细瞧，便请徐桐、刚毅、赵舒翘、启秀等人前来密议，定下计策。徐桐等人刚离开，李秉衡就来求见，端王将他迎入，两人谈得十分投机。李秉衡辞别时，端王又密嘱一番。原来李秉衡应诏前来勤王，一来北京，他故态复萌，依旧祖护拳匪。太后召见他时，他说："愿亲自赴敌，决一死战。"太后十分高兴，对他大加信任，因此端王请他帮忙。李秉衡立即向太后密奏："许、袁二人擅自修改谕旨，他们将太后先前颁发的各谕旨里的'杀外国人'，改为'保护外国人'，这种不忠之臣应立即诛杀。"太后勃然大怒，斥责许侍郎、袁京卿是赵高复生，并下令对他们用极刑。这话一传，端王不等圣旨下来，便令刑部尚书赵舒翘将许、袁二人打入大牢，也不准审讯，并当即于第二天将两人斩首示众。

"我饿得很"

许侍郎、袁京卿两人被刑部押到市曹。刑部侍郎徐承煜是徐桐的儿子，这个儿子比他父亲还要昏庸。这次奉端王之命做监斩官，到了法场，徐承煜喝令兵卒扒掉二公的朝服。许侍郎说："革职的圣旨还没下来，你凭什么扒我们的朝服？"徐承煜回答不上来。袁京卿说："你凭什么杀我们？"徐承煜说："你们俩都是著名的汉奸，还想狡辩？"袁京卿说：

"死也有死的罪名。我死不足惜，只是没有罪证。像你这种狂妄之徒，祸国殃民，罪该万死！我死之后，看你们又能闹腾多久？"又转头对许景澄说："不久我们就会在地下相见，将来重见天日，我们自能昭雪，万古留名。"正说着，拳匪已经环绕两边，拔刀要杀袁京卿、许景澄。袁京卿厉声道："士可杀不可辱，我们是朝廷的大臣，自有朝廷国法，你们还不配动手！"说到这里，号炮已发，二人从容就刑。

端王杀了许、袁二人，又暗想汉尚书徐用仪、满尚书立山及学士联元三人也跟自己作对，一不做二不休，索性把他们全部灭了；只有荣禄被太后宠信，不好妄动，暂时将他的头颅寄放在他那里，再作打算。当下密嘱拳匪伪造圣旨，将徐用仪、联元、立山三人逮捕，送交刑部。

端王杀掉五位大臣，余怒仍没有平息，暗地里还密布罗网。到了七月旬，传来消息说清兵在北仓战败，裕禄退到杨村。不久又传来消息说，杨村失陷，裕禄自杀。端王虽然着急，心中却还仗着一招末尾的棋子。到底是哪一招残棋？原来，李秉衡请求亲自赴敌作战，朝廷便令他帮办护卫大军的军务，张春发、陈泽霖等各军都归他调度。李秉衡出京督师，端王天天盼着捷音。谁知道李秉衡到河西务后，虽用尽心力招集军队，但张春发、陈泽霖等人只是表面上谦恭地听他的调遣，暗地里却对他很是不屑。外国人越逼越近，官兵反而越来越松懈，这位拥戴端王、有志灭洋的李秉衡，走到这一步也是毫无办法，只好服下毒药，以报答太后、端王的恩遇。李秉衡一死，不但张、陈各军纷纷溃退，就是各路护卫军队也四散奔逃。还有这群义和团，纷纷成了盗匪，大肆抢掠。溃兵败匪挤成一团，百姓不堪被他们骚扰，反而眼巴巴地盼望着外国兵。外国兵到一处，降顺的旗帜便随风飘扬。

七月十七日联军进入张家湾，十八日攻陷通州，二十日直逼京城。荣禄连忙入宫禀报太后，太后自知后悔已不来及，只有对着荣禄呜呜哭泣。荣禄说："事已至此，请太后不要悲伤，赶紧想想善后事宜！"太后停止哭泣，说："前几天已召李鸿章入京议和，无奈他逗留上海，不肯过来，还递来一本奏章，说我不是诚心议和，硬要我先将妖人正法，并罢斥信任拳匪的大臣。他都是几朝元老了，怎么还这样啊，要我怎么办，怎么办？"说着，立即翻出李鸿章的奏章，递给荣禄。

荣禄看完，对太后说："李鸿章说的也没错。现在想要阻止外国人，只好先将袒护拳匪的人正法，以表明朝廷和谈的诚心，这样才能扭转局势。"太后默然，忽然见载澜踉踉跄跄跑进来，大声叫道："老佛爷！洋

404

鬼子来了。"话还没说完，刚毅也跟着进来了，说是有一队外国兵驻扎在天坛附近。太后说："恐怕是我们的回族勇士，从甘肃来的。"刚毅说："不是回勇，是洋鬼子，请老佛爷立即出宫。不然，他们就要杀进来了!"太后迟疑半晌，才说："与其出逃，不如殉国。"荣禄说："太后说得是。"太后说："你快去召集军队，准备守城，等我定一会儿神再说。"荣禄领命退出。载澜、刚毅也退下。

这天太后接连五次召见军机，到了半夜，又传令召见。光绪帝也坐在太后旁边，等了好一会儿，只有刚毅、赵舒翘、王文韶三人进来。太后问道："他们到哪里去了？一定都跑回家去了。丢下我母子二人不管，真是可恨!"刚毅说："外国兵已经攻城，皇太后、皇上不如暂时出宫避避风头，免得受洋鬼子的恶气!"太后说："荣禄叫我留在京中，我还没决定到底是走还是留。"刚毅说："洋鬼子厉害得很，听说他们带有绿气炮，不用子弹，只要点燃炮火，这种绿气马上就会喷出来，人一触到，立即僵毙，所以我兵屡战屡败。两宫保重要紧，何苦轻遭毒手？"太后说："照这么说来，只好暂时出宫避避。但你们三人也得跟我走。"三人齐声遵旨。太后又对尚书王文韶说："你年纪太大了，我不忍心叫你这么辛苦，你随后赶来吧!"王文韶说："臣自当尽力赶上。"光绪帝一听，也开口说："对，你最好尽力赶上!"太后又对刚毅、赵舒翘说："你们两个会骑马，应该跟我一起走，沿途好有个照顾，一刻也不能离开!"二人唯唯听令。太后令他们先出去整备行装，等候起程的命令。三人刚退出去，宫监来报，洋鬼子已攻进外城了。太后忙回到寝宫，卸下旗装，叫李莲英给她梳一个汉髻。发式改成汉髻后，太后无奈地说："谁能料到会到今天这种地步。"当下叫宫监取出一件蓝夏布衫，穿在身上。又令光绪帝、大阿哥及皇后、瑾妃都乔装打扮成村民模样。随即招来三辆平常的骡车，连车夫也没有官帽。众妃嫔都在凌晨三点齐集殿前，太后对众妃嫔说："你们不必跟着去，看住宫内要紧!"又令崔太监到冷宫将珍妃带出来。珍妃在太后面前磕头请安。太后说："我本来打算带你一块儿走，无奈拳众如蚁，土匪蜂起，你这么年轻漂亮，如果被人掳持遭到玷污，有损宫闱的名誉，你不如自我了断。"珍妃到此，自知必死，便说："皇帝应该留在京城。"太后不等她说完，大声说："你已是要死的人，还那么多话？"便喝令太监把她牵出去，叫她自寻死路。光绪帝见到这情形，顿时心如刀割，忙跪下哀求。太后说："起来，这不是讲情时候，让她去死，好惩戒那些不孝的孩子们，并叫那不孝的鸟儿看看，羽毛还没丰满，就啄它娘的眼睛。"光绪帝向外一看，只见崔太监已将珍妃拉出去了。珍妃还是频频回头瞧着皇帝，泪眼莹莹，惨不忍睹。不到一会儿，崔监回来报告，已将珍妃推入井中。光绪帝吓得浑身乱抖。太后说："上你的车，把帘子放下来，免得被人看到。"光绪帝上了车，太后令溥伦挡在车门外，自己也坐入车内，放下帘子，叫大阿哥坐在外面，令皇后、瑾妃跟她坐同一辆车。又对李莲英说："我知道你不太会骑马，但是一定要尽力赶上，跟着我走。"李莲英遵命。太后对车夫说："先去颐和园，如果有洋鬼子拦阻，你就说是乡下的苦命人，想逃回家去。"车夫唯唯听命。天还没亮，三辆骡车已自神武门出宫，只有端王载漪及刚毅、赵舒翘乘马随行。途中幸亏没有外国兵拦阻，骡车一直驰到颐和园，太后等人入园坐了片刻，用了茶膳。外面又有太监来报，洋鬼子追来了。太后忙率皇帝等人上车，令车夫快些。

　　走了六七十里，日已西斜，还没有吃饭的地方。又走了几里，到达贯市。贯市是个荒凉的市镇，只有一个回民教堂，有几个回民住在那里。太后见天色将晚，便令车夫向教堂借宿，回民慷慨应允。进了教堂，又令车夫出去买食物。无奈贯市这种地方，找不出什么好吃的，只有一些绿豆粥，车夫买了一大盂，呈给两宫。太后、皇帝等人见到这种东西，既觉得醒醒，又觉得冰冷，本不想吃，无奈饥肠辘辘，只得硬着头皮吃了一碗，勉强充饥。教堂里本没有什么被褥，太后又不便说出真名真姓，谁还来侍奉老佛爷？到了夜里，众人随地卧着，只有太后睡一土炕，忍冻独眠，朦朦胧胧地睡了一觉。光绪帝睡又睡不着，辗转反侧，不免自言自语说："这样的滋味，都是拜义民所赐！"太后偏偏听见，便责怪道："你不知道隔墙有耳吗？不要多嘴！"第二天早上，出了教堂，又一早坐着骡车赶路。

　　接连三天，没有遇到官厅，都是随便过夜，没有被褥，没有换洗的衣服，也没有饭可吃，只有小米粥能充饥。众人到了怀来县，县令吴永事先并没有得到通知，也毫无准备。突然听说太后到署，顿时手忙脚乱，慌得连朝服都来不及穿上，只穿着便衣跪接，将太后一行人迎入署中。太后住县太太的房间，皇上住签押房，皇后住少奶奶房。太后一到房中，便用手拍着桌子叫嚷道："我饿得很，快弄点吃的来！无论什么东西，只要能充饥就行！"吴大令哪敢怠慢，忙嘱咐厨子备好上等饭菜，虽比不上宫中的美食，但比路上的粗茶稀粥好上十倍。这时李莲英也赶来了，太后急忙令他将自己的发式改回满髻，一梳完头发，太后就急急地进膳。正大嚼大咽时，庆亲王奕劻及军机大臣王文韶赶到。太后高兴极了，分

406

一些燕窝汤给他们，并说："你们这几天肯定跟我们一样吃了不少苦。"庆王、王文韶谢过恩，太后令庆王回京与联军议和。庆王支吾了好一会儿，太后说："看来只好让你去。从前英法联军入都，多亏恭王弈䜣与他们商定和议，你也应效仿前人，勉为其难地去吧。"庆王见太后形容憔悴，言语凄楚，不得已硬着头皮遵旨，只在怀来县休息了一天，便立即告辞回京。

悔罪乞和

两宫西行去避风头，京城自然失守。日本兵先从东直门攻入，占领北城，各国士兵也跟着进驻京城，城内的百姓纷纷逃窜。土匪趁势劫掠，数百户人家被抢劫一空。这北城先被日兵占据，日本兵严守纪律，禁止骚扰，百姓感激他们的庇护，家家户户都在门外悬挂大日本顺民旗。各国士兵不免搜掠一番，却没有奸淫杀戮等事情发生，和乱兵、拳匪相比，真是天壤之别。紫禁城也多亏有日兵保护，宫中妃嫔才得以安然无恙。满汉大臣中也有几十人殉难。大学士徐桐自缢而亡。承恩公崇绮与荣禄一同逃到保定，住在莲花书院。崇绮写下几首绝命诗，上吊自尽。荣禄先派人将崇绮的遗折送交太后，自己也立即赶过去。太后听说崇绮自尽，十分伤心，降旨厚葬。等到荣禄赶来，两宫正前往太原，召见时先问他崇绮死时的情况，然后又问起善后的计策。荣禄回答说："只有一条路可走。"太后问他是哪一条路，荣禄说："杀掉端王及袒护拳匪的王公大臣，向天下谢罪，这样才好商量善后事宜。"太后听后，却不说话。光绪帝也单独召见荣禄，嘱咐他赶紧杀掉端王，不要再迟缓。荣禄说："太后没有降旨，奴才怎么敢擅自行动？现在已经不是皇上独断下旨的时候。"

太后居住在太原，山西巡抚毓贤殷勤供奉，太后没有因他袒护拳匪而加以诘责，始终认为他是在忠心办事。只是要瞒住中外耳目，不得不推皇帝出头，颁发几句怪罪自己的话，并任命直督李鸿章为全权大臣，让他与庆王弈劻一同前去与各国议和。李伯相虽是个和事老，但到了这个地步，要与各国议和，还真是千难万难，所以卸下广东总督一职，在上海逗留。等到联军入京，太后又屡次降旨催逼，李鸿章不得不起程北上，走海路到天津，由天津到北京。只见京津一带行人稀少，一路上满眼的荒凉，李鸿章不免叹息。一到北京，就与先到京的庆王弈劻商议，最后两人决定先去拜会那位瓦德西统帅。

庆王、李鸿章拜会德帅瓦德西，瓦德西十分欢迎他们。李鸿章又曾与瓦德西见过面，彼此握手，欢颜叙旧。谈到议和时，瓦德西也曾首肯，但说要先与各国商议，才好决定。庆王、李鸿章又去拜会各国公使，各公使接见他们后，主张不一。两人只好再次去找瓦帅协议，瓦帅先提出两款条件：第一条是严办罪魁，第二条是请两宫速回北京。两条照办，才能继续商议和款。庆王、李鸿章只得致电太后，太后犹豫不决。各国联军因不见清廷回复，立即整队出发，攻陷保定，侵扰张家口。庆、李二人急得没有办法，一面将局势上报太后，一面又拜会瓦帅，极力劝阻。瓦帅正左拥右抱十分快活，无意西进，只要求清廷立即答应之前提出的两款条件。偏偏慈禧太后一听说联军从北京杀过来，越逃越远，竟从太原跑到西安。临行时接到庆、李的电报，便勉强敷衍，将毓贤罢职。

各国的公使又不是小孩子，哪容易就这么被糊弄过去？庆、李不得已，只得再次致电太后。当时两宫已到西安，刚毅病死在路上，又接到庆、李的奏牍，太后这才将端王革职监禁，将毓贤发配边疆，令董福祥革职留任。谁知各国公使仍然不依，庆、李两大臣因屡次延期，都拖了将近一年，只好遵照见机行事的谕旨，径自答应各国提出的要求，然后商订和议。商议了许多次，听过了不少冷话，看过了不少脸色，才有些头绪，与联军订下和约，共计十二款：

一、杀害德使，须谢罪立碑。

二、严惩罪魁祸首，肇祸各处停止考试五年。

三、杀害日本书记官，亦应派使谢罪。

四、在污掘外国人的坟墓处建碑昭雪。

五、两年之内公禁止输入军火。

六、赔偿外国人公私损失，计四百五十兆两，分三十九年偿清，息四厘。

七、各国使馆划界驻兵，界内不许华人杂居。

八、撤去大沽炮台及京津间的所有军备。

九、由各国驻兵留守通道。

十、颁帖永禁军民仇外的谕旨。

十一、修改通商行船条约。

十二、改变总理衙门事权。

以上十二款条件经双方议定，庆、李忙致电太后，请求太后答应。

408

太后这时无可奈何，只得令两人全权签订草约，随后又颁布惩办罪魁祸首的圣旨。

过了几天，已是新年，忽然接到北京的电报，说是各国使臣还嫌清廷对罪魁祸首的处罚不够严厉，要求酌量加重。于是太后连英年、赵舒翘也无法保全了，当下令他们自尽。启秀、徐承煜在京城被攻陷时，来不及逃走，被日本兵拘捕，囚禁在顺天府署中。庆、李两全权大臣密奏，说启、徐都是国家重臣，与其被外国人拘捕侮辱，不如令他们自请正法，还可以保全面子。太后应允，令庆、李照会日本兵官，将两人索回，在菜市口行刑。启秀还神色自若地对日本兵官说："中日本唇齿相依，同文同种，跟别的国家不一样，我现在很后悔从前鲁莽从事，希望此后贵国帮助我中华，变通治法，渐图自强，我死也感激贵国的大德了。"日本兵官倒也好言劝慰。只是徐承煜已面如死灰，口中还不停地大呼冤枉。启秀对徐承煜说："你还要说什么？我两人奉旨就刑，不是外国人的意思，有什么好埋怨的？"说完，刽子手动刑，霎时身首异处，算是祖护拳匪的后果。毓贤在甘肃被正法，临刑时还作了一副挽词。

转眼间，两宫离开京城已近一年，而祖护拳匪的罪魁，死的死，杀的杀，或被发配边疆，或被夺职，已是一个不留。只有天天侍奉太后的李莲英依然无恙。出宫时，他的确也有些害怕。后来议和告成，他又怕外国人指名要求将他正法，因此中外各官力请两宫回銮，李莲英暗中阻挠。等到听说外国人要拿办的罪魁名单中没有自己的大名时，庆王又密函相告，说是保证他绝对不会有事。李总管侥幸逃脱，权势依旧，这才不再阻止回銮。只是京中的财产多半被联军抢走，李莲英便怂恿太后，下旨催地方官上交贡银。太后本是个嗜利的妇人，料知联军入京，自己存下的财产肯定被瓜分干净，正想借此恢复元气，于是听了李总管的建议，竭力搜刮百姓。李总管乐得从中分利，私吞了一千多万两白银，才与两宫一同回京。回銮之前，太后先将大阿哥废黜，又将徐用仪、立山、许景澄、联元、袁昶五人官复原职。又令醇亲王载沣赴德国，侍郎那桐赴日本，遵照条约谢罪。改总理衙门为外务部，等级在六部之上。此外如保护洋人、改易新政、征召贤才的圣旨也接连下了几道。各国见清廷大力弥补过错，便撤回联军，只留下一两千外国兵保护使馆。太后听说京中已经安定，又得到好消息，说是宫中储藏的宝物也没有被联军掠夺，于是拿定主意回京。

盛暑已过，正值秋凉，太后带着光绪帝等人从西安起程，随从人员极多，一路上的排场很大。与从北京出逃时的情形相比，大不一样。还没走多远，便传来全权大臣李鸿章病逝的消息，太后下旨将李鸿章厚葬，除在他曾经立功的地方建立专祠外，还在京师建立一所祠堂，赐谥文忠。然后令王文韶继任李鸿章的职位。

两宫在路上走了两三个月，直到冬季，才到北京。随后接见各国公使及公使夫人，都是殷勤款待。太后此时颇想用计谋来驾驭外国人，却不知道自己最终铸成大错。她只恨自己没有学过外语，不便直接应酬，不免有些怏怏不乐。正巧来了两个闺媛，都是满族人，她们随父亲出国好几年，会几个国家的语言，回国后成为宫中的招待员，把一个痴心妄想的西太后高兴坏了。

这两位闺媛是同胞姊妹，一个叫德龄，一个叫龙龄，是裕庚的女儿。裕庚是满洲镶白旗人，曾任法国钦使，因屡建战功被封为公爵。他曾出使日本，也曾出使法国，每次出使，他便带着家眷一同前行。此时卸任回国，觐见太后。太后听说他的两个女儿十分聪慧，便说想看看，让他把女儿带到颐和园。裕夫人带着两个女儿遵旨入园。德龄、龙龄从来没有来过颐和园，此次随母亲进园面见太后，自然格外注意。只见园中异常广敞，所有布置都是异样精彩，目不胜睹。到了仁寿殿外，太监将她们带入正殿旁边的小房子里。只见屋内陈列着紫檀桌椅，都是精雕细琢，墙壁上悬着各式各样的自鸣钟，短针正指到五点五十分。母女三个休息了片刻，李总管踱步进来，居然穿着二品公的衣服，戴着红顶孔雀翎。裕夫人颇有些见识，立即带两个女儿起身相迎，那总管也笑容可掬，与裕夫人谈了几句，无非是些寒暄客气的话，坐了一会儿就离开了。二女问过母亲，才知道这位翎顶辉煌的总管就是赫赫有名的李莲英。

等了一会儿，几位宫眷带她们母女三人出了耳房，经过三重院落，到了正殿，殿额上大大地写着"乐寿堂"三字。殿内站着许多妇女，年轻的居多。其中有一位妇人，装束和别人略为不同，并且髻上戴着金凤凰，更是与众不同。裕夫人仔细一瞧，认出她就是光绪皇后，正想入殿请安。忽然见许多宫女护着太后，从屏后走出来，在宝座上坐定。后面踱出李总管，传旨召见。裕夫人率两个女儿走进大殿，跪拜太后，同时报上姓名，太后降旨让她们站起来。太后大略问了些家常事情，裕夫人一一作答述。太后又仔细瞧那两女孩儿，不禁有些喜欢，起来握住二女的手说："你们两个真是可爱，难为这裕钦使，生了这么两个粉雕玉琢的女儿。你们两个愿意留在这里陪我吗？"两个女孩本来就伶俐得很，立即要跪下谢恩。太后便说："不必拘礼，你们只要肯听我的话，早晚待在我身边，我就喜欢你们了。"两个女孩连声遵旨。太后又令皇后等人与她们相见，母女三人向皇后请安，随后与各宫眷一一行礼，这些宫眷们无非是各府的郡主。见过之后，太后又嘱咐皇后说："你可以带她们母女四处转转，我先到朝房转一转，再来与她们叙谈。"皇后唯唯听命，太后步出大殿。殿外早已备好车，等太后上车后，前后左右随行的都是很体面的太监，簇拥而去。这位李莲英总管本来就与太后时刻不离，此时自然随同前去。皇后率领众宫眷恭送太后上车，然后带裕家母女三人转身入内，闲谈消遣。不久，太后回来赐母女三人午餐，午后又赏她们听戏。太后最爱的是梆子调，与德龄姐妹谈论腔调的妙处。德龄姊妹不敢不随声附和。其实一片徵声已暗寓亡国之音。

给老佛爷画像

　　裕庚夫人及德龄姐妹足足陪了太后一天。转眼已是夕阳西下，天色渐暗，太后这才令裕家母女回家，并嘱咐她们近期进宫。裕夫人不好违背太后的意思，自然连忙遵旨。临别时，太后又赐给她们衣服食物等，母女三人叩首谢恩。回家后，裕庚夫人立即把觐见的情形及太后催促入宫的意思向裕庚说明。裕庚虽然想让掌上双珠不离自己左右，但太后懿旨，不敢有违，只得略略收拾，为女儿入宫做准备。

　　光阴似箭，两天时间很快就过去了，裕夫人带着两个女儿再次入宫。太后见她们遵旨前来，愉快得不可言喻，当下将她们带到仁寿宫右侧的房间，让她们先住着，又忙叫宫监置备所有生活用品。不过衣服、被褥裕家母女随身带来。太后令裕夫人指挥宫监，随意安排，自己则带着德龄姐妹入宫，随即嘱咐德龄说："你这么聪明伶俐，一定会成为我的好帮手。听说你通晓好几个国家的语言，如果有外国妇女前来觐见，你就给我做翻译。平常没事儿的时候，就替我掌管珠宝首饰。我这里虽然有很多宫眷，但没有一个像你这么能干呢！"德龄忙说："老祖宗这么器重臣女，让臣女担此重任。只怕臣女年纪轻，也没什么阅历，万一出了差错，反而辜负老祖宗的恩德，还请老祖宗让臣女退就末班，学着办事好了！"太后笑道："你不用这么谦虚，我看你资质不错，你先试着干几天再说！"德龄只得谢恩。太后又转头对龙龄说："你年纪较轻，可以跟着你姐姐随便办些事儿。"龙龄也谢过恩。此时光绪帝正好来请安，德龄想要上前行礼，转念一想太后在前面，恐怕不方便。等到光绪帝下车，德龄随后上前行礼，不料被太后察觉，已大呼德龄的名字。德龄连忙走入宫中，虽然没有遭到太后的斥责，仰头一看，太后脸上已有怒色。从此德龄格外小心，一切举止都是三思而后行。

过了几天，忽然宫监来报，俄使夫人勃兰康觐见。太后立即令德龄前去迎客，自己带着李总管到仁寿堂准备接受拜见。光绪帝也在座。德龄将勃夫人引到殿中，行觐见礼，太后也起身与勃夫人握手。两人寒暄几句，都由德龄传译。勃夫人又向光绪帝行礼，光绪帝也答礼如仪。太后走下宝座，将勃夫人引入宫中，聊了片刻，又令德龄领她去见皇后。周旋已毕，随即赐勃夫人午膳，让众宫眷陪同吃饭。席间仿照西式，每人面前都摆有一道菜。德龄奉太后之命坐上主人的席位，殷勤款待，与勃夫人宴饮尽欢。散席后，勃夫人再次觐见太后，感谢太后的款待，太后随即赐她一方宝玉，勃夫人谢了又谢。等勃夫人离开后，太后对德龄说："你随父亲出使法国，并不是俄国，为什么却懂得俄语？"德龄说："臣女对俄语不是很了解，但俄国人也习惯说法语，所以臣女还能应对。"太后又问："你跟勃夫人说的都是法语吗？"德龄说："多半是法语。"太后说："勃夫人的装束也挺华丽的，但我却不怎么喜欢西装。她全身上下没有一点儿珠宝，总让人觉得太过朴素。我生平最爱珠宝，可惜西幸一次，丧失了许多。现在只剩下几百盒，你给我收管好了。"随即起身说："你跟我来！"

德龄遵旨随太后走入储珍室，只见室内箱橱林列，左边的橱柜标着黄签，里面珍藏着内府的秘籍；右边的橱柜标着红签，里面装着老佛爷的珠宝。太后令宫监拿来钥匙，叫德龄打开右边的橱柜，橱柜一开，只见里面都是镶金嵌玉的盒子，大小不一，有长的，也有方的。盒外只标着号码，没有注明盒中的物件。德龄奉命取出第一个盒子，打开一看，里面有精圆的明珠、晶莹的宝石，光芒闪闪，都是无上奇珍。又奉命打开第二个盒子，里面是珠玉扎成的饰物，虫鱼花草，个个精巧绝伦。第三、四个盒子，里面全是玛瑙、珊瑚，光怪陆离，无不夺目；第五、六个盒子里藏着簪环，第七、八个盒子里藏着钗钏，镂金刻玉，美不胜收。看到第十盒宝物，才觉得金饰居多，珠玉较少。太后对德龄说："这十盒算是上选，其他的没什么好看的了。要不是联军入京，我的珠宝何止这些！"言下有懊丧之意。德龄向来伶牙俐齿，这时忙婉转地劝慰了几句。太后从这十盒里面拣了两三件出来，戴在身上，随即令德龄将盒子放回去，锁好橱柜。过了一会儿，又对德龄说："拳匪作乱，外国人还以为是我暗中做主，其实都是载漪的主张。联军入京的时候，我原本想以身殉国，后来经刚毅等人力劝出京，我才西幸，途中吃了许多苦头。等到第二年回京，差不多换了个世界。我多年的积蓄，被外国人抢走不少，我想外国人也该知足了。眼下我国刚经历一次败仗，元气一时难以恢复，只好与外国人慢慢周旋。我心里面其实不怎么相信外国人，外国人所造的器械，我国可能比不过他，但外国人所讲的政教，难道我国就真的比不过吗？"德龄正在想怎么回答，忽然一个宫监跟跄跑进来，说荣中堂过世了！太后惊愕道："我昨天还派宫监去探望他，听说他没什么大碍，怎么今天就死了？唉！他死后，还会有谁像他这么忠诚？"说到这里，竟有些哽咽，泪水也扑簌簌地掉下来。德龄不好不劝，只得劝慰说："请老祖宗保重身体，不要太过伤心！"太后说："你哪儿知道我的苦衷，他是我患难与共的大臣。"德龄不敢再劝，任由太后凄婉，许久才听见太后吩咐道："你也累了一天了，你可以随意外出，不必在我身边候着！"德龄一听这话，恍如皇恩大赦，忙回自己房间去了。

第二天太后上朝，内务府递上荣中堂的遗折，太后当即展开看了起来。看过后，就对大臣说："荣禄一生忠诚，拳匪作乱时，他尤为尽力。现在不幸病故，须格外优恤才好！"庆亲王弈劻在旁边，奏请赐陀罗经以及发给三千两赏银办理丧事。太后点头，并说："依他的功绩，他的牌位能不能入贤良祠？"庆王连忙说能。太后又问："要不要派亲王前去祭奠？"庆王又奏称应该。于是太后派恭王率领十几名侍卫前去祭奠，并令礼部拟写谥号，随即退朝。第二天，礼部呈上几个拟好的谥号，太后立即圈出"文忠"二字，又赐了一桌祭席，并令国史馆为荣禄立传。

过了几天，太后的哀思渐渐淡化，仍前往颐和园，游览自娱。一转眼，春天到了，园中花木盛开，太后邀请各国公使的眷属入园游玩。美国公使康格夫人作为外国眷属的领袖，还有美国参赞韦廉夫人也随着前来。此外如西班牙公使佳瑟夫人、日本公使尤吉德夫人、葡萄牙代理公使阿尔密得夫人、法国参赞勘利夫人、英国参赞瑟生夫人等人接踵而来，每人都随身带着女眷，黑压压地聚集一堂。行过进见礼后，到别宫进餐。吃过饭，都在园中游览。众人推举康格夫人代表，向太后道谢。康格夫人带来的一个女子，细腰绰约，身态苗条，太后瞧着，觉得她俏丽绝伦，随即问她的姓氏。当即康格夫人代为回答，德龄传译，叫做克姑娘，是个女画士。太后又问她能不能写真，德龄与克姑娘谈了一会儿，然后详

413

细禀报太后，说："写真是克姑娘的特长，她正想给老佛爷画像，然后送到路易博览会去展览。"太后踌躇半晌，才说："她既然想画，那就叫她过几天来吧。"德龄把将这意思传达康格夫人后，康格夫人与克姑娘高兴地告辞而去。

太后便对德龄说："我朝旧例，帝后的画像，须等万岁千秋以后，才可以绘制。现在克姑娘想为我画像，我又不好当面回绝，你说怎么办？"德龄说："现在世界都很开通，越是圣明的帝后，他们的肖像越是流传各国，被当做纪念。英国女皇维多利亚的肖像几乎传遍全球，而且老祖宗福寿双全，为什么不破例一回？"太后听到这番话，才有些高兴，便说："既然如此，那就挑个好时辰，让她来画。"当即取出历书，选了一个黄道吉日，派人到美国使馆通知克女士。到了那一天，克姑娘入宫，对太后行过礼，便请太后端坐，准备绘画。太后此时已盛装打扮，肃容端坐，等了好久也不见克姑娘动手，只是睁着一双绿色的眸子呆呆地瞧着太后。太后轻声对德龄说："她为什么老盯着我看？"德龄说："外国人绘像与华人不同，外国人落笔，格外关注神情，所以绘成之后，格外逼真。听说她是画家中的名家，所以作画前格外审慎。"太后说："照你这么说来，她画个画儿需要很长时间？我可是坐不住的。"德龄说："臣女去跟她商量一下，让她简便一点。"当下与克女士商议，传达太后的意思。克女士颇能体谅，格外迁就，每天只画一个小时，画了两星期才画好。等到呈给太后过目，太后一看，果然眉目如生，跟拍照似的。太后很喜欢这幅画儿，当即将画家重赏一番。谁知忧喜相连，一喜之后，又是一忧。宫监报告，说日、俄将要开战，并将东三省作为战场。太后不免又焦虑起来。

日、俄为什么会突然打起来了呢？原来，拳匪作乱时，黑龙江将军寿山依附端王，一心排外。俄兵进入黑龙江，想借道黑龙江，去保护哈尔滨的铁路。哈尔滨在省城的西南，是满洲铁路的中点。寿山不但不允许俄兵借道，还出兵攻打哈尔滨，并且从瑷珲城侵入俄境。俄国人正苦于无隙可乘，得到这个好机会，随即摩拳擦掌，向中国进发，一转眼，几乎攻陷东三省全境。寿将军束手无策，只有一条死路还能走。俄国陆续向东三省增添俄兵，竟多达十八万人。等到北京议和后，俄使趁机要挟，想将东三省的利益和权力一概夺去。李鸿章不答应，俄使多方施加压力，强迫李鸿章签字。东南督抚及士绅联合致电力争，英、日两国也想违背之前的约定，李鸿章气愤难耐，竟卧床不起。东三省的事情，只得暂时先搁置一边。

光绪二十八年的时候，庆王奕劻、大学士王文韶与俄使雷萨尔订立条约，收回东三省。条约中说东三省的俄兵必须在十八个月内，分三期撤退。和约签订以后，清廷还以为俄国会如约撤兵，谁知俄国狡猾得很，第一次届期，只撤走几名。第二次届期，俄兵反而有增无减，中国也不敢诘责。那时对东亚虎视眈眈的日本与英国秘密结成同盟，又联合美国，劝清政府马上开放满洲，作为各国通商的场所，免得被俄国人垄断。清政府就将日、英、美的建议原封不动地照会俄使，俄使百般阻挠，俄兵又拖延未撤。日本人不肯坐视，亲自与驻日俄使直接会商，硬要俄国撤兵。俄使不答应，两国因此决裂，于光绪二十九年十二月宣战，并将辽东作为战场。

至此，统辖全国的慈禧太后哪儿有不担忧的道理？立即召满汉大臣入宫商议。当时满族大臣的领袖是庆亲王奕劻，汉族大臣的领袖是孙家鼐、瞿鸿玑。众人讨论多时，议定一个好办法，然后上报太后。太后说："东三省是祖宗陵寝所在，关系重大。你们议定的这个计策，能保证陵寝安然无恙吗？"庆王说："俄、日的战线不会涉及陵寝，应该没有大碍。"太后说："还是先问一下各省疆吏，看他们是否赞同？"庆王遵旨，立即令军机处致电各省督抚。过了一天，各省将军督抚大多表示赞同，庆王忙向太后汇报，太后令将拟好的谕旨颁发出去。

中立是从《万国公法》中援引出的律法，清廷忙将它搬出来当挡箭牌。随后太后又令驻扎俄、日两国的钦使分别照会两国外务部，表达中立的立场。俄国没有答复，只有日本说中国仍应做好防御。太后随即派马玉昆提督带十营兵士驻扎山海关，郭殿辅总兵带四营兵士驻扎张家口。又令驻日杨钦使再次与日本郑重交涉，交战国不得损伤所有东三省的陵寝宫殿及城池官衙、人命财产；无论谁最终得胜，东三省的主权仍应归中国。日本应允以后，清廷立即酌定全国中立的章程及勘定辽东战地的界限，然后颁布中外。

不到几天，辽左鼓声冬冬，炮声隆隆，日、俄两国的海陆军竟在中国的国土上打起仗来了。太后十分注意日俄战事，每天派人购买西方报纸，叫德龄译给她听。两国交战，海军先交手，仁川的俄舰都被日军击沉，旅顺口黄金山下的俄舰又被日军轰沉；随后是陆军对垒，日军进入辽东半岛，连败俄兵于九连、凤凰、牛庄、海城等地方。太后随即对德龄说："俄国大，日本小，不料俄国反而被日本击败。"德龄说："行军打仗全靠齐心协力。日本人这次打仗，上下一心，听说他们男子扛枪从军，妇人都将首饰变卖，充作军饷，所以他们勇往直前，屡次获胜。"太后点头，随即又说："日本如果战胜俄国，远东还可以保全，我也不用再那么担忧了。"话还没说完，外面又递进报纸，德龄将报纸译出来，呈给太后。太后一看，不禁十分惊异。

国父孙中山

德龄译出的新闻竟是日韩新订立的条约。上面说，韩国疆域由日本政府保护，一切政治也由日本政府谋划施行。太后看完新闻，便说："韩国就是朝鲜国，当日签订《马关条约》，日本曾逼我国承认朝鲜自主，为什么现在日本硬要朝鲜归他保护呢？可见外国是没有什么公法，这样下去，朝鲜恐怕是保不住了。"正惊愕时，庆王奕劻忽然入宫禀报："俄舰窜入上海，日使照会我外务部，让我国逼俄舰退出去，现在双方正在交涉，还没议妥。因此前来请示太后。"太后说："现在只听到日本胜利的消息，一切交涉都应当顾全日本的体面。"庆王说："是。"太后又说："我国虽羸弱，但是个独立国，也不宜令俄舰窜入，破坏我国中立的立场。你去通知外务部，致电南洋大臣，速逼俄舰离开我国港口！"庆王遵旨退出。太后又自言自语说："外国人只论强弱不讲道理，辽东战局，也不知到底会是个什么样的结果，京师与辽东相距不远，不免让人心忧。早知日俄有这样的争端，还不如暂住西安，最起码让人觉得踏实。"德龄站在一旁，一句话都不敢多说。

第二天，京中马上有各种各样的谣言，盛传两宫又要出宫西行。有一个汪凤池御史竟信以为真，当即呈上一本奏章，阻止西巡。太后看完，不禁大怒，说："日俄战事，我国坚持中立，京城内外也都派有重兵把守，我为什么要西巡？"随即对庆王奕劻说："速叫军机处拟旨，以后如果还有谁敢谣言惑众，令步军统领衙门、顺天府五城御史将他们全部缉捕归案！"庆王唯唯遵令，自然照办。

过了一年，日俄战事还没有平息，中国也没有遭遇什么危险，只不过朝廷将各省官职裁并了好几处，兴办京师大学堂，施行了好几款新政。又派商约大臣吕海寰与葡萄牙订立二十条商约，派大臣张德彝与英国订立十五条保护两国工商的章程。但驻藏大臣有泰却来发来紧急电报，称英国将领荣赫鹏入藏，与藏官私自订约，请朝廷速与英国交涉。于是外务部又要有一些事情要忙。

原来，日俄还没交战的时候，俄国人曾南下觊觎西藏，密派人员联络达赖，想让他亲俄排英。达赖被使者说动，于是暗地里抵触英国人。光绪十九年，清参将何长荣与英国大使保尔订立《藏印条约》，允许英国人在亚东通商。亚东在西藏南部边境，毗连印度。此约订立后，英国人想从印度入境，到西藏通商。达赖偏跟他们作对，万般阻挠，英商不免吃了些苦头。只因俄国人暗中袒护西藏，英国政府也不便发难。等到日俄开战，英国政府乘机谋取西藏，令印度总督派大将荣赫鹏率兵深入。荣赫鹏随即带着近两万名士兵长驱北向，攻入藏境。

藏民哪里是纪律森严的英将的对手？英军从江孜由西向北进攻，所向披靡，如入无人之境。等杀到了拉萨，这位主持佛教的达赖喇嘛早已闻风而逃，逃到库伦去了。达赖一逃，城中的藏民便失去主心骨。多亏噶尔丹寺的长老壮着胆出来迎接英军，与英将讲和。英将荣赫鹏随即趁势恫吓，逼他订约，长老不得不同意。签约后，驻藏大臣有泰才探悉实情，立即致电清廷。清廷外务部茫无头绪，尚书、侍郎商议半天，才回复有泰，令他就近与英将商议。

有泰本是个糊涂人，英、藏开战的时候，他不曾想办法劝解，等到和约都已经签订，木已成舟，他还有什么能力去挽回？况且英将荣赫鹏已奏凯回去，他又与谁商议？有泰召来噶尔丹寺长，让他把此前订立的密约写出来，然后将和约内容上报清廷，并说达赖贻误战机，擅离职守，应当革去封号。

清廷知道他也是个没用的人物，便没去理会他的奏请，只令外务部讨论条约的利害关系。侍郎唐绍仪向来喜欢研究外交，随即指出条约暗含的利害关系。其中有一条定的最狠：没有经过英国的允许，任何国家不得干预西藏及西藏的事务。西藏是中国的领土，这款条约分明是把西藏全境占夺了去，中国哪儿还有管辖权呢？外务部的官吏当即据实上奏，并保荐唐绍仪为全权大臣，赴藏改约。唐使到达西藏后，照会英国，英国派使者前来协商，商谈了好几年，英国使者始终不肯退一步。直到三十二年，英国才承认中国有西藏领土权，并允诺不吞并西藏、不干涉西藏政务，然而其他条约，英国不肯再改易。唐侍郎也无可奈何，只得将就签字。

话说回来，转眼间日、俄已交战一年，俄国的海陆军屡战屡败，日俄战争的胜负已决。这时候美国总统罗斯福出来调停，劝日、俄休兵息战。俄国人因鞭长莫及，不能再调兵作战，日本人因俄国到底是个强国，打下去对自己也不利，都想见机收兵。于是两国同意议和，各自派公使到美国商议。经过再三的磋商，双方订立和约。其中有几条是：旅顺、大连湾的租借权要让给日本，俄国撤退在满洲的驻兵，承认并保全清国领土及开放门户政策，哈尔滨以南的铁路也须割让给日本，海参崴的干线应成为非军事的铁道。从此北满洲成为俄国人的势力圈，南满洲成为日本人的势力圈，名为中国的东三省，实则已归日、俄掌控了。

日俄战争之后，中国人士都说专制政体不如立宪政体好。全国的政权都归君主一人独断，叫做专制。君主只有行政权，没有立法权，一国法律须由国会中的士大夫议定，叫做立宪。日本自明治维新，改行新政，把原来的专制政体改成君主立宪，国势渐渐强盛，因此先打败清朝，接着战胜俄国；而俄国的政体还是专制，最终被日本战败。自此以后，中国人的思想言论突然发生巨大的改变，反对专制的风潮日盛一日。慈禧太后虽然一百个不愿意，也只得顺应时势，与王公大臣商定粉饰的计策。于是废除科举制度，兴办新式学堂，通过考试选拔学生出国留学，训练新军，废除枭首、凌迟等极刑，并禁止刑讯。又派载泽、绍英、戴鸿慈、徐世昌、端方五位大臣出国考察各国政治，并于光绪三十一年七月起行。临行这一天，官僚大多出城欢送，五大臣一起出发，在正阳门车站与各同僚话别。忽然听到"轰隆"一声，来了一颗炸弹，炸得满地都是硝烟，五大臣急忙避开，性命才得以保全。载泽、绍英受了些轻伤，吓得面色如土，立即折回。

这颗炸弹从哪里来的？说来话长。康、梁出逃时，设立了一个保皇会，召集了一群志同道合的人，立志保卫皇上。又联络了许多在外游学的学生与充工贩货的侨民。其中有一个叫孙文的广东人，表字逸仙，主张改革，他与康、梁的政见不同。孙文小时候毕业于教会设立的学堂，平等、博爱的思想印入脑中，后来又在广州医学校内学习医术。学成之后，在广州住了两三年，以行医为名结识了几个有志之士，建立了一个秘密会社。随后因入会的人越来越多，便将会社改名为兴中会，自己做了会长。李鸿章还没过世时，他竟冒险到京城拜访李鸿章，与李鸿章谈了一回革命的事情。李鸿章借口年事已高将他挡回去，孙文随即回到广州凑了些钱，向外国人购买枪械，想指日起事。

事不凑巧，密谋被泄露出去，孙文急忙坐船逃到英国。粤督谭锺麟没能捉住他，得知他逃到海外后，忙致电各国公使，请他们秘密缉拿。驻英使臣龚照玙将孙文骗入使馆，然后把他囚禁起来。多亏有位曾教过

418

他的英国教师，名叫康德利，想方设法把他救了出来。自此以后，孙会长格外小心，游遍欧美各国，结交了许多寓居海外的华人。有几个志士愿意入会，又有几个富翁愿意出资赞助。孙文住在海外，倒也不愁穿，不愁吃，只愁革命没有成功。想要回国，又怕会自投罗网，只好时常与国内的朋友通信。

广东人史坚如与孙中山是莫逆之交，他召集了几个党人，要去借两广总督德寿的头颅。不料德寿的头颅牢固得很，反而将史坚如的头颅借了去。史坚如是为革命流血的第一个志士。随后湖南人唐才常想在汉口起事，占据两湖，又被鄂督张之洞查悉，将他抓获正法。唐才常死后，广东三合会首领郑弼臣接受孙文的思想，愿听孙文的指挥，在惠州发难，结果又以失败告终。过了一年，湖南人黄兴在长沙密谋革命。不料走漏风声，黄兴逃到日本。随后他又潜回上海，邀朋友万福华一起刺杀前桂抚王之春。结果万福华被捉住，黄兴也被捕获。问官审讯时，找不出黄兴的罪证，只好将他放了。黄兴被释放后，航海东去。浙江人蔡元培、章炳麟在上海组建会社，开设报馆，鼓吹革命。四川人邹容写了一册《革命军》，江督魏光焘得知后，令上海道秘密缉拿他们。蔡元培脱逃，章、邹二人被捉住，邹容在狱中病故，章炳麟幽禁许多年后，才被释放。

光绪三十一年，朝廷派五位大臣出国考察的事情，惹恼了一位叫吴樾的仁人志士。吴樾是皖北桐城人，他与五大臣毫无私仇，只因他是一个排满主义者，所以想暗杀清廷大臣。结果事情败露，吴樾身死。众人料知是革命党人，顿时京城中彼此互相戒备，几乎是风声鹤唳，杯弓蛇影。

这事情闹了一个多月，才渐渐平静。徐世昌、绍英不愿出国，清廷只得改派尚其亨、李盛铎。五大臣驾舰出游，自日本到美国，又转赴英、德。考察了几个国家的政治，吸收了些文明气息，于是从海外寄回一道奏折，把各国宪政大略介绍了一下，最后说请马上改行立宪政体。这奏折传达清廷，皇太后仍是迟疑不决。等到第二年七月，五大臣回国，两宫多次召见他们。他们五人畅所欲言，说得非常痛切。太后也为之动容，随即于光绪三十二年七月十三日，颁发预备立宪的圣旨。

这清廷看来空前绝后的政策，其实是纸上空谈，连实行立宪的日期都没有定下来，已可见慈禧的粉饰手段了。当下派载泽等人编纂新官制度，停止征收苛捐杂税，禁止鸦片，创设政务处及编制馆等，似乎是要锐意维新了。并令庆亲王奕劻为总核大臣。这庆亲王不负重任，格外遵从谕旨，不到几天，就将京内外官制核定一新。换汤不换药的官制大略定下来后，清廷又开宪政编查馆，建资政院，中央立统计处，外省立调查局，并派汪大燮、于式枚、达寿三大臣分别赴英、德、日三国考察宪法。

正忙碌时，忽然传来革命党人赵声在萍乡肇乱的消息。清政府还以为宣布立宪就可以免除革命，没想到革命党仍旧横行，清廷免不了格外忧虑。随后听说萍乡已经平定，这才渐渐放心。不料御史赵启霖平白无故地参劾黑龙江署抚段芝贵以及农工商部尚书载振，又惹起一件公案来。

秋风秋雨愁煞人

农工商部尚书载振是庆亲王弈劻之子，他因庆王执掌朝纲，子以父贵，曾被封为镇国将军及贝子衔。等到官制改了，把工部改名为农工商部，就令他担任部长。载振年纪轻轻声望就十分显赫，又风流倜傥。担任部长之前，曾和妓女谢珊珊走得很近，常将谢珊珊招到东城的空园子里寻欢作乐。御史张元奇曾上奏弹劾，说他为谢珊珊上妆擦粉，有失朝廷大臣的尊严。奏折呈上去后，庆王将它扣留下来，但心中过意不去，于是下令封掉南城的妓馆，将诸多妓女驱逐出京。莺莺燕燕纷纷逃避，也算是红粉界的一场小劫难。无奈振贝子最爱赏花，看到这样的禁令，暗中不免埋怨。后来，情随事迁，渐忘旧事，两宫对他的宠眷也比从前隆厚。

载振升任部长，美人们便又来到门下。一群袅袅婷婷的丽姝渐渐齐集京津。京中有个杨翠喜，十六七岁的年纪，长得妩媚动人，又生就一副好歌喉，专演花旦戏。登台一唱，满场喝彩，且将戏中一些淫秽的情形演得惟妙惟肖，顿时轰动京城。振贝子听到她的艳名，哪能不亲自去看看？相见之下，果然名不虚传。那杨美人本以美貌为生，遇到这样的阔佬，位尊多金，年轻貌秀，自然格外巴结。趁醉酒时剪下一撮头发，愿偕白首之好。振贝子嘴上答应着，心里不免有些顾忌，不便立即将她藏在金屋。黑龙江道员段芝贵得到这个消息后，竟替杨翠喜赎身，并将她献进相府，喜得振贝子心花怒放，忙替他弄到一个署抚的空缺，作为答谢。不料这事竟传入河南道监察御史赵启霖的耳朵里，赵启霖立即上奏弹劾载振，说他私纳歌伎，并说段署抚攀缘亲贵，激起公愤。慈禧不得不派官吏前去调查。醇亲王载沣、大学士孙家鼐等人奉命查办，都想

420

为振贝子开脱，只将"事出有因，查无实据"八字作为回复。赵启霖随即因谎奏而被革职。那位善于揣摩迎合的段署抚也被撤去官职，没有再得到朝廷的重用。结案以后，群臣大多在背后偷偷议论，庆王又令振贝子自请辞职，朝廷虽然批准他离职，却仍温言褒奖他。那时都御史陆宝忠、御史赵启霖两人还是不服，又呈上一道奏章。苍蝇碰石廊柱，终究是不起作用。

后来御史江春霖，又弹劾直隶总督陈夔龙及安徽巡抚朱家宝的儿子朱纶，说陈夔龙是庆王的干女婿，朱纶是振贝子的干儿子。朝廷斥责他干涉琐事，肆意诬蔑，将他降回原职。

自此朝廷十分肃静，没有人再效仿二霖来反对庆王父子，众人都乐得做个寒蝉，谁还出来寻衅？这慈禧太后也清闲了不少，每天与诸位宫眷抹牌听戏。

一群梨园子弟正极力向太后邀宠，安徽忽然掀起一片骇浪。管辖全省的恩巡抚被一个叫徐锡麟的候补道员一枪击毙。这警报传到北京，吓得这位老太后也愣了好半天，顾不上看戏，匆匆回宫，连颐和园都不敢去。"渔阳鼙鼓动地来，惊破霓裳羽衣曲"此时清宫里的情景可能跟唐宫里差不多。

徐锡麟是浙江绍兴人，科举被废止后，他在绍兴办了几所学堂，得到两个好学生，一个叫陈伯平，一个叫马宗汉。随后徐锡麟因自己不曾习武，便去德国警察学堂学习了半年，毕业后匆匆回国。刚巧他的表亲秋瑾女士也从日本留学回来。秋女士曾嫁给湖南人王某，最后因两人信念不同，竟成一对怨偶。她立即赴日本留学，学成归国，在上海遇到徐锡麟，谈起信念，竟能聊到一处，二人都有志革命。当下徐锡麟创设光复会，叫陈、马两学生做会员，自任为会长，联络各处志同道合的人，组成一个小团体。不久，徐锡麟和秋女士一同回绍兴，认真接办大通学校，注重操练，暗暗地储备革命军。随后徐锡麟又接到同乡好友陶成章的来信，劝他捐官，进入仕途，以便暗中行事。徐锡麟深以为然，于是在家人和朋友的帮助下，捐了一个安徽候补道员。

徐锡麟上任后，到省城参见巡抚恩铭。恩铭不过按照老规矩，淡淡地问了几句。徐锡麟本来口才就很好，见风使舵，引磁触铁，居然将恩铭的一副冷肠渐渐捂热。传见几次，恩铭就委任他为陆军小学堂总办。随后又因他是警察学校毕业的，便委任他为巡警会办。徐锡麟得到这个差使，自然尽心竭力，格外讨好，暗中却和海外朋友通信，托他们密运军火，伺机起事。恩铭全然不知，还常夸他办事干练。

不想两江总督端方发来密电，说革命党混入安徽，叫恩铭严密查办。恩抚立即召来徐锡麟，让他翻译电报，徐锡麟一瞧，不由得吃了一惊。电报里面所称的党首，第一个就是光汉子，幸亏下文没有姓名，所以还可以暂时瞒住。徐锡麟佯装不解，从容地对恩铭说："党人已经潜入安徽，应立即加以防备，职道请大帅严令兵警认真稽查！"恩铭说："老兄办事十分稳妥，巡警这方面，就靠老兄了。"徐锡麟应声而别。回寓后，忙与陈、马二人密商，决定立即起事，先发制人。这年已是光绪三十三年，徐锡麟打算举办学堂毕业典礼，趁恩铭到学堂观礼的时候，将他解决掉。商定后，徐锡麟立即上报说，定于五月二十八日行毕业礼。恩铭批准后，徐锡麟立即密招党人，令党众到时会集安庆，里应外合，做一番大大的事业。没想到事情突然发生变化，恩铭令他提前举行毕业典礼。徐锡麟大吃一惊，忙问是怎么回事。恩抚说："二十八日是孔子升祀的大典，兄弟须前去行礼，没空去学堂观礼，所以希望学堂的毕业典礼能提早两天。"徐锡麟踌躇了一会，只推说文凭等物件，都还没办齐，恐怕没办法提早。恩抚只是微笑，半晌才说："抓紧些，文凭便会办齐，怎么会来不及呢！"徐锡麟不免有些尴尬，不好再说。恩铭已举茶辞客。

徐锡麟回到寓所，又跟陈、马二人密议多时，始终想不出一个好办法，只得豁出性命，继续做下去。到了二十六日，徐锡麟令人在学堂花厅内摆设筵席，预先埋好炸药，打算等恩铭到了学堂，先请他用餐，然后索性将他和随行各官全部炸死，以便发难。快中午了，司道等人一同来到学堂，恩铭也乘轿到来，徐锡麟将他们一一迎入。喝过茶，恩抚便令先阅操，徐锡麟忙说："请大帅先用餐，然后阅操！"恩铭说："我午后还有事儿，不如先阅操吧。"便让全堂学生齐集堂屋外面。恩铭率司道坐堂点名，忽然学务委员顾松走了进来，请恩抚先不要入座。徐锡麟一听，怀疑顾松已知密谋，于是不管好歹，从怀中掏出炸弹，向前抛去，偏偏炸弹没炸。

恩抚听见响声，忙问发生了什么事。顾松接口说："会办谋反！"说时迟，那时快，恩抚面前又飞来一粒子弹。恩抚忙用右手一挡，击中右手手腕，这一枪是马宗汉开的。徐锡麟见没有射中要害，竟掏出两支手枪，不停地向恩铭射击。恩铭身中数枪，最厉害的一枪，子弹穿过小腹。文巡捕陈永颐忙去救护，一粒子弹射过来，正中咽喉，当场毙命。武巡捕德文也身中五枪，堂中顿时大乱。恩铭手下的护卫军将恩铭背出去，恩铭还没有断气，一边叫痛，一边大叫捉拿徐锡麟。藩司冯煦带着各官夺门而逃，徐锡麟忙叫人关门，无奈被顾松挡住，竟放各官出门。徐锡麟大怒，拿着马刀，扑上去杀顾松，顾松正想逃跑，偏被陈伯平一枪了结了性命。徐锡麟见各官已逃，便与陈、马两人胁迫几名学生，占领军械所。城内各兵已奉藩司之命围攻，徐锡麟令陈伯平守前门，马宗汉守后门。内外拼杀了一回，官兵攻入军械所，击毙陈伯平，活捉马宗汉，单单不见徐锡麟。于是挨家挨户地搜查附近的民宅，在一户姓方的医生家里搜到徐锡麟。冤家相遇，你一拳，我一脚，把徐锡麟打到督练公所。当即藩司冯煦、臬司毓钟山坐堂审问。徐锡麟拒不下跪。冯煦厉声喝道："恩铭这么器重你，你来省城还没几天，就让你兼任数差，你应该知恩图报！为什么还下此毒手？说！有几个同党？"徐锡麟说："这是私人恩怨，不是公愤，你们也不配审讯我，不如让我自己写。大丈夫做事应该光明磊落，一人做事一人当，有什么好隐讳的？"冯煦说："很好。"令左右取过纸笔，让他自己招供。锡麟坐在地上，提笔疾书。

写完，将供状往公案上一扔。藩、臬两司已得到实供，又听说恩铭已死，便商议了一番，打算按照处理张汶祥刺杀马新贻的案子来惩办徐锡麟。一面致电北京，请示太后，一面给徐锡麟戴上镣铐，将他押入大牢。隔了两天，京中回复说照办，并令冯煦暂代皖抚一职。冯煦立即将徐锡麟正法，剖胸取心，在恩铭灵前致祭。又将马宗汉审讯一番，然后将他斩首示众。同时致电浙江，令查办徐氏的家属。浙江巡抚张曾接到电报，忙令绍兴府贵福前去查办。绍兴府贵福本是满人，格外会巴结权贵。他将徐锡麟的父亲和弟弟收监后，不但没收了徐氏全部家产，还将大通学堂封闭，并令差役入内搜查。秋瑾女士正好在学校里休憩，差役不由分说，竟将她捉入府署，给她纸笔，逼令她招供。秋瑾提笔写一个"秋"字，审问官又令她如实招供，她便继续写了六个字，凑成一句诗，正是"秋风秋雨愁煞人"一句。贵福说："这就是你谋反的证据。"随即连夜致电张曾，说："秋瑾勾结徐锡麟，证据确凿，现在已经拿获人犯，应请立即正法！"张曾听说有谋叛的确证，于是回复说就地处决。可怜这位秋女士被押到轩亭口，无从申诉，最后受刑。等到民国光复后，才将徐氏的家产发还，并将秋女士遗骸改葬西湖，墓碑上刻着"监湖女侠秋璿卿墓"。

"我不能死在他前面"

直督袁世凯因内忧外患交迫，奏请朝廷实行立宪制度。鄂督张之洞因各校学生日益浮躁、喧嚣，喜欢谈论革命，奏请朝廷设存古学堂，以期望挽救颓败的风气。清廷随即召两督入京，补授他们为军机大臣，又降旨令内外各官想办法化除满汉隔阂。当下各官吏纷纷递上奏章，有的说应允许满汉通婚，有的说要限定日期实行立宪。慈禧太后倒也没有阻止，随即改考查政治馆为宪政编查馆，叫他们筹备。宪政编查馆的官员随即提出九年的期限，计划自光绪三十四年起到四十二年，九年以内将预定的各事陆续办齐，并按年列表，然后呈给太后过目。太后降旨，令秉公推行立宪要政。宫廷里面还以为立宪的谕旨连篇而下，应当可以消弭隐祸，笼络人心。没想到百姓的情绪却越来越激奋。苏、浙两省的百姓为了贯通沪杭之间的铁路，决定自己集资修建，拒绝向英国借款。山西人因为让外国人开矿，中国有失利益和主权，决定建立矿务公司，力图抵制。安徽又召开铁矿大会，抗议向外国借款修筑江、浙铁路，并大力请示自行修建浦信铁路。这一桩，那一件，都来与政府交涉。军机处的王公大臣及各部堂官忙得四脚朝天，磋商又磋商，调停再调停，才敷衍过去。

勉勉强强过了一年，已是光绪三十四年了。过年的时候，宫中照例庆祝，又有一番热闹。初十是皇后的诞辰，除太后、皇帝外，众人都向皇后祝寿。元宵这一天，花灯绚彩，烟火奇幻，宫中又另具一番景色。

不料这时日本公使发来一个照会，说海关擅自扣留汽船，侮辱日本国旗，要求外务部赔偿损失。外务部吓得部瞠目结舌，正想致电粤省，广东省的官员已有电报传来，翻译出来是：日本汽船二辰丸私运军火，接济民党，被海关查出，搜获九十四箱枪支、四十箱子弹，海关当即将二辰丸扣留，卸下日本的国旗。外务部据事答复，偏偏日使不认账，彼此舌战了一回，日使竟使出强硬手段，想以武力解决问题。外务部无可奈何，只好事事应允，释放船只、惩戒海官，然后又赔款谢罪，才算了结。粤民听到这个消息后大为愤怒，自发抵制日货。日使又强迫外务部令广东总督严令禁止粤民的行为。中国人虎头蛇尾，五分钟热度，没过多久，日货仍充斥大街小巷。

那时西部边疆的廓尔喀、尼泊尔两国派使者入京上贡。达赖喇嘛上

424

次躲到库伦，听说英藏案了结了，才回到西宁。这次他也奏请入京觐见。太后降旨同意，令地方官优礼相待。到京后，让他居住在雍和宫，加封他为诚顺赞化西天大善自在佛。当时太后的诞辰将至，便留达赖替她祝寿。到了万寿期内，城内正街被装饰一新，宫中设有一个特别的戏场，演了五天戏。这是拳匪之乱以后的第一次盛典。达赖喇嘛带领属员向太后叩头祝寿，外国使臣各派使者前来祝贺。只是光绪帝已经抱病在身，不能亲率王公大臣行礼，但在太后诞辰那天的早晨，仍然从瀛台赶到仪鸾殿，勉强拜祝。太后见他脸色憔悴，形容枯槁，不免有些心软，令太监扶他上轿，令皇帝回瀛台休息。当天下午，太后率领后妃、福晋、太监等人泛舟湖中，天气晴朗，湖光一碧。太后兴致勃发，令妃嫔、福晋等人改穿古衣，扮作龙女、善男童子，李莲英扮护法大使，自己扮观音大士，拍照留念。转眼间，暮色降临，众人兴尽而归。途中凉风拂拂，侵入肌骨，太后又多吃了几口乳酪、苹果等物，竟然得了痢疾。不过第二天，太后仍照常办事，批阅许多奏折。

又过了一天，太后、皇帝都不能御殿。达赖听说太后患病，呈上一尊佛像，说是可镇压不祥之物，应立即将佛像妥善安置在太后的陵寝。太后十分高兴，病稍微好了些。第二天便亲临大殿，召见军机大臣，令庆王将佛像送到陵寝。庆王一听，迟疑了好一会，才说："太后、皇上现在身体都不好，奴才不便离京。"太后说："我不见得就会在这几天死掉，而且我已觉得好多了。无管怎样，你只要照我话去做就好了。"庆王不敢违旨，忙奉佛像离去。

第二天，太后、皇帝一同召见直隶提学使傅增湘。太后说："近来学生的思想多趋向革命，不能再助长这种颓败风气。你这次去务必尽心尽力挽回。"言下颇为伤感，傅增湘领命退出，太后立即宣召医官入内诊病。

自此之后，光绪帝不再视朝，太后也在宫中休养，不曾御殿。御医报告说两宫的气象不佳，并请朝廷另请高医诊视。军机处忙派人请庆王速回京城，并增兵护卫皇宫，严行稽查任何一个出入宫殿的人。庆王接到这个消息，便兼程回京。一到府邸，就听说光绪帝病重，太后已打算立醇王的儿子溥仪为嗣君，庆王当即入宫谒见太后。太后对庆王说："皇上病得很重，看来是不行了。我意已决，立醇王之子溥仪。"庆王说："就支派上立嗣，溥伦应该最有资格，其次是恭正溥伟。"太后说："我意已定，不必再说了。从前我将荣禄的女儿与醇王配婚，就是想等她生下一个儿子，将她的儿子立为嗣君，来报答荣禄一生的忠心。现在我已派人接醇王之子溥仪入宫，授醇王为监国摄政王了。"庆王一听，暗想木已成舟，没有可以周旋的余地了，便说："太后明见，太后的主意也是不错。"太后又说："皇上终日昏睡，清醒的时候很少，你去看看他，如果他醒着，你就把我的意思告诉他。"

庆王便转而到瀛台，来到光绪帝的寝榻前，只见光绪帝睁着两只眼睛，气喘吁吁，骨瘦如柴。榻下只有一两个老太监供他使唤，连皇后、瑾妃都不在他身边，庆王不免触景生悲，暗暗堕泪。当时请过了安，光绪帝也两眼含泪，有气无力地对庆王说："你来得正好！我已令皇后前去禀告太后，恐怕我不能再侍奉太后了，请太后马上挑选一个嗣子，不能再拖了。"庆王便婉转地告诉他太后的意思，光绪帝半晌才说："立一个年长的君主，不是更好？但不必疑惑，我不敢违抗太后的意思。"庆王说："醇王载沣已被授为监国摄政王，嗣君虽然年幼，但可以无虑。"光绪帝说："这很好，但我……"说到"我"字，竟哽咽起来。庆王连忙劝慰他，说："皇上不必悲伤，如果有谕旨，奴才一定竭力遵办。"光绪帝说："按辈分来讲，你是我的叔父，我不妨直言相告。我自即位以来，表面上也做了三十多年的皇帝，现在溥仪入嗣，是承继谁？"庆王听到这话，倒也踌躇了一会儿，说："承继穆宗，兼承继祧皇上。"光绪帝说："恐怕太后不会答应。"庆王说："这事儿包在奴才身上。"话还没说完，太监来报说是御医来给皇上诊脉，庆王当即替光绪帝将御医传进来。医官行过礼，才诊御脉。诊完以后退了出去，庆王也跟着出来，问御医："脉象怎么样？"御医说："皇上的身体……恐怕是熬不住了。"庆王又问还有几天可过？御医只是摇头。

庆王料到皇上快不行了，忙回去禀报太后。太后说："也不知道各省有没有良医，应立即将他们征入京都。"庆王说："恐怕来不及了。"太后说："你去叫军机处拟旨，如有良医，速令他们进宫诊治，我也病得很重。"庆王领命而退。旁边还有宫监们在挑拨离间，说皇帝前几天听说太后生病，顿时面露喜色。太后发怒道："我不能死在他前面！"当天下午，太后听说光绪帝快不行了，便亲自到瀛台探病。光绪帝已是昏迷不醒，太后令宫监取出长寿礼服，替光绪帝穿上，光绪帝似乎有些醒转，用手阻挡，不肯穿。向来皇上弥留时须穿这种礼服，如果驾崩以后再穿，便不吉祥。太后见光绪帝不愿穿，令宫监过一会儿再给皇帝穿上，五点钟的时候光绪帝驾崩，这天是光绪三十四年十月二十一日。当时太后、皇后、妃、嫔等人以及几名太监都在皇帝身边。

太后见光绪帝已崩逝，匆匆回宫，传谕颁光绪帝的遗诏，并颁下新帝登基的喜诏。庆王听到噩耗，急忙入宫问太后说："新皇入嗣，是不是承继穆宗？"太后说："当然。吴可读曾经为了此事尸谏，难道你忘了吗？"庆王说："承继穆宗，原是应该的，但大行皇帝，也不能无后，应让新皇也承继祧皇上。"太后没有答应，庆王再三请求，太后已是怒容满面。庆王忙叩头说："从前穆宗大行，不曾过继子嗣，因而有吴可读尸谏之事。现今祧皇上大行，如果不让新皇也承继祧皇上，那么祧皇上也将和穆宗一样没有子嗣，到时难道就没有第二个吴可读以死劝谏？将来怎么应对皇帝的子嗣问题，还请太后圣明裁决。"太后被他驳住，才忍着性子说："你去拟旨，然后拿过来让我瞧瞧。"庆王立即起身拟写遗诏，说溥仪承继穆宗毅皇帝为嗣子，兼承继祧皇帝。

遗诏拟好之后，光绪帝总算有了子嗣。最为感恩戴德的，恐怕就是光绪皇后。庆王出宫回府时已是大半夜了，太后也才得以安寝。第二天太后仍召见军机与皇后、摄政王及摄政王福晋，与他们谈论多时。又以新皇帝的名义，颁下一道圣旨，尊太后为太皇太后，皇后为太后，当时还谈及庆祝尊号及监国授职的礼节。到了用午饭的时候，太后刚准备吃饭，忽然一阵头晕，倒在椅子上。李莲英忙将太后扶入寝宫，太后睡了好久才醒转。立即召光绪皇后、摄政王载沣及军机大臣等齐集榻前，从容地吩咐各事，并说："我恐怕是起不来了，此后国政归摄政王处理。"随即令军机大臣拟旨。圣旨中除了说将国政交付给摄政王，还说遇到重要的事情，摄政王必须禀报皇太后，然后再裁决。

通过这道圣旨，可以看出慈禧爱怜侄女，与对待同治皇后，到底是大不一样。慈禧叮嘱完毕，喉咙顿时被痰塞住，咯了几口，休养了好一会。见军机大臣还没有退出去，当下又令他们起草遗诏。拟写完毕，呈给慈禧过目，慈禧还能凝神细瞧，从头至尾看了一遍。又令军机大臣加入几句，才算定稿。到了傍晚，人渐渐昏沉起来，忽然又神志清醒，对大臣说："我几次临朝，其实都是被时势所迫，不得不这样。此后不得再让妇人干预国政，须严加限制，格外防范！尤其不得令太监擅权！"说到最后一句，已是不大清楚。喉咙中的痰又涌上来，只见太后面色微红，目光逐渐涣散，随即逝世。两天之内，遭到两重国丧，宫廷内外都镇定如常，这还是慈禧一人的手段。过了一天，朝廷颁布遗诏。

遗诏颁布后，丧葬典礼办得极其隆重。加谥慈禧为孝钦显皇后，谥光绪帝为德宗景皇帝。过了一个月，嗣皇帝溥仪即位，年仅四岁，由摄政王辅佐登基，以第二年为宣统元年，上皇太后徽号为隆裕皇太后。

京中一吊一贺，热闹得很。这时却忽然传来警报，安徽省又起革命风潮。民众还以为是徐锡麟复生，惊疑不定，经过一番探听，才知道发难的首领是炮队队长熊成基。熊成基因徐锡麟惨死，心怀不平。当时前炮营营长范传甲与徐锡麟是故交，徐锡麟死时，范传甲曾对着尸首痛哭一场，结果被抚院的卫队撞见，范传甲飞奔得脱。不久，两宫崩逝，范传甲随即潜到安庆，然后鼓动熊成基起事。熊成基应允，密召部下营兵，号召他们革命。部众倒也赞成，定于十月二十六日起事。布署好后，又暗约兵卒头目薛哲在城内接应。那天十点钟，炮营内营兵全队出发，先到陆军小学堂，破门而入，直趋操场边的军械室，取得枪支，又去火药库夺了子弹，正想长驱入城，不料城门已被紧闭。熊成基还在等薛哲的接应，结果等了许久，毫无声响，随即在沿城小山上架炮轰城。连放数炮，城没有轰破，山上的营兵反而被城上的守兵用炮击毙几十人。熊成基正有些着急，忽然兵卒来报，说长江水军已奉江督端方的命令赶来援救安庆。熊成基料知事情败露，便率众向西北逃去。途中解散部众，只身独行。沿路记挂着范传甲，也不知他的下落。走到山东，正好遇到一位从安庆来的好友。和好友一聊，熊成基才知道范传甲谋刺大吏，结果失败被擒，已慷慨就义，不禁涕泪交横。友人又劝他远走辽东，以免被缉获，熊成基道谢而去。

到了宣统二年，贝勒载洵出使英国，祝贺英皇加冕。路过哈尔滨的时候，熊成基想把他刺死，偏偏载洵的卫队，卫兵守卫得严密，熊成基单身一人，无从下手，只得眼睁睁地由着他过去。不过熊成基还是不死心，他打算乘载洵回国再下手，并让石往宽、喻培伦二人做自己的臂助。无奈谋事在人，成事在天。载洵原路返回，熊成基忙与石、喻二友拿着手枪，拼命冲过去，哪知还没开一枪，已被巡警捉住。巡警将三人押解到吉林受审。三人直供不讳，不久便被处死了。

皖乱已被平定，江督端方立即报知摄政王，摄政王稍觉安心。只是光绪帝曾有遗恨，密嘱摄政王，摄政王掌握大权以后，便想为先帝报仇泄恨。

黄花冈七十二烈士

摄政王载沣记挂着光绪帝的遗恨，内心暗自着急，随即密召诸亲王商议。庆王弈劻等人忙赶到摄政王的府第，摄政王取出光绪帝的遗嘱，诸位亲王一看，的确是光绪帝的字迹，上面有着五个红色的大字。庆王弈劻首先开口说："这事儿恐怕不行。"摄政王说："先帝自戊戌政变以后，幽居瀛台，困苦得不得了，我想王爷们也应该知道。现在先帝驾崩，怀着遗恨而终，在天之灵也难以瞑目。"说完，已是满脸的泪水。庆王说："宗城一带的兵权都在他一人手中，如果惩办他导致禁军叛变，那该怎么办？"摄政王默然不答。庆王又说："听说他现在脚受伤了，不如放他几天假，再作打算。"摄政王勉强点头。

原来，遗嘱里竟是"处死袁世凯"五字。戊戌政变时，光绪帝曾密嘱袁世凯叫他赴天津去杀荣禄。袁世凯去后，荣禄立即进京禀报太后。太后再次出来训政，并将光绪帝终身幽禁，再也没有出头之日。你想光绪帝的心中会有多难过？能不将他恨入骨髓吗？荣禄本是太后的心腹，光绪帝还可以原谅他三分，只是老袁奉命赴津，不杀荣禄，反令荣禄当天赴京，这事怎么说都说不过去。荣禄死后，老袁又被委以重任，统辖畿内各军，权势越来越大。太后又格外宠信他，因此光绪帝愈加愤懑。生命垂危时，听说弟弟载沣已升任摄政王，料知太后年迈，风烛草霜，将来摄政王总有得志的一天，所以特地将此事托付给载沣。摄政王接受兄长的嘱托后，趁着大权在手，自然要遵照施行。无奈庆王从中阻止，只得照庆王的计划，从宽办理。那老袁也得到些风声，便借口患有足疾，想回家养伤，上奏辞官。摄政王便令他离职回籍，他当即收拾行李，径直回到项城县养伤。摄政王因老袁已去，调任端方为直督，保卫京畿。

一转眼，到了奉安的日子。这一天，车马喧闹，旌旗严整，簇拥着太皇太后的金棺，迤逦东行。摄政王载沣骑马走在大队前面。隆裕太后率领嗣皇溥仪及妃嫔等乘车在后面。两旁都是军队警吏、左右护卫，炫耀威赫的景象几乎千古无双。全队向东陵进发，东陵距京约二百六十多里，四面松柏翁蔚，后面是一座山，与定陵相近。定陵就是咸丰帝的陵寝，从前由荣禄监督陵工修造，只东陵一穴，就花费八百万两白银，这场丧费是光绪帝的丧费的两倍多。光绪帝梓宫奉安，比慈禧早半年，那时只花费了四十五万两白银。太后奉安，花费了一百二十五万白银两。相传摄政王曾打算节省这笔奢侈的费用，因那拉族不悦，无可奈何，只得摆了一场体面，不过国库因此更是空虚得很。

隆裕太后到了东陵，下车送金棺入墓穴。忽然见旁边的山上摆着一架摄影器，几个穿着洋装的人对准新太后拍照。隆裕太后大怒，喝令迅速拿下那群外国人，侍从忙赶上去，捉住两名洋装朋友，当场审讯。两人供称是受奉直督端方的差遣，隆裕太后勃然大怒道："好大胆的端方，敢这么无礼，我一定要重重地惩办他！"送完葬，隆裕愤愤回京，当即令摄政王将端方革职拿问。还是摄政王从旁委婉地劝说她，说："端方已是一介老臣，还请太后宽恕他些。"于是将端方从轻发落，将他革职打回原籍，才算了案。端方被革职后，王公大臣们这才认识到隆裕的手段不亚于她的姑姑慈禧。

端方离开后，京中没发生什么大事，转眼间又到残冬。京中虽然平安，外面却很危急。英、法、日、俄诸国各自订立瓜分中国的密约。俄国人在蒙古增兵，英国人窥伺西藏，法国人觊觎云南，中国的大局危急万分，满廷亲贵还是优哉游哉，搓麻将，嫖妓女，简直就像痴聋一样。这年，各省已开设咨议局，众人议论认为应该速开国会，缩短立宪期限，才是救亡的良策；随即推举代表，齐赴京师，到都察院递交请愿书，要求速开国会。都察院置之不理，竟将请愿书搁置一边。各代表又拜访有权势的人，竭力陈请。旗籍也推举代表，加入请愿团，都察院无法再推诿，才据实上奏。朝廷降旨，因来不及筹备，暂缓再议。各代表无可奈何，只好纷纷回去，打算第二年再申请。第二天，朝鲜国被日本吞并，国王被废黜，东亚震动。各省政团商会及外国侨民纷纷推举代表，联合咨议局代表议员，再赴北京，第二次递呈请愿书，清政府仍然不答应。于是革命党人闹革命的事件越来越多。

粤人汪兆铭肄业于日本法政学校。毕业后，进入民报馆，负责报中几篇文字的撰写。这民报馆正是革命党机关，报中的言论全部都是痛责清廷，鼓吹革命。汪兆铭在此做事，显然是个革命人士。他听说载沣监国，优柔寡断，所信任的人又是一些叔侄子弟，已经愤激得很。刚巧民报馆又被日本警察干涉，禁止发行刊物，汪兆铭于是决计回国干革命事业。他想擒贼必先擒王，不入虎穴，焉得虎子？于是离开日本，潜赴北京，并邀志同道合的黄树中一同到京内。黄树中在前门外琉璃厂开了一家照相馆，作为侨寓的地点。每天与汪兆铭往来奔走，暗暗布暑，幸亏没有人窥破。大约过了几个月，忽然有许多外城巡警围住照相馆，警官似虎如狼，闯入馆内，搜缉汪兆铭、黄树中。汪、黄二人，料知密谋泄露，毫不畏惧，立即随巡警出门。到了总厅，厅长问他们的姓名，二人直认不讳，总厅将他们送交民政部。民政部尚书善耆坐堂审讯，先问两人姓名，等两人实供后，随即问道："地安门外的地雷是不是你们二人埋的？"二人马上应声说："的确是我们埋的。"善耆又问："你们为什么要埋地雷？"二人回答说："专门用来轰击摄政王的。"善耆说："你们跟摄政王有什么仇？"汪兆铭答道："我跟摄政王没什么仇恨，只不过摄政王是满人的首领，所以我要杀他。"善耆说："本朝自开国以来，待你们汉人不薄，你为什么恩将仇报？"汪兆铭大笑道："夺我土地，奴我人民，剥我膏血，已经二百多年，这都不必细说。现在强邻四逼，已有瓜分的预兆。摄政王既掌大权，理应实心为国，择贤而治，大大地振奋一新，或者还可以挽回一二。没想到他监国两年，毫无建树，全国上下请求开国会，他一直不肯答应，坐以待毙。将来覆巢之下，还有什么完卵？所以我想暗杀他。等除掉了他，再作打算。"善耆向来十分旷达，听了这话，也觉得有理，便说："你们二人必分主谋和从犯，究竟谁是主谋？"黄树中忙说："是我。"汪兆铭怒气冲冲地对黄树中说："你什么时候主张过革命？你曾劝阻我不要革命，今天反来承认，替我受死，你到底什么意思？"回头对善耆说："主谋是我汪兆铭，并非黄树中。"黄树中也说："我是主谋，并非汪兆铭。"善耆见他们二人争死，也不禁失声说："好壮士！好壮士！"并对二人说："你们如果肯悔过，我可以饶你们一命。"二人齐声说："你们满清如果肯悔过，让出政权，就算是让我去死，我也愿意。"善耆无法辩驳，令左右侍卫将二人暂时监禁起来，自己忙到摄政王府中，向摄政王透露底细。摄政王说："地安门外是我上朝时的必经之路，他们敢在那里埋地雷，图谋不轨，要不是探悉他们的密谋，我的性命险些丧在他们手上，立即将他们严惩！"善耆说："革命党人都不怕死。近几年对他们施行枭首剖心，已经这么严酷了，他们反而越聚越多，竟闹到京城来了。依我看来，就算将他立刻正法，其他的革命党也会前仆后继，杀也杀不完，还是暂时将他们宽大处置，令他们感激我们的恩惠，说不定还可以消除怨毒。"摄政王说："难道就这么将汪、黄二人释放了吗？"善耆说："这也不能，那就将他们永远监禁，免他们一死。"摄政王点头，善耆退出后，便下令将汪、黄送交法部狱中。法部尚书廷杰愤愤说："肃王爷也太糊涂了，他们想夺我朝的权柄，却饶了他们的死罪，这究竟是什么道理？"命司狱官挑出一处黑狱，将汪、黄钉上镣铐，拘禁在黑狱中。

革命党听说汪、黄失败，又被清廷囚禁起来，都十分悲愤。赵声、黄兴一群首领仍打算召集众人大举进攻，先将广东夺下，据为根据地。原来广东是中国一处富饶的地方，并且交通便利，所以革命党人屡次想夺取广东，立定脚跟，渐图扩张。无奈广东总督防备得很严密，革命党一时无法下手，只好等待时机。暗中从南洋筹到二十多万两白银，购买外国制造的枪药、炸弹，因怕路中有人盘查，便专用女革命党，请她们将枪支弹药运入广州。租了房屋，藏好军械。门条上面都写某某公馆，或写着利华研究工业所，或写着学员寄宿舍。又起草好各种文书，如安民告示、保护外国人的告示、照会各国领事文、取缔满人的规章。筹备了数月，已是宣统三年，清廷这才开设资政院，赞成缩短立宪期限，降旨说以宣统五年为期，开设国会，并让民政部马上遣散国会请愿团。请愿团还想继续提些要求，谁知清廷下令驱逐，说如果他们再继续逗留，马上就将他们拿办，各代表跄跄出京。清廷的专制激起公愤，革命党认为时机已到，推举黄兴为总司令，召集革命军，约于宣统三年四月初起义。

当时粤人冯如在美国学习制造飞机，学成回国。见到总督张鸣岐后，说自己在美国学制飞机，已经学了二十多年，现在已经能单独制造飞机，并且在美国造成了一架飞机，能升高三百五十尺，载重四百余吨。这次回国，已将飞机运回来，准备试验。张督立即令冯如前往海口将飞机载回，择日试飞。这个消息一传出，轰动全粤，省城官绅商民争相先睹为快。冯如计划三月初十在燕塘试飞。到了这一天，各地来了几万人，红男绿女络绎不绝。

广州将军孚琦是荣禄的侄儿，他听说燕塘将试飞飞机，也想一开眼界，便坐着绿呢大轿，排着炫耀的仪仗队伍出城。赶到燕塘的时候，张督已经来了，两人见过面后，各自坐定。霎时间飞机升空，越飞越高，只听到众人的惊诧声、鼓噪声、谈笑声，闹成一片。不但百姓齐声喝彩，连大小文武官员也称啧啧称奇。孚琦更为高兴，只因身为将军有守城的责任，不便在城外多留，便起身向各官告辞，先行回城。刚到城门口，忽然听到"轰"的一声，孚琦忙探头一望，一颗子弹从头顶飞过。孚琦慌忙大喝道："有革命党，快给我捉住他们！"这话一说，反而把手下的亲兵吓得四散奔逃，连轿夫也弃轿逃跑。孚琦正惊慌，那枪弹接连飞来，就算你浑身是铁，也要洞穿。弹声中止，开枪的人转身想逃走。张督等人及时赶到，将刺客截住。刺客一时没办法逃脱，子弹又没来得及装，立即被兵警擒住。这时再去看孚将军，早已鲜血淋漓，全无气息，轿子已被打得七洞八穿，玻璃窗也碎成数片。广州府府县长官及番禺县县令一面忙令轿夫抬着尸首，一面押着刺客，随张督等一同进城。张督立即令营务处审讯，刺客供称："我叫温生财，曾在广九铁路做工，既没有父母，也没有妻小，这次行刺将军，是想为四万万同胞报仇。现在将军已被我杀了，我的义务也尽了，我愿意偿命！"问官还想揪出他的同党，温生财说："四万万汉人就是我的同党。"问官又想问他受谁的主使，温生财说："杀死孚琦的人是我，主使也就是我，何必多问！"问官得到供词后，便向督署请示军令。督署下令立刻用刑。

温生财死后，官员格外戒备，纷纷调兵入城。黄兴等人听到这消息，顿足不已，大呼温生财误了大事。当下秘密开会，决定提前起事。

到了三月二十九日，官员听到一些风声，防守也越来越严密。黄兴说与其束手待毙，不如冒险进取，于是当天下午六点钟率领众人出发。他们先想出一个计策，让敢死团坐着轿子，径直抬入总督衙门内。看门的人还以为轿中的人是来进见总督的，不敢上前拦阻。那敢死团一闯进衙门，便乱扔炸弹，炸伤守门的兵卒头目，击毙管带金振邦。敢死团又捣进第二重门，闯入内房，没有发现总督，也没找到总督家眷。原来总督张鸣岐听到风声，早已将家眷搬到别的地方，只有自己住在署内。这天他听到衙门外面枪声大作，忙令巡捕出去打探。巡捕还没出内室，外面已报革命党杀入衙门，张总督不免心慌意乱。多亏巡捕一把扯住他，跑进楼上的房间，一开窗，正是当铺的后墙，两人立即翻出窗门，越过当铺后墙，径直窜入当铺里面。当铺里面的伙计认得张督，自然接待。张督没空安坐，急忙令伙计带他出偏门，三步并作两步地走入水军统领府内。水军统领李准已听说督署起火，正想调兵救护，忽然军卒来报，张督微服前来。李准便忙将总督迎进花厅，刚拱手作揖，张督便要求立即发兵捉拿革命党。李准请张督暂住书室，自己忙调城内的营兵去救援督署，并亲自上马出衙。赶到督辕前，只见营兵正在和革命党酣战。革命党人气焰嚣张，枪支都是新式的，营兵似乎有点抵挡不住，李准大喝一声："捉住革命党人者有重赏。"众兵一听有赏，争先杀敌，革命党人虽拼命死战，终究寡不敌众。有几个人中弹死了，有几个人跌倒地上被捉了去，渐渐地剩了几十人，只得向后撤退。李准带着营兵，追杀过去。到了大南门，又遇到一队革命党人，混战一场，革命党人又死了一半，四散奔逃。李准见四面都有火光，便派营兵

433

分头缉拿逃跑的革命党人，让他们不用去管起火的地方，只要拦住要路，使党人无法逃窜，就算有功，所以革命党人无从逃脱。第二天清晨，又有一大群革命党人去夺军械局，被营兵杀退。营兵到处搜索，革命党人无路可逃，竟拥入米店，将一袋袋大米运到店口，堆积如山，挡住营兵。营兵搬不胜搬，枪弹又打不进去，正无奈时，李准下令，将汽油浇入店中，放一把火。可怜革命党人前后无路，大多被烧死。这天革命党人死了无数，城中却没损失什么。因革命党人不肯骚扰居民，见到街上有老幼妇女，便将他们扶回家；就是街中放火，也不过是摇惑军心的计策，往往自己放火后又自己灭火。到了四月初，城中已寂静无声了。那时张鸣岐已回到督署，审问那些被捉来的革命党人。革命党人都是慷慨陈词，没有一个抵赖。张督将一半正法，一半收监。随后同善堂的人检点各处尸首，将他们埋葬在黄花冈。后来经革命党人自己调查，阵亡的著名首领差不多有八十九人，这八十九人里面，有七十二人葬在黄花冈。只有黄兴、赵声、胡汉民、李燮和几人逃到香港，没有被抓获。赵声大恨起义失败，最后病死，与黄花冈诸君在地下相见。这就是广州流血事件。民国元年，三月二十九日便是黄花冈七十二位烈士的祭日。

广州流血事件发生后，水军提督李准得到黄马褂的重赏。清政府也以为泰山可靠，越加放心。从此表面上立宪，暗地里却越加专制，不到几个月，又想出一个铁路国有的计策，闯出一件大大的祸事来。

武昌起义

清政府得到广州的捷报，于是安安稳稳地组织新内阁。庆王奕劻的资望最高，被任命为总理。汉族大臣中，孙家鼐、鹿传霖、张之洞等人先后逝世，只有徐世昌历任疆圻，兼管部务，资格也很老，清廷便令他与那桐做内阁总理的副手。内阁以下，如外务、民政、度支、学务、吏、礼、法、陆军、农工、邮传、理藩各部，都各设一个大臣和一个副大臣，将尚书、侍郎等机构全部改革，旧有的内阁军机处也一律被撤去；又增加一个海军部，令贝勒载洵为大臣；并设军咨府，令贝勒载涛管理。载洵、载涛都是摄政王的弟弟，翩翩少年，长相十分俊美，可惜胸中并没有多少军事知识，仗着兄长的势力占据重要职位。各省咨议局联合上疏，说："内阁应对国家负责，不适合任用亲人为总理，请另挑大员担当重任。"奏章上去后，朝廷没有理会。联合会又继续上奏请求，才接到复旨，说："用人是君主的大权，议员不得干预！"顿时全国哗然。

这时候，邮传部大臣盛宣怀倡议铁路国有，怂恿摄政王施行。中国的铁路只有三四条是自己出钱修建的，其他大多是向外国借钱修建的，有些铁路甚至归外国人承办。光绪晚年各省商民眼界渐开才得知借款筑路，由外国人监督，中国连土地权也保不住。于是决定自己修筑，集资将京汉、粤汉两大干线的筑路权赎回来，四川到汉口这段铁也由川汉商民自行修筑，这也是保全铁路的良策。偏偏这位盛宣怀大臣要将铁路收归国有。据盛大臣说："川粤铁路，百姓没有钱接着修筑，不如收为国有，借债修路。这条铁路一修成，不仅能偿清外债，还有盈余。"话似乎说的很中听，其实也只能去骗摄政王。除摄政王外，除非与盛宣怀串通舞弊，否则别人是骗不了的。盛宣怀是苏州人，他家私约有几百万，也算是中国的一个富翁。他是靠做官发家致富的，已经到了这个地步，也该知足，还要做什么邮传部大臣？还想搞什么铁路国有的计策？无奈他总想不通看不破，家中的姨太太已经弄来好几十个，费用浩大，挥金如土；他的儿女们又是会吃会用，不肯俭省，累得这位盛老头儿老了还不能回家享福。他弄来一个邮传部的职位，本是很好，可惜晚清路航、邮电各局的资金大多用来还外债，赚进来的钱也是有限。他便想出一个办法，打着铁路国有的旗号，借贷了几千万外款，一来可以敷衍目前的局势，二来有九五回扣，可尽入私囊。等到外国人讨债，他早已爬入棺材里去了；就算到时福寿无疆没有死，借主是清朝皇帝，与自己无关，中间人不用赔钱，乐得享受眼前的美好生活。摄政王掌权不久，没经历过什么大事，不知道这其中的弊端。庆亲王奕劻一心只想着从中得些利处，于是与盛宣怀串通一气，此唱彼和，居然让摄政王批准了盛宣怀的奏请。

盛宣怀随即向英、美、德、法四国借钱修筑粤汉、川汉铁路。外国人正想在中国投资，听到盛宣怀要将铁路作为抵押，自然愿意合作。那时盛宣怀又想出办法，把从前川、粤、汉的百姓已垫上的本钱，都经过一番七折八扣的计算，从中又赚取好多利润；而且不必退还百姓现钱，只用几张支票搪塞他们，然后将百姓的钱取来作为国用，一举数得，真是无上妙法。谁知百姓不肯忍受，竟要反抗政府。咨政院也奏请开临时会议，议论向四国借款一事。各省咨议局直接申请，请政府收回铁路国有的命令。盛宣怀一概不理，还怂恿摄政王降下几道谕旨，说什么不准违制，说什么格杀勿论。百姓一看这样的话，更加气恼。川人格外激愤，办起一个保路大会，定要与政府为难。川督赵尔丰与将军冯玉昆将川中情形上奏清廷。这时盛宣怀已将二三百万回扣拿到手，哪还肯罢休？正巧端方入京，花了十万两白银得到一个铁路总办的职位。这都要多谢盛宣怀帮他活动，所以盛宣怀同他商议，说只要他去压制川民，就可以升任川督。端方利令智昏，居然满口答应。准备好行装，立即起程。到了武昌，听说川民闹得不可开交，商人罢市，学堂罢课，不禁暗暗想道："赵尔丰如此无能，一任百姓要挟，怎么能做总督？"于是连夜写了一道奏折，第二天早晨发往北京，奏章中大有舍我其谁的意思。不久得到政府的回复，令他入川查办。端方于是向鄂督瑞澂借了两队士兵，马上进入四川。

川督赵尔丰本是有名的屠户。起初见到城内的百姓捧着德宗景皇帝的牌位，到署中环跪哀求，心中也有些不忍，因此上奏朝廷暂缓收回铁路。随后听说端方带兵入川，料到是来夺饭碗的，不禁焦急起来。欲利人，难利己；欲利己，难利人。两利相比，总是利己要紧。正巧外面递进来一封联名信，商讨自保铁路，共有十九人。赵尔丰正想传讯这十九人，不料这十九人竟有五人先来拜见。赵尔丰一看五人的名帖，是咨议局议长蒲殿俊、副议长罗纶、川路公司股东会长颜楷、张澜、保路会员邓孝可。赵尔丰不由得愤愤道："都是这几个人作俑，连累老夫，我非将他们严办不可！"随即传令坐堂。巡捕等人茫无头绪，只因命令难违，不得不唤齐卫队，立刻摆好仪仗。赵屠户徐徐踱步出来，堂皇上坐后才让五人进来。五人到了堂上，一瞧这架势，大为惊异。只见赵屠户大声说："你们五个人到这里来干什么？"邓孝可先发言："为铁路一事，特地来见制军，还请制军始终保全。听说端方带兵入川，川民惊慌不已，所以请制军阻止朝廷收回铁路。"赵屠户说："你们敢违逆圣旨吗？本部堂只知道遵旨而行！"这句话惹恼了蒲殿俊，便说："一切政务都要向百姓公布，这明明是朝廷立宪的谕旨，制军为什么不遵？况且四川铁路，是先皇恩准归商民筹办，就是当今皇上也须继承先皇遗志，怎么能容忍那卖国卖路的臣子非法妄为？"说得赵屠户无可辩驳，越发恼羞成怒，强词夺理说："你们想保全铁路，也须和政府好好商量，为什么叫商人罢市，学堂罢课？闹成这样还嫌不够，还要抗粮免捐，这不是谋逆是什么？"蒲殿俊说："这是全体川民的意愿，并不是殿俊等人的主张。"赵屠户取出自保商榷书，扔给五人说："你们自己看！这商榷书上明明只有十九人签名，你们五人名列行首。哼！身为士绅，胆敢教唆众人谋逆，难道朝廷立宪，就可以允许你们叛逆吗？"五人看着商榷书，还想争辩，赵屠户竟喝令卫卒将五人拿下。卫卒奉令来绑五人，忽然听到大门外一片哗声，震天动地。忙望过去，只见门外聚集了不下一千人，头上都顶着德宗景皇帝的牌位，口口声声要求释放蒲、罗等人。惹得赵屠户性起，令卫队立即开枪。这命令一下，枪声四射，起初还是放空枪，后来见百姓不怕，竟真的放出子弹，打伤前面的几名百姓。民众越加愤怒，反而人人拼着性命，闯入署中。正闹得不可开交，幸亏将军冯玉昆飞马赶来，下了马进入督辕，先将百姓抚慰一番。然后进署与赵屠户商量，劝他不要激起民变。赵屠户铁石心肠，十分固执，冯玉昆不等他答应，竟令人给蒲殿俊等人松绑，然后将他们带出督辕，又劝民众回去。民众这才陆续离开。

赵屠户余怒未息，竟上奏说，乱民围攻督署，意图独立，幸亏先获悉消息，抓获首犯。随后又与鄂督瑞澂接连上奏，说什么击退匪徒，什么大战七天。其实不过派兵监视百姓的言行，与乡间百姓闹了两三场，他便捕风捉影，捏造言词，想借此揽些功劳以保全禄位。鄂督瑞澂听说川省议员萧湘将经过武汉，忙偷偷派人将他抓住，然后发往武昌府看管。原来萧湘在京城时，曾反对借债筑路，瑞澂将他拘禁，无非想巴结政府，与赵屠户一样的心思。试想民为国本，如果没有百姓，哪里能成一个国家？况且清廷已筹备立宪，凡事都在草创中，难道靠着几个虎吏，就可以成事吗？清政府看过赵督的奏折，还以为川境大乱，便令前两广总督岑春煊前往四川，与赵尔丰一起办理剿抚事宜。岑春煊主张安抚，走到湖北，与鄂督商议，两人意见不合。岑春煊与赵尔丰通信，赵尔丰大惊，想道："已经来了一个端老四，又来了一个岑老三，正是两路夹击，硬要夺我的位置。"于是连忙回信，婉转地劝阻岑春煊不用来四川，说是马上就可以肃清。岑春煊收到信后，也不想与他争功，便上奏借口生病，暂时留在武昌，借住在八旗会馆里面。这是宣统三年八月初的事情。

转瞬间，已到中秋。省城戒严，说是有大批革命党人到了，岑春煊还不以为然。后来听说总督衙门已经抓获几个革命党人，他也不去细探。到了十九日夜间，前半夜还是静悄悄的，一两点钟时候忽然听到有噼噼啪啪的声音，接着又是马蹄声、炮声、枪声，嘈杂不休。岑春煊连忙起床，一看窗外，外面已是火光烛天，屋角上已照得通红。正惊疑时，只见仆人跟跄跑进来，忙问发生了什么事，仆人说："城内兵变。"岑春煊说："恐怕是革命党。我是来查办川路的，侨居此地，也没有什么守城的责任，不如走吧。"便令仆人收拾行装，挨到天明，自己扮成商民的模样，只带了一个皮包，带着仆人出门。到了城门口，只见守门的人手臂上都缠着白布，他也莫名其妙。混出了城，匆匆地赶到汉口，乘坐长江轮船，径直回上海去了。

原来这夜正是民军起义，光复武昌的日子。八月初九，鄂督瑞澂接到外务部密电，略说："革命党陆续来鄂，私运军火，并有陆军第三十标步兵做内应，听说将于十五六日起事，宜速防范。"他见到这种电文，忙令陆军第八镇统领张彪部署军队，按段巡查。督署内外也布满军警，又令文武大小各官不得在中秋节设宴，连自己也无心设宴，白天吃不好，晚上睡不好。过了十五六日两天，毫无动静，才有些安心。十七日晚间，瑞澂才与妻妾补过中秋，众人格外欢乐。吃完饭，十二巫峰任他游历，也算是快乐极了。十八日，接连收到捕获革命党人的电报。十九日上午，瑞澂端坐大堂，审讯近几天捕获的革命党人有几个人供认不讳，瑞澂立即将他们正法；有几个还没有招供，瑞澂令将他们收禁。

审讯完后，张彪到署，瑞澂把搜出的名册交给他，说："名册里的人牵连到新军，应立即严查！"张彪告辞回营，便令部将到各营排查。营兵人人自危，随即密约起事。定于十九日夜间九点钟后，放火为号令，在火药局会合，先搬子弹，然后攻打督署。可怜瑞澂、张彪等人还在睡梦中。当晚月色微明，满天星斗悬在空中，城楼的更鼓已打两下，忽然一点红光直冲九霄。工程第八营左队营中，营兵列队齐出，左右手各缠着白巾，肩章都被扯去。督队官阮荣发、右队官黄坤荣、排长张文澜等人出营阻拦。众士兵都说："诸位长官如果要革命，就快快跟我们一同前去！"阮、黄等人还不醒悟，大声喝阻。话还没说完，枪弹已钻入胸膛，送他归天。当下一队队井然有序地赶往火药局，遇到出来阻挡的人，不管三七二十一，只请他吃子弹。到了楚望台，有几十名旗兵拦阻，又被他们一阵射击，打得无影无踪。随即扑进火药局，搬走子弹。此时九十营兵士已齐集大操场，随身带着弹药，与工程营联合去攻打督署。路上遇到守卫防护督署的骑兵，阻止他们前进，兵士齐叫道："大家都是同胞，何必自相残杀？"骑兵一听这话，觉得很有道理，便加入革命的行列中。于是兵分三路，一队前往凤凰山，一队前往蛇山，一队前往楚望山，各队都架起大炮，对准督署轰击。霎时将督署大门毁去，各兵从炮火中冲入督署，寻找瑞澂。谁知瑞澂早已率妻妾潜逃出城，到楚豫兵轮上去了。士兵又转身去找张彪，张彪也跟瑞澂一样逃得不知去向。

各兵在督辕集合，天色渐亮，众士兵推举统领，一致愿意拥戴一位

438

黎统领。这黎统领叫元洪，字宋卿，湖北黄冈县人，从前是北洋水军学堂的学生，毕业后，娴熟陆海军战术。中日甲午战争时黎元洪曾任炮船内的兵卒头领。因见到海军全军覆没，痛愤至极，便要投海自尽，结果被一水兵救起，由烟台转入江南。当时张之洞身为江督，对他很是赏识，立即写下"智勇深沉"四大字嘉奖他。随后张之洞调任两湖总督，黎元洪也随着他去了。等到张之洞入京，不久病逝，黎元洪仍留在湖北，任军队统领。黎元洪为人温厚平和，礼遇下士，所以士兵无不乐意拥戴他。众人主意已定，都跑到黎营内，请出黎统领，要他去做都督。黎公起初不答应，随后被众人劝动，才说："要我出去可以，但要答应我两个条件：第一条，不得在城内放炮。第二条，不得妄杀满人。此外如杀人越货、奸淫妇女、捣毁教堂、骚扰居民等事都是触犯法律，万万做不得！诸位听还是不听，我先把话说在前头，免得你们将来后悔。"众人齐声遵令，随即拥着黎公到咨议局，请他任都督，把咨议局改作军政府，邀请咨议局局长汤化龙出任民政长。

部署渐定，黎元洪随即密令统领林维新带兵去偷袭汉阳。林统领连夜渡江，占据了兵工厂，随后向汉阳城进发。汉阳知府不等军队开过来，早已逃走。不劳一炮，不血一刀，唾手便得到汉阳城。接着又分兵过河，攻占汉口镇。汉口有各国的租界，鄂军政府当即照会各国领事，请他们中立，并愿保证保护外国人的生命财产。各领事见鄂军政府举止文明，也是钦佩，于是与军政府声明中立条约。

鄂军政府承认以后，各国领事团马上宣布中立，并与军政府订立条约，所有从前清政府与各国的约章继续有效。照旧赔款外债，并保护各国侨民的财产。如果各国暗地里帮助清政府及接济满清政府军械，鄂军政府将视之为仇敌，并没收所获物品。双方签订条约，鄂军政府立即将撰写的檄文传遍全国。

鄂军一起，清廷大震，立即令陆军部及军咨府派兵赴鄂。

革命风潮四起

武昌兵变的消息传到清廷，清廷立即派陆军大臣荫昌督率大军前去镇压，令湖北各军及赴援军队都听从荫昌的调遣。又让海军部加派兵轮，令萨镇冰督军驶往战地，并令程允和率长江水师马上赶去支援。清廷还将瑞澂、张彪等人革职，限他近期收复省城，戴罪立功。

种种谕旨传到武昌，黎元洪都督却也不慌不忙。镇定地分派军队，严守武汉，专等北军到来，一决雌雄。有个兵卒头领向军政府献计说，不如拆掉几段京汉铁路，阻止北军前来。黎都督说："我军将要北上，怎么能拆掉这铁路？我现在只担心兵少，不够调派防御，想再编制些军队以救燃眉之急。"于是发布招兵的消息。不到三天，已有两万人入伍。黎都督随即令各队长日夜操练新兵，准备打仗。不久，又发出一条剪头发的命令，无论士兵还是百姓一律将前清时候的长辫子剪掉。当下择定八月二十五日祭旗，将红、黄、蓝、白、黑五色旗作为革命军的旗帜。这一天，天气晴朗，黎都督率起义大军诚诚恳恳地向天地祈祷。祭祀过后，众人喝了同心酒，很有直捣黄龙的气势。

当天，北军统领马继增已率军抵达汉口，驻扎江岸。清陆军大臣荫昌驻扎信阳州，海军提督萨镇冰也率舰队到武汉，在江心下锚。双方战势，渐渐逼紧。黎都督先向汉口领事团打探消息，得知他们已经与清水陆军签订条约，不得损毁租界。租界本在水口一带，领事团在水口将清水师一挡，里面非常安全，清水师就像已经退走了一样。于是黎都督将所有的精兵都放在陆战方面，并在二十六日派一个团的步兵赶往刘家庙，驻扎车站附近。当时张彪的部队还驻扎此地，鄂军放了一排枪，击伤张军前列的几十名士兵，张军随即退去。鄂军也不追赶，收队回营。

第二天，鄂军分队出发，再次赶往刘家高交战。清兵到这里来的是张彪的残兵以及从河南赶来的援军。这两支队伍会合在一起，乘火车前来。鄂军队里的督战员是军事参谋官胡汉民，他令军队蛇行前进。两军对阵，只见河南军气势汹汹地攻扑过来。胡汉民又下一道密令，让军队闪开两旁，从后面突然开了一炮，正中河南兵所坐的火车头，车身骤裂。河南兵冲下火车，鄂军又连开几炮，犹如千雷万霆，震得天地都响。两军相持了几个小时，河南兵伤了不少，这才哗然退走，避入火车，准备坐着火车离开。谁知刚走不远，竟然又转了回来，紧接着"轰隆"一声，火车翻倒在路边。鄂军乘机猛击，从旁又杀出一支奇兵，将河南兵杀得落花流水，大败而逃。河南兵去而复返，明明是想出其不意，攻其不备，为什么中途会翻车呢？原来河南兵撤退前，有许多铁路工人在旁倡议毁掉铁路，以免清军又来。当即一起动手，将铁轨移开十几丈。河南兵不曾防备，偏偏就着了道儿，结果越弄越败，懊悔不迭。到了傍晚两军再战，清军在平地，鄂军在山上。江心中的战舰为清陆军助阵，开炮遥击。

打了两个多小时，鄂军一炮击中江上主帅的炮船，船身受伤，失去战斗力，战舰随即驶离战场。各舰也陆续退去，一直退到三十里外。第二天再战时，各舰竟逃回九江去了。

第三次开战，鄂军夺得一座清营，缴获许多枪支弹药。第四次开战，鄂军又打了胜仗，从头道桥杀到三道桥。第五次开战，鄂军用节节进攻的打法，从三道桥攻进滠口。清军的士兵虽然是鄂军的几倍，无奈全不耐战，一大半弃甲而逃，一小半缴械投降。

这五次胜仗之后，鄂军的捷报传遍全国。黄州府、武昌县、沔阳州、宜昌府、沙市、新堤等地陆续响应，竖满白旗。到了八月三十日，湖南民军起义，赶走巡抚余诚格，杀掉统领黄忠浩，推举焦达峰为都督，陈作新为副都督。只是焦达峰是洪江会头目，冒充革命党人，当时被他蒙混过去，后来调查清楚，民心不免不服，但暂时得过且过，再作打算。

当天，陕西省也举旗起义，发难的首领是营长张凤翙及张益谦。二人都是日本士官学校的毕业生，一呼百应，攻进抚署。巡抚钱能训举枪自杀。两统领攻入后，见钱抚还在呻吟，不但没有难为他，反而令手下将他扶入高等学堂，请西医为他治疗。其余各官逃的逃，避的避，只有将军文瑞投井自尽。全城安定后，士兵自然推举二张为正副两督统。

余诚格从湖南逃到江西，见到赣抚冯汝骙，详细叙述了湖南方面的情形，边说边哭。冯抚虽然一直劝慰他，心中却也非常焦灼。等余诚格辞别后，他冥思苦想，才想出一个计策。一面令布政使筹集库款，加倍发给陆军薪饷，一面令巡警严厉稽查，日夜都不得懈怠，城内稍稍安定。偏偏营长马毓宝在九江起义，赶走道员保恒及九江府朴良。九江是全江西的门户，门户一失，省城也危在旦夕。

各省的警报纷纷传达清廷，摄政王载沣惊愕万状，忙召集内阁总理庆王、协理徐世昌及王公大臣商议。一群老少官员齐集一廷，你瞧我，我瞧你，面面相觑，急得摄政王手足冰冷，几乎要掉泪了。庆王一看这情形，不能再一言不发，随即保荐一位在籍的大员，说他定可平乱。这人是谁？就是前任外务部尚书袁世凯。摄政王默然不答。庆王说："不用袁世凯，大清就要灭亡了。"摄政王无奈下旨，任命袁世凯为湖广总督。又有一位大臣说："此次革命党起事，全怪盛宣怀。要不是他要收川路为国有，激起民变，革命党乘机起衅，也不会有今天这种局面，所以非严惩盛宣怀不可。"盛宣怀于是被革职。过了两三天，袁世凯自项城回复说不愿意出山。内阁总理庆王又请摄政王重用袁世凯，任命他为钦差大臣，将

441

所有赴援的海陆各军以及长江水军，都归袁世凯调遣。又令冯国璋统率第一军团，段祺瑞统率第二军团，两军团由袁世凯调遣。袁世凯仍是声称足疾未愈。摄政王料知他还在记恨之前的事，便不想再召用他。

忽然从广州传来消息说，将军凤山被革命党人炸死。凤山是满人中非常善于用兵的大员，清廷刚任命他为广州将军。他乘轮南下，抵达码头，登岸进城。走到仓前街，突然一声巨响声震坍墙垣，碰巧压在凤山的坐轿上，凤山连人带轿，被压得粉碎。当时只有一名革命党人毙命，其他的党人全部逃去。摄政王得到这个消息，怎么不吃惊？无可奈何，依了庆王的计策，令陆军大臣荫昌亲自到项城恭请袁世凯出山。这时这位雄心勃勃的袁公才愿意出来。荫昌见他应允，欣然告别。袁世凯返回信阳州，趁着得意的时候，想出一条妙计，密令湖北军队打仗时先挂起白旗假装投降，等到民军靠上前来，再开枪轰击，便可获胜。湖北的官兵依计而行，果然鄂军不知真伪，被他们打死了几百人，败回汉口，丢弃刘家庙、大智门车站等地。荫昌得到这个捷音，乐不可支，忙致电京都，说民军怎么失败，官军怎么得胜，并说可以收复武汉。摄政王稍稍安心。

随后听说瑞澂、张彪都逃得不知去向，摄政王下令将两人严拿治罪。然后又想任用德高望重之人来管辖川、湖各地，说不定还可以平乱。于是令任命岑春煊为四川总督，魏光焘督为两湖总督。岑、魏都是历练有识的人，料知大局已经没办法收拾，都上奏辞官。没办法，摄政王只有催促这位老袁迅速赴敌。老袁这时才从彰德动身，渡过黄河，到了信阳州，与荫昌会面。荫昌将兵符印信交代清楚，然后匆匆回京复命。

这位袁老先生确实有点儿威望，湖北的清军听说他拿到印信都踊跃得很，个个摩拳擦掌，专等和革命军厮杀。统率第一军团的冯国璋又由京南下，击退民军，纵火焚烧汉口华界，接连几天都是烟尘蔽天。可怜华界的居民只能搬离或者逃跑，稍迟一步，就被烧焦。更可恨这清军仗着打了一场胜仗便奸淫掳掠，无所不为。有姿色的妇女大多被他们拖曳而去，有轮奸致死的，有强逼不从被刀戳死的。迁徙的百姓，稍微有些财产，也都被他们抢走。

清兵正兴高采烈时，忽然有几百人的鄂军敢死队上前拦截，清军视若无睹，慢腾腾地迎战。不料敢死队突然奋击，气势汹汹，吓得清兵个个倒退。后面的鄂军见前面的敢死队已经得势，一拥而上，逢人便杀，逃得快的清兵还可以保住头颅，稍微迟缓的便已中枪而死。这场恶战，杀死三千五百多名清兵，汉口华界的清军几乎被扫荡一空。有些倒毙街头的士兵，腰中还藏着金银洋钱。哪儿晓得恶贯满盈，黄金难买性命，"扑通"一枪，都趴在地上数钱去了。

清军还想报复，不料袁钦差的命令到来，禁止他们胡作非为，此后没有得到号令，不准出发。各军莫名其妙，只好依令而行。原来袁世凯奉命出山，早已是胸有成竹，他想现今的革命军是万万杀不完的，死一个又有一个，不如改剿为抚，改战为和。只是议抚也得拿出点诚意，才好成功。当下先呈上奏折，大旨是开国会，改宪法，并罢斥皇族内阁等事，请朝廷立即施行。摄政王看完奏章，不禁狐疑起来。正顾虑时，传来山西省独立，协统阎锡山做了革命军都督的消息。

山西省的警报刚传来，江西省的警报又至。江西自九江兵变后，省城戒严，勉强维持了几天。绅、商、学各界组织保安会，将章程呈给抚署，请冯汝骙做发起人，冯抚倒也愿意。随后军界也进入保安会，请冯抚马上起义，冯抚不答应，各军队便夜焚抚署。霎时火光冲天，冯抚从署后逃走，藏在民房。藩司以下各官吏也都逃跑。革命军出告示安抚民众，正打算推选统领，刚好马毓宝从九江赶来，各界将他迎入城后，立即在教育会开会，以高等学堂为军政府，仍推举冯汝骙为都督。冯汝骙听到这消息，料知军民都没有恶意，随即出来力辞。于是民众改推协统吴介璋为都督，刘起凤任民政长，冯汝骙交出印信后带着家眷离去。马毓宝也返回九江。

云南省也在协统蔡锷的倡议下，与江西省同日独立。云南边境渐被英、法占据。这年英兵又占据片马，滇民努力争取，结果以失败告终，不免怨恨政府。再加上各省纷纷独立，军界跃跃欲试，协统蔡锷便召开会议，召集将卒，同时起事。不到几天，云南全境独立。

几省独立的消息传到摄政王的座前，摄政王急得不得了，内廷的王公大臣又纷纷告假，连各机关办事的人也十有九空。庆王、载泽等人也没有什么好法子，打算辞官。贝勒载涛也辞去军咨大臣的职位，弄得这个摄政王呆若木雕，整天只能以泪洗面。到了无可奈何的时候，不得不请庆王来商量。但庆王只信任一个袁世凯，更是一心想将内阁总理的位置让给老袁，还劝摄政王听从老袁的建议。摄政王已毫无主意，于是任命老袁为内阁总理大臣，叫他在湖北办理各事，部署好了以后，立即来京城。并取消内阁暂行的章程，不再任用亲贵为国务大臣，并将宪法交给资政院商议。资政院的老臣先请求摄政王颁布罪己的谕旨，承认各党派，然后才好改议宪法。摄政王唯言是从，立即颁布罪己诏，承认各党派。资政院这才拟定十九宪法条大纲，定在十月初六日，在太庙宣誓。无奈各省的民主气息一日盛过一日，不管你怎么改革，他只是反对。

九月十三日，革命党人陈其美亲率众人攻入东南军械的供应要地——上海制造局，接着又占据上海道县各署。军民推举陈其美为沪军都督。吴淞口随即起应，到处都悬挂着白旗，宝山县也立即光复。上海的民众欢声如雷。正在庆贺，贵州独立的电报传到上海。沪军政府更加高兴，立即派五十多名军士到苏州号召军营，共举义旗。各军官一律应允，趁夜出发，军队齐集城下。十四日天刚亮，城门一开，各军鱼贯而入，径直到抚署革命。苏抚程德全仗着胆子登堂，问明他们的来意。程德全没有办法，只好赞成独立，但令军队不得骚扰百姓。各军大呼万岁，立即在门外连放九炮，悬起江苏都督府大旗。十五日，苏城内外就遍地悬挂白旗，程德全居然做了都督，令士绅张謇、伍廷芳、应德闳等人分别处理民政、外交、财政各局事务，并截断苏宁铁路，派兵扼守车站，防备南京的清军。

江苏独立后，上海派敢死队到杭州。浙抚增韫正焦愁万分，每天与官绅开会商议，士绅也请求独立，增韫总是不答应。敢死队到达杭州，秘密潜伏在抚署左右，约各营乘夜举事。于是笕桥大营的兵士进到艮山门占据军械局，南星桥大营的兵士进到清波门占据藩运各署。敢死队带着炸弹，猛扑抚署，一入署门，便扔炸弹。抚署被炸毁，卫队和消防队不敢抵御，都纷纷加入革命党。增韫藏在马房，被革命党人一把揪出来，拖到福建会馆幽禁起来。藩司吴引孙等人一律逃走。天还没亮，全城已被革命军占领，推举统领周赤城为司令官，将咨议局作为军政府，推举前浙路总理汤寿潜为临时都督。汤寿潜当时还在上海，周赤城忙派专车前去迎接。只有杭州将军德济仍不肯投顺，两军几乎决裂，要开炮相斗，幸亏海宁士绅杭幸斋到满营妥议，两军才停战。等到汤督到达杭州，又与满人订立简单的条约：一、改籍，二、缴械，三、暂给钱饷。满人料知不能抗拒，唯唯听命，自此全城安定。后来增韫等人都被汤都督释放。

长江流域各省多半光复。谭延闿被推举为湖南都督。先前的正副都督焦达峰、陈作新被革命军查出他们违法，将他们枭首。随后又枪毙几名焦达峰的党羽。稽查几天后，湖南再次平定。驻守信阳的袁世凯收到回京组阁的谕旨后，先派蔡廷干、刘承恩到武昌与黎都督议和。黎都督坚持要清帝退位，才肯息兵。蔡、刘二员再三商榷，黎都统始终不肯退让，两人只得回复老袁。老袁见议和无效，默默地筹划一番，又召冯、段二统领密议办法，将军事安排妥当，才起程北上。老袁还没到京城，宣誓太庙的日期已到，摄政王率领王公大臣到太庙中焚香燃烛，叩头宣誓。

宪法颁布以后，在清室看来已经是退让到极点，可惜民心始终不服。两广、安徽、福建等省又陆续举起独立的旗帜来。

清廷风雨飘摇

广西巡抚沈秉坤听说湖北早已起义，湖南也宣告独立，长江下游大半响应，便想广西虽地处偏僻，然而局势愈演愈烈，不如由我发起倡议，以免受到黎军的压制。当下召集文武各官密谋独立。藩司王芝祥、提督陆荣廷首先赞成。咨议局又开会商议，随即沈秉坤被推举为广西都督，抚署改为军政府，咨议局改为议院。原有的军队都改称广西国民军。改组以后，沈秉坤将都督印信让给王芝祥、陆荣廷，自己带着家眷回籍。

这时候，只有广东还没有独立的消息，王芝祥因唇齿相依，便想联合广东，随即致电粤督张鸣岐，劝他独立。接连两三天不见回复，又过了好几天，王芝祥才得知广东也独立了。原来广东自凤山被炸死后，早有人提倡独立，只因粤督张鸣岐犹豫不决，一会儿愿意独立，一会儿又不愿意独立，弄得军民各界无从捉摸。后来，听说粤西抢先起义，众人才忍无可忍，到咨议局去开会，决定用和平的手段独立，仍推举张鸣岐为都督，提督龙济光为副手。当下写好信函，送到督署。不料署中已空无一人，张鸣岐已不知去向，便将信函转送给龙济光。龙济光因张督不到任，也不愿就任。于是军民改推革命党人胡汉民为都督。

广东独立的消息还没传到北方，安徽独立的消息先已传到南方。安徽居长江下游，巡抚叫做朱家宝。朱家宝是幕府出身，向来十分圆滑。他起初还首鼠两端，随后被军民所迫，不得已成为都督。后来安庆发生一点儿小乱事，朱家宝便偷偷溜出城，民众请九江分府马毓宝莅任，人心才安定。

当时东南一带只有南京及福建两处还没独立。南京被各省联军讨伐，福建也乘机响应。新军统领孙道仁与咨议局副议长刘崇佑先照会总督松寿，让他另立新政府，所有闽省政务应归新政府施行；又照会将军朴寿，逼驻防兵交出军械火药。二寿都是满人，松寿犹豫不决，朴寿决意主战。民军听说他们不答应，随即占据各署。松寿喝药自尽，朴寿令满兵迎战，借着大山的掩护开炮轰击国民军。国民军偏冒险登山，前仆后继，竟将满兵杀退。朴寿还不肯罢手，亲自率满兵来攻打汉界，螳臂当车不自量力，最后一命呜呼。满兵失去统帅后，只能缴械投降，当下民军推举孙道仁为都督，福建独立。

摄政王载沣此时连接警报，正像哑巴吃黄连，有说不尽的苦楚。庆王也十分着急，默念清朝已失东南半壁，幸好靠近京城的山东、河南还没有动静，京畿总还保得住。不料来了一个急电，竟是山东巡抚孙宝琦奏请独立，庆王不禁魂魄飞扬，几乎晕倒。这到底是怎么回事儿？因孙抚与庆王是儿女亲家，庆王还以为他靠得住，因此突然接到这道奏章，觉得出乎意料。哪晓得孙抚也是有苦难言，他受军民的胁迫，不好抗拒，又不便赞成，无奈中想到一计，表面上答应军民设立临时政府，暗中将苦情上奏清廷。庆王不曾仔细看，险些被吓坏。随后经仔细询问，才晓得孙抚的意思，倒也稍微有些欣慰。

无奈警报又陆续到来，山东烟台商埠独立这还是一桩小事，等到接到海军各舰归附民军的消息，清廷又是不胜骇愕。原来清军舰退出鄂境，悬着白旗，顺流到九江，偷偷经过青山炮台，抵达田家镇。田家镇开空炮示警，清军舰不敢继续停泊，于是又折回。唯独镜清、保民、楚观等十四艘舰艇竟沿江而下，直达镇江。这十四艘兵舰为什么能畅行无阻呢？相传是镜清船上有与革命党人暗中联络的信件，所以途中没有受到阻拦，竟一直开往镇江。镇江此时也已独立，林述庆为都督，听说联络信件已到，忙派人接收船舰。至此清军舰十失六七，只有海容、海琛、海筹等船孤立江心，无法组成一支舰队。提督萨镇冰见大势已去，另乘大通轮船，躲到上海。那时海容、海琛、海筹三舰长除顺应民军外，没有别的办法，随即向九江马都督投诚。

庆王急上加急，每天催促袁世凯速来北京。老袁在路上，因足疾而请假，因咳嗽又请假，逗留再逗留，等到实在不能再拖了，才率两大队士兵，耀武扬威地来到京都。京中的官民听说袁大臣到来，都高兴得不得了，就连摄政王载沣也尽释夙怨，十分诚挚地迎接他。见过面后，立即召开军事会议。老袁先将议和不成的情形说了一遍。摄政王皱着眉说："鄂军既然不肯议和，看来只好主战。"老袁说："主战也可以，但是没有军饷，这该怎么办？"庆王忙想出一个办法，要摄政王入宫向隆裕太后支取钱款，那笔钱款是慈禧太后遗留的。袁世凯竭力赞成，当即摄政王入宫见隆裕太后。隆裕太后正想做慈禧太后第二，享享清福，不幸福气淡薄，革命党在武昌起事，竟导致四方响应，局势一发不可收拾。摄政

446

王屡次进来禀报,她已是愁闷得很,忽然又听说要支取钱款,更是无话可说,只有泪珠双垂,摄政王也相对而泣。哭了一场,已是无计可施,只得勉强取出几千万交给摄政王,由摄政王交给老袁。老袁随即组织内阁,选了几个有名的人才。然后颁布新成员授任的谕旨。

满以为人才毕集,可以挽救时局。谁知有一半不肯出山,有一半供职清廷的也上奏力辞。袁大臣又请各省宣慰使选出的几位学识渊博的人去担当重任,偏偏又没有一人应命。并且听说吉林、黑龙江已设有保安会,奉天也独立了。江南统领徐绍桢又召集浙、沪、苏、宁各军攻打南京。江督张人骏、将军铁良及提督张勋虽然仍是归服清室,与徐绍桢军抗争,终究是城孤兵少,四面楚歌,免不了向清廷乞救。老袁至此也愤懑得不得了,他想国民军气焰逼人,总不肯由自己控制。能战然后能和,射人必先射马。想要处处兼顾,局势又不允许,不如力攻武汉,杀他一个下马威,让他见见自己的手段,才能达到目的。随即将钱款运到湖北,令冯国璋、段祺瑞两统领猛烈攻打汉阳。

冯、段二人接到命令后,果然格外效力,亲自率全军赶赴汉阳。鄂军方面由黄兴督师。两军连战两天两夜,清军先受挫,梅子山一带,被鄂军占据。随后清军潜渡汉江,改穿鄂军的衣装,高举白旗,袭击美娘山。鄂军还以为是武昌派来的援军,等到清军前队登山,见人便砍,才晓得前来的援兵是清军伪装的,连忙迎战。恶斗了半天,清军越来越多,炮火越来越猛,鄂军伤亡惨重,只好放弃美娘山,退到龟山。清军乘胜追击,被鄂军杀退。鄂军正在庆幸保全了龟山,谁知雨淋山却被攻陷。这下子惹恼这群敢死队,他们纠众进攻,冒死登山,竟将雨淋山夺回,并乘机渡江,打算攻占刘家庙。鄂军才到汉口,清军突然到来,打了一仗,不分胜负。清军退到歆生路,两边收军。过了一晚,清军又拔营出击,扑向雨淋山,用尽全力争夺汉阳。那时两军已连战五天五夜,雨淋山的鄂军还以为清军已撤退,便令刚招来的新兵把守。新兵没有打过仗,突然见清兵蜂拥而至,吓得四处乱逃,清军随即占据雨淋山。这时候,山下忽然传来一阵枪炮声,清军往下一看,正是来势勇猛的敢死队。清军畏于他们的骁悍,勉强下山迎战,敢死队以少胜多,又将雨淋山夺去。第二天黎明,两军统帅都亲自督阵,在十里铺大战一场。从早上打到中午,清军炮火十分猛烈,鄂军没能取胜。鄂军刚刚收队休息,忽然后面又传来炮声,回头一望,竟是清军猛力扑来。鄂军前后受敌,就算敢死团个个舍生忘死,也无济于事,只好退回汉阳。鄂军后面怎么会出现一

447

支清军？原来，汉阳城外有座扁担山，是全城的屏障，山上有一名炮队将领叫张振臣，是张彪的儿子。张彪逃跑后，张振臣还在武汉，他暗中勾结清军，竟将此山奉送。又买通黑山、龟山、四平山、梅子山的炮卒，让他们把炮闩除去，并将地雷火线弄断。霎时，清军分四路进攻，守山的将士放炮炮不响，燃线线不灵，只靠着血肉之躯与枪弹相搏，哪有不败的道理？眼看着四座峻岭被清军陆续占去。

这时候，汉阳总司令黄兴早已回到城中，败兵入城，还在等总司令宣布军号，以便防守。谁知等了许久，杳无音信，到总司令府去问，却只看到一间空屋，众人面面相觑，城外又鼓声大震，清军齐集城外。城中没有主帅，军心大乱，民兵纷纷出城。等武昌听到警报，发兵前来支援，全城已被清军占领，援兵还能起什么作用？黎都督听说汉阳已失，不禁叹惜道："我还说这位黄司令总有些能耐，不料如此懦弱。"忙出城抚慰兵民，并说："黄司令已前往上海，去召集援军。虽然已经失去汉阳，但不要担心，武昌有我在，我一定会拼命守住。"兵民听到这话，才觉得心安。于是黎都督继续派军队沿江驻守，上自金口，下至青山，都立栅置炮，日夜严防，武昌才得以稳固。

冯国璋、段祺瑞两统领得到汉阳后，立即向清廷告捷，打算乘机收复武昌。清廷大臣互相庆贺，唯独这袁总理心中却另有一番打算。正筹划时，来了几道电报，其中一道是四川独立，端方在资州被杀，其弟端竟也遭惨杀。袁总理不由得叹息说："端老四何苦花几万两白银买个身首异处，真是不值得。"于是将电报搁起。另外一道是说南京危急万分，火速求援。袁总理将这道电报瞧了又瞧，默想片刻，马上写了两封短信，交给侍卫，让他们到电报处拍发。一封是寄往南京的，说无兵可援；一封是寄往汉阳，说暂时停战。

冯国璋、段祺瑞两统领向来信服袁公，自然停兵不动。唯独南京人张骏接到电报，不免有些怨恨。张勋更是暴躁得很，还要与民军一决雌雄。那时攻打南京的徐绍桢因出战不利，退回镇江，民军改推苏督程德全为海陆军总司令，驻扎在高资。徐绍桢召集各军司令官，带兵前进。宁军总司令仍是徐绍桢，镇军总司令是林述庆，还有浙军总司令朱瑞、苏军总司令刘之杰，共有部兵三万多人，一齐杀去。南京清提督张勋的确有些能耐，督率十八营如狼似虎的防军前来对垒。交战多次，苏浙联军不仅没有获胜，反而伤亡无数士卒。济军统领黎天才率兵六百多人也来攻打南京。黎天才十分勇毅，他见各军徘徊不前，勃然大怒，立即请求先行，请浙军司令官朱瑞派兵作后应。当下进攻乌龙山，传令先登山的人重重有赏。军士一听，踊跃登山，争先抢占。清军支撑不住，乌龙山立即被革命军占据。黎天才用同样的方法攻打幕府山，一声呐喊，士兵猛力前进。炮台上的守兵不慌不忙，也不开炮，竟下来欢迎，请黎天才登山。黎天才有些疑虑，守兵说："我们都是湘人，不愿为难同胞。"黎天才大喜，登山遥望，正好与城内狮子山相对。狮子山也有炮台守兵，突然一炮轰击过来，黎天才吃了一惊。随后见射来的炮弹都落在山外，不觉惊疑起来，问过降军后，才知道狮子山的守兵也是湘人，彼此同心，不愿轰击，所以随便开炮。黎天才也令炮兵停止攻击，派兵去夺下关。下关的炮将何明审时度势，有心起义，随即悬起白旗，表示降顺。黎天才喜出望外，将下关两座炮台接下，又会合苏浙联军前去攻打孝陵卫。张勋亲自率三员部将分四路出城迎敌，结果不敌联军，只好慌慌张张地退入朝阳门，负隅死守。

张勋有个爱妾，芳名小毛子，生得妩媚动人。秦淮河畔，无此丽姝，白下城中，群推绝色。那张大帅好勇成性，将生死置之度外，唯独瞧着这闭月羞花的小妾，不免生愁。小毛子因张勋威望素著，起初倒也不怕，只叫张勋固守，等到听说险要已失，坐困孤城，便有些忧虑起来。美人总是容易憔悴，怎么禁得起连日的忧虑，渐渐腰围瘦损，华色枯凋。张勋看到她的样子，也无心恋战。张人骏、铁良等人毫无主见，凡事都由张勋做主。张勋要战，众人不得不战，张勋要逃，众人不得不逃。张勋一面求清廷救援，一面令小毛子收拾细软，派得力兵队偷偷地护送她出城。过了两天，接到袁总理的回复，说没有兵力可以分派过去支援。张勋不禁懊悔道："众人都坐视不理，唯独我奋力抗争，现在我也不管了。"恰巧联军又夺取天保城，张勋于是与张人骏、铁良密商，不如带兵北上，以图后举，此时先与联军议和。张、铁无计可施，便同意张勋的提议。

当下拟定四个条件，令部将胡令宣出城请和。苏军总司令刘之杰一看议和条款：一，不得伤害人民；二，不得杀旗人；三，允许张勋率兵北上；四，允许张人骏、铁良北上。刘之杰看完后，对胡令宣说："这事我做不了主，要向总司令禀报才能决定，你先回城等消息吧！"胡令宣唯唯离去。第二天由总司令答复，张勋不得北上，其他的都好说。张勋怒吼上马，想再次背城一战，经张人骏、铁良劝阻，勉强熬过一天。第二天正打算出发，忽然军卒来报四城起火，联军已进攻南门、神策门、太平门、仪凤门及狮子山炮台。张人骏、铁良二人忙躲到日本领事馆，在日本领事的保护下出城。张勋令部兵举白旗出城，自己却带着库款从旁门脱逃。等到联军入城，城中早已空无一人。南京光复，因程督不能离苏，于是推举镇军都督林述庆为南京临时大都督。刚好黄兴到上海，打算会合联军援鄂，在上海开会，各省代表推举他为大元帅，黎元洪为副元帅。

清帝退位

黄兴做了大元帅后，正打算派兵援鄂。忽然听说清廷任命袁世凯为议和全权大臣，黄兴料知马上就要停战，因此暂缓发兵。老袁让尚书唐绍仪做代表，南下议和。唐绍仪奉命赶到汉口，先通过驻汉英国领事转告黎都督。黎元洪不便拒绝，答应协商，当即双方暂时停战。两人会面，交换意见，商议了两天，黎都督说黄兴在上海已是大元帅，一切取决于黄元帅，应当在上海开会商议。于是唐绍仪又从汉口乘轮赶往上海，当时上海各代表已推举博士伍廷芳为外交部长，议和之事也委托他主持。会议地点定在上海英租界的市政厅。两边列座，除两大代表外，还有几名参赞。晤谈后，各取委任书交换翻阅，互验属实之后讨论议和之事。商议到四点多钟，伍代表提出四件事：一，清帝退位；二，改行民主政体；三，每年给清帝一定钱款；四，体恤旗民。唐代表一瞧这四条不便立即答应，便说须致电内阁，才能定夺，当下散会。

你想"清帝退位"四字，简直是要将清室河山归还民国，清廷的王公大臣们怎么肯应允？袁大臣自然不能代为答应，想严词拒绝，又怕导致决裂，弄得战祸绵延，也不是个办法。想了又想，只好权衡君主、民主两大问题的利害关系，又致电唐代表，令他再好好磋商。唐绍仪于是又约伍廷芳协商了两次，伍廷芳坚持只有拥立民主政体，才可以休兵，弄得好几次差点决裂。幸亏德国领事出面调停，两代表才又继续磋商。当时，山东都督孙宝琦取消独立，山西省城太原府又被清军占领。清廷这方面似乎有些起色。不久，革命党大首领孙文航海归来，上海的民军代表个个欢迎，舞蹈声、喧呼声与吴淞江的水声相应，热闹得不得了。过了两三天，各代表马上召开会议，投票选举大总统。开箱后，孙文的票数最多，当选为大总统。然后又选举出副总统黎元洪。众人欢呼了三声"中华共和万岁"，然后由各代表致电各处，于辛亥年十一月十三日，

450

即西历一千九百一十二年一月一号，中华临时政府在上海组成，建号中华民国，并以这天为民国元年元月元日。

孙文赴南京受任，火车上面插满国旗，军队林立两旁，专门送孙总统上车。从上海到南京，每到一站，两旁都列队欢呼万岁。中午，火车抵达南京，国旗招展，军乐悠扬，政、学、军、商各界都来站迎接。驻宁各国领事也前来迎接。各炮台、各军舰各自鸣响二十一门炮，表示诚挚的欢迎。孙总统下车后，改坐马车到临时总统府。黄兴、徐绍桢等人早已等在两旁，将他迎入。当晚便在公堂行过接任礼，各省代表与海陆军代表齐呼"中华民国万岁"。代表团报告选举情形，请临时大总统宣读誓词。

孙文朗声念完誓词后，代表团推举一人捧呈大总统印信，孙总统接受如仪。各代表又推举徐绍桢诵念颂词。读完后，孙总统回答："誓竭心力，巩固中华民国，图谋民生幸福。"众人欢呼而散。孙总统随即立中央政府为行政总机关，中央设参议院、各省设省议会，为立法机关。并提议改用阳历，将议案交给参议院商决。参议院议员暂时由各省的代表充当，当天就通过改历的议案，以十月十三日为正月一日，并为中华民国纪元，向各省公布。又议定政府制度暂时效仿美国的制度，不设总理，但设各部总次长。

南京政府成立，民军声势愈加张扬，政府随即倡议北伐，致电各省。各省踊跃响应，连一群女学生也想大出风头，自己组织北伐队。各国商人见时势危急，怕妨碍商务，便立即联名致电清廷，要求早日改建国体，稳定大局。清政府那边，摄政王载沣因袁大臣已任内阁总理，自己无权无势，正好借此下台，辞退监国的职务。经隆裕太后批准，令他仍保有醇王的爵号，退归藩邸，不再参政。此后一切政务都由总理大臣处理。至于保护幼帝的责任则由太保世续、徐世昌承担。圣旨颁布以后，全副重担都压在袁总理身上。袁总理倒也不怕，唯独南北和战的事情关系重大，并且南方各地不断地向他致电，袁总理不得不与清皇族会面协商，奏请隆裕太后开御前会议，令皇族斟酌民军提出的各款条议。皇族多半反对，袁总理致电唐绍仪，征求他的意见。唐绍仪说应速开临时国会，解决政体问题。袁总理忙向皇族转达，皇族仍是不肯依从。唐绍仪随即辞职，议和之事由袁总理亲自出面解决。

当时四川省的总督赵尔丰被杀，新疆省的将军志锐被杀，甘肃省的总督长庚也被杀了，蒙古、西藏居然独立起来。袁总理不免有些着急，奏请隆裕太后依从唐绍仪的提议。隆裕太后踌躇不决，袁总理也奏请辞职，愿退回乡里。隆裕太后束手无策，忙婉言劝他留下。袁总理仍是坚持辞职，隆裕太后又封他为一等侯爵。袁总理再次恳切上奏，辞掉爵位。隆裕太后只得与庆王商议，要他到袁总理府邸，竭力挽留袁总理。袁世凯于是辞掉爵位就任总理，与伍廷芳互发电报协商。无奈国民军得寸进尺，两方辩驳的电报差不多有几十通。等到南方政府成立，竟将国会一事先搁起，坚持要求清帝退位，才肯息兵。

此时，清廷既没有兵又没有钱，难以和民军再战，隆裕太后只得再次召开御前会议。皇族的人都已垂头丧气，隆裕太后也垂着两行酸泪，毫无主见。唯独军咨使良弼抗议说："太后千万不能答应民军，臣坚决请求主战。"太后说："兵士不肯效力，军饷也没地方去筹集，怎么办？"良弼说："宁可战死，也不受汉人的荼毒。"皇族见良弼非常坚决，便也胆大起来，随声附和。开了半天的会议，仍是没有决议。

过了两三天，袁大臣出东华门的时候，差点儿被一颗炸弹击中，当场捉住三名刺客。可良弼就没有那么幸运了，他从外面回家途中，被炸弹炸死。自此，清皇族个个惊慌，逃的逃，躲的躲，哪个还敢反对让位？在鄂统领段祺瑞联合北方四十二名将领致电朝廷，请求清帝退位。隆裕太后不得已，让总理大臣袁世凯致电民国代表伍廷芳，商议优待清室的条件。彼此商讨了几天，当时汪兆铭等人被放回南方，参赞和议，他主张从厚优待清室，因此才得以磋定和局。袁总理禀明隆裕太后，并且请皇族商议决定。隆裕太后含着泪说："他们都已卷资走人了，只剩下我们母子两人，我还能说什么？由你决定吧。"说完，痛哭一场。袁总理忙劝慰了几句，然后退出去。随即拟定三道谕旨，呈给隆裕太后审阅。隆裕太后只得拿出御玺，盖印时，两手乱颤，一行一行的泪珠儿流个不停。御玺盖好之后将谕旨交给袁总理。袁总理也立即署名，于宣统三年十二月二十五日，即中华民国元年二月十二日，向天下颁布清帝退位的谕旨。

清帝退位后，南北统一。临时大总统孙文因袁世凯推翻清室，对民国有功，特地把大总统位置让给他。民众也多半赞成。于是内阁总理袁世凯被任命为民国临时大总统。至于副总统的位置，南京会议时曾推举黎元洪都督，没有再改选。从此"帝德皇恩"的字样一概被删除。隆裕太后自宣布共和后，幽居在宫中，抑郁寡欢，第二年冬天，积郁成疾，奄奄而逝，被追谥为孝定景皇后。

清朝自天命建号到宣统退位，共计二百九十六年，自顺治入关到宣统退位，共计二百六十八年。清朝从此了结。

清 朝 世 系 图

(公元 1616 年—公元 1911 年)

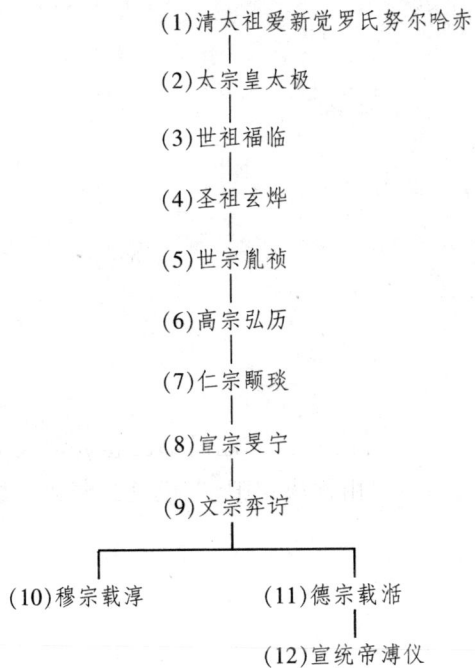

(1)清太祖爱新觉罗氏努尔哈赤

(2)太宗皇太极

(3)世祖福临

(4)圣祖玄烨

(5)世宗胤禛

(6)高宗弘历

(7)仁宗颙琰

(8)宣宗旻宁

(9)文宗奕詝

(10)穆宗载淳　　　(11)德宗载湉

(12)宣统帝溥仪

图书在版编目（CIP）数据

清史 / 蔡东藩著；郑志勇译释. — 北京：北京联合出版公司，
2014.10（2019.3重印）
（蔡东藩中华史）
ISBN 978-7-5502-3360-7

Ⅰ. ①清… Ⅱ. ①蔡… ②郑… Ⅲ. ①章回小说－中国－现代 Ⅳ.
①I246.4

中国版本图书馆CIP数据核字(2014)第173266号

清史

出版统筹：新华先锋
责任编辑：李　征
特约编辑：王亚松
封面设计：王　鑫
版式设计：朱明月

北京联合出版公司出版
（北京市西城区德外大街83号楼9层　100088）
大厂回族自治县德诚印务有限公司印刷　新华书店经销
字数431千字　787毫米×1092毫米　1/16　29印张
2019年3月第2版　2019年3月第2次印刷
ISBN 978-7-5502-3360-7
定价：69.00元